AF255604

INSEGNAMI A RESTARE

Barbara Morgan

Website: http://www.ghostlywhisper.com

Facebook: https://www.facebook.com/ghostlywhisperltd

Instagram: https://www.instagram.com/ghostlywhisperltd

Twitter: https://twitter.com/GW_BooksEtc

Whisper of the Heart

Amami ma non fermare le mie ali se vorrò volare...
non chiudermi in una gabbia per paura di perdermi.
Amami con l'umile certezza del tuo Amore e io non andrò più
via...
e se sarò in un cielo lontano ritroverò la strada del tuo
pensiero...
e se sarai con me ti insegnerò a volare...
e tu mi insegnerai a restare.

(Preghiera Indiana)

PRIMA PARTE

No Sacrifice At All

PROLOGO

Certe storie nascono così, senza alcuna pretesa di lasciare il segno.

Certe vite si intrecciano con quella straordinaria abilità che a volte sembra andare al di là dell'umano, del tangibile. Ma, sempre con la stessa straordinaria abilità, si spezzano. Per poi tornare a ricongiungersi, a ripercorrere gli stessi passi, come in un cerchio infinito.

Certe persone sembrano dominate dall'impulso irrefrenabile di spostarsi, dalla frenesia di vagare continuamente, sempre alla ricerca di qualcosa, di qualcuno o forse più semplicemente di se stesse.

Questa è solo una storia come tante, una vita come tante. Una ricerca, spesso una rincorsa. Un insieme di errori che, nel bene o nel male, sono serviti a tracciare un percorso.

Perché, pur non volendo, credo che ci siano individui condannati a sbagliare più di altri. Io sono una di loro. Potrei tracciare la mappa dei miei errori. Non ho certamente l'ambizione di insegnare qualcosa. Ho avuto paura. Mi è mancato il coraggio. O forse la volontà, la fermezza, l'audacia.

Siamo anime smarrite. Tante, troppe volte. Io mi sono ritrovata così a non sapere più dove andare. O meglio, a non sapere dove restare. A non essere in grado di interpretare i segni, gli sguardi, le parole, le mezze bugie, le mancate verità. Sempre più in cerca di un rifugio e sempre meno incline a trattenermi oltre il tempo impiegato a spezzarmi, a disilludermi.

Mi hanno sempre detto che per andarsene ci vuole coraggio. A me è sempre mancato il coraggio di restare. Senza peraltro cogliere il senso di questo mio perenne vagare, di questo mio scivolare via e cercare sempre una nuova speranza altrove.

Perché in fondo, molto probabilmente, non ero alla ricerca di una speranza, ma di una certezza. Di un amore che, insegnandomi a restare, mi concedesse la libertà di volare. La libertà di capire finalmente chi sono. E di non avere più paura.

Qualcosa, alla fine di questo mio percorso, ho finalmente compreso. L'amore non è sacrificio. Non è mai sacrificio. L'amore è ricchezza. L'amore è potere. L'amore è ritrovarsi ma soprattutto riuscire a riconoscersi, rispecchiarsi senza vergogna.

Ma forse l'amore incondizionato è, più di ogni altra cosa, ciò che ci rende umani.

CAPITOLO 1

Estate 1991

Tenevo la fronte appoggiata al finestrino sforzandomi di non avere paura. Mi mostravo calma e rilassata, esternamente. Non era il mio primo volo. Era il terzo. Anzi il quarto, tenendo conto del breve volo a Ginevra. Ma era il primo da sola. Non che la situazione cambiasse. E poi comunque non ero proprio sola, c'erano gli altri passeggeri. Era diverso. Mi sentivo sola. Ma questa non era una novità e non dipendeva dal mio primo viaggio verso l'Inghilterra.

Quello che provavo era uno stato di solitudine mentale, psicologica, che non ero mai riuscita a estirpare, a debellare. E nemmeno ad affrontare. La mia era una solitudine esistenziale, quindi. Faceva parte della mia personalità. Come il timore di finire in una gabbia costruita intorno a me da qualcosa o da qualcuno. Una gabbia che mi si stringeva intorno e da cui non sarei mai riuscita a liberarmi.

Ma cos'era, in fondo, la libertà? Ne avevo sentito parlare tante volte, ma non ero ancora riuscita a identificarla e soprattutto a collegarla alla mia vita, presente e futura. Era come una specie di stendardo con cui non avevo nessun riscontro reale.

Avevo diciotto anni e, per la prima volta in vita mia, avrei trascorso un soggiorno di tre mesi a Londra. Da sola. O meglio, presso la famiglia che la scuola a cui ero iscritta mi aveva assegnato. Senza nessun legame, per essere più precisa. Senza familiari, parenti e nemmeno amici. Era questa la libertà? Non lo sapevo ancora. Ma presto lo avrei scoperto. Che mi piacesse o meno.

Perché, a essere del tutto onesta, l'idea di base non mi era piaciuta affatto. L'avevo subita più che altro come un'imposizione. Avevo risposto con una palese insoddisfazione mescolata a moderata ribellione. Perché una ribellione più ostentata sarebbe stata un atto rivoluzionario a cui non ero mai stata avvezza, nella mia breve vita.

Infine, mi ero rassegnata. Tre mesi. Sarebbero trascorsi, in un modo o nell'altro. Quindi non valeva davvero la pena lottare. Se avessi intuito che la rivoluzione in me si sarebbe scatenata solo in seguito, forse avrei risposto e reagito diversamente.

«Tanto l'ho capito che mi volete staccare da Thomas. È il solo motivo per cui mi spedite a Londra.»

Da Thomas e dalla mia folle idea di diventare la ballerina ufficiale di una band. Folle, secondo loro. Assolutamente sensata, dal mio punto di vista. Ballare mentre la band del mio quasi ragazzo si esibiva da un locale all'altro. Io li avrei seguiti sulle spiagge assolate nel corso della mia prima estate da maggiorenne.

Ballerina ufficiale di una band. Non sapevo nemmeno se esistesse come professione. Se fosse catalogabile. E i miei genitori, forse per non smentire la propria origine svizzera, sentivano l'estrema necessità di catalogare tutto. Soprattutto la mia professione futura, in quel momento. Ballerina di una band, perché come ballerina classica ero clamorosamente fallita. Mi giustificavo raccontandomi la storiella che ero troppo pigra e che avevo troppa fame. La verità, che consisteva principalmente nel mio mancato talento, la lasciavo assopita nei meandri più inesplorati del mio subconscio. Un giorno lo avrei ammesso, forse. Quando non mi avrebbe fatto più male e creato tanto disagio.

Ma al posto delle spiagge assolate, mi aspettava Londra. E una scuola per stranieri, dove avrei approfondito il mio inglese scolastico. Perché sicuramente ne avrei avuto bisogno, in futuro. Un futuro a cui però io al momento non avevo voglia di pensare e intravedevo ancora troppo distante, avvolto in una fitta nebbia.

Perché a diciotto anni il futuro sembra davvero un concetto così lontano, indefinito… quasi astratto. E io non me lo sapevo nemmeno immaginare. O forse mi aspettavo di potermelo scegliere liberamente, senza che la vita stessa si mettesse in mezzo. In seguito avrei imparato, a mie spese, che la vita si mette sempre in mezzo.

Mentre tutto diventava sempre più piccolo e sempre più lontano, io mi illudevo che quel tempo sarebbe trascorso in fretta, in un batter di ciglia. Ma provai, improvvisa, una morsa allo stomaco. Come se fossi già in "territorio straniero". Tutte le informazioni essenziali erano state fornite esclusivamente in inglese su quell'aereo della British Airways che mi stava portando lontana da casa. Lontana come non lo ero mai stata, anche se si trattava solo di qualche ora di volo.

Respirai profondamente mordendomi le labbra. In fase di decollo inoltrata la mia tensione avrebbe dovuto sciogliersi, gradualmente. Invece no, si stava intensificando. E il mio problema non era volare. Forse era non sapere esattamente dove sarei atterrata.

Mi sforzai di fare finta di nulla. Me la sarei cavata, anche questa volta. In un modo o nell'altro me la cavavo sempre, del resto. Tre mesi e tutto sarebbe tornato a scorrere, la mia esistenza sarebbe ripresa esattamente da dove l'avevo lasciata. Con un'esperienza londinese e qualche nozione di inglese in più.

Qualche giorno prima di partire avevo sfogliato distrattamente la guida della scuola che mia madre mi aveva messo davanti. C'erano diverse immagini di Londra e fotografie di studenti che sorridevano felici di fronte a un edificio chiaro e dall'aria maestosa, ma che incuteva in me una strana sensazione di sospetto, di mistero. E poi, sempre gli stessi studenti, in giro per la città. Piccadilly Circus, Buckingham Palace, Trafalgar Square... e altri posti che conoscevo solo in fotografia o per sentito dire.

Probabilmente gli studenti erano soltanto dei modelli messi in posa. Non avrei trovato proprio quelli. Erano finti studenti, quindi. Anche se sembravano provenire da diverse parti del mondo, alcuni avevano un aspetto orientale, altri la carnagione più scura, altri erano biondissimi e con gli occhi chiari.

Ma, indipendentemente dalle loro origini, quasi tutti erano proprio come me. Con l'aria un po' smarrita. Così piccoli, davanti a quell'edificio imponente. Persi anche in giro per quei luoghi ignoti, con un sorriso forzato stampato sulle labbra. Chissà, forse non erano modelli, ma studenti passati. Forse sarei finita anche io in una di quelle fotografie e avrei sorriso allo stesso modo. Messa in posa per convincere ragazzi e ragazze di altri paesi ad affrontare quella vacanza studio che avrebbe cambiato per qualche mese il corso della loro vita.

Sbuffai e guardai fuori dal finestrino. Non si vedeva più nulla. Solo il bianco di nuvole candide e dall'apparenza così soffice, delicata.

No, non sarei finita in una di quelle immagini promozionali. Anche se alcuni di quei ragazzi mi somigliavano, con i miei capelli e occhi scuri e il volto pallido, io non ero adatta. La mia fotografia, stampata lì, non avrebbe convinto nessuno. Perché io non sorridevo abbastanza bene.

Me lo dicevano tutti, da sempre. La maestra nella foto scolastica, genitori e parenti nelle fotografie di famiglia, insegnanti di danza nelle immagini di scena. Anche Thomas me lo aveva ripetuto più volte.

«Insomma Bea, è musica rock! Non la morte del cigno o come cazzo si chiama. Ma ridi un po', ogni tanto!»

«La musica rock non mi sembra una roba da ridere.»

Lo avevo fissato ancora più seria, quasi offesa. Anzi, senza quasi. Thomas aveva sbuffato, stringendosi nelle spalle e portandosi indietro il ciuffo di capelli biondi. Poi aveva strimpellato qualche altra nota alla chitarra. Inutile discutere. Era lui l'intenditore, oltre a essere il leader della band. Io non contavo nulla. Anzi, gli altri tre mi avrebbero presa solo per fare un favore a lui. Quindi io avrei dovuto impegnarmi e ridere un po', ogni tanto. Proprio come voleva lui.

Invece sul volo diretto a Londra potevo stare seria quando mi pareva. Potevo mantenere la mia espressione perennemente incazzata. Tanto a nessuno fregava nulla, al momento. E potevo restare così ancora per qualche ora. Mostrando al mondo, o meglio alle nuvole soffici al di là del finestrino, la vera Beatrice Berger. Era un vero sollievo! O forse, un primo spiraglio di libertà.

CAPITOLO 2

Mi avevano offerto una bibita e un pasto insipido. Io, diligentemente, avevo mangiato e bevuto tutto. Come se fosse un mio preciso dovere. Cercando di non rovesciare nulla fuori dal vassoio. Anche il dolce al cioccolato aveva un inconsueto sapore plastificato. Non ricordavo i pasti sui voli precedenti. Ero stata a Roma, a Parigi e a Ginevra e ci avevano offerto solo uno snack. Forse era il sapore del cibo inglese e avrei dovuto adattarmi.

Poi eravamo atterrati. Avevo atteso, come la maggior parte degli altri passeggeri, il permesso ufficiale di alzarmi dal mio posto. Recuperata la mia borsa a tracolla avevo percorso il corridoio con la massima disinvoltura e salutato le hostess dall'aspetto impeccabile che ci davano il benvenuto a Londra. Come un automa avevo seguito gli altri passeggeri del mio volo verso l'uscita, il controllo documenti, il recupero bagagli. Verso un destino che non mi sarebbe più appartenuto.

Indossavo una mantellina rossa, per farmi riconoscere. Mi sentivo ridicola, una sorta di Cappuccetto Rosso approdata in un territorio sconosciuto e infido. La famiglia, tramite la scuola, aveva ricevuto una mia fotografia e avrebbe mostrato un foglio con scritto il mio nome. Così da renderlo noto a chiunque fosse di passaggio. Ma cosa importava, in fondo? Non avrei rivisto i miei compagni di viaggio mai più e nessuna delle persone presenti in aeroporto, molto probabilmente. Non avevo nemmeno perso tempo a osservarli. Sarebbero tornati ad essere estranei per me, al più presto. Al momento mi erano solo necessari, dovevo semplicemente seguirli per non perdermi.

Non ero brava a fare amicizia. Anzi, facevo proprio schifo. Per fortuna la famiglia era composta esclusivamente da una coppia in pensione, Stacey e Tod Larsen. Meno gente con cui avere a che fare e interagire. Meglio così. Molto ma molto meglio così!

In ogni caso, non avevo in programma di cambiare la mia vita e i miei pensieri. Avevo la ferma intenzione di non iscrivermi all'università, una volta tornata a casa. Come avevo già dichiarato, appena sostenuti gli esami di maturità. Nonostante i miei mi avessero convinta a effettuare una preiscrizione a giurisprudenza. Per sicurezza. Così, tanto per seguire la massa di studenti indecisi che, non sapendo ancora a quale facoltà iscriversi, sceglieva giurisprudenza in mancanza di alternative. Andando a esclusione. Per sicurezza, dicevano. Allora li avevo accontentati. Ma sicurezza di cosa?

No, indipendentemente da Thomas e dalla sua band, una volta tornata non avrei confermato l'iscrizione. Forse non ero nemmeno così sicura di voler stare con lui, si trattava per lo più di un diversivo momentaneo, utile per far prevalere le mie ragioni su quelle dei miei genitori. La verità era che non avevo trovato ancora nulla per cui valesse davvero la pena lottare. Nemmeno il mio ragazzo. Nemmeno la danza. Era chiaro che non c'era nulla che amassi fino a quel punto. Non ancora.

«Mi scriverai?»

Avevo chiesto a Thomas consegnandogli il mio nuovo indirizzo londinese.

«Ma certo!»

Thomas aveva afferrato il biglietto, trattenendolo tra le dita come se scottasse. Anzi, come se stesse letteralmente andando a fuoco nella sua mano. Poi mi aveva guardata con uno dei suoi mezzi sorrisi, sollevando solo leggermente un angolo delle labbra. Sistemandosi il ciuffo aveva distolto lo sguardo da me per concentrarlo sul boccale di birra che aveva di fronte.

Ma certo che no, ovvio! Non mi avrebbe scritto neanche sotto minaccia! Non me lo aspettavo. Molto probabilmente nemmeno io gli avrei scritto. Non ero il tipo. Nessuno di noi due lo era. Già mi stancava l'idea di prendere carta e penna e mettere insieme qualche parola. E quasi sicuramente non avrei potuto usare il telefono della famiglia per chiamarlo. Anche se, tutto sommato, lui aveva accolto il progetto di una vacanza studio a Londra con più entusiasmo di me. Mi aveva anche invidiata, per un po'. Per via dell'idea che se ne era fatto. L'idea della musica, del rock, di band come i Queen, i Beatles e altre di cui non ricordavo il nome. Forse immaginava che a Londra tutto fosse possibile o almeno più facilmente raggiungibile che in Svizzera, Italia, Francia o Germania. Poteva avere ragione. Magari era davvero così, anche per me. Ma prima di tutto avrei dovuto capire che cosa esattamente desiderassi raggiungere.

Mi sarebbe mancato? Pensavo a lui. A Thomas. Forse solo per aggrapparmi a qualcosa, a qualcuno. Perché era l'unico che mi era stato davvero intorno. O perché non sapevo a chi altro pensare, altrimenti. Non avevo amicizie così strette. Quindi Thomas per me era un po' come la facoltà di giurisprudenza. Scelto per esclusione, per mancanza di alternative.

Intanto "l'ora della verità" era giunta, mentre mi accingevo a varcare la porta scorrevole di uscita dell'aeroporto di Heathrow, dopo aver mostrato i miei documenti e recuperato la valigia. La coppia di pensionati aveva garantito che sarebbe venuta a prendermi in aeroporto. Non sapevo nemmeno io cosa aspettarmi, a pochi passi di distanza dal primo incontro con la mia estate londinese. Niente e tutto, allo stesso tempo. Compreso il fatto che avessero scordato di venirmi a recuperare.

Invece c'erano. E appena oltrepassata l'uscita mi aspettavano con un foglio bianco in mano. Il mio nome era scritto sopra con un pennarello nero. Mi concentrai su quelle lettere ben scandite e distanziate, prima ancora di affrontare l'immagine della coppia, i loro volti, i loro sguardi incuriositi su di me. Perché era chiaro che mi avessero riconosciuta all'istante. Non potevo sfuggire. O forse avevano individuato a distanza, prima ancora di me, la mia famigerata mantellina rossa.

«Beatrice! Beatrice!»

La donna incominciò a sbracciarsi per richiamare la mia attenzione. Come se non li avessi visti e come se non avessi riconosciuto il mio nome scritto su quel foglio che lei e il marito reggevano ancora in mano. Il mio nome, storpiato dal suo accento inglese, sembrava addirittura diverso da come lo ricordassi. Quasi come se stesse chiamando un'altra, non me.

Annuii, mostrando di riconoscerli e affrettando il passo verso di loro. In realtà avrei preferito rallentarlo. Ora arrivava la parte in cui avrei dovuto dimostrarmi cortese, carina, dolce, disponibile. Tutta una lista di aggettivi che mi si incollava addosso a fatica, da sempre, pretendendo di prendere spazio dove non c'era. Tanto che iniziai a calcolare quante ore sarebbero trascorse fino al momento in cui mi avrebbero concesso di ritirarmi in quella che sarebbe stata la mia nuova stanza, per riposare. Cosa che avrei faticato comunque a fare, dovendomi adattare a un nuovo ambiente, un nuovo letto.

Ero una palla al piede, in effetti. Mi sentivo una palla al piede. Come se una nube grigia di malumore e disagio mi accompagnasse perennemente, ovunque e con chiunque. Anche con me stessa, ero a disagio. In fondo mi davo fastidio da sola.

«Buongiorno…»

Salutai nella loro lingua, sforzandomi di sfoggiare la mia pronuncia migliore. L'esito fu alquanto incerto, però. La mia stessa voce, rimbombandomi nelle orecchie, mi apparve strana, distorta. Sapevo che il mio inglese era solo poco più che sufficiente e si classificava a notevole distanza dopo l'italiano, il francese e anche il tedesco con cui sarei stata indubbiamente molto più disinvolta.

«Benvenuta, cara!» La donna, bassina e dai morbidi riccioli bianchi, mi strinse quasi a sé, aggrappandosi al mio braccio. «Io sono Stacey. E lui è Tod.»

Mi ricordò incredibilmente Miss Marple, in un film che avevo visto di recente alla televisione. Il marito, notevolmente più alto di lei e anche di me, mi squadrò da dietro gli occhiali, chinando lievemente il capo. Mi bastarono pochi istanti per capire che la figura dominante in quella coppia era lei, Stacey.

«Bene, andiamo a casa! Sarai stanca.» Stacey, nonostante l'età, scivolò letteralmente verso l'uscita dell'aeroporto, sicura e decisa. Con la destrezza di chi conosce la strada alla perfezione, perché l'ha già percorsa svariate volte, e sa che non c'è nulla di interessante da vedere intorno.

Intanto io e il marito arrancavamo alle sue spalle. Tod mi aveva preso la valigia dalle mani e la trascinava incerto. Io sentivo quasi il fiatone e non sapevo né cosa dire né cosa guardare. Mi sarei soffermata per dare un'occhiata, ma non ne avevo il tempo. Quindi avevo deciso di tralasciare un'osservazione più dettagliata dell'aeroporto. Seguivo e basta, sentendomi a ogni passo sempre più sperduta e sola.

Raggiungemmo l'auto nel parcheggio e, una volta caricata la mia valigia nel bagagliaio, mi accomodai sul sedile posteriore. Restai attonita osservando Tod mettersi alla guida. Già sapevo che gli inglesi guidavano a destra. Ma vederli all'opera era tutta un'altra questione!

Davvero mi trovavo in un altro mondo. O per lo meno, secondo la mia ottica da diciottenne che si ritrovava sola in un paese straniero con usanze e costumi diversi, così mi sembrava. Era una sensazione strana, insolita. Come se una nuova "pelle" stesse cercando di cucirsi addosso a me per assimilarmi all'ambiente circostante, ma fosse costretta a lottare con la precedente che non voleva cedere e abbandonarmi al nuovo mondo.

Per Stacey e Tod era tutto normale. Per le altre persone intorno era tutto normale. Altri autisti percorrevano la nostra stessa strada o quella in senso opposto, guidando al contrario dal mio punto di vista. Ed era tutto normale. Il mondo era normale, per loro. Perché era il "loro mondo". Ero io l'estranea, l'intrusa. Ero io la straniera.

CAPITOLO 3

L'abitazione di Stacey e Tod Larsen non si trovava troppo distante dall'aeroporto. Agglomerati di strade e quartieri residenziali, intervallati da zone di aperta campagna. Avevo perso la cognizione dello spazio mentre l'auto procedeva a velocità moderata. Intanto Stacey si impegnava a tenere viva la conversazione chiedendomi informazioni riguardanti la mia città, i componenti della mia famiglia, la scuola che avevo frequentato.

Lo sforzo che facevo per concentrarmi e rispondere non mi permetteva di ammirare il panorama. Non che ci fosse molto, da ammirare. Era questa l'Inghilterra? Londra? Strade, campagna e case. Che si concentrarono sempre di più, quando l'auto cominciò a percorrere un quartiere residenziale e le strade divennero sempre più strette e meno trafficate. Tanto che, nonostante la mia estraneità al luogo, cominciai a comprendere che ci stavamo avvicinando alla meta.

A un certo punto le villette iniziarono a diventare tutte molto simili. Ebbi l'impressione che la macchina di Tod fosse pronta a fermarsi da un momento all'altro. Non avrebbe fatto una grande differenza. Il sistema in cui le case erano strutturate era praticamente identico. Due piani, garage laterale, ingresso con portoncino intagliato e con decorazioni varie, finestra centrale, giardinetto. Carine, certamente molto ordinate. Tutte uguali.

Infatti, pochi istanti dopo l'auto svoltò per parcheggiare davanti al garage di una delle villette. Una volta scesa cercai di fotografare mentalmente la casa e la sua esatta collocazione nella strada, in modo da poterla ricordare. Il portoncino era in legno scuro scolpito e sulla porta spiccava una targa decorata con intagli a soggetto floreale di colore più chiaro, con scritto "Welcome Home".

Per Stacey e Tod Larsen io non ero una novità. Erano abituati, da alcuni anni, ad ospitare studenti stranieri, in collaborazione con la scuola d'inglese che avrei frequentato ogni giorno dalle nove del mattino alla una del pomeriggio, dal lunedì al venerdì. I tre figli dei Larsen, una volta cresciuti e dopo essersi sposati, si erano trasferiti nelle nuove abitazioni. Le loro stanze venivano così temporaneamente occupate da ragazzi provenienti da ogni parte del mondo.

Una di quelle stanze era toccata a me. Le altre due erano libere, al momento del mio arrivo a Boston Manor, il quartiere residenziale dove si trovava la casa di Stacey e Tod.

Una volta oltrepassata la soglia mi ero guardata intorno, sempre un po' smarrita. Sostavo sulla porta, quasi aspettando di essere incoraggiata a entrare. Nonostante l'interno della casa fosse grazioso e accogliente, proprio come l'esterno del resto, mi infondeva una sensazione di estraneità che non riuscivo a superare.

Stacey mi aveva invitata ad accomodarmi nel salotto e, mentre io ero ancora impegnata a prendere confidenza con l'ambiente e Tod trasportava la mia valigia al piano superiore, si era avviata verso la cucina per tornare pochi minuti dopo con un vassoio su cui erano riposte tre tazze di tè e alcuni biscottini.

Non lo avrei mai immaginato e nemmeno sospettato. Ma proprio quello fu il momento in cui le mie abitudini riguardo al tè cambiarono per sempre, nonostante la diffidenza iniziale. Perché da quel preciso istante lo avrei sempre preferito esattamente in quel modo, come Stacey Larsen me lo stava offrendo. Con il miele e un goccio di latte.

In quel momento però tutto mi appariva estremamente complicato. Sorseggiare il tè, mantenermi composta sul divanetto chiaro del soggiorno, partecipare alla conversazione rispondendo alle domande che Stacey mi rivolgeva con aria rilassata e amichevole. Tod se ne stava per lo più in silenzio, annuendo di tanto in tanto. Il capo era lei, era sempre più evidente. E, nonostante scandisse le parole per aiutarmi a comprendere, io temevo di essermi persa almeno metà di ciò che mi stava dicendo e rispondevo a intuito. Quando non sapevo come replicare annuivo, seguendo l'esempio di Tod.

La mia più grande aspirazione riguardo la mia prima giornata a Londra era quella di arrivare più rapidamente possibile alla sera, per poter andarmene a dormire. In quel letto inglese, per la prima volta. La stanza che mi avevano riservato era calda e accogliente, in linea con il resto della casa. Un letto comodo e morbido, l'armadio e lo specchio di fronte e una piccola scrivania laterale. La finestra, con le tendine ricamate, dava sul giardinetto e sulla strada principale.

Dentro di me continuavo però incessantemente a combattere contro il senso di smarrimento ed estraneità che non riuscivo a debellare, a lasciar scivolare via dal mio corpo, dalle mie sensazioni. Ma avrei dovuto, al più presto. Non avevo alternativa. Perché altrimenti non sarei riuscita mai a resistere lì per tre mesi. Né lì né in nessun altro posto in quella strana e rigida Inghilterra. O forse sì, un'alternativa esisteva. Contare i giorni che mi avrebbero separata dal mio ritorno a casa.

Mi rendevo conto che la colpa non era di nessuno. Ero io. Quel primo impatto che mi lasciava sola, annichilita. Quella lingua che credevo di conoscere sufficientemente, invece si stava rivelando una barriera che mi impediva di comunicare senza intralci. Me ne accorsi ancora di più quando, nel pomeriggio, Stacey e Tod accesero la televisione per guardare uno sceneggiato a puntate. Sembrava interessante, ma ancora una volta io mi ritrovavo a seguire le immagini senza comprendere le conversazioni ma sforzandomi di intuire lo svolgimento della storia.

Anche il cibo aveva un sapore differente, nonostante Stacey fosse un'ottima cuoca e amasse in particolare la cucina italiana. Io mi sforzavo di sciogliermi, ma la concentrazione per comprendere e seguire la conversazione mi stava causando un effetto collaterale che andava a incidere sulla mia lucidità, provocandomi un senso di spossatezza che faticavo a controllare.

Intanto molti aspetti della mia quotidianità avevano perso d'importanza, improvvisamente non mi preoccupavano più. Il timore che Thomas potesse offrire a un'altra l'opportunità di ballare per la sua band era già un ricordo lontano. Anche l'idea di dover frequentare giurisprudenza all'università non mi sfiorava più. Tutta la mia esistenza si stava concentrando in quel piccolo mondo, in quella casetta con la moquette stesa quasi in ogni stanza, anche sulle scale. Nell'accento di Stacey e Tod e della televisione che poco alla volta stava diventando sempre più comune, quasi più familiare, sebbene io non riuscissi ancora a rendermi parte attiva nelle conversazioni e rispondessi solo alle domande che mi venivano rivolte direttamente. Era come una cantilena, una nenia che stava cominciando ad accompagnarmi e a diventare parte di me. Come succede da bambini, credo. Quando si impara e si assimila la propria lingua per imitazione.

Forse sarebbe andato tutto bene. Forse avrei resistito per tutta l'estate. Forse avrei imparato qualcosa, prima di andarmene per sempre. Mai avrei immaginato che quella città, quella Londra che di primo impatto avevo considerato così distaccata, austera e formale, sarebbe diventata la "casa" che avrei rimpianto per buona parte della mia vita. La parte del mondo in cui avrei appreso qualcosa di più importante di una lingua straniera. Il luogo dove avrei imparato ad amare. Dove avrei imparato a restare.

CAPITOLO 4

Rassicurare i miei genitori al telefono non era stata un'impresa tanto ardua, la sera del mio arrivo in casa dei Larsen. Stavo iniziando a sciogliermi abbastanza da risultare convincente.

Dopo l'ingresso in famiglia, la tappa successiva da superare sarebbe stata la scuola. Essendo arrivata il giovedì, avevo ancora tre giornate di mezzo. Un intero, interminabile fine settimana, scandito da innumerevoli tazze di tè con il latte. Stacey ne preparava e ne offriva cinque al giorno, assiduamente. Mattina, metà mattina, dopo pranzo, alle cinque del pomeriggio e dopo cena. E in meno di due giorni io avevo già raggiunto una sorta di assuefazione. Perché le tazze di tè caldo si adattavano perfettamente a quel giugno inglese, tiepido e nuvoloso.

Non avevo idea di che programmi avessero i Larsen nel fine settimana. Nemmeno sapevo se io ne avrei fatto parte o se mi avrebbero lasciata per conto mio. Quindi non mi restava che aspettare per scoprirlo.

Sicuramente non avrei mai immaginato di ritrovarmi intorno così tante persone. Nel corso della giornata successiva al mio arrivo erano passati i due figli e la figlia di Stacey e Tod con mogli, marito e quattro nipoti. La più piccola, Zoe, di circa un anno, era una bambolina dai morbidi riccioli rossi, gli occhi azzurri e il visetto tondo e rosato. Mi era finita in braccio e lì era rimasta per buona parte del pomeriggio. Era un sollievo, almeno con lei non ero costretta a fare conversazione.

In serata invece si era presentata una ragazza cinese, Norinne. Alcuni anni prima era stata lei stessa una studentessa ospite dei Larsen e, stabilitasi definitivamente a Londra, di tanto in tanto tornava a trovarli. Con lei, per lo meno, avevo iniziato a sentirmi meno estranea in una riunione familiare di cui io non facevo parte.

«Per quanto resterai qui?» Norinne si accarezzò i capelli lisci e neri che le incorniciavano dolcemente il viso. Anche il suo accento mi risultava più comprensibile. Forse perché aveva una pronuncia decisamente meno britannica rispetto a quella degli altri.

«Tre mesi. Lunedì inizierò il corso, a scuola.» Mi sentii orgogliosa di me stessa per essere riuscita a instaurare una sorta di conversazione, invece di rispondere solo alla sua domanda.

«Ah, buon per te. Almeno non sarai confinata in questo angolo di mondo. Questo è un quartiere carino per persone anziane e famiglie, ma la vera vita sta altrove!»

Stavo iniziando a invidiare la sua abilità con l'inglese, parlava e interagiva con disinvoltura sia con me sia con i membri della famiglia.

«Dove?» Mi limitai a chiederle, timidamente.

«Ma in centro, ovviamente! E poi la sera, nei locali… nei pub, nei club…» Norinne sospirò, inclinando il viso e sgranando leggermente gli occhi. «Locali che probabilmente tu non vedrai molto, se resti chiusa qui. Ma forse sei troppo giovane. In ogni caso domani ti porteranno a fare un giro in centro città. Forse ci sarò anch'io. Quanti anni hai?»

«Ah, bene.» Non sapevo che altro aggiungere per mostrare un entusiasmo non del tutto reale per qualcosa che non avevo ancora visto e da cui non sapevo cosa aspettarmi. «Ho diciotto anni, comunque.»

Il centro città. Come Norinne aveva preannunciato, mi ci ritrovai il giorno seguente. Non sapevo nemmeno a quale altro centro città paragonarlo. Parigi? Milano? No. Nulla del genere. Oxford Street non era davvero nulla del genere. E io, appena scesa dall'auto che Tod aveva accostato a un lato della strada prima di andare a parcheggiare, mi ero ritrovata a guardarmi intorno totalmente incredula, esterrefatta. Luci, colori, macchine che provenivano da entrambe le direzioni. E gli autobus, soprattutto…

Il mio sguardo si era soffermato su quegli autobus rossi e aperti da cui la gente saliva e scendeva con agilità e noncuranza, anche mentre non erano del tutto fermi. Sembravano quasi giostre, in un circo di cui anche io avrei potuto essere protagonista, non solo spettatrice.

Mi trattenni per aspettare Stacey e Norinne che, come promesso, ci aveva accompagnati. Stacey riuscì appena in tempo a trattenermi e a bloccarmi con un braccio, prima che rischiassi di finire sotto a un taxi mentre mi muovevo con lo sguardo rivolto verso l'alto, ai magazzini che incombevano da entrambi i lati della strada. Tutto era incredibile, lì intorno. E tutto incredibilmente procedeva al contrario, rispetto alle mie abitudini.

«Attenzione ad attraversare la strada…» Stacey sorrise trattenendomi ancora, come se fossi una bambina.

«Guarda da entrambe le parti, all'inizio. Così non puoi sbagliare!» Norinne sembrava aver riacquistato entusiasmo e vitalità, in centro. Era diventata ancora più vivace, come immersa nel suo elemento naturale.

Io invece non riuscivo a farmi un'idea precisa. Forse era ancora troppo presto. Mentre ci stavamo incamminando verso Piccadilly Circus non riuscivo a comprendere se fosse proprio quella l'idea che mi ero fatta di Londra. Ma forse la verità era che, a differenza di Parigi e di altre città che avevo visitato precedentemente, di Londra non mi ero mai fatta nessuna idea. Nelle altre città ero "cresciuta", in qualche modo, essendo troppo piccola per rendermi conto che potesse esistere qualcosa di differente. Quindi per me era davvero tutto nuovo. Come un mondo da scoprire. E io avevo una gran voglia di scoprirlo per conto mio, ma allo stesso tempo una gran paura di lasciarmi coinvolgere, assorbire.

Dopo aver visitato alcuni magazzini ci eravamo ritirati in una sala da tè. Io seguivo Stacey, Tod e Norinne automaticamente, senza avere ancora alcun senso dello spazio e delle direzioni. Avrei dovuto comprare una piantina, appena possibile.

«Sì, e ti conviene imparare a usare la metropolitana e gli autobus!» mi suggerì Norinne quando le comunicai la mia intenzione.

Mi sentii avvampare. Sarebbe stato impossibile, per me. Mi sarei persa. Ovvio che mi sarei persa! Mi consideravo sempre più una stupida, una provinciale, una povera straniera incapace. Ma invece di manifestare apertamente i miei timori, annuii senza replicare e mi sforzai di mostrare il mio entusiasmo a Stacey e Tod, celando la morsa di apprensione che mi stringeva il petto.

«Ti posso insegnare, se vuoi. Se non impari subito, rischi di passare tre mesi tra la casa dei Larsen e la scuola. Che si trova in una bella zona, ma tranquilla quasi come quella di Stacey e Tod.» Norinne mi rivolse un'occhiata di commiserazione quando, dopo aver preso il tè con biscotti, scones, burro e marmellata, tornammo a incamminarci per Regent Street.

«Mmh… va bene, direi.»

Non sapevo se mi andasse bene, in realtà. Avevo timore di offenderla e la mia padronanza dell'inglese non era sufficiente a rifiutare con gentilezza ed eleganza.

Così, in breve, mi furono proposte due opzioni per la giornata. Andare con i Larsen a far visita alla sorella di Stacey, per poi tornare a casa. Oppure restare a gironzolare in centro con Norinne e poi rientrare insieme a lei in metropolitana. Mostrai una sorta di educata esitazione, ma scelsi la seconda. Come aveva affermato Norinne nel corso del nostro primo incontro, la mia "vera vita" londinese stava per avere inizio.

CAPITOLO 5

Rimaste sole, Norinne mi aveva trascinata letteralmente ovunque. Di nuovo in giro per Piccadilly Circus avevamo percorso Shaftesbury Avenue, poi da Regent Street avevamo svoltato verso Carnaby Street, vagando dentro e fuori i vari negozietti di souvenir. Dove avevo ceduto di fronte a qualche braccialetto colorato e un anellino d'argento. In seguito, da Oxford Circus avevamo preso la metropolitana per Notting Hill per il mercatino di Portobello Road. Poi da lì, cambiando alcuni autobus eravamo ritornate verso il centro per poi raggiungere Covent Garden che elessi come il mio quartiere preferito di Londra. Almeno per quanto avevo potuto vedere fino a quel momento.

Tutto avveniva talmente in fretta e io mi lasciavo guidare senza nemmeno comprendere dove mi trovassi, invidiando la familiarità di Norinne con quei luoghi, la disinvoltura con cui saliva e scendeva dalla metropolitana e dagli autobus. Mi aveva aiutata a comprare un biglietto diurno, suggerendomi di acquistare un settimanale o un mensile, appena possibile.

«Potresti venire a stare da me!»

Mi propose Norinne mentre riposavamo sedute in un pub caffetteria di Covent Garden, di fronte a un piccolo concerto di violino all'aperto. Io spostai lo sguardo, dal musicista dai lunghi capelli biondi a lei, che sorseggiava una birra con invidiabile noncuranza. Davanti al mio cappuccino mi sentii ancora più piccola e insulsa.

«Cosa intendi?»

«Io abito da sola, in zona Elephant and Castle. Puoi stare da me, saresti più libera. Di certo con me non avresti il coprifuoco, con Stacey e Tod invece…»

«Io… non saprei. Non credo sia nei patti, con la scuola…»

Non osavo rifiutare e allo stesso tempo non osavo nemmeno accettare. Di nuovo, la mia scarsa confidenza con la lingua mi stava causando dei problemi.

Il punto era che entrambe le opzioni mi sembravano "troppo estreme". Restare sotto la protezione di due persone anziane, tra tazze di tè e visite in famiglia, oppure lasciarmi trascinare dalla vitalità e dall'entusiasmo di Norinne? Dal suo "giro per locali", dalla sua sicurezza, dal suo atteggiamento così libero e anticonformista. Ma in realtà, non era solo lei. Erano tutti così. E se non tutti, la maggior parte. I giovani e anche i meno giovani, lì erano diversi. Si respirava una sorta di libertà nell'aria. Di mancanza di giudizi, o meglio di pregiudizi, nei confronti del prossimo. Sospirai voltando fugacemente lo sguardo intorno. Quante nazionalità si mischiavano, mentre io stavo seduta su quella panchina di un pub all'aperto, in quell'angolo di mondo, tra bancarelle e artisti di strada? Quante persone giravano per Londra, senza doversi per forza conformare, adeguare a uno stile, a una categorizzazione ben precisa?

Fu quello uno dei primi momenti in cui mi resi conto di quanto Londra fosse diversa da tutti i luoghi che avevo visitato e in cui avevo vissuto per periodi brevi, medi o lunghi. Forse perché, per la prima volta, io ero davvero sola e libera. Quindi anche Londra mi appariva allo stesso modo. Forse non sola, ma decisamente libera. Libera da catene invisibili, da dogmi, da pregiudizi.

«Facciamo così. Tu resti dai Larsen, finché inizi a capire come funziona. Poi puoi venire a stare da me, la mia proposta è sempre valida. Anche perché ho sentito che Stacey e Tod andranno in vacanza tra qualche settimana, quindi ti dovrai trasferire dalla sorella di Stacey o da uno dei suoi figli.

Comunque, cosa ne pensi di Londra per quel poco che hai visto? Ti piace?»

Non ero del tutto certa che l'insistente ospitalità di Norinne fosse disinteressata. Probabilmente parte della retta pagata ai Larsen o ai loro familiari sarebbe passata a lei. Non che mi importasse, ma non ero così ingenua da credere che l'amicizia potesse nascere così, dal nulla, su basi inesistenti. Ma dovevo capire cosa sarebbe stato meglio per i miei tre mesi successivi. Restare sotto la protezione di una famiglia o aprirmi a un mondo sconosciuto, a una libertà che per me era ancora una novità tutta da assaporare?

«Non lo so. Sì, è… carina.» Stavo iniziando a utilizzare l'aggettivo "carino" per tutto, ormai. In mancanza di alternative. Ma in quel caso lo avevo fatto volontariamente, con intenzione. Per sentirmi un po' meno stupida e spaesata. E soprattutto per non essere costretta a rivelare a Norinne che avevo trascorso gran parte della mia esistenza in un paesino dimenticato dal mondo e spesso anche dalle carte geografiche, al confine tra la Svizzera e l'Italia. Proprio per questo proseguii la conversazione, aggiungendo qualcosa che l'avrebbe colpita. O almeno così credevo. «Voglio dire… so di aver visto ancora poco, ma il problema è che… rischio di perdere la grande occasione della mia vita nel tempo che trascorrerò qui.»

La grande occasione della mia vita era Thomas. Immediata mi si presentò davanti la sua immagine, insieme a quella della sua band. Se quel gruppo improvvisato avesse davvero rappresentato la grande occasione della mia vita, sarei stata completamente fregata! Ma Norinne non ne era a conoscenza, per mia fortuna. Le raccontai in breve del mio probabile "ingaggio" nella band, esagerando la portata e l'importanza del mio contributo e della loro fama. Esagerando anche il mio talento come ballerina.

«Oh, non ci pensare!» Come temevo non ero riuscita a impressionarla. Liquidò il mio tentativo con una scrollata di spalle. «Qui troverai sicuramente di meglio. Se vuoi ballare troverai i posti giusti! Di sicuro con quel ragazzo del tuo paese non farai molta strada, nemmeno come ballerina. Tutto nasce qui a Londra o comunque in Inghilterra, sempre… la musica, le band… avrai sentito parlare dei Beatles, dei Rolling Stone, dei Pink Floyd, dei Queen. E i Blur e i Take That? Li conosci? Io li adoro!»

«No, non credo di averli mai sentiti. Cioè gli altri sì, gli ultimi due che hai nominato…»

«Sono nuovi! Ti farò sentire una cassetta, quando vuoi.»

«Sì, certo…»

Non mi importava, in realtà. Né di sentire quelle nuove band né di fare carriera come ballerina. E anche se mi fosse importato, non ne avrei avute le capacità. Ma questo Norinne non poteva saperlo.

Tornammo a casa in metropolitana. Norinne senza badare troppo alla direzione che stavamo prendendo, io incominciando finalmente a studiare con attenzione ogni passo, ogni fermata. Con la piantina della metropolitana in mano, una sorta di piccola brochure ripiegata che fornivano gratuitamente nelle stazioni, compresi che Notting Hill e Oxford Circus si trovavano sulla linea rossa, la Central Line. Piccadilly Circus e Covent Garden sulla blu, la Piccadilly Line. E in alcune stazioni queste e molte altre linee si intersecavano.

Mi sentivo stanca, desolata e sopraffatta mentre la seguivo fedelmente, come un cagnolino. Non me la sarei mai cavata da sola. Non in tre mesi. Nemmeno in tre anni, probabilmente.

Arrivate dai Larsen trovai una nuova ospite. Un'italiana di nome Gloria, con i capelli corti e l'aria sportiva. Era già stata da loro in precedenza, per questo aveva un'aria così sicura e trattava Stacey e Tod con familiarità. Si sarebbe fermata solo per due settimane circa, ma almeno speravo di sentirmi meno sola e fuori dal mondo, grazie alla sua presenza.

Questione di abitudine. Del resto, mi trovavo a Londra solo da tre giorni ed era la mia prima esperienza in centro. Tutti non facevano altro che ripetermi la stessa cosa, anche la nuova arrivata. Questione di abitudine. Io iniziavo a temere che ci fosse qualcosa di sbagliato, in me. Magari io non ero come gli altri. Magari non mi sarei abituata. Non ero nemmeno certa di essermi mai abituata a qualcosa, nemmeno alla mia solita vita. La subivo, semplicemente. Mi trascinavo, facendo finta che mi andasse bene. Ma non osavo ammetterlo. Questo era il mio problema, fondamentalmente. Non avevo mai osato ammetterlo.

CAPITOLO 6

Una certezza avevo raggiunto nel corso della giornata successiva. Io, con l'inglese, non andavo d'accordo. Eppure ero sempre stata una delle migliori, a scuola. Con l'inglese scolastico, appunto. Ma quell'inglese parlato in famiglia, nel corso di una conversazione normale e spontanea, era tutta un'altra faccenda. Peggio ancora era quello della televisione. Una tragedia.

I Larsen, Norinne, anche Gloria, riuscivano a intrattenere conversazioni tranquille e rilassate. Io mi dovevo impegnare per comprendere e poi formulare la frase mentalmente prima di riuscire a rispondere. Un disastro che accentuava la mia stanchezza e il mal di testa che diventava sempre più persistente.

«Davvero, è solo questione di allenamento.» Gloria, finalmente, si rivolse a me in italiano. Almeno per qualche minuto avrei potuto rilassare la mente.

«Non credo. Riesco a capire, ma rispondere è difficile. Devo pensare a cosa dire e poi tradurlo.»

«In questo sbagli. Mai pensare in un'altra lingua e poi tradurre.» Gloria inclinò il capo, abbozzando un sorriso. Nel frattempo, avevo scoperto che aveva circa quindici anni più di me e si ritrovava a viaggiare spesso, per lavoro. Per cui aveva necessità di usare l'inglese, quotidianamente. «Vedrai che tra un paio di settimane migliorerai, poi ti verrà naturale.»

Ne dubitavo. Mi veniva naturale con l'italiano e il francese perché ero cresciuta con entrambe le lingue. Ma con l'inglese non sarebbe stato così semplice. Eppure... eppure ci sarei riuscita. Avrei sfidato me stessa, fino a riuscirci. Mi sarei impegnata il più possibile, a scuola. Dovevo essere pronta, anche se ormai mi restava solo un giorno al grande inizio.

Tod, forse impressionato dalla mia improvvisa caparbietà, si era offerto di aiutarmi a leggere e a migliorare il mio accento. Aveva preso un libro dalla sua biblioteca, invitandomi a leggere ad alta voce e correggendomi frase dopo frase *The Prodigal Daughter*, di Jeffrey Archer. Un'impresa eroica, insomma. Era il primo vero libro che leggevo in inglese. Aveva una copertina chiara e il nome dell'autore scritto in alto, in caratteri enormi. Io non lo conoscevo, ma doveva essere davvero famoso. Così mi resi conto, ancora più palesemente, di quanto io fossi un disastro assoluto. E tre mesi di scuola in un istituto inglese, con insegnanti inglesi e l'obbligo tassativo di parlare inglese ogni giorno, non avrebbe potuto fare miracoli. Di questo ero convinta. Ma avrei fatto del mio meglio. Anche di questo ero convinta.

Certo, convintissima. Mantenni la mia assoluta convinzione anche preparandomi per il mio primo giorno di scuola. Indossai i jeans e una maglietta, nessuno mi aveva detto che avrei dovuto portare una divisa o altro. Secondo Gloria mi potevo vestire normalmente, come mi trovavo più comoda.

Mi guardai allo specchio ovale con le rifiniture dorate che si trovava nella mia stanza. Lasciai i capelli sciolti sulle spalle e mi truccai leggermente. Non avevo voglia di impressionare nessuno, anzi puntavo proprio sul fatto di passare il più inosservata possibile.

La scuola non distava molte fermate da Boston Manor, ma dovevamo cambiare linea di metropolitana, dalla Piccadilly Line alla District Line, per raggiungere poi la fermata di Kensington Olympia. Io attribuivo i colori a ogni linea, così come erano indicate sulla mappa. Quindi la District Line per me diventò la linea verde.

Stacey, per il mio primo giorno di scuola, mi aveva accompagnata per presentarmi alla direttrice e aiutarmi nell'introduzione ai corsi. Anche Gloria era venuta con noi, aveva deciso di frequentare alcune lezioni nelle due settimane della sua permanenza.

Il quartiere mi sembrava abbastanza tranquillo, vagamente somigliante a quello in cui vivevano i Larsen, proprio come lo aveva descritto Norinne. Dalla fermata la scuola distava circa cinque minuti a piedi. Non c'erano molte persone in giro nella zona, almeno a quell'ora del mattino. Le strade erano semideserte e io mi guardai intorno, impegnandomi a memorizzare il tragitto che dalla metropolitana portava alla "King James School of English".

Quando mi ritrovai davanti a quell'edificio bianco e imponente, dall'aspetto candido e al tempo stesso austero, mi sentii ancora più piccola. Sollevai il viso confusa, incerta di dover proprio entrare, varcare quella soglia. Anche se in modo del tutto differente, la sensazione fu simile a quella che avevo provato in pieno centro, tra Oxford Circus e Piccadilly. Tanto che una parte di me avrebbe desiderato restare lì per sempre e uniformarmi all'ambiente che mi incuteva un senso di eleganza, deferenza e rispetto, un'altra parte però… si sarebbe nascosta per poi fuggire via, lontano.

Il peggio però doveva ancora arrivare. Almeno per me. Mi aspettava una sorta di "colloquio introduttivo" con la direttrice della scuola, Patricia Hamilton. Nulla di troppo impegnativo, in realtà. Stacey e Gloria mi avevano tranquillizzata. Serviva soltanto a stabilire a quale livello dei corsi inserirmi. Solo che io, ancora una volta, mi sentivo terribilmente a disagio. Ma, per lo meno, l'idea che ci fosse qualcuno con un livello inferiore al mio e corsi base per principianti assoluti, era stata di grande aiuto e aveva fornito un incentivo alla mia autostima.

Patricia aveva un aspetto giovanile, con una massa di capelli ricci castano chiaro che le sfioravano le spalle e uno sguardo diretto a cui sarebbe stato impossibile sfuggire. Il suo ufficio la rispecchiava, ordinato ed essenziale. Mi fissava con gli occhi azzurri e stretti, leggermente allungati verso l'alto, mentre mi rivolgeva domande all'apparenza casuali sulla mia provenienza, i miei studi, le mie aspirazioni future. Non sapendo cosa dire e come replicare riguardo alle mie aspirazioni, nemmeno nella mia lingua in realtà, inventai di sana pianta di essere appassionata di arte e letteratura. Mi collegai al libro che stavo leggendo con Tod.

«Hai già visitato Londra? Cosa ti è piaciuto?» Patricia, con il suo accento impeccabile, proseguiva imperterrita l'interrogatorio che sembrava sempre più un esame vero e proprio. Intanto si segnava qualche appunto su alcuni fogli che aveva di fronte.

Stacey, seduta al mio fianco nell'ufficio, taceva e seguiva attentamente la conversazione. Io, con il mio misero livello di inglese, mi sentivo sempre più a disagio, come se mi stesse sfuggendo sempre più il controllo di una situazione in cui io stessa ero direttamente coinvolta. L'accento di Patricia sembrava talmente perfetto da mettermi ancora più in imbarazzo.

«Ho visto… Piccadilly Circus e…» E che altro? Vuoto di memoria. Lo sapevo cosa avevo visto, era trascorso soltanto un giorno, maledizione! Ma, come capita spesso sotto pressione, i nomi dei luoghi e dei quartieri mi si stavano mescolando nella mente, creando una specie di magma confuso e indefinito. «Oxford! La strada con i negozi… e poi…»

Accidenti! Sempre peggio! Insomma, se almeno Stacey fosse intervenuta in mio aiuto…

«Va bene, Beatrice. Direi che potresti essere pronta per il livello pre-intermedio A, per ora. Più avanti vedremo.»

Pre-intermedio? Davvero? Dal suo sguardo ero convinta che nemmeno il loro livello base per principianti sarebbe stato sufficiente per colmare le mie lacune!

Fui immensamente grata di lasciare l'ufficio di Patricia, salutai Stacey e ritrovai Gloria, a cui non sfuggì la mia espressione sconvolta.

«Complimenti! Sei uscita viva dal colloquio con "sua maestà"!»

Nonostante si rivolgesse a me in italiano, aveva abbassato la voce nel pronunciare le ultime due parole.

«Sì, in effetti sembra davvero…» annuii sospirando, con un plico di fogli che Patricia aveva compilato e mi aveva consegnato prima di concedermi la libertà di andare. Come definizione calzava alla perfezione. Patricia sembrava davvero la regina, per intonazione, accento e anche portamento.

«La chiamano tutti così, qui. Studenti e anche altri insegnanti.» Gloria sorrise, strizzandomi l'occhio mentre sostavamo nel corridoio in attesa.

«Spero che gli altri non siano così…» sospirai cercando di dare un'occhiata ai fogli che avevo in mano. Patricia aveva espresso il suo giudizio sul mio livello d'inglese compilando alcune tabelle preimpostate. Non avevo nemmeno voglia di indagare.

«Tranquilla, gli altri sono…» Gloria fece una pausa, scorgendo un tizio dall'aria placida e tranquilla uscire dall'ufficio di Patricia e avvicinarsi a noi. Non avevo nemmeno notato che ci fosse entrato. «Sono un po' più comuni mortali.»

«Buongiorno Beatrice, io sono Doug.» Tese la mano prima a me, poi a Gloria. «Noi già ci conosciamo, bentornata Gloria. Fra qualche minuto ci sarà una breve pausa tra le lezioni, vi accompagno al vostro corso.»

Così lo seguimmo su per due piani di scale. La scuola aveva l'aria maestosa anche all'interno, perfettamente corrispondente all'austerità esterna. Avevo quasi il fiatone, ma in qualche modo riuscivo a sentirmi più tranquilla. Doug dimostrava circa quarant'anni, era magro, pallido, un po' stempiato. Ma, al contrario di me, si arrampicava su per le scale agilmente, senza mostrare il minimo affanno. Forse era l'ansia a giocarmi brutti scherzi. Forse quell'ambiente ancora estraneo, che mi sembrava lo scenario adatto per una storia cupa e misteriosa. Magari anche un delitto, perché no?

«Dicevo… alcuni insegnanti sono molto bravi…» proseguì Gloria, mantenendo una certa distanza da Doug che procedeva spedito e disinvolto verso il primo piano.

«Lui…?»

«No, lui non insegna. È una sorta di assistente, segretario, facchino, portaborse di "sua maestà". A che livello ti ha messa la regina? Io torno all'intermedio avanzato, preferisco fare un po' di ripasso.»

«Pre-intermedio A.»

La definizione di Gloria mi strappò un sorriso. Intanto avevamo raggiunto il secondo piano e stavamo seguendo Doug lungo un corridoio piuttosto stretto. Sui muri erano appese locandine varie, di eventi e forse di corsi e attività locali, alternate alle fotografie degli studenti. Alcune erano le stesse che avevo già visto sulla rivista della scuola che avevo sfogliato.

Proprio mentre ero persa a guardarmi intorno, ci fermammo di fronte a una porta bianca che si aprì di scatto dopo alcuni istanti. Ne uscirono furtivamente alcuni ragazzi dall'aria annoiata, che si infilarono rapidi lungo il corridoio e poi giù per le scale. Altri ne seguirono, ma la voce di Doug mi impedì di osservarli.

«Ecco, questa sarà la tua classe.» Entrò prima di me, indicandomi un posto libero sul lato sinistro. I banchi erano disposti in semicerchio intorno a una scrivania posta di fronte alla lavagna. «Lì, il primo posto è libero, se vuoi. Un paio di minuti e rientreranno tutti per la lezione.»

«Grazie…»

Sospirai sollevando la mano verso Gloria, in cenno di saluto. Lanciando una rapida occhiata, in base ai quaderni disposti sui banchi, mi resi conto che la mia classe era composta da una ventina di studenti. Molto probabilmente mi sarei dovuta presentare. E io odiavo le presentazioni. Così come odiavo le novità, tutte quante. Indifferentemente, buone o cattive che fossero. Le novità erano orribili. Le novità spezzavano il mio equilibrio. Anche se spesso il mio equilibrio non era poi così stabile e confortante.

Presi posto, con i miei stupidi fogli stretti tra le mani. Mi ci stavo aggrappando, sperando che mi salvassero da qualcosa di spaventoso, di ignoto. Oltre alle novità detestavo anche essere sola in un luogo estraneo, non conoscere nessuno. Se almeno Gloria fosse stata nella mia stessa classe, non mi sarei sentita così abbandonata.

Come aveva preannunciato Doug, nel giro di qualche minuto gli studenti rientrarono. Alcuni lanciandomi una breve occhiata indagatrice, altri ignorandomi. Seguiti da un uomo dall'aspetto distinto che, dopo aver chiuso la porta dietro di sé, si posizionò di fronte alla scrivania. L'insegnante, come era facile supporre.

Con un sorriso si allungò verso di me e io istintivamente gli consegnai i miei fogli che scrutò distrattamente, prima di rivolgermi la parola.

«Beatrice, benvenuta tra noi. Io sono Chris. Ci conosceremo strada facendo!»

«Grazie…»

Non seppi aggiungere altro, anche questa volta. Chris. Era bello, elegante, con i capelli biondi, gli occhi azzurri e l'aria irreprensibile. Sembrava un nobile, ma in modo molto diverso da "sua maestà" Patricia. La giacca scura aperta sul petto lasciava intravedere la camicia azzurra che fasciava il suo torace ampio ma snello al tempo stesso.

Insomma, come inizio niente male! Oltretutto Chris ebbe il buon senso di non costringermi a una forzata presentazione di fronte a tutti e si lanciò immediatamente nella spiegazione e in alcuni esercizi sulle forme verbali passate. Questo mi indusse ad apprezzarlo ancora di più. Davvero niente male, come inizio. Riuscii a completare gli esercizi senza particolari problemi e a rispondere correttamente quando arrivava il mio turno. Avevo fatto buona impressione su di lui! Gioii nel modo più silenzioso e dignitoso possibile per aver evitato una pessima figura.

Mantenni il livello di concentrazione e di attenzione al massimo per un'ora circa. Fino a quando Chris, controllando il suo orologio, ci consegnò un altro foglio con degli esercizi per casa.

«È quasi ora della vostra pausa, potete rilassarvi un po'. Avete lavorato bene, oggi. Noi ci rivediamo domani, ragazzi. Buona giornata!»

Oh, certo. Certo che lo avrei rivisto domani! Con immenso piacere lo avrei rivisto! E avrei tentato di fare del mio meglio per non sbagliare, per essere brava e attenta! Intanto seguivo i suoi movimenti, quasi imbambolata dalla sua classe, dal suo modo elegante di muoversi, parlare, sorridere.

«Scordatelo, mia cara!»

Mentre Chris lasciava l'aula e gli altri studenti muovevano le sedie per alzarsi, la ragazza bionda che avevo seduta accanto si spostò verso di me e richiamò la mia attenzione, appoggiando un gomito sul mio banco per riuscire a incrociare più facilmente il mio sguardo.

«Cosa?» Temetti di non aver compreso e la guardai perplessa.

«Lui. Scordatelo. È già impegnato.»

La ragazza scandì le parole, una dopo l'altra, in modo da infondere più enfasi nel messaggio. O forse solo perché credeva che io non capissi cosa stesse cercando di comunicarmi.

«Io… non… non…» Mi aveva presa in contropiede. Non ci stavo proprio pensando. Ma Chris era indubbiamente un bell'uomo. Per quel motivo mi sentii avvampare. Perché ci stavo pensando, anche se non proprio nei termini che aveva inteso la bionda. «Non ci stavo pensando! È troppo vecchio, comunque.»

«Vecchio? Ma l'hai visto?» La ragazza buttò la testa indietro e scoppiò a ridere. «Io sono Sandrine. E stavo scherzando, Chris fa quell'effetto a tutte! Ci incanta tutte e poi si nega, insomma!»

«Ah, ecco… io sono Beatrice.» Sorrisi anch'io, rilassandomi. Per fortuna la sua aria quasi minacciosa era scomparsa e mi stava guardando con espressione attenta ma cortese.

«Comunque, Chris resta impegnato.»

Non comprendevo il motivo per cui ci tenesse tanto a sottolinearlo. Anche perché dalle sue parole mi sembrava piuttosto chiaro che non fosse impegnato con lei.

«Comunque, resta davvero troppo vecchio per me.»

«Ma no… non è vecchio. Un uomo così ha la classe, la maturità e l'esperienza giusta…»

Ah, ecco. Questo era il punto. Forse era davvero impegnato. Ma a Sandrine interessava ugualmente. Ed evidentemente preferiva non avere competizione, almeno all'interno dello stesso corso.

«Avrà almeno trent'anni…» Mi strinsi nelle spalle. La sua insistenza mi spinse a non darle soddisfazione. Non mi piaceva che mi imponessero cosa pensare. Nemmeno riguardo a una persona che, tutto sommato, ancora non conoscevo. Quindi non avrei ceduto. Anche se in realtà non mi ero davvero fatta alcuna idea del genere nei confronti di Chris.

«Trentatré. Ed è di origine scozzese.»

«Oh, okay…» Ancora una volta, non faceva differenza per me. E avevo una gran voglia di cambiare discorso. Così, nonostante fossi quasi certa di aver individuato la provenienza della mia compagna di corso, mi aggrappai all'appiglio che mi aveva appena lanciato. «Tu invece? Da dove vieni? Da quanto sei qui?»

«Sono francese. Di Tours.»

Sandrine mi rispose distrattamente, puntando gli occhi verso la porta. Mi accorsi solo in quel momento, seguendo la direzione del suo sguardo, che Chris era ancora fermo lì e si stava intrattenendo con uno dei ragazzi. Ma la cosa peggiore era che… ci stava fissando! O forse no… ma aveva il viso rivolto verso di noi! Tanto che qualche istante dopo annuì brevemente, allontanandosi.

«Oh, accidenti! Non ci avrà sentite, vero?»

«Che ne so...» Sandrine si strinse nelle spalle, scrutandomi con un'aria sadica che non avevo notato in lei inizialmente. Poi si alzò, stiracchiandosi e sbadigliando annoiata. «E comunque sei stata tu a dargli del vecchio, non io! Sei tu ad aver fatto certi pensieri su di lui...»

«Io? Ma cosa...» Che stronza malefica! Lo aveva fatto apposta? «Io non gli ho dato del vecchio... cioè non vecchio... nel senso... vecchio per me...»

Ma cosa importava! Stavo parlando da sola ormai, perché lei nemmeno mi ascoltava più ora che mi aveva imposto le sue considerazioni e marcato il suo territorio.

«Vecchio, sei stata chiara! Almeno abbiamo appurato che questo aggettivo lo conosci bene.»

La voce che mi raggiunse, questa volta, non apparteneva a quella malefica di Sandrine. Anche perché, oltre a essere maschile, arrivava da dietro le mie spalle. Sospirai voltandomi e mi ritrovai di fronte un'espressione sarcastica in netta contrapposizione a due occhi di una tonalità strana ma intensa che non riuscii a identificare, grigio verde forse.

«Ne conosco altri, se vuoi saperlo! Maleducato, per esempio!» sbuffai risentita.

Se la mia intenzione era quella di fare amicizia con i miei nuovi compagni di classe, non stava riscuotendo molto successo. Non conoscevo nemmeno bene la lingua... ma perché non me ne stavo zitta invece di continuare a dire le cose più sbagliate? E perché fraintendevano e travisavano il senso delle mie parole?

Anche se, in questo caso, c'era poco da fraintendere e travisare. Avevo davvero dato del maleducato al ragazzo che avevo di fronte, che probabilmente mi avrebbe detestata per tutta la durata della mia permanenza nella sua stessa classe.

CAPITOLO 7

«Comunque, riporterò a Chris la tua opinione su di lui. Non ne sarà molto entusiasta, il povero vecchio Chris.»

Il nuovo arrivato mi scrutò con espressione severa questa volta, incrociando le braccia al petto e appoggiandosi con le spalle alla parete. Ma chi era? Non mi sembrava di averlo visto a lezione. Forse aveva saltato l'ora ed era appena entrato.

«Non lo farai, invece!» Arrossii e iniziai a fremere, in totale imbarazzo. Lui invece sembrava divertirsi un mondo e la sua espressione era sempre più subdola e canzonatoria. Sarebbe stato anche carino se non fosse stato così stronzo! «Non hai nessuna prova contro di me. E poi anche tu stavi ascoltando una conversazione privata, una cosa che non si fa! Non ti hanno insegnato le buone maniere?»

«Ah, puoi scommetterci che lo farò invece. E tu, ragazzina nuova, finirai nei guai. Grossi guai.»

Quella sua smorfia sarcastica svaniva per un attimo, per poi ricomparire sul suo volto e donare al suo sguardo un'aria accattivante.

«Io...»

Oddio, cosa mi avrebbero fatto? Portata al cospetto di "sua maestà" Patricia? Giudicata colpevole, con testimoni pronti a raccontare la loro versione dei fatti! Espulsa con demerito o condannata alla pena capitale?

«Tu cosa? Sentiamo...»

«Io... io niente! Ho detto solo che Chris non mi interessa. Non mi piace, non ne voglio sapere!»

Per quanto lui fosse tenace, io lo ero ancora di più. Oltretutto non tentennavo, quando mi ostinavo. In nessuna lingua.

Sbagliavo molto probabilmente, commettevo errori clamorosi. Ma non tentennavo mai. Ostinata nella mia caparbietà, subivo una sorta di strana trasformazione. Non mi accadeva spesso ma quando mi capitava lottavo e mi intestardivo per averla vinta.

La situazione sarebbe stata anche abbastanza ridicola nella sua "tragicità". Ma cos'era? Una congiura contro di me? Decisi di defilarmi, con una scusa qualsiasi.

«Io… vado in bagno!»

«Fai presto, fra poco inizia la lezione!»

«Oh, certo. Parli proprio tu, che hai saltato l'ora e sei arrivato in ritardo… Lasciami passare, ho bisogno di prendere un po' d'aria!»

Mi alzai e lo oltrepassai, risentita. Sandrine, la malefica che mi aveva messa nei guai, non era nemmeno intervenuta per cercare di difendermi. Si era alzata e defilata per raggiungere un altro gruppo di ragazzi, ma durante le ultime battute avevo notato che aveva iniziato a seguire la nostra conversazione con espressione un po' persa, confusa. In effetti, dovevo ammetterlo, il tizio appena arrivato era piuttosto bravo. Non ero riuscita a identificare la sua provenienza così facilmente come avevo fatto con Sandrine. Ovvio, l'accento francese è facilmente riconoscibile, il più delle volte. E quello di Sandrine era marcatissimo.

Dovevo riprendermi, recuperare e cercare di fare buona impressione. C'erano ancora tante persone da conoscere, non aveva importanza se i primi due tentativi erano clamorosamente falliti, o quasi.

Uscii dall'aula e mi avviai verso un gruppetto di quattro ragazze ferme a metà tra il corridoio e la scala. Magari avrei potuto chiedere indicazioni per il bagno, anche se non mi serviva in realtà. Oppure avvicinarmi e iniziare a parlare con loro, solo per fare conoscenza.

Fortunatamente andò abbastanza bene, questa volta. O meno peggio, per lo meno. Le ragazze erano due spagnole, una giapponese e una svizzera. La svizzera, Fabiola, proveniva da una cittadina non molto distante dalla mia.

Qualche minuto dopo Sandrine ci raggiunse. O meglio, mi raggiunse perché la sua attenzione era puntata su di me. Di nuovo.

«Ho visto che stavi parlando con Hunter.»

Hunter? Andando a esclusione doveva essere il ragazzo con cui mi ero intrattenuta qualche minuto prima. Non troppo pacificamente, oltretutto.

«Ah sì, forse…» le risposi distrattamente e tentai di riprendere il discorso con le mie nuove conoscenze.

«Ma non ci pensare proprio, perché lui è mio. Non scherzo, questa volta! Lui non è troppo vecchio.»

Come non detto! Perché prima scherzava? Mi stavo improvvisamente rendendo conto che Sandrine aveva un'idea del "possesso" tutta sua. Ed era proprio come se io, nonostante fossi arrivata solo da poco più di un'ora, stessi invadendo il suo territorio. Che lei ci teneva opportunamente a marcare.

«Sì, nessun problema. Tutto tuo! Io sono già impegnata, comunque. Voglio solo passare questi mesi in fretta e tornare a casa, dal mio ragazzo.»

Stavo mentendo. Ma lei non poteva saperlo. Però non mi interessava iniziare un'assurda e ridicola gara per il predominio e forse anche la popolarità in una scuola d'inglese per stranieri che avrei frequentato solo per tre mesi. Non mi era mai interessato nemmeno nella scuola superiore dov'ero stata rinchiusa per cinque anni! Avevo sempre considerato questo tipo di competizione sfiancante, un'immensa e insensata perdita di tempo.

Volevo solo imparare, al meglio delle mie possibilità. Tutto sommato forse non ero nemmeno particolarmente propensa a fare amicizia. Si stava rivelando davvero troppo complicato e non ero mai stata brava a conoscere tanta gente tutta insieme, ricordandomi i nomi e associandoli alle persone.

Dopo aver scambiato qualche altra parola di presentazione con le ragazze e aver richiesto loro informazioni generali sulle lezioni successive, rientrai in classe. Guardandomi intorno con maggior attenzione, mi resi conto che Sandrine era davvero una sorta di "reginetta" lì dentro. La più appariscente, la più provocante e anche la più carina, in effetti. Con i lunghi capelli biondi che le ricadevano a boccoli sulle spalle, gli occhi azzurri, il rossetto che le delineava le labbra carnose e il fisico prorompente che metteva in bella mostra con una maglietta attillata. Quella che più facilmente avrebbe potuto attrarre gli sguardi maschili. Con i miei capelli castani lisci, il viso pallido, l'aria impassibile e lo sguardo piuttosto smorto e senza trucco eccessivo, non avrebbe trovato una rivale in me.

Mi sistemai nuovamente al mio posto e attesi la mia seconda lezione, mentre anche tutti gli altri riprendevano posizione. Non mi stupì veder rientrare il ragazzo con cui avevo avuto quello scambio di opinioni a proposito di Chris. Accidenti a lui, sembrava fin troppo bravo! Speravo di non fare qualche figuraccia. Sandrine aveva fatto il suo nome. Come diavolo si chiamava? Lo avevo già dimenticato.

Ciò che mi stupì però fu altro. Purtroppo per me. Perché quel tipo non sembrava solo troppo bravo. Io invece ero decisamente troppo stupida, ecco. E me ne resi conto quando lui, invece di occupare uno dei banchi rimasti liberi posizionati a semicerchio intorno alla cattedra, si fermò proprio lì. Davanti alla cattedra!

«Buona giornata, ragazzi! Per chi ancora non mi conosce, io sono Hunter. Visto che questa settimana abbiamo avuto nuovi arrivi, oggi ci dedicheremo un po' alla conversazione per conoscerci meglio e alla comprensione. Iniziamo da…» Sorrideva e gesticolava, tenendo gli occhi rivolti verso il centro e muovendosi appena sui lati. Sorrideva e gesticolava fin troppo, per essere un inglese. Ora lo stavo osservando meglio. Indossava i jeans e una camicia con varie tonalità di azzurro. Non aveva i modi da professore di Chris. Sicuramente era più giovane. E aveva l'aria di divertirsi un mondo. Proprio in quel momento il suo sguardo si spostò su di me. Forse perché, purtroppo, ero seduta al primo banco occupato alla sua sinistra. Ed ero anche una "nuova arrivata". Mi scrutò stringendo leggermente gli occhi grigio verde, con quel sorriso che sembrava più una smorfia sarcastica. Notai che arricciava leggermente il naso mentre lo faceva. «Come ti chiami, da dove vieni, cosa fai qui… raccontaci tutto di te!»

Una ventina di sguardi, subito dietro al suo, si spostarono su di me. Dannazione! Proprio la cosa che più odiavo al mondo! Presentarmi e parlare di me di fronte ad altre persone. Lo stava facendo apposta? Per mettermi in imbarazzo? Per vendicarsi dello scambio di battute di poco prima? Perché molto probabilmente mi aveva catalogata come una ragazzina stupida e arrogante e voleva farmela pagare.

Di sicuro! Da come mi stava osservando mi sembrava ovvio! Non l'avrei scampata, maledizione. Che altro potevo fare? Sospirai mordendomi le labbra. Non mi restava altro che dire quel poco che c'era da dire, su di me. Prepararmi a fare una figuraccia e passare oltre. Magari durante il turno degli altri avrei meditato vendetta. Ma intanto ero costretta a subire.

Hunter era un insegnante anche se dimostrava poco più di vent'anni. Alcuni degli altri studenti sembravano addirittura più anziani di lui. Non mi restava altro che accettarlo. E migliorare il più possibile, per provargli di cosa fossi capace. Per il momento avevo poco da raccontare. Anche perché non avrei saputo dire di più con la mia scarsa padronanza d'inglese e l'incapacità di esprimermi e di parlare in pubblico. Ma avevo tre mesi a disposizione. E mi preparavo a stupirlo.

CAPITOLO 8

Nel bene e nel male era trascorsa una settimana. Senza che quasi me ne accorgessi. Stavo iniziando a prendere confidenza con l'ambiente, con la casa dei Larsen, con il loro gatto Smokey che stava sulle sue per poi infilarsi di soppiatto nella mia stanza e il cane Lucky Star. Mi stavo davvero ambientando e anche acclimatando, inevitabilmente.

E avevo scoperto, con enorme sollievo, che gran parte dei miei compagni di corso non erano affatto male. Anche Sandrine, dopo il primo impatto, non era male. Nei giorni seguenti, conoscendola un po' meglio, avevo compreso che l'irruenza faceva parte del suo carattere. Era così in generale, con tutti. E aveva il vizio di marcare il territorio e di averla vinta. Anche con me si stava rivelando quasi possessiva, come se la infastidisse il fatto di perdere il suo potere, essendo stata la prima a fare la mia conoscenza e a parlarmi. Quasi temesse che io approfondissi l'amicizia con altre ragazze, dimenticandomi di lei.

Ciò che rendeva la situazione quasi buffa e irreale era che, essendo tutti stranieri e con una lingua madre diversa dall'inglese, spesso non ci comprendevamo affatto. Soprattutto noi, del livello pre-intermedio o intermedio. Gli accenti erano talmente differenti che il più delle volte andavamo a intuito. Oppure in fondo quello era proprio il motivo per cui riuscivamo a capirci, perché in realtà parlavamo tutti lingue diverse. Per cui ci sforzavamo di venirci incontro, ci aiutavamo l'un l'altro a colmare le nostre rispettive difficoltà. Era come se riuscissi a interpretare le loro parole più di quando scambiavo opinioni con persone che parlavano la mia stessa lingua. Ed era una sensazione davvero curiosa e insolita per me, quella di essere finalmente compresa.

Con Gloria e Fabiola, solo occasionalmente e quando eravamo sole, parlavo italiano. Non avveniva quasi mai, a scuola. Non avevo rivelato a Sandrine che parlavo correntemente francese, per evitare che incombesse su di me con ancora maggior sicurezza e sfrontatezza. Soprattutto non volevo che riprendesse, con più confidenza, quei discorsi assurdi a proposito di Chris e Hunter. Non mi interessavano e non volevo assolutamente saperne. La mia "sfida" personale con Hunter riguardava il mio livello e la mia padronanza dell'inglese, non altro. E una competizione con Sandrine non era inclusa, sicuramente non era parte dei miei obbiettivi.

Dopo la partenza di Gloria, avevo iniziato a trascorrere gran parte del mio tempo con Fabiola e Misaki, la ragazza giapponese che avevo incrociato fuori dall'aula il primo giorno. Ci eravamo recate insieme in centro e in giro per negozi, eravamo entrate da Harrods, guardandoci intorno meravigliate e incredule, come se ci trovassimo all'interno di una reggia. Poi avevamo visitato anche il British Museum e la National Gallery. Ci eravamo soffermate davanti al Big Ben per scattarci qualche fotografia e avevamo raggiunto Tower Hill. Insieme stava diventando tutto più facile e spontaneo.

Tornata a casa, dopo la scuola, ripiombavo nella mia quotidianità con i Larsen. Avevo chiesto a Tod di continuare ad aiutarmi nella lettura. La mia sfida con me stessa e contro Hunter non si sarebbe conclusa tanto facilmente. Forse non era professionale come Chris. Non era neanche austero come Patricia, che un giorno aveva sostituito Chris per un'ora di lezione e ci aveva quasi del tutto paralizzati dall'ansia. Ma se dovevo essere del tutto onesta, riuscivo a comprendere Hunter più di chiunque altro. Forse era il suo modo di esprimersi, il tono di voce oppure il suo accento così chiaro, senza inflessioni. Magari cercava semplicemente di scandire bene le parole per aiutarci a capire. Non ero del tutto certa che facesse questo effetto solo a me, ma mi ero guardata dal condividere la mia impressione con gli altri. Nemmeno a Fabiola e a Misaki avevo rivelato la mia sensazione. Lui, del resto, aveva mantenuto le distanze e non aveva più interagito con me direttamente come il primo giorno.

I miei genitori, dopo la prima telefonata, avevano chiamato ancora un paio di volte per accertarsi che tutto andasse bene. Thomas invece non si era fatto sentire. Io di certo non lo avrei chiamato dal telefono dei Larsen. E non gli avevo nemmeno scritto. Non ancora, almeno. Tanto non avrei saputo cosa raccontargli e lui sicuramente non mi avrebbe risposto. Lo conoscevo, non era il tipo.

Mi avrebbe aspettata? Forse avrei potuto ancora crederci. Almeno fino a quando mi giunsero notizie che lo riguardavano. Non da parte sua, però.

«Mi dispiace, Beatrice.» La mia amica Greta si era preoccupata di telefonarmi, per aggiornarmi sulle novità. Non le avevo lasciato il numero, quindi si era premurata di chiamare i miei e di chiederlo a loro. La motivazione ufficiale era che aveva davvero tanta voglia di sentirmi. «Lo abbiamo visto al "Doremi". Era con Chantal… insomma, in atteggiamenti… capisci, vero?»

In atteggiamenti che non lasciavano spazio a equivoci o fraintendimenti? Era questo che Greta stava tentando di farmi intendere?

«Sì, capisco. Ma del resto io non mi aspettavo niente da lui. Voglio dire, lo immaginavo quando sono partita.»

No, invece. Non lo immaginavo. Forse temevo che potesse capitare, questo sì. Ma non lo immaginavo. Non subito. Non dopo un paio di settimane. Sospirai, tentando di reprimere l'amarezza. Almeno mentre ero ancora al telefono con Greta. Per non farla trasparire dalle mie parole, dal mio tono di voce.

«Va bene, meglio così.» Il tono di Greta, al contrario del mio, era quasi risentito. Forse si era aspettata di dovermi consolare e molto probabilmente, conoscendola, si sarebbe divertita nell'impresa. Proprio per questa ragione si era presa il disturbo di cercare il numero di telefono dei Larsen per contattarmi. Poi, ovviamente, avrebbe diffuso la notizia della mia disperazione.

«Sì, anche perché ora... posso ritenermi libera anch'io, ecco.» Non resistetti alla tentazione di minare la sua sicurezza, lasciandola in trepida attesa di ulteriori spiegazioni che non le avrei fornito, però. «Scusa, Greta. Ora dovrei proprio andare...»

«Ma... vuoi dire che hai trovato anche tu qualcuno lì? Chi è? È inglese? Com'è?» Tentò infatti di trattenermi, proprio mentre stavo per riagganciare.

Mi morsi il labbro per reprimere una risata e anche una certa soddisfazione.

«Mmh... sì, inglese. Alto, occhi verdi... Magari ti racconterò, la prossima volta. Ora davvero devo riagganciare, mi aspettano per cena.»

Avevamo già cenato. E io mi ero fermata appena in tempo, prima di partire con una descrizione più che dettagliata dell'aspetto fisico di Hunter, del suo sguardo, del suo modo di esprimersi, di sorridere. Era stato inevitabile pensare a lui. Non perché inglese. Non perché era stato il primo a venirmi in mente. Ma perché era lui. E non me ne ero mai resa conto, prima della telefonata di Greta.

Trascinai quella sorta di strana frustrazione e perplessità anche la mattina seguente, a scuola. Stavo cercando di reprimermi, ma evidentemente i miei sforzi erano inutili. In realtà nemmeno io riuscivo a interpretare le mie sensazioni. Ero certa che non dipendessero da Thomas e dal suo tradimento. Forse ero infastidita, irritata, ma non turbata e nemmeno triste, amareggiata o sofferente. Non provavo alcun dolore. Anzi, non provavo proprio nulla. Né per lui né in generale.

«Che cosa ti è successo?» Fabiola mi si avvicinò durante la breve pausa tra la prima lezione e la seconda. Inclinò il capo, facendo oscillare lievemente il caschetto di capelli biondi.

«Sembri distratta oggi. Di solito non sbagli mai gli esercizi di comprensione della lettura.»

Anche Misaki, nel frattempo, si era spostata verso di noi. Io ero rimasta ferma al mio posto. Mi sentivo annoiata, senza nemmeno rendermi conto della causa scatenante. O forse temendola. In effetti ero stata molto distratta durante la lezione di Chris. Troppo distratta. Tanto da non riuscire ad azzeccare quasi nessuna delle risposte corrette. Quindi non mi restava altro che sfruttare la "causa ufficiale" per fornire una valida spiegazione del mio stato.

«No, niente… Credo di aver rotto con il mio ragazzo.» In realtà non avevo rotto proprio nulla e Thomas non era mai stato davvero il mio ragazzo. «Cioè lui…»

«Quindi ora sei libera?»

La voce, giunta da distanza ravvicinata apparteneva a Igor, uno dei nostri compagni di corso. Ma io lo ignorai e mi concentrai sull'espressione costernata di Fabiola e Misaki, tentando di evitare una risposta diretta. Ero libera. Lo ero anche prima. Thomas non si era mai fatto sentire da quando ero partita. Mai, nemmeno una volta. Ad essere sincera anche io avevo fatto altrettanto, non stava scritto da nessuna parte che dovesse essere lui a chiamare per primo. Non sapevo perché lo avevo dato per scontato. Forse lo avevo trovato naturale. Se non mi aveva chiamata in due settimane significava che non gli importava poi così tanto di me. Se addirittura si era fatto vedere in giro con un'altra in atteggiamenti espliciti, significava anzi che non gli importava proprio nulla di me.

Finsi di non afferrare la domanda di Igor e rimasi in silenzio, lasciando che Fabiola e Misaki esprimessero le loro opinioni in proposito.

«Vedrai che si sistemerà tutto, quando tornerai a casa.» Fu il commento, molto diplomatico, di Misaki. Mi fissava con aria seria e convinta, anche se nel suo sguardo traspariva un dispiacere sincero. Era sempre così. Sembrava sempre che le importasse davvero dei sentimenti degli altri. Non era tanto scontato, per me. Forse in parte era intrinseco nella sua cultura giapponese, forse era il suo modo di essere. Comunque Misaki, con il suo visino fresco e l'espressione dolce e innocente, sembrava davvero molto più giovane dei suoi ventidue anni.

«Possiamo organizzare qualcosa e divertirci un po', così eviterai di pensarci troppo!» Fabiola, sebbene avesse soltanto diciassette anni, era decisamente la più concreta tra di noi. Mi stava suggerendo di rimuovere l'ostacolo a priori. Non aveva tutti i torti.

Erano le due ragazze con cui avevo legato di più, a scuola. Tanto che nel corso di ogni pausa tra le lezioni e anche durante il pranzo, stavamo sempre insieme.

«Non so come andrà quando tornerò a casa… comunque lo sapevo di non potermi fidare. Forse nemmeno me lo aspettavo. Per lui tre mesi sono un'eternità.»

Sospirai sollevando lo sguardo. Solo in quel momento mi resi conto che nel frattempo Hunter era entrato in classe e si era seduto alla scrivania, con un quotidiano tra le mani e l'espressione concentrata, apparentemente immedesimato nella lettura. In attesa di cominciare la sua ora di lezione.

Mi morsi le labbra, sforzandomi di evitare di dar libero sfogo ai miei pensieri e al ricordo di quanto avevo raccontato a Greta al telefono. Per fortuna non mi ero sbilanciata oltre. Non che cambiasse la situazione, comunque. Nessuno sapeva di Hunter, a casa. Anche perché, tutto sommato, c'era ben poco da sapere di Hunter. Ben poco che io stessa potessi ammettere in proposito.

Non riuscii però a impedirmi di pensare che molto probabilmente aveva sentito o percepito qualcosa di ciò che stavamo dicendo. Anche se dubitavo stesse seguendo la mia conversazione con Misaki e Fabiola. Perché avrebbe dovuto? Cosa poteva importare a lui della mia situazione sentimentale? Nulla, appunto. O forse… o forse ero io a sperare che, magari anche solo in minima parte, gli importasse?

CAPITOLO 9

Avevo deciso di accettare la proposta di Norinne. Non ci avevo pensato a lungo, non avevo ponderato la mia scelta, non mi ero soffermata sulla decisione né avevo attraversato una fase di attenta e scrupolosa riflessione. Avevo, più che altro, seguito l'istinto. O meglio, quell'idea di libertà che da alcuni giorni mi era balenata nella mente e non mi aveva permesso di decidere altrimenti.

Volevo vivere un'esperienza un po' diversa. Avevo voglia di sperimentare e di cavarmela da sola, forse per la prima volta nella mia vita. A diciotto anni ero ancora una bambina, sotto molti aspetti. Sotto quasi tutti gli aspetti, in verità.

Appena arrivata, Norinne mi aveva indicato la mia stanza, che in realtà era un angolo del suo appartamento alla periferia di Elephant and Castle, il bagno e la cucina. L'arredamento era limitato all'essenziale, l'edificio in cui viveva e il quartiere stesso non avevano proprio nulla a che fare con la casa dei Larsen. Forse avrei dovuto ripensarci e decidere di trasferirmi altrove. Se fossi stata meno ingenua avrei almeno chiesto di vedere il posto prima di accettare. Ma ormai era troppo tardi per tornare indietro. E non avevo voglia né di spostarmi di nuovo né di discutere.

«Qui dovrai arrangiarti, perché io non ho tempo di prepararti da mangiare e starti dietro come Stacey» mi comunicò Norinne, senza mezzi termini.

Non poteva essere più esplicita e più diretta di così. Del resto, ormai aveva raggiunto il suo scopo. Non mi importava, però. Arrangiarmi. Forse era ciò di cui avevo bisogno. Un'esperienza completamente diversa da quella che avevo vissuto per diciotto anni di vita. Forse mi sarebbe servita davvero. Anche se, mi ero resa improvvisamente conto, Norinne viveva dalla parte opposta della città rispetto ai Larsen e per andare a scuola mi sarei dovuta svegliare molto prima e cambiare due o tre mezzi. Un autobus e probabilmente due linee di metropolitana. Ciò mi portò alla conclusione che avrei trascorso la maggior parte del mio tempo fuori casa. Considerato lo stato del suo appartamento e il quartiere poco accogliente, sarebbe stato meglio.

Forse ero ancora libera di cambiare idea, però non lo avrei fatto. La consideravo una sfida? A me stessa, alle circostanze? Non ne ero del tutto certa. Sicuramente avrei potuto optare per una situazione più comoda e confortante. Mandy, la sorella di Stacey che nel frattempo avevo incontrato un paio di volte, mi avrebbe accolta con piacere e si sarebbe occupata di me. E da lei sarei stata coccolata e accudita come ero sempre stata nel corso della mia vita. Sarei stata trattata come una ragazzina. Come quella che ero, in effetti. Una ragazzina di diciotto anni.

Ma dentro di me la sentivo ardere, anche se appena accentuata. La sentivo ardere, quella fiamma di libertà e in parte di incoscienza, che mi avrebbe accompagnata per gran parte della mia vita. Fino a bruciarmi, forse. Fino a rischiare di distruggere, in parte, tutto ciò che minacciava di fermarmi, di costringermi ad arrendermi, a rassegnarmi alla quiete, alla stabilità di una vita che non sentivo mia.

«Va bene, mi arrangerò da sola.»

Avevo risposto con noncuranza, squadrandola con uno sguardo indifferente per dare maggior impatto alle mie parole. Dopo una settimana avevo iniziato a capire come funzionavano i mezzi pubblici e per me era già un traguardo considerevole rispetto all'impatto iniziale. Mi rendeva orgogliosa. In realtà non ero così indifferente. Avevo paura. Di quel posto, di quel quartiere così poco sicuro, di me stessa. Avevo paura di perdermi e che nessuno potesse più ritrovarmi. Ma nonostante tutto non mi sarei arresa.

A scuola intanto stavo iniziando a crearmi una o più cerchie di amicizie, anche con gli studenti delle altre classi. Ma continuavo a trascorrere gran parte del mio tempo, durante gli intervalli e al termine delle lezioni, con Misaki e Fabiola. Ci ritrovavamo spesso per il pranzo nel pub situato proprio di fronte alla scuola e all'angolo della strada, il "Corner Bell". Un antico pub dallo stile rustico che fungeva anche da tavola calda, dove preparavano gustosi panini farciti e patatine davvero eccezionali a prezzi di favore per gli studenti della "King James".

Non ero nemmeno più obbligata a fingere di avere un ragazzo che mi aspettava a casa. Non lo ero nemmeno prima. Ma forse il mio desiderio di libertà non dipendeva da Thomas. Lui era soltanto la scusa ufficiale che avevo fornito a me stessa e a chi mi circondava. Era solo un legame, benché sottilissimo fin dal principio, che io non vedevo l'ora di spezzare. Non perché sentissi la necessità di trovare qualcuno di nuovo. Ma solo per assaporare la mia nuova condizione nella sua totalità. La mia libertà. Una libertà che ero stata disposta a raggiungere e che mi sarei guadagnata, pur nella consapevolezza di dovermi preparare a correre dei rischi.

CAPITOLO 10

La mia libertà procedeva a grandi passi e io, con l'incoscienza dei miei anni, ero sempre più disposta a concederle tutto lo spazio possibile e tutto il tempo che mi avrebbe richiesto.

Così fare sempre più tardi la sera per me divenne un'abitudine mentre l'estate avanzava e la temperatura era sempre più mite e gradevole.

Elephant and Castle si trovava nella zona a sud della città e si poteva raggiungere con la Bakerloo Line oppure con la Northern Line. L'ultima fermata di entrambe le linee di metropolitana. Per me inizialmente non c'era stata una grande differenza. Ero ingenua e un po' sciocca, molto probabilmente. Londra per me era Londra. Una zona valeva l'altra. Invece non era proprio così. Alcuni quartieri godevano di una reputazione poco rassicurante. Anche se a me non importava. Io stavo imparando a vivere senza pregiudizi. Volevo solo vivere. Sperimentare. Scoprire. Avere a che fare con l'umanità. Con tutta l'umanità possibile. E, dentro di me, forse inconsciamente sapevo che avrei dovuto approfittare dell'occasione che mi era stata offerta. Così come avrei dovuto approfittare della mia età. Perché non avrei avuto di nuovo diciotto anni. Mai più. Soprattutto mai più in quel tempo e in quello spazio.

Mi ero resa conto che Elephant and Castle e Boston Manor erano due mondi davvero contrapposti. L'appartamento di Norinne si trovava situato ancora più a sud della stazione della metropolitana, per cui da lì ero costretta a prendere un autobus per raggiungerlo. In alternativa dovevo prenderne uno direttamente da Westminster e quando decidevo di tornare a casa da lì, compravo sempre un delizioso hot dog farcito da un ragazzo che piazzava il suo banchetto proprio di fronte alla mia fermata.

In breve, il piccolo gruppo con cui avevo iniziato a trascorrere gran parte del mio tempo si era allargato, includendo oltre a Misaki e a Fabiola alcuni ragazzi: Igor, Kunisha e Freddie. E infine sì, anche Sandrine.

A parte Kunisha, che come Misaki era giapponese, ognuno di noi proveniva da paesi e da città diverse. Igor era un biondissimo cecoslovacco e Freddie un norvegese di origine tedesca, dall'aria intellettuale. In seguito al gruppo si erano unite anche le due ragazze spagnole che avevo incontrato durante la pausa del mio primo giorno di scuola: Maria e Maria. Entrambe si chiamavano Maria, provenivano da due cittadine vicine della Spagna nord-occidentale, frequentavano lo stesso corso, erano piuttosto timide e riservate e trascorrevano quasi tutto il tempo insieme. Forse così riuscivano a farsi coraggio a vicenda. Misaki aveva iniziato a chiamarle Double Maria e io l'avevo seguita. Anche se evitavamo di farlo proprio di fronte a loro.

Al contrario di Double Maria, la mia sfrontatezza e la mia incoscienza stava prendendo una svolta accelerata nella configurazione di un ipotetico diagramma. La mia timidezza iniziale stava scomparendo, giorno dopo giorno. Non avevo più timore di perdermi. Accompagnata dalla mia fedele piantina e dalla mappa della metropolitana, mi destreggiavo per Londra quasi con la stessa abilità di Norinne. Non mi ero mai persa davvero. E quando mi capitava, ritrovavo la strada con estrema facilità e rapidità. Non mi vergognavo nemmeno più a chiedere ciò di cui avevo bisogno. Anche il mio livello di inglese stava subendo un'impennata. In parte grazie alla mia temerarietà. Volevo imparare e se mi fossi arresa per timidezza o per vergogna non mi sarebbe servito a nulla. Forse non volevo ammettere che gran parte del merito fosse suo, di Hunter.

Perché lui, a differenza degli altri, aveva un metodo di insegnamento più dinamico, disinvolto, noncurante. Ci metteva di fronte a prove e necessità quotidiane. Situazioni banali, come l'acquisto di un biglietto per i mezzi pubblici, per visitare un museo. Indicazioni stradali, zone e locali da frequentare, nuove persone da conoscere per imparare a uscire da quella che ormai consideravamo la nostra "cerchia protetta".

Io, inevitabilmente, un po' per sfida e un po' per ambizione, avevo assorbito e imparato in fretta. Più in fretta di quanto avrei ritenuto possibile. Perché la verità era che volevo dimostrare, proprio a lui, quanto fossi brava. Volevo sorprenderlo. Volevo che Hunter si accorgesse di me, in un modo o nell'altro. Non ero certa di riuscire nello scopo, nonostante il mio impegno.

Hunter era gentile, disponibile, paziente. Con tutti, anche con me. Non aveva mai accennato allo scherzo iniziale e al nostro scambio di battute. Del resto, avevamo avuto rare occasioni per restare da soli. Sandrine mi si incollava addosso ogni volta che c'era anche lui e prestava la massima attenzione alle nostre conversazioni. Non che ci fosse molto a cui fare attenzione. Una cosa mi era chiara, anzi limpida. Hunter per me non era una possibilità. Non ci dovevo pensare e non dovevo nemmeno prendere in considerazione l'eventualità di una storia con lui, nonostante ciò che avevo raccontato a Greta per difendere la mia autostima dal tradimento di Thomas. Nonostante il fatto che la differenza di età tra me e Hunter non fosse abissale come quella che, dal mio punto di vista almeno, c'era tra me e Chris.

Hunter aveva ventiquattro anni. Ma era il mio insegnante. E lì, che mi piacesse o meno, si chiudeva la questione. Anche se non potevo impedirmi di pensare che lo avrei voluto intorno, almeno. Proprio come capitava con Kunisha, Freddie e Igor. O forse no… non proprio allo stesso modo.

Ciò che stava diventando sempre più chiaro dentro me era che dovevo distrarmi. Ne avevo bisogno. Perché comunque erano trascorse quasi tre settimane ormai e io mi sentivo sempre più animata da un desiderio inarrestabile di vivere, di sperimentare. E di divertirmi, soprattutto. Tutto stava diventando estremamente semplice e spontaneo. Uscire, conoscere gente nuova, anche al di fuori dell'ambito scolastico. E io, in breve tempo, mi stavo gradualmente trasformando in una versione, forse più ingenua e sprovveduta, di Norinne.

Così, tra un'uscita e l'altra, ci ero riuscita. A conoscere gente nuova. Un po' per togliermi dalla mente qualcosa che non si sarebbe realizzato e che sarebbe rimasta una mia sciocca fantasia. Quindi avevo compreso che prima avessi rinunciato a sperarci, meglio sarebbe stato per me, per la mia serenità e per la mia voglia di godermi la mia conquistata libertà.

Con Misaki, Igor e Sandrine avevo trovato un locale delizioso, in zona Piccadilly Circus. Il "Lotus" si trovava in una traversa che portava da Regent Street verso Carnaby Street. Il mercoledì e il giovedì sera suonavano musica dal vivo e io adoravo ballare, nonostante la mia mancanza di talento come ballerina classica. Quella sera, in particolare, la band era impegnata nell'interpretazione della colonna sonora di *Grease*.

Così io e Misaki ci eravamo lanciate nella danza, prendendoci delle pause per bere e sederci al tavolino. Ciò che era molto conveniente, in quel locale, era il fatto che offrisse drink gratuiti alle ragazze. Era una sorta di promozione estiva per la nuova apertura. Proprio al "Lotus" io avevo scoperto di gradire davvero molto la coca cola con un goccio di rum.

«Non possiamo offrirvi da bere, ma vorremmo almeno complimentarci per come ballate!»

Voltando lo sguardo notai che la voce proveniva dal tavolo accanto al nostro, occupato da tre ragazzi. Quello che aveva parlato aveva l'aria pacifica e sembrava il più sicuro e disinvolto dei tre.

«Grazie…» Io e Misaki rispondemmo quasi all'unisono.

Pochi minuti prima Igor e Sandrine si erano avviati alla scoperta di un nuovo locale, noi due invece avevamo preferito restare.

Con invidiabile nonchalance il ragazzo si era presentato, porgendo la mano prima a Misaki, che si trovava più vicina, poi a me.

«Piacere, io sono Giacomo.»

Dal nome, e anche un po' dal modo di fare, mi era stato chiaro fin dal principio che fosse italiano. In seguito, anche gli altri due si presentarono. Il tipo alto e magro, con capelli chiari e occhiali sottili, si chiamava Vincenzo. Anche lui italiano, si trovava in visita a Londra per qualche settimana, indeciso se trattenersi oltre per un'esperienza più duratura. L'altro ragazzo invece, moro, alto e straordinariamente bello, era Gilbert. Francese e collega di Giacomo. Entrambi lavoravano come barman nel pub che faceva parte di un hotel a cinque stelle, riservato per lo più agli ospiti.

Così avevamo concluso la serata facendo conversazione con loro, poi eravamo usciti tutti insieme per una passeggiata intorno a Piccadilly Circus. Forse io e Misaki eravamo davvero un po' sprovvedute, ma i tre ragazzi sembravano innocui. Giacomo aveva proposto una cena, tarda cena considerato che era già quasi mezzanotte, in un ristorante cinese che lui considerava uno dei migliori di Soho.

Poi, tra una chiacchiera e l'altra avevamo fatto l'alba davanti a una caffetteria che apriva alle cinque del mattino. Qualche ora più tardi io e Misaki, senza essere passate da casa e senza aver dormito nemmeno un'ora, ci eravamo avviate verso la scuola per le nostre lezioni. Cascavamo dal sonno, ma il divertimento superava la stanchezza.

«Non ci posso credere...» Fabiola rideva scuotendo la testa davanti alla nostra espressione distrutta. «Non avete proprio dormito... nemmeno un po'!»

«No, io non avrei fatto in tempo a tornare a casa e poi ad arrivare qui a scuola puntuale...» sospirai, stringendomi nelle spalle. «E Misaki, da brava amica, non ha voluto lasciarmi sola. I ragazzi ci hanno salutate e sono andati a dormire, stasera lavorano.»

«Quali ragazzi?» Lo sguardo di Fabiola si fece ancora più acceso dalla curiosità. Sgranò gli occhi chiari su di noi.

«Già… quali ragazzi?» Sandrine ci raggiunse accomodandosi sul divanetto accanto al mio nella sala ricreazione, che si trovava al terzo piano dell'edificio.

«Quelli che abbiamo incontrato dopo che tu e Igor ve ne siete andati nell'altro locale.»

Da una parte non avevo voglia di raccontarle tutto nei dettagli, dall'altra mi ero appena accorta che Hunter era entrato e si era accomodato su una poltrona poco distante con il suo immancabile quotidiano tra le mani.

«L'altro locale, come lo chiami tu, è un club esclusivo, mia cara. Il "Mirade".» Evidentemente Sandrine stava cogliendo la mia stessa occasione. Ma il suo scopo, palese, era quello di fare bella figura con Hunter. «Ma se voi preferite le discoteche a buon mercato con drink diluiti gratuiti…»

«Non mi importa dei club esclusivi. Comunque, ci siamo divertite. Vero, Misaki?»

Misaki annuì decisa, seguendo attenta la conversazione. Ormai avevo compreso che sarebbe stato sempre così. Misaki sarebbe diventata la mia alleata. Almeno per quei tre mesi. L'unica vera alleata che io avevo mai avuto in vita mia. Anche Fabiola lo era, ma avendo solo diciassette anni, non le era permesso seguirci in giro fino a tardi e trascorrere le notti fuori casa.

«Ma cosa stavi dicendo… hai parlato di ragazzi… Quali ragazzi?» La curiosità di Sandrine l'ebbe vinta sulla disputa riguardante i locali e i drink.

«Tre ragazzi che abbiamo incontrato, come dicevo. Due italiani e un francese. Abbiamo trascorso la serata con loro, poi siamo andati a cena… Poi… a colazione… e poi…»

«Oddio! Vuoi dire che… non avete dormito? Oppure… non mi dirai che…» Sandrine sgranò gli occhi azzurri con espressione allusiva. Non ero certa di cosa le fosse balenato per la testa, ma ne avevo una vaga idea.

«Non abbiamo dormito, esatto!» Alzai leggermente la voce, prima che aggiungesse altro. «Siamo state in giro per Piccadilly, poi siamo venute direttamente qui.»

«E come sono? Carini, almeno?»

«Sì, molto carini...» Ovvio, non potevo affermare diversamente. Però non volevo esagerare. «Simpatici... cioè, normali. Il francese è...» Straordinariamente bello. La prima cosa che avevo pensato, appena visto «...è carino.»

Straordinariamente bello, ma senza la scintilla di vita, di entusiasmo, di ironia, che lo rendeva interessante ai miei occhi. Senza quell'aria provocante e quel modo di sorridere che scatenava in me un'emozione irresistibile. Straordinariamente bello... e basta.

«Ovvio che è carino.» Sandrine non si lasciò sfuggire l'occasione. «È francese, proprio come me!»

Intanto la nostra pausa era terminata. Hunter aveva ripiegato il giornale e si era alzato, per raggiungere un'altra classe per la sua ora di lezione. Anche Sandrine e Fabiola si erano alzate, avviandosi verso la porta della sala ricreazione.

Io ero rimasta seduta, immobile come in uno stato di trance. Sospirai pesantemente, cercando di recuperare l'energia necessaria per alzarmi. La stanchezza mi era sopraggiunta all'improvviso, tutta in una volta si era abbattuta su di me, lasciandomi quasi inerme. Lì, accasciata su quel divanetto rosso.

«Il francese è carino.» Fu la voce di Misaki, che si era alzata e mi stava aspettando, a richiamarmi. «E sembra che tu gli piaccia.»

«Già, davvero carino.» Confermai io, accennando un sorriso. «Quindi lo incontrerò ancora. Così vedremo se hai ragione.»

«Sei sicura di non preferire qualcun altro?»

Questa volta Misaki non esitò. E non mostrò la sua abituale ritrosia. Mi parlò decisa, senza la minima esitazione. Possibile che se ne fosse accorta? Avevo fatto di tutto per nasconderlo!

Possibile, perché uno sguardo accompagnò le sue parole. Rivolse un'occhiata verso la porta d'ingresso della sala, da cui Hunter era uscito solo pochi istanti prima.

«Qualcun altro non è da considerare, Misaki. Qualcun altro non è interessato a me. Qualcun altro è decisamente fuori dalla mia portata.»

CAPITOLO 11

Avevamo ripetuto l'esperienza anche nel week-end e nel corso della settimana successiva, incontrandoci per altre serate con Giacomo, Vincenzo e Gilbert. Ci divertivamo, insieme a loro. E Misaki aveva ragione. Gilbert era davvero interessato a me, anche se io avevo evitato in tutti i modi di restare da sola con lui. Forse per impedirgli un approccio più diretto.

Perché ero consapevole del fatto che se ci avesse provato, io avrei dovuto rispondergli. Aggrappandomi alla presenza degli altri, di Misaki soprattutto, potevo prendere tempo e prolungare la frequentazione all'infinito senza compromettermi. Non stavo cercando un ragazzo, per il mio tempo a Londra. Non stavo cercando nemmeno un'avventura. Non sapevo nemmeno io cosa stessi cercando. Forse proprio nulla.

«Concordo con Misaki, non riuscirai a sfuggirgli ancora per molto.» Fabiola, che per una volta era uscita insieme a noi la sera prima, mi tirò in disparte mentre gli altri stavano ordinando il pranzo alla solita tavola calda. «Che intenzioni hai? Se non sei interessata a lui, forse dovresti…»

«Non è questo punto.» Il punto era che Fabiola aveva pienamente ragione. E avevo notato che Giacomo e Vincenzo avevano fatto il possibile, nel corso delle ultime uscite, per lasciarmi da sola con Gilbert. Cosa che io ero riuscita a evitare, attaccandomi alle mie amiche. «Il punto è che…»

«Ti piace Hunter. Questo è il punto.»

Fabiola mi si era avvicinata, sussurrando appena. E si era rivolta a me in italiano. Ma io ebbi l'impressione che l'intero locale avesse percepito le sue parole e stesse osservando ogni mia reazione, ogni mio cenno, ogni mia esitazione. Mi sentii avvampare e scossi la testa, negando tutto. Anche l'evidenza.

«Ma no, che dici...» Mi morsi le labbra e mi guardai intorno. Lui non c'era. Non poteva esserci. E gli altri non avevano sentito. Fabiola aveva pronunciato il suo nome, ma poteva averlo fatto per svariati motivi. «Lui è...»

«Guarda che non c'è nulla di male. Piace anche ad altre. Anche a Sandrine e non ne fa una tragedia, come te.»

«E va bene.» Sospirai, arrendendomi. «Ma spero che per quanto mi riguarda non sia così evidente, almeno.»

«No, non tanto...» Fabiola ridacchiò, staccandosi da me per appoggiarsi con la schiena alla sedia. «Io me ne sono accorta perché ti osservo. E poi ieri sera ho notato come tentatavi disperatamente di non restare da sola con Gilbert.»

«Mmh... mi metterò con lui se mi vuole» replicai decisa, stringendomi nelle spalle. Gli altri, intanto, si stavano avvicinando al nostro tavolo con le loro ordinazioni. Mi alzai per andare a prendere la mia. «Così risolverò la questione.»

«Con...» Fabiola si sollevò per seguirmi.

«Con Gilbert, ovvio!»

«Secondo me stai sbagliando.»

«Probabile, ma almeno mi toglierò dalla testa quell'altro, insomma quel tizio che hai nominato prima.» Alzai leggermente il tono di voce, guardandomi intorno, poi puntando gli occhi su di lei. «E ti prego, non pronunciare di nuovo il suo nome. Mi sembra che anche i muri lo abbiano capito, anche se parliamo in italiano!»

«Come vuoi, Beatrice. Ma se ti metti con Gilbert, ti precludi ogni possibilità con quell'altro che ti interessa davvero. Quel tizio, come lo chiami tu. Quanto tempo credi che impiegherà Sandrine a renderlo pubblico?»

«Mah... in linea di massima io direi... cinque minuti?»

Raggiungemmo il bancone di legno che, smaltito l'afflusso degli studenti affamati, era abbastanza libero. Non avevo né fame né sete, ma ordinai il mio panino preferito con i gamberetti e la salsina, le patatine e una coca cola.

«Io direi anche meno.»

«Ma del resto sarebbe giusto così, no?» Sospirai e mi girai, appoggiandomi al bancone. «Magari lui preferisce un'altra e io sono una cretina. Magari proprio Sandrine. È qui da più tempo di me e gli sta quasi sempre intorno, cerca spesso di parlare con lui anche fuori dall'orario di lezione. E poi...» abbassai il tono di voce, sussurrando appena. «Anche se è giovane, lui è sempre il nostro insegnante.»

«Certo, lo so. Ma non è come se fosse il nostro professore del liceo... o che ne so, dell'università! Questa è solo una scuola d'inglese per stranieri. E poi non sarai una sua studentessa per sempre... solo per qualche mese, quindi...»

«Sì, hai ragione. Ma Gloria mi aveva raccontato che a Patricia non piace che gli insegnanti si mescolino troppo con gli studenti. E mi rendo conto che per quanto riguarda lei stessa, Chris e altri è abbastanza ovvio... Siamo dei ragazzini, per loro. Anche se alcuni di noi sono più grandi, come Gloria appunto...» Sbuffai e scossi la testa decisa. «Insomma, non ci voglio più pensare. Prima me lo dimentico, meglio è per me! Comunque io e Misaki andiamo a Covent Garden questo pomeriggio. Vogliamo farci fare una treccina colorata tra i capelli. E poi sto pensando di fare anche un tatuaggio. Non indelebile, però. Vieni con noi?»

CAPITOLO 12

A Covent Garden mi ero fatta fare non una, ma due treccine colorate tra i capelli. E un tatuaggio. Non indelebile, ma che faceva bella mostra di sé poco sopra il mio seno sinistro. Una piccola rosa rossa che se ne sarebbe andata via in un mese o due. Ma che sembrava quasi un tatuaggio vero.

Per quanto mi fossi impegnata a negare e continuassi a nascondermi dietro a Gilbert o a chiunque mi fosse capitato, volevo attirare l'attenzione. E non quella di un altro. La sua. Volevo che Hunter si accorgesse di me, che mi notasse. Ma non solo. Volevo piacergli. E, con l'ingenuità e la stupidità dei miei diciotto anni, stavo provando di tutto. Anche senza riuscirci. Anche a costo di rendermi ridicola.

Sicuramente non ero stata io la causa, ma qualche giorno dopo Hunter e Chris erano seduti al "Corner Bell", di fronte alla scuola. Proprio dove noi studenti pranzavamo quasi ogni giorno. Non ero stata io a notare la loro presenza, ma Misaki. Ed era una novità perché, per quanto ne sapessi, non avevano mai frequentato quel locale, nemmeno prima del mio arrivo.

«Ora li invito al nostro tavolo!» Igor, senza indugiare, si era alzato e li aveva raggiunti, fermandosi di fronte a loro.

«Magari non hanno voglia di avere a che fare con noi anche qui...» sospirai, rivolgendomi a Misaki e a Fabiola. Avrei voluto fermare Igor, ma non ci ero riuscita.

«Magari invece sì. Magari si stanno sciogliendo un po'. Cosa che dovresti fare anche tu. Non essere così tesa, Beatrice. Altrimenti si nota...»

Per fortuna Fabiola mi aveva parlato in italiano. E non aveva tutti i torti.

"Altrimenti si nota…" Ecco, appunto. E io sarei morta di vergogna se tutti si fossero resi conti dei miei… non sapevo nemmeno come definirli… "sentimenti" mi sembrava eccessivo.

Non ebbi nemmeno il tempo di pensarci. Perché Igor tornò al nostro tavolo, seguito da Hunter e da Chris che reggevano il loro bicchiere in mano. Aggiungendo due sedie e stringendoci un po' ci stavamo tutti, abbastanza comodamente anche in undici. Io, Misaki, Fabiola, Igor, Freddie, Kunisha, le Double Maria, Sandrine e i due nuovi arrivati.

Continuai a pensare che avessero accettato solo per non essere scortesi. Ma essendo un buon numero, per lo meno, non ero obbligata a fare conversazione e potevo restare a osservare la situazione perdendomi nelle mie considerazioni.

Così notai che Sandrine stava fissando Hunter in modo provocante, cercando di dominare la scena. Aveva anche iniziato a parlare a raffica, nel tentativo di monopolizzare la conversazione e concentrare tutte le attenzioni su di sé. Non mi interessava. Non mi interessava competere. Né con lei né con un'altra. Nemmeno se si fosse trattato di lui. Non mi interessava attirare Hunter. Non così. E in nessun altro modo, in realtà. Anzi, ci avevo provato, a modo mio. Non più.

Così, per non farmi prendere da una sorta di tensione nervosa che mi stava salendo dal centro del petto, iniziai a raccontare a Misaki e a Fabiola del trasferimento dopo la partenza dei Larsen, della nuova sistemazione e della mia convivenza con Norinne.

«La zona non ha nulla a che vedere con quella in cui stavo prima… e impiego il triplo del tempo per arrivare a scuola. Per cui…»

«Per cui preferisci non tornare affatto e trascorrere la notte a Piccadilly?» concluse Fabiola, ridendo.

«Ma non è vero!» Improvvisamente avevo quasi scordato la presenza degli altri, la tensione che mi aveva provocato e mi ero lasciata andare, come sempre. «Però ora posso farlo, volendo. Norinne di certo non controlla i miei orari e non si preoccupa se non torno la notte.»

«Quindi sei molto più libera.» La voce, al di là del tavolo, era la sua. E anche gli occhi grigio verde puntati su di me. Non credevo potesse percepire le mie parole, tra il vociare degli altri e il tono piuttosto alto di Igor e Sandrine. Hunter inclinò il capo, fissandomi attento. «E dove vivi ora, esattamente, con Norinne?»

«Ecco, io…» esitai, per un momento. Dovevo dire la verità? Lo avrebbe scoperto comunque? Forse avrebbe avuto qualcosa da ridire sul mio trasferimento? No, perché mai avrebbe dovuto? Cosa importava a lui? «Vivo a Elephant and Castle. Anzi, oltre quella zona, in realtà. Devo prendere un autobus da lì oppure uno direttamente dal centro.»

«Allora stai attenta. Soprattutto se torni tardi la sera… la notte. Anzi… già che ci sei, stai attenta sempre. Ovunque tu vada.»

Sollevò il bicchiere per sorseggiare la sua birra, distogliendo lo sguardo da me. Probabilmente considerava il suo intervento nella conversazione concluso.

«Grazie, ma sono in grado di cavarmela.» Non riuscii a frenarmi. E non riuscii ad evitare di assumere un tono seccato, aggiungendo il resto. «Non sono una bambina.»

Così mi considerava? Un'ingenua? Una sciocca? Una ragazzina che giocava a fare la grande e restava fuori casa la notte? Certamente Sandrine, con tre anni più di me e gusti più raffinati in fatto di locali notturni, era più adatta a lui. A lei non raccomandava di fare attenzione.

«Non lo metto in dubbio, Beatrice. Comunque, la zona potrebbe essere pericolosa. E che la ragazza con cui vivi non si preoccupi per te, non credo sia un buon segno. Quindi stai attenta.»

Aveva ragione. Indubbiamente. Misaki era rimasta con me a Piccadilly, per non lasciarmi sola all'alba. Ma ero certa che

Norinne non lo facesse per cattiveria. Era così e basta. Per lei, molto probabilmente, era del tutto normale.

«Va bene. Starò attenta.»

Non avevo voglia di continuare a discutere con lui. Anche perché stavamo attirando l'attenzione degli altri. E non desideravo che il fatto che vivessi in una zona considerata pericolosa diventasse l'argomento di conversazione di tutto il gruppo.

Fortunatamente Freddie spostò il discorso su un pub del centro dove ci sarebbe stata un'esibizione dal vivo in serata. Coinvolse anche Chris e Hunter ma entrambi declinarono l'invito.

«Tu ci andrai?» Hunter mi si avvicinò pochi minuti più tardi, appena lasciato il nostro tavolo.

«Credo di sì.» Mi strinsi nelle spalle, sorridendo appena e sforzandomi di sembrare naturale.

Forse quello dimostrato nei miei confronti era un interesse "professionale". Quello che un adulto riserva a una ragazzina. Un professore a una sua studentessa. E mi infastidiva. Mi infastidiva al punto che avrei voluto urlare. Proprio lì, al centro del "Corner Bell", di fronte a tutti. Avrei voluto urlare in faccia ad Hunter di farsi gli affari suoi, se non peggio!

Ma fortunatamente l'impresa di Sandrine nel concentrare l'attenzione su di sé non si era conclusa. Questa volta almeno mi era stata utile, impedendomi di cedere ai miei istinti rabbiosi e irrazionali. Mentre tentava di convincere i ragazzi, Hunter compreso, a spostarsi nell'altra saletta del locale per giocare a freccette con lei, io ne approfittai per prendere la mia borsa, salutare tutti e uscire.

«Perché non sei rimasta dentro a combattere?» Fabiola mi raggiunse quasi subito, seguita da Misaki che mi squadrava con un'espressione strana, a metà tra dispiaciuta e imbronciata.

«Combattere per cosa?» Avevo compreso perfettamente a cosa, o meglio a chi, si stesse riferendo.

«Lo sai bene! Avresti dovuto combattere. Freccetta dopo freccetta. O frecciatina dopo frecciatina, meglio ancora.» Fabiola, di cui non avevo mai individuato un'indole così combattiva, non si arrendeva.

«Avrei perso. E io non combatto una battaglia già persa in partenza!» ribadii seccata, senza aggiungere altro. «Ma voi potete tornare dentro, se volete. Divertitevi pure con gli altri. Io vado… non so, forse vado ad Hyde Park a stendermi nel prato e a meditare sulle mie sventure. O a fare shopping… o a buttarmi nel Tamigi… o a casa a dormire fino a domani…»

«No, non avresti perso.» Misaki incrociò le braccia al petto, scrutandomi attenta.

«Ma lo avete sentito? Mi tratta come una bambina! Una che non sa quello che fa, una che…»

«Ti tratta come uno che si preoccupa per te. Non lo ha fatto con nessun'altra di noi. Nemmeno con Sandrine. E lei non è molto più grande di te.»

«Certo! Perché con lei forse ha in mente altro!»

Non mi interessava sapere. Non volevo nemmeno trovare un senso o approfondire il discorso con Misaki e Fabiola. Volevo solo allontanarmi da lì. Non pensarci più. Dovevo trovare un diversivo, al più presto. E non avrei avuto bisogno di darmi poi così tanto da fare per cercarlo. Lo avevo già trovato. Lo avevo già a disposizione. Gilbert, il francese, sarebbe stato il mio perfetto diversivo.

CAPITOLO 13

Così avevo ripreso a comprare sciocchezze. Vagavo sempre più tra i negozietti alternativi di Carnaby Street e i mercati di Covent Garden e Notting Hill. Anellini, braccialetti, collanine, vestitini sempre più provocanti. Allo scopo di rendermi il più attraente possibile. E li indossavo tutti, a rotazione. Addirittura, prima di andare a dormire, preparavo ciò che avrei indossato il giorno seguente. E anche i cosmetici che avrei utilizzato; cipria, rossetto, ombretti. Coordinando tutto dettagliatamente, abbinando vestiti, scarpe, accessori. Non lo avevo mai fatto prima. Dal mio semplice abbigliamento, composto da jeans e maglietta, ero passata ad abitini sempre più ridotti che mettevano in mostra il mio fisico. Complice un'estete inglese un po' più calda e soleggiata del solito, a quanto dicevano. Forse non ero ancora diventata appariscente come Sandrine, ma ero sulla buona strada.

Hunter non aveva tutti i torti. Ero ancora una ragazzina, pronta e decisa a giocare il tutto per tutto. Anche a rischiare. Una ragazzina che si sentiva libera, per la prima volta in vita sua.

Non tentavo nemmeno di negare i miei atteggiamenti infantili. Li riconoscevo, ne ero consapevole. Ma non ero intenzionata a reprimerli. Fabiola, nonostante avesse un anno meno di me, era più matura. Secondo lei dovevo evitare di perdermi in sciocchezze e puntare decisa alla meta. Non aveva tutti i torti. Ma io avevo paura. Una paura tremenda e ostinata, come mai prima di allora. La paura di essere ignorata o, peggio ancora, respinta.

Intanto un'altra settimana era volata via. Trascinandoci tra scuola, divertimenti, luoghi da visitare e nuovi locali da scoprire. Eravamo diventati un gruppetto vivace e affiatato. Non ci facevamo mancare proprio nulla. Eravamo giovani, liberi e ci sentivamo padroni del mondo. O se non proprio del mondo di quel tempo e spazio che avevamo a disposizione ed era veramente nostro.

«Tutto questo per...?»

Fabiola osservò il mio nuovo abitino a fiori con le bretelline intrecciate e leggermente abbassate, analizzandomi attentamente, dalla testa ai piedi. Fungeva sempre un po' da "voce della mia coscienza". Una sorta di grillo parlante, diligente e attento. Forse perché, essendo ancora minorenne, non le era consentito stare fuori fino a notte fonda. Ma probabilmente, prudente e coscienziosa com'era, non lo avrebbe fatto nemmeno se avesse potuto. Così tentava di vivere quella parte che le era negata attraverso di me.

«Per...?» ripetei, facendole il verso, poi puntando e scagliando una freccetta verso il bersaglio appeso alla parete, nella saletta dei giochi del "Corner Bell". Ma il mio tiro fu troppo debole e cadde a terra prima di raggiungere la meta. «Ma per nessuno, ovviamente. Per me stessa!»

Avevamo preso l'abitudine di attardarci nella paninoteca di fronte alla scuola per un'ora o due, dopo pranzo. Giocavamo a freccette. I ragazzi preferivano il biliardo.

«E con Gilbert, cosa hai deciso?»

«Niente. Cosa dovrei decidere? Ci siamo visti ieri sera... con gli altri.»

Lanciai un'altra freccetta, quasi con rabbia. Completamente fuori mira questa volta, andò a colpire il muro e ricadde impietosamente a terra, insieme all'altra.

«Sempre la stessa storia.» Proseguii, quasi borbottando tra me. «Io, Misaki, Giacomo, Vincenzo, Gilbert... c'era anche Kunisha, ma se n'è andato un po' prima perché era stanco. Freddie, Igor e Sandrine sono andati in un altro nuovo club. Io li detesto, i club. Dopo aver dato un'occhiata al primo non ci sono più voluta tornare. Anche perché mi hanno fatta entrare solo perché conoscevano già Sandrine e Igor. I club sono troppo... Non so, c'è gente troppo strana. Troppo grande, forse, troppo sofisticata. Ma hanno tutti un'aria losca. E l'atmosfera non mi piace. O forse sono io... non sono abbastanza... non valgo abbastanza per...»

«Di cosa stai parlando, Beatrice?» Fabiola si incamminò per andare a raccogliere le freccette e le osservò, incupendo lo sguardo, prima di riconsegnarmele. «Stiamo ancora parlando dei club o di altro?»

Scossi la testa in silenzio. No, non erano i club. O meglio, erano i club collegati ad altro. Al fatto che io fossi troppo piccola per andarci.

«In quasi tutti quelli che scelgono Igor e Sandrine bisogna avere ventun anni per entrare. Io ero l'unica cretina troppo piccola, ieri sera. Misaki e gli altri tre sono rimasti con me per non lasciarmi da sola. Anche se... Giacomo ha lasciato intendere che Gilbert poteva restare con me. Stava tentando di lasciarci da soli, per fortuna Misaki ha fatto finta di non capire... Lei è bravissima a far finta di non capire, quando serve...» sbuffai, guardandomi intorno. «Dovrei... ecco, forse dovrei ritirarmi alle sette di sera e impiegare il mio tempo per studiare, invece di andarmene in giro. E di... di sperare che uno che non ne vuole sapere si accorga di me!»

«Gilbert si è accorto di te, mi sembra chiaro. Altri si sono accorti di te, anche a scuola. Non te ne sei resa conto? Ma tu stai facendo tutto questo casino per...»

«Non nominarlo, per favore! Mi sento già abbastanza stupida senza bisogno di ribadire il concetto.» La sensazione di indifferenza e noncuranza che suscitavo nell'unico a cui avessi rivolto le mie attenzioni mi provocava un fastidio intollerabile. Tanto che non sopportavo nemmeno di parlarne. Neanche con Fabiola e Misaki. «Da ora in poi mi chiudo in casa presto, come fai tu! Così non ci sarà nulla da fare, né per Gilbert né per altri.»

«Io non vado in giro per locali anche per un altro motivo, non solo perché sono troppo piccola.» Fabiola attese pazientemente che io smettessi di esprimere tutto il mio disappunto, prima di ribattere. «Lo sai che ho il ragazzo, a casa...»

«Anche io lo avevo! Ma tu... gli hai giurato fedeltà assoluta? Anche per quanto riguarda le uscite serali?»

La interruppi prima che potesse aggrapparsi a quella che ritenevo una scusa. In realtà Fabiola non era come me. E nemmeno come Misaki e Sandrine. Che, pur essendo diverse, avevamo una gran voglia di uscire, vivere, esplorare "nuovi orizzonti". Fabiola era calma e pacata. Le piaceva andare in giro per Londra, ma con moderazione. Senza mai esporsi troppo.

«No, però...» si strinse nelle spalle, non sapendo cosa aggiungere. «Forse non mi va, ecco.»

«Appunto! C'è anche da dire che io e Thomas... Lui non era davvero il mio ragazzo. Forse io avevo creduto che lo fosse, solo per aggrapparmi a qualcosa, a qualcuno...» sospirai, fissando il bersaglio alla parete. Pronta a lanciare di nuovo una delle freccette che trattenevo tra le mani. Scossi la testa avvicinandomi di tre, quattro, poi cinque passi, scrutando l'obbiettivo. Poi mi voltai verso di lei. «Ma evidentemente la tua storia con il tuo ragazzo è più seria della mia con il mio... ex... quello che è, insomma!»

«Non è solo questo il motivo.» Fabiola sbuffò, aggrottando la fronte. «La verità è che... sì, per me Roberto è importante, credo. Però... non vorrei davvero prendermi una sbandata per qualcuno, qui. Cosa farei dopo? Tenendo conto che proveniamo tutti da paesi diversi... sarebbe un casino!»

«Oddio, Fabiola! Sei proprio sicura di avere diciassette anni? Sei fin troppo assennata per la tua età!»

«Diciotto tra due mesi.»

«Quindi la tua è una "reclusione preventiva". Giusto per non cadere in tentazione. Attenta che non ti capiti di incontrare qualcuno di interessante a scuola. Oppure qui mentre pranziamo. O al parco. O da Harrods... tra i mercatini... a Covent Garden... Magari quel musicista biondo con i capelli lunghi, è sempre lì! Ho visto che lo guardavi l'altro giorno. Non è il mio tipo, ma in effetti mi sembra un gran bel...»

«No, smettila Beatrice!» Fabiola scosse la testa, scoppiando a ridere. «Non mettermi strane cose in testa!»

«Vedi... ho colto nel segno! Sarebbe un'ottima alternativa, comunque.» Strinsi forte la freccetta tra le dita, prima di scagliarla contro il bersaglio. Ormai ero solo a pochi passi di distanza e non fu difficile centrarlo in pieno. «Come Gilbert per me. Un'ottima alternativa, anche se...»

«Così non vale, ragazzina!»

Percepii la sua voce alle spalle. E il suo modo abituale e odioso di sottolineare quel "ragazzina". Socchiusi gli occhi, mordendomi le labbra. Cercai di recuperare il controllo, voltandomi. Impiegai un po' di tempo nell'impresa, tanto che mi sembrò di essere rimasta per qualche istante in stand-by e di essermi voltata al rallentatore. Quando me lo trovai di fronte, mi impegnai per stamparmi un sorrisetto sulle labbra. Sperando che sembrasse il più spontaneo possibile.

Hunter ricambiò con il suo abituale sorriso, divertito e sarcastico al tempo stesso. Arricciò leggermente il naso mentre lanciava una freccetta verso il bersaglio. Girandomi vidi che era andata a infilarsi molto vicino al centro, a poca distanza dalla mia. Spostai lo sguardo su Fabiola, che si stava avviando verso uno dei tavoli, dove avevamo lasciato le nostre borse. Le intimai con lo sguardo di non muoversi assolutamente. Ovviamente non raccolse la mia richiesta e fece di testa sua, allontanandosi da noi di qualche passo.

«Molto bravo...» deglutii a fatica, poi cercai di ricompormi e mi lanciai in un applauso sciocco, innaturale.

In un modo o nell'altro Hunter riusciva sempre nell'impresa di farmi sentire una totale idiota, fin dal nostro primo incontro. O forse non doveva nemmeno impegnarsi così tanto, visto che lo ero davvero.

«Grazie! Ma non è difficile, con un po' d'allenamento.» Lui invece era, come sempre, spontaneo, naturale. Anzi, ancora peggio per quanto mi riguardava. Era indifferente. «Di cosa stavate parlando di tanto serio, in italiano? Sembra una faccenda davvero grave.»

«Tu cosa ne pensi?» Gli chiesi, solo per non rispondere direttamente e lasciar parlare lui mentre recuperavo il fiato e il controllo della situazione.

«Se due ragazze discutono in modo tanto serio... l'argomento può essere solo uno. Ragazzi!» ridacchiò sollevando le braccia, per passarsi le mani tra i capelli.

Io arrossii solo osservandolo, restando quasi incantata. La maglietta grigia gli disegnava il torace perfettamente. E i muscoli delle braccia erano in evidenza, nel suo movimento. Perché non poteva essere anche lui un ragazzo come tutti gli altri? E lo era, in effetti, però...

«Direi che hai fatto centro. Di nuovo!»

Mi affrettai a lanciare un'occhiata verso il bersaglio. Prima che credesse che alludessi ad altro.

«Dimmi di più, potrei essere d'aiuto.»

Invece no, non aveva creduto altro. E, peggio ancora, sicuramente non poteva essere d'aiuto. Non lui.

«Stavamo discutendo a proposito di alternative...» Non ero certa di sapermi spiegare. O di volermi spiegare. Quindi tentai di mettere insieme una frase qualunque, sperando di non mostrarmi incerta ed esitante. Sperando di non confondermi troppo a causa sua. Insomma, inventai su due piedi per nascondere i miei reali pensieri. «Voglio dire... sul fatto di stare con qualcuno per mancanza di un'alternativa.»

«Perché dici così?» Strinse gli occhi, scrutandomi apparentemente confuso. «C'è sempre un'alternativa.»

«No, Hunter. Non sempre. Non sempre è quella che vorremmo, questo voglio dire.»

Senza rendermi conto feci un passo verso di lui, scuotendo decisa la testa e poi fissandolo negli occhi. Mi aspettavo una sua replica, ma Hunter rimase in silenzio a guardarmi. Era così facile capirlo, parlare con lui. Non mi sembrava nemmeno di interagire in una lingua straniera, almeno per me. Riuscivo a comprendere ogni sua parola. Però c'era altro, molto altro, che mi sfuggiva riguardo a lui. E anche riguardo a me stessa. Capivo che non potevo forzare gli eventi, spingere oltre la situazione e rendere palesi le mie intenzioni nei suoi confronti. Avrei voluto. Ma non dovevo.

«Di chi si tratta tra voi due?»

Soffermò lo sguardo su di me, poi lanciò un'occhiata verso Fabiola che ancora fingeva di rovistare nella borsa. Il suo inutile tentativo di lasciarci soli si stava prolungando troppo a lungo. Oltretutto il locale era pieno di gente e anche gli altri amici non erano lontani.

E visto che non potevo e non volevo ammettere la verità, nemmeno sotto tortura, seguii la direzione del suo sguardo e annuii indicando la mia amica, con un sospiro vagamente preoccupato. Sentendosi improvvisamente osservata, Fabiola ricambiò con un'occhiata interrogativa. Probabilmente avremmo regolato i conti… ma più tardi.

«Cosa dovrebbe fare se l'alternativa che vorrebbe rimane fredda e impassibile?» Non riuscii a trattenermi. Visto che aveva sollevato lui l'argomento, ora sarebbe stato obbligato a rispondermi.

Hunter sospirò profondamente e per un attimo credetti che si allontanasse senza replicare. Forse avevo esagerato. Forse mi ero espressa male. Oppure ero stata troppo esplicita, lui aveva capito tutto e preferiva prendere le distanze. Invece andò a recuperare le freccette, poi tornò verso di me.

«Lottare, Beatrice. E cercare di capire i motivi, se ci sono.» Così dicendo, percorse i pochi passi che ci separavano e mi consegnò una delle due freccette, trattenendola per qualche secondo prima di lasciare che io la prendessi. Le nostre dita si sfiorarono appena, ma io mi sentii fremere. «Bisogna sempre tentare il tutto per tutto se si vuole qualcosa. O qualcuno.»

CAPITOLO 14

«Quindi mi sta suggerendo che dovrei provarci io?»

Nel pomeriggio, sedute in un angolo di Hyde Park cercando di finire i compiti assegnati da Chris, ripercorrevamo nel dettaglio la mia conversazione con Hunter.

«Forse nella sua ottica una studentessa che ci prova con un insegnante è meno grave del contrario. Forse vuole andare sul sicuro, prima di fare un passo falso.» La risposta di Fabiola era un'interpretazione fin troppo piacevole dei gesti e delle parole di Hunter.

«O magari non ha capito proprio niente e ha creduto davvero che si trattasse di te e di qualcun altro!» Allungai le braccia fino a stendermi, lasciandomi scivolare all'indietro. «Quando mai gli uomini sono così svegli da capire cosa intendiamo veramente? E comunque io non volevo nemmeno farmi capire, quindi...»

«Hunter mi sembra piuttosto sveglio.» Misaki intervenne, annuendo convinta. Nel suo modo serio e riflessivo, ma che le donava al contempo quell'aspetto tenero e innocente. «Per essere un uomo...»

«Ha iniziato a frequentare il "Corner Bell". Quasi ogni giorno ormai, spesso anche senza Chris. Ma del resto Igor e Freddie hanno all'incirca la sua età, quindi...» Mi sentivo una sorta di detective. Da giorni stavo estrapolando notizie, informazioni. Stavo implacabilmente indagando, investigando su Hunter, sui suoi trascorsi, sulle sue motivazioni. «Insomma, ci potrebbero essere mille motivi. Però Freddie ha detto che non lo aveva mai fatto. E credo che Freddie sia arrivato molto prima di me, quindi dovrebbe saperlo.»

«È vero, non c'era mai stato.» Misaki incoraggiava e supportava le mie teorie. «E io sono qui da marzo, ancora prima di Freddie.»

Eravamo alla seconda settimana di luglio, ormai.

«A questo punto bisognerebbe chiedersi perché ha cambiato idea. Chi c'è di nuovo che prima non c'era?» Anche Fabiola si stava mettendo d'impegno.

Se non fossi stata così direttamente coinvolta la situazione sarebbe stata addirittura divertente. E in parte lo era. Stavamo giocando alle piccole investigatrici.

Entrambe puntarono lo sguardo nella mia direzione.

«Non guardate me! Arrivano nuovi studenti ogni settimana, quasi ogni giorno. Potrebbe essere chiunque. O forse è solo l'estate, il caldo. Gli ottimi panini del "Corner Bell"!»

«Ah, sì. Come no! Le freccette, il biliardo...» Fabiola scoppiò a ridere. «Comunque, sei stata molto furba a toglierti d'impiccio mettendo di mezzo me!»

«Non lo sappiamo... Potresti essere davvero tu il centro del suo interesse.» Le lanciai un'occhiata obliqua, poi nascosi il viso con le mani ridendo. «Prenditelo, fanne quello che vuoi... Ma toglimelo di torno, una volta per tutte!»

«No, grazie. Io non ho la stessa confidenza con Hunter. Non mi guarda e non mi parla come fa con te. A questo punto preferisco il musicista biondo di Covent Garden. Almeno non è così conteso... spero!»

«Io non ci conterei troppo!» Scoppiai a ridere, ancora più forte, stendendomi completamente nel prato. «Comunque... tra le nuove arrivate, oltre a noi c'è...»

«Sandrine.» Misaki concluse la frase che io avevo lasciato in sospeso. «Però non è proprio nuova. È arrivata qualche settimana dopo di me.»

«Le cose potrebbero essere cambiate, tra loro.» Stavo cercando, in un modo o nell'altro, di rimuovere l'ostacolo. Sì, perché Hunter stava diventando quasi un ostacolo per me. Non avrei dovuto pensare a lui, non avrei voluto illudermi. «O magari è un'altra, qualcuna di insospettabile. Una delle Double Maria, perché no? Oppure…»

«Se le cose fossero cambiate tra Sandrine e Hunter, non resterebbero a perdere tempo al "Corner Bell". Fidati!» Il senso pratico di Fabiola era, come sempre, ineccepibile.

«Sì, credo che tu abbia ragione. E poi avevo saputo da Gloria che Patricia scoraggia una frequentazione troppo assidua tra insegnanti e allievi. Quindi, molto probabilmente, andrebbero davvero altrove. Oh, bleah!» Mi posai una mano sullo stomaco, con una smorfia disgustata. L'idea di Sandrine e Hunter insieme altrove mi causava una morsa insopportabile. Anche perché mi immaginai la scena di Sandrine che si avventava, con le sue labbra rosse e carnose, su di lui. «Mi si aggrovigliano le budella, non voglio pensarci. Quasi inizio davvero a pensare a Gilbert, almeno vado sul sicuro! Così almeno io e Hunter avremmo qualcosa in comune. Stare con un francese.»

La sensazione di noia mista a disgusto non mi abbandonò nemmeno il giorno seguente. Soprattutto nel corso delle lezioni di Hunter. Osservavo attentamente lui e Sandrine. Ogni gesto, ogni parola. Ogni sguardo, anche il più innocente. Tutto stava iniziando ad assumere un doppio, o addirittura triplo, significato ai miei occhi. E la situazione stava diventando sempre più fastidiosa e sgradevole. Me li immaginavo insieme. Avvinghiati, felici. A ridere di me, sciocca ragazzina che tentava inutilmente di mettersi in mostra, di rendersi carina e che si era creata delle illusioni su qualcuno di così lontano, irraggiungibile.

Intanto, proprio a lezione, lui mi sembrava meno divertente e vivace del solito. Solitamente tentava di renderci l'apprendimento più semplice, più spontaneo. Invece nel corso degli ultimi giorni stava diventando serio e professionale quanto Chris, tranquillo come Sarah, che talvolta si alternava a loro, noioso e freddo come Patricia.

Mi chiedevo se fosse solo una mia impressione. Ed esitai nel condividere le mie sensazioni con le mie amiche. Una sola cosa aveva senso ormai, per me. Togliermi Hunter dalla testa. Una volta per tutte. Tornare al mio progetto originale, quello che avevo pianificato appena arrivata. Cercare di imparare e di divertirmi il più possibile. Trarre il meglio dall'esperienza che sarebbe durata ancora solo per un paio di mesi. In ogni caso non ci sarebbe stato futuro per noi. Inutile buttarsi in una storia che avrebbe solo rischiato di compromettermi e di rendermi ridicola agli occhi di tutti. Hunter doveva tornare a essere solo il mio insegnante, da sfidare e sorprendere con la mia bravura. Niente di più. Nemmeno nei miei sogni e nei miei desideri più reconditi e segreti.

«Potresti invitarlo da qualche parte, con noi... non so, a visitare un museo...» Fabiola affrontò il discorso per prima, proprio quando io avevo deciso di rimuoverlo dalla mente una volta per tutte. Non era stato nemmeno necessario che specificasse il soggetto. «Ti ricordi che parlavamo di andare a vedere il Museo di Sherlock Holmes in Baker Street, qualche giorno fa. Sarebbe carino...»

«Visitare un museo...» ripetei incredula. Stava scherzando, forse? «Perché mai dovrebbe visitare un museo insieme a noi? Poi Sherlock Holmes, mi sembra proprio indicato alla nostra situazione!»

«Non lo so, era solo un'idea.»

«Sandrine ci ha provato, una volta.» Misaki prese la parola e si strinse nelle spalle, increspando le labbra. «Prima che voi arrivaste, gli ha chiesto di uscire. Cioè, non da solo con lei, anche con gli altri. Si è inventato una scusa, un impegno. Comunque, non ha mai accettato.»

«Ecco, se non ci è riuscita lei... figuriamoci io e Sherlock Holmes!» Mi sentivo stanca. A tal punto da essere sempre più fortemente tentata di confessare a Misaki e a Fabiola di essermi follemente innamorata di Gilbert. O di un altro a caso. Avrei mentito, solo per rimuovere l'ostacolo una volta per tutte. Avrei smesso di pensarci, così. Facendo smettere anche loro che con le loro ipotesi e congetture non mi stavano aiutando affatto. «Comunque sicuramente avrà una vita al di fuori della scuola… di noi.»

"E dovrei cominciare ad averla anch'io!" Fui tentata di aggiungere.

«Sì, certo. Sarebbe anche ovvio!» Fortunatamente Fabiola mi assecondò.

«Io ho sentito dire a Freddie che aveva la ragazza, ma si sono lasciati l'anno scorso.» L'intervento di Misaki ci colse di sorpresa. «Sono una brava ascoltatrice. E sono anche brava a carpire informazioni e a far parlare le persone.»

Senza dubbio. Eravamo una squadra. E Hunter era il nostro "indagato" perfetto. Anche senza saperlo. Ma, nonostante tutto l'impegno, non riuscivo ad afferrarlo, a comprendere i suoi interessi, le sue motivazioni. Forse perché inesistenti. Magari stava con noi solo per passare il tempo. In mancanza di altre occupazioni. O perché si sentiva solo, si annoiava. I motivi reali potevano essere tanti. E io temevo che ognuno di essi portasse Hunter Stevens sempre più lontano da me e dalla mia infatuazione di sciocca adolescente ancora senza idee sensate o prospettive future.

CAPITOLO 15

Eppure lui, in un modo o nell'altro, continuava a starmi intorno. Perché? Forse non c'era nessuna spiegazione al suo comportamento. Forse mi sbagliavo. Probabilmente voleva semplicemente aiutarmi a migliorare il mio livello di conversazione.

«Quindi, come va a casa? Stai ancora con quella tua amica?»

Hunter posò il giornale sul tavolino che aveva di fronte, nella saletta per la ricreazione della scuola. Intanto si accomodò sulla poltroncina accanto alla mia.

Mi ero seduta lì da sola, dopo la lezione di Chris. Avevo finito per prima un esercizio e ottenuto di conseguenza il permesso di uscire, mentre gli altri erano ancora impegnati nella coniugazione dei verbi. Ero stanca e non avevo voglia di parlare. Nemmeno di pensare. In nessuna lingua.

«Sì, sono ancora con Norinne.» Risposi distrattamente, indecisa se proseguire nel tentativo di fare conversazione o se spezzare il discorso sul nascere. Decisi di rischiare. «Va tutto bene. Anche la zona non è tanto male. Ora mi ci sono abituata. Cerco di stare attenta, soprattutto quando torno tardi.»

Ecco, avevo fatto la mia parte. Ora toccava a lui.

«Capisco. E torni spesso tardi?»

Come dovevo interpretare la sua domanda? Interesse reale nei miei confronti o semplice cortesia?

«No. Qualche volta…» Cercai di mantenermi sulla difensiva. «Cioè, arrivo comunque sempre puntuale a lezione.»

Certo. Spesso assonnata, ma puntuale. E questo non influiva sul mio rendimento. Stare in giro e parlare inglese con le persone mi aiutava di più che studiare e completare esercizi tutto il giorno.

«Non ti sto facendo il terzo grado per quello, Beatrice. Sei grande abbastanza da sapere quello che fai.»

Hunter sorrise, riprendendo il giornale e arrotolandolo tra le mani.

«A volte non dormo affatto!»

Mi sbilanciai e ricambiai il sorriso, cercando di mostrarmi un po' più sciolta e vivace. Meno imbronciata, se possibile.

«Si vede! Ti stai divertendo, ragazzina!» Ridendo mi colpì leggermente il ginocchio con il giornale. Poi rimase a fissare la mia gamba, scoperta dal vestitino che mi arrivava solo fino alla coscia. «Cerca di non divertirti troppo, però!»

«Ah, dici che si vede, professore? Si vede che casco dal sonno a lezione?»

Risi anch'io, afferrando il giornale e attirandolo verso di me. Mi aspettavo che Hunter opponesse resistenza o che lo lasciasse andare, invece si lasciò trascinare e mi fu ancora più vicino. Improvvisamente si fece serio. Il suo sguardo era su di me. Sul mio viso, sulle mie labbra. Mi sentii avvampare. Forse aveva ragione. Stavo ancora dormendo, o sognando. Non stava accadendo nulla del genere.

Un brusio alle nostre spalle spezzò tutto in un istante. Il mio sogno e il mio sonno. Hunter riprese possesso del giornale, lo aprì e tornò a sedersi composto sulla sua poltroncina, intenzionato a leggere le notizie del giorno. Il suo interesse nei miei confronti era improvvisamente svanito.

Era stato solo uno scherzo. E i miei riflessi erano decisamente rallentati o forse del tutto sopiti, quando tentai di recuperare quel breve attimo, quell'intesa che c'era stata tra di noi.

«Hunter, ti andrebbe di visitare un museo con noi? Il Museo di Sherlock Holmes, in Baker Street...»

No, non potevo averlo fatto davvero! Che razza di idiota! Proprio quando tutti gli altri studenti avevano invaso la saletta e stavano affluendo intorno a noi. Comprese Misaki e Fabiola. E anche Sandrine!

Gli occhi di Hunter furono nuovamente su di me. Mi sembrò che assumessero una nuova tonalità. Più intensa, più verde. Io mi morsi il labbro inferiore con furia. Desiderando ritirare la domanda. O scomparire, ancora meglio!

«Io non posso… Sono impegnato.»

Impegnato. Non mi aveva nemmeno chiesto quando. Impegnato. Era la risposta che meritavo per aver esagerato, per aver osato troppo.

Mi alzai di scatto cercando di non barcollare. Ero davvero stanca. Non dormivo abbastanza. Me ne stavo troppo in giro. Decisamente troppo. Avevo iniziato anche a bere qualche alcolico. E la sua, ovviamente, era la normale preoccupazione di un insegnante nei confronti di un'allieva troppo infantile e incosciente.

Risi con un'allegria esagerata appena mi trovai di fronte Misaki e Fabiola. Risi per non scoppiare a piangere. Volevo andarmene. Volevo inventarmi una scusa qualsiasi per saltare la lezione successiva, proprio la sua. Non sarei riuscita a starmene seduta un'ora con lui di fronte, mentre stavo morendo di vergogna.

Come potevo essere stata così imbecille? Un museo! Un dannato museo! Come mi era venuta un'idea del genere? Rammentai che era stata Fabiola a mettermela in testa. Il Museo di Sherlock Holmes. Ma io non avrei dovuto assecondarla ed esprimere la sua idea ad alta voce. Hunter non aveva mai accettato gli inviti degli studenti. Nemmeno di Sandrine! E neanche di Freddie, con cui aveva maggior confidenza e un rapporto più amichevole.

Mi ero resa ridicola! Che andasse al diavolo lui, il dannato museo e tutto il resto. Non gli avrei più permesso di prendermi in giro e non avrei più subito la sua influenza.

Avevo bisogno di un cambiamento. Norinne già da alcuni giorni mi stava invitando a uscire con lei e due suoi amici. Non mi attirava particolarmente l'idea. Ma avrei accettato. Almeno così avrei temporaneamente rimosso il pensiero da Hunter, la scuola e chiunque mi rammentasse della sua esistenza.

«Ragazze, io vado a casa. Non mi sento bene.»

Non concessi a Misaki e a Fabiola nemmeno il tempo di replicare. Raggiunsi l'aula, dove avevo lasciato la mia borsa, il libro e il quaderno. Raccolsi tutto, scesi tre piani di scale e sgusciai fuori dalla scuola, più rapidamente possibile. Senza una parola, senza guardare in faccia chi incrociavo al mio passaggio. In modo tale che nessuno tentasse di fermarmi, di trattenermi. Senza esitare mi diressi a passo spedito verso la stazione della metropolitana.

Avevo davvero intenzione di andare a casa, infilarmi a letto e mettermi a dormire. Non potevo restare ad assistere alla sua lezione, ma non avevo nemmeno voglia di andarmene in giro per Londra. Volevo solo smettere di pensare ad Hunter e alla figuraccia che avevo appena fatto. Nessuno aveva sentito, a parte lui. Ma per me era più che sufficiente come umiliazione. Anzi, era fin troppo. Quindi non mi restava altro da fare che dormire. Per recuperare il sonno. Per dimenticare. Sperando di risvegliarmi diversa e senza illusioni nei confronti di chi non voleva saperne di me.

Sarei uscita con Norinne, ecco. Ero più decisa che mai. Lei sapeva come divertirsi, molto più di me e dei miei compagni di scuola. Magari avrei conosciuto qualcuno di nuovo. Qualcuno in grado di distogliermi, una volta per tutte, da Hunter e dai miei stupidi sentimenti nei suoi confronti.

CAPITOLO 16

Arrivata a casa, mi ero cambiata e buttata a letto per tutto il resto della giornata. Dopo essermi rigirata più volte, ero riuscita ad addormentarmi. Avevo sperato che i "drammi" sparissero al mio risveglio, ma non era stato così. Erano ancora lì. E io sarei dovuta tornare a scuola e affrontarli. Affrontare lui, soprattutto. Perché, nonostante avessi saltato la sua lezione il giorno precedente, Hunter restava il mio insegnante. E io la sciocca che lo aveva invitato a uscire.

Sbuffai davanti alla mia tazza di tè. Avendo dormito tutto il giorno, mi ero alzata prestissimo e avevo tempo per prepararmi in tutta tranquillità. Norinne non era nemmeno rientrata, evidentemente aveva trascorso la notte fuori. Accadeva abbastanza spesso.

Riflettendoci con calma mi resi conto che in effetti il mio non era stato davvero un invito a uscire. Non con me. Non da soli. Non gli avevo chiesto di andare da soli al cinema o a bere qualcosa. Insomma, non era stato un invito galante o con secondi fini. Che poi nella mia mente lo fosse, era un altro discorso. Ma apparentemente non lo era. Almeno così speravo.

Ma perché era così dannatamente difficile? Hunter aveva solo qualche anno più di me. E non sarebbe stato il mio insegnante per sempre. Anche se io non avevo mai fatto il primo passo con un ragazzo, non c'era nulla di male. Non gli avevo chiesto un appuntamento.

Dovevo smettere di pensarci, proprio come avevo programmato il giorno prima. E avrei chiesto a Norinne di uscire con lei e i suoi amici, appena si fosse fatta viva!

Dopo la doccia, mi preparai per andare a scuola, scegliendo questa volta un abbigliamento e un trucco più sobrio. Jeans e una maglietta azzurra, abbastanza attillata ma non provocante. Ballerine per evitare anche un solo accenno di tacco. Avevo evitato di usare il docciaschiuma e la crema per il corpo alla fragola che avevo preso da Boots e lasciava sulla mia pelle quel delicato profumo che mi piaceva tanto. Neutro anche il profumo. E i capelli castani raccolti in una coda bassa, per nascondere il più possibile le treccine colorate che di solito ostentavo con orgoglio, insieme al finto tatuaggio poco sopra il seno.

In breve, stavo tentando di mimetizzarmi il più possibile. O di tornare quella che ero appena arrivata a Londra. Una ragazza normale, che non ci teneva affatto ad attirare l'attenzione. Una sorta di studentessa modello, senza interessi sfacciatamente mondani. Così, i due mesi rimanenti sarebbero trascorsi in fretta. Io sarei tornata a casa e avrei ripreso la mia monotona vita di sempre nel mio paesino di provincia.

Arrivai a scuola in largo anticipo. Andai diretta in classe e occupai il mio posto in attesa della lezione. Avevo scordato che il giovedì c'era proprio Hunter alla prima ora di lezione. Meditai sul fatto che per evitarlo sarei potuta entrare alla seconda, ma ormai era fatta. E, in ogni caso, non avrei potuto evitarlo per sempre.

La verità era che lui non mi aveva fatto nulla di così grave. Ero io a sentirmi umiliata, per il suo rifiuto. Ma era un problema mio. Hunter non aveva colpa. Ovviamente non era obbligato ad accettare il mio invito. Ed era molto probabile che non mi avesse nemmeno offesa di proposito. Non era responsabile delle mie reazioni, dei miei sentimenti feriti.

Mantenni il viso abbassato quando vidi entrare lui e gli altri studenti. Percepii lo sguardo di Misaki e Fabiola su di me. Anche il suo, per un attimo, ma rimasi concentrata sul libro che stavo facendo finta di leggere, *The Prodigal Daughter*, quello che mi aveva lasciato Tod dopo la sua partenza. Tanto per impressionare gli altri con la lettura di un libro impegnativo. Rilessi lo stesso paragrafo per tre volte senza comprendere il significato. La mia mente vagava altrove. Presto sarei stata costretta a sollevare gli occhi su di lui.

Aspettai che parlasse, per iniziare la lezione. Invece le prime parole che udii, arrivarono dall'ingresso dell'aula. Appartenevano a Doug, che stava presentando una nuova studentessa. Una certa Natasha. Con un'enfasi che con me e con altri nuovi arrivati non aveva mai usato. Anzi, nel mio caso mi aveva solo indicato il mio banco nell'aula deserta durante l'intervallo.

Alzai il viso e la vidi. Rimasi incredula. Non avevo mai visto una tale delicatezza nel portamento e dolcezza nello sguardo. Capelli castano chiaro e lunghi fino alla vita, occhi azzurri che splendevano come due pietre preziose, lineamenti perfetti. Natasha sembrava l'incarnazione della bellezza e della perfezione. Senza nemmeno sforzarsi troppo per rendersi appariscente. La sua era una bellezza semplice, pura, senza bisogno di fronzoli. Notai che anche sugli altri aveva fatto lo stesso effetto. Con il suo arrivo, Sandrine sicuramente avrebbe dovuto dire addio al suo primato di reginetta della classe e della scuola.

Spostai lo sguardo, rapidamente. Anche lui non era rimasto indifferente. Era chiaro che la ragazza avesse colpito Hunter, proprio come tutti gli altri. Ma questo mi fece male. Mi morsi le labbra mentre Natasha si presentava brevemente. Veniva dalla Russia e sarebbe rimasta qualche mese a Londra per migliorare il suo inglese. Il suo sogno era quello di lavorare come interprete.

Una ragazza splendida e con un sogno. Io, invece, che sogno avevo? Quello di uscire e divertirmi. Di imparare a reggere gli alcolici e fare il giro dei pub e dei locali londinesi. Di comprarmi vestitini e accessori per attirare l'attenzione. E infine, di sedurre il mio insegnante d'inglese. Magari allenandomi con altri, nel frattempo. Ottimo, complimenti Beatrice!

Seguii la lezione meccanicamente. Natasha si era seduta all'altro lato del semicerchio, proprio di fronte a me. E ogni volta che lo sguardo di Hunter si soffermava su di lei, sentivo una tremenda morsa allo stomaco. Tanto che avrei vomitato la colazione, il tè e il numero eccessivo di biscotti che avevo spazzato via in mattinata con la scusa di aver saltato pranzo e cena il giorno precedente.

Ma il peggio doveva ancora arrivare. Perché il peggio, che io non conoscevo ancora, era che Hunter verso la fine della lezione si era lasciato sfuggire di aver studiato il russo per qualche anno. E aveva confessato di essere interessato a riprenderlo.

Ovvio, quale occasione migliore! Con questa scusa aveva trascorso l'intera pausa tra le lezioni a parlare con lei. Così aveva liquidato me, Sandrine ed escluso tutti gli altri.

Mi sforzai di ignorarlo, impegnandomi nella conversazione con Misaki, Fabiola e Kunisha. Vivace e attiva, più o meno come al solito. Non potevo di certo dimostrare che mi sentivo ferita e offesa. Anzi, ancora peggio. Adesso ero anche terribilmente gelosa!

Ma nel frattempo un'occhiata di Sandrine, gelida e infuocata al tempo stesso, mi comunicò che non si sarebbe lasciata soffiare il primato tanto facilmente. Il suo sguardo deciso era puntato su Hunter e Natasha. Sandrine, al contrario di me, si stava preparando a combattere. Con la stessa determinazione con cui io mi stavo preparando ad abbandonare il campo.

La sfida poteva essere eccitante. Ma preferivo assistere piuttosto che partecipare attivamente. Non avevo intenzione di giocare il tutto per tutto sapendo di perdere. Piuttosto che affrontare una sconfitta preferivo spostare altrove il mio campo d'azione. Dimenticare per sempre la mia sciocca infatuazione per Hunter. E impegnarmi per riuscirci, al meglio delle mie possibilità. Avrei lasciato Sandrine e Natasha a contenderselo,

io ero fermamente intenzionata ad uscire dai giochi. Salvando
ciò che restava della mia dignità.

CAPITOLO 17

Il giorno seguente mi avviai verso la scuola più determinata che mai. La decisione era stata presa. La sera stessa sarei uscita con Norinne e due suoi amici che non vedeva l'ora di presentarmi. Per fortuna la notte era rientrata e ne avevamo discusso. Le avevo anche raccontato per filo e per segno ciò che era accaduto, tutta la mia storia con Hunter. La mia "non storia" per meglio dire. Forse avevo bisogno di confidarmi con qualcuno di estraneo all'intera faccenda. Mi aveva consigliato di trovarmi un altro, almeno per divertirmi un po'. E lei conosceva qualcuno che avrebbe fatto al caso mio ed era pronto per me.

Norinne era diversa da Misaki e Fabiola. Molto più disinibita, più esperta in determinate questioni. Da quanto mi aveva raccontato ci sapeva fare con i ragazzi. Forse avevo bisogno di frequentare una come lei. Non avrei abbandonato le mie amiche, ma i loro consigli non mi erano stati utili. Anzi, uniti alla mia totale inesperienza, mi erano stati fatali. Con Norinne sarei diventata più adulta e intraprendente.

«Questa sera che programmi avete?» Freddie, con noncuranza, rivolse la domanda a me, Misaki e Fabiola. Eravamo seduti al solito tavolo per il pranzo e Natasha si era unita a noi, invitata proprio da Freddie. «Che ne dite di andare a cena e poi a ballare? Un posticino tranquillo, per questa volta.»

Freddie non era il tipo da posticini tranquilli, ma non ci badai troppo. Probabile che fosse la presenza della principessa Natasha a calmarlo. Mentre le mie amiche annuivano convinte, io scossi la testa decisa.

«Io non ci sarò. Questa sera vado al "Frozen" con la mia coinquilina e due amici.»

Sentii gli sguardi puntati su di me. Anche quello di Sandrine, che aveva accolto l'idea di Freddie con un'espressione quasi schifata.

«Al "Frozen"?» Freddie fu il primo a replicare. «Ma ci sei mai stata?»

Avrei voluto dire di esserci già stata e di frequentarlo regolarmente. Ma non potevo.

«No, io no. Però Norinne lo conosce bene.»

Non ne ero certa, ma non aveva importanza. Non sarebbe stato sicuramente peggio dei club tanto amati da Sandrine, Freddie e Igor.

«Contenta te...» Sandrine si strinse nelle spalle, con aria indifferente. Ultimamente sembrava sempre più furiosa. Forse non dipendeva da me, era conseguente all'effetto che Natasha faceva su gran parte dei ragazzi. «Vai e divertiti.»

«Grazie, Sandrine.»

Qualche istante più tardi mi alzai per raggiungere Igor e Kunisha al biliardo. Non avevo più fame e al nostro tavolo era arrivato anche Hunter. Non tolleravo la freddezza che regnava ultimamente intorno al nostro gruppo. Forse non dipendeva nemmeno dall'arrivo di Natasha. Non ne ero certa, magari ero solo io a percepirla perché mi sentivo direttamente coinvolta, intrappolata, presa di mira.

«Mi insegnate a giocare, ragazzi?»

Mi rivolsi a Igor e Kunisha, appoggiandomi al tavolo del biliardo con aria quasi provocante.

«Ah, caschi male con noi!» Igor scoppiò a ridere, allargando le braccia mentre attendeva il suo turno. Poi accennò con lo sguardo a Kunisha che stava girando intorno al tavolo come un'anima in pena, ma misurando le distanze come se dovesse decidere le dinamiche di una missione interspaziale. «Con lui, soprattutto. Ma guardalo!»

«Ehi, non prendere in giro, biondo...» Il forte accento giapponese di Kunisha era davvero divertente. «Vuoi...? Il mio prossimo tiro puoi farlo tu, Beatrice. Tanto è difficile fare peggio di me.»

«Va bene, vedrai che vinceremo Kuni!»

«Zitti, voi! Ho bisogno di concentrazione!»

Igor si piegò quasi completamente sul tavolo da biliardo, con la stecca tra due dita, stringendo gli occhi mentre puntava l'obbiettivo. Io e Kunisha restammo in silenzio ad attendere il mio turno.

«Cos'è questa storia che vuoi andare al "Frozen"?»

Ma una voce, alle mie spalle, mi fece sobbalzare. La riconobbi senza nemmeno bisogno di voltarmi. Faceva sempre così, maledizione! Che brutto vizio! Socchiusi gli occhi sospirando e decisi di fingere di non aver capito. Meglio, di non aver nemmeno sentito.

Arrivato il mio turno, imitai svogliatamente il tentativo di Igor. Il colpo andò a vuoto, come c'era da aspettarsi. Io non sapevo giocare, ma in aggiunta non ci misi né impegno né entusiasmo. Non mi aiutò nemmeno la fortuna dei principianti. Tanto meno quella dei principianti distratti da un rompiscatole che si impicciava di affari altrui.

«Non è una storia. Io andrò al "Frozen". Questa sera con Norinne e i suoi amici.»

Non avrei voluto fornirgli tanti dettagli in proposito, ma ormai era fatta.

«Non è il locale giusto, ti sconsiglio di andarci.»

Hunter si mosse fino a portarsi di fianco a me. Poi mi si mise proprio di fronte, visto che io continuavo a evitare il suo sguardo.

«Perché non sarebbe il locale giusto?» sbuffai concentrandomi sulla partita che Kunisha e Igor avevano ripreso, dimenticando quasi la mia presenza.

«Non ci sei mai stata. Se ci fossi stata capiresti.»

«Bene, ci andrò. Così capirò e diventerò anche io una grande esperta di locali giusti e locali sbagliati! Contento? Tanto i musei ormai li ho già visti tutti!» La mia risposta arrivò tutta d'un fiato. «Ah no, mi manca ancora quello di Sherlock Holmes, ora che ci penso!»

Era una di quelle volte. Una di quelle volte in cui potevo anche aver fatto un gran casino con una lingua che non era la mia, ma ero determinata a non cedere, a esprimere la mia opinione. O forse il mio disappunto, in questo caso. A non darla vinta. A nessuno, nemmeno a uno che parlava inglese da quando era nato.

«No, Beatrice. Non capisci, il "Frozen" potrebbe essere pericoloso. Girano persone e sostanze con cui è meglio non avere a che fare. Davvero dovresti evitare, non sto scherzando.»

Nemmeno io stavo scherzando. Sospirai cercando di trattenermi, per non dirgli in faccia di farsi gli affari suoi.

«In ogni caso, vado con amici. Non da sola. E loro lo conoscono bene, quindi… nessun problema.»

«Potresti sempre disdire. Ho sentito che Freddie sta organizzando una bella cena per stasera…»

Chiusi gli occhi, con un sospiro sdegnato. Perché non tornava al tavolo. Da Freddie e dagli altri? E da Natasha, soprattutto. Lei sicuramente gli avrebbe ubbidito, tanto era docile, graziosa e delicata.

«Ormai ho promesso di andarci e non cambio idea. Anche perché, se lo hai dimenticato, io vivo con Norinne. Non sarebbe utile per me cambiare idea.»

Non era proprio così, ma desideravo davvero dare un tono definitivo alla mia decisione e chiudere la questione una volta per tutte. Non avevo bisogno di lui, dei suoi consigli, della sua intrusione nella mia vita. Soprattutto perché mi era stata chiara la sua intenzione di prenderne le distanze il più possibile. Trascorreva qualche ora con noi, di tanto in tanto, poi tornava nel suo mondo. Di cui io non facevo parte.

E non mi piaceva non farne parte, perché lo avrei voluto davvero. Conoscerlo meglio, passare più tempo con lui, parlare. Senza nemmeno fare chissà cosa. Senza che diventasse per forza il mio ragazzo. Volevo solo averlo intorno. Non mi interessavano i locali alla moda e nemmeno quelli con una pessima reputazione. Non volevo giocare alla ragazzina ribelle ed egocentrica. Stare al centro dell'attenzione, attirare gli sguardi non mi era mai piaciuto. Volevo solo stare con lui, più tempo possibile. Ma questo Hunter non lo capiva e non lo accettava. Oppure, più semplicemente, non era interessato a condividere il suo tempo con me. Non voleva. Non mi voleva.

CAPITOLO 18

Mi rifiutai di indagare sull'atteggiamento di Hunter nei miei confronti. Non riuscivo a comprenderlo. Mi metteva in guardia su persone e luoghi pericolosi, ma continuava a comportarsi in modo distaccato con me. Lo arginai il più possibile, catalogandolo come la preoccupazione di un professore nei confronti di una sua studentessa ribelle che correva il rischio di finire nei guai.

Ciò che rendeva la situazione ancora più assurda era che io non ero mai stata così, a differenza di altre ragazze. Neanche nella mia scuola superiore con i miei veri professori. Non avevo mai destato preoccupazioni. Nemmeno nei miei genitori.

Così decisi che da quel momento in poi lo avrei evitato il più possibile. Ancora più di prima. Fino alla fine della mia vacanza studio. O della settimana successiva, almeno. La sua incostanza mi aveva stancata.

Dopo pranzo mi aggirai per Piccadilly Circus insieme a Misaki e Fabiola, ma solo fino al primo pomeriggio. Poi mi ritirai con la scusa di prepararmi per la serata. In realtà non avevo più voglia di affrontare il discorso, neanche con loro. E soprattutto non avevo voglia di parlare o sentir parlare di Hunter. E quasi sempre i nostri discorsi convergevano su di lui e sui nostri compagni di scuola. Forse era normale, del resto li frequentavamo quasi ogni giorno.

Che lo volessi o meno, gli avvertimenti di Hunter mi avevano turbata. Tanto che iniziai a temere che avesse ragione. Anche Freddie e Sandrine avevano reagito in modo strano sentendo nominare il "Frozen". Ma ormai non potevo più tirarmi indietro. Per un attimo fui tentata di inventarmi una scusa e dire e Norinne che non mi sentivo bene. Non potevo di certo raccontarle la verità e dirle che per un eccesso di scrupolo ci avevo ripensato. O peggio, che Hunter mi aveva chiesto di rinunciare all'uscita per evitare quel locale.

Decisi comunque di presentarmi nella versione più casta e morigerata di me stessa. Norinne mi aveva fatto presente che i jeans non erano ammessi. Quindi, per evitare uno dei miei abitini, indossai dei pantaloni neri e una camicia color ciclamino piuttosto ampia, in modo da coprire il più possibile le mie forme. I pantaloni erano un po' troppo aderenti forse, ma non ne avevo altri con me che non fossero jeans. Per non slanciare la mia figura con i tacchi, optai per le mie comode ballerine. Mi truccai appena e raccolsi i capelli, trattenendoli con un elastico e qualche molletta.

«Oh Beatrice, sembri un'educanda! Ti potrebbero chiedere i documenti!» Norinne, con il suo miniabito laminato e gli stivaletti col tacco, mi scrutò dal basso verso l'alto con espressione insoddisfatta. Ero più alta di lei anche senza tacchi. «Ma contenta te!»

«Vuoi dire che potrebbero negarmi l'ingresso?»

Mi morsi le labbra per non mostrarmi troppo entusiasta di fronte a quell'eventualità. Sarebbe stata una via di fuga perfetta, per me. E avrei potuto tentare di raggiungere Misaki e Fabiola, anche se non ero aggiornata sui loro programmi della serata. Oppure farmi un giro da sola e sperare di incontrare loro o gli altri ragazzi.

«Ma no! Non sono così severi. E poi Greg e Donnie conoscono bene il figlio del proprietario.»

«Ah… fantastico allora!»

Che disdetta, maledizione! Non c'era modo che riuscissi a sfuggire, ormai. Ma del resto nulla di grave, si trattava solo di una serata. Sarebbe trascorsa in fretta.

Quando li incontrammo, fuori dalla stazione di Charing Cross, non mi fecero l'effetto sperato. La descrizione che mi aveva fatto Norinne superava di molto la realtà. I primi aggettivi che mi vennero in mente non furono "eccitanti" o "sexy" o "strafighi", come aveva detto lei. Ma piuttosto "stravaganti", "rozzi" e probabilmente già mezzi "ubriachi". Anche fisicamente li trovavo insignificanti.

Greg mi strinse a sé con una foga eccessiva, attirandomi contro il suo petto con un braccio. Non mi sbagliavo, puzzava d'alcool. Pallido e allampanato, con gli occhi chiari un po' sporgenti, indossava dei pantaloni scuri fin troppo attillati e uno strano impermeabile maculato. L'altro, Donnie, capelli rossi e ricci, sembrava più timido. Anche il suo abbigliamento era più casual e meno appariscente. Infatti, restò indietro insieme a me mentre ci incamminavamo verso il locale. Greg aveva posato la mano sul fianco di Norinne palpandole spudoratamente il sedere. Io rimpiansi ancora di più i miei amici. E silenziosamente imprecai contro il mio stupido orgoglio, che mi aveva impedito di seguire il consiglio di Hunter. Ma ormai non potevo tirarmi indietro e dire che avevo cambiato idea, senza subire ripercussioni. Soprattutto per il fatto che, come avevo detto ad Hunter, vivevo in casa di Norinne. E non avrei potuto ignorarla o evitarla.

Li seguivo come una povera martire, senza nemmeno capire dove ci stavamo dirigendo. Intanto Donnie tentava stancamente di intrattenermi, di fare conversazione. Ma sembrava perso, svogliato, con la mente altrove. Forse era il suo modo di essere. Io mi sentivo sempre più sola, in balia di estranei.

Arrivati a un certo punto ci fermammo dietro a un gruppo di persone in fila. Mi guardai intorno confusa. Evidentemente c'era la selezione all'ingresso. Sospirai, mentre il senso di disagio cresceva in me ogni istante di più.

«Qualsiasi cosa succeda…» Norinne mi si avvicinò e inaspettatamente si aggrappò al mio braccio. «Ascoltami bene, qualsiasi cosa succeda e qualsiasi cosa io ti dica… tu devi portarmi a casa, capito? Anche se io non sembrerò d'accordo.»

«Come?» La osservai perplessa, senza comprendere la sua assurda richiesta. Fosse stato per me, sarei andata via anche subito. Più la fila si sfoltiva, più ci avvicinavamo alla meta, più quel posto mi appariva inquietante. Proprio come le persone che aspettavano per entrare. «Cosa? Quando?»

«Non adesso! A un certo punto, quando saremo dentro. Fra qualche ora credo… se non ti sembrerò in me, tu devi portarmi a casa. Non ascoltare loro…» Indicò con lo sguardo Greg e Donnie, che parlottavano tra loro a poca distanza.

«Mmh…» Continuavo a non capire. O forse non volevo. «Pensi di ubriacarti?»

«No. Non sarà per quello.»

A quel punto avrei dovuto seguire l'istinto, voltarmi e scappare via. L'unico motivo che mi tratteneva era lo stesso per cui non avevo rifiutato quell'uscita a quattro. Vivevo con Norinne. Ero obbligata a restare.

Raggiunto l'ingresso la sensazione di confusione e smarrimento si intensificò ancora di più, fino a trasformarsi quasi in paura. All'interno c'erano zone d'ombra in netta contrapposizione a quelle di luce. Decisi di non lasciare nulla al guardaroba, la ressa presente nel piccolo spazio d'entrata era quasi insopportabile e io mi sentii comprimere e schiacciare. Mi aggrappai a Norinne per non perdermi e incontrai lo sguardo compiaciuto di Greg.

«Non ti preoccupare, entrando migliora.»

Avevo forti dubbi in proposito. Oltretutto stavo iniziando a sperare che anche la musica migliorasse, insieme a quelle luci psichedeliche che mi stavano causando un senso di nausea intollerabile.

Una volta entrati, per fortuna, lo spazio divenne molto più ampio e l'aria più respirabile. Ma le luci erano sempre le stesse. Intermittenti e sempre più intense, seguivano lo stesso ritmo di quell'atroce musica techno, talmente alta da non permetterci di scambiare nemmeno una parola.

Iniziavo a comprendere gli sguardi perplessi di Freddie e Sandrine. E Hunter… odiavo ammetterlo, ma aveva ragione!

Nonostante tutto, dovevo resistere. Quanto saremmo rimasti in quell'inferno? Due o tre ore… non di più!

Cercai Norinne con lo sguardo. Speravo di scoprire in lei le mie stesse sensazioni. Mi sbagliavo. Perché Norinne si guardava intorno allegra, entusiasta. Intanto Greg si stava muovendo, o forse stava ballando, seguendo quel ritmo assurdo, muovendo il corpo come in preda a ripetute scosse elettriche. Donnie invece aveva la stessa espressione estasiata e persa che aveva all'esterno, mentre stavamo ancora camminando.

Rammentai le parole di Norinne. Dovevo portarla a casa. Ma per raggiungere l'impresa dovevo per prima cosa riuscire a non perderla di vista, lì dentro. Anche perché nel frattempo ci eravamo spostati sempre più verso il centro e Norinne stava iniziando a muoversi allo stesso ritmo di Greg e di tanti altri. Mi guardai intorno. Erano sempre di più. Strattonai Donnie, per un braccio, cercando di risvegliarlo dal suo personale torpore e di attirare la sua attenzione.

«Tu credi che… cambieranno musica, tra un po'?» sospirai, poi cercai di alzare il tono di voce. Avevo visto persone dirigersi verso alcune aperture che conducevano ad altre sale. «Magari è diversa in un'altra sala?»

«No, è così ovunque. E non la cambieranno perché questa musica aiuta!»

«Aiuta?»

Aiuta cosa? Mi portai le mani alle orecchie nel tentativo di attenuare quel rumore assordante, insopportabile. Quella non era musica… era l'inferno. Tutti i gironi compresi in un unico luogo! E coloro che si agitavano lì dentro sembravano dannati in preda alle convulsioni.

Mi staccai da lui. Non potevo resistere. Avrei detto a Norinne che me ne sarei andata. Avevo mal di testa e la nausea. Non mi importava nulla, nemmeno che si arrabbiasse con me. Avrebbe dovuto dirmi dove mi stava trascinando, dandomi la possibilità di scegliere. Mi sentivo ingannata. E avrei dovuto prendermela con lei, non con Hunter! Hunter aveva cercato di avvisarmi, di mettermi in guardia.

Chiusi gli occhi per un attimo, per cercare di riprendermi. Quando li riaprii mi accorsi che Norinne era scomparsa. E anche Greg.

«Donnie! Donnie!» Mi posizionai di fronte a lui, cercando di richiamare nuovamente la sua attenzione. Ero l'unica lì intorno a restare ferma. Sinceramente mi sembrava di essere l'unica sana di mente. Relativamente sana di mente, in realtà. «Dov'è andata Norinne?»

«Non lo so. Sarà con Greg. Magari in bagno.» Si strinse nelle spalle e allargò le braccia. «Magari le sta facendo effetto. Per lei è la prima volta.»

«Cosa? La prima volta cosa?»

Mi sembrava sempre più di estorcergli le parole di bocca. E avevo notato che Donnie si stava sforzando di mantenere la calma con me. Ma non sarebbe durata a lungo. Sembrava sempre più infastidito dalla mia presenza e dalle mie domande pressanti.

«La prima volta che si fa, insomma! Tu... vuoi bere qualcosa? Io vado.»

Così si mosse. E non mi restò altro da fare che seguirlo. Raggiunto il bancone, si voltò verso di me, prima di gettarsi nella mischia.

«Vuoi qualcosa?»

Io scossi la testa meccanicamente. Avevo sete. Ma non avrei preso proprio nulla lì dentro. Nella mente mi risuonò la voce di Hunter: "Girano persone e sostanze con cui è meglio non avere a che fare."

Ecco cosa intendeva! Ero stata un'idiota. Avevo creduto che intendesse alcolici, ubriachi... insomma, all'incirca come capitava negli altri discopub, discoteche, club.

Donnie riemerse con una semplice bottiglietta d'acqua. La stessa che molti altri trattenevano tra le mani e da cui sorseggiavano mentre si dimenavano, sempre allo stesso ritmo. Me la offrì ma io scossi nuovamente la testa.

«Io… vado a cercare il bagno!»

Speravo di trovare un po' di quiete, almeno lì.

In parte speravo anche che lui si offrisse di accompagnarmi, almeno per aiutarmi a farmi strada tra quell'ammasso di gente incapace di intendere e di volere.

«Okay, io resto qui.»

Annuii incamminandomi, senza nemmeno sapere dove stavo andando. Mi augurai di trovare un'indicazione, ma mi stavo aggirando invano. Infine, decisi di tornare al bancone del bar e di farmi largo tra la gente per chiedere a una delle bariste.

Le mie aspettative di trovare un po' di tranquillità in bagno vennero amaramente deluse. La situazione lì era di gran lunga peggiore. E la luce fissa amplificava la mia percezione della reale situazione che stavo vivendo.

Incrociai lo sguardo di un paio di ragazze, ferme davanti allo specchio. Gli occhi sembravano schizzare fuori dalle orbite, come se le pupille avessero occupato quasi tutto lo spazio del bulbo oculare. Non ero nemmeno in grado di descriverle, ma mi terrorizzarono. Un'altra, seduta a terra, piangeva disperatamente. Cercai di spostarmi. Ma nel frattempo altre quattro entrarono urlando e schiamazzando. Una di loro si lasciò andare lungo la parete. Cercai di rifugiarmi all'interno di uno dei cubicoli, almeno per qualche minuto. Ma trovai un'altra ancora accasciata, con la testa nel wc.

Decisi di uscire e di non ripetere il tentativo. Per riuscirci mi scontrai con altre ragazze, provenienti dalla direzione opposta.

Norinne. Dovevo trovare Norinne. Tornai dove avevo lasciato Donnie e fortunatamente lo trovai proprio allo stesso posto.

«Devo trovare Norinne!»

Gli urlai addosso. Lui sospirò allargando le braccia lungo i fianchi, in un gesto che stavo iniziando a riconoscere come abituale per lui.

Credevo che fosse il suo modo per dirmi che non sapeva dove si trovasse la mia amica, invece annuì e mi afferrò per il braccio, per indurmi a seguirlo. Intanto mi offrì nuovamente la sua bottiglietta d'acqua. Nuovamente rifiutai.

«Non voglio prendere quella roba!»

«È solo acqua. Aiuta a compensare. Come questa musica aiuta l'ecstasy a fare effetto.»

«Perché? Perché l'hai presa? Anche Norinne…»

«Norinne l'ha voluta, l'ha pagata. Io e Greg siamo abituati ma per lei è stata la prima volta, quindi non si è mai sicuri. Se non paghi non l'avrai, tranquilla.»

Era una pazza. Ecco cos'era. Doppiamente pazza perché aveva coinvolto anche me nella sua stupida e folle impresa!

La ritrovammo, finalmente. In un angolo, seduta tra una scala che conduceva chissà dove e una porta nera, un'uscita di sicurezza forse.

«Norinne!»

Gridai il suo nome, ma lei non mi sentì. Greg era appoggiato alla parete, con il volto abbassato e le mani infilate nel suo impermeabile maculato. I capelli sudati erano sparsi sul viso ora arrossato e contribuivano a dargli un'aria davvero poco rassicurante.

«Norinne!»

Mi chinai per richiamare la sua attenzione. Sollevò finalmente lo sguardo su di me. Con la bocca semiaperta, mi fissava però senza vedermi. E i suoi occhi… erano proprio come quelli delle ragazze che avevo incontrato in bagno. Come quelli di Greg e in parte anche di Donnie. Come quelli della gran parte della gente intorno a me. Mi sembrava di essere stata improvvisamente catapultata in un universo di zombie. Con quegli occhi sgranati, le pupille dilatate. Che mi si puntavano addosso straniti. Sembravano senza vita. O meglio… senz'anima.

«Norinne! Alzati da qui, andiamo! Andiamo a casa!»

L'afferrai per un braccio, sforzandomi per sollevarla. Per un attimo pensai di riuscirci, invece si lasciò ricadere nuovamente a terra con una risata stridula.

Mi chinai ancora su di lei, cercando di obbligarla a guardarmi, continuando a chiamarla, sperando che recuperasse la ragione. Almeno in parte. O che rammentasse ciò che mi aveva chiesto. Ma era tutto inutile. E io stavo iniziando ad avere davvero paura.

«Lasciala stare, non vuole...» Greg bofonchiò quelle poche parole, voltandomi vidi che stava ridendo del mio inutile tentativo. «È troppo fatta... Ragazzi, la troia è completamente fatta... Non sa neanche più aprire le gambe, ormai.»

Mi sollevai di scatto e mi scagliai addosso a Greg, come una furia.

«Cosa le hai dato, disgraziato!» Iniziai a strattonarlo, agguantandolo per il bavero di quel suo stupido impermeabile maculato. «Cosa le hai fatto? Maledetto porco! Schifoso!»

«Ehi, calma... calma...» Il suo fiato sul viso mi provocò quasi un urto di vomito. «Calma, stronza. Non ti incazzare! Sta bene, anzi fra un po' starà a meraviglia. L'ha voluto lei! Non vedi che sta bene... Vuoi aprirle tu le gambe per me, bambolina?»

Sarei scappata via, se solo avessi potuto. Abbandonando Norinne al suo destino. Però non potevo. Mi sentivo responsabile. Ma dannazione, come aveva potuto farmi una cosa del genere? Lo sapeva che non ero mai stata in un posto come quello, che non avevo mai preso droghe, soprattutto! Come potevo riuscire a portarla via da lì, da sola e senza collaborazione da parte sua?

Donnie mi agguantò da dietro con fermezza, strattonandomi per le spalle e staccandomi da Greg.

«Lasciami, lasciami!» Mi dimenai, pronta a combattere per liberarmi. Mentre gli occhi mi stavano bruciando terribilmente, ma io lottavo per frenare le lacrime. «Lasciami andare anche tu... lo devo prendere a calci nel culo, questo stronzo!»

Lui però mi circondò la vita con un braccio, poi afferrò i miei polsi, proprio mentre stavo per voltarmi. Solo in quel momento mi resi conto che non era stato Donnie ad allontanarmi, a trattenermi.

«Beatrice! Cosa hai fatto? Cosa hai preso?»

«Hunter? Cosa… cosa ci fai qui?»

«Ho fatto un giro e ho visto che non eri con gli altri. Quindi è stato facile capire che non mi avevi ascoltato. Hai preso qualcosa? Dimmelo subito!»

«No, io… Niente…» Avevo una gran voglia di scoppiare a piangere, però. Ancora di più, in sua presenza. Per mille motivi, ma per la vergogna soprattutto. Allora abbassai il viso per non incrociare il suo sguardo. «Davvero, niente…»

«Guardami, Beatrice!»

Mi afferrò il viso, per il collo, stringendolo tra le mani. Con una forza quasi eccessiva. Con rabbia. Cercava il mio sguardo. Mi resi immediatamente conto del motivo. Cercava una conferma nei miei occhi.

«Non ho preso niente, Hunter. Te lo giuro, niente. Non ho bevuto nemmeno un po' d'acqua! Non mi sono fidata…»

«Brava. Brava, ragazzina…» sospirò sollevato e la sua mano sul mio viso si piegò, trasformandosi in una specie di carezza. Poi annuì, lasciando scivolare le mani dal mio collo e percorrendomi le spalle. «Dovevo impedirti di venire qui. In qualsiasi modo, dovevo impedirtelo!»

«Mi dispiace…»

Stavo per scoppiare per la vergogna e abbassai di nuovo il viso.

«Non è colpa tua.»

Udii la sua voce pronunciare quelle parole. Ma compresi che non ci credeva davvero. Era colpa mia. E io lo sapevo. Forse non potevo immaginare che Norinne sarebbe arrivata fino a quel punto, ma avevo capito che avrebbe combinato qualcosa. Anche prima di entrare. Avrei dovuto tirarmi indietro e andarmene quando ero ancora in tempo.

Intanto udii Greg ridacchiare stridulo, alle mie spalle. Mi voltai, sentendo la rabbia rimontarmi dentro, dalle viscere.

«È colpa di questo stronzo!» Avevo una gran voglia di prenderlo a pugni. Di prendere entrambi a pugni, sia lui sia Donnie che nel frattempo era filato via, chissà dove. «Se le succede qualcosa, sarà colpa tua schifoso, maiale!»

«Lascialo perdere, tanto non ti sente nemmeno!» Hunter cercò di distogliermi dal mio intento trattenendomi per le spalle mentre io, incurante del pericolo, continuavo a infierire. La paura e la disperazione mi avevano messo addosso un coraggio e un'audacia di cui, in seguito, non sarei stata in grado di capacitarmi. «Beatrice, è inutile… non ragiona in questa fase.»

«Io non ho…» annuii, stremata.

Non avevo preso nulla lì dentro, ma non mi sentivo in condizioni migliori di Norinne. E nemmeno di Greg. Anche a me sembrava di non essere più in grado di ragionare lucidamente, di muovermi. E quasi nemmeno di reggermi in piedi.

«Ora porteremo la tua amica fuori da qui.» Così dicendo si chinò su Norinne e afferrandola per la vita riuscì a sollevarla senza eccessiva fatica. Anche perché Norinne a questo punto sembrava essersi assopita, nonostante ridacchiasse tra sé e di tanto in tanto sgranasse gli occhi come se vedesse qualcosa oltre lo spazio circostante, oltre noi. «Ecco, brava. Ora ce ne andiamo.»

Mi posizionai dall'altro lato e trattenni Norinne, sfiorando per un attimo il braccio di Hunter. Mi lasciai guidare anch'io, senza aggiungere una parola, verso l'uscita. Socchiusi gli occhi e tenni lo sguardo basso, appena consapevole di dove mettevo i piedi. Non volevo più vedere niente e nessuno lì dentro.

Una volta fuori mi sembrò di riprendere a respirare, finalmente. L'aria fresca ebbe su di me un effetto rigenerante. Tornando lentamente in me, attesi altre parole di rimprovero da parte di Hunter. Che però non arrivarono.

«Resta un attimo qui. Ce la fai a sorreggerla?»

A un mio cenno affermativo si allontanò da noi. Lo seguii con lo sguardo, senza capire. Tornò qualche istante dopo, con un'espressione più decisa.

«Andiamo!»

Afferrò nuovamente Norinne, che ancora faticava a reggersi in piedi da sola, e si incamminò nella stessa direzione da cui era appena tornato. Io lo seguii senza replicare. Solo quando aprì la portiera del taxi che aveva fermato per noi, compresi le sue intenzioni.

«Appena arrivate a casa falle assumere dei liquidi. Acqua, tè… anzi, meglio acqua ma senza esagerare. Niente alcolici, ovviamente. Qualsiasi cosa ti dica o ti chieda, non darle retta. Può essere che abbia qualche allucinazione e ti dica di vedere cose che non esistono. Comunque si riprenderà, entro domani starà già bene.»

Lo stavo ascoltando senza capire, anche se annuivo automaticamente. Alla fine, compresi soltanto che mi stava abbandonando.

«Hunter… non lasciarmi da sola con lei, ho paura…» sussurrai, abbassando il viso.

Non osavo rivolgergli una richiesta esplicita. Non ne avevo il diritto e lo sapevo. Aveva già fatto fin troppo per me.

«Stai tranquilla, te la caverai benissimo. Non è grave. Ho avuto amici che facevano uso costante di roba simile. Tra qualche ora starà già meglio e in mattinata inizierà a riprendersi.»

Non potevo pretendere che ci accompagnasse a casa, anche se mi sentivo fragile e spaventata. Ma la verità era che non avevo davvero paura per me stessa, non tanto per Norinne, che ora giaceva quasi rilassata sul sedile del taxi anche se continuava a parlottare tra sé e a ridacchiare. Lo volevo accanto. Lo volevo con me, per tutta la notte. Anche per rimproverarmi, per ricordarmi quanto ero stata stupida e incosciente a non averlo ascoltato. Lo volevo con me.

«Va bene...» mi arresi con un sospiro. «Grazie, Hunter. Grazie per avermi aiutata.»

Annuì e distolse l'attenzione da me per rivolgersi al tassista, dal finestrino. Vidi che lo stava pagando e cercai di intervenire per fermarlo. Ma lui fu più veloce e poi tornò ad affacciarsi alla portiera.

«Sai dove abiti, vero Beatrice? Dagli l'indirizzo, gli ho chiesto di assicurarsi che entriate in casa e che siate al sicuro. Sei stata davvero brava, considerata la situazione. E molto coraggiosa.»

CAPITOLO 19

Non mi sentivo brava. Tantomeno coraggiosa. Mi sentivo un'imbecille totale, piuttosto. Ma ciò che mi pesava e mi opprimeva di più era che lui, qualunque cosa io fossi, mi aveva abbandonata. Forse per punirmi. Più probabilmente perché aveva ritenuto di aver fatto tutto il possibile. E me ne rendevo conto anche io. Hunter aveva fatto fin troppo. Sicuramente non era suo compito starmi dietro, accudirmi. E meno che mai venirmi a cercare e togliermi dai guai. Soprattutto quando mi aveva già messa in guardia precedentemente e io, orgogliosa e caparbia, mi ero rifiutata di ascoltarlo.

Avevo dovuto tenere compagnia a Norinne per tutta la notte, senza chiudere occhio. Alcuni momenti rideva tra sé, altri sembrava terrorizzata da qualcosa o da qualcuno che io non potevo vedere. Affermava che ci fossero grossi insetti sulle pareti di casa, che andavano schiacciati. Ma non c'era proprio nulla. Non i ragni pelosi e pieni di zampacce che lei era convinta di vedere. Non gli animali strani che minacciavano di divorarla.

I suoi occhi rimasero sgranati, come trasognati, ancora a lungo. Con le pupille dilatate e l'espressione in parte assente, in parte allucinata. Seguii scrupolosamente le indicazioni di Hunter. Anche perché Norinne dichiarava di avere una gran sete. Alternava bicchieri d'acqua a tazze di tè e tisane. Finalmente poco alla volta iniziò a riprendersi, ma era già mattina. Così arrivò finalmente il mio turno di crollare.

Avevo la ferma intenzione di arrabbiarmi con lei e di rimanere arrabbiata a lungo. Mi aveva presa in giro, mi aveva convinta ad accettare quell'uscita con l'inganno. Sapeva benissimo cosa avrebbe fatto e mi aveva coinvolta intenzionalmente. Perché non un'altra? Perché proprio me? Solo perché abitavo con lei e così sarebbe stata sicura che l'avrei portata a casa?

Per tutta la giornata seguente non ebbi voglia di affrontarla. Nemmeno di vederla, in realtà. Mi sentivo stremata, come se non avessi dormito per giornate intere. In effetti, non era poi così lontano dalla verità. Rimasi stesa tutto il giorno. Quando mi alzai, la sera, non la trovai in casa ma non mi preoccupai per lei. Ero troppo stanca per tutto, anche per preoccuparmi. Mi sentivo una vittima. Se avessi potuto me ne sarei andata da lì, ma non sapevo dove. E nemmeno come trovare un altro posto in cui stare.

Decisi di restare in casa anche la giornata successiva. Non me la sentivo di affrontare il resto del mondo. Anche se il resto del mondo per me, in quel momento, erano i miei amici e compagni di scuola che avevo "tradito" per un'incosciente che aveva voluto provare l'ebrezza di una droga sconosciuta e mi aveva sfruttata per essere riaccompagnata a casa. Il resto del mondo per me era Hunter, soprattutto. E inevitabilmente avrei dovuto rivederlo, a scuola. Ma almeno avevo ancora un giorno per riprendermi prima di affrontarlo.

«Greg ha detto che preferisce non incontrarti più» mi comunicò Norinne appena rientrata, la domenica sera. «E ti consiglia di nasconderti, se lo incontri in giro.»

Scoprii così che aveva trascorso la giornata insieme a lui. Mi trattenni prima di risponderle male.

«Dì pure a Greg che la preferenza è reciproca.»

«Comunque, quel tuo amico… quanto è carino!»

Impiegai qualche istante a comprendere a chi si riferisse.

«Quale amico?»

E comunque non avevo intenzione di incoraggiare il discorso.

«Quello che ci ha portate al taxi… l'ho visto. Okay, ero un po' fuori di me, ma l'ho visto.»

«Esatto, eri fuori di te. Non era un mio amico, era uno di passaggio.»

Norinne corrucciò la fronte con espressione quasi indignata. In parte mi sembrò lottare con i ricordi di quella serata. Comunque, non avevo intenzione di dargliela vinta, riguardo Hunter e il suo intervento. Non se lo meritava.

Il lunedì mattina mi svegliai presto, abbastanza riposata ma ancora turbata dalla recente disavventura. Non avevo mai vissuto un'esperienza del genere. Mi aveva fatta sentire così indifesa, così fragile, in balia degli eventi e di estranei che avrebbero potuto drogarmi e approfittarsi di me e del mio stato di incoscienza. Come forse poteva capitare a Norinne e a quelle ragazze che avevo incrociato in bagno o in giro per quello schifoso locale. Non avrei più permesso che mi capitasse di nuovo.

Fui tentata di lasciar perdere la scuola e di andare a fare un giro in centro. O magari rifugiarmi in qualche parco a leggere e a riflettere. Ma sarebbe stato inutile, perché sapevo bene che prima o poi avrei dovuto affrontarlo. E forse, in fondo, lo volevo. Affrontarlo. Sentire ciò che inevitabilmente mi avrebbe detto a proposito di quella sera.

Decisi di prendere la situazione con calma e di restare in una sorta di limbo, ancora per un po'. In una via di mezzo. Quindi arrivai a scuola per la seconda lezione, quella di Chris. Hunter il lunedì aveva la prima ora di lezione nella mia classe. Non mi importava che notasse la mia assenza. Anzi, in realtà era proprio ciò che volevo, da perfetta egoista, viziata ed egocentrica. Che notasse la mia assenza e si preoccupasse per me.

Quando lo incrociai nel corridoio mi rivolse un distaccato cenno di saluto. Senza chiedermi informazioni a proposito del mio rientro a casa. Se ero lì, viva e vegeta, significava che in un modo o nell'altro ero sopravvissuta. Del resto, nemmeno io avevo voglia di parlarne. E ancora non sapevo se ringraziarlo o prendermela con lui per avermi abbandonata con Norinne in quelle condizioni.

Seguii distrattamente la lezione di Chris. Ero presente solo fisicamente e mi sentivo anche peggio di Norinne in preda all'ecstasy. Come se la mia mente, la mia razionalità fosse stata messa a riposo. Tanto che decisi di saltare il pranzo alla tavola calda e di mantenere le distanze anche da Misaki e Fabiola. Sicuramente mi avrebbero rivolto delle domande a cui io non ero preparata a rispondere. Oltre a dover recuperare un po' di lucidità e il giusto distacco da ciò che era accaduto, mi vergognavo troppo.

Ma inaspettatamente sulla strada verso la metropolitana incrociai Hunter. Da solo. Proprio dopo aver svoltato l'angolo, sul lato della tavola calda.

«Come stai, Beatrice?»

«Sto bene, come puoi vedere.»

Nonostante le parole rassicuranti e all'apparenza pacate, non riuscii a evitare un tono sarcastico e anche un po' sprezzante.

«Bene...»

Rimase fermo di fronte a me, fissandomi serio. Non sembrava intenzionato a muoversi, quasi volesse impedirmi il passaggio. Quindi fui io a spostarmi per oltrepassarlo.

«Ti ringrazio, Hunter. Ma vorrei andare oltre... e non pensare mai più a ciò che è accaduto.»

Inevitabilmente il mio tono divenne ancora più ostile nei suoi confronti. Avrei dovuto controllarmi. Non ci riuscivo, anche se mi rendevo conto di essere ingiusta con lui.

«Non tornare mai più in quel locale.»

Compresi che non era proprio ciò che aveva in mente, ma una replica banale al mio atteggiamento scostante e alla furia che faticavo a trattenere.

«Lo so già da me, grazie. E non uscirò mai più con Norinne e con i suoi amici. Perché so che lo rifarà. Quando si è ripresa ha sottovalutato ciò che è successo... ha affrontato la questione con leggerezza, come se nulla fosse.»

Avrei voluto trattenermi, non raccontargli nulla, tralasciare i dettagli. Ma non ci ero riuscita. Lui era l'unico a sapere cosa mi fosse accaduto. L'unico quindi con cui avrei potuto parlarne.

«Mi dispiace di non averti accompagnata.»

Non mi aspettavo che andasse dritto al punto. Non così. Quindi lo aveva capito. Aveva compreso il motivo della mia ostilità nei suoi confronti.

«Lo capisco, non preoccuparti.» In realtà no, non lo capivo. Ma non aveva importanza. «Era tardi… avrai avuto da fare…»

Non sapevo più a quale scusa aggrapparmi. Volevo solo andarmene, allontanarmi da lui. Di certo non avevo nessuna voglia né intenzione di restare ad ascoltare le sue scuse.

«No, assolutamente. Non è stato quello il motivo.»

Proprio quando aveva catturato la mia attenzione, si mosse per lasciarmi libero il passaggio, svoltare l'angolo e avviarsi verso la scuola.

«Allora qual è il motivo, Hunter?»

«Il motivo, Beatrice…» Si fermò nuovamente, voltandosi verso di me con un respiro profondo. Poi scosse la testa, puntando gli occhi su di me con un'espressione talmente seria da lasciarmi prevedere l'ennesimo rimprovero. «Il motivo è che io non sono un'alternativa da prendere in considerazione, per te. Non posso esserlo.»

«Cosa intendi? Perché a quanto vedo sono io a non essere una valida alternativa, per te.»

Non avevo idea se stessimo finalmente giungendo a un chiarimento. Ma a questo punto pretendevo una spiegazione. Perché sembrava sempre avvicinarsi a me per poi ritrarsi, nascondersi, allontanarsi?

«Tu sei così giovane… devi stare attenta alle persone che frequenti, ai posti che frequenti.»

Ecco, come sempre si era messo sulla difensiva. E molto astutamente stava cambiando discorso.

«Sono giovane, non stupida. Anche se ammetto che ultimamente ho dato prova del contrario. Ma tu intendevi altro. E ora, come sempre, ti stai tirando indietro. Perché?»

«Perché questo è solo un episodio della tua vita, Beatrice. Un episodio che scomparirà quando riprenderai la tua vera vita. Perché presto, tra qualche mese, te ne andrai e dimenticherai tutto. O lo ricorderai come una fase divertente, un momento in cui hai provato qualcosa di nuovo, esperienze diverse, una libertà che non ti era mai stata concessa prima. Perché è così che funziona. Ed è giusto così. Non potrebbe essere altrimenti. Era questo il tuo progetto per questi mesi, vero?»

«Io…»

Lo ascoltai senza interrompere. Anche perché non sapevo come replicare. Mi aveva colta alla sprovvista, questa volta. E soprattutto perché mi stavo rendendo conto che aveva ragione. Aveva dannatamente ragione. La sua era un'analisi talmente accurata da farmi provare un disagio intenso, profondo.

«Ecco, vedi che non sai rispondere. Ti ho messa a tacere, per una volta. Tu te ne andrai, non resterai qui. E noi… torneremo a vivere in due mondi troppo distanti per potersi incontrare ancora. Quindi è inutile creare coinvolgimenti eccessivi. Per questo non ti ho accompagnata fino a casa, quella sera. Avrei rischiato di creare un coinvolgimento eccessivo. Eri così fragile, così spaventata… e io non ero sicuro di potermi trattenere, di potermi fermare. Di riuscire a resistere.»

CAPITOLO 20

Mi ero allontanata senza rispondergli. Non solo perché mi ero resa conto del fatto che Hunter aveva perfettamente ragione. Ma soprattutto perché ero una vigliacca. Avevo paura. E il "coinvolgimento eccessivo", come lo aveva definito lui, in me era già in atto. Era stato in atto fin dal primo momento, in realtà.

Avrei voluto dirglielo, gridarglielo in faccia. Ma era tutto ciò che lui non voleva, da me. Solo che io non ero brava a fermarmi. Non ero sicura di riuscirci così bene, come lui. Quell'analisi dettagliata di me e dei miei programmi prima di partire e appena arrivata a Londra, mi creava un fastidioso peso sul petto.

Ma forse non aveva descritto me. Non solo me, almeno. La stessa descrizione poteva essere valida per Sandrine, per Freddie… per gran parte degli studenti che avevano incrociato il suo cammino.

Avevo diciotto anni. Ero a Londra per una vacanza studio di qualche mese. Restare non era nei miei programmi.

Nei giorni seguenti tutto tornò alla normalità. A casa il mio rapporto con Norinne era quello dei primi tempi. Ognuna di noi si preoccupava principalmente di se stessa e per tacito accordo avevamo deciso di non uscire più insieme, né sole né accompagnate. A scuola e dopo la scuola trascorrevo la maggior parte del mio tempo con Misaki e Fabiola. Con i soliti amici alla tavola calda e nel corso delle uscite pomeridiane e serali.

Durante le lezioni, comprese quelle di Hunter, ero tornata quella di sempre. Attenta, diligente, pronta a rispondere correttamente ogni volta che arrivava il mio turno. Avevo ripreso a leggere il mio libro e ne avevo acquistati altri, in un giro di librerie del centro. Anche lui sembrava tornato quello di sempre. Anzi, in realtà non era mai davvero cambiato con gli altri. Solo per me era diverso. O forse ero stata io a percepirlo in modo diverso, più distaccato nei miei confronti. Ma era giusto così, tra noi. Io mi ero illusa ma, allo stesso tempo, non ero stata in grado di difendermi, di dimostrargli il contrario. Come mi aveva fatto presente, non poteva essere altrimenti.

Almeno fino a quando, la settimana successiva al nostro chiarimento, si presentò in classe con l'idea di una lezione alternativa. Si sarebbe servito della musica come metodo di insegnamento, per rendere meno noiosa la nostra routine quotidiana.

Tutti accolsero l'idea favorevolmente. Io, come sempre, mi sarei adeguata e avrei fatto del mio meglio. Così mi ero preparata ad ascoltare, puntando lo sguardo sul registratore che Hunter aveva portato con sé.

Non ero una grande esperta di musica. Non lo ero diventata frequentando Thomas e nemmeno vivendo con Norinne che si esaltava quotidianamente per le band e per i componenti delle band, soprattutto.

Appena attaccò il registratore, rimasi concentrata ad ascoltare la canzone che Hunter aveva scelto per noi. Seguivo le parole, chiedendomi se fosse veramente quello il senso. Oppure ero io ad alterarne il significato e a renderlo così personale, così mio? O meglio… così nostro.

La ascoltai per la seconda volta, mentre Hunter ci consegnava alcuni fogli con un esercizio da completare. Non era così complicata, anzi. Sospirai fissando lo sguardo su di lui che prontamente lo distolse da me. Ciò mi confermò che avevo inteso perfettamente.

Perché? Perché mi stava facendo questo?

"We lose direction
No stone unturned
No tears to damn you
When jealousy burns
Cold, cold heart
Hard done by you
Some things look better, baby
Just passin' through
And it's no sacrifice
Just a simple word
It's two hearts livin'
In two separate worlds
But, it's no sacrifice
No sacrifice
It's no sacrifice, at all..."

C'era ben poco da capire, da analizzare. *Sacrifice*, di Elton John. Come scoprii qualche minuto più tardi. Non l'avevo mai sentita prima e, nonostante la fama, conoscevo l'interprete solo di nome.

Completai l'esercizio freddamente, senza mostrare imbarazzo o tentennamenti. Senza lasciarmi coinvolgere. Perché era proprio questo ciò che lui voleva. Ciò che chiedeva a se stesso e anche a me. Lo ricordavo bene. "Inutile creare coinvolgimenti eccessivi."

***

«Hunter era davvero preoccupato per te.» Non compresi l'esternazione di Misaki, alla fine delle lezioni di quel giorno. «Quella sera, quando ci siamo incontrati. E anche quando non sei venuta a lezione. Poi sei andata via...»

Sospirai stringendomi nelle spalle, risentita. Ma l'artefice del mio risentimento non era sicuramente Misaki.

«Nessuno lo obbliga.»

«No, certo. Però...»

«Però niente, Misaki. Non cambia comunque.» Mi ero resa conto che non si trattava soltanto di una mia impressione. Forse gli altri non si erano accorti di nulla. Ma Misaki sì. «Sta inventando scuse. Anche se in parte potrebbe avere ragione, le sue restano solo scuse. E io non ne capisco il senso. Quella canzone… è stata un gioco, per lui?»

«Non credo fosse quella la sua intenzione.» Fabiola, che ci stava ascoltando in silenzio, espresse la sua opinione.

«Non mi importa più. Mi ha spiegato chiaramente…» Non avevo voglia di ripetere le parole di Hunter. Quel suo "coinvolgimento eccessivo" mi stava logorando dentro, ogni istante di più. Quasi fino a rendermi inaccettabile non solo il senso ma anche il ricordo di quelle due parole unite. «Insomma, non mi importa più. Sono qui per divertirmi, non per affliggermi. Quindi voglio smettere di pensarci. Voglio trovarmi qualcuno, ecco! È arrivato il momento, sono stanca di aspettare e sperare che qualcosa cambi. Uscirò con Gilbert! Oltretutto è un gran bel ragazzo!»

«Beatrice… Di sicuro Gilbert è un bel ragazzo, ma non ti è mai fregato niente di lui!» Il tentativo di Fabiola di sottolineare l'ovvio era ininfluente, a questo punto. Gilbert o un altro, sarebbe stato lo stesso. Ma almeno Gilbert era disponibile, nei miei confronti. Sempre che non avesse trovato un'altra, nel frattempo. «Dovresti chiarirti con Hunter, invece! Sembra che tu ti voglia mettere con Gilbert per ripicca.»

«Mi sono già chiarita con Hunter. Anzi, è stato lui a chiarirsi con me.» Chiusi gli occhi, per un attimo. Forse per non essere costretta ad ammettere che Fabiola aveva proprio ragione. «E vi garantisco che non poteva essere più convincente.»

«Forse hai ragione…» Misaki si era schierata completamente dalla parte di Hunter, ormai lo avevo capito. Di certo non parteggiava per Gilbert. E forse nemmeno per me. La sua missione era difendere Hunter dai miei ripetuti "attacchi". «Ma anche gli altri sapevano dove saresti andata quella sera. Compreso Gilbert, quando lo abbiamo incontrato. Però nessuno si è preoccupato per te o si è precipitato a cercarti. Soltanto Hunter.»

«Forse perché soltanto lui sapeva davvero che tipo di locale fosse. Ma non ha più importanza, ormai.» La mia missione, invece, era proteggere me stessa dai sentimenti che inevitabilmente continuavo a provare per Hunter. E che lui non voleva, non accettava. Perché avrebbero implicato un "coinvolgimento eccessivo". «Preferisco lasciare le cose come stanno, con lui. E divertirmi il più possibile, da ora in poi. In fondo siamo qui per questo!»

La verità, che non osavo ammettere con le mie amiche, era che aveva importanza. Molta importanza. Ma non si trattava solo di questo. Nonostante lottassi contro me stessa per essere coraggiosa, avevo paura. E non sapevo a chi raccontare la sensazione di smarrimento e disagio che provavo ogni volta che tornavo a casa e temevo di trovarci Greg. Non mi fidavo di Norinne, si era dimostrata troppo debole e inaffidabile. Non avevo dimenticato la velata minaccia che mi aveva riportato, attraverso le parole del suo ragazzo. Per questo avrei voluto farle sapere che qualcuno mi proteggeva, qualcuno stava con me. Gilbert mi sarebbe servito allo scopo. La verità era che temevo di essere costretta a rivivere le stesse sensazioni di quella sera. Soprattutto temevo che Greg intendesse vendicare tutti gli insulti che gli avevo scagliato addosso e che trovasse il modo o cogliesse la prima occasione per farmi del male.

CAPITOLO 21

Divertirmi il più possibile. Era tutto ciò che avrei tentato di fare nell'ultimo mese e mezzo di permanenza a Londra. Anche perché, mi stavo rendendo conto, le settimane stavano scivolando via, una dopo l'altra. E in breve non ne sarebbe rimasto più nulla. In un attimo ci eravamo ritrovati alla fine di luglio.

Ero tornata alle mie regolari uscite con Misaki, Fabiola e gli altri. E, come avevo pianificato, avevo iniziato a frequentare Gilbert. Non solo per sentirmi protetta fisicamente da un uomo. Anche per proteggere il mio cuore, i miei sentimenti. Di questo avevo bisogno, soprattutto. Anzi, si era rivelata la mia necessità primaria.

Certo, sarebbe stato meglio, molto meglio, che quella canzone non risuonasse sempre nella mia mente. Ancora meglio, soprattutto, che io evitassi di riascoltarla di continuo dopo aver acquistato di nascosto la cassetta di Elton John.

Quindi, agli occhi di tutti, Gilbert era diventato "il mio ragazzo". La storia era nata in fretta e in pochi giorni avevo ottenuto il mio scopo. Gilbert aveva ventun anni ed era davvero carino con me ma, anche per la sua età, era piuttosto ingenuo e inesperto. Per cui non avrei avuto molto di cui preoccuparmi, non avrebbe preteso troppo da me. Soprattutto non avrebbe preteso i miei pensieri e non avrebbe indagato a fondo nelle mie emozioni. Perché i miei pensieri e le mie emozioni, purtroppo, erano ancora impegnati altrove.

Una sera io e Misaki cedemmo all'invito di Gilbert e Giacomo di recarci nel pub dell'hotel a cinque stelle dove lavoravano. Non ero mai stata in un luogo tanto lussuoso e mi guardavo intorno incredula. Finché ci venne offerto dello champagne. Non dai nostri amici, come avevo creduto inizialmente, ma da uno sceicco che subito dopo si era avvicinato per invitarmi nella sua suite e successivamente ad Abu Dhabi, insieme lui. Un uomo d'affari in giro per l'Europa, mi proponeva di seguirlo a Monaco, Parigi e alla scoperta di destinazioni esotiche. Al mio cortese rifiuto, aveva ripetuto la stessa proposta a Misaki. Entrambe avevamo replicato, dispiaciute, di essere già impegnate con altri uomini.

«Io non ti capisco proprio, ragazza...» Al mio racconto, il giorno dopo, Igor era scoppiato a ridere e scuoteva la testa con espressione incredula. «Cosa ci fai ancora qui? Potresti essere in giro per il mondo a spassartela. E magari saresti potuta diventare la sua settima moglie... o l'ottava, chissà!»

«Scusami, cara. Ma di fronte a questa proposta indecente, quella mammoletta del tuo ragazzo come ha reagito?» Freddie si sistemò gli occhiali sul naso e mi puntò lo sguardo addosso, in attesa di una mia risposta.

Avrei preferito evitare di mettere di mezzo Gilbert. Perché, soprattutto, avrei preferito evitare di dover rendere palese il suo disinteresse nei miei confronti. Mi sembrava una storia divertente, non mi aspettavo che mi si sarebbe ritorta contro.

«Mmh... in realtà lui...» Mi morsi leggermente le labbra, stringendomi nelle spalle. «Avrebbe voluto intervenire, è ovvio... Ma Gilbert non è un tipo così...»

Così come? Possessivo? Geloso? Innamorato a tal punto da difendere la sua ragazza dalle avance di un altro?

«Lui ci ha versato lo champagne che quel tipo ci aveva offerto. Champagne costoso, calici preziosi...» Misaki proseguì al mio posto, prendendo la parola. E la sua esposizione dei fatti non deponeva certo a favore della mia grande storia d'amore con Gilbert.

«E va bene! Diciamo che probabilmente mi avrebbe venduta se lo sceicco avesse offerto una buona somma per avermi!

Contenti?» Decisi così di passare sopra all'umiliazione e al disinteresse di Gilbert, prendendola sul ridere.

«Ah, ecco. Come immaginavo!» Freddie annuì, sistemandosi sulla sedia. «E bravo il nostro Gilbert! Ha il senso degli affari, almeno.»

Io intanto detestavo il fatto che avesse così palesemente ragione. Davanti a tutti, soprattutto. Anche davanti ad Hunter, che ci stava ascoltando a poca distanza, in silenzio. E destavo ancora di più il fatto che Hunter, nel corso dell'ultima settimana, trascorresse sempre più tempo a parlare con Natasha, o Tasha come preferiva farsi chiamare. Detestavo che lei non fosse come le altre, come Sandrine. E nemmeno come me, spesso irruente e senza mezzi termini. Perché lei era timida, dolce, delicata e sensibile. Lei era tutto ciò che io stavo disperatamente tentando di nascondere, soprattutto ai suoi occhi.

Forse stava con lei. Forse per lei avrebbe accettato di andare oltre. Oltre a tutti e a tutto, anche al dilemma di quel "coinvolgimento eccessivo" che lo aveva bloccato e ostacolato con me. Forse lei aveva le idee più chiare delle mie e sapeva esattamente ciò che voleva nella vita. Tasha aveva un obbiettivo, un sogno da realizzare e per cui lavorare. Io invece no. Io avevo solo me stessa e il mio orgoglio, la mia ostinazione e la rabbia che mi bruciava dentro.

Compresi che mi sbagliavo, a proposito della relazione tra Hunter e Tasha, quando al pub si presentò una ragazza che si avvicinò a lui e, dopo un breve scambio di battute che non riuscii a udire, lo indusse a seguirla. Non ero stata la sola a notarla, anche perché era piuttosto appariscente, con i capelli biondi e ondulati e il vestito che metteva bene in mostra le forme morbide ma sensuali.

«È Janet, la sua ex… o forse non più ex… chi lo sa! L'avevo già vista un paio di volte, qualche mese fa! Bella ragazza…»

Grazie alla delucidazione di Freddie, la solita fastidiosa morsa allo stomaco mi impedì di continuare a gustarmi il mio pranzo. Lo trangugiai a forza, aiutata dalla bibita, soltanto per non rendere troppo palese il mio stato d'animo. Era la mia maledetta gelosia, ormai sapevo riconoscerla. Avevo la netta sensazione che il mio malessere fosse evidente, che tutti mi stessero leggendo dentro. Invece agli altri non importava proprio nulla. Nemmeno a coloro che io avevo considerato le "dirette interessate". Tasha stava continuando a chiacchierare amabilmente con Misaki e le Double Maria. Sandrine si stava gustando una bella caraffa di birra, ridendo con Igor e pianificando l'uscita serale.

Il problema, quindi, era solo mio. Di nessun altro. Nemmeno di Hunter. Ero io quella sbagliata. Ero io a stare con un ragazzo, quando il mio cuore, la mia mente e anche i miei sensi appartenevano così ostinatamente a un altro.

CAPITOLO 22

I fatti avevano dimostrato che usare una persona per dimenticarne un'altra non serviva proprio a nulla. Almeno, non serviva a me. Ma ero ancora ingenua e stupida. Anche se a quel punto mi rendevo conto che dovevo smettere di esserlo, il prima possibile.

Mi trascinavo tra la scuola e le uscite pomeridiane e serali. Forse, in cuor mio, non aspettavo altro che i giorni e le settimane scorressero, il più velocemente possibile. Lo avrei dimenticato. Aveva ragione lui. Lo speravo davvero, sempre di più. Una volta tornata a casa mia, nel mio mondo, nel mio ambiente, senza vederlo più costantemente intorno, mi sarei dimenticata di lui. Una volta per tutte. Lo avrei considerato come una sciocca infatuazione non corrisposta, nulla più. Ma intanto, qualcosa dentro di me si rifiutava di accettarlo e di rassegnarsi all'evidenza.

Era più forte di me. Più forte anche del mio orgoglio e della mia volontà. Io stavo con un altro. O ci stavo provando. Lui probabilmente si era rimesso con un'altra. Fine della storia.

Non so come, durante un pomeriggio rilassante in una sala da tè con Misaki, Fabiola e le Double Maria, il discorso scivolò sulla scuola, sui nostri insegnanti in generale e infine su Hunter e sul suo probabile ritorno di fiamma con la ex.

«In fin dei conti nessuna l'ha avuta vinta con lui!»

L'affermazione "consolante" di Fabiola non mi consolava affatto. Lo aveva detto per tentare di chiudere il discorso, lo avevo compreso e apprezzato. Ma non mi serviva. Il discorso continuava a restare aperto dentro di me.

«Lo ha riavuto lei! La sua ex...» replicò una delle due Marie. «Magari riuscirà a tenerselo, questa volta!»

«Avete letto l'annuncio della festa che stanno organizzando a scuola per fine agosto?» L'intervento drastico di Misaki spostò di netto l'argomento di conversazione. «E della gita al mare fra due settimane cosa ne pensate? Ci andiamo?»

Probabilmente nessun altro, oltre a Misaki e Fabiola, era a conoscenza del mio rapporto conflittuale con Hunter. Tutti sapevano che era abbastanza corteggiato dalle ragazze della scuola, ma si trattava più che altro di un'infatuazione platonica. Come a volte capita tra allieve e insegnanti.

Cercavo di restarmene tranquilla ma allo stesso tempo speravo che qualche "emozione forte" riuscisse a distogliermi da quel pensiero e da quelle sensazioni sempre più assillanti. Tanto che avevo deciso di infrangere la promessa, fatta a me stessa principalmente, che non sarei mai più uscita con Norinne.

Così, nel corso di una conversazione a proposito di un nuovo locale, di un club appena aperto in Leicester Square, condivisi con gli altri un'idea che proprio Norinne mi aveva messo in testa. E sapevo già da me che era un'idea malsana, infantile e stupida. Ma io mi sentivo esattamente allo stesso modo.

«Ci potremmo andare e bere un cocktail a testa... Ognuno di noi offrirà un giro, per vedere chi riesce a reggere fino alla fine!»

«Sono certo che non sia una tua idea!» Freddie mi scrutò nel suo solito modo, schietto e indagatore allo stesso tempo, passandosi una mano tra i capelli chiari. «Anche perché lo sai, vero, che non vinceresti mai? E tu non lanceresti mai una sfida senza avere una minima probabilità di vincere!»

«Oh, accidenti Freddie! Non sei tenuto a conoscermi così bene!» Scoppiai a ridere e tentai di evitare una risposta più dettagliata. «Comunque, non essere così sicuro che io non possa vincere!»

«Io invece posso immaginare da dove nasce l'idea, anzi da chi... la solita Norinne, vero?» Fabiola non impiegò molto a scovare la mente geniale dietro alla sfida. «Non avevi detto che non volevi più avere a che fare con lei, per nessuna ragione al mondo?»

«Sarebbe un po' complicato, visto che ci abito ancora insieme. E poi mi ha garantito di aver lasciato Greg e di non volerne più sapere.»

«E tu le credi?» L'occhiata di Misaki mi rese impossibile mentire o tentare di celare la verità.

«No, ma non ha importanza. Mi basta che lo tenga lontano da me e che non se lo trascini dietro, se decidiamo di uscire insieme.»

La presenza di Norinne nel nostro gruppo non era stata accettata all'unisono. Forse perché, un po' come per Gilbert, Giacomo, Vincenzo e altri, non ce n'era bisogno. Non era come votare per l'appartenenza a una sorellanza, o fratellanza che fosse, oppure a una setta. Ci si ritrovava, si sceglieva un posto e si andava. Poi spesso ci dividevamo tra chi voleva restare e chi preferiva dirigersi altrove.

Così il nuovo club divenne la meta della serata. Mentre la mia sfida con Freddie divenne il mio obiettivo. La mia stupidità fu invece un dato di fatto, sotto gli occhi di tutti. Perché era sempre più evidente che il mio fosse un inutile tentativo di mettermi in mostra, soprattutto quando vidi Hunter dirigersi verso il nostro tavolo. Qualcuno doveva averlo invitato, quasi sicuramente Freddie. Probabile che al quinto cocktail non fossi più particolarmente lucida, ma mi sembrava che la sua splendida bionda non lo avesse accompagnato. Mi stavo sforzando di resistere, ma alla fine del settimo giro gli unici rimasti ancora in gara erano Freddie, Giacomo, Igor, che però stava dando segni di cedimento, Norinne ed io. Gilbert aveva abbandonato al quarto. Sandrine, che era abituata a reggere gli alcolici molto più di me, a metà del quinto.

Mi sarei dovuta muovere da lì, prima o poi. Anche se non sapevo come, perché a ogni sorso avevo sempre più la netta sensazione di scivolare sotto al tavolo. Mi girava la testa anche da seduta. Ma allo stesso tempo temevo di vomitare i miei sei cocktail e mezzo proprio lì, sul tavolo di fronte a tutti.

Presi la decisione di alzarmi, riuscii ad accampare la scusa che avevo bisogno di una breve pausa per andare in bagno e a prendere un po' d'aria. Sperai che nessuno mi seguisse, mentre tentavo di non barcollare troppo. Nemmeno Misaki o Norinne.

Una volta fuori mi appoggiai al muro. Faticai per restare in piedi e non accasciarmi fino a terra. Mi aggrappai quasi alla parete per non scivolare, mentre il mondo mi girava intorno, come un vortice impazzito.

Perché mi stavo rendendo così ridicola? Perché mi comportavo come una ragazzina idiota e incosciente? Perché non capivo che vincere quella stupida gara non avrebbe attirato la sua attenzione? Soprattutto quando aveva reso così chiare le sue intenzioni nei miei confronti.

Avevo provato di tutto. Con gli abiti, con il trucco, con un atteggiamento fin troppo disinvolto che nemmeno mi apparteneva. Frequentando locali pericolosi, mostrandomi indifferente, mettendomi con un altro. Ora stavo bevendo roba che, in fin dei conti, mi faceva schifo già al secondo bicchiere. Tutto si era dimostrato inutile. Tutti i miei tentativi. Mi facevano sembrare invece, sempre di più, una bambina che cercava in ogni modo di attirare l'attenzione di un adulto. Era degradante, infantile, umiliante. E io la dovevo smettere.

«Sì... devo smettere...» balbettai tra me. «Smettere... smettere...»

«Cosa stai facendo?»

Non ero certa di sognare o di avere un tipo di allucinazioni che avevano fatto in modo che il protagonista di tutte le mie sventure si fosse materializzato proprio lì, di fronte a me. Forse non era vero. Chiusi gli occhi per non vederlo. Oltre al senso di nausea stavo iniziando a provare un mal di testa atroce e implacabile. Proprio com'era lui, nei miei confronti. Atroce e implacabile.

Quando riaprii gli occhi però vidi che era ancora fermo lì, di fronte a me. Li coprii con i palmi delle mani.

«Mmh… niente… Perché non sparisci?»

«La smetti di comportarti da ragazzina incosciente per attirare l'attenzione? Da quando hai iniziato a bere così?»

«Mmh… da adesso… direi…» Tolsi le mani dagli occhi e lo guardai corrucciata. Speravo di riuscire a esprimere tutto il risentimento nei suoi confronti. Lo detestavo. Quel suo atteggiamento maturo e responsabile, quasi paterno. Lo detestavo. E detestavo anche il suo aspetto, il suo corpo così vicino al mio, il suo volto, i suoi occhi che assumevano quella sfumatura cupa quando si preoccupava, le sue labbra così morbide, così invitanti, che avrei desiderato sentire sulle mie. Sì, lo detestavo. «La tua… attenzione…»

Certo, perché di quella degli altri non me ne fregava proprio nulla. Per gli altri sarei rimasta tranquillamente la stessa Beatrice di sempre. Ero quasi certa di non aver espresso il mio pensiero ad alta voce, invece mi sbagliavo. Ma lo compresi solo dal suo sguardo e poi dalla sua risposta.

«Smettila, Beatrice. Perché non funziona con me! Rischi solo di farti del male!»

«Se non funziona… perché sei qui? Per dirmi…» Strascicavo le parole con una difficoltà inaudita. Non era nemmeno l'inglese il mio problema. Non riuscivo quasi a formularle, nemmeno mentalmente. Ridacchiai apertamente, prendendolo in giro. Poi gli risi spudoratamente in faccia. «Per dirmi… che non funziona? Bravo, molto bravo professore…»

Strinse gli occhi su di me, poi si morse le labbra e scosse la testa. Mi resi conto che si stava trattenendo e che forse ero riuscita a strappargli un sorriso.

«A quanto pare sei più brava tu…» sospirò rassegnato e abbassò lo sguardo. «Sono io a sbagliare.»

«Cosa sei, Hunter?» Seguii per un attimo la direzione del suo sguardo, poi mi appoggiai ancora di più al muro che avevo alle spalle, anche con la testa. Molto probabilmente non sarei riuscita a muovermi da lì senza rischiare di cadere a terra. «Il cavaliere delle mie sbornie? Il protettore della mia incolumità? Io... non sono... così con te, per te. Io sono incosciente di natura... non è nulla di personale nei tuoi confronti. Anche perché tu... sei stato chiaro... Fin troppo chiaro. Non mi importa più, ormai. Sono andata oltre.»

Mi stupii per prima di essere riuscita a formulare un discorso così lungo nelle mie condizioni. Ancora di più mi stupii di essere riuscita a mentire così abilmente, con una tale noncuranza. Mentre dentro stavo esplodendo dalla voglia, o meglio dalla necessità, di dichiarare il contrario.

«Beatrice...»

«Perché sei qui? Perché ci segui sempre? Perché mi cerchi? Perché mi controlli? Dove hai lasciato la tua ragazza?»

Non ottenni nulla, da lui. Solo il silenzio come risposta.

«Io credo che...» Così proseguii, imperterrita, anche se avevo freddo e la voce aveva iniziato a tremare. «Tu dovresti stare con lei, adesso. Questo non è un locale malfamato, ci sono anche gli altri, non sono sola. Non c'è gente pericolosa. Non mi accadrà nulla di male. C'è anche Gilbert, il mio ragazzo, a proteggermi...»

«Intendi quel tizio completamente andato e sprofondato su uno dei divanetti all'interno? Temo che sia fuori gioco già da un po', come protettore.»

«Ma almeno...» Strinsi i pugni e li sollevai, contro di lui. Mentre una lacrima mi stava scivolando dall'occhio sinistro, giù per il viso, fino al mento. Non ero riuscita a controllarla, a trattenerla e nemmeno ad asciugarla in tempo. «Almeno lui c'è! E sta con me, senza vergognarsi, senza considerarmi un "coinvolgimento eccessivo"! Vuole stare con me! Per il resto, non è colpa sua. Non tutti sono così bravi a reggere l'alcool o l'ecstasy... tanto da conoscerne bene gli effetti e... Non tutti sono come te!»

«Hai ragione, Beatrice. Mi dispiace.» Si staccò da me, allontanandosi di qualche passo. «Non è certo qualcosa di cui andare fieri. Ed è vero... lui c'è...»

«Scusami...»

Mi asciugai rapidamente il viso, mentre anche l'altro occhio aveva iniziato a lacrimare. Ormai avevo perso il controllo, di entrambi.

Allungai la mano verso di lui, nel tentativo inutile di fermarlo, di trattenerlo. Stava andando via. Mi avrebbe lasciata lì, da sola. Ma cosa mi aspettavo? Me lo meritavo. Davvero, questa volta.

Invece, proprio mentre si stava incamminando per allontanarsi, Hunter esitò, voltandosi verso di me.

«Cosa vuoi da me, Beatrice? Cosa vorresti, se fosse possibile?»

«Vorrei... essere un coinvolgimento eccessivo. Come sei tu, per me. Come quella canzone... vorrei non essere un sacrificio, nonostante viviamo in due mondi separati... come tu non lo saresti per me. Nonostante io stia facendo di tutto... di tutto, maledizione, per stare con un altro!»

Non replicò. Non disse proprio nulla. Ma tornò indietro, piombò su di me, mi attirò a sé afferrandomi per le braccia, staccandomi dalla parete, allontanandomi dal muro che mi serviva per rimanere in piedi, in qualche modo. Non crollai a terra, come mi sarei aspettata, nonostante le mie ginocchia fossero pronte a cedere, a lasciarsi andare, senza più fornire un valido sostegno al resto del mio corpo.

Non crollai perché lui mi stava trattenendo per la vita, con un braccio. E io mi ritrovai con la fronte sul suo petto e le braccia strette intorno al suo collo. Mi trascinò lontano da lì, o forse solo dietro l'angolo. Al riparo dagli sguardi di chi entrava e usciva dal locale, al riparo dal resto del mondo.

Poi non vidi più nulla, non compresi più nulla. Solo le sue braccia intorno, che mi stringevano sempre più forte. Solo il suo profumo, la sua pelle. Solo le sue labbra che cercavano le mie in un bacio profondo, intenso. Le sue labbra che dal mio stato di annullamento, di desolazione, mi stavano riportando in vita. Mi stavano comunicando che non ero sola. Non ero più sola. E forse non lo sarei stata mai più.

CAPITOLO 23

Dopo il nostro bacio, già dal giorno successivo, avevamo raggiunto un tacito accordo. Non ci saremmo mostrati in pubblico, ovviamente. A scuola tutto proseguiva come sempre. Cercavo anzi di mostrarmi più seria, più distaccata, più disciplinata. Volevo imparare il più possibile, su questo non avevo cambiato idea. Al contrario, ero sempre più motivata. Ma la cosa in assoluto più difficile, per me, era cercare di non fissare Hunter con espressione troppo vogliosa e adorante, nel corso delle sue lezioni. E di non incrociare il suo sguardo.

Al termine delle lezioni mi ritrovavo con gli altri per il pranzo. Come sempre. E avevamo iniziato a concentrare l'attenzione sulla festa, di cui avevano appeso l'annuncio nella bacheca degli eventi, e sulla gita al mare che si sarebbe svolta il fine settimana seguente.

Ma poi, il più delle volte, avevo iniziato a inventare scuse. Ero troppo stanca per andare in giro oppure dovevo riordinare la casa. Non ero molto ingegnosa, forse mi sentivo irrequieta, timorosa di espormi eccessivamente e dire qualcosa di sbagliato. Non ero abituata ad agire in segreto e questo accresceva il mio stato di tensione. Oppure ero troppo incredula riguardo a ciò che mi stava accadendo e temevo di non riuscire a tenere sotto controllo la gioia e la mia costante espressione sognante. Sicuramente ero impaziente di poter restare, finalmente, sola con lui.

Non avevo raccontato nulla a nessuno, nemmeno a Misaki e a Fabiola. La sera, dopo il bacio, ero riuscita a ricompormi, a rientrare e a mettermi seduta. Come se Hunter mi avesse restituito il mio equilibrio fisico e mentale. Avevo atteso quel bacio giorno dopo giorno, da oltre un mese, e avrei voluto non finisse mai. Ma non potevo lasciare Norinne con gli altri e in ogni caso andarmene senza salutare avrebbe destato dei sospetti. Hunter invece, per lo stesso motivo, era andato via senza rientrare.

«Credi che sia talmente ubriaca da dimenticarmene, domani e nei prossimi giorni?» Lo avevo attirato a me per la camicia, per baciarlo ancora. «Non ci contare troppo, professore!»

«No, non lo credo affatto. E in ogni caso, farò in modo che non te ne dimentichi, ragazzina.»

Io e Hunter ci incontravamo al parco. Era diventato il nostro appuntamento fisso. Avevamo scelto i Kensington Gardens, vicino alla statua di Peter Pan. Poi da lì andavamo a sederci sotto a una piccola quercia o vicino al laghetto dei cigni. Dove ci divertivamo a seguire il percorso degli scoiattoli e di alcuni piccoli pappagalli colorati.

Il segreto che ci sforzavamo di mantenere rendeva ogni incontro più emozionante. Davanti agli altri ci comportavamo come sempre. Spesso mi sforzavo addirittura di ignorarlo per non espormi, per non cedere alla tentazione e riuscire a mantenere le distanze. Soprattutto per non esporre lui e la nostra relazione. Forse mi sforzavo fin troppo, in modo esagerato e innaturale. Ma era come se i miei sentimenti per lui affiorassero in ogni momento, dal mio viso, dai miei sguardi, da ogni mio respiro. E non potevo lasciare che accadesse.

«Da come mi guardi… anzi, da come non mi guardi, si direbbe che tu mi detesti!» Hunter aveva riso della mia interpretazione, una volta soli.

«Guarda che ci sono andata molto vicina, comunque!» Ero scoppiata a ridere anch'io, facendogli la linguaccia. «Quindi non mi è così difficile fingere! Mi basta ricordare "coinvolgimento eccessivo"… ed ecco fatto!»

«Sei una piccola impertinente, Beatrice!»

Mi aveva attratta a sé e io mi ero lasciata trascinare tra le sue braccia, sotto l'albero che io avevo soprannominato il nostro "rifugio segreto". Intanto il mio cuore batteva talmente forte che temevo di non riuscire a placare l'emozione che provavo. Ogni volta che mi stringeva, ogni volta che mi baciava. O se soltanto mi guardava in quel modo dolce e provocante allo stesso tempo.

Mi rendevo conto che la nostra poteva essere considerata come una specie di tresca, di relazione segreta. Se da una parte la trovavo eccitante, dall'altra mi faceva sentire profondamente a disagio. Non mi importava che Hunter fosse un mio insegnante, non era stato questo ad attrarmi e sicuramente non subivo il fascino del proibito. Era lui, indipendentemente da chi fosse e dal suo ruolo nella mia vita. Era lui, l'unico che volevo davvero.

Qualche giorno dopo avevo lasciato Gilbert, che aveva reagito senza drammatizzare e senza nemmeno chiedermi i motivi della mia decisione. Nonostante non ci considerassimo una vera coppia, perché più che altro il nostro era uno stare insieme a tempo perso, non potevo restare con lui e continuare a usarlo, nemmeno come copertura. Mi sembrava di prenderlo in giro e non se lo meritava, anche se i suoi sentimenti per me erano tutt'altro che profondi.

«Ho lasciato Gilbert. E tu?»

Voltai il viso verso Hunter, in modo da studiare la sua reazione e allo stesso tempo appoggiare la nuca sulla sua spalla. Ce ne stavamo riparati sotto alla nostra quercia, lui appoggiato al tronco con la schiena e io al suo petto, con le sue braccia intorno.

«Perché, stavi davvero con lui?»

Aggrottò la fronte e mi scrutò, simulando un'espressione cupa.

«Ma certo! Perché non si capiva? Non sono riuscita a farti ingelosire? Ad attirare la tua attenzione?»

Lo colpii sulla spalla con un pugno leggero, ma lui afferrò la mia mano intrecciando le dita con le mie.

«Oh sì, certo! Gelosissimo… soprattutto quella sera, quando è crollato sul divano.»

«Comunque, non cambiare discorso! Ti ho chiesto cosa hai fatto tu?»

«Vuoi sapere se anch'io ho lasciato Gilbert?»

Si morse le labbra per non ridermi in faccia.

«Non mi prendere in giro!» Mi rigirai, sciogliendomi dal suo abbraccio per mettermi in ginocchio, direttamente di fronte a lui. Appoggiai le mani alla corteccia dell'albero e gli puntai addosso gli occhi, seria e decisa. «Cosa hai fatto con la tua ragazza?»

«Intendi Janet? È la mia ex ed è rimasta la mia ex anche negli ultimi otto mesi. Non sono mai tornato con lei.»

«Mmh…» sospirai poco convinta e lasciai cadere le braccia lungo i fianchi.

«Quella al pub è stata solo una visita amichevole. Era passata a trovare mia madre e voleva salutare anche me, visto che era in zona.»

Annuii brevemente, con un sospiro profondo. Però continuavo a fissarlo imbronciata. Hunter si sollevò allungandosi verso di me per baciarmi. Mi accarezzò i fianchi con entrambe le mani e io ricaddi nuovamente tra le sue braccia.

«Ti ho convinta?»

«Riesci ad essere discretamente persuasivo, quando vuoi. Al contrario di me. Non so più che scusa inventare.» Sbuffai percorrendo le sue spalle, scendendo e soffermandomi sugli avambracci per poi prendergli le mani. Lui strinse le mie e mi guardò, inclinando il viso. «Probabilmente Misaki e Fabiola sospettano qualcosa. Di solito dopo pranzo stavo sempre con loro. Qualche volta anche con gli altri, ma con loro ogni giorno. Da quando abbiamo iniziato… insomma, da quando ci vediamo, anche se è passata solo una settimana, sto raccontando di tutto… che sono stanca, devo pulire la casa, sistemare il bucato, fare la spesa con Norinne…»

Hunter annuì serio a ogni mia bugia. Ma quando arrivai a Norinne scoppiò palesemente a ridere, senza più riuscire a reprimersi.

«Sei una pessima bugiarda! Ma la spesa con Norinne le batte davvero tutte!» Continuò a ridere, passandosi le mani tra i capelli. «La peggior scusa possibile, non è proprio credibile.»

«Lo so... Ma non è facile, Misaki e Fabiola mi conoscono bene, ormai. E anche gli altri, temo stiano iniziando a sospettare...» Stava arrivando una parte che non mi piaceva. La parte che rischiava di dividerci, di metterci nei guai. Il motivo per cui stavo nascondendo la nostra storia a tutti, anche alle mie migliori amiche. Le uniche che forse sarebbero state contente per me. Mi rigirai mettendomi seduta e posai la testa sul suo petto. Forse preferivo non vedere la sua espressione mutare e farsi di nuovo seria, preoccupata. O non volevo guardarlo mentre mi diceva che sarebbe stato meglio smettere di vederci, dimenticare tutto. Però non potevo evitarlo, dovevo chiedere. «Hunter, io... potrei metterti nei guai? Stare insieme a me... potrebbe compromettere il tuo lavoro?»

«Non ha importanza, Beatrice.» Non mi sarei aspettata quella risposta, da lui. Soprattutto non mi sarei aspettata che non esitasse nemmeno un secondo prima di rispondermi. «Davvero, non preoccuparti. E se vuoi dirlo a Misaki e a Fabiola, puoi farlo. Sono sicuro che capiranno e non ci tradiranno. Non voglio che tu ti senta a disagio con le tue amiche.»

«Io... non mi sento a disagio. Anzi, cercherò di inventarmi scuse migliori.» Sollevai il viso per incontrare il suo sguardo. «Mi fido di loro, ma non molto degli altri. Più gente lo sa, più difficile diventerà. Io non vorrei crearti problemi o danneggiarti, a scuola.»

«Per me è solo un lavoro temporaneo, sto progettando di lasciarlo comunque alla fine della stagione. Ho studiato design ed è quello che vorrei fare... o almeno provarci. Quindi non sarà un gran danno.»

Sorrise accarezzandomi i capelli con dolcezza, percorrendo anche le mie treccine colorate, poi si chinò su di me per baciarmi la fronte.

«Sono davvero carine... anche queste per attirare l'attenzione?» Si arrotolò una delle mie treccine intorno al dito e mi attirò delicatamente a sé per baciarmi le labbra.

«Sì, ovvio! Come il mio finto tatuaggio! E i vestitini scollati, i braccialetti, le magliette di Titti! Me le sono proprio studiate tutte, professore! Ma non tentare di cambiare argomento. Magari potrei lasciare io la scuola, per evitare problemi. Tanto sono abbastanza brava, ormai. Non è necessario che continui a frequentare. E poi...» Gli accarezzai il viso con la mano e mi sollevai per ricambiare il suo bacio. «E poi... ci sei tu. Puoi insegnarmi tu quello che non so... Mi piace imparare attraverso le canzoni. Possiamo farlo ancora? Ma da soli, però...»

«Sì, ma non sarebbe giusto per te.» Scosse la testa e mi strinse più forte a sé. «Io ti posso aiutare, ma tu devi continuare a frequentare i corsi. Comunque, ci sono canzoni che potrebbero piacerti... se vuoi le analizziamo insieme, così...»

«Però tu non hai risposto alla mia domanda. Io potrei crearti dei problemi a scuola? Con Patricia e gli altri insegnanti?»

Sospirò increspando le labbra, quando si rese conto che ero troppo ostinata e non poteva continuare a eludere la mia domanda.

«E va bene... Anche se è solo una scuola d'inglese per stranieri, Patricia non vede di buon occhio l'amicizia e la frequentazione tra studenti e insegnanti, al di fuori. Figuriamoci altro!»

«Mmh... e noi siamo altro, direi...» Sbuffai e mi staccai da lui, con un movimento repentino. Scossi la testa, poi incrociai le braccia, con un respiro profondo. «Ho deciso. Io lascerò la scuola. Patricia non potrà dire nulla, noi potremo vederci senza nasconderci e...»

«Ti ho già detto di no, Beatrice. Tu non lascerai la scuola a causa mia. Discorso chiuso!» Il suo tono era ancora più duro e intransigente del mio. Tanto da non ammettere repliche.

«Sei sempre un maledetto testardo, Hunter!»

«Mai quanto te!» Mi rispose, ancora più teso, con un'occhiata quasi gelida. Poi il suo sguardo si addolcì e mi sfiorò la vita, premendo per attirarmi a sé. «Vieni qui. Non litighiamo per questo...»

«Mmh...» Non dovette impegnarsi molto per convincermi a cedere. Non sapevo resistergli. Avrei fatto di tutto. Di tutto per non perderlo, di tutto perché non mi lasciasse. Avevo solo paura che improvvisamente decidesse che non valeva la pena rischiare così tanto per stare insieme a me. Che io non contavo così tanto, per lui. «Tu sei l'unico che frequenta gli studenti fuori dalla scuola. A parte Chris, che ogni tanto si ferma a pranzo. Ma gli altri mai... Comunque, sono davvero stupide le regole di Patricia!»

«Invece hanno un senso, anche se mi dispiace ammetterlo.» Il respiro di Hunter sui capelli, le sue braccia intorno, rendevano tutto più dolce. Anche la verità. Anche se ciò che stava per dire non mi piaceva. Anche se faceva male. «Impediscono alle persone, agli insegnanti in questo caso, di legarsi troppo... e rendono meno doloroso il distacco, perché sai...»

«No, no... sono tutte sciocchezze...» mormorai appena, aggrappandomi al suo braccio che teneva stretto intorno alle mie spalle, con entrambe le mani. Come se rischiassi di perderlo, di essere costretta a lasciarlo andare, a staccarmi da lui in quel preciso momento.

«Beatrice... sai benissimo che Misaki e Fabiola torneranno a casa, prima o poi. Sarai costretta a separarti da loro e anche dagli altri. Un giorno neanche troppo lontano, in realtà. E anche tu...»

«No...» La mia resistenza divenne sempre più debole. Avevo compreso ciò che stava per dire. Anche io me ne sarei andata. Aveva parlato di Misaki e Fabiola per non parlare di altro. Per non parlare di noi. «Hunter… quella canzone… l'hai usata apposta?»

«È stato uno sbaglio, da parte mia. Forse stavo tentando di farti capire…»

«No, non è stato uno sbaglio. Io ho capito.» Gli accarezzai il petto con la mano, poi salii a sfiorargli il collo. «Ho capito, adesso. Ma come dice… non è un sacrificio, per me. Perché io me ne andrò, è vero. Come Misaki, Fabiola e tutti gli altri. Ma io… tornerò indietro. Io tornerò qui da te.»

CAPITOLO 24

Avevo preso la solenne decisione di rivelare la verità a Misaki e a Fabiola, come mi aveva suggerito Hunter. Continuare a tacere e a mentire sarebbe stato peggio. Hunter aveva ragione, ero una pessima bugiarda purtroppo. Lo ero sempre stata.

Non era stato facile trovare le parole giuste, quindi espressi chiaramente ciò che in fondo già sospettavano. Almeno loro dovevano saperlo, con gli altri avremmo continuato a mantenere il segreto, per quanto possibile.

«Quindi ora state insieme? È ufficiale?» Fabiola accolse la notizia senza clamori. «Comunque lo avevamo già capito.»

Anche la reazione tranquilla di Misaki mi lasciò intendere che non era affatto una novità. Sorrideva lieta ma senza esagerazioni, nonostante avesse sempre parteggiato apertamente per Hunter contro Gilbert. Forse era anche una componente del suo carattere, tenere a bada l'entusiasmo.

«Non lo so. Non ne ho idea. È accaduto tutto così in fretta…»

Lo sguardo di Fabiola divenne allusivo. A tal punto che lessi in lei gli stessi dubbi che avevano attraversato anche me stessa e Hunter. Ci saremmo separati, a breve. Del resto, era proprio lei quella che si aggrappava al ragazzo che aveva a casa per timore di incontrare qualcuno ed essere costretta a stravolgere la sua vita, i suoi piani. Il senso pratico di Fabiola ricordava molto quello di Patricia. Forse era una versione attenuata, meno drastica… ma in effetti le motivazioni erano le stesse.

«Io direi che è meglio vivere la vostra storia, finché potete…» Il tentativo di Misaki di alleggerire il mio stato d'animo fu apprezzabile, ma inutile purtroppo. «Noi possiamo coprirvi con gli altri. Non preoccuparti, Beatrice.»

Dentro di me, sapevo cosa avrei fatto. Anche se ancora non osavo esprimerlo davanti alle mie amiche, non osavo ripeterlo. Perché, a loro volta, mi avrebbero chiesto di più, pretendendo una mia risposta.

Ciò che avevo detto ad Hunter non era stata una frase dettata dall'istinto, dall'emozione. Ci credevo davvero. Io sarei tornata indietro. Sarei tornata da lui. Ma ribadirlo con Misaki e Fabiola mi sembrava troppo, al momento. Per farlo avrei dovuto manifestare la portata dei miei sentimenti per Hunter. Perché solo questo avrebbe giustificato un mio ritorno. E non ero ancora pronta per dichiarare apertamente ciò che provavo per lui.

Per cui mi agganciai al suggerimento di Misaki, sforzandomi di sembrare il più tranquilla e rilassata possibile. Tentando di non sbilanciarmi troppo.

«Sì, faremo così. Finché possiamo. Mi sembra ancora di vivere in un mondo sospeso, lontano da quello reale. So che questo mondo dovrà finire, prima o poi. Ma comunque mi fa stare bene, al momento.»

«Credo che sia la scelta migliore.» Fabiola annuì, falsamente convinta.

Sapevo che le mie parole non l'avevano affatto persuasa. Il suo senso logico si stava opponendo a tutti i miei sogni a occhi aperti, a quel mondo illusorio che stavo cercando di costruire con tutte le mie forze.

«Poi io tornerò a casa, probabilmente inizierò l'università anche se non sono affatto convinta della mia scelta. Devo ancora prendere una decisione definitiva. Del resto… anche se fossi rimasta con Gilbert sarebbe stato lo stesso. Prima o poi…»

Lasciai la frase in sospeso. Nessuna di noi osò concluderla. No, se fossi rimasta con Gilbert non sarebbe stato lo stesso. Niente affatto. E non ero la sola a saperlo. Mi sarei trascinata il ricordo di Gilbert per un giorno o due, non di più. Con Hunter avrei dovuto fare i conti per un periodo di tempo che ancora non ero in grado di quantificare. Un periodo di tempo che mi avrebbe costretta a tornare a Londra e a restarci, forse per sempre.

CAPITOLO 25

Intanto io e Hunter continuavamo a incontrarci. Sempre allo stesso posto. Io fingevo di trascorrere il pomeriggio con Misaki e Fabiola, poi mi separavo da loro per correre da lui.

«Lo sanno, adesso.»

«Hai fatto bene.» Hunter mi accolse tra le braccia, baciandomi le labbra. «Ti sei iscritta per la gita al mare degli studenti?»

«No, non ho intenzione di andarci.»

Mi stesi nell'erba, accanto a lui. Era una splendida giornata di sole. E io mi sentivo felice. Felice di stare con lui. Non mi interessava altro. Mi voltai su un fianco per guardarlo e arricciai il naso.

«Perché no? Bournemouth è una città molto carina.» Hunter mi sfiorò la guancia con un dito, trattenendo gli occhi nei miei. Come faceva sempre quando doveva dirmi qualcosa di importante, o riprendermi per la mia testardaggine. «Beatrice...»

«Perché significherebbe un giorno senza te, Hunter. E io non voglio. Anche se tu decidessi di venire con noi, di accompagnarci e farci da guida insieme a Chris e Sarah... non potrei nemmeno sfiorarti... e questo mi farebbe impazzire!»

«Io voglio che tu faccia le esperienze migliori, non devi privarti di qualcosa a causa mia.»

«Ma io ti assicuro che le sto facendo...» sorrisi rigirandomi e rotolando quasi su di lui. Gli baciai le labbra ripetutamente. «Le esperienze migliori...»

«Ragazzina, lo sai che non intendevo questo!»

Mi afferrò comunque per i fianchi, sollevandomi leggermente per guardami negli occhi.

«Mi mancheresti tutto il tempo… e io non voglio che mi manchi. Detesto quando mi manchi. Io ti voglio con me.» Gli accarezzai il petto con la mano, nascondendo il viso nell'incavo del suo collo. «Possiamo andarci noi, un giorno. Da soli…»

«Va bene, ti porterò dove vuoi.» Hunter si risollevò, obbligando anche me a rimettermi seduta. «Sei poi andata a visitare il Museo di Sherlock Holmes, piccola detective?»

«No, non ancora. Tra tutto quello che è successo, mi sono dimenticata. Poi ero troppo arrabbiata con te, per andarci!»

Incrociai le braccia, stringendo gli occhi.

«Ci possiamo andare, se vuoi.»

«Io e te, da soli? Senza gli altri?»

«Sì, io e te da soli. Altrimenti dovrai fare la brava e restare composta, se vuoi invitare anche gli altri. Tenere le tue deliziose manine a posto, non sempre addosso a me.»

Mi accarezzò le braccia, attirandomi a sé.

«Ah, ecco! Guarda che sei tu a non tenere le "deliziose manine" a posto, professore! Quindi devi proprio…»

Chiusi gli occhi, sulle sue labbra. Senza nemmeno più la forza né la voglia di ribattere, come mia abitudine. E ogni volta il mio cuore esultava di gioia. Ogni volta ero colta da una sorta di estasi e stordimento, che nessun alcolico e nessuna droga avrebbero potuto provocare in me. Solo lui. Solo i suoi baci, il suo sapore. Le sue carezze calde sulla pelle. I suoi sguardi che mi facevano sentire unica. Unica al mondo, per lui.

«Visiteremo tutti i musei che vuoi. E poi ti porterò anche a Buckingham Palace, a vedere il cambio della guardia. E al mare… a Bournemouth, a Brighton… E magari anche ad Oxford. E poi a Stratford-upon-Avon, la cittadina natale di Shakespeare.» Adoravo la sua voce, il tono con cui pronunciava il nome di quei luoghi. Associati a noi due, insieme. Alla nostra storia, che non si sarebbe conclusa. «Davvero, io voglio il meglio, per te.»

Lui voleva il meglio, per me. Il meglio. E non si rendeva nemmeno conto che il meglio, per me, era proprio lui. Lo capivo dal modo in cui mi osservava, che non se ne rendeva conto. Come se avesse voluto darmi di più, offrirmi altro. Oltre a noi due stesi in quel prato o abbracciati sotto alla nostra quercia.

Hunter non capiva. E quella sorta di innocenza, in lui, mi riempiva il cuore di dolcezza e di passione, allo stesso tempo.

Hunter mi salvava da me stessa. Da quella sensazione di solitudine esistenziale che da sempre mi trascinavo addosso e che aveva condizionato gran parte della mia vita. Dal terrore che si insinuava in me di finire in trappola, da qualche parte. In un luogo dove non volevo stare. Non necessariamente un luogo fisico, un luogo dentro me stessa. Un luogo senza lui.

Hunter continuava a baciarmi, ad accarezzarmi. E io diventavo sempre più sua.

Le esperienze migliori. Questo lui voleva per me. E forse non si era reso conto che io non stavo scherzando. Anche ridendo, anche rotolandomi addosso a lui. Io ero incredibilmente seria. E non si trattava più soltanto di baci appassionati, di attrazione, di voglia di lui. Era altro. Tanto altro. Era lui. Lui, la mia esperienza migliore.

CAPITOLO 26

Nonostante avessi fatto del mio meglio per tenere nascosta la mia relazione con Hunter, alcuni giorni dopo anche Norinne mi aveva scoperta.

Ero trasparente. Troppo felice o forse troppo ingenua. E la mia voglia di restare sola con lui era sempre più difficile da tenere a freno, da controllare. Di tanto in tanto avevamo iniziato a incontrarci anche la sera, senza gli altri intorno. E Hunter insisteva sempre per riaccompagnarmi fino a casa. La zona in cui vivevo continuava a non piacergli, a preoccuparlo, soprattutto quando rientravo la sera tardi, e il suo istinto di protezione nei miei confronti non conosceva ragioni.

«È tanto sexy, tanto affascinante…» Avevo compreso perfettamente a chi si riferisse Norinne. Ma la ignorai volutamente, continuando imperterrita a preparare la mia colazione. «Allora, quando è iniziata? E come? L'hai già fatto con lui? Com'è?»

«Non so a chi tu ti stia riferendo, Norinne. Sai che con Gilbert non sono a quel punto.»

Con Gilbert non ero più a nessun punto, ormai. Non sarei riuscita a fregarla, lo sapevo. Ma almeno potevo provarci, sperando che demordesse.

«Ma che Gilbert! Che te ne fai di quel floscio di un francese? Con Hunter! Com'è? Forza, raccontami tutto! Quanto è sexy, con quelle labbra, quel fisico… deve essere grandioso e saperci fare davvero…»

Respirai profondamente, posando la tazza del tè sul tavolo, insieme alla scatola dei biscotti. Tentando di mantenere la calma, di controllarmi. Se avessi seguito l'istinto le avrei tirato tutto addosso. Detestavo che parlasse così di Hunter. Detestavo che parlasse di Hunter in generale, con quella luce un po’ perversa negli occhi.

«Norinne, lo hai visto solo per qualche minuto e non eri nemmeno lucida.» Mi accomodai e iniziai a mescolare il tè dopo averci aggiunto il miele e il latte, senza guardarla in faccia. «Nessuna delle due volte.»

«Vero! Ma ieri sera l’ho visto proprio bene, mentre ti baciava sotto casa! Accidenti, sembrava volesse mangiarti… e ti stringeva in un modo…»

Mi morsi le labbra e mi sentii avvampare. Sembrava che lui volesse mangiarmi? Probabilmente era vero il contrario!

«Se volete la casa libera per una notte, basta dirlo!» Norinne non mi risparmiò, nemmeno di fronte al mio palese imbarazzo. «Io posso stare da Greg, tanto lui abita da solo, il più delle volte.»

«No, non vogliamo. Grazie comunque.» Sorseggiai il tè, poi la fissai con un sospiro. Evitai di chiederle di Greg. Ovvio che avesse ripreso con lui. Comunque, preferivo non conoscere i dettagli. «Non ho nessuna intenzione di… Insomma…»

«Va bene, non insisto. Io non aspetterei neanche un minuto con uno così!» Norinne scoppiò a ridere e riuscì comunque a strapparmi un sorriso. In effetti, non aveva tutti i torti. «Vedi di non lasciartelo sfuggire con le tue idee da santarellina. Mmh… visto che stai prendendo le cose con tanta calma… è l’idea del proibito ad attrarti in lui? Il fatto che sia un tuo insegnante?»

«Sì, esattamente. Direi che è proprio questo!» La mia ammissione fu istintiva ma calcolata. E allo stesso tempo era la versione migliore che potessi fornire a Norinne riguardo la mia storia con Hunter. Per impedirle di indagare oltre. Forse era anche quella che lei si aspettava. «L’idea del proibito. Mantenere la nostra relazione segreta… e anche la sensazione di aver vinto, su tutte le altre. Mi piace!»

«Bene, come immaginavo! Che eccitante!» Norinne gongolò, battendo le mani entusiasta. «Comunque, se cambiassi idea a proposito di… andare un po' più a fondo con lui, voglio dire. Ti posso spiegare certe cose che faccio a Greg, certi giochetti che potrebbero farlo davvero impazzire!»

«Mmh… no, ecco. Io credo che se capitasse… seguirei l'istinto. Grazie lo stesso, Norinne.»

A quel punto deglutii e strinsi gli occhi. L'idea di Norinne e dei suoi giochetti con Greg rischiava di farmi andare il tè di traverso. Controllai l'orologio, era già tardi. Mi affrettai a finire la colazione. Fu proprio in quel momento che una sensazione strana, inconsueta, mi colse e non mi abbandonò per gran parte della mattinata. Avevo mentito a Norinne, ma fino a che punto?

"…la sensazione di aver vinto, su tutte le altre."

Quanta verità c'era in quelle poche, sciocche parole?

Forse nessuna. Forse c'era soltanto un frammento del mio stupido orgoglio mescolato a un briciolo di vanità. Una zona d'ombra, mescolata alla luce. Avevo vinto. Avevo vinto lui. Le sue attenzioni, il suo affetto. Avevo vinto. Su Sandrine, Tasha, tutte le altre ragazze della scuola. Anche sulla sua splendida e bionda ex, Janet. Per una volta, nella vita. Avevo vinto io.

Avevo vinto mentre i giorni intanto scorrevano, uno dopo l'altro. Fin troppo in fretta. Avevo saltato la gita al mare e non me ne importava nulla. Ci saremmo andati da soli. Hunter mi aveva invece portata a vedere il cambio della guardia a Buckingham Palace. Ed eravamo andati anche al Museo di Sherlock Holmes.

Ma da un momento all'altro, nel corso della seconda settimana, avevo incominciato a temere che Hunter si stancasse di me. Del mio essere troppo ingenua, troppo infantile, forse anche troppo giovane e inesperta per lui. Invece non stava accadendo. Continuava a stare con me, rispettando i miei tempi, i miei desideri. Non gli avevo più ribadito il mio proposito di tornare e lui non mi aveva chiesto nulla. Nemmeno quello stesso giorno, subito dopo aver palesato la mia intenzione. Aveva sorriso e mi aveva baciata.

Per non esporci troppo continuavamo a frequentare le solite persone. Cercando di mantenere le opportune distanze e non cercarci troppo, nemmeno con lo sguardo. Così avevamo accettato l'invito di Freddie, approfittando del fatto che la famiglia di cui era ospite era in vacanza per metà agosto e gli aveva concesso di organizzare una festa e invitare un po' di amici. Freddie era una persona seria e affidabile, dovevano proprio fidarsi ciecamente di lui per concedergli di usare la casa. Per una festa che sarebbe stata anche un addio, per alcuni di noi che si preparavano a partire entro una settimana o due. Mi sforzavo di non pensarci troppo, ma il tempo stava scorrendo. Sempre più velocemente.

«Come va con Norinne?» Hunter, nel corso della serata, si era avvicinato a me mentre ero uscita nel giardino sul retro a prendere un po' d'aria.

«Va che sa di noi due... ci ha visti l'altra sera.» Guardai dritta di fronte a me, stringendomi nelle spalle. «E temo sia tornata con Greg.»

Preferii non raccontargli nel dettaglio il modo in cui lo avevo saputo. Quando Norinne se l'era lasciato sfuggire, offrendomi la casa per restare sola con Hunter.

«Non voglio che lo incontri. Forse sarebbe meglio che tu trovi un'altra sistemazione al più presto.» Hunter sorseggiò la bottiglietta di birra che teneva in mano. Poi si spostò mettendosi proprio di fronte a me. La distanza tra noi divenne quasi inesistente e io indietreggiai fino ad appoggiarmi al muro. «Non mi fido affatto di Norinne. Potrebbe metterti in una situazione pericolosa, di nuovo. E io non lo sopporterei.»

«Non lo farà. E io starò attenta, non devi preoccuparti. Ho imparato bene la lezione.» Sorrisi sollevando la mano su di lui, per sfiorargli il petto. Però, guardandomi intorno, mi trattenni e la ritrassi, chiudendola in un pugno. Nello stesso momento anche lui fu tentato di toccarmi, ma indietreggiò. «Andrà tutto bene, stai tranquillo.»

«Non sono mai tranquillo, quando si tratta di te.» Dopo un sospiro profondo, mi sorrise appena. «Temo sempre che tu ti metta nei guai...»

«Forse perché sono stata abbastanza brava a combinarne. Ma adesso mi sono calmata, promesso!»

Gli rivolsi uno sguardo tenero, quasi adorante. E non andava bene. Mi dovevo controllare.

Stavo quasi per supplicarlo di andarsene, di allontanarsi da me. Altrimenti non avrei resistito alla tentazione di stringerlo, di baciarlo. Anche di fronte agli altri studenti. In quel preciso istante Hunter, forse leggendomi nel pensiero, indicò l'interno della casa con un cenno e si staccò completamente da me.

«Vado a salutare Freddie e gli altri. Forse è meglio che non mi trattenga oltre.»

«Certo. Forse è meglio...»

Forse non sarebbe stato meglio. Perché la nostra attrazione era fin troppo palese, troppo evidente. Forse eravamo entrambi ingenui a credere il contrario e a sperare di riuscire a trattenerci. Io non ci riuscivo quasi più. Spesso nemmeno a scuola, nemmeno in classe. Non ne ero certa, ma avevo sempre più la sensazione che gli occhi di tutti fossero puntati su di me, su di noi. Su ogni nostro sguardo, su ogni parola, anche la più innocente, la più banale in un contesto scolastico.

«Resterai con Misaki? Oppure potresti farti ospitare da Freddie per stanotte...» sospirò abbassando il viso e passandosi una mano tra i capelli.

Era visibilmente teso all'idea di lasciarmi tornare a casa da sola. Mi resi conto che avrei dovuto evitare di parlargli di Norinne e Greg.

«Non ti preoccupare, mi sembra di aver capito che vogliono restare tutti qui e tirare l'alba. Sarà l'ultimo fine settimana a Londra per alcuni.»

Sentii una morsa stringermi il petto mentre pronunciavo quelle parole. Prima o poi sarebbe arrivato anche per me. L'ultimo fine settimana... gli ultimi giorni. E pensare che li avevo contati, all'inizio. Impaziente di andarmene, di tornare a casa.

«Io credo sia meglio che ti trovi un'altra sistemazione, Beatrice. L'idea che quello stronzo ti giri ancora intorno...»

Avrei voluto dirgli che non sarebbe stato necessario. Ma per questo avrei dovuto aggiungere anche che non sarei rimasta ancora per molto. Quindi Greg, sempre che avesse questa intenzione, non mi sarebbe girato intorno a lungo. Non ci riuscii. Scossi solo il capo e trattenni le parole che non avevo ancora il coraggio di pronunciare.

«Potrei chiedere a mia sorella di ospitarti finché...»

L'idea poteva essere buona. Ma anche lui si era arreso di fronte alla realtà.

«Finché non andrò via?» Conclusi la frase per lui. Mi erano rimaste poco più di tre settimane, ormai. «Vuoi davvero che io vada a stare da tua sorella? Non sarebbe compromettente per te?»

«Cosa vuoi che importi, ormai? Anche mantenere le distanze qui...»

Era sciocco. Era ridicolo. Era frustrante. Ed era sempre più assurdo sottostare a quelle stupide regole di Patricia. Ma non volevo che Hunter rischiasse il posto a causa mia. E temevo che se io avessi rinunciato alla scuola per stare insieme liberamente, lui ne avrebbe subito comunque le conseguenze. Forse buona parte delle persone che frequentavamo abitualmente sospettavano che fra noi ci fosse qualcosa. Soprattutto Freddie, Igor e Sandrine. Ma un sospetto non era una certezza. Le uniche che sapevano della nostra storia, Misaki e Fabiola, non ne avevano parlato con nessuno. E io mi fidavo di loro.

«Andrà tutto bene, Hunter. Io sono sicura che...» Avevo iniziato la frase senza avere la minima idea di come proseguirla. Volevo solo tranquillizzarlo e tranquillizzare anche me stessa. Non volevo pensare al futuro. Contava solo il presente, al momento. Ed ero tentata dalla sua offerta. «Sono sicura che Greg non si farà nemmeno vedere. Però se credi che tua sorella possa volermi intorno… Possiamo parlarne domani, con più calma.»

«Sì, Beatrice. Faremo così. Allora io vado…» sorrise e mi sfiorò la spalla, con un gesto amichevole ma non troppo intimo. «Tu… non bere troppo. E comportati bene.»

«Agli ordini, professore!» Sorrisi e annuii con eccessivo entusiasmo.

Ma dentro ero stanca. Stanca di mostrare indifferenza nei suoi confronti quando eravamo insieme agli altri. Stanca addirittura di celare la gelosia che provavo per le ragazze che gli giravano intorno. Stanca di trattenere una verità che mi stava esplodendo dentro e corrodendo l'anima. Soprattutto ero stanca di fingere, anche con lui, di non preoccuparmi di cosa ne sarebbe stato di noi. Gli avevo detto che sarei tornata da lui. Ma ancora non sapevo quando. Soprattutto non sapevo come sarei riuscita a riorganizzare la mia vita per poter tornare a Londra. Non potevo confessargli le mie incertezze, i miei timori. Perché avevo il terrore di leggere nei suoi occhi la rinuncia, la disfatta. O peggio ancora, scoprire che per me non sarebbe stato intenzionato a lottare.

CAPITOLO 27

«Continuo ad ascoltare la nostra canzone! L'ho ascoltata anche mentre venivo qui, per non crollare dal sonno in metropolitana. Ho comprato la cassetta.»

Il giorno dopo ci eravamo incontrati al nostro parco, al solito posto. Io avevo trascorso la notte da Freddie. Quasi tutti eravamo rimasti da lui. Mi sentivo più tranquilla, senza le tempeste che mi avevano agitato il cuore la sera prima. Forse perché non avendo dormito affatto, mi sentivo anche assonnata.

«Quale canzone?» Hunter mi lanciò un'occhiata perplessa, stringendo gli occhi su di me. «Da quando abbiamo una canzone, noi due?»

«Non fare lo stronzo. Sono troppo stanca per arrabbiarmi!» Lo colpii sul petto, ma senza forza. «Lo sai benissimo a quale canzone mi riferisco.»

«E va bene. Abbiamo una canzone, allora. Io non ne ho mai avuta una.» Sorrise lasciandomi posare la testa sul suo petto e accarezzandomi la fronte e i capelli.

«Nemmeno io. Non ci avevo mai pensato con...» Con Thomas? Con Gilbert? Non avevo frequentato altri, prima di lui. «Con nessuno.»

«Bene... meglio così.»

«Abbiamo una canzone...» annuii, con un sospiro. Senza aggiungere altro.

Forse perché non sapevo che altro dire, forse non avevo il coraggio di approfondire il discorso o affrontare la realtà. Una realtà che invece *Sacrifice* ribadiva, ogni volta che l'ascoltavo. Non ne ero del tutto certa. Ma era diventata parte della colonna sonora della mia storia con Hunter. Forse stavo sbagliando tutto, forse la mia interpretazione personale non era corretta. Forse nemmeno la sua, quando l'aveva proposta.

«Mi piace studiare attraverso le canzoni, lo sai? Non lo avevo mai fatto, prima.» Con la testa appoggiata alla sua spalla sollevai lo sguardo su di lui. «*Fernando* degli Abba, per esempio. Ho sempre creduto che fosse una canzone abbastanza allegra, come altre loro, invece...»

«Invece è una canzone contro la guerra. Parla di una lotta, per la libertà. La libertà è ciò che abbiamo di più importante e prezioso come esseri umani, Beatrice. Tu... cerca di essere libera, qualsiasi cosa accada. Non rassegnarti mai a una vita senza libertà. Ricordalo sempre.»

«Mmh...»

«Te ne ricorderai? Me lo prometti?»

Mi sollevò il viso, fissandomi serio negli occhi. La sua luce per un istante si oscurò. Non comprendevo perché si ostinasse tanto, ma non volevo contrariarlo. Perché ci teneva davvero. Perché c'era sempre passione nei suoi pensieri, nelle sue parole. Avevamo affrontato tante questioni, insieme. Letteratura, arte, musica, storia, un po' di politica. Avevamo discusso anche della caduta del muro di Berlino, due anni prima. Lui sapeva tante cose. Tante più di me. E io avrei desiderato essere abbastanza brava, per lui. Abbastanza preparata. Tanto da renderlo orgoglioso di me.

«Sì, te lo prometto Hunter» annuii, questa volta più decisa. «Sai che sto cercando altri libri da leggere? Però non voglio letture semplificate per stranieri. Io devo riuscire con i libri veri.»

«Sì, certo! Non avrei mai osato proportele.» Mi guardò serio, poi rise sulle mie labbra. «Sei terribilmente orgogliosa, ragazzina! Conosci Stephen King?»

«Mmh... non personalmente!» risi anch'io, baciandolo.

Hunter continuò a ridere, stringendomi a sé. Mi stavo sforzando per aggrapparmi ad altri argomenti di conversazione, ma in me si era creato un vuoto opprimente. Mi sentivo persa.

Anche tra le sue braccia. Non sapevo come confessare ciò che mi faceva male. Apparentemente sembrava tutto così facile, così naturale. Potevamo sembrare una coppia come tante altre, dall'esterno. Invece, a breve, io sarei andata via. Senza sapere come tornare. Avrei dovuto preparare i miei a una tale eventualità, il prima possibile. Ovviamente si sarebbero aspettati che avrei ripreso la mia vita precedente. Io invece nemmeno ricordavo di aver avuto una vita precedente il mio arrivo a Londra. Tutto era cambiato. E il tempo trascorso con Hunter e con gli altri era diventato infinito, per me. Come se in così poche settimane si fosse concentrata la mia vera vita, la mia vera essenza.

«Hai pensato a quello che ci siamo detti ieri sera?» Hunter mi prese la mano e l'accarezzò piano, incrociando poi le dita con le mie. «Ho parlato con mia sorella Alice, questa mattina. Se vuoi possiamo andare a trovarla domani pomeriggio.»

Mi risollevai del tutto per mettermi seduta e incrociare le gambe, voltandomi verso di lui. Ero convinta che non fosse necessario trasferirmi altrove e lasciare l'appartamento di Norinne. Non mi sentivo in pericolo, nemmeno con Greg intorno. Ma indubbiamente la proposta di Hunter mi avrebbe avvicinata a lui. Ed era proprio quello che volevo.

«Per me va bene. Mi farebbe piacere conoscerla.» Sorrisi posando le mani sulle sue spalle, poi mi allungai verso di lui per baciarlo sulle labbra. «Però...»

«Però?» Hunter mi sfiorò il viso, cercando i miei occhi.

E fu in quel momento... proprio in quel momento avrei voluto confessargli tutta la verità, confidargli ciò che mi opprimeva, che mi faceva male. Sperando che lui potesse capirmi, potesse aiutarmi in qualche modo a fare chiarezza in me stessa. Senza stancarsi di me e dei miei dilemmi, senza abbandonarmi.

«Però non puoi costringerla a ospitarmi. Considera il fatto che potrei non piacerle!» esclamai convinta, scoppiando a ridere.

Hunter mi strinse la vita, trattenendomi con le braccia, attirandomi a sé.

«Sicuramente non le piacerai quanto piaci a me, ma dovrai fartene una ragione...»

«Hunter...» sospirai, passandogli le dita tra i capelli folti.

Era giunto il momento? Di dirgli tutto, di giungere a una svolta nella nostra relazione? Sapevo che viveva da solo in un piccolo monolocale a South Kensington, ci eravamo anche passati davanti alcune volte, ma non mi aveva mai proposto di andare a casa sua. E immaginavo il motivo. Però, in quel momento, stavo anche immaginando altro. Stavo immaginando di mandare tutto all'aria. La scuola, il mio ritorno a casa, l'università, la mia vita... Stavo immaginando di chiedergli di lasciar perdere sua sorella, le apparenze, la mia reputazione, le regole di Patricia, ciò che gli altri avrebbero pensato di me e anche di lui... Stavo immaginando di convincerlo a portarmi a casa sua e di fare di me tutto ciò che avrebbe desiderato... perché era ciò che desideravo anch'io.

Ma lui distolse l'attenzione da me, per guardare oltre le mie spalle. E improvvisamente si incupì e strinse gli occhi. Anche se solo per un attimo. Mi voltai, seguendo la direzione del suo sguardo. E rimasi smarrita per qualche istante. Ci trovavamo in un parco pubblico, anche se cercavamo sempre angoli poco frequentati, oltre la nostra quercia. Però non sarebbe stato del tutto impossibile incontrare qualcuno.

«L'hai visto anche tu?»

Domanda scontata. L'aveva visto anche prima di me.

«Sì... ma non credo ci abbia notati.»

Anche Hunter era un pessimo bugiardo, almeno quanto me.

«Certo, come no... Ci stava solo fissando con gli occhi sgranati!» Sbuffai risentita e mi alzai di scatto. «Potrei rincorrerlo e minacciarlo, se dice una parola...»

Hunter rise scuotendo la testa, per celare la preoccupazione. Però poi si alzò, ancora un po' dubbioso, guardandosi intorno.

«Ti ci vedo proprio! Ma non dovrebbe importagli, credo. Sicuramente ha riconosciuto me, perché è in una delle mie classi da un paio di settimane. Konrad, mi pare si chiami... Ma forse non sa chi sei tu!»

«Ha tentato di inserirsi in un discorso tra me, Misaki e Fabiola, qualche giorno fa al "Corner Bell". Un rompiscatole egocentrico! Temo che sappia bene chi sono.» Sospirai, stringendomi nelle spalle. «Anche perché l'ho ignorato. Non ricordavo nemmeno il suo nome. Insomma, non sono stata molto carina...»

«Accidenti, se l'è cercata allora!» Hunter tornò di buon umore, però non potei fare a meno di accorgermi che evitava di toccarmi e di stringermi a sé come avrebbe fatto in un'altra circostanza. «Inserirsi in un discorso tra te, Misaki e Fabiola? Nemmeno io oserei tanto!»

«Sono stata un po' stronza, lo ammetto. Ma lui è davvero invadente! C'erano tante altre persone con cui parlare...»

Continuai a guardarmi intorno. Preoccupata e infuriata, al tempo stesso. L'inopportuno passaggio di quel nuovo studente aveva spezzato l'incanto tra noi. O meglio, aveva spezzato il mio "momento della verità", la mia intenzione di confessare ad Hunter i miei timori, i miei desideri. La mia voglia di stare con lui, altrove. In un luogo dove non avremmo rischiato costantemente di essere osservati da qualcuno. O spiati, peggio. Forse avrei potuto cogliere l'occasione per manifestare apertamente la mia opinione in proposito. Respirai profondamente, preparandomi ad affrontare il discorso.

«Non dirà niente.» Hunter mi precedette, sfiorandomi appena la spalla. Proprio come aveva fatto la sera prima, con quel gesto amichevole ma distaccato. «Non ti preoccupare. Sono certo che non ce l'ha con te. Magari non ti ha davvero riconosciuta. Anzi, non ha riconosciuto entrambi. Ha solo visto uno che somiglia al suo insegnante d'inglese, con una splendida ragazza...»

Il suo tentativo di alleggerire la tensione riuscì a farmi sorridere, ma anche io mi stavo trattenendo. Proprio come lui, stavo evitando di spezzare quella distanza che si era creata tra di noi. Ed era come se lo spazio crescesse oltre misura, attimo dopo attimo.

«Non dirà niente, certo…» Lo guardai convinta e annuii. «Perché dovrebbe? Cosa importa a lui? Cosa importa a tutti gli altri?»

«Nulla, Beatrice. Per questo ti ho detto di non preoccuparti.»

Hunter, pur tentando di tranquillizzarmi, aveva già capito che ci avrebbe causato dei problemi. Invece io, purtroppo, ero ancora giovane, ingenua e anche un po' incosciente. E forse stavo sottovalutando quanto fastidio può dare ad alcune persone, anche estranee, la felicità altrui. Soprattutto una felicità manifestata così apertamente, senza difese. Lo avrei scoperto a breve. E ne avremmo fatto le spese entrambi.

CAPITOLO 28

Come stabilito, il giorno seguente, ci recammo a far visita ad Alice, la sorella maggiore di Hunter. Sposata e con due bambini, viveva in una villetta carina in zona Holland Park, simile a quella di Stacey e Tod.

Mi ero preparata al meglio per fare buona impressione su di lei. Non con l'intento di essere ospitata per le poche settimane che mi restavano. Ma perché era la sorella di Hunter e forse la sua opinione nei miei confronti avrebbe influito su di lui. Nonostante avessi raggiunto la certezza quasi assoluta, ormai, che Hunter non fosse un tipo facilmente influenzabile.

Ci fece accomodare in soggiorno, non molto grande ma confortevole, dove ci offrì una tazza di tè con alcuni dolcetti. Alice non assomigliava molto ad Hunter. Fatta eccezione degli occhi, dello stesso colore dei suoi. Aveva i capelli più chiari, che le ricadevano ondulati sulle spalle e l'aria raffinata ma cordiale. Forse per il fatto di avere circa dieci anni più di Hunter, mi parve molto materna nei suoi confronti. Di conseguenza anche con me stava assumendo lo stesso atteggiamento.

«Certo, puoi venire a stare qui se la situazione si complica con la tua amica.»

Hunter le aveva già parlato della mia convivenza con Norinne, accennando ai problemi che erano sorti tra noi. Alice si stava mostrando fin troppo comprensiva e generosa. Mi sentivo a disagio. Ero abituata a parlare inglese con Hunter e con gli altri. Ma Hunter ormai mi conosceva e sapeva che tono usare con me, non parlava troppo velocemente e scandiva bene le parole. Gli altri erano quasi tutti stranieri e più o meno condividevano i miei stessi problemi. Ma con Alice mi sentivo a disagio e stavo facendo del mio meglio per imitare il suo modo di esprimersi e anche quello di Hunter, parlando poco e pacatamente, per non far affiorare troppo il mio accento straniero.

«Grazie mille, Alice.» Le sorrisi, mentre mi sentivo preda di un tremore interno che mi stava rendendo timidissima e impacciata.

Hunter, forse comprendendo il mio stato, dal divano dove eravamo seduti si spostò per venirmi più vicino. Allungò il bracciò per accarezzare entrambe le mie mani, che tenevo intrecciate sulle ginocchia e che in quel momento erano gelide per la tensione.

«Non avere paura, ti assicuro che il peggiore in famiglia sono io!» Mi confortò sorridendo e mi strizzò l'occhio appena sollevai il viso su di lui.

«Hunter ha ragione!» Anche Alice sorrise, addentando un biscotto alla crema. «Io in confronto sono un angioletto. Se riesci ad avere a che fare con lui, con me non avrai problemi. Anche i miei bambini sono tranquilli, rispetto a lui. E mio marito e quasi sempre in giro per lavoro.»

Indicò con lo sguardo i due bimbi, due gemelli dai capelli biondi di cinque anni che, dopo essersi buttati tra le braccia di Hunter appena eravamo entrati in casa, se ne stavano ora tranquillamente in un angolo a giocare con alcune costruzioni, parlottando tra loro.

«Hanno preso dal padre architetto. Io sono una sognatrice. Amo la storia e il teatro, come nostra madre. Mentre Hunter...»

Improvvisamente si fermò e gli lanciò un'occhiata. Quasi come a chiedergli l'implicito consenso a continuare. Io intanto annuivo, mentre mi rendevo conto di comprenderla perfettamente, proprio come mi accadeva con Hunter. Forse era il suo accento, così simile a quello del fratello. Oppure stava adattando il suo modo di esprimersi a me, per permettermi di capirla senza difficoltà.

In effetti tutto ciò che sapevo di Hunter era che lavorava come insegnante da circa un anno, ma avrebbe voluto fare altro. Mi aveva raccontato di essersi diplomato in design. Sapevo che parlava discretamente il russo e il tedesco. Non molto di più. Poco riguardo alla sua famiglia, come io non avevo parlato molto della mia. Non avevamo avuto tempo, troppo intenti a nasconderci o troppo presi da noi stessi. Conoscere Alice era forse stato un fuoriprogramma. Ma ero contenta che lui avesse deciso di portarmi da lei. Probabilmente stavo attribuendo un significato eccessivo all'incontro. Hunter era preoccupato che io rimanessi a casa di Norinne, solo per questo mi aveva proposto di trasferirmi da Alice. Niente di più.

«Io avrei voluto fare il poliziotto, come nostro padre.» Hunter concluse la frase velocemente, senza troppa enfasi. E sentii la sua mano, che era rimasta stretta sulle mie, irrigidirsi all'improvviso. «Ma nostra madre avrebbe creato il finimondo. Così ho studiato arte, storia e design per farla contenta.»

«Certo… anche io finirò per studiare giurisprudenza per far contenti i miei…» Mi resi conto che non avrei dovuto dirlo. Perché ciò implicava il fatto che me ne sarei andata. Ma né Hunter né Alice avevano attribuito eccessiva importanza alle mie parole. Così proseguii, per togliermi il peso di ciò che avevo appena detto. E iniziai a parlare a raffica, forse ingarbugliando le parole e i concetti che stavo tentando di esprimere. «Io da piccola continuavo a cambiare idea! C'è stato un momento in cui volevo addirittura scappare con il circo per fare la trapezista! Poi volevo fare la ballerina, la dottoressa, la stilista… Anche tu continuavi a cambiare idea?»

«No, io ero deciso…»

La mano di Hunter sulle mie riprese vita e calore, tornando a stringere delicatamente. Al contrario della sua voce che suonava strana, leggermente incrinata.

Non era una mia impressione, il sottile gelo che si era creato tra Hunter e la sorella.

«Beatrice...» Fu proprio lei a tentare di spezzare l'imbarazzo in cui, inevitabilmente, mi stavo ritrovando coinvolta. «Nostro padre è stato ucciso in servizio. Io avevo quattordici anni e Hunter solo cinque. La stessa età dei miei bambini. Per questo nostra madre non avrebbe mai accettato... Non ha mai voluto sentire ragioni e si è opposta in tutti i modi. Puoi capirla?»

Annuii, senza replicare. Compresi che Hunter non mi aveva solo portata a far visita alla sorella. Mi aveva introdotta nella sua famiglia, nel suo mondo, nel suo passato, nei suoi desideri, nella sua infanzia. Forse non era proprio questa la sua intenzione iniziale, ma era successo. E questa volta fui io a cercare la sua mano, a stringerla nelle mie, ad accarezzare piano il suo palmo, le sue dita.

«Ancora un po' di tè?» Alice si alzò, con un impeto quasi esagerato. Forse per distogliersi dalla tensione che aveva contribuito a creare, forse per concedere ad Hunter e a me un po' di tempo per restare soli, per riprenderci.

«Sì, certo. Volentieri!» Anche il mio entusiasmo era esagerato. «Se vuoi posso aiutarti...»

Appena Alice si allontanò verso la cucina, rifiutando l'aiuto che le avevo offerto solo per cortesia, mi voltai completamente verso Hunter. Non avevo bisogno di parole. Cosa avrei potuto dirgli? Rimproverarlo per non avermi detto nulla? Non era tenuto a raccontarmi dettagli della sua vita così intimi, personali, dolorosi. Ma ora iniziavo a comprendere. Il suo timore di sapermi in una zona pericolosa, di restare fuori fino a tardi e rientrare da sola. La ragione per cui era venuto a cercarmi in quel locale, quella notte. Per trascinarmi via, per allontanarmi da Greg e da Donnie. Possibilmente anche da Norinne.

«Mi dispiace che questa storia sia uscita così... e che ti abbia turbata e fatta sentire a disagio. Volevo farti trascorrere un pomeriggio piacevole, senza drammi familiari... Ma a quanto pare non ci sono riuscito.» Hunter sospirò abbassando il viso. «Alice non avrebbe dovuto andare oltre. È sempre stata dalla parte di nostra madre, in proposito. Contro di me, entrambe.»

«È comprensibile, Hunter.» Gli sfiorai il braccio, accarezzandolo piano. «Anche io lo sarei stata. E in ogni caso... sto passando un pomeriggio davvero piacevole! Non sono turbata, sono dispiaciuta per tuo padre e per voi. Ma sto bene qui. E soprattutto... sto bene con te.»

CAPITOLO 29

La visita a casa di Alice e la conversazione che ne era scaturita mi aveva avvicinata ancora di più ad Hunter. Avevo iniziato a guardarlo con occhi diversi. E non era solo dispiacere o compassione per l'infanzia che aveva vissuto. Era altro. Un affetto profondo, un legame che stava mettendo radici dentro me, giorno dopo giorno, attimo dopo attimo.

Non provavo pietà per lui. Ma il suo dolore passato era in parte anche il mio. Anche il suo desiderio non realizzato stava diventando mio. Mentre io, compresa la mia vita e il mio futuro, ero sempre più sua. Giusto o sbagliato che fosse. Qualsiasi regola mi avessero imposto, non sarebbero riusciti a staccarmi da lui e dalla passione che sentivo crescere dentro al petto. Come mai mi era accaduto prima, con nessun altro.

La chiamata di Patricia nel suo ufficio, il giorno seguente, mi colse alla sprovvista. Doug non si era premurato di mettermi al corrente del motivo. Era lunedì e non sapevo cosa aspettarmi. Anzi, lo sapevo. O meglio, lo sospettavo e lo temevo. Ma decisi di non farmi sottomettere e di non farmi prendere dal panico. Non sarei stata impreparata e mi sarei difesa, se necessario.

«Accomodati pure, Beatrice.»

Seduta alla sua scrivania, mi puntò addosso i gelidi occhi chiari. Per un attimo mi sembrò di rivivere il nostro primo incontro di qualche mese prima.

Presi posto di fronte a lei, accennando un sorriso, e rimasi in attesa. E in silenzio.

«Mi è stato comunicato qualcosa di importante che ti riguarda.»

Patricia strinse gli occhi. Appena conclusa la frase, anche le sue labbra mi sembrarono strette in una specie di linea retta. Forse si aspettava che parlassi io oppure che le chiedessi delucidazioni in merito.

"Ecco, ci siamo!" pensai tra me. Tutti i miei propositi di difendermi e di non farmi cogliere impreparata stavano crollando, uno dopo l'altro.

Avrei dovuto proteggere Hunter, prima di tutto. Non mi importava nulla di me stessa, in quella circostanza. Cosa avrebbe potuto farmi Patricia? Cacciarmi dalla scuola? Espellermi? Anche se lo avesse fatto, non mi avrebbe creato un gran danno. In poche settimane me ne sarei andata comunque!

«Sì, lo capisco. Ma io volevo dire…»

Presi la parola, senza nemmeno sapere come introdurre il discorso che lei sembrava ansiosa di affrontare. Però mi bloccai. Come potevo farle capire che ciò che era successo tra me e Hunter non era stato intenzionale? Anzi, lo era stato forse. Però eravamo abbastanza maturi da poter scegliere con chi stare, senza intromissioni da parte sua o di altri.

«Sono contenta che tu sia migliorata così tanto in questi mesi che hai trascorso con noi. Quindi mi fa piacere comunicarti che da oggi passerai al corso Intermedio Avanzato.»

Le labbra di Patricia si piegarono all'insù, in un sorriso un po' forzato che somigliava più a un ghigno malefico.

«Ah, io…» Faticai a deglutire e rimasi con un nodo che mi bloccava la gola e la respirazione. Per fortuna non mi ero esposta troppo, dannazione! E non avevo esposto Hunter, soprattutto. La strega stava per fregarmi, però. Dovevo sorridere, dimostrarmi entusiasta e ricompormi, il più in fretta possibile. «Grazie infinite, Patricia. Sono davvero felice!»

Se lo ero non lo dimostravo, poco ma sicuro. Mi sentivo la pressione calare a picco per la paura che mi ero presa. E non ero brava a fingere, purtroppo. Se non fossi stata seduta sarei crollata a terra.

«Non dovresti ringraziare me, ma i tuoi insegnanti.»

Ecco che affondava il coltello nella piaga. Ed ebbi la netta impressione che si fosse soffermata sulla parola "insegnanti", alzando pure il tono di voce.

Una volta uscita dall'ufficio mi fermai per qualche istante, appoggiandomi al muro. Avrei cambiato classe. Ero migliorata a tal punto da passare al livello successivo. Era già successo, un mese prima. Non me n'ero nemmeno accorta perché quasi tutti i miei compagni di corso che avevano iniziato con me o poco prima erano passati di livello insieme a me. Non mi sembrava di essere diventata tanto più brava di loro, nel frattempo. Sperai che avesse fatto lo stesso discorso a Misaki, a Fabiola o ad altri. Misaki, Sandrine e Igor erano arrivati prima di me, sarebbe stato logico.

Ciò che scoprii in seguito, durante la mattinata, confermò i miei sospetti. Non solo nessuno dei miei compagni aveva cambiato livello, ma l'Intermedio Avanzato in cui ero stata spostata era uno dei corsi in cui non insegnava Hunter.

Quindi non ero diventata improvvisamente così brava. E il tentativo di Patricia, oltre a essere un po' subdolo, era anche piuttosto stupido. Credeva davvero di riuscire a separarci, in questo modo?

«Davvero non ti ha detto niente? Non ti ha chiamato nel suo ufficio? Non ti ha rimproverato, ammonito, minacciato di licenziarti? O non so che altro…» Alcune ore dopo, durante il nostro abituale appuntamento pomeridiano, stavo mettendo Hunter sotto pressione. Ci eravamo trovati nel parco di Richmond, questa volta, evitando i miei amati Kensington Gardens. «Non mentirmi, non nascondermi la verità e non tentare di proteggermi. Non ne ho bisogno, Hunter.»

«Beatrice, è la quarta volta che me lo chiedi! Ti ho detto di no, "sua maestà" non mi ha chiamato a rapporto. E non oserei mai mentirti o nasconderti la verità… sinceramente mi stai facendo più paura tu di lei. Domani ti voglio portare a Primrose

Hill, devi proprio vederla! Da lì potrai avere una visuale stupenda di Londra!»

«Mmh… Hunter…»

Mi sentivo irrequieta e poco convinta, anche se lui stava cercando di distrarmi. Perché ormai avevo imparato a conoscerlo e capivo come ragionava. La sua indole protettiva non gli avrebbe permesso di farmi sentire colpevole o responsabile.

«Va tutto bene…» Hunter mi trascinò sopra di sé e prese a baciarmi le labbra con dolcezza, accarezzandomi i fianchi. «Andrà tutto bene, te lo prometto. Hai fatto la brava nel nuovo corso, almeno?»

«No… per niente…» Ricambiai il bacio, cingendogli il collo con le braccia. «Ho tentato di fare schifo il più possibile, mi sono distratta e ho sbagliato appositamente tutti gli esercizi che ci ha dato Chris. Lui è ancora mio insegnante. E ho fatto finta di non capire nulla anche nella conversazione, con Sarah. Così mi rispediranno da te!»

«Non ti credo, non l'hai fatto davvero!» Hunter scoppiò a ridere sulle mie labbra, poi mi baciò di nuovo, alternando a ogni bacio la sua visione degli eventi. «Primo: sei troppo orgogliosa per farlo, hai sempre voluto dimostrare quanto sei brava. Ricordo bene il nostro incontro, quando sei arrivata. Secondo: non la daresti mai vinta a Patricia, quando vuoi sei anche più stronza di lei. E infine terzo…» Si interruppe e scosse la testa, sospirando profondamente.

«Terzo?» Gli puntai le mani sul petto e lo spinsi indietro per allontanarlo da me, con una smorfia risentita. «Quale altra cattiveria stai architettando contro di me?»

«Terzo… Sai benissimo che puoi fare di me quello che vuoi. Non hai bisogno di farti rispedire nel mio corso per avermi. Sono già tuo.»

Mi stavo preparando ad attaccarlo, invece la sua risposta mi lasciò interdetta. Era vero? Se lo era, su un punto fondamentale si sbagliava. Io non lo sapevo. E non lo avrei saputo se lui non lo avesse espresso così chiaramente. Comunque fosse, sentii una dolcezza profonda invadermi il corpo e la mente allo stesso tempo. Mi piegai su di lui, accarezzandogli il viso con entrambe le mani. Quando le mie labbra si unirono alle sue compresi che era vero. Non solo per lui. Anche io ero sua.

«Credi che lei sappia?» Tornai sull'argomento Patricia, qualche minuto dopo. Una parte di me non poteva evitare di preoccuparsi. Per lui, non per me stessa.

«Probabile.» Questa volta si arrese e mi rispose, senza evitare o liquidare la mia domanda con una scrollata di spalle. Forse aveva capito che sarebbe stato inutile. «Come è probabile che sia stato Konrad a raccontarle ciò che ha visto. Escludendo Misaki e Fabiola, non credo che siano stati gli altri. Anche se suppongo che ormai abbiano capito che stiamo insieme.»

«Sandrine, magari. Quando sono arrivata mi ha quasi imposto di stare lontana da te!» Cercai di rammentare la scena. Sandrine sembrava molto presa da Hunter, almeno fino a qualche mese prima. «Oppure Tasha... così ingenua, così timida... E mi sono accorta che hai un debole per lei! Come tutti i maschi della scuola, del resto. O magari Chris, ogni tanto pranza con noi alla tavola calda e forse si è accorto di qualcosa...»

«No, non è vero. Mi piace parlare con Tasha, ma io non sono tutti i maschi della scuola! Comunque, non credo che siano state loro... e nemmeno Chris. Anche se si è sicuramente accorto di qualcosa.»

«Ti piace così tanto parlare con Tasha? Perché vuoi imparare il russo?»

Mi aggrappai a quel discorso e anche alla mia gelosia, perché in alternativa avrei dovuto dire che il tentativo di Konrad o di chiunque altro era stato inutile. Presto sarei partita. Per ritornare al più presto, secondo i miei propositi. Ma sarei partita.

«Non è solo quello...» Hunter mi sorrise, sfiorandomi il viso con le dita. «Voglio dire, non è solo un capriccio imparare bene il russo. Per me non è una lingua straniera a caso. Mio padre era di origini russe da parte di madre, ucraine per la precisione. Anche se è nato e cresciuto in Inghilterra, da piccolo mi parlava in russo. Ricordo ancora il suono della sua voce. Mi è rimasta impressa dentro, in un certo senso. Quindi non potendo fare ciò che avrei voluto, come lui…»

«Capisco… stai cercando un legame con tuo padre attraverso la sua lingua d'origine. Lo trovo molto bello.»

«Già… sto anche progettando un viaggio, prima o poi. Per scoprire i luoghi in cui ha vissuto mia nonna da giovane…»

«Mmh…»

Eravamo nuovamente giunti a un punto morto, una sorta di strada senza uscita. Quei momenti, ormai troppo frequenti, in cui ci guardavamo negli occhi e nessuno dei due osava o sapeva come proseguire.

«Forse noi potremmo…» Fu Hunter a riprendere la parola, nonostante la difficoltà nel concludere il discorso e l'imbarazzo nel formulare per intero la sua proposta. «Se tu vorrai, magari potremmo andare insieme…»

Annuii con un sorriso. Non avevo idea di come, quando. In realtà non sapevo nemmeno cosa avrei fatto una volta tornata, dove avrei vissuto, con chi. Ma lo avrei seguito. Lo avrei seguito ovunque.

«Sì, Hunter. Mi piacerebbe tanto!»

CAPITOLO 30

Non avevo mentito del tutto ad Hunter. A lezione mi annoiavo terribilmente e seguivo con scarsissimo entusiasmo. Anche perché i miei pensieri ormai erano completamente orientati altrove. Contavo i giorni. Poco più di tre settimane in totale, prima della mia partenza. Due settimane e mezza di scuola. Compresa quella festa organizzata già da un po' per fine agosto. Una sorta di serata di gala, all'interno della scuola. Patricia ci teneva particolarmente e aveva diffuso l'annuncio in tutte le classi, invitandoci a partecipare. Le altre ragazze sembravano elettrizzate all'idea di vestirsi in modo elegante, di avere un cavaliere per la serata. Ormai a me non importava più di essere la migliore, di competere con qualcuno, di mettermi in mostra. Avevo già tutto ciò che desideravo. Anche con l'inglese i miei progressi erano evidenti.

E poi, impressa nella mia mente, c'era la proposta di Hunter. C'era Hunter. L'idea di un viaggio insieme. L'idea di stare con lui, senza ostacoli, senza imbarazzo. Senza essere costretti a nasconderci o sentirne la necessità. Sarei diventata a tutti gli effetti la sua ragazza. E nessuno avrebbe più avuto nulla da dire. Mi stavo rendendo conto che, nonostante lui si fosse sempre trattenuto e non avesse mai preteso di più da me, io ero pronta al passo successivo. Anzi, più che pronta ero fermamente convinta. In effetti, a essere sincera, non aspettavo altro!

Nonostante il mio disinteresse quasi totale nei confronti delle lezioni, avevo però notato che tra i miei nuovi compagni era arrivato anche Konrad. Il responsabile del mio repentino cambio di corso. Non ne ero stata del tutto certa, ma osservando il modo subdolo in cui soffermava lo sguardo su di me mi resi conto che Hunter aveva ragione. Lui ci aveva beccati al parco e dal nostro atteggiamento era fin troppo evidente che stavamo insieme. Anche se non comprendevo il motivo per cui avesse sentito la necessità di raccontarlo a Patricia. Forse non aveva un motivo. Era semplicemente uno stronzo.

L'ultima cosa che mi sarei aspettata però era che si presentasse di fronte al mio banco durante l'intervallo tra le lezioni. Rimase in silenzio finché non mi decisi a sollevare gli occhi su di lui. I capelli rossicci gli ricadevano in parte sulla fronte, nascondendo il suo sguardo da gufetto. Un gufetto malefico. Anche io tacqui e lo fissai con espressione ostile, non gli avrei facilitato il compito.

«Ciao… ti va di andare a bere qualcosa nel pomeriggio?»

Sembrava esitante e la sua proposta mi lasciò interdetta. A bere qualcosa? Mi stava invitando a uscire?

«Senza dubbio berrò qualcosa a pranzo, come sempre.»

Mi strinsi nelle spalle, indifferente. Fingendo di non comprendere le sue intenzioni.

«Voglio dire… con me!» Finalmente divenne più specifico. In modo tale che potessi rifiutare senza mezzi termini. «Mi piacerebbe anche invitarti alla serata di fine mese. Vorrei essere il tuo cavaliere.»

«No, grazie. Sono impegnata. E detesto le serate di gala, comunque.»

Mi alzai, guardandomi intorno. Anche se non avevo intenzione di uscire dalla classe non sarei rimasta a parlare con lui. Mi irritava solo l'idea di averlo davanti, sapendo ciò che aveva fatto.

«Impegnata con… chi sappiamo noi?»

La sua domanda, formulata con tono accusatorio, mi inchiodò al mio posto.

«Non so di cosa stai parlando… ma sicuramente non sono affari tuoi.»

Stavo cercando di trattenermi, di non insultarlo. Non tanto per me stessa, ma per non esporre Hunter. E non ero mai brava a trattenermi, quanto mi arrabbiavo. In quel momento mi sentivo simile a una tigre in gabbia. Lo avrei azzannato se avessi potuto.

«So esattamente di cosa sto parlando. E non sono il solo, anche se gli altri fanno finta di niente. Lo sanno tutti, ormai.»

Il suo tono si fece ancora più meschino, più infido. Mi puntò addosso quegli occhietti azzurri un po' stretti che in quel momento mi sembrarono due saette di luce. Luce malefica.

Perché ce l'aveva con me? Cosa gli avevo fatto? Forse la sua era stata una ripicca ma averlo ignorato alla tavola calda non poteva essere un motivo sufficiente per covare un rancore così evidente, così feroce nei miei confronti.

Decisi di non trattenermi più. Sarebbe stato inutile. Così lo affrontai direttamente.

«Perché? Visto che mi sembra evidente che sia stato tu a contribuire alla diffusione della notizia.» Respirai profondamente per controllarmi e mantenere una conversazione civile. «Perché lo hai detto a Patricia?»

«Non l'ho detto a Patricia, ma a Sarah. Credo che lei abbia suggerito a Patricia il tuo cambio di corso. Sei diventata troppo brava... e poi le lezioni di un determinato insegnante per te sono inutili, visto che ti si offre anche in privato e gratuitamente.»

Mi morsi le labbra con forza. Compresi che non si era avvicinato a me per invitarmi a uscire, sapendo benissimo che avrei rifiutato. Ma per insultarmi, neanche troppo velatamente.

Così decisi di non cedere, di non dargli soddisfazione. Distolsi lo sguardo da lui, scostai la sedia e mi alzai, determinata a ignorarlo. Sarei andata a rifugiarmi nel bagno delle donne, almeno lì non avrebbe potuto seguirmi. Dopodiché non gli avrei più permesso di avvicinarmi.

«Credi davvero di essere la prima?»

La sua voce mi colpì, anche se non lo stavo più guardando. Era davvero deciso a non darmi tregua.

«Qualsiasi cosa tu abbia da dire… non mi interessa!»

Avrei dovuto evitare di rispondergli, ma non riuscii a trattenermi.

«Non ti interessa sapere che ce ne sono state altre, prima di te? Che il tuo "ragazzo" si è fatto altre studentesse di questa scuola? Anzi, direi che è un'abitudine per lui. E dopo di te ce ne saranno altre! Quando partirai? Tra qualche settimana? Di sicuro ha già puntato la prossima vittima. Immagino che te ne sia accorta di come guarda Tasha.»

Rimasi impietrita e sentii una corrente di gelo attraversarmi da capo a piedi. Dovevo muovermi, andarmene. Immediatamente. Altrimenti gli avrei permesso di infierire ancora. Ma una parte di me… detestavo ammetterlo, anche con me stessa, ma una parte di me desiderava sapere, ascoltare ciò che aveva da dire.

Mi voltai, puntando gli occhi su di lui. Hunter mi aveva spiegato la ragione della sua simpatia per Tasha. Però anch'io avevo nutrito dei dubbi nei suoi confronti, già da quando non stavamo ancora insieme. Ma allora perché? Perché stava con me se il suo piano era quello di mettersi con lei una volta che io me ne fossi andata?

«Se hai altro da dire, vai avanti.»

«Ah, bene. Ti interessa allora!» Stava giocando con me, in modo crudele, spietato. «Ho frequentato questa scuola lo scorso anno. Hunter si era messo con una delle ragazze del suo corso. Poi l'ha lasciata per un'altra… È recidivo, se ne approfitta e poi le molla. Quello che sto cercando di dirti è che per lui non sei unica e speciale. Se te l'ha fatto credere ti sta prendendo in giro. È solo una tattica per far cadere le sue vittime nella rete. Per lui è un'abitudine, sei solo una delle sue numerose conquiste.»

«Ma… lui… di solito non usciva insieme a noi… insieme ai suoi studenti… invece…»

Esitavo, mi tremava la voce. E stavo detestando me stessa per essermi mostrata così fragile, così insicura. Avrei dovuto rispondergli a tono. Soprattutto non avrei dovuto dubitare così apertamente di Hunter e dei suoi sentimenti per me. Non davanti a uno stronzo del genere!

«Ah, certo! Ma nessuno dei tuoi cari amici era presente lo scorso anno. Quindi non possono sapere cosa ha combinato. Vuoi chiedere a Sarah? Oppure a Chris o ad altri insegnanti? Lo sanno tutti! Se preferisci vai direttamente da Patricia...»

Avrebbe infierito fino a farmi crollare del tutto, ormai lo avevo capito. Abbassai lo sguardo e scossi leggermente il capo. Poi mi allontanai da lui e dal mio posto, senza nemmeno capire dove stavo andando. Mi scontrai con alcune persone ferme a parlare nel corridoio, le oltrepassai senza guardarle e senza nemmeno scusarmi.

«Beatrice...» Mi sentii trattenere per un braccio e riconobbi la voce di Fabiola. «Ehi? Va tutto bene?»

«No... io...» Mi pungevano gli occhi. Avevo una gran voglia di piangere, ma mi rendevo conto che quello non era il luogo. Soprattutto non era il momento. «Ne parliamo dopo... alla fine, va bene?»

«Sì, certo! Ma Beatrice...? Dimmi solo se è successo qualcosa...»

Non la ascoltai, fuggii via. Avevo assoluta necessità di ricompormi, prima di affrontare la lezione successiva. Anche se ero fortemente tentata di rientrare, raccogliere tutte le mie cose e andare via, lontano. Non potevo. Gliel'avrei data vinta. Non volevo.

Aspettai pazientemente il termine delle lezioni, per poter parlare con Fabiola e Misaki. Hunter era entrato al "Corner Bell" poco dopo di noi. Tutto sembrava normale. Lanciò un'occhiata verso il nostro tavolino isolato e non osò interromperci. O forse preferiva mantenere le distanze. Ero comunque abbastanza certa che non sospettasse nulla di ciò che mi aveva raccontato Konrad.

«Io non ci credo.» La sentenza di Misaki, una volta ascoltato ciò che Konrad mi aveva riferito, fu inappellabile. E solitamente Misaki non esprimeva mai pareri in modo così netto, così deciso. «Non credo nemmeno a una parola.»

«Io non so…» Fabiola manifestò qualche dubbio, invece. «Ma non mi fiderei di uno come Konrad. Magari vuole solo farti stare male perché lo hai rifiutato… Oltretutto si è proposto anche come tuo cavaliere per la serata di gala! La sola cosa che puoi fare è parlarne con Hunter, affrontarlo direttamente e sentire la sua versione dei fatti.»

«Ma come faccio? Io non posso…»

Mi stavo quasi pentendo di essermi confidata con le mie amiche. Mi sentivo una bambina lagnosa e petulante che non aveva nemmeno il coraggio di confrontarsi con il ragazzo che frequentava. Hunter mi aveva proposto di fare un viaggio insieme. Mi aveva portata da sua sorella perché temeva che io fossi in pericolo in casa di Norinne. Era stata mia la scelta di non cambiare sistemazione, tanto sarei partita a breve. E poi non volevo che indagassero su di noi creandogli ulteriori problemi. Non poteva avermi ingannata. Non potevo essere una delle tante, per lui. Una di passaggio che avrebbe facilmente sostituito con la sua conquista successiva.

«Beatrice, in un modo o nell'altro dovrai affrontarlo per capire cosa vuoi fare!» A volte l'eccessivo senso pratico di Fabiola mi risultava indigesto. Proprio come il pranzo che avevo di fronte.

«Io so già cosa voglio. Voglio tornare qui e stare con lui.» Per una volta risposi con altrettanta franchezza. «E spero che per lui sia lo stesso.»

«Quando tornerai lui non sarà più un tuo insegnante. Anche perché so che vuole cambiare lavoro, comunque.» Misaki annuì sorridendo e cercando di sollevarmi, per quanto possibile. «Così non ci saranno più problemi. Andrà tutto bene, tra di voi. Ne sono convinta.»

Certo, il discorso di Misaki aveva perfettamente senso. Sempre che Hunter avesse davvero intenzione di stare con me. Sempre che per lui non fossi soltanto un gioco che una volta diventato vecchio avrebbe sostituito con uno nuovo e più eccitante.

«Gli parlerò!» Strinsi leggermente i pugni e poi li rilasciai, cercando di sciogliere anche la tensione che avevo accumulato nel corso della mattinata. «Gli parlerò oggi stesso. Anche se… No, non credo assolutamente a quello stronzo di Konrad. Io mi fido di Hunter… e anche di me stessa. Io credo in noi.»

CAPITOLO 31

Mentre i giorni avevano preso la rincorsa, le feste di addio tra gli studenti della "King James" si susseguivano una dopo l'altra, quasi quotidianamente. Se non erano vere e proprie feste, erano ritrovi per scambiarci regali e ricordi. E per scattarci qualche ultima fotografia insieme.

Friends will be friends dei Queen stava diventando un po' il nostro inno. Mentre la voce di Freddie Mercury mi scavava dentro, ogni volta di più, un solco profondo. A tal punto che dovevo costringermi per trattenere le lacrime. Soprattutto pensando al mio gruppo, a coloro che erano per me presenze quotidiane, familiari, tanto costanti da essere diventate insostituibili nel mio cuore. Era davvero così.

"Friends will be friends
When you're in need of love they give you care and attention
Friends will be friends
When you're through with life and all hope is lost
Hold out your hand 'cause friends will be friends
Right till the end"

Sembrava sempre più un conto alla rovescia ed era immensamente triste e deprimente. Anche perché, nonostante le promesse di ritrovarci ancora in qualche modo, di sentirci, di scriverci, sapevamo tutti che molto probabilmente non ci saremmo più visti. Non così facilmente, almeno. Non come facevamo finta di credere.

Fabiola e Kunisha se ne sarebbero andati entro pochi giorni. Le Double Maria e Sandrine dopo una settimana, io dopo due. Misaki, Tasha, Igor e Freddie sarebbero rimasti ancora per un po'. Freddie aveva intenzione di frequentare un corso postuniversitario a Londra e stava facendo già domanda per qualche lavoro per riuscire a mantenersi.

Nel frattempo, anche la grande serata di gala di Patricia aveva avuto luogo. Nonostante tutto avevo partecipato, indossando un abito elegante e carino che avevo trovato in Oxford Street, da Debenhams. Con il corpino in tulle e velluto turchese e nero e la gonna ampia che mi arrivava sotto al ginocchio. Anche Fabiola e Misaki avevano trovato dei bei vestiti, adatti all'occasione.

Mi facevano tutti un effetto strano, in versione serale all'interno dell'edificio della "King James". Il più degno di nota era sicuramente Chris, con la sua aria aristocratica. Anche se la mia attrazione per Hunter stava diventando quasi un ostacolo allo svolgimento pacifico della serata, almeno per me. Per la mia pace interiore, ecco.

L'avevo visto arrivare in giacca e cravatta. L'abbigliamento inconsueto gli regalava un'aria seria e compita, ma sapevo che si stava trattenendo e che si sentiva un po' a disagio. Io lo trovavo comunque tremendamente sexy. Già immaginavo che si sarebbe comportato in modo ineccepibile, evitando anche di avvicinarmi, se possibile. Impeccabile e doloroso, per me.

«Sei bellissima...» mi sussurrò invece, quasi in un soffio, mentre salivo le scale con le mie amiche. Ci eravamo incrociati sul pianerottolo e si era scostato per lasciarci passare. Però, nel farlo, mi aveva afferrata per il polso, attirandomi verso di sé. «Ma sei mia, ricordatelo ragazzina. Non cercarti un cavaliere per la serata.»

«Ricordatelo anche tu, professore.» Avevo sorriso, annuendo nel modo più composto possibile. Per non cedere alla tentazione di buttargli le braccia al collo, spingerlo contro la parete e cominciare a baciarlo. Senza più smettere. Davanti a tutti, studenti, insegnanti, "sua maestà". «Guarda che anche se faccio finta di niente, ti tengo d'occhio. Sei solo mio.»

Per quanto la separazione dagli amici mi rattristasse, non c'era nulla che potessi fare per evitarla, per impedirla. Non li avrei mai dimenticati, questo era certo. Li avrei sempre ricordati con affetto e avrei fatto del mio meglio per mantenere i contatti. Sicuramente avrei continuato a sentire Misaki e Fabiola regolarmente.

Però avevo una priorità, al momento. E la mia priorità era Hunter, il mio rapporto con lui. Non volevo assolutamente distruggerlo e nemmeno sciupare ciò che era nato tra noi. Perché per quello nutrivo ancora una speranza. O forse un sogno, un desiderio. Tanto che gli avrei affidato il mio futuro. Forse anche il resto della mia vita, anche se al momento mi trovavo in una fase alquanto confusa e inconcludente.

Nonostante il consiglio di Fabiola di affrontare Hunter direttamente, io non avevo intenzione di riportargli la mia conversazione con Konrad. Oltretutto non lo avevo incrociato nemmeno alla serata di gala ed era stato un immenso sollievo. Forse aveva deciso di lasciarci in pace. In ogni caso, mi sarei sentita stupida e infantile, obbligando Hunter a difendersi da qualcosa di cui chiaramente non era colpevole. Era ovvio che Konrad fosse uno stronzo rancoroso, intenzionato a farmi del male solo per vendicarsi di me. E sapeva bene che non sarei mai andata a informarmi da Sarah, da Chris e meno che mai da Patricia.

Quindi avevo deciso di fidarmi dell'opinione di Misaki e di non credere a una sola parola pronunciata da Konrad. Essendo un bel ragazzo, Hunter non passava inosservato. Non soltanto a scuola, anche all'esterno. Ma in questo caso era me che Konrad voleva colpire, non lui.

«Va tutto bene, Beatrice?» Hunter però, nei giorni successivi, si stava dimostrando estremamente attento a ogni mio gesto, a ogni mio sguardo. Qualche ora più tardi, appena ci incontrammo da soli, mi resi conto che non gli era sfuggito il mio atteggiamento evasivo, un po' inquieto. «Ti ho vista discutere con Misaki e Fabiola, l'altro giorno. Sembravi preoccupata per qualcosa, turbata...»

«No, ecco io…» Non potevo dirgli la verità. Altrimenti di sicuro avrei turbato anche lui. E avrebbe pensato che non avessi fiducia nel nostro rapporto, tanto che preferivo credere a un estraneo. «Sì, in effetti… stavamo discutendo sui regali, su come tenerci in contatto… Sta diventando doloroso pensare che non le vedrò più. Loro e gli altri… non così, almeno…»

«Adesso comprendi perché è stato così difficile per me lasciarmi andare con te, all'inizio?»

«Mmh… sì, mi dispiace averti complicato l'esistenza.» Sospirai inclinando il viso. Era vero. E la sua stessa affermazione, oltre al suo comportamento, era in netto contrasto con quanto Konrad raccontava di lui. «Essere stata un "coinvolgimento eccessivo", ecco.»

«A me no. Sono felice che tu l'abbia fatto.» Hunter mi lanciò un'occhiata allusiva. «Ormai ti resteranno impresse nella memoria a vita quelle due parole, vero?»

«Ci puoi scommettere!» Mi impegnai per estirpare la stupida discussione con Konrad dalla mente, una volta per tutte. Mi soffermai, fissando una vetrina con espressione incerta. «Comunque, mi manca qualcosa da prendere prima di…»

Prima di partire. Prima di andare via. Per evitare una conversazione ne stavo proponendo un'altra. Ma questa sarebbe stata inevitabile, comunque.

«Ho capito.»

Non aggiunse altro, mentre passeggiavamo per Carnaby Street e io mi guardavo intorno, tra i negozietti di souvenir, come alla ricerca di qualcosa di importante ma introvabile. In realtà, quello che non riuscivo a trovare era il coraggio.

Improvvisamente mi fermai. Dopo un respiro profondo mi voltai verso di lui, costringendolo a sua volta a fermarsi e a incrociare il mio sguardo.

«Hunter…»

«Puoi dirmi tutto, Beatrice. Lo sai.»

In quei pochi attimi e anche nel corso dei giorni precedenti, mi ero preparata grandi discorsi. Discorsi profondi e angoscianti sul fatto che mi restasse così poco tempo, di quanto mi sentissi triste, oppressa, confusa all'idea di lasciarlo. Lui, più di tutti gli altri. Anche se per poco. Gli avrei promesso che sarei tornata presto, come avevo effettivamente intenzione di fare.

«Andiamo a casa tua, Hunter. Voglio stare con te.»

CAPITOLO 32

«Beatrice…»

Hunter mi scrutò perplesso. Incerto di aver compreso davvero le mie intenzioni. I suoi occhi assunsero una tonalità cupa mentre si soffermavano sul mio viso, sulla mia bocca.

«Voglio stare con te, da soli. Non qui in mezzo alla gente. E nemmeno al parco.» Deglutii, mordendomi poi le labbra e sfidandolo quasi con lo sguardo. «Ma devi essere tu a decidere, adesso. Io so cosa voglio. Lo so già da tempo.»

«Anche io.» Hunter mosse alcuni passi verso di me, mi cinse la vita con un braccio attirandomi a sé. «Lo so fin dal primo giorno.»

«Bene, allora. Forse è per questo che ho sempre capito te più di chiunque altro, da quando sono qui. Ogni tua parola.»

«Questo perché stai diventando davvero brava.»

Lo baciai sulle labbra, incurante di chi ci stava intorno. Non mi importava davvero più nulla, ormai. Nemmeno che fossero presenti studenti o insegnanti della scuola. Nemmeno la stessa Patricia. Non mi era mai importato di me stessa. Era per lui che mi ero sempre fatta degli scrupoli e avevo fatto del mio meglio per evitare di esporci. Ma perché? Cosa stavamo facendo di male? Di tanto sbagliato? Nulla. Eravamo giovani, eravamo liberi. E ci eravamo innamorati. Almeno, per quanto mi riguardava ne ero sempre più certa. Lo amavo. Lo volevo. E sarei tornata da lui.

Ci avviammo verso la metropolitana e in breve ci ritrovammo a South Kensington. Qualche minuto dopo eravamo nel suo monolocale, che distava pochi minuti dalla stazione.

«Vuoi qualcosa da bere… o da mangiare?»

Appena oltrepassata la porta, mi fece accomodare in un salottino davvero minuscolo ma accogliente. Restai in piedi, voltandomi verso di lui.

Hunter stava facendo del suo meglio per dimostrarsi ospitale, ma intanto si guardava intorno un po' stranito, come per assicurarsi che fosse tutto in ordine. C'era quella gentilezza, in lui, quella sorta di innocenza che si contrapponeva e si alternava ai momenti di sfrontatezza e di audacia, che lo rendeva così diverso da tutti gli altri, lo rendeva unico. E mi faceva impazzire.

«Sto bene, Hunter. Grazie.»

Improvvisamente mi sentii anche io intimidita, a disagio. Mi stavo rendendo conto che forse avevo esagerato, forzando la situazione. Forse lui non voleva davvero, forse… Non avevo nemmeno il coraggio di guardarmi intorno, ero troppo concentrata su di lui, su ogni suo gesto. In ogni caso, c'era ben poco, oltre al divano, il tavolo, una piccola tv con il videoregistratore. Solo i libri erano abbastanza numerosi e sparsi un po' ovunque.

Improvvisamente mi afferrò per la vita, sorridendo sulle mie labbra. Gli cinsi il collo con le braccia, aggrappandomi a lui. Eravamo soli, finalmente. Davvero soli, come non lo eravamo mai stati. Come non ci eravamo ancora concessi di poter essere.

Sospirai baciandolo piano. Poi gli accarezzai il viso con entrambe le mani, guardandolo negli occhi.

«Mi dispiace…»

«Per cosa?»

Mi allontanò i capelli dal viso, passandoli dietro al mio orecchio con un gesto lento, quasi studiato. Nel farlo mi sfiorò lo zigomo, provocandomi un fremito.

«Mi sembra di averti quasi costretto…» Socchiusi gli occhi, assaporando il suo tocco e poi il suo bacio che si posò lieve sullo zigomo che aveva appena sfiorato.

«Infatti, mi hai costretto.» Rise, concentrandosi sulle mie labbra, che baciò questa volta con una passione nuova e ardente. Libera dagli sguardi esterni, dal giudizio di chi ci stava intorno. «Lo vedi... come mi stai costringendo?»

Con un gemito mi spinsi contro di lui. Senza più pudore e senza eccessivo ritegno. Provavo ancora un po' di disagio e mi sentivo frastornata. Ma nella testa continuavo a ripetermi che era giusto, che non stavamo correndo troppo. Che non stavamo correndo affatto. Hunter accarezzò il mio fianco e lasciò scivolare la mano fino a raggiungere la mia coscia che strinse tra le dita. Così mi ritrovai con la schiena contro al muro, rinchiusa tra lui e la parete. Il mio abitino leggero sembrava non aspettare altro che scivolare via. Sarebbe bastato un solo gesto da parte sua.

«Hunter...»

Riuscii a riprendere fiato solo quando le nostre labbra si staccarono. Le mie mani scesero lungo il suo petto, lentamente. Intanto stavo cercando i suoi occhi, sperando di ritrovarlo. Sperando che il mio ragazzo fosse ancora lì, oltre tutto quell'impeto, quella passione che mi aveva colta in parte impreparata e che mi aveva travolta.

«Quando vuoi. E soprattutto se vuoi, Beatrice. Non devi sentirti forzata.»

Mi sorrise, cingendomi ora con più dolcezza, staccandomi dalla parete.

«Sono stata io a volerlo, ricordi?»

Nascosi il viso sul suo petto e abbassai lo sguardo per non affrontare il rimprovero che temevo di leggere nei suoi occhi.

«Beatrice...» Si staccò completamente da me, afferrandomi per entrambe le spalle. «Sì, ricordo bene. Ma sei libera di cambiare idea, in ogni momento. Io... non è questo che voglio da te, non così... Per questo motivo non ti ho mai portata qui, prima d'ora. Io voglio che tu ti senta tranquilla e che tu sia davvero convinta...»

Mi lasciò andare solo per sollevarmi il mento e guardarmi negli occhi. Quella luce cupa sembrava ancora lì, come incastrata nel suo sguardo. Era arrabbiato con me, anche se tentava di nasconderlo. Ed era stata tutta colpa mia. Ma non potevo evitarlo, mi stava costringendo a guardarlo. Per cui non mi restava altro che la verità.

«Io… non… io non voglio perderti…»

Mi sforzai di trattenere le lacrime, ma gli occhi mi bruciavano terribilmente.

«E ti sei convinta che venire a letto con me sia il modo migliore per non perdermi?»

Le scintille rabbiose nei suoi occhi non mi concedevano tregua. Sembrava sempre più determinato a minare tutte le mie difese.

«Mmh… non lo so. Così credo… da quello che so, che si dice…»

Mi sentivo un'ingenua, una ragazzina inesperta senza arte né parte. Peggio, mi sentivo un'idiota.

«Ho avuto qualche ragazza, prima di te. Sono stato a letto con alcune di loro. E mi hanno perso tutte. Come io ho perso loro. Perché ci siamo voluti perdere. Quindi ti assicuro che chi ti ha detto diversamente, si sbaglia.»

Annuii brevemente, abbassando il viso. Non avevo più la forza di replicare. Anche perché il suo discorso non ammetteva repliche. Aveva annientato, in pochi istanti, tutta la mia sfrontatezza. E anche il mio carattere indomito e ostinato sembrava essersi perso, smarrito chissà dove. Non avevo nemmeno più il coraggio di guardarlo in faccia.

«Io, allora… vado…» mormorai in un bisbiglio appena percettibile.

Mi chinai tremando per afferrare la mia borsa, che era scivolata a terra.

«Se è questo che vuoi…» Anche la sua voce ora tremava. Inaspettatamente mi colpì e mi lacerò dentro, fino quasi a spezzarmi il cuore.

«No… ma…»

Il mio viso ora era bagnato, colmo di lacrime che non sapevo più trattenere.

«Cosa vuoi, Beatrice? Mi stai lasciando?»

I suoi occhi ora erano diventati lucidi, frementi. Lo fissai incredula. Cosa stava dicendo? Perché? Quando era lui…

«No, Hunter! Sei tu che stai lasciando me!» Involontariamente alzai il tono di voce. Mi resi conto che la solita me stessa stava tornando a emergere, tra quelle lacrime, tra il dolore che mi avrebbe provocato allontanarmi da lui. «Il discorso che mi hai appena fatto… sul perdersi…»

«Non mi hai capito, questa volta?» Accennò un sorriso, sfiorando i miei capelli con delicatezza e trattenendo una ciocca tra le dita. Poi prese il mio viso tra le mani e mi asciugò le lacrime, muovendo lentamente entrambi i pollici da sotto agli occhi fino alle gote. «Il senso di quello che ho cercato di dirti è questo… che tu venga a letto con me adesso oppure no, non mi perderai comunque. Perché io non voglio perdere te, Beatrice. Davvero non voglio. È più chiaro, adesso?»

Annuii stringendomi a lui in silenzio, cingendogli forte il torace con entrambe le braccia. Perché era l'unica cosa che, al momento, volevo e sapevo fare. Hunter ricambiò la stretta e mi baciò i capelli e poi la fronte.

«Sei sicura di non volere qualcosa da bere? Magari possiamo guardare un film, ho qualche videocassetta. Oppure ascoltare un po' di musica, come preferisci.»

«Va bene.» Non mi interessava guardare un film. E nemmeno la musica, questa volta. Volevo solo guardare lui. Anche per ore, fino a stancarmi gli occhi. «Guardiamo un film.»

«Tu scegli il film.» Mi indicò un piccolo ripiano con impilate alcune videocassette, «Intanto io preparo i miei pancakes. Sono un maestro, ti assicuro che sono eccezionali!»

«Ne sono convinta.» Mi voltai a guardarlo mentre, staccandosi da me, si dirigeva verso la piccola cucina a vista.

«Ma non lo saranno mai quanto te. Tu... tu sei eccezionale, Hunter.»

CAPITOLO 33

Avevamo trascorso l'intero pomeriggio insieme. E non ero mai stata meglio. Guardando film e ascoltando canzoni, tante canzoni, che Hunter mi aiutava a capire, ad analizzare. Come *Bohemian Rhapsody* dei Queen, *Russians* di Sting, *Another Brick in the Wall* dei Pink Floyd.

Stonatissima, mi ero messa a cantare *Total Eclipse of the Heart* di Bonnie Tyler e poi *Eternal Flame* delle Bangles, facendolo ridere quasi fino alle lacrime.

"Close your eyes, give me your hand, darlin'
Do you feel my heart beating
Do you understand
Do you feel the same
Am I only dreaming
Is this burning an eternal flame…"

«Mi piace proprio questa canzone, pensa che nemmeno la conoscevo!» Mi fermai, per riprendere fiato. Poi puntai lo sguardo su di lui, con espressione offesa. «Mi stai prendendo in giro, vero? Non dirmi che sapresti fare di meglio, professore!»

Ridendo gli avevo lanciato un cuscino, poi mi ero lanciata io stessa, su di lui.

«Non sto dicendo proprio niente e non intendo provarci! Hai un futuro come cantante! O forse pensi ancora di scappare con il circo per fare la trapezista?»

«Allora mi stavi ascoltando?»

«Io ti ascolto sempre!»

Mi aveva afferrata al volo e mi aveva stretta a sé, baciandomi dolcemente le labbra. Poi il suo sguardo si era fatto più serio, più intenso, prendendomi una mano e intrecciando le dita con le mie.

«Per rispondere alla tua domanda, quella che hai continuato a cantare… Sì, sento lo stesso.»

Compresi che si riferiva a un verso della canzone. Gli accarezzai il viso, poi immersi le dita tra i suoi capelli. Il mio cuore stava battendo talmente forte che sicuramente anche lui lo sentiva, così vicino al suo, tenendomi stretta.

In serata decisi che sarei rimasta e avrei trascorso la notte insieme a lui. Non glielo chiesi apertamente, ma sperai che non mi mandasse via.

Dopo il primo film ne avevamo guardato un altro, mangiando i pancakes. Più tardi ordinammo una pizza. Nonostante Hunter continuasse a scrutarmi, attento che io riuscissi a capire e che non mi perdessi nemmeno una battuta, tanto da tornare indietro alcune volte, a me non interessava proprio nulla di seguire ciò che stavamo guardando. Volevo soltanto restare abbracciata a lui, sul divano. Mentre sentivo il tempo scorrere inesorabile. Il tempo che ci avrebbe separati, lo spazio che si sarebbe messo in mezzo, tra di noi, impedendoci di lasciar procedere la nostra storia, di lasciarla crescere. Perché sapevo che oltre allo spazio e al tempo, anche altro si sarebbe messo in mezzo. Persone, circostanze, decisioni. Tanto altro. E non tutto dipendente da me, da noi.

Nel corso delle settimane precedenti avevo sentito i miei genitori, per telefono. Avevo tentato vagamente di accennare alla possibilità di tornare a Londra e di restare per un periodo di tempo più prolungato. Ma non avevano compreso. Anzi, avevano creduto che non vedessi l'ora di rientrare e di riprendere la mia vita, di rivedere loro, mio fratello minore Lorenzo, Greta e le mie altre amiche. Anche Thomas. In parte era vero. Ma Thomas ormai era qualcuno che non avrebbe più fatto parte della mia vita, non riuscivo nemmeno a rammentare come e perché l'avessi ritenuto importante. Forse perché non lo avevo mai ritenuto veramente importante.

Sentii una corrente gelida attraversarmi, da capo a piedi. Nonostante facesse piuttosto caldo e Hunter mi stringesse a sé, circondandomi con le braccia.

«Posso restare?»

Distolsi lo sguardo dalla televisione, per puntarlo su di lui.

«Sì. E puoi avere il mio letto, appena ti sentirai stanca. Io starò sul divano.»

Corrucciai la fronte e scossi la testa.

«Posso avere anche te, nel tuo letto?»

«Beatrice…»

Non gli diedi il tempo di replicare. Scivolai quasi sopra di lui e premetti il mio corpo contro al suo, baciandogli le labbra con passione, intrecciando la lingua con la sua. Come prima, ma con ancora maggiore intensità.

«Non voglio andare via, Hunter. Non voglio.»

La mia voce era incrinata da un singhiozzo interiore che non fui in grado di controllare. Ma allo stesso tempo sapevo che se lo avessi fatto, se avessi trascorso la notte con lui, se fossi stata sua per i pochi giorni che mi restavano, non sarei mai stata in grado di andarmene, di staccarmi da lui. Perché lo avrei voluto ancora.

«Allora non farlo, non andare…» Sospirò trascinandomi completamente sopra di sé. «Resta qui con me. Troveremo il modo.»

«Io… tornerò presto…» Gli presi il viso tra le mani, baciandolo ancora, con la passione che non ero più in grado di controllare e che stava divampando tra di noi, come un fuoco inarrestabile. Tanto che gli infilai le mani sotto alla maglietta, mentre lui prese a baciarmi il collo, scivolando giù verso il seno. «Ma adesso sono qui… sono qui e sono tua.»

Non potevo lasciarmi prendere dalla tristezza, dallo sconforto. Avrei rovinato il momento. Così chiusi gli occhi e mi lasciai andare, mi lasciai guidare non solo da lui ma anche dalle mie sensazioni. Tutto stava diventando sempre più intenso, sempre più bello e naturale allo stesso tempo.

In un attimo Hunter si sfilò la maglietta e mi ritrovai ad accarezzare il suo petto, la sua pelle nuda. Tornai sulle sue labbra e mentre scendevo a baciargli il collo, la sua barba appena accennata solleticava la mia spalla, regalandomi leggeri brividi, a metà tra desiderio e un solleticante piacere.

Le sue mani accarezzarono la mia schiena, spingendomi contro di sé e allo stesso tempo le dita armeggiarono per abbassare la sottile cerniera del mio vestito che in un istante mi scivolò giù fino alla vita, lasciandomi in reggiseno e con le spalle scoperte.

Hunter posò le mani sui miei fianchi e si staccò dal mio corpo solo per cercare i miei occhi. Forse per controllare che fossi convinta e non avessi ripensamenti.

«Non smettere...» Mi chinai su di lui, riprendendo a baciarlo. Questa volta lentamente, con dolcezza. «Ti voglio. Adesso.»

Così dicendo lasciai scivolare le mani sul suo petto, fino a raggiungere la cintura dei suoi jeans. Il desiderio mi stava rendendo inaspettatamente audace.

Hunter però mi fermò e muovendosi riuscì a sollevarsi, trattenendomi in braccio. Mosse qualche passo, mentre io continuavo a stringerlo, a baciarlo e a circondarlo con le braccia e con le gambe.

In pochi istanti raggiungemmo la sua stanza, il suo letto. Mi lasciò scivolare giù con dolcezza e in un attimo fu sopra di me. Da quel momento le sue labbra non mi diedero più tregua e non si staccarono più dalla mia pelle. Appena mi liberò completamente del mio vestito, scese a baciarmi il seno e poi le costole. Mi mossi contro di lui, fremendo quasi senza ritegno mentre si slacciava i jeans.

Mi massaggiò con gesti sapienti e delicati le spalle e le braccia, spingendole indietro mentre le nostre dita si intrecciavano. Riuscii a incontrare ancora il suo sguardo e riconobbi in lui la scintilla di desiderio che io stessa non ero più in grado di trattenere, ormai nuda tra le sue braccia. Chiusi gli occhi lasciando ricadere la testa all'indietro, mentre avevo perso il controllo del mio corpo che premeva e si spingeva contro al suo, avido di lui. Della sua pelle, delle sue labbra.

«Hunter...» sussurrai il suo nome, tra i gemiti.

Avevo perso la volontà di fermarmi, la lucidità o forse la paura che mi aveva colta appena arrivata a casa sua. Ero sua, ormai. Totalmente sua. Il mio corpo era suo. Il mio cuore era suo. Come avrei fatto? Come avrei fatto a staccarmi da lui, ad andarmene?

Il pensiero mi sfiorò solo per un rapissimo istante. Lo rimossi però immediatamente e non gli concessi il tempo di occupare la mente che ormai era concentrata su di lui, sulla sua passione che mi riempiva e mi aveva colta quasi del tutto impreparata.

Lo sentii sussurrare il mio nome, tra i baci, tra i gemiti. Mi apparteneva, allo stesso modo in cui io appartenevo a lui. In quell'attimo compresi esattamente ciò che aveva tentato di dirmi. Non ci saremmo persi. Non potevo decidere per lui. Ma io sarei rimasta. Hunter non mi avrebbe persa. Non mi avrebbe persa mai.

CAPITOLO 34

Quel giorno e quella notte insieme non furono solo un episodio. Ma il primo di numerose repliche che seguirono nelle giornate successive. Ciò che però aveva iniziato a logorarmi sempre più era il fatto di aver smesso di contare le settimane e poi i giorni che mi restavano da vivere insieme a lui... perché ormai contavo le ore.

Intanto, nel corso della mia ultima settimana a Londra, i Larsen erano tornati dalla loro vacanza estiva in Spagna. Ero passata a trovarli e Stacey e Tod mi avevano invitata a pranzo. Entrambi avevano insistito che trascorressi da loro gli ultimi giorni prima della partenza, trovandosi più vicini all'aeroporto di Heathrow da cui sarei partita. Ovviamente non potevo raccontare di aver passato gran parte del mio tempo e le mie ultime notti a casa di Hunter. Altrimenti avrei dovuto aggiungere che si trattava di un mio insegnante, complicando inutilmente la situazione. Perché mi avrebbero chiesto dettagli sulla nostra relazione. Di sicuro ci avrebbe pensato Norinne, conoscendola. Ma speravo che almeno si trattenesse e aspettasse la mia partenza prima di raccontare tutto ai Larsen.

Non ero mai stata brava a mentire. Vedendomi raccogliere buona parte delle mie cose prima del tempo aveva capito che andavo a stare da qualcuno. Non potevo ingannarla dicendole che sarei andata da Stacey e Tod e nemmeno da una delle mie amiche. Perché era chiaro, era evidente. Mi si leggeva in faccia.

«Quindi ci sei andata a letto!» Norinne aveva esclamato esaltante, battendo forte le mani. «E com'è stato? Oddio... la tua espressione dice tutto! Avete preso precauzioni, almeno? Non vorrai ritrovarti un regalino tra nove mesi, vero?»

«Sì, io… Certo, ovviamente! Lui…»

Ovviamente non le avrei raccontato tutto. Anzi, non le avrei raccontato proprio nulla dei dettagli privati e intimi tra me e Hunter. Nonostante la sua insistenza perché scendessi proprio nei minimi particolari.

«Non ti sarai innamorata, vero? Lo sai che l'amore ti fotte, sempre? Va evitato come la peste! Vacci a letto quanto vuoi ma non innamorarti! Poi te ne stai andando, quindi… goditelo finché puoi!»

«Già! Anche se forse tornerò… così, per un'altra vacanza. Poi deciderò. O magari mi troverò un lavoro in un fast-food, come te. Intanto studierò qualcosa, come fai tu…»

Risposi con noncuranza, con tono vago e indifferente. Come se dovesse diventare la norma, per me, andare a letto con qualcuno e poi partire e dimenticarmene.

«Ah, bene! Ma insomma… non mi dici niente di com'è stato? Lui è bravo?» sbuffò contrariata. Non si trattava soltanto di lei. Non avevo mai raccontato molto alle amiche riguardo i miei sentimenti e le mie esperienze, anche se scarse. Anzi, quasi inesistenti prima di Hunter. Allo stesso modo non ero brava a raccogliere le confidenze altrui, soprattutto sessuali. «A scuola lo sanno? Siete finiti nei guai?»

Mi aggrappai all'altro argomento che suscitava l'interesse morboso di Norinne, per sfuggire al suo assedio riguardo alla mia prima volta con Hunter. Così le raccontai vagamente del cambio di corso e di Konrad che aveva fatto la spia dopo averci beccati al parco. Evitai di raccontarle nello specifico ciò che Konrad mi aveva rivelato a proposito del passato di Hunter, con altre studentesse. Forse lo avevo rimosso, in parte. Anche perché non poteva essere vero. E io non ero in grado di accettarlo, nemmeno come ipotesi remota.

«Oh, dimenticalo! Secondo me è solo un cretino!» Per una volta Norinne riuscì a darmi un consiglio sensato. «Certi uomini fanno così! Se non riescono a ottenere ciò che vogliono, insultano e umiliano i loro rivali e anche la ragazza che li ha respinti!»

«Sì, lo credo anch'io.»

Sorrisi e annuii. La conferma di Norinne, con la sua esperienza di vita e di uomini, sicuramente superiore alla mia, consolidò la mia sicurezza e la mia fiducia in Hunter e nella nostra storia.

«Fanno schifo, insomma! Per fortuna Greg non è così!»

Ecco, come non detto. Mi pentii quasi di aver rivalutato il suo giudizio e buon senso. Ma preferii non inoltrarmi in una discussione infinta contro qualcuno su cui avevamo opinioni così divergenti.

«Lo so, lo so cosa pensi di lui…» Norinne sbuffò, strizzando leggermente gli occhi. Nel modo in cui, sperava, di farsi perdonare tutto. «Ma Greg è cambiato… O almeno, ci sta provando. In realtà quando si è ripreso del tutto si è anche spaventato per quello che poteva succedere quella sera. Solo che non aveva voglia di ammetterlo. Sai come sono i maschi, devono sempre fare i duri!»

No, non sapevo com'erano i maschi. E forse non mi interessava nemmeno più approfondire il discorso o sperimentare. Mi interessava che Greg mi lasciasse in pace, ecco. E, da quanto mi aveva riferito Norinne in seguito, non aveva più detto una sola parola contro di me. Ma io davvero non sapevo com'erano i maschi. Anche perché Hunter, Konrad e Greg sembravano non avere proprio nulla in comune, pur appartenendo tutti e tre al genere maschile.

Nel corso dei miei ultimi giorni di scuola, fino al momento in cui mi fecero il test finale e mi consegnarono l'attestato di frequenza, mi sforzai di mantenere l'attenzione al massimo e di seguire diligentemente le lezioni. Ignorando Konrad e tutto ciò che mi causava fastidio e disagio. Ignorando anche Hunter, possibilmente. Lui forse era più bravo a controllarsi di fronte agli altri, ma io temevo che i miei sentimenti mi si leggessero in faccia, ancora più di prima.

Non avevo raccontato nulla del mio rapporto con Hunter. Non solo a Norinne, ma nemmeno con Misaki mi ero sbilanciata. Forse lo aveva capito da sola, ma aveva educatamente evitato di chiedermi fino a che punto fossi arrivata con lui. Soprattutto perché non si trattava solo di sesso, per me. Su una cosa Norinne aveva pienamente ragione, nonostante io avessi risposto alla sua domanda con il silenzio. Con tutte le controindicazioni del caso. Ma era stato inevitabile. Mi ero innamorata.

CAPITOLO 35

Buona parte degli studenti con cui avevo condiviso l'estate erano partiti, intanto. Ne erano arrivati di nuovi ma io non avevo né il tempo né l'energia di fare nuove e rapide amicizie. In parte li ignoravo volutamente, prendevo le distanze. Come se li rifiutassi, dentro di me. Come se fossero responsabili o colpevoli di aver preso il posto di quelli che se n'erano andati. Avevo agito così anche con Konrad, me ne rendevo conto. Forse era sempre stato un mio problema, quello di non riuscire a trovare spazio per troppe persone, oltre alla mia cerchia intima. Come se temessi che il mio cuore diventasse un luogo troppo affollato, a costante rischio di esubero.

E nessuno, mai, aveva occupato il mio cuore in modo così totale, così esclusivo. Trascorrevo la mattinata aspettando si essere sola con lui, nel suo piccolo spazio che stava diventando un po' anche mio. Sul divano, guardando un film. Nel suo letto, tra le sue braccia.

«Questo appartamento è un buco, anche se la zona non è affatto male!»

Hunter rideva del fatto che fosse impossibile non scontrarci, lì dentro.

«Io lo adoro!» risi baciandolo e rotolando sopra di lui.

«Ci credo, da come mi stai sempre addosso!»

Scivolai all'istante dall'altra parte del letto, andando a stendermi nell'angolo opposto, quasi sul bordo. E voltandogli le spalle.

«Non avevo capito che la cosa ti infastidisse. Non ti eri mai lamentato, prima.»

«Non mi lamento nemmeno ora.» Mi raggiunse, mi circondò con un braccio e iniziò a stuzzicarmi e a mordicchiarmi la spalla e il collo, infondendo in me quel pizzicore provocato dalla sua barba, che ormai avevo imparato a conoscere e a desiderare sempre più. «Perché è così che ti voglio. Sempre addosso. Già è una tortura quando siamo in mezzo agli altri!»

«Mi sto impegnando al meglio per ignorarti, per evitarti…» sospirai voltandomi e immergendo le mani tra i suoi capelli. «Altrimenti…»

«Altrimenti…?»

«Meglio non dirtelo, mancano ancora due giorni di scuola. Potrebbe venirmi in mente di farlo davvero! Scateni tutti i miei istinti più perversi! E vorrei gridare a tutte quelle ragazze che ti guardano che tu sei mio. Solo mio!»

Scoppiai a ridere, mentre le sue labbra cercavano ancora una volta le mie, le sue mani accarezzavano i miei fianchi scendendo fino ai glutei.

«Beatrice…»

«Mmh…»

«Quando tornerai…» Si staccò da me e mi osservò attento. «Non so se vorrai stare con me…»

«Come? Intendi…»

«Sì, in quel caso potremo cercare una casa un po' più grande.»

«Potrei stare dai Larsen, all'inizio. Poi…» annuii baciandolo con dolcezza.

Poi… non ne avevo idea. Poi… cosa avrei detto ai miei? Poi… cosa avrebbero pensato anche i Larsen? Poi… cosa avrei fatto? Sicuramente avrebbero concordato tutti sul fatto che ero troppo giovane per convivere con un uomo. Diciotto anni, quasi diciannove. Dannazione, se solo avessi avuto qualche anno in più! E se non mi fossi trovata in un paese straniero. Non potevo di certo dipendere da Hunter in tutto e per tutto! Nemmeno Norinne, che ne aveva ventiquattro, viveva con quel cretino di Greg. Ognuno aveva la propria casa, la propria vita, indipendentemente dall'altro. A parte che prendere Norinne come esempio era un'assurdità. E anche Greg e la loro storia. Non avevano proprio nulla a che fare con me e Hunter.

«Certo…» Hunter mi accarezzò il fianco e annuì.

«Io devo… una volta a casa… cioè dai miei…»

Inutile tergiversare e tentare di rimandare costantemente la conversazione. Ci avevo provato, ma non avrei potuto evitarla e rimuoverla per sempre.

Hunter mi guardò in silenzio, concedendomi il tempo di trovare le parole che sembravano essersi perse dentro di me. E di riuscire a esprimerle, soprattutto.

«Tornerò qui da te. Tornerò presto…»

Tutto il tempo del mondo non mi sarebbe servito. Perché io non sarei stata in grado di dire altro, comunque. Hunter una volta mi aveva chiesto di non andare via, di non partire affatto. E una parte di me stava ancora accarezzando l'idea. Perché, quella stessa parte di me, aveva un terrore cieco, forse irrazionale, di perdere tutto. Di perdere lui e di conseguenza anche me stessa.

«Lo so, Beatrice. Io ti credo. Credo in te. Tu sei l'unica persona, forse, a cui credo davvero.»

Hunter, al contrario di me, non aveva avuto bisogno di tempo per dire qualcosa di così profondo, di così importante. E io, alle sue parole, sentii il cuore rimbalzare nel petto, in totale fermento. Ancora più in fermento che se avesse confessato di amarmi.

«Ti scriverò, nel frattempo.»

«Non scrivere. Torna e basta.»

Annuii, convinta. «Io penso che potrei trovarmi un piccolo lavoro, come Norinne. E poi studiare qui, quando il mio inglese migliorerà ancora. Magari iscrivermi all'università quando diventerò abbastanza brava.»

«Ti aiuterò. Diventerai bravissima.»

«Io voglio sapere tutto, di te...» Fu il mio pensiero successivo. «Voglio tutto di te. Il bene e il male. Tutto. Anche io credo in te, Hunter.»

Così, ci eravamo detti tutto. Raccontati tutto ciò che era essenziale e possibile da concentrare nei pochi momenti che avevamo ancora. Poi avremmo avuto davvero tutto, l'una dell'altro. Tutto il tempo del mondo, soprattutto.

Hunter aveva tentato di spiegarmi il suo rapporto complesso con la madre, le crisi successive alla morte del padre. Alice aveva quattordici anni e se n'era andata, qualche anno dopo, con la scusa di vivere più vicina all'università, con alcune amiche. Hunter, bambino e poi adolescente, aveva dovuto convivere prima con la depressione della madre e poi con l'uomo che era entrato nella sua vita, prendendo il posto del padre e diventando successivamente il suo patrigno. E che era stato, anni prima, amico e allo stesso tempo rivale del padre. Fino a quando sua madre lo aveva rifiutato, scegliendo il padre di Hunter. Quell'uomo in seguito, diventando avvocato, aveva reso difficile anche la carriera del rivale, ostacolandolo più volte.

«Con Alice è stato più semplice... ma con me...» Hunter si strinse nelle spalle. «Sono sempre il figlio dell'uomo che a vent'anni gli ha portato via la donna che amava. Non sono mai cambiato, per lui. Ha scaricato su di me il risentimento che provava per mio padre. Allo stesso modo io, forse, ho sempre visto in lui un usurpatore, qualcuno che ha occupato un posto non suo. Così sono stato un ragazzino ribelle, difficile da gestire. Mi mettevo spesso nei guai, il più delle volte lo facevo apposta, con l'intento di farlo infuriare. Era l'unica arma che avevo contro quell'uomo, l'integerrimo avvocato. E ancora adesso non sono riuscito a perdonare mia madre di avere scelto proprio lui. Non la rimprovero di essersi rifatta una vita. Avrei accettato un altro uomo al suo fianco, uno qualsiasi. Non mi aspettavo certo che il suo nuovo marito mi trattasse come un figlio o che tenesse a me, non pretendevo questo. Ma perché lui?»

«Io ti capisco, Hunter. Ma se lui la rende felice…»

Mi sentivo davvero troppo piccola, troppo inesperta, per dare consigli. Soprattutto su persone che ancora non conoscevo e su questioni tanto delicate.

«Spero di sì, sinceramente. Anche se temo che si sia aggrappata alla prima ancora di salvezza che si è offerta a sua disposizione. In ogni caso, appena possibile, me ne sono andato di casa, interrompendo quasi del tutto i contatti. Non me l'ha ancora perdonato. Le è sempre stato più facile perdonare Alice, per tutto. Anche per le sue scelte private e professionali. Semplice comunque, Alice è appassionata di storia, proprio come lei. Lavorano entrambe alla revisione di volumi e romanzi storici.»

«Sì, so che non ti ha permesso di fare il poliziotto come tuo padre. Ma se devo essere sincera… anche io avrei tentato di impedirtelo. Aveva già perso un uomo che amava, non poteva rischiare di perdere anche il secondo. Poi la perdita di un figlio sarebbe stata ancora più devastante, immagino.»

«Lo so. Per questo, nonostante il risentimento, nonostante la rabbia, l'ho assecondata. Avrei potuto impormi e fare ciò che volevo. Ma le avrei spezzato il cuore. Non sono riuscito ad arrivare a tanto.»

Gli accarezzai il braccio con dolcezza. Provavo una tenerezza immensa per lui, soprattutto in quei momenti. E una sorta di incomprensibile empatia anche nei confronti di sua madre, che aveva visto morire l'uomo che amava ed era rimasta sola, con una figlia adolescente e un figlio ancora piccolo. Forse l'avrei incontrata, un giorno. Forse non le sarei piaciuta e ancora una volta avrebbe contrastato la scelta del figlio. Ma non ci volevo pensare, al momento. Avevo fin troppo a cui pensare.

Quasi non riuscivo a credere che Hunter mi permettesse di entrare ancora di più nel suo mondo, nel suo vissuto, condividendo con me particolari intimi, personali. E di riuscire ad affrontare, insieme a lui, argomenti così complessi, così maturi. Tanto da sentirmi matura anch'io. Una donna quasi, non più l'adolescente insicura che ero sempre stata. Perché Hunter si confidava con me ed era stato davvero il primo a trattarmi come un'adulta, una persona di cui fidarsi.

In cambio, avevo ben poco da offrirgli. La mia era una famiglia fin troppo normale. I miei genitori, come i miei nonni, avevano sempre vissuto nello stesso posto e sei anni dopo di me era nato mio fratello Lorenzo. Che erano riusciti a viziare come e più di me. L'unica "nota dolente" nella tranquillità domestica era stata la mia storia con Thomas durante gli ultimi mesi di liceo e la mia successiva decisione di non frequentare l'università.

«Quindi, per staccarti da questo ragazzo ti hanno spedita qui?»

L'espressione divertita di Hunter mi fece tornare indietro nel tempo, al momento in cui i miei genitori mi avevano comunicato la loro brillante idea di mandarmi a studiare inglese a Londra per tre mesi.

«Già... che sprovveduti!» Scoppiai a ridere, attirandolo a me. «Guarda in cosa sono incappata!»

«Nel peggio che ti potesse capitare, sicuramente!»

«Infatti!»

«E quel che è ancora peggio... è che questo peggio non ti lascerà andare!»

Rideva e mi baciava. E fu in quel momento che io compresi, per la prima volta, ciò che significava sentirsi felice. Libera e felice insieme a una persona. Libera di esprimere me stessa, senza paure, senza timori. Senza vergogna.

«Il fatto è che... c'è una sostanziale differenza, tra te e Thomas.»

«Ah, sì? E quale?» Sorrise portandosi un braccio dietro alla testa, con aria ammiccante. «Io sono molto più bello, confessa!»

«No, non così tanto in realtà.» Posai lo sguardo su di lui, sul suo corpo steso accanto a me. Il petto su cui adoravo rifugiarmi e che avrei desiderato continuare a stringere a me, ogni momento. Il suo viso e quelle labbra morbide che avrei baciato fino a consumarle. «Anzi, direi proprio di no. Non lo sei.»

«Mmh… non sei molto gentile, ragazzina. Così distruggi la mia autostima, lo sai?»

Si rigirò su un fianco, scrutandomi attentamente, come in attesa. Io annuii, più seria e determinata che mai.

«La sostanziale differenza tra te e Thomas è una sola. E molto semplice. Io ti amo, Hunter.»

CAPITOLO 36

Lo avevo colpito, indubbiamente. Del resto, non mi sorprendeva. Perché avevo colpito allo stesso modo anche me stessa.

Hunter divenne improvvisamente serio. Come non lo avevo mai visto prima. A tal punto da spaventarmi quasi. Non si avvicinò a me, non mi strinse, non mi baciò nemmeno. Ma continuò a guardarmi, restando immobile su un fianco. Come se, in quel preciso istante in cui gli avevo confessato di amarlo, mi fossi improvvisamente trasformata. Come se fossi una persona nuova. Forse lo ero davvero.

«Anche io ti amo, Beatrice. Ti amo davvero.»

Continuò a guardarmi e a mantenere la distanza da me, dal mio corpo. E fu davvero come se l'amore, il nostro amore, riuscisse a colmare quella distanza senza rendere necessario il contatto fisico. Improvvisamente rammentai la nostra canzone, *Sacrifice*. E compresi che, anche in un mondo separato dal suo, io avrei continuato ad amarlo sempre. Sempre.

Allungai timidamente la mano verso di lui, per sfiorargli il viso con le dita. Anche io ero rimasta immobile nella medesima posizione, girata su un fianco verso di lui. Immobile o quasi, mentre l'unica parte di me che aveva preso una rincorsa quasi folle era il mio cuore.

«Io... ti proteggerò sempre, Beatrice. Sempre, qualunque cosa capiti. Io ti proteggerò da tutto e da tutti. Non dimenticarlo.»

Raccolse la mia mano, premendosela contro la guancia per poi portarla alle labbra.

«Non lo dimenticherò.»

Le sue parole mi avevano rassicurata. Anche lui mi amava. Di comune accordo decidemmo che avrei trascorso le mie ultime notti dai Larsen. Erano stati gentili con me e mi avevano promesso che la loro casa sarebbe stata disponibile per un mio eventuale ritorno. Soprattutto non me la sentivo ancora di rivelare loro che avevo effettivamente vissuto con Hunter nel corso dell'ultima settimana. Comunque, avremmo avuto interi pomeriggi e serate insieme.

Nonostante avessi finalmente concluso la mia ultima settimana di scuola, il lunedì successivo mi recai comunque al "Corner Bell" per il pranzo. Non potevo dimenticare che sarebbero stati anche gli ultimi giorni che avrei trascorso con Misaki. Già era stato doloroso salutare Fabiola, Kunisha, Igor, le Double Maria e anche Sandrine. Hunter mi aveva stretta a sé, per consolarmi. E io avevo compreso ancora di più il motivo per cui aveva tentato di non intensificare il legame tra noi. Ormai, tra gli studenti con cui avevo stretto rapporti di amicizia, erano rimasti solo Freddie e Tasha, oltre a Misaki.

Nel corso degli ultimi giorni avevo già fatto un giro generale di saluti, non solo tra le persone, ma anche tra i luoghi che avevano assistito al mio passaggio a Londra. Mi ero soffermata, per gran parte della mattinata, davanti alla statua di Peter Pan ai Kensington Gardens. E poi ero andata a sedermi sotto la nostra quercia, dove io e Hunter avevamo tanto parlato, discusso, riso, scherzato. Dove ci eravamo sfiorati, stretti, accarezzati, baciati. Dove il nostro amore era cresciuto ed era diventato sempre più intenso. Dolce e appassionato, allo stesso tempo. Dove avevamo condiviso i nostri sogni, i nostri ideali, le nostre speranze. Dove lui mi aveva insegnato tanto. Sulla vita, sulla libertà, sul coraggio.

Seduta al nostro solito tavolino del "Corner Bell" attendevo la fine delle loro lezioni. Intanto stavo riflettendo sul fatto che in teoria io e Hunter avremmo anche potuto evitare di nasconderci, già a partire da quel momento. Non era più un mio insegnante. Ma non aveva più importanza, ormai. Aveva smesso da tempo di essere una sfida. Non dovevo proclamare la mia vittoria di fronte a nessuno e non era nemmeno una questione di principio.

Socchiusi gli occhi, pregustando il momento. Era amore, il nostro. Contro tutto e contro tutti. Era solo amore. Rammentai per un attimo il nostro primo incontro, l'assurda competizione con Sandrine, in parte anche con Tasha. Nulla contava più. Mi sarei gustata ogni istante, avrei vissuto ogni attimo che mi restava a Londra. Con tutta l'intensità e la gioia di cui ero capace.

Quando sentii l'abituale brusio, tra le voci e qualche risata, compresi che gli studenti avevano appena varcato la soglia del locale. Fissai la porta, in attesa di Misaki, Freddie e Tasha che sicuramente sarebbero arrivati prima di Hunter.

Appena scorsi Misaki mi alzai e con un cenno le indicai di raggiungermi. Ma invece di sorridermi, come sempre, la sua espressione era seria, lo sguardo preoccupato. E Misaki, da quando la conoscevo, non era mai stata seria e preoccupata. Non così. Dolce, gentile, premurosa, sempre pronta ad aiutarmi e a consolarmi. Ma mai così tesa, così inquieta.

«Misaki... va tutto bene?»

«Mmh... tu non sai, vero? Già, non puoi sapere...» Anche il suo tono di voce era desolato, immensamente triste.

«Sapere cosa? Cosa è successo?» Anche io stavo iniziando a preoccuparmi. Non poteva essere nulla di tanto grave. Davvero, non poteva. «Misaki, per favore. Mi stai spaventando!»

Nel frattempo, notai che Freddie e Tasha si stavano avvicinando a noi. E la loro espressione, triste e sconcertata, era quasi una copia esatta di quella di Misaki.

«Te lo dico, tanto lo verrai a sapere comunque. Si tratta di Konrad...»

«Oh, Misaki... ancora lui! Che ha fatto questa volta? Ha detto in giro che io...»

"... che io vado a letto con Hunter!" Mi fermai prima di esprimerlo ad alta voce e cercai altre definizioni di me stessa.

Non riuscii a trovare le parole adatte. Probabilmente lui mi aveva definita nei modi peggiori. Una poco di buono, una puttanella da strapazzo. In ogni caso, nulla di quanto si fosse inventato contro di me mi avrebbe turbata. Proprio nulla. E non avrebbe dovuto turbare neanche i miei amici.

«Ieri sera… anzi ieri notte, è stato aggredito e picchiato.»

«Oddio…» Ora riuscivo a comprendere l'aria afflitta di Misaki. Questo non me lo sarei aspettata ed era un fatto davvero grave, anche per uno come lui. Per un attimo mi si contorse lo stomaco, temendo il peggio. «Ma… sta bene, vero? Non è in pericolo?»

«No, non credo. Anche se… io non l'ho visto. Ma la voce è girata. Il fatto è che…» Misaki sospirò amareggiata, scuotendo la testa.

«Il fatto è che…» Freddie, che era rimasto in piedi, scostò la sedia accomodandosi accanto a me, di fronte a Misaki e a Tasha. «Il fatto, Beatrice, è che Konrad ha accusato Hunter. Dice che è stato lui ad aspettarlo fuori da un locale la scorsa notte e a picchiarlo, lasciandolo poi in mezzo alla strada.»

CAPITOLO 37

«No, no… non è possibile! No…»

Alle parole di Freddie, una corrente gelida mi attraversò da capo a piedi, tanto che mi sentii quasi svenire. Mi aggrappai al tavolo con entrambe le mani per non crollare.

«Tu… non eri con lui? Beatrice, sei stata con Hunter la scorsa notte?»

Freddie lo sapeva. Sapeva fino a che punto era arrivata la mia relazione con Hunter. Altrimenti non mi avrebbe posto quella domanda.

E io avrei dato qualunque cosa, davvero qualunque, per poter dire sì. Invece avevo trascorso insieme a lui il pomeriggio e la sera, poi Hunter mi aveva accompagnata fino a pochi passi dalla casa dei Larsen. Ed era andato via. Ma non aveva importanza. Di certo non era stato lui! Avrei anche mentito, se necessario!

«Io…» deglutii e abbassai il viso, meditando su cosa dire.

«Non puoi mentire, Beatrice. Sarebbe inutile e complicheresti la situazione.» Freddie sembrò leggermi nel pensiero.

«Ma cosa è successo, esattamente? Voi come lo sapete?» Decisi di non rispondere direttamente, prima dovevo indagare e saperne di più. «Dov'è Hunter? Voglio vederlo!»

«Stavamo quasi per finire la lezione… poi è successo…» Tasha intervenne timidamente, mentre Freddie e Misaki tacevano, come se non osassero rispondere alla mia ultima domanda.

«Sì, come dice Tasha.» Freddie, molto più sbrigativo delle ragazze e con una maggior padronanza della lingua, prese la parola. «Hunter aveva lezione nella classe di Misaki e Tasha. Poi verso la fine è stato chiamato da Doug nell'ufficio di Patricia. Inizialmente non si è capito, Doug ha sostituito Hunter per i pochi minuti di lezione che restavano perché non c'era nessun altro. In breve, nell'intervallo abbiamo visto la polizia. Non so quanto abbiano capito gli altri studenti, ma io sono riuscito ad avvicinare Hunter con la scusa di essere un avvocato. Lo sono davvero, in Norvegia, non è del tutto una scusa. Patricia me l'ha permesso, era talmente confusa anche lei, che sono riuscito a carpirle qualche informazione. Così mi ha raccontato ciò che è accaduto. In ogni caso, era notte fonda. E resta la parola di Konrad contro la sua. Inoltre, sappiamo già che Konrad non nutre una grande stima nei confronti di Hunter.»

Konrad non aveva stima di Hunter. Ed era anche colpa mia. Ero stata io ad accrescere il suo risentimento. Ma avrebbe dovuto prendersela con me, non con lui!

«Hunter è stato con me, la notte scorsa. Tutta la giornata e poi tutta la notte.» Puntai gli occhi su Freddie. Rendendo la mia voce ferma, irremovibile. «Posso testimoniare per lui, Freddie, anche subito.»

«Te l'ho già detto, Beatrice. Mentire complicherebbe inutilmente la situazione. Hunter non dichiarerebbe mai il falso, comunque. E poi tu sei la sua ragazza...»

«Hunter ieri sera mi ha accompagnata a casa dei Larsen, la famiglia che mi ospita. Poi è andato via» confessai amaramente, maledicendo me stessa mentre pronunciavo quelle parole che avrebbero potuto risuonare come un'ulteriore accusa nei suoi confronti. «Dannazione...»

«Non è colpa tua, Beatrice.» Misaki mi accarezzò la mano, con dolcezza. Riservandomi lo sguardo compassionevole e tenero che me l'aveva resa così cara, fin dal primo momento.

«Se fossi rimasta con lui, invece di decidere di trascorrere le mie ultime notti da Stacey e Tod...» Mi morsi le labbra, con rabbia. «Giusto per salvare le maledette apparenze!»

Restammo in silenzio, scrutandoci in attesa. Io sperai che Freddie sapesse dirmi di più. Che possedesse una formula magica per far svanire un incubo a cui non riuscivo e non volevo ancora credere.

«Konrad non ha prove. Insomma, potrebbe essere stato chiunque...» La difesa di Freddie non mi sembrò così efficace, però. Tutt'altro, mi parve debole e inadeguata.

«Però... per quanto possa detestare Hunter e anche me, arrivare ad accusarlo di una cosa simile mi sembra davvero troppo! Quello stronzo ci ha creato guai da quando è arrivato!»

Scattai in piedi, ribaltando quasi la sedia. Se qualcuno, oltre ai tre presenti al mio tavolo, mi avesse sentita, avrebbe pensato che io stessa fossi pronta a raddoppiare la dose di botte che si era preso Konrad se solo lo avessi incrociato in giro. Dovevo calmarmi. Tornai a sedermi, tentando di ricompormi.

«Una cosa non capisco...» Tasha, al contrario di me, sussurrò appena. Come se si stesse preparando a condividere un grande segreto o un mistero irrisolto. Gli occhi azzurri passavano irrequieti da me, a Misaki, per poi soffermarsi su Freddie. «Come faceva Konrad a sapere che Hunter non avrebbe passato la notte con Beatrice?»

Sospirai abbassando gli occhi. Non poteva saperlo. Tasha così stava dando per scontato che Konrad avesse mentito, dimostrando la sua totale fiducia in Hunter. Anche io lo davo per scontato. Ma ciò che Tasha aveva detto, aveva un senso. Konrad non poteva saperlo, a meno che ci avesse seguiti per tutto il tempo, si fosse appostato di fronte a casa di Hunter, attendendo che uscissimo in tarda serata. E ci avesse seguiti, ancora una volta, fino a casa dei Larsen. Per assicurarsi che Hunter restasse davvero solo. Troppo assurdo, davvero. Troppo macchinoso ed esagerato. Tutto questo solo per vendicarsi di un rifiuto ricevuto? Soprattutto perché poi avrebbe dovuto infilarsi in un locale, trovare qualcuno che lo aggredisse, lo picchiasse e lo abbandonasse in mezzo alla strada. Konrad non poteva essere davvero così masochista!

Era tutto troppo, anche per uno come lui. L'alternativa…
l'alternativa la stavo leggendo, appena sollevai lo sguardo,
negli occhi preoccupati e tristi di Misaki. Nell'espressione tesa
e corrucciata di Freddie.

Nelle parole che Hunter mi aveva rivolto, confessando di
amarmi.

"Io… ti proteggerò sempre, Beatrice. Sempre, qualunque
cosa capiti. Io ti proteggerò da tutto e da tutti. Non
dimenticarlo."

No, non poteva averlo fatto. Non così, anche se Konrad mi
aveva offesa a più riprese e costretta a cambiare corso,
allontanandomi da lui. Mi sentii contorcere dal dubbio. Atroce,
crudele, ingiusto. No. L'alternativa non la volevo sapere.
Perché l'alternativa era irreale. E soprattutto l'alternativa non
era l'uomo che amavo.

CAPITOLO 38

Anche se non c'erano prove concrete contro di lui, era buio e Konrad poteva essersi sbagliato, Hunter era stato sospeso dal suo incarico come insegnante. Restava la sua parola contro quella di Konrad. Hunter aveva ribadito più volte di essere rimasto in casa a guardare un film. E poi di essersi addormentato, da solo, proprio nel momento in cui Konrad aveva subito l'aggressione. Konrad aveva affermato di aver condiviso il suo proposito di recarsi proprio in quel locale di Camden con alcuni compagni di corso ed era certo che Hunter avesse udito la conversazione, nella saletta di ricreazione della scuola.

In un modo o nell'altro ero riuscita a danneggiarlo. Anche perché non potevo evitare di ammettere che in parte era stata colpa mia. E questo mi distruggeva, mi spezzava il cuore. Avevo saputo da Freddie che Hunter non aveva nemmeno accennato al fatto di aver trascorso la serata insieme a me. Non gli sarebbe servito comunque, ma aveva ostinatamente evitato di coinvolgermi. Nonostante la nostra relazione fosse ormai di dominio pubblico.

Ero decisa a difenderlo, a tutti i costi. Avrei parlato con Patricia, supplicandola di reintegrare Hunter. Ma Freddie mi aveva convinta che rischiavo di ottenere l'effetto opposto. Non potevo dargli torto. Patricia mi avrebbe vista esattamente per quella che ero. Non solo la ragazza di Hunter, che avrebbe fatto di tutto pur di proteggerlo, di riabilitarlo. Ma anche la studentessa ribelle che, infischiandosene di ogni sua regola, aveva circuito e corrotto uno dei suoi insegnanti.

Mancava solo un giorno alla mia partenza. E io non potevo nemmeno pensare di andarmene, di lasciarlo solo. Soprattutto, dovevo rivederlo a tutti i costi. Avevo altri progetti per i miei ultimi giorni a Londra ed erano crollati miseramente. Ma non aveva importanza. Ciò che era davvero importante era stare con lui, il più possibile. Ribadirgli il mio amore e rassicurarlo sul fatto che sarei tornata.

Per tutto il giorno non ero riuscita né a vederlo né a parlargli. E già mi mancava tremendamente. Lo raggiunsi il pomeriggio seguente nel suo appartamento a South Kensington, insieme a Freddie, Misaki e Tasha. La situazione si era stabilizzata, ma anche se non c'erano prove contro di lui, Hunter non era stato riammesso da Patricia.

«Grazie di essere passati…»

Ci accolse con un sorriso, ma sembrava a disagio. Era un sorriso forzato, il suo. E stava evitando di incrociare i nostri sguardi.

Io avrei voluto abbracciarlo, stringerlo a me, baciarlo. Ma la presenza degli altri mi imponeva un certo contegno. Speravo che non si trattenessero a lungo, che se ne andassero presto una volta dimostrata la propria solidarietà ad Hunter. Avevo bisogno di restare con lui, da sola.

«Andrà tutto bene, vedrai. Nessuno crede a Konrad, ha sempre fatto il cazzone in giro!»

Le parole di Freddie volevano essere incoraggianti. Hunter annuì, probabilmente apprezzando lo sforzo. Ma purtroppo non erano del tutto vere perché alcuni, tra studenti e forse anche insegnanti, si erano convinti della colpevolezza di Hunter. Il peggio era che anche lo stesso Freddie in alcuni momenti si era dimostrato esitante, dubbioso. E… anche io.

Intanto, tra di noi, già da quando la notizia era stata diffusa, si erano creati sempre più argomenti "off-limits". Oltre ai dettagli della notte in cui Konrad era stato aggredito. Io sarei partita entro due giorni. E stavo seriamente lottando per mandare tutto all'aria, per restare. Stavo lottando contro me stessa, contro le mie paure, i miei dubbi.

Quando Freddie, Misaki e Tasha se ne andarono, restai finalmente sola con lui. In piedi, dopo aver accompagnato alla porta e salutato i nostri amici. Io sapevo che non li avrei più rivisti, almeno fino al mio ritorno. Avevo già promesso a Misaki di telefonarle e di scriverle spesso.

«Beatrice...» Hunter mi rivolse uno sguardo amareggiato, ma in lui scoprii anche una strana ostilità che non avevo mai riscontrato prima. Non si avvicinava a me, non mi stringeva, non mi baciava. «Sei sicura di voler restare da sola con me?»

Le sue parole mi lasciarono sconcertata, allibita. Ma, soprattutto, mi ferirono.

«Hunter... cosa stai dicendo?»

Hunter si strinse nelle spalle.

«L'ho capito che hanno tutti dei dubbi su di me. Anche Freddie e le ragazze. Anche tu. Quindi, se temi che possa farti qualcosa di male...»

«No, Hunter, no...»

Aveva ragione, invece. Avevamo dubitato di lui. Ma non lo avrei mai ammesso.

Mi puntò gli occhi addosso. Erano diventati così cupi, quasi disperati. Come se la luce che li animava si fosse spenta. Peggio, come se fossi stata io a spegnerla. Non potevo mentirgli, avrei solo peggiorato la situazione. Dovevo dirgli la verità.

«E va bene...» sospirai, passandomi le mani sul viso, poi tra i capelli. «La situazione è strana, anzi è assurda. E Konrad... io stessa lo avrei preso a calci, tu conosci i motivi...»

In realtà non li conosceva nemmeno tutti. Non avevo mai rivelato ad Hunter ciò che Konrad mi aveva raccontato su di lui e su alcune studentesse della scuola. Decisi di tralasciare quel dettaglio, sicuramente non era il momento. Lo avrei solo ferito ancora di più.

«Insomma, è uno stronzo, attaccabrighe ed egocentrico, nessuno lo sopporta...» proseguii, determinata. Sperando che Hunter iniziasse a comprendere il mio punto di vista, che si aprisse nei miei confronti.

«Ciò non significa che meriti di essere preso a botte...» Hunter sospirò, stringendosi nelle spalle.

«Esattamente!» esclamai, muovendomi verso di lui. Pronta ad abbracciarlo, a stringerlo a me. «Hunter... non sei stato tu! Io lo so che non sei stato tu! Il modo in cui si sono svolti i fatti è davvero strano, però... ti prego, Hunter, credimi!»

Avevo le lacrime agli occhi. Come potevo abbattere quel muro che si era creato tra noi? Mi sembrava ovvio che da sola non ci sarei riuscita. Avevo bisogno della sua collaborazione.

«Io ti credo, Beatrice...»

La sua voce mi arrivò in un soffio. Sembrava ancora rassegnata, inconsolabile.

«Oh, tesoro...» Non riuscii più a trattenermi, mi aggrappai a lui, stringendolo tra le braccia. «Sono qui, amore mio...»

Lo sentii indietreggiare, pronto a resistermi. Poi, subito dopo, sciogliersi e stringermi a sé.

«Io ti credo... ma tu credi a me, Beatrice? Dimmi la verità!»

«Sì, io ti credo.»

Io volevo credergli. Io dovevo credergli. Non potevo fare altrimenti, perché lo amavo. Il mio amore mi implorava e mi imponeva di credergli. Anche contro tutto e tutti, anche contro me stessa.

Speravo però che la mia incapacità a mentire non mi tradisse. Soprattutto speravo che Hunter non avesse imparato a conoscermi così bene da capire che mentre il mio amore gli credeva e avrebbe lottato per difenderlo, la mia razionalità continuava a dubitare, a far risuonare nella mente quelle parole che mi aveva rivolto. Sul fatto che mi avrebbe protetta da tutto e da tutti.

«Grazie...»

Mi sorrise, accarezzandomi il viso. Ma era quel suo sorriso triste, che mi spezzava il cuore. E quel che era infinitamente peggio… mi stava guardando come se fosse l'ultima volta.

Non lo potevo sopportare, quel suo sguardo su di me. Tanto che chiusi gli occhi per cercare le sue labbra. Lui ricambiò, ma fu un bacio freddo, distaccato. Come se improvvisamente tutta la nostra passione, tutto il nostro ardore, si fossero congelati.

«Ascoltami… io…»

«Devi andare, lo so.»

Annuii, abbassando il viso. Il mio volo sarebbe partito la mattina presto. Tod e Stacey mi avrebbero accompagnato in macchina in aeroporto. Ma io… Io ero ancora in tempo a buttare tutto all'aria. Ancora in tempo a cambiare tutto. Ancora in tempo a restare. Se quella maledetta paura non mi avesse attanagliato l'anima!

In quel momento mi sentivo furiosa. Contro me stessa, contro i miei genitori che non avrebbero capito, contro Konrad che ci aveva fatto del male e allontanati, contro Patricia che aveva punito Hunter ingiustamente, contro la mia età che non deponeva a mio favore per quanto riguardava scelte mature e consapevoli, contro la società che forse ci avrebbe condannati… E, in fondo, anche contro di lui! Perché non mi chiedeva apertamente di restare? Lo aveva fatto, in precedenza. O almeno così mi era sembrato. Forse mi ero solo illusa, forse mi ero sbagliata e avevo frainteso le sue parole. Ma ora… Perché non mi pregava di restare al suo fianco, proprio ora che ne avrei avuto bisogno? Che entrambi ne avevamo bisogno! Perché non cercava di trattenermi, di abbattere i miei timori, le mie difese?

«Hunter, io…»

Mentre sussurravo il suo nome, qualcosa dentro me intanto stava urlando. Ma era una voce interiore, profonda, intima. Che non osava emergere e gridare: "Hunter, ti prego, baciami. Baciami come sai fare tu. Poi sollevami di peso, portami nel tuo letto. Fai l'amore con me, prendimi, trattienimi, legami se necessario. Impediscimi di partire. Fai scomparire il resto del mondo. Fai scomparire le mie paure. Ma ti prego, non lasciarmi andare via. Non lasciare che io ti perda."

Deglutii per trattenere quelle parole, per non lasciarle affiorare.

«Dovrai prepararti...» Le sue parole, invece, sembravano volermi incoraggiare. Ad andarmene, senza voltarmi indietro.

«Già...» annuii, sfiorandogli il braccio.

Sempre con quel sorriso mesto, che ormai era affiorato anche sulle mie labbra, percorremmo i pochi passi che ci separavano dalla porta. Mi stava mandando via. E io mi stavo facendo mandare via. Come se non ci fosse mai stato niente, tra noi. Come se non ci fosse mai stato amore.

Appena oltrepassata la soglia, mi voltai verso di lui, per l'ennesimo saluto. Chi era l'uomo che avevo di fronte? Hunter mi avrebbe accompagnata fino a casa dei Larsen, mi avrebbe stretta a sé fino all'ultimo istante, cercando costantemente le mie mani, le mie labbra.

«No, no... non così...»

Scuotendo il capo, mi ribellai alla sua freddezza. Varcai nuovamente la soglia per stringerlo a me. Allora, finalmente, lo sentii. Il suo corpo, il suo calore, mentre mi abbracciava forte. Come se riprendesse vita. Le sue mani che mi percorrevano i fianchi, la schiena, la sua bocca che cercava la mia. Avida, smaniosa di avere i miei baci, il mio sapore.

«Io... non sono bravo a lasciarti andare...» Baciò le mie labbra ripetutamente e depose piccoli baci su tutto il mio viso. «Ma davvero è meglio che vai, ora... Altrimenti...»

Avrei desiderato aggrapparmi a quel suo "altrimenti" con tutte le forze che avevo.

«Io tornerò qui da te.» Gli presi il viso tra le mani e lo fissai negli occhi. All'improvviso sembravo io la più grande tra i due, la più matura, la più forte. «Io sistemerò le cose con i miei, spiegherò la mia decisione. Farò tutto il possibile. E poi tornerò subito qui da te. Farò presto, te lo prometto. Noi staremo insieme, perché… io ci credo, in noi.»

«Va bene, piccola. Anche io ci credo. Ci crederò sempre.»

CAPITOLO 39

Lasciai la casa di Hunter e scesi la scala, fino ad arrivare al portoncino rosso d'ingresso. L'istinto mi supplicava di ripercorrere i miei passi, risalire quei gradini, bussare alla sua porta chiedergli di stringermi ancora, di tenermi con sé, per sempre. La ragione, invece, mi suggeriva di fare le cose per bene, come si conveniva. Tornare dai Larsen, prendere il mio volo l'indomani e una volta a casa parlare con i miei genitori, spiegare le mie ragioni in modo tale che mi capissero. Ottenere la loro approvazione, magari. Poi riprendere il volo per Londra. Non sapevo cosa avrei fatto. Magari sarei rimasta dai Larsen, per un po'. Avrei trovato un lavoro, poi mi sarei iscritta all'università o almeno ci avrei provato, appena il mio livello di inglese fosse stato accettabile. Come avevamo programmato. Io e Hunter saremmo andati a vivere insieme. Avremmo viaggiato, in Russia e anche in altri paesi. Avremmo costruito una vita insieme e saremmo stati liberi, innamorati, felici.

Sorrisi tra me e annuii, oltrepassando il portoncino. Avrei potuto scrivergli. L'indirizzo lo avevo. Anche se Hunter mi aveva chiesto, precedentemente, di tornare e basta. Mi resi conto di non avere il suo numero di telefono… non mi era mai stato necessario. Aveva ragione lui. Sarei tornata. Tornata e basta.

Trascorsi la serata dai Larsen, avvolta in una specie di limbo. Sorridevo e intrattenevo con loro una conversazione piacevole, cercavo di forzare la mia allegria per non offenderli. Non avevo raccontato nulla della mia storia con Hunter. Nel corso di un ultimo incontro con Norinne, l'avevo pregata di mantenere il segreto con loro. Dubitavo che lo facesse in futuro, ma almeno avrebbe atteso che io fossi partita. Poi Stacey e Tod lo avrebbero saputo comunque, in seguito.

A un certo punto, mentre stavamo per prendere il tè dopo cena, qualcuno bussò alla porta. Non sospettai, neanche per un istante, che fosse per me. Così continuai a guardare tranquillamente lo sceneggiato, insieme a Stacey. O meglio, a veder scorrere le immagini, con la mente altrove. Finché Tod mi chiamò.

«C'è una tua amica, Beatrice. È passata a salutarti.»

Avevo già salutato tutte le amiche che avevo. Non me ne restavano altre.

Con mia sorpresa sulla porta trovai Alice, la sorella di Hunter. Come aveva recuperato l'indirizzo della casa dei Larsen?

«Ciao, Beatrice. Ti va di fare due passi?»

«Certo… solo un attimo…»

Ero talmente incredula che non mi passò per la mente di invitarla a entrare. In ogni caso, Alice sembrava avere fretta di parlarmi. Rientrai per avvisare Stacey e Tod, che gentilmente avrebbero offerto tè e biscotti anche alla mia amica.

«No, grazie. È davvero passata solo per farmi un saluto…»

Uscii come un razzo. Il cuore aveva iniziato a martellarmi nel petto, mentre il panico mi stava assalendo ogni secondo di più. Perché Alice si era presa il disturbo di cercarmi? Forse… era successo qualcosa ad Hunter?

«Eccomi!» l'aggredii quasi. «Andiamo…»

Indicai la strada, senza sapere dove dirigermi.

«Possiamo salire un attimo sulla mia macchina. Così saremo più tranquille» suggerì Alice con tono pacato. Non sembrava preoccupata. Quindi forse non era davvero nulla di grave.

Acconsentii senza esitare e mi ritrovai nell'abitacolo della sua auto.

«Come hai saputo dove abito?»

«Sapevo che stavi dai Larsen. Sono nella lista delle famiglie di Patricia. Anche io ho lavorato per la stessa scuola, alcuni anni fa. Recuperare l'indirizzo è stato facile.»

«Mmh...» Non ero a conoscenza di questi dettagli, ma non era importante. «Non sei qui solo per salutarmi, vero?»

«No, Beatrice. Sono qui per quello che è successo ad Hunter... con quel ragazzo.»

Il tono di Alice era sempre freddo, distaccato. Tanto somigliante a quello del fratello, quando si impegnava per mantenere le distanze. Ma mentre in lui era evidente una sofferenza nel tentativo, Alice sembrava riuscire meglio nell'impresa. Più pacata, di sicuro più composta.

«Capisco. Mi dispiace di essere stata la causa...» sospirai, sforzandomi di mantenere la calma, di ricompormi e di rispondere con altrettanta pacatezza. Forse era un talento tipicamente inglese, che probabilmente non avrei mai appreso. «So che è stata in parte colpa mia, quindi...»

«No, assolutamente.» Alice mi interruppe, impedendomi di proseguire. Poi si voltò verso di me, appoggiando però entrambe le mani sul volante, come per aggrapparsi a qualcosa di tangibile. «Non è stata colpa tua. Hunter... è fatto così.»

«Cosa?» Mi rigirai sul sedile, con uno scatto repentino che non ero riuscita a controllare. Mandando completamente all'aria tutta la compostezza e la pacatezza inglese che avevo tentato di assimilare. «Mi stai forse dicendo che tu credi che sia stato Hunter?»

Peggio ancora. Stavo quasi urlando. Ci mancava soltanto che l'aggredissi davvero! Mi posai una mano sul petto, impegnandomi per tenere a freno il mio cuore, i miei istinti.

«No, Beatrice. Anzi, la verità è che... spero di no. Solo che Hunter ha avuto dei trascorsi, in precedenza. Guai con la giustizia. Parecchi, soprattutto quando era ancora adolescente. Ha fatto uso di certe sostanze ed è anche stato coinvolto in numerose risse. Era... come dire? Ingestibile.»

«Hunter mi ha raccontato di aver avuto dei problemi con il vostro patrigno» confessai, sforzandomi di mantenere la calma. «Ma io… no, non ci credo. Qualunque cosa possa aver fatto in passato…»

«Sì, è vero. Richard non gli ha mai reso la vita facile. E ancora oggi non perde occasione. Lo vede come un rivale. Lo vede come…»

«Lo vede come una nuova versione di vostro padre.»

Questa volta fui io a concludere la frase per lei e la guardai dritta negli occhi.

«Già… Quello che non sai è che era stato lui a trovare il lavoro ad Hunter, e precedentemente anche a me, nella stessa scuola. Patricia è amica di nostra madre… ed è cugina di secondo grado di Richard. Per questo aveva accettato di assumere Hunter, nonostante i suoi problemi. Gli ha dato fiducia. E ora sente che quella fiducia è stata tradita.»

«Non lo sapevo. Comunque, questo non cambia nulla per quanto mi riguarda…» Mi strinsi nelle spalle. Adesso ero davvero riuscita a recuperare il controllo e a rispondere in modo adeguato. «Io non frequenterò più quella scuola, quando tornerò. Quindi, anche se riprendesse il lavoro, io non rappresenterei un problema per lui. Però… se fossi stata a conoscenza prima di questi dettagli riguardanti il vostro legame con Patricia, forse avrei potuto evitare di metterlo nei guai… Avrei potuto evitare di…»

Avrei potuto evitare di innamorarmi di lui? No. Mi sarei potuta trattenere? Forse non ero colpevole, ma potevo considerarmi una delle cause scatenanti. Non sarei andata a convivere con lui, anche se solo per pochi giorni.

Chiusi gli occhi. Ero ancora troppo giovane, forse. Ma come si frena un sentimento quando ci aggredisce così, senza lasciare scampo? Non lo sapevo, ancora. Magari non avevo abbastanza esperienza.

Intanto Alice era rimasta in silenzio, presa a osservarmi. I miei gesti, i miei movimenti.

«Per quale motivo sei venuta a cercarmi, Alice? Solo per parlarmi male di tuo fratello e per convincermi che potrebbe essere il responsabile dell'aggressione a Konrad?»

«No, Beatrice. Sono qui per farti sapere che potrebbe esistere questa eventualità. Oltretutto, quando Hunter si era messo in testa di entrare in polizia, aveva seguito dei corsi specifici di allenamento paramilitare. Quindi saprebbe anche come e dove colpire. Sono qui per spingerti a riflettere bene su ciò che deciderai di fare. Sei così giovane, sei solo una ragazzina...»

«Già. È ciò che continuo a ripetere anche io a me stessa.» Mi morsi le labbra, poi socchiusi gli occhi, appoggiando la testa al sedile. «Sono così giovane... Ma sai la verità, Alice? Vorrei non esserlo. O esserlo molto meno. Perché almeno non sarei qui, con te, a fare questi discorsi del cazzo! A tentare di difendere qualcuno che non avrebbe bisogno di essere difeso, perché è innocente! Soprattutto sarei con l'uomo che amo, senza rischiare che tu, i miei genitori o chiunque altro mi prendiate per una ragazzina scema che non ha ancora deciso cosa fare della propria vita!»

Mi mossi per andarmene, armeggiai con la portiera per riuscire a scendere dall'auto, senza riuscirci. Stavo tremando per quella recente esplosione di rabbia, anche le mie mani tremavano.

«Beatrice... cara...»

Il tono dolce e premuroso di Alice ora mi ricordava davvero quello di Hunter, quando voleva calmarmi e convincermi di qualcosa, placare i miei tormenti.

«Hunter è innocente, Alice! Ti prego...» Mi voltai verso di lei, con gli occhi pieni di lacrime. Anche se non avrei voluto mai che mi vedesse piangere e avrei preferito fuggire via, prima che accadesse. «Anche se in passato forse non lo è stato... ora lo è... Se io... se io per qualche motivo non riuscissi a tornare subito, almeno tu devi credergli!»

Avevo dubitato di lui. Anche io. Anche se solo per un attimo. Questa era la verità che non riuscivo a perdonarmi. Il suo sguardo su di me, consapevole dei miei dubbi. Mi faceva male. Mi corrodeva l'anima.

Poi c'era altro. Altro che non osavo confessare. A nessuno, nemmeno a me stessa.

Io lo amavo. Lo amavo comunque. Lo amavo qualunque cosa avesse fatto. Anche se fosse stato colpevole. Io lo amavo.

CAPITOLO 40

Erano trascorsi soltanto tre mesi. E mi ritrovavo nella stessa posizione di quando ero partita per il mio volo verso l'Inghilterra. Seduta al mio posto, con la fronte appoggiata al finestrino, forzando sorrisi e serenità. Mentre l'aereo della British Airways era in fase di decollo e io avrei voluto soltanto piangere e urlare di lasciarmi scendere. Sembrava uno stupido scherzo del destino. Soltanto tre mesi. E io non ero più la ragazzina svogliata partita per Londra per studiare inglese.

Dentro mi sentivo persa, più sola che mai. Ma, a differenza di quando ero partita tre mesi prima, sapevo di non esserlo davvero. Il suo amore era con me. Insieme a tutte le nostre parole, le nostre canzoni, i nostri baci. Tutto il resto non contava più, non contava nulla. Saremmo partiti. Andati altrove. E io sarei cresciuta. Così sarei stata in grado di difenderlo davvero, di proteggerlo da tutto e da tutti, anche dalla sua stessa famiglia, se necessario.

Avevo ancora tanto da imparare, ne ero consapevole. Ma la fiducia in lui, no. La mia fiducia in Hunter era qualcosa di imprescindibile, per me, di incrollabile. Come il mio amore per lui. Tutto doveva avere una spiegazione, una giustificazione. E quello che io chiedevo, alla vita e al mondo, era di poter crescere. Insieme a lui. Che lui mi insegnasse tutto ciò che non sapevo ancora. Che lui mi considerasse la donna della sua vita. Che mi insegnasse a superare tutte le mie paure, i miei dubbi, le mie incertezze. Che mi insegnasse a essere più forte, più coraggiosa.

Posai le dita sul finestrino, mentre le nuvole stavano prendendo il posto di quegli stralci di Inghilterra che mi stavo lasciando alle spalle. E chiusi gli occhi. Perché così, con gli occhi chiusi, potevo vedere lui. Sentire lui. La sua pelle, il suo profumo, il suo calore. Sperai che, ovunque si trovasse, anche lui potesse sentire me. Tutto il mio amore.

Sì, avevo ancora tanto da imparare. E finalmente sarei stata libera, come mi aveva chiesto lui. Ricordavo perfettamente il suo sguardo, in quel momento. Libera. Ma era lui, la mia libertà. Amare lui. E restare con lui. Forse Hunter non ne era ancora consapevole, per questo mi aveva lasciata andare. Ecco, cosa avrei imparato appena tornata da lui. Ecco, cosa mi avrebbe insegnato. Così non sarei stata mai più sola, non mi sarei mai più persa. Mai più.

«Insegnami a restare, Hunter. Insegnami a restare.»

SECONDA PARTE

And All I Ever Needed Was The One

CAPITOLO 41

Appena giunta a casa, per tutto il giorno mi sentii avvolgere dalla medesima sensazione che avevo sperimentato la sera prima della partenza, a casa dei Larsen. Come stretta in un limbo che mi proteggeva ma allo stesso inibiva tutti i miei ricordi, i miei dolori, le mie mancanze. L'allegria dei miei genitori, i piccoli souvenir che avevo portato da Londra per loro, per mio fratello, per i parenti, per le amiche… Mentre tutto e tutti sembravano cospirare per trattenermi, con il loro esagerato entusiasmo nei confronti della mia esperienza londinese. Quasi come se intendessero reprimere la mia memoria delle emozioni profonde che avevo vissuto per lasciare emergere e trasparire soltanto impressioni superficiali.

Una parte di me sognava di non essere partita affatto. Di essere ancora a Londra, insieme a lui. Di non aver perso nemmeno un istante, nemmeno un frammento. A tal punto da percepire ancora il suo profumo, su di me. La sua pelle contro la mia, le sue mani e la sua bocca addosso.

Il giorno successivo mi risvegliai nel mio letto, a casa mia, totalmente frastornata. Fu solo in quel momento che mi resi conto di essermene andata davvero. Mi strinsi le ginocchia al petto e le trattenni per proteggere me stessa dalla consapevolezza di essere ormai troppo lontana. Le lacrime intanto scorrevano sul mio viso. Lente, calde, simili a solchi profondi.

Un attimo, solo un attimo. Un attimo e mi sarei ripresa. Un attimo e avrei iniziato a lottare per me stessa, per il mio cuore. Non avrei lasciato che si spezzasse. Nonostante tutte le opposizioni che avrei potuto incontrare non volevo, non potevo permetterlo.

Nel corso delle ultime settimane era accaduto tutto talmente in fretta! Avevo bisogno di pace, avevo bisogno di riflettere. Le parole di Alice mi avevano ferita. Aveva ragione, ero solo una ragazzina. Ma allora perché il mio cuore si ribellava con un tale accanimento, non accettava la realtà?

Io credevo in Hunter. Credevo nel suo amore. E volevo credere, con tutte le forze di cui ero capace, anche in me stessa. Speravo soltanto di poter essere abbastanza per lui, di riuscire ad aiutarlo ad affrontare tutte le sofferenze che aveva vissuto fin da bambino. Avrei tanto voluto averne la certezza assoluta.

Ero davvero quella giusta per lui? Ero davvero io? Perché, di una cosa ero certa. Hunter meritava il meglio.

Scalciai le coperte indietro, con rabbia. Rimasi stesa portandomi le mani alla testa. Aveva iniziato a farmi male. Forse era stato il volo, forse il cambio repentino di ambiente, di abitudini. Forse tutte le parole che avevo ascoltato e subito da quando ero arrivata.

"Io tornerò qui da te." Erano state tra le mie ultime parole a lui.

Mi premetti i palmi sulla fronte. Perché mi faceva tanto male? Tanto male fino a piangere. Male da non riuscire a resistere. Io non volevo tornare da lui. Io volevo già essere con lui. Mi mancava il fiato dal dolore che sentivo crescermi dentro. Perché non potevo tornare indietro e restare esattamente dov'ero?

Era tardi, ormai. Asciugai il viso dai residui di lacrime rimasti. Non mi restava altro che prepararmi e trovare le parole adatte per comunicare ai miei genitori la mia decisione. Sarei tornata a Londra, a breve. Appena possibile. Sarei stata dai Larsen, poi avrei cominciato a cercare un lavoretto, qualsiasi cosa. Meglio evitare di nominare Hunter, almeno all'inizio.

«Beatrice?» Mia madre bussò alla porta proprio nel momento in cui stavo mettendo in atto il mio piano. «Sei sveglia?»

«Mmh… sì, mamma…» sospirai e mi sollevai a sedere.

Poco alla volta, con calma. Potevo iniziare a sondare il terreno. Del resto, ero appena arrivata.

«C'è Greta al telefono…»

Aprì la porta, sbirciando all'interno, come se non fosse del tutto convinta che fossi davvero sveglia. Puntò gli occhi scuri su di me, un po' perplessa.

«Greta…?»

La fissai smarrita, rimettendo in ordine le idee. Certo, Greta! Era anche passata a trovarmi per un saluto, appena ero arrivata! Mi sentivo più confusa di quanto fosse accettabile. Un po' come se gli amici incontrati a Londra avessero preso il posto di quelli che conoscevo e frequentavo da anni, quasi cancellando questi ultimi dalla mia memoria, imprimendo in me nuove sensazioni, nuovi ricordi.

Forse iniziavo a comprendere perché Fabiola si era aggrappata così tenacemente alla sua vita, alla sua casa, rifiutando di legarsi troppo a persone che sarebbero state solo di passaggio. Rifiutando anche di incontrare qualcuno, come io avevo fatto con Hunter. Io, al contrario di lei, non ci ero riuscita. Io mi ero lasciata andare, rifiutando di controllarmi. Io ero caduta nella trappola di rimpianti che sarei stata condannata a strapparmi dal cuore, se non fossi riuscita a tornare.

Mi alzai per rispondere a Greta e programmai un'uscita nel pomeriggio. Ci saremmo trovate alla gelateria del centro. Insieme agli altri, aveva aggiunto lei. La sentii impaziente di vedermi e di parlarmi, senza troppa gente intorno. Forse era solo curiosa di riuscire a carpirmi notizie. Improvvisamente rammentai di averle accennato qualcosa riguardo ad Hunter, solo per metterla a tacere quando aveva iniziato a compatirmi per il tradimento di Thomas. Le avevo parlato di Hunter ancora prima di stare effettivamente con Hunter.

Mentre mi preparavo per raggiungerla decisi che non le avrei raccontato proprio nulla e che le avrei parlato in modo generico, senza scendere in dettagli troppo privati. E avrei negato o taciuto la mia storia con Hunter.

«Allora? Raccontami tutto!»

Greta, seduta a un tavolino, mi accolse con un abbraccio. Poi si sistemò i capelli ramati su una spalla. Era più abbronzata di quando l'avevo lasciata e il rimmel eccessivo le rendeva gli occhi fin troppo grandi. La sentivo estranea. Anche l'ambiente mi sembrava estraneo. A Greta sovrapponevo Misaki, il suo sguardo tenero, la sua discrezione, il suo modo di non chiedere mai troppo, di non spingersi mai oltre, di non pretendere. Ma di essere, allo stesso tempo, sempre così decisa e leale una volta guadagnata la sua amicizia e la sua stima.

«Tutto bene... mi sono divertita.» Più o meno le stesse parole che avevo pronunciato appena scesa dall'aereo e che avevo ripetuto costantemente, come un mantra. «Londra è molto bella.»

Ma Greta, come potevo immaginare, non era affatto interessata ai dettagli paesaggistici.

«E il tuo inglese?»

«Va molto bene, direi che è migliorato molto.»

Avevo compreso che si riferiva ad altro, non al mio livello linguistico. Ma scelsi volutamente di ignorare la sua vera domanda, fingendo di non capire.

«Non fare la finta tonta, Bea! Sai benissimo a cosa mi riferisco! Anzi, a chi!»

Greta ridacchiò in quel suo solito modo un po' sguaiato che avevo sempre trovato simpatico e contagioso, ma che in quel momento mi infastidì.

«Ah, sì... ti avevo accennato qualcosa...» Ancora una volta, finsi di far riemergere il frammento di un ricordo vago, lontanissimo. «No, alla fine non è successo proprio niente con quel tipo. Non era per nulla interessante! Ti confesso... gli inglesi sono così noiosi!»

Mi chiesi se stessi davvero imparando a mentire così spudoratamente. Lo amavo, quel tipo. Lo amavo da farmi male il cuore.

«Peccato, almeno avresti potuto farla pagare a Thomas! Non hai trovato nessun altro? Magari a scuola?»

«No, nessuno… Cioè ragazzi simpatici, ma niente del genere…»

«Oh, insomma Bea! Ma raccontami qualcosa, ti devo estorcere le parole! Hai fatto qualche foto?»

Tentai, con una fatica immane, di rilassarmi e di essere il più naturale possibile. O meglio, di essere com'ero sempre stata, come Greta mi ricordava. Sì, avevo fatto qualche foto, non molte in realtà. E risalivano quasi tutte al primo periodo, in alcune si vedeva anche Hunter, spesso seminascosto in qualche angolo. Ma io stessa non le avevo ancora guardate, come se rifiutassi di rivivere quei momenti da lontano.

Mentre ordinavamo un gelato, altre due amiche ci raggiunsero. E le domande furono all'incirca le stesse. Però almeno, essendo in quattro, l'attenzione non era tutta concentrata su di me. Anna, Pamela e la stessa Greta iniziarono a raccontare vicende più o meno piccanti delle loro vacanze estive. In Costa Azzurra, in Sicilia, a Riccione. Così io fui finalmente esonerata, una volta finito il mio turno. Libera di immergermi nei miei pensieri e nei miei progetti.

Non avrei atteso a lungo. Anzi, magari avrei iniziato ad affrontare il discorso una volta rientrata. Mi visualizzai la scena. Dovevo agire con calma, con cautela. Per nessuna ragione i miei genitori avrebbero dovuto sospettare che c'era un ragazzo di mezzo. Dall'esperienza con Thomas avevo imparato qualcosa.

Intanto per me stava diventando davvero troppo impegnativo recuperare il filo del discorso che continuavo a perdere, con Greta e le altre. Meglio andarmene, con una scusa, prima di scoppiare.

«Ragazze, scusate. Sono ancora stanca per il viaggio…» Appena fecero una breve pausa, colsi l'occasione per alzarmi. «Ho un po' di mal di testa.»

La testa mi stava scoppiando, per la verità. Già dalla mattina. E il loro chiacchiericcio continuo non migliorava la mia situazione.

«Oh, no… Bea, aspetta ancora qualche minuto…» Mi implorò Greta con il suo tono supplichevole. Quello che riusciva sempre a estorcermi qualsiasi promessa. Ma non mi avrebbe trattenuta, questa volta.

«Mi dispiace, Greta. Magari ci vediamo domani, oggi sono veramente…»

Mi bloccai perché l'attenzione di Greta e delle altre si era concentrata tutta dietro le mie spalle. In contemporanea percepii un brusio, sempre più vicino. Ma solo voltandomi me ne resi conto, soprattutto quando in pochi passi lui fu accanto a me.

«Bea… sei tornata! Sono contento.»

«Ciao, Thomas.»

CAPITOLO 42

Quindi il tentativo di trattenermi di Greta aveva uno scopo ben preciso. E ora mi stava proprio davanti. Thomas. Sempre lo stesso. Bello, biondo, con l'aria sfrontata che mi aveva attratta inizialmente. Forse solo un po' più abbronzato, anche lui.

Mi chiesi dove stesse nascondendo la sua nuova ragazza. In realtà non mi importava affatto. Né di Chantal né di lui. Me ne sarei andata comunque.

«È stato bello vedervi… ma come vi stavo dicendo, sono molto stanca. Vado a casa a riposare.»

Coinvolsi anche lui nel mio discorso di commiato, accennando un sorriso di circostanza.

Greta, che forse aveva raggiunto il suo scopo, mi salutò senza più mostrare la stessa insistenza per trattenermi. Così fecero anche Anna e Pamela, riprendendo subito i loro discorsi. Thomas, invece, mi seguì fino all'esterno. Ma io, ignorandolo, avevo oltrepassato la porta della gelateria e mi stavo avviando lungo il marciapiede.

«Beatrice, aspetta… possiamo parlare?»

«Thomas, la mia stanchezza vale anche per te.»

«Ascoltami… lo so, lo so che sei arrabbiata con me, però…»

No, non ero arrabbiata. Non più. Forse non lo ero mai stata. E soprattutto no, non avevo voglia di affrontare quel tipo di discorso. Non con lui. Non in quel momento. Anzi, mai per la precisione.

«Non sono arrabbiata con te, Thomas. Sono andata oltre. E spero che tu stia facendo altrettanto» replicai con la brutalità dovuta alla stanchezza, oltre che al disinteresse. Anche se riconoscevo che in gran parte dipendeva dalla disperazione che mi stavo trascinando dietro, come un peso opprimente. Tanto che avrei avuto voglia di urlare.

«No, io no. Beatrice, cerca di capire. È stato uno sbaglio con… Insomma, io vorrei ricominciare con te. Con il nostro progetto… ricordi?»

Il nostro progetto? Quello di ballare nella sua band? Certo che lo ricordavo. Che immensa cazzata!

«Sì, ricordo. Ma io non sono abbastanza brava, per voi.» Decisi di cambiare tattica. «Anzi, credo proprio che…» Mi morsi le labbra per non dire che sarei tornata a Londra, al più presto. Dall'unico uomo che amavo davvero. E che non riuscivo a pensare ad altro. «Credo che inizierò l'università e… proseguirò gli studi, insomma.»

Se fossi andata avanti di questo passo mi sarei trasformata in una bugiarda patologica! Ma avevo bisogno di tempo per confrontarmi con la verità. E, tutto sommato, Thomas nemmeno se la meritava la verità.

Riuscii a defilarmi, finalmente. Un passo alla volta. Tornando a casa meditai sul fatto che avrei affrontato la mamma, per prima. Senza papà e senza mio fratello intorno, possibilmente. Senza azioni disturbanti, per essere precisa. Non contavo molto sul fatto che da donna mi capisse. Anche perché sicuramente non avrei nemmeno accennato ad Hunter, sarebbe stato controproducente. Forse avrei potuto puntare sulla sua razionalità, sulla convenienza di proseguire gli studi a Londra, imparare l'inglese in modo ineccepibile. E Amanda Berger, mia madre, sapeva trasformarsi all'occorrenza nella persona più razionale che conoscessi. Quindi sì, avrei fatto così! Ero diventata talmente brava, perché non approfondire e migliorare ancora di più?

Avevo bisogno di prepararmi, per risultare convincente. Ma prima dovevo riprendermi. Però, c'era quella voce. Quella voce, in me. Perché ero andata via? Perché non ero rimasta? Perché mi ero fatta così male, da sola?

Sospirai massaggiandomi le tempie, davanti alla porta di casa. Sentii l'ansia crescermi nel petto, tanto da soffocarmi quasi. Non ero pronta.

«Sei già rientrata?»

La voce di mia madre mi accolse, mentre avevo appena oltrepassato l'ingresso e mi guardavo intorno con aria smarrita. Quasi come se non riuscissi più a riconoscere il luogo in cui ero sempre vissuta. E non riguardava soltanto l'interno di casa mia.

«Sì. Mi sento stanca. E poi...»

E poi, oltre agli ambienti estranei, non riuscivo nemmeno più a riconoscere Greta, Anna e Pamela come mie amiche. E Thomas... Thomas era diventato solo un pallido ricordo, per lo più fastidioso.

«Credo sia normale, sei stata via tre mesi!»

Appunto! Ero stata via tre mesi, non tre anni. Nonostante il tentativo incoraggiante della mamma, non ero del tutto certa che fosse normale. Eravamo stati via spesso per vacanze, visite a parenti e amici, anche all'estero... e non mi ero mai sentita così! Forse non ero mai stata sola, durante quei viaggi, però...

«Sì, forse è normale.»

Non avevo la forza di ribattere. Non in quel momento. Mi sentivo davvero troppo frastornata, troppo afflitta. Troppo inquieta. La mancanza mi contorceva dentro, tanto da sentire la nausea alla bocca dello stomaco e il sapore dolciastro del gelato che avevo appena mangiato risalirmi fino in gola.

Non ero pronta per affrontare un discorso serio, razionale e responsabile. Sarei scoppiata a piangere, sarei crollata molto prima di giungere alla conclusione. E avrei confessato i veri motivi del mio desiderio di tornare a Londra. Il vero motivo, quello principale. Perché, nonostante sentissi la mancanza di Misaki e degli altri, nonostante provassi nostalgia per Londra, per gli immensi parchi, per il centro, per i concerti improvvisati di Covent Garden, per il mercatino di Notting Hill, per i locali... il vero motivo era lui. Il nostro parco, i nostri luoghi, i posti che avevamo visitato insieme.

Avevo bisogno di tempo. Non molto, solo un giorno o due, per riprendere controllo di me stessa. Non potevo permettermi di mandare tutto all'aria. Se i miei genitori avessero considerato la mia storia con Hunter una sbandata, com'era stata quella con Thomas, mi sarei preclusa ogni possibilità. Avevo troppa paura. E mi sentivo così sola, così persa. Avrei pagato qualcuno per parlare al mio posto, per sostenere la mia causa, se fosse stato possibile. Ma non potevo.

Strinsi i pugni per un attimo, poi li rilasciai, forzando un sorriso.

«Vado a stendermi un po'.»

Ecco, sì. Avrei raccolto le idee per riuscire ad affrontare la conversazione in modo più lucido, più chiaro.

Mentre, stesa nel mio letto, fissavo il soffitto mi tornò in mente l'ultimo incontro con Alice, le parole che ci eravamo scambiate. Lei che tentava di farmi comprendere il suo punto di vista, riguardo la mia relazione con Hunter.

"Sei solo una ragazzina…" La sua voce, quelle parole mi rimbombavano nel cervello.

Forse ci aveva provato anche con lui, forse stava tentando di convincerlo a staccarsi da me, a dimenticarmi. Perché?

Oltre a pagare qualcuno che parlasse ai miei genitori al mio posto, avrei pagato anche per avere dieci anni in più. Anzi, solo cinque mi sarebbero bastati!

Perché ero consapevole del fatto che una volta tornata a Londra, tutto avrebbe assunto una connotazione più vera. Perché mi sarei dovuta confrontare e rapportare con il mondo reale. Non sarei più stata la ragazza in vacanza studio. Avrei dovuto cercarmi un lavoro, decidere cosa studiare e dove… Non sarei rimasta a vivere dai Larsen per sempre. Non sarei tornata da Norinne. E con Hunter… La nostra storia avrebbe funzionato, ne ero certa. Nonostante i dubbi che mi affollavano la mente, io e Hunter saremmo stati bene insieme. Magari anche per sempre.

Un sorriso sognante occupò il posto della mia espressione preoccupata. Stesa nel mio letto non potevo vederlo, ma l'avevo sentito nascere sulle mie labbra alla sola idea di una vita con lui, di un futuro con lui. Non avrei avuto bisogno di altro. Solo di crescere un po'.

Mi sollevai con uno scatto. Raggiunsi il mio zaino, appoggiato ai piedi del letto, e frugai all'interno fino a recuperare il mio walkman. Non avevo bisogno di controllare la cassetta inserita. Tornai indietro fino a trovare l'inizio della canzone. La nostra canzone che, in quel momento, era più vera che mai.

"And it's no sacrifice
Just a simple word
It's two hearts living
In two separate worlds
But it's no sacrifice
No sacrifice
It's no sacrifice at all..."

CAPITOLO 43

Nel corso dei tre giorni successivi al mio arrivo avevo sfruttato il tempo a mia disposizione per raccogliere le idee e organizzare il mio piano d'attacco. I corsi accademici all'università non erano ancora iniziati e io non avevo ancora effettuato la mia iscrizione vera e propria. Anche perché non avevo intenzione di farlo. Nel frattempo, avevo detto ai miei che avrei seguito qualche corso introduttivo in cui non era necessaria iscrizione, in modo da poter compiere una scelta definitiva.

In realtà, seguivo Greta che si addentrava entusiasta tra gli ampi corridoi dell'Università degli Studi di Milano. Alla ricerca più di bei ragazzi da conoscere che di corsi da seguire. Greta era interessata alle leggi e alla giurisprudenza almeno quanto me. Per entrambe era stata una scelta fatta per esclusione. Io al momento avrei forse preferito studiare lettere o lingue. O magari storia. Mi trascinavo stancamente, senza volontà né idee. In me prevaleva, costante, l'indifferenza. Una scelta valeva l'altra. Con giurisprudenza avrei accontentato i miei genitori.

Intanto la prima settimana del mio ritorno era volata via. Avevo ancora la netta sensazione di non essere tornata del tutto. Ero presente solo fisicamente, ma il mio ascolto e la mia attenzione alle persone che mi circondavano erano quasi sempre passivi.

Mi risvegliai dal mio torpore solo alcuni giorni dopo, quando ricevetti una telefonata da Misaki. Era sera e riuscii ad appartarmi, facendomi passare la comunicazione sul telefono che avevo nella mia stanza e che avevo trascinato fino al letto.

«Ciao Misaki… Come stai? Va tutto bene lì?»

Tentai di simulare un tono allegro, o quasi. Era strano parlarle senza averla di fronte. Addirittura, anche il mio inglese sembrava finto, artefatto. Quando nel corso dei miei ultimi tempi a Londra era diventato così vivo, naturale.

«Io sto bene, Beatrice. Tu come stai?»

Anche Misaki sembrava esitante, meno spontanea.

«Bene. Sì, insomma…» Non stavo bene. Ma riuscire a descrivere le mie reali condizioni e sensazioni per telefono sarebbe stato troppo difficile e avrebbe richiesto troppo tempo. «Non è facile abituarmi di nuovo, qui.»

«Certo, capisco. Quindi cosa vuoi fare? Quando torni?»

Inaspettatamente Misaki aveva abbandonato l'incertezza iniziale ed era andata direttamente al punto.

Chiusi gli occhi, appoggiandomi allo schienale del letto con un sospiro profondo.

«Presto, spero. Molto presto. Mi mancate tutti, sai?» Tutti era fin troppo generico. Gran parte delle persone che avevo frequentato se n'era andata prima di me. «Però, davvero… è complicato, Misaki.»

«Ci stai ripensando, Beatrice? Non vuoi più ritornare?»

La sua domanda, così diretta e mirata, fu come una pugnalata al cuore. Se fosse stato in mio potere sarei stata già lì.

«Io voglio tornare. Io voglio… Non ci ho ripensato, Misaki. Non cambierò mai idea. Ho solo bisogno di un po' di tempo, ma tornerò presto.»

"Ti prego, dillo ad Hunter se puoi…" Avrei voluto aggiungerlo, però tacqui. Anche se in cuor mio sperai che Misaki intuisse la mia tacita richiesta.

«Bene, allora. Io resterò qui ancora per qualche mese. Poi anche io dovrò prendere una decisione.»

«Capisco…» Mi morsi le labbra. Perché non mi parlava di lui? E perché io non osavo essere più esplicita? «Che novità ci sono lì? State tutti bene?»

«Sì, stiamo abbastanza bene. A scuola è sempre lo stesso…» Percepii un sospiro un po' teso, forse anche lei stava valutando cosa raccontarmi e cosa nascondermi. «Freddie e Tasha ti salutano. Ah, a proposito… stanno uscendo insieme.»

«Uscendo insieme? In che senso?»

Non ero del tutto idiota. Avevo una vaga idea di cosa significasse "uscire insieme". Più che altro la notizia mi aveva colta alla sprovvista.

«Nel senso che escono insieme. Hai capito, no?» Misaki ridacchiò e si sciolse un po', finalmente. Forse però perse anche il controllo di cosa dire e cosa tacere. «Insomma, come te e…»

Si bloccò prima di pronunciare il suo nome. Come me e Hunter. Ecco che, in un modo o nell'altro, eravamo arrivate al punto.

«Lui… lui come sta?»

«Bene, credo… Io non l'ho visto, da quando tu sei andata via.» Misaki aveva immediatamente intuito, senza bisogno che io facessi il suo nome. «Freddie lo ha incontrato, qualche giorno fa. Ha detto che sta… come al solito…»

Cosa intendeva per "come al solito"? Il "solito" era cambiato drasticamente negli ultimi giorni. Forse Misaki non sapeva come spiegarsi. Forse Freddie non le aveva detto di più. O forse io non volevo sapere. In ogni caso, lasciai il discorso in sospeso, almeno per il momento.

«Non ha ripreso… a scuola?»

La risposta sarebbe stata scontata. Se Misaki non lo aveva visto, ovviamente Patricia non lo aveva riammesso. Però avevo bisogno di chiedere. Magari Freddie era riuscito a sapere qualcosa, in proposito.

«No, non ancora. E in ogni caso io non credo che Hunter accetterebbe di tornare. Freddie ha detto che… mmh… che lui non vorrebbe…»

«Certo, è comprensibile.» Sentendola esitare di nuovo, decisi di toglierla dall'imbarazzo. «Ma forse è meglio così.»

Non ero nella posizione di stabilire cosa fosse meglio o peggio, per lui. Io di certo non ero stata il meglio, considerato il fatto che stava benissimo prima di incontrarmi e poi, con il mio arrivo, erano cominciati i suoi guai.

«Ora devo andare, Beatrice. Non posso stare al telefono per molto, alla famiglia dove vivo non piace che io faccia chiamate internazionali troppo lunghe.» La sua voce era diventata dolce e accomodante, nel tentativo di consolare quel dolore e quella nostalgia che io non ero stata in grado di esprimere. «Ma ti chiamerò ancora, appena potrò.»

«Certo… io… ti chiamerò anch'io, presto. Meglio la sera, vero?»

«Sì, meglio la sera. Non esco più tanto spesso dopo cena.»

«Misaki… Misaki se…»

Solo in quel momento compresi che se ne sarebbe andata. Che non l'avrei sentita, per un po'. Non subito. Non come sempre. E mi erano rimasti ormai solo pochi secondi a disposizione. Per dirle ciò che davvero mi premeva.

Silenzio, dall'altro capo. Silenzio e attesa.

«Se lo vedi… se riesci a parlare con lui… Misaki, ti prego digli… digli che io…»

Un groppo in gola mi impedì di proseguire. Fui costretta a tacere per non rischiare di singhiozzare.

«Lo so, Beatrice. Stai tranquilla. Io glielo dirò.»

CAPITOLO 44

Un'altra settimana, dopo la telefonata di Misaki, era volata via. Poi una sera la malinconia che mi aveva colta era talmente atroce che l'avevo richiamata io. Ma la nostra conversazione era stata più o meno la stessa. Nessuna novità. Anche Freddie non lo aveva più rivisto. A scuola altri insegnanti erano subentrati e non si parlava più di lui, anche perché gradualmente erano diminuiti gli studenti che lo avevano conosciuto.

Non esisteva alternativa, per me. Io dovevo tornare a Londra. Dovevo tornare subito e riprendere in mano la mia vita proprio dal punto in cui l'avevo interrotta. Perché ormai io non stavo più vivendo. Mi stavo solo trascinando, giorno dopo giorno, in un'esistenza che non riconoscevo più come mia.

Intanto però ero sempre più bloccata. Come immobilizzata allo stesso punto, impossibilitata a muovermi, a esprimere me stessa. Avevo i miei sentimenti come scudo, ma nel mio tentativo di escogitare la strategia giusta, di trovare le parole più adatte, temevo che quegli stessi sentimenti mi avrebbero esposta eccessivamente, danneggiando il mio intento.

In breve, ero paralizzata dalla paura, dall'ansia di sbagliare, di rovinare tutto. Oppure, le mie, erano tutte scuse. Non temevo la reazione dei miei genitori. Ero io ad avere paura. Solo io. Non potevo nascondermi. Alice, tutto sommato, aveva avuto ragione. Ero troppo giovane. A tal punto che forse nemmeno l'amore sarebbe bastato a farmi crescere prima del tempo. Troppo giovane per una svolta così definitiva.

Avevo recuperato, dal mio zaino, le poche fotografie che avevo scattato nel corso delle prime settimane soprattutto. E mantenevo lo sguardo fisso su di lui, inquadrato in un angolo. Il suo sguardo un po' corrucciato e sfuggente in una, l'espressione divertita in un'altra. Non avevamo foto insieme. Non ci avevo nemmeno pensato, non ne avevo sentita la necessità. Ero stata troppo impegnata a vivere.

Intanto il momento di prendere una decisione vera e propria si stava avvicinando inesorabilmente. Dovevo trovare il coraggio, non solo per me stessa. Non potevo più temporeggiare, vivere in sospeso tra due mondi, tra due destini. Dovevo scegliere a quale appartenere.

«Stavo pensando di tornare a Londra per il mio inglese. Mi dispiacerebbe perderlo.»

La frase mi era uscita così, più spontanea possibile, subito dopo cena. Non mi ero resa conto, al momento, di quanto potesse essere soggetta anche a un'altra interpretazione. Nota solo a me, per mia fortuna.

«Sì, certo.» Trovai mia madre inaspettatamente d'accordo. A tal punto che coinvolse anche mio padre, impegnato a seguire distrattamente le notizie alla tv. «Mi sembra una buona idea, vero Stefano? L'inglese è importante e lo sarà ancora di più andando avanti.»

Decisamente lo era! Più di quanto immaginasse! Bene, dovevo premere su quel tasto. L'importanza dell'inglese.

«Già… il problema è rischiare di dimenticare tutto, se non si pratica.»

Sentii un'ondata di calore salirmi al viso. Qui il doppio senso andava un po' oltre le mie intenzioni. Ma intanto pensai a lui. A quanto avrebbe riso se glielo avessi raccontato. La sola idea mi diede la forza di sorridere e perseverare.

«Potresti seguire qualche corso qui, intanto.» L'idea di mio padre mi spense il sorriso in una frazione di secondo.

Accidenti agli uomini e al loro senso pratico!

«Sì, ma avrei bisogno di insegnanti madrelingua e…» E la maggior parte delle scuole locali avevano proprio insegnanti madrelingua! Lo sapevo anch'io. «Lo so che ce ne sono anche qui, ma non sarebbe lo stesso.»

«Magari puoi tornare a Londra l'estate prossima.» Ecco che il suggerimento di mia madre aveva smontato completamente il mio entusiasmo. Ed ero consapevole di non poter spingermi oltre senza rischiare di far scoppiare una bomba inaspettata. Ma almeno avevo rotto il ghiaccio.

Dovevo pianificare meglio il mio attacco per minare le difese. Non solo dei miei genitori, ma di tutti coloro che avrebbero influito sulla mia decisione. Programmare il mio ritorno a Londra, capire cosa avrei fatto di preciso. Avere un progetto di vita, se possibile, indipendente dalla mia relazione con Hunter. Un sogno futuro, un po' come Tasha che desiderava studiare per diventare interprete.

Il problema è che io un sogno non lo avevo ancora. Forse avrei dovuto inventarmelo. Studiare a Londra, frequentare l'università. Qualcosa che avrei potuto fare lì, non altrove. Dannazione! Mi sentivo sempre più un essere inutile, inconcludente. Possibile che in me non ci fosse proprio nulla, se non un sogno un interesse prevalente almeno?

Hunter sognava di fare il poliziotto, come il padre. Mia madre lavorava come assistente in uno studio medico, mio padre in banca. Niente da fare. Non mi ispiravano alcun sogno. Se avessi studiato giurisprudenza poi, in teoria, sarei dovuta diventare avvocato. Ma figuriamoci! Non riuscivo neanche a difendere me stessa! Hunter aveva studiato storia, arte e design. Forse poteva essere un'idea. Visto che era stata una seconda scelta per lui poteva esserlo anche per me, considerando però il fatto che io non ne avevo una prima.

Storia, ecco. In storia ero sempre andata abbastanza bene. Anche in geografia. Ma tornare a Londra per studiare storia avrebbe fatto sicuramente più effetto! In ogni caso, come avevo già ipotizzato, avrei potuto prendermi un anno per riflettere, trovare un lavoro qualsiasi, migliorare l'inglese nel frattempo e poi iscrivermi all'università. Hunter aveva promesso di aiutarmi quando ne avevamo parlato. Poteva essere un ottimo progetto, quindi.

Mi rintanai in camera mia. Lanciai un'occhiata al telefono, tentata di chiamare Misaki e condividere con lei la mia idea. Ci sarei stata solo per qualche minuto, solo per ricevere un cenno della sua approvazione. Ma in realtà l'unica persona con cui avrei voluto davvero parlare era lui.

Quella maledetta morsa premeva dentro me e non mi concedeva pace. Perché ero andata via? Se fossi rimasta non sarei stata in questa situazione. Avrei dovuto affrontare altro. Molto altro, forse troppo. Però…

Strinsi per un attimo i pugni, poi provai a rilassarmi e andai a sedermi alla scrivania. Dal cassetto estrassi la mia carta da lettere, intatta. Non avevo mai scritto a nessuno. Forse solo a Babbo Natale. E poi misere letterine alle compagne delle medie, quando avevamo cambiato scuola. Ed erano state tutte uguali, una la copia dell'altra. Era stato assurdamente penoso scriverle. Senza alcuna emozione, solo in risposta a quello che loro avevano scritto a me.

Presi carta e penna. Un bel foglio azzurro con dei cuoricini sul bordo. La mia carta da lettere era infantile quanto me. Ma non aveva sicuramente importanza, per lui. Avevo il suo indirizzo. Hunter mi aveva chiesto di non scrivere, di tornare e basta. Ma una lettera, nel frattempo, ci avrebbe avvicinati.

Strinsi la penna tra le mani e iniziai a scrivere.

"Ciao Hunter,
mi manchi. Mi manchi tanto. Vorrei tornare lì…"

Che altro? Non sapevo scrivere. Non sapevo tradurre in parole gli abbracci, i baci, i gesti, gli sguardi, i sorrisi e gli scherzi tra di noi. La sua mancanza, che soffrivo quotidianamente. Il desiderio di stringerlo a me, di farmi amare da lui e di restare aggrappata al suo petto per tutto il giorno, per tutta la notte. La smania che scatenava in me, la voglia di proteggerlo, di difenderlo, fino ad arrivare anche a mentire, a negare o a supplicare, per lui.

Non sapevo scrivere. E non si trattava solo di una difficoltà linguistica. Non sapevo scrivere quanto fosse importante per me. Quanto mi stessi impegnando, con le poche forze che possedevo. Quanto avrei dato per essere in grado di lottare molto di più. Per lui, per noi. Contro tutti, contro me stessa se necessario.

Non ero abbastanza brava. Non sapevo esprimere i miei sentimenti. Non ne ero capace. Non così, non a distanza. Mi asciugai via una lacrima, con furia.

Forse dovevo calmarmi e tentare di nuovo.

«Non so neanche scrivere qualche parola all'uomo che dico di amare! Sono una fallita, maledizione!» Mi lamentai, sottovoce, disprezzando me stessa e riversandomi addosso tutta la rabbia che avevo dentro. «Perdonami, Hunter. Perdonami…»

CAPITOLO 45

Il pensiero di lui, nonostante la mia inettitudine, non mi abbandonava mai. Al contrario, dopo tre settimane, stava diventando sempre più persistente. Hunter era il mio rifugio, il porto sicuro in cui approdavo ogni sera, dopo una giornata di malinconia e tensioni. I ragazzi che mi circondavano all'università, non scalfivano la mia corazza e non risvegliavano nemmeno il minimo interesse in me.

Esisteva solo lui, per me. Lui e la nostra canzone. Intanto perseveravo nella mia illusione, lottando strenuamente per convincere me stessa. Ancora qualche giorno. Solo qualche giorno. Però intanto la continua perdita di tempo mi frastornava e mi annichiliva sempre più.

Anche Greta cominciava a scrutarmi in modo strano, incuriosita dal mio comportamento anomalo. Non ne volevo sapere di nessuno, tutti i nuovi ragazzi che avevamo incontrato riscuotevano il mio totale disinteresse. Ero diventata come una fortezza inespugnabile.

«Non sarai ancora innamorata di Thomas, vero?» Alla fine, era sbottata.

Ovviamente, se non riuscivo a farmi piacere nessuno e mi mostravo sempre fredda e distaccata, la responsabilità andava attribuita al mio amore per un altro. E non aveva tutti i torti, in effetti.

«Ma no, che dici!»

«Non lo so… ma snobbi tutti, non concedi una possibilità a nessuno! Non è che ti sei pentita di averlo mollato?»

«Ti ricordo che mi aveva mollata lui… o comunque si era messo con un'altra in mia assenza…»

Lasciai il discorso in sospeso. All'istante avevo dimenticato anche il soggetto della nostra conversazione e i miei pensieri erano confluiti su Hunter. L'idea che si fosse messo con un'altra o mi avesse dimenticata mi provocò una dolorosa fitta allo stomaco. Rammentai anche le parole di Konrad. No, dovevo smetterla! Perché ero sempre così brava a farmi del male? Lui non voleva nemmeno che io me ne andassi! Aveva quasi tentato di trattenermi, mi aveva proposto di cercare una nuova casa insieme!

«Bea? Ti senti bene?» Greta richiamò la mia attenzione, sventolandomi una mano davanti agli occhi.

«Sì, certo!»

Avrei dato qualunque cosa per potermi confidare con qualcuno. Magari anche con lei. Ma il problema era che non mi fidavo. Non mi fidavo affatto. Anche se l'avessi supplicata di mantenere il segreto, lo avrebbe di sicuro rivelato a qualcuno. Poi la voce avrebbe fatto il giro, raggiungendo gli amici, i conoscenti, i miei genitori... Quindi no. Dovevo tenermi tutto dentro e farmi forza per agire nel modo più naturale possibile. Anche se comportava il fatto di fingere e darle corda con i nuovi ragazzi incrociati all'università.

«Ah, bene! Io alla fine ho deciso. Resto a giurisprudenza. Tra un paio di giorni completo l'iscrizione.»

Un altro problema, dannazione! Io non avevo nessuna intenzione di frequentare giurisprudenza. E nemmeno i ragazzi che frequentavano giurisprudenza. Che erano in buona parte responsabili della scelta di Greta. E probabilmente lo sarebbero stati anche della mia, se fossi tornata da Londra "incolume", immune ai sentimenti nei confronti del mio insegnante d'inglese.

«Io non sono ancora sicura. Forse mi interessa storia di più.»

«Storia? Ma da quando ti interessa qualcosa di storia?»

Lo sguardo di Greta era più allibito di quanto lo sarebbe stato se le avessi rivelato che mi ero iscritta per partecipare a una missione nello spazio.

«Non mi sono mai interessata nemmeno a giurisprudenza, se è per questo. Ho solo seguito te e il consiglio dei miei in mancanza di alternative. Sono andata a esclusione.»

«Sì, ma giurisprudenza è chic! Storia è da sfigati. Cosa farai poi con storia?»

Bella domanda! Di cui non avevo una risposta!

«Farò… la storica. Oppure la sfigata, ancora non so!» Ridacchiai per togliermi d'impiccio e tentare di spostare il discorso altrove. «Comunque, perché non andiamo a mangiare qualcosa? Mi è venuta fame!»

«No, no, tu sei pazza! La storica!»

Anche Greta scoppiò a ridere. Nel suo modo abituale, mirato ad attrarre l'attenzione di chi la circondava.

Infatti funzionò, come sempre. Due ragazzi che avevamo incontrato e si erano presentati poco prima dell'inizio di una lezione introduttiva, si avvicinarono a noi. Greta si era dimostrata molto loquace e disponibile nei loro confronti, io invece li avevo quasi del tutto ignorati.

«La mia amica vuole mollare giurisprudenza per storia! Vi sembra sensato?»

Il mio tentativo di spostare la sua attenzione sul cibo si era rivelato inutile.

«Non molto…» replicò uno dei due, un tipo bruno dai capelli rasati, rispondendo al sorriso di Greta. «Però è una sua scelta.»

«Per me invece è interessante storia!» L'amico, un ragazzo castano dai capelli leggermente ondulati, mi squadrò da capo a piedi. «Perché no?»

Erano entrambi carini e all'apparenza simpatici, anche loro avrebbero iniziato a breve il primo anno di università. Ma io non avevo voglia né di fare amicizia né di intrattenermi con ragazzi appena conosciuti. Non avevo voglia proprio di nulla.

Ma li incontrammo di nuovo il giorno successivo, poi ancora. Greta si era istantaneamente invaghita di Elia, che sembrava corrisponderla. Così aveva iniziato a trascorrere buona parte del suo tempo da sola con lui. Per logica io restavo con Marco, quello che aveva trovato interessante la mia idea di iscrivermi a storia.

«Eri seria quando hai detto di volerti iscrivere a storia... o stavi scherzando?»

Marco aveva un'aria pacifica e sempre rilassata. Sembrava che nulla e nessuno potesse scalfirlo. All'apparenza era anche un tipo piuttosto riservato, quindi forse avrei potuto provare a fidarmi un po' di lui.

«Non stavo scherzando. Ma in realtà... non dipende dalla facoltà, non sono nemmeno sicura di volermi iscrivere all'università.»

«Perché no? Vuoi fare altro?»

«Non ne ho idea. Non sono sicura.»

Decisi immediatamente di fare marcia indietro. Non lo conoscevo abbastanza bene. Se ne avesse parlato con Elia, quasi sicuramente lo avrebbe riferito a Greta. In ogni caso, dovevo trovare il modo di allontanarlo. Perché mi ero resa conto che la sua intenzione nei miei confronti non era solo quella di instaurare un legame d'amicizia.

Quando il suo proposito si fece più chiaro e manifesto, decisi di non avere altra arma di dissuasione oltre alla verità. Forse anche per stanchezza. Forse perché non ne potevo davvero più di trattenermi. Non avevo dimenticato Hunter. Ci avevo anche provato, a un certo punto. Forse con Marco sarei stata bene. Ma non ci riuscivo.

Dimenticare Hunter si stava rivelando un'impresa impossibile e più ci provavo più avevo la sensazione di restare intrappolata in un sentimento che non vedevo l'ora di gridare in faccia al mondo. O almeno a tutti coloro che avevo intorno. Lo amavo. Ero sua. Di nessun altro. E presto avrei fatto di tutto per tornare da lui. Perché non resistevo più. Perché lontana da lui mi sembrava di sprofondare in un abisso di solitudine e disperazione. Io non ero sola, avevo sempre tanta gente intorno. La mia famiglia, le mie amiche, persone che mi conoscevano da sempre, i nuovi amici che avrei incontrato in università. Era il mio cuore a sentirsi solo, disperatamente solo, lontano da lui. Sempre il mio cuore a non voler ascoltare le ragioni della logica, della razionalità.

«Sono impegnata, Marco. Mi dispiace ma io sto con un altro.»

Ecco, lo avevo detto, decisa e senza mezzi termini. Immaginavo che potesse sembrare una scusa per respingerlo e dissuaderlo, ma non lo era. Anzi, magari ci sarei anche stata con lui. A tempo perso, molto probabilmente. Marco mi faceva lo stesso effetto che mi aveva fatto Gilbert. Carino, simpatico, gentile. Ma incapace di scatenare una grande passione. Almeno in me.

«Ah, sì? E dove sta lui? Studia in un'altra università?»

Infatti, l'espressione di Marco era incerta, dubbiosa. Come se la mia intenzione di nascondere la verità mi si leggesse in faccia.

«Mmh... sì. Cioè no...» Sarebbe stato molto più semplice affermare che il ragazzo con cui stavo studiava altrove. Magari anche in un'altra città. Lontano ma non troppo. Invece optai per la verità. «Lui ha finito l'università. E comunque vive in Inghilterra.»

Lo avrebbe detto a Elia, che lo avrebbe detto a Greta. Ma non aveva importanza, poteva sembrare solo una scusa per respingerlo.

«Ah, allora sono fortunato!» Marco inaspettatamente sorrise, passandosi le mani tra i capelli con atteggiamento sfrontato.

«Come? Perché?»

«Perché non è un impegno se lui sta dall'altra parte del mondo!»

«Ho detto che sta in Inghilterra, non dall'altra parte del mondo! E io presto...»

Mi bloccai, prima di spingermi troppo oltre. E io presto... cosa? Cosa avrei fatto se dopo tre settimane ero ancora lì, bloccata, intrappolata in una rete che mi si stringeva sempre più intorno?

Mi strinsi nelle spalle, abbassai lo sguardo e mi allontanai. Come potevo pretendere di averla vinta, di gridare al mondo i miei sentimenti per Hunter, se non riuscivo nemmeno a essere abbastanza convincente da esprimerli in modo chiaro per respingere le attenzioni di un altro?

Il dubbio, era questo ad assalirmi, a trattenermi. Il dubbio che lui mi avesse già dimenticata, che per lui non contassi nulla. Avrei dovuto scrivergli, cercare il suo numero di telefono, magari attraverso Misaki oppure Freddie. Ma anche lui avrebbe potuto farlo. Oppure avrebbe potuto chiedermelo prima che io partissi. Invece… Invece mi aveva lasciata andare.

"…non è un impegno se lui sta dall'altra parte del mondo!"

Marco non aveva tutti i torti. Ma non si trattava solo di lontananza fisica. Non era quella ad opprimermi, a spaventarmi. Era il timore che Hunter fosse davvero altrove, rispetto a me. La paura di non essere solo da un'altra parte, di vivere in due mondi separati. Ma che lui fosse ancora più distante, irraggiungibile ormai… dall'altra parte del suo cuore.

CAPITOLO 46

In seguito a qualche piccola disputa familiare avevo convinto i miei di non essere affatto portata a studiare giurisprudenza. Soprattutto perché non avrei mai voluto fare l'avvocato o avere a che fare con codici e leggi. Protendevo sempre più verso storia e magari storia dell'arte. Il passo successivo, secondo i miei piani, sarebbe stato quello che avrebbe previsto un mio eventuale trasferimento a Londra. In effetti temporeggiare era diventata la mia forma d'arte preferita, al momento.

Intanto stavo davvero raccogliendo informazioni sul corso di laurea in storia e sui vari insegnamenti fondamentali e complementari. Giusto per non farmi cogliere del tutto impreparata. In ogni caso avevo ancora qualche settimana di tempo, prima di completare le formalità ed effettuare l'iscrizione definitiva vera e propria. In attesa di un miracolo, forse. Una parte di me stava incominciando a sperare che Hunter si presentasse alla mia porta e mi strappasse via da tutto e da tutti, soprattutto dai miei dubbi e dalle mie paure. Anche un rapimento in piena regola sarebbe stato ben accetto.

Ma non accadeva. E nemmeno tentava di mettersi in contatto con me. Allora cominciai a credere che forse la nostra storia esisteva ancora solo nella mia mente. Forse ero stata solo io ad amarlo davvero. Lui, per non offendermi, aveva risposto di conseguenza.

Ascoltavo la nostra canzone. Ancora, ripetutamente. Come un mantra. Poi anche le altre che avevamo ascoltato insieme. Con il risultato di rendermi sempre più indecisa, più frastornata. Non era stato solo un sogno. Non mi ero sbagliata. Sarei tornata presto. Ma intanto quel presto si allontanava sempre più e la mia realtà quotidiana si stringeva intorno a me, concedendomi sempre meno via di scampo.

Mi lasciavo trascinare, come in preda alla corrente. Greta, Elia, Marco soprattutto… Non aveva raccontato nulla a nessuno di ciò che gli avevo confidato. Lo avevo apprezzato, ma non ero assolutamente pronta a iniziare una relazione con lui. Non ero pronta a nulla. Forse nemmeno a tornare indietro. La mia confusione mi stava spingendo sempre più a fondo, tanto che avrei voluto essere in entrambi i posti contemporaneamente solo per capire quale sarebbe stata la soluzione più adatta al mio caso.

Mi stavo rendendo conto, sempre di più, di quanto le parole di Alice fossero giuste e sensate. Amavo Hunter, lo amavo davvero. Ma non ero pronta a rivoluzionare la mia vita per lui. Oltretutto, il costante sospetto che lui non mi corrispondesse allo stesso modo mi annichiliva, schiacciava ogni residuo di volontà di combattere che mi era rimasta. Mi ero davvero trasformata in una creatura fragile e senza spina dorsale. La mia età era soltanto una scusa a cui mi aggrappavo per non affrontare la realtà.

Forse ciò che davvero mi terrorizzava era tornare a Londra. E scoprire, una volta lì, che lui non mi amava più. Che lo avevo perso. Che non lo avevo mai avuto.

Sospirai, posandomi una mano sul petto. Incredula di essere riuscita ad ammetterlo, almeno con me stessa. Forse questo celavano le parole di Alice, anche se non aveva voluto sbattermi in faccia la verità, aveva tentato di convincermi a riflettere prima di rivoluzionare la mia intera esistenza per un uomo che non mi amava. Del resto, lei lo conosceva bene. Chi più di lei avrebbe potuto interpretare le sue intenzioni?

Avevo accettato di uscire con Marco, almeno una volta. Per noia e senza convinzione. Più per assecondare le sue insistenze e le insistenze di Greta. Solo come amici, per il momento. Le mie barriere gli impedivano di avvicinarsi troppo. Prima o poi si sarebbe stancato di starmi intorno senza ottenere nulla da me. Non ne avrei fatto un dramma.

Intanto avevo compiuto un ulteriore tentativo di tornare sul discorso di un mio ritorno a Londra, con i miei. Dipendevo ancora da loro, purtroppo per me. Almeno all'inizio avrei dovuto strappare il loro consenso. Ma la risposta che ottenni fu ancora quella di rimandare all'estate successiva. Non mi restava che tentare di agire di mia iniziativa, magari mettere da parte i soldi con un lavoro part-time. Oppure dichiarare che avrei rinunciato all'università.

Sarebbe stato comunque impossibile sperare di convincere qualcuno, quando io stessa ero così piena di incertezze, di ripensamenti. Una povera adolescente frustrata, senza passioni, senza aspirazioni. Però almeno, tra i miei tormenti, tra le mie inquietudini, l'interesse per la storia e per le epoche passate stava aprendo in me uno spiraglio, anche se minuscolo.

Avevo provato a richiamare Misaki, ma non l'avevo trovata in casa. Sapevo che solo rivedendo Hunter avrei potuto fare finalmente chiarezza nei miei sentimenti… e nei suoi, soprattutto. Parlargli, capire. In realtà sarebbe bastato un solo sguardo, tra di noi. Ne ero convinta. La sera dopo fu Misaki a richiamarmi. Questa volta, invece di tergiversare, andò dritta al punto.

«Hunter ha intenzione di partire per la Russia.»

La comunicazione di Misaki mi raggelò. Anche il suo tono di voce sembrava vagamente ostile e distaccato nei miei confronti.

«No, no… io…»

Non riuscii a formulare una frase di senso compiuto. Quella notizia aveva improvvisamente distrutto tutti i miei sogni, le mie speranze. Io dovevo fermarlo. Io dovevo vederlo. Lui avrebbe voluto farlo insieme a me, quel viaggio!

«Tu hai detto che saresti tornata, Beatrice.»

Misaki, ancora una volta, mi stava mettendo di fronte alle mie responsabilità. E alla mia promessa mancata, soprattutto.

«Lo so, Misaki! Lo so!» Alzai la voce, poi decisi di ridimensionarmi per non attirare l'attenzione dei miei, nell'altra stanza. «Ma mi sento confusa... e poi è stato difficile... L'ultimo giorno lui era diverso con me. Non mi abbracciava più, mi ha lasciata andare senza...»

«Torna subito, se non vuoi che se ne vada. Lui... ti aspettava. Anche se adesso tace, fa finta di niente e mantiene le distanze con noi. Non si confida più, nemmeno con Freddie. L'ho visto, sembra quasi cambiato. L'accusa di Konrad gli ha fatto più male di quanto ha voluto dimostrare. Ma soprattutto la consapevolezza che così tanti non gli hanno creduto, lo ha davvero ferito. Io sono sicura... che Hunter ti stia ancora aspettando.»

«Misaki... digli che torno, ti prego! Digli che...»

Cosa poteva dirgli? Che non avevo idea di come tornare?

«Non credo che mi ascolterà, Beatrice. Ci ho già provato. Sembra che abbia eretto un muro intorno a sé...»

Un muro intorno. Come me. E forse quel muro ero stata proprio io a costruirlo. Tra noi due. E anche tra noi e gli altri.

«La verità, Misaki, è che per quanto io voglia tornare, non posso. Non adesso. Non subito. Ma sono intenzionata a farlo. Magari lui non ti ascolterà. Magari se ne andrà comunque. Ma tu diglielo, se puoi. Digli che io... ho sempre creduto in lui. E che gli auguro il meglio, per il suo viaggio, se deciderà di andare.»

Mi stavo facendo male, un male atroce. Ma non avevo scelta. Non potevo pretendere che Hunter mettesse la sua vita in pausa in attesa di me. Non potevo essere così egoista, con lui. Lo ero stata già abbastanza. Nemmeno se avessi trovato subito un lavoro sarei stata in grado di partire in tempo per fermarlo.

Pensai che avrei potuto scrivergli, oppure chiedere a Misaki di farmi avere il suo numero di telefono, parlargli. Ma per dirgli cosa? Che per me non era cambiato nulla? Però ero bloccata qui. E in parte gli avevo mentito, perché ero consapevole che per me non sarebbe stato così facile tornare indietro, una volta partita. Ma avevo avuto troppa paura ed ero stata troppo vigliacca per mandare tutto all'aria, restare subito insieme a lui e lottare per il nostro amore. Anche perché di sicuro queste cose Hunter le aveva già capite, forse anche prima che io partissi. Anche prima di me.

«Beatrice...» Misaki riprese la conversazione, dopo un silenzio relativamente lungo. Sussultai, perché nonostante fossi rimasta con il telefono in mano, quasi non mi sarei più aspettata di sentirla ancora. Persa nei miei tormenti, avevo quasi dimenticato che fossimo ancora in linea. «Ascoltami, io ho capito che per te è difficile. Hai solo diciotto anni, Beatrice. Lo sa bene anche lui. Ma siete tanto giovani... io sono sicura che se è destino voi troverete il modo. Magari non subito, non adesso. Quindi vai avanti, vivi la tua vita. Se è destino... tu e Hunter riuscirete a ritrovarvi. E starete insieme.»

CAPITOLO 47

Il destino. Qualcosa in cui non avevo mai creduto. Però, intanto, mi ci stavo aggrappando con tutte le mie forze, dopo le parole di Misaki. Lei, al contrario, sembrava crederci davvero. Misaki era più ottimista di me. Non solo, aveva più fiducia in me di quanta ne avessi io in me stessa.

Non mi restava altro da fare che seguire il suo consiglio. Andare avanti, vivere la mia vita. Relegando i miei ricordi e il mio amore in un angolo del cuore, un luogo il più possibile remoto. Dove non mi facessero troppo male. Dove il rimpianto non mi schiacciasse, non mi opprimesse troppo. Dove il passato non avesse, costantemente, la prevalenza sul presente. Perché era del presente che avevo bisogno per andare avanti, per vivere la mia vita.

In seguito venni a sapere che Hunter era davvero partito per il suo viaggio. Qualche tempo dopo avevo iniziato una sorta di relazione con Marco, rifiutando però di lasciarmi andare, di cedere alle sue insistenze sempre più pressanti. Come da copione, un copione diverso da quello di Hunter, Marco mi aveva lasciata per un'altra. Stanco di aspettare. Marco, in effetti, nonostante le iniziali buone intenzioni, si era dimostrato una combinazione poco entusiasmante tra Thomas e Gilbert. Ma forse lo avevo sospettato fin dal principio. Perché ci ero già passata.

Con lui avevo tentato di sradicare Hunter dai miei pensieri, dal mio cuore. Non ci ero riuscita, quindi restare sola per me non avrebbe fatto una grande differenza. E uscire con un altro sarebbe stato lo stesso. Inutile e logorante.

A quel punto decisi di concentrarmi sullo studio e dedicarmi a qualche lavoretto part-time. Un po' di ripetizioni, un paio di turni nella biblioteca dell'università. Il mio rendimento non era eccelso, avevo superato un test e il primo esame con dei punteggi buoni ma lontani dal massimo dai voti. Ero discreta, com'ero sempre stata, del resto. Però almeno stavo combinando qualcosa.

Continuavo a seguire qualche corso d'inglese, guardavo film e leggevo libri di narrativa in lingua originale per tenermi in allenamento. In una sorta di sfida con me stessa, sceglievo letture sempre più complesse, in cui avrei dovuto impegnarmi a fondo anche impiegando molto tempo per portarle a termine. Per lo più alternavo autori classici a Stephen King e Anne Rice.

Anche i miei contatti con Misaki si erano diluiti nel tempo. L'ultima volta che l'avevo sentita per telefono, mi aveva detto che sarebbe tornata in Giappone per alcuni mesi. Anche lei era ancora incerta, ma le sarebbe piaciuto stabilirsi a Londra definitivamente in futuro. Poi avevamo iniziato a scriverci qualche lettera. Non avevamo più parlato di Hunter. Era diventato un argomento off-limits per noi.

Nel frattempo, l'anno era finito e io avevo compiuto diciannove anni concentrando il massimo del mio impegno a non rivangare il passato e a sorvolare anche sul presente. Vivevo protesa verso il futuro. Ogni tanto si riaffacciava alla memoria quel "destino" di cui Misaki mi aveva parlato con tono tanto fiducioso. Ma io, caparbia, lo ricacciavo indietro, nel suo angolo sicuro. Perché il futuro mi incuteva meno terrore, meno ansia del destino. Il destino era pur sempre legato a un "se". Poteva essere, come poteva non essere. Indipendentemente dalla mia volontà, dalla mia tenacia, dalle mie speranze. Il destino era troppo inaffidabile e io avevo bisogno di certezze.

Iniziò a funzionare, finalmente. Non il destino, ma la mia impresa di arginare il ricordo, il più possibile. Considerato il fatto che uscire con altri ragazzi si era dimostrato inutile, anzi controproducente, avevo iniziato a tenermi impegnata diversamente. Oltre allo studio e ai lavoretti che mi ero trovata, avevo iniziato a disegnare e avevo comprato anche dei manuali per perfezionare la mia tecnica. Poi avevo deciso di approfondire le ricerche storiche, i costumi e le tradizioni del passato nei diversi paesi. Forse, inconsciamente, avevo rammentato ciò che Hunter mi aveva raccontato riguardo il lavoro di sua madre. Non troppo inconsciamente, in realtà. La mia stessa scelta di studiare storia era stata condizionata da lui. Così come i libri che leggevo, la musica che ascoltavo, i film che guardavo.

Mi aggrappavo, come una disperata, a qualunque idea che potesse sorgere in me dalle lezioni che seguivo all'università. Seguivo anche insegnamenti non direttamente legati al mio corso di studio, come letteratura russa, cercando di tenermi sempre occupata. Anche la letteratura russa non era stata una scelta puramente casuale. Oltre al tempo impiegato per recarmi all'università, non uscivo quasi mai. Rifiutavo, settimana dopo settimana, gli inviti di Greta e delle altre amiche, accampando scuse continue.

«Lo so che ti è andata male con Marco e ti stai buttando sullo studio...» Greta, invece, credeva di sapere. Marco era l'ultimo dei miei pensieri. Non era mai stato tra i primi, nemmeno quando uscivo con lui. «Anche io ho chiuso con Elia, qualche settimana fa. Però questo non significa chiudersi in casa e pensare solo allo studio! Di ragazzi ce ne sono tanti!»

Senza dubbio! Fin troppi! Ma io non cercavo un ragazzo... Io cercavo...

Sospirai annuendo. Sarebbe stato troppo lungo e complicato da spiegare.

«Lo so, è vero. Prima o poi riuscirò a farmene una ragione.»

Meglio farle credere che ero ancora delusa per Marco. Era quello che credevano tutti, lui compreso. Non sospettavano che non me ne importasse davvero niente. Nemmeno di passare per la povera ragazza abbandonata che per la delusione pensava solo allo studio. Mi sentivo davvero abbandonata. Davvero delusa. Ma non da Marco. Forse nemmeno da Hunter. Da me stessa, principalmente.

«Perché stasera non andiamo al karaoke? Ne hanno aperto uno nuovo in zona!»

«Greta, io detesto il karaoke. E poi non so cantare, lo sai che c'è sempre "qualcuno" che mi obbliga…»

Quel "qualcuno" era lei. Perché voleva sempre esibirsi, ma non da sola.

«No, ti giuro! Non dovrai cantare!» La solita risata contagiosa di Greta. Aveva capito perfettamente che mi riferivo a lei. «Te ne starai seduta tranquilla a bere qualcosa e a mangiare patatine, salatini, quello che ti va! Anche Pamela non ha intenzione di cantare. Obbligherò Anna, piuttosto. E poi… mmh… ho conosciuto un ragazzo, in treno. Si chiama Sandro, ci troveremo lì. Lui adora il karaoke, quindi magari canteremo in coppia. Sto già selezionando le canzoni…»

Così accettai di uscire per andare al maledetto karaoke. Maledetto karaoke, davvero! Perché, più che un segno del "destino", mi sembrò una persecuzione. Una maledizione, quando verso metà serata a qualcuno, seduto a un tavolo poco distante dal nostro, venne in mente di scegliere proprio quella canzone.

Iniziai a rabbrividire già dalle prime note, riconoscendola immediatamente. L'avevo sentita così tante volte, anche se non l'ascoltavo più da mesi, che mi sarebbe stato impossibile non riconoscerla. Perché, tra tante a disposizione, proprio quella?

"And it's no sacrifice
Just a simple word
It's two hearts living
In two separate worlds…"

Mi alzai di scatto, mentre gli altri erano tutti fermi e zitti ad ascoltare. Rischiando di ribaltare il tavolino e la bibita che stavo sorseggiando svogliatamente. Obbligando qualcuno a scansarsi per fammi passare, mi precipitai fuori.

L'interpretazione era buona, oltretutto. Ma io avevo bisogno di uscire. Perché tutti i miei tentativi di aggrapparmi a qualcosa, qualsiasi cosa, stavano fallendo miseramente in pochi istanti. E in un attimo ero ancora con lui, tra le sue braccia, con le sue labbra sulle mie, le sue mani, il suo corpo, i suoi sguardi di cui io non avevo mai abbastanza.

Avevo sbagliato tutto! Una volta uscita mi appoggiai alla parete esterna del locale. Nessuno sarebbe venuto a cercarmi, a controllare che stessi bene. Erano tutti troppo presi da loro stessi, dal divertimento della serata. Lui lo avrebbe fatto. Ma lui non c'era.

«Hunter…» bisbigliai, come se potessi richiamarlo a me. «Ho rovinato tutto. Non c'entra il destino. Ho sbagliato io. Sono stata io…»

Ero stata io, solo io. Ad avere paura. Io, a non essere abbastanza forte da imporre la mia volontà, lottare per le mie scelte. E mi stavo rendendo conto che nulla sarebbe servito a cancellarlo via da me. Nemmeno il tempo, nemmeno tutto il mio impegno nello studio, nel lavoro, nelle varie ricerche in cui mi avventuravo quotidianamente. Chiusi gli occhi, asciugandomi furtivamente le lacrime che avevano iniziato a scorrermi sul viso. Non potevo attendere l'azione del famigerato destino. Dovevo fare qualcosa per annullare quella distanza, tra noi. Perché per me era solo una distanza fisica, che avrei lottato per riuscire a colmare. Il mio cuore non era mai andato via.

CAPITOLO 48

Forse Misaki non aveva avuto tutti i torti. La serata al karaoke, la canzone... eccolo il destino! E mi stava dando uno dei suoi segni, lanciandomi un messaggio chiaro e preciso. Toccava a me interpretarlo nel modo corretto.

La mia "interpretazione" fu quella di impegnarmi ancora di più e di essere decisa e chiara riguardo ai miei progetti. Tanto che entro fine febbraio riuscii a raggiungere punteggi abbastanza alti per inserirmi in un viaggio di ricerca e studio di due settimane organizzato per fine marzo dall'istituto di anglistica dell'università in collaborazione con quello di storia dell'arte. La meta, purtroppo, non era Londra, ma Bristol. Però in programma c'era una tappa a Londra, passando attraverso Bath, Oxford e altre cittadine. Meglio di niente, almeno non sarei stata costretta ad aspettare l'estate.

Magari non lo avrei trovato, ma non avrei perso l'occasione per cercarlo. Non sapevo nemmeno se fosse tornato. Poteva essersi trattenuto in Russia, oppure... essere andato ovunque. Nel frattempo, avevo scritto a Misaki, sperando di ricevere da lei qualche informazione in più. Cercai di rintracciare anche Freddie e Tasha. Ma nessuno di loro fu in grado di darmi notizie precise. Freddie non sentiva Hunter da diversi mesi, però sapeva che non aveva intenzione di trattenersi in Russia a lungo termine. In teoria poteva essere già tornato o di ritorno entro marzo. Quindi, non mi restava altro che affidarmi davvero al destino e sperare che fosse benevolo nei miei confronti.

Tra le varie opzioni possibili dovevo mettere anche in conto quella che forse mi avrebbe fatto più male. Hunter poteva non volerne più sapere di me. Poteva essere andato oltre. Magari la storia con me per lui era stata solo un episodio e ormai aveva voltato pagina. In ogni caso, avrebbe dovuto dirmelo.

L'ultima settimana prima della partenza trascorse con una lentezza snervante, mettendo a dura prova la mia pazienza. Tanto che accettai anche qualche uscita in compagnia di Greta e dei suoi nuovi amici, sperando che scorresse più velocemente.

Il nuovo ragazzo che aveva incontrato e con cui usciva regolarmente, Sandro, era appassionato di teatro e iscritto a un corso di arte drammatica, anche se al momento si occupava per lo più della scenografia. Così, anche Greta, si era riscoperta interessatissima alla recitazione e alle rappresentazioni teatrali. Non avrei dovuto criticarla. Io avevo agito allo stesso modo, seguendo più o meno gli stessi studi di Hunter e adattando i miei interessi ai suoi, alle nostre conversazioni, ai suoi consigli.

A due giorni dalla partenza, il sabato pomeriggio, accettai di assistere alla rappresentazione di *Molto rumore per nulla* di Shakespeare. Anzi, *Much ado about nothing*, perché sarebbe stata recitata interamente in inglese. Non male, per me sarebbe stato un ottimo ripasso.

Gli interpreti principali della compagnia, in cui recitava occasionalmente anche Sandro, erano ragazzi stranieri iscritti a diversi corsi di studio delle varie università cittadine. Una sorta di progetto di studio mescolato all'intrattenimento culturale che non mi interessava approfondire. Alcuni di loro sembravano più che altro propensi a uscire, conoscere gente, fare nuove esperienze. Più o meno ciò che avevo fatto io nei miei mesi trascorsi a Londra, anche se per loro l'esperienza sarebbe durata un anno o anche di più, a loro scelta.

Al termine della rappresentazione qualcuno lanciò l'idea di andare a mangiare qualcosa. Io, nel frattempo, mi stavo già organizzando per complimentarmi per lo spettacolo, salutare cortesemente e defilarmi, pronta a tornare a casa e a rinchiudermi tra le mura della mia stanza, tra i sogni e le speranze che mi avrebbero accompagnata fino al giorno della partenza.

«Non fare la musona asociale, Bea!»

L'espressione contrariata di Greta mi trattenne. Avrebbe tentato di convincermi, come sempre. Ma io non ero disposta a cedere. Lo spettacolo era stato davvero carino, l'interpretazione buona e la scenografia molto ben curata. Nel complesso erano stati molto bravi. Ma io ero stanca e impaziente di rinchiudermi nel mio mondo. Tornare a sognare. E a sperare, allo stesso tempo.

«Non è questo... Farete tardi e io non voglio tornare a casa da sola.»

Era una scusa patetica, ma non ero riuscita a inventarmi nulla di meglio.

«Non ti preoccupare, ti accompagniamo noi! Vero, Sandro?» Si guardò intorno, in cerca del suo ragazzo. «Mmh... ma dov'è finito? Era qui un momento fa...»

«Davvero, non ha importanza Greta.» Meglio così, per me. Sperai che Sandro rimanesse dov'era. Lontano da me e da Greta che lo avrebbe obbligato ad acconsentire. «Io preferisco andare...»

«Se è un problema ti posso accompagnare io, se vuoi...»

L'accento, decisamente straniero e proveniente da oltre le mie spalle, attirò la mia attenzione. Oltre alla pronuncia un po' strascicata e al fatto che si mangiasse qualche lettera. La nostra, attenzione, anzi. Perché anche Greta sollevò lo sguardo su di lui.

Voltandomi, lo vidi. Il ragazzo alto, biondo, dai grandi occhi azzurri e dall'aria decisamente solare, non poteva passare inosservato. Ma non lo avevo visto recitare nella commedia. Forse faceva parte degli sceneggiatori o aiutava con la scenografia, come Sandro.

«Piacere, mi chiamo Dwight. Da Great Falls, Montana.»

«Greta!» La mia amica gli porse la mano all'istante, con aria fin troppo entusiasta. «E la mia amica è Bea.»

«Beatrice...» specificai. «Grazie... Dwight, ma io davvero preferisco...»

Il volto del ragazzo si oscurò per un attimo. Ma poi tornò a sorridere e annuì, come se avessi accettato la sua offerta.

«Capisco, forse sei impegnata stasera. Non è un problema.»

«Ma no, che non è impegnata! È solo testarda, quando si impunta! Insomma, Bea! Non essere così ostinata. Guarda questo povero ragazzo americano, quanto è carino e disponibile...»

Greta, davvero, non aveva ritegno alcuno. Anche perché disse tutto in un fiato, proprio di fronte al "povero ragazzo americano". Come se non fosse presente, pur sapendo che nonostante avesse parlato alla velocità della luce, lui avrebbe compreso ogni singola parola. Anzi, forse lo aveva fatto proprio per questo.

Infatti, il sorriso radioso e solare tornò a illuminare il volto del ragazzo, in contemporanea alle parole di Greta.

«E va bene, rimango per un po' allora...» ricambiai il sorriso, sforzandomi di mettere da parte la tensione che mi faceva sempre apparire scostante e anche un po' maleducata. Quelle persone non avevano nessuna colpa del mio malumore, dell'ansia che mi assaliva e mi stava divorando ogni giorno di più. «Però non vorrei fare tardi. Sto per partire.»

«Ah, sì? E dove andrai?» Lo sguardo di Dwight si incupì nuovamente, come se avesse appena ricevuto una pessima notizia.

«In Inghilterra.»

«Per molto?»

Per sempre, se posso. Avrei voluto rispondergli. Per sempre.

CAPITOLO 49

Finalmente era arrivato il grande giorno. Lo stavo aspettando da settimane, ormai. E lo avevo accolto con un'emozione che non era neanche minimamente paragonabile alla quasi indifferenza con cui avevo accettato il mio primo viaggio a Londra.

Emozione mescolata a paura. Anzi, in realtà quello che mi opprimeva il cuore e i pensieri era vero e proprio terrore. Durante il volo tentai inutilmente di rilassarmi. E mantenni le distanze dai miei compagni di viaggio. Non avevo voglia di parlare con nessuno, come se una banale conversazione avesse potuto influire sull'esito della mia missione e togliermi la concentrazione quando fosse giunto il momento. Il momento di incontrare Hunter, di parlargli, di raccontargli tutti i miei dubbi, le incertezze e l'insieme di problemi che mi avevano impedito di raggiungerlo prima. Sempre che lo avessi trovato. Sempre che lui avesse accettato di ascoltarmi.

Eravamo in ventisei, ci avevano divisi a coppie e saremmo stati ospiti di alcune famiglie di Bristol, convenzionate con la nostra università e con l'organizzazione del viaggio. A me iniziò a sembrare una specie di irritante dejà vu. In realtà era tutto piuttosto comune, ero io a sentirmi fuori luogo. Anche in quel corso di cui mi importava davvero poco, ero fuori luogo. Aveva suscitato il mio interesse solo perché la meta del viaggio era l'Inghilterra. E forse avevo sottratto il posto a qualcuno più motivato di me.

Io avevo un altro scopo. E avrei fatto di tutto per raggiungerlo. Atterrammo a Stansted, invece che a Heathrow. Da lì un pullman ci avrebbe trasportati direttamente a destinazione. Se fosse stato per me avrei cambiato tragitto, ma non potevo sfuggire ai miei obblighi, purtroppo. Così, attesi con ansia il quinto giorno, quello in cui era in programma la nostra visita a Londra.

Trascorremmo buona parte della mattinata al British Museum, poi ci furono concesse tre ore libere per pranzare e visitare un po' Londra, da soli oppure suddivisi in piccoli gruppi. Io, mentalmente, avevo già predisposto il mio itinerario, che non avrebbe avuto nulla a che fare con il giro turistico della città e lo shopping. Magari non sarei nemmeno tornata all'appuntamento previsto per il pomeriggio, in cui il gruppo si sarebbe dovuto ritrovare davanti alla National Gallery. Non aveva importanza, se fosse andato tutto come speravo sarei rimasta con lui. E la mia vita avrebbe subito una svolta decisiva.

Appena libera, decisi di saltare il pranzo, nonostante l'insistenza delle mie compagne di corso e di Katia soprattutto, la ragazza con cui condividevo la stanza nella famiglia dove eravamo ospiti.

«No, io devo andare a South Kensington.»

Non avevo preparato una bugia adeguata alle mie esigenze.

«Ma non c'è nulla di così interessante a South Kensington!» Katia aggrottò la fronte, perplessa.

Ecco, appunto. Non c'era nulla di interessante. Per lei. E io non potevo dirle la verità. Perché altrimenti avrei dovuto anche raccontarle che di quel viaggio non mi importava assolutamente nulla e che il mio obbiettivo era un altro.

«Lo so, ma...» sospirai, allargando leggermente le braccia. «Ecco, a South Kensington vive una persona che conosco e che mi piacerebbe andare a trovare.» Meglio specificare. Anzi, meglio mentire spudoratamente, a questo punto. «Una signora, un'amica di famiglia.»

«Ah... una signora anziana?» Katia e le altre quattro ragazze insieme a noi, mi stavano guardando come se fossi un'aliena.

«Sì, anziana. Molto anziana. Un'ottantina d'anni, forse di più. E io... ho promesso a mia madre che sarei passata a trovarla, nel caso fossimo capitati a Londra. Vive sola, in una vecchia casa... un piccolo appartamento un po' triste, in realtà. Poverina...»

Mi morsi le labbra, sperando di aver affinato la mia tecnica nel raccontare balle. Almeno il minimo indispensabile per sopravvivere. Allo stesso tempo sperai di essere stata talmente scoraggiante con la mia descrizione che a nessuna di loro venisse in mente di seguirmi, nemmeno per curiosità. Anzi, forse avevo addirittura esagerato, ma ormai era fatta!

Ottenni il mio scopo perché nessuna delle mie compagne fu indotta in tentazione. Così scattai verso la metropolitana e raggiunsi facilmente la stazione di South Kensington. Quante opportunità avevo di trovare Hunter nello stesso posto dove lo avevo lasciato? Forse non molte, ma c'era la possibilità che avesse mantenuto il suo vecchio appartamento in affitto, mentre era in viaggio. Un posto dove tornare. Oppure che lo avesse ceduto a qualcuno che poteva darmi notizie su di lui. Magari potevo avere un colpo di fortuna, per una volta!

Ad ogni passo che mi avvicinava alla meta, sentivo i battiti accelerarmi nel petto. Arrivata di fronte al portoncino rosso che avevo varcato tante volte insieme a lui, il mio cuore era come impazzito. E i ricordi avevano iniziato a susseguirsi a ritmo frenetico, uno dopo l'altro.

Respirai profondamente prima di cercare il suo nome sul citofono. Mi strofinai gli occhi più volte e tentai di nuovo. Ma il suo nome "H. Stevens" non c'era più. Era stato sostituito da un "Blaise" che a me non diceva proprio nulla. Potevo aspettarmelo. Tuttavia, non dovevo demordere. Pigiai comunque il pulsante, udii il suono e attesi. Nessuno rispose, provai una seconda volta. Niente ancora.

Mi incamminai, avanti e indietro, irrequieta e indecisa sul da farsi. Una delle alternative poteva essere quella di suonare gli altri cinque citofoni, sperare che qualcuno mi rispondesse e chiedere informazioni su di lui. Avevo sperato di non dover arrivare a tanto, ma non avevo tempo da perdere.

Proprio in quel momento, almeno per una volta, la fortuna mi venne in soccorso. Percepii un brusio e poi un movimento proprio dietro al portoncino rosso. Da lì sbucò un uomo piuttosto giovane e dall'aria un po' infreddolita. Mi precipitai verso di lui e lo bloccai, prima che potesse richiudere il portone alle sue spalle.

«Ehi, senti scusa...»

Più che bloccarlo, sembrò che volessi quasi saltargli addosso.

«Oh, devi entrare?»

Cortesemente si scostò per tenere aperto e lasciarmi passare.

«Sì, cioè...» Non mi ricordavo di lui. Ma avevo solo intravisto occasionalmente i vicini di Hunter e non li avevo mai degnati di molta considerazione. Ovviamente non avrei mai immaginato di averne bisogno, un giorno. «Io sono un'amica di Hunter. Hunter Stevens... non so se lo conosci? Abita ancora qui?»

Io non ero un'amica di Hunter Stevens. Io ero un'idiota totale! Perché se fossi stata una sua amica, avrei dovuto sapere se Hunter abitava ancora lì oppure no! Oltretutto il suo nome era stato rimosso dal citofono. Quindi avrei anche dovuto sapere se e dove si era trasferito. Sperai che il tizio non ci facesse molto caso e mi dicesse dove potevo trovarlo, sempre che ne fosse a conoscenza.

«No, cara, Hunter non abita più qui.» Fortunatamente il ragazzo si dimostrò abbastanza cortese e disponibile nei miei confronti. Anche se mi sentivo sempre più una povera pazza senza speranza. «È partito per un viaggio, in Russia mi pare... e ha disdetto il contratto di affitto qui. Non sono neanche sicuro che sia tornato.»

Maledizione! Come sospettavo!

«Grazie comunque...»

Sollevai le labbra nel sorriso più forzato che fui in grado di produrre, chinai leggermente il capo e scomparii in fretta percorrendo la strada a ritroso verso la metropolitana da cui ero sbucata pochi minuti prima.

Non mi sarei arresa. Continuavo a ripetermi, incessantemente. Non mi sarei arresa. Avevo previsto il fatto che avesse lasciato il suo piccolo appartamento. Già ne parlava, quando… Quando mi aveva proposto di andare a vivere insieme, un giorno.

Sospirai e mi fermai, solo per un istante. Non potevo perdermi nel passato, nel rimpianto di ciò che era stato tra noi e che mi pesava sul cuore come un macigno. Non avevo tempo! Dovevo correre verso la mia seconda tappa.

La seconda tappa. La scuola. Anche se dubitavo che avesse ripreso a insegnare nello stesso posto, dopo quanto era accaduto. Misaki aveva detto che non avrebbe comunque accettato di tornare. Lo credevo anche io, visto che pianificava di andarsene da tempo. Però, le alternative a mia disposizione erano scarse. Quindi dovevo tentare.

Mi ritrovai di fronte all'edificio. Era rimasto identico, bianco e imponente come lo ricordavo, e ne fui quasi sorpresa. Per qualche recondito motivo mi aspettavo che fosse cambiato, in qualche modo. Forse perché noi non c'eravamo più. Per questo avrei preferito considerarlo estraneo, ignoto, in modo tale che io potessi prenderne le distanze senza eccessivi rimpianti. Ferma all'altro lato della strada, a pochi passi dalla "nostra" tavola calda, il mio cuore aveva ripreso a battere a ritmo accelerato.

«Ti prego… ti prego Hunter…» bisbigliavo, puntando lo sguardo dritto sulla scuola.

Speravo l'impossibile, ma sognavo di vederlo sbucare, da un momento all'altro, da quella porta. Controllai l'ora. Avevo calcolato tutto, i tempi, le distanze. E purtroppo avevo calcolato anche la sua assenza dai luoghi dove mi illudevo di poterlo trovare ancora. Intanto mi ero resa conto che tutto mi era mancato, di Londra. Anche gli autobus. Anche il panino con i gamberetti e salsina del "Corner Bell", il mio preferito.

Mancava ancora qualche minuto al termine delle lezioni. Poi gli studenti sarebbero usciti per primi per andare a pranzo, in buona parte al "Corner Bell", se le loro abitudini non erano cambiate nel corso dei mesi. Avevo saputo che anche Freddie e Tasha non frequentavano più la scuola, quindi dubitavo di trovare qualcuno dei vecchi studenti. Oltretutto nessuno di loro avrebbe potuto aiutarmi.

Non mi restava che confidare, ancora una volta, in un po' di fortuna. Attesi pazientemente l'uscita degli studenti, molti dei quali confluirono allegramente verso la tavola calda. Tutti estranei, come avevo previsto. Attesi ancora e vedendo uscire, circa dieci minuti più tardi, altre cinque o sei persone, le mie speranze si affievolirono. Avevo scorto Doug, l'avevo visto salutare e prendere la direzione opposta a quella in cui mi trovavo io. Ma gli altri... Forse erano nuovi insegnanti, non conoscevo nessuno di loro. Non che sarebbe cambiato qualcosa, per me.

Ormai non avevo nulla da perdere, tanto valeva avvicinarmi un po' alla scuola e darle un'ultima occhiata. Sarebbe stato un addio, comunque.

Attraversai la strada, lentamente. Guardando più volte da entrambe le parti, come se temessi di venire investita da un'auto in corsa. Non passavano mai molte macchine, in quella strada. Mi ritrovai così proprio di fronte. Mantenendomi comunque lontana dall'ingresso, sollevai lo sguardo verso le finestre da cui si poteva parzialmente scorgere l'interno delle aule.

Era davvero diventato un luogo estraneo, per me. Non solo estraneo, anche ostile. Non era rimasto più nulla. Di me, di noi. Nulla.

Abbassai il viso, mordendomi le labbra. Restare immobile ad aspettare non mi sarebbe servito. Solo a farmi del male, ancora di più. Dovevo muovermi, allontanarmi. Mi guardai ancora intorno, incerta sulla strada da prendere. Verso la metropolitana, ovvio! Mi voltai invece, tentata di entrare al "Corner Bell" a bere qualcosa. No, mi avrebbe fatto male. I ricordi lì dentro mi avrebbero schiacciata ancora di più. Forse avrei potuto mettermi d'accordo con Freddie e Tasha per incontrarli, prima di partire. Sarebbe stato meno deprimente ripercorrere le mie tappe, meno doloroso. Ma ormai era troppo tardi.

«Beatrice…?»

La voce alle mie spalle, improvvisa e inaspettata, mi fece sobbalzare. In una frazione di secondo una tenue e fragile speranza era tornata a illuminarmi il cuore, a illudermi che il destino non mi sarebbe stato tanto avverso. Dovevo solo avere fiducia, continuare a crederci.

CAPITOLO 50

«Chris…»

Voltandomi di nuovo verso la scuola, me lo trovai proprio di fronte. Gli sorrisi appena, avrei voluto abbracciarlo, solo per la gioia di rivedere un viso noto finalmente, ma mi trattenni.

«Sei tornata.»

Chris annuì brevemente, senza aggiungere altro. Però rimase fermo di fronte a me, come se avesse voluto parlare ancora, comunicarmi qualcosa.

Era a conoscenza della mia storia con Hunter? Molto probabile. Chris Jones era il più vicino a lui, tra gli insegnanti. Forse non mi restava altro che rompere il ghiaccio e affrontare direttamente il discorso. Prima che Chris decidesse di salutarmi e andarsene.

«Chris, sai dov'è Hunter?» Ecco, lo avevo fatto. Inutile tergiversare. «Per favore…»

«Beatrice…» Inaspettatamente mi afferrò per un braccio, guardandosi intorno. «Spostiamoci da qui, meglio. Andiamo a bere qualcosa.»

Annuii, voltandomi verso il "Corner Bell".

«No, direi di no. Vieni…»

Con un cenno mi indicò di svoltare l'angolo dietro la scuola e io lo seguii diligentemente, sforzandomi di trattenere i fremiti d'impazienza che mi divoravano interamente.

Così mi ritrovai con lui, seduta sulla panchina di legno di un piccolo pub poco affollato. Avevo ordinato un succo di mela e mi sentivo davvero come una ragazzina al cospetto di un professore. In quel momento Chris mi incuteva più timore e soggezione dei miei docenti universitari.

«Hunter non insegna più qui, Beatrice.»

«Lo sospettavo.»

Tutto qui? Solo per dirmi questo mi aveva chiesto di allontanarci dalla scuola? Forse, conoscendo la mia pessima reputazione, non voleva che qualcuno dei suoi vecchi colleghi lo vedesse parlare con me. Probabile che Patricia fosse ancora al suo posto, come direttrice.

«Io so...» Chris si portò la mano al mento, accarezzandosi piano la rasatura più che perfetta. Sembrava alla ricerca delle parole corrette da rivolgermi. «So di te e Hunter.»

«Lo hanno saputo tutti, credo.»

Mi strinsi nelle spalle, posando entrambe le mani sul mio bicchiere. Non avevo nemmeno sete. Avevo lo stomaco chiuso.

«Sì, ma... quello che è successo dopo...» Chris sorseggiò la sua birra, poi scosse leggermente la testa con espressione assorta. «Non è stato giusto.»

«Hunter non ha fatto niente, Chris. Io ne sono convinta. Non ha aggredito Konrad, non ha fatto tutto quello che lui ha detto...»

Tutto il resto. Il resto che Konrad mi aveva raccontato. Di come Hunter avesse approfittato di altre ragazze, in passato.

«So anche questo. E ora lo sanno tutti. Io non avevo mai dubitato di Hunter.» Chris congiunse le mani e incrociò le dita, protendendosi verso di me, che gli stavo seduta di fronte. «Beatrice... la storia messa in giro da Konrad su Hunter, non era assolutamente vera. Era una vendetta, nei suoi confronti.»

«Cosa? Una vendetta? Perché? A causa mia?»

Mi aggrappai al tavolo con entrambe le mani. Poi riuscii a stento a trattenere il mio bicchiere che rischiava di rovesciarsi a causa del mio impeto.

«No. Per farla breve... l'anno precedente Konrad era arrivato a Londra con la sua ragazza, dalla Germania Est. Erano fidanzati, intendevano sposarsi. O almeno, così credeva lui. Perché lei, a quanto pare, aveva altri programmi. Si erano iscritti a scuola, come tanti altri, per perfezionare l'inglese. Così la ragazza, Matilda, ha incontrato Hunter e...»

E allora Konrad aveva ragione, tutto sommato!

«E... Hunter si è messo con lei?»

«No, Beatrice! Ma l'intenzione di Matilda era quella di liberarsi di Konrad e restare in Inghilterra. Hunter faceva al caso suo, o almeno così lei sperava quando si è invaghita di lui. Poi insomma, conosci Hunter. Tutti i suoi ideali di libertà, di uguaglianza... non hanno fatto altro che influire ancora di più sulla decisione di Matilda, condizionata anche dal recente abbattimento del Muro di Berlino. Solo che a Konrad lei ha raccontato di essersi innamorata di Hunter e che lui la ricambiava. Quindi, inizi a capire il seguito...»

«Oh, accidenti... e lei? Dove si trova adesso?»

«È rimasta a Londra, come aveva programmato di fare fin dal principio. Sembra che abbia incontrato un altro, nel frattempo. Ma Konrad ha incolpato Hunter della loro rottura. Lo ha ritenuto il responsabile, credendo che fosse stato lui a portargli via la fidanzata e a riempirle la testa di tutti i suoi ideali. Così se n'è andato, da solo. Ma una volta tornato a Londra, non gli ha dato pace.»

«Certo. E quando ha capito che Hunter stava con me...» La conclusione era stata ovvia. Ecco perché si era tanto accanito contro Hunter, raccontandomi delle sue relazioni passate con altre ragazze. «Quindi in parte è stata anche colpa mia.»

«No, tu non hai colpa. Ha solo colto l'occasione al volo! Tu non sapevi niente... E Hunter non poteva prevedere che Konrad tornasse con questi propositi. Magari avrebbe tentato di vendicarsi comunque. Però... sono d'accordo sul fatto che forse tu e Hunter avreste dovuto aspettare che tu lasciassi la scuola, prima di essere così coinvolti...»

«Lo so. Abbiamo sbagliato.» In realtà non ci credevo davvero. Ma Chris aveva ragione. La nostra storia aveva aggravato tutto. «Abbiamo peggiorato la situazione, così. Questo è certo.»

«Hunter ne era consapevole, ancora più di te. Soprattutto dopo il ritorno di Konrad.» Chris si strinse nelle spalle. La nostra conversazione sembrava arrivata al capolinea. «Ma non voleva coinvolgerti. Forse sperava che Konrad fosse ragionevole e capisse che la decisione di Matilda non aveva nulla a che fare con lui.»

«Avrebbe dovuto lasciarmi. Perché Konrad ci aveva visti insieme, al parco. E poi… c'è stato il mio cambio di corso e… Konrad mi aveva raccontato che Hunter aveva avuto storie con diverse studentesse. Ovviamente mi aveva nascosto che si trattava di una sola. Matilda, la sua ex. Se io avessi detto tutto ad Hunter, forse avremmo potuto prevenire ciò che è accaduto…»

E ci saremmo lasciati. O forse saremmo stati più discreti. Ormai ogni congettura era inutile.

«Anche Hunter avrebbe dovuto dirti tutto. Ma non voleva farti pesare la situazione… e poi aveva avuto già problemi in passato, riguardanti risse e aggressioni.» Lo sguardo di Chris divenne comprensivo, quasi paterno nei miei confronti. «Ormai è successo, Beatrice. Avete tentato di proteggervi a vicenda. Non si può cambiare il passato.»

«Sì, però…» Però il passato aveva condizionato il presente e forse anche il futuro. «Hunter se n'è andato. Pensando che io non credessi in lui… che nessuno credesse in lui… Non è giusto, Chris. Non è giusto!»

E io lo avevo perso. Per colpa delle nostre incomprensioni, di fraintendimenti che avremmo dovuto chiarire, prima della mia partenza. Per colpa della rabbia assurda di qualcuno che lo riteneva responsabile di qualcosa che non aveva fatto. Per colpa anche del suo passato, forse. E dei pregiudizi della gente.

«Io gli ho sempre creduto. Anche Misaki e in seguito Freddie e Tasha, nonostante qualche dubbio iniziale. Non abbiamo dato tregua a Konrad, lo abbiamo messo alle strette fino a costringerlo a confessare. Non ha ammesso di aver mentito, ma la sua accusa è diventata sempre più fragile e priva di fondamento, fino a cadere del tutto. Ha cominciato a riconoscere di essersi sbagliato, di non aver visto bene il suo aggressore, di essersi confuso, di aver bevuto troppo e alla fine ha dichiarato che non era stato Hunter a picchiarlo, ma forse un estraneo con cui aveva avuto una disputa all'interno di un locale. Se l'è cercata e ne ha approfittato, con l'intenzione di mettere di mezzo Hunter. Freddie è riuscito anche a rintracciare Matilda, che ha ammesso di non aver mai avuto una relazione con Hunter. Così siamo riusciti a scagionarlo del tutto. Ma intanto è trascorso del tempo e Hunter ne ha subite le ripercussioni, considerati i problemi che aveva avuto in passato.»

«Maledetto Konrad! Lurido verme!» Non riuscii a trattenermi. Probabilmente se lo avessi avuto davanti lo avrei riempito di botte. Così almeno avrebbe accusato la persona giusta, questa volta. «Scusami...»

«No, hai ragione. È stato un verme. Anche perché vi ha seguiti o in qualche modo ha scoperto che non sareste stati insieme, quella sera, e che Hunter sarebbe stato da solo. Voleva rovinare il vostro rapporto, per vendetta. Ma si è spinto davvero oltre.»

«Misaki non mi ha detto niente. Cioè, non mi ha raccontato i dettagli...»

Ripensai alle conversazioni telefoniche con Misaki e alle sue recenti lettere.

«Hunter le ha fatto promettere di non raccontarti nulla. Voleva che tu fossi libera di fare le tue scelte e di decidere dove e con chi trascorrere la tua vita, senza sentirti in obbligo nei suoi confronti. Non sopportava che tu sospettassi di lui... ma non voleva nemmeno che fossi condizionata dalla sua innocenza o che provassi pietà nei suoi confronti.»

Scossi il capo, abbassando il viso. Possibile che Hunter avesse capito così poco, di me? Che non mi conoscesse affatto? O forse mi conosceva fin troppo bene, tanto da dubitare delle mie intenzioni nei suoi confronti.

«Io ci dovevo arrivare da sola. Non avevo bisogno che qualcuno mi raccontasse la verità. Hunter mi ha sempre protetta, Chris. Fin dal principio, quando avevo iniziato a comportarmi da stupida e mi mettevo nei guai. Così, ho trascinato anche lui. Ho compromesso ancora di più la sua situazione. Come se per me fosse solo un gioco.»

Mi alzai decisa. La nostra conversazione era davvero giunta al termine.

«Mi dispiace, davvero. Voi due...» Chris fece un vago tentativo di trattenermi.

«Lui non è più qui, vero Chris?» Avrei voluto evitare di chiedere. Per non sentirmi sbattere in faccia una risposta scontata.

«No, Beatrice. Però so che è tornato in Inghilterra. Patricia avrebbe voluto riprenderlo come insegnante, era veramente dispiaciuta per aver commesso un errore e di essere stata così ingiusta nei suoi confronti. Ha insistito ancora, gli aveva già chiesto scusa e lo aveva pregato di tornare prima che lui partisse per la Russia. Ma lui aveva rifiutato. Patricia sperava che, una volta tornato, cambiasse idea. Anche perché era davvero molto bravo nel suo lavoro, lo sai... Io non so dove sia, non si è più messo in contatto con nessuno di noi. Temo che abbia preferito tagliare i ponti con tutti.»

Era troppo tardi. Troppo tardi, per noi. La parte razionale di me aveva già iniziato a sospettarlo, dalle prime parole che avevo scambiato con Chris. Ma il mio cuore ancora rifiutava di accettarlo, di arrendersi al destino. Che non era buono e giusto, ma malefico, perfido e subdolo, proprio come la persona che era riuscita a separarci.

E io? Io non ero meno colpevole. Io gli avevo promesso che sarei tornata. E alla fine ero davvero tornata. Ma troppo tardi. Quando lui aveva smesso di aspettarmi.

Sarei dovuta restare, se lo avessi amato davvero. Questo era ciò che Hunter non aveva avuto il coraggio di dirmi, di chiedermi, anche nel corso del nostro ultimo incontro. Sarei dovuta restare e lottare per lui, per difenderlo. Perché era ciò che lui avrebbe fatto per me. Invece io, che dicevo di amarlo, ero stata una delle prime ad abbandonarlo. Sperando forse che restassero altri, al mio posto, ad occuparsi di lui.

«Grazie, Chris. Grazie di avermi detto la verità.»

«Era giusto così. Beatrice…» Chris mi rivolse un sorriso compiacente, quasi affettuoso. «Buona fortuna.»

Mi allontanai in fretta. Quasi aspettandomi di ricevere da Chris le stesse parole rassicuranti che mi aveva già rivolto Misaki, riguardo al destino, e che io non volevo ascoltare. Oppure temendo che mi incoraggiasse ad arrendermi, a riprendere la mia vita e ad andare davvero oltre.

Rimaneva un'ultima tappa. Un'ultima destinazione, a me nota. Poi il mio assurdo "viaggio attraverso il passato" sarebbe terminato. Avevo perso la cognizione del tempo, insieme a Chris. Probabilmente avrei tardato all'appuntamento pomeridiano con i miei compagni di corso. Ma non aveva importanza, mi sarei inventata una scusa, una qualunque. La mia missione era troppo importante.

***

Ero consapevole che l'ultima meta sarebbe stata la più difficile da raggiungere. E in cuor mio mi ero augurata di non essere costretta ad arrivarci, di riuscire a trovarlo prima. Speravo in un miracolo. Ma forse non ero stata abbastanza brava, buona e giusta da meritarmelo.

Ripresa la metropolitana, scesi alla fermata di Holland Park. Avevo una piantina con me, ma solo con uno sforzo di memoria riuscii a rammentare la collocazione della villetta di Alice, la sorella di Hunter. Se almeno avessi accettato la sua offerta di trasferirmi da lei, le ultime settimane, non avrei avuto questo problema.

Ma invece ero stata direttamente con Hunter. E poi... e poi la situazione era precipitata talmente in fretta, proprio negli ultimi giorni, da farci perdere del tutto il controllo!

Ferma di fronte alla casa di Alice, mi resi conto che forse avrei risparmiato tempo se fossi arrivata prima. Ma davvero, speravo di non essere costretta a coinvolgere la sorella di Hunter nella mia ricerca, soprattutto dopo la nostra discussione, la sera prima della mia partenza.

Mi sentivo esausta, la conversazione con Chris mi aveva spossata e indebolita. Dovevo riuscire a recuperare le energie e lanciarmi verso il mio ultimo tentativo. Non sapevo esattamente chi pregare, ma stavo supplicando una forza superiore di farmi trovare il coraggio. Di riuscire a trovare Hunter e di parlare con lui, soprattutto. Nient'altro aveva più importanza per me, al momento.

Pigiai il campanello, poi feci un passo indietro, in attesa. L'ora di pranzo forse era trascorsa, ma Alice poteva essere in casa, con i bambini. Anche se il silenzio all'interno non era di buon auspicio, purtroppo.

Suonai ancora, nel frattempo meditai sul fatto di infilare, nel riquadro usato per la posta, una busta con un messaggio e il mio indirizzo, che avevo preparato in metropolitana. Avrei ovviamente preferito parlare con Alice di persona, ma dovevo essere pronta a qualsiasi evenienza.

Raddrizzai le spalle, appena percepii dei passi, sempre più pesanti, avvicinarsi all'ingresso. Passi forse troppo pesanti, per essere quelli di Alice. Quando la porta si aprì mi trovai davanti un uomo, infatti. Di bell'aspetto, alto, con i capelli scuri e un taglio impeccabile, viso affilato. In giacca e cravatta, mi guardava un po' perplesso. Come se sospettasse che mi fossi persa e volessi chiedergli indicazioni.

«Io...» dissi qualcosa per prima, per precederlo e non farmi trovare impreparata. «Io... stavo cercando Alice...»

Ero abbastanza sicura che la casa fosse proprio quella. Quindi l'uomo doveva essere...

«Sì, Alice è mia moglie. Non è in casa, ora.»

Ecco, il marito di Alice. Meglio di niente.

«Quando posso trovarla, per favore?»

Non mi sarei arresa senza lottare.

«Non tornerà fino a stasera, temo. Sta lavorando a un nuovo progetto.» Il marito di Alice stava dando qualche segno di impazienza, anche se appena accentuato. «In realtà anche io sto per uscire, devo rientrare in ufficio.»

«Va bene, capisco.» Ero un'intrusa, inopportuna e maldestra. E straniera, oltretutto. Quell'uomo non sembrava avere la pazienza di Hunter, di Alice e di altri, nei miei confronti. E il suo accento non era altrettanto chiaro. Forse era dovuto alla fretta, ma avevo la netta impressione che mi volesse fuori dai piedi, il prima possibile. «Posso lasciare questo per Alice?»

Così gli consegnai il mio biglietto. Lui lo prese e annuì, anche se un po' distrattamente.

«Per favore… è importante…» lo implorai con una vocina supplichevole.

«Sì, certo. Tranquilla, lo farò avere ad Alice.»

Detto questo, stava per richiudere la porta, con un sorriso mesto e accondiscendente.

«Io… sarò in Inghilterra per altri nove giorni, lì dentro c'è il mio indirizzo di Bristol e il numero di telefono. Avrei bisogno di parlare con Alice.» Dovevo osare, lanciarmi e tentare il tutto per tutto, ormai. Anche se il marito di Alice forse non aspettava altro di rispedirmi su un altro pianeta, visto che continuavo ad approfittare dei suoi preziosi ritagli di tempo e gli impedivo di tornare al suo lavoro. «Oppure con Hunter… se per caso…»

Magari avrei potuto ottenere il suo indirizzo, o il numero di telefono. Forse avrebbe ceduto, solo per togliersi dai piedi una rompiscatole. Io stessa ero sempre più vicina a cedere, a crollare… qualche altro minuto trascorso in quello stato di tensione e sarei scoppiata a piangere di fronte a uno sconosciuto impaziente e poco propenso ad aiutarmi. A questo punto sarebbe stato preferibile farlo di fronte a Chris.

«Hunter...»

Il marito di Alice sembrò calmarsi, non avere più alcuna fretta. Come se avessi pronunciato la parola magica. Ma un'ombra repentina passò sul suo viso, attraversandogli lo sguardo.

«Sì, Hunter! Per favore... dove posso trovarlo? Mi sarebbe di grande aiuto!»

CAPITOLO 51

Autunno 1999

A volte, nonostante il tempo trascorso, certi ricordi rimangono indelebili. Così come certi rimpianti, certe passioni. E riemergono, nei momenti di estremo bisogno. Forse a proteggerci, a confortarci. Oppure a farci da corazza, da scudo contro il resto del mondo. Contro chi, imperterrito, continua a offenderci, a ferirci. Senza tregua, giorno dopo giorno. Senza pietà.

Allo stesso modo, il mio amore per Hunter Stevens era rimasto lì. Come il mio tempo con lui. Come la nostra canzone e tutte le altre esperienze che avevamo condiviso insieme. Cristallizzato nella mia memoria e forse protetto, in quell'angolo del mio cuore sempre più profondo e intimo, da cui non ero mai riuscita a estirparlo, a sradicarlo completamente. Nonostante tutto. Nonostante tutti. E nonostante me stessa e l'uomo che era entrato nella mia vita, convinto di essere destinato a restarci a tutti i costi, anche contro le mie resistenze.

Otto anni erano trascorsi. Dal nostro incontro. Da quell'amore che mi aveva travolta, incendiandomi l'anima e i sensi, che ancora resisteva immutabile, dentro me. Era il mio faro, un po' come quel mio primo viaggio da sola a Londra. Lo stendardo della mia libertà e della mia incoscienza, allo stesso tempo. Una libertà che avevo perduto e non avrei riconquistato mai più, nonostante le mie illusioni.

Perché, anni dopo, mi ero ritrovata nella "terra della libertà e delle grandi occasioni". Ma io, al contrario, le avevo perse entrambe.

"Terra della libertà e delle grandi occasioni". Così mio marito definiva il suo paese. Così lo definivano in molti. Spesso a ragione. Ma per me quella stessa libertà si era trasformata in una trappola opprimente che mi schiacciava, giorno dopo giorno, conformandomi a un mondo che non era mai stato il mio.

Mi ero illusa. Mi ero sbagliata. E per me non ci sarebbe stata via di fuga al mio errore, alla prigione che io stessa avevo contribuito a costruirmi intorno.

Una volta tornata a Bristol, dopo la visita a Londra e la mia ricerca disperata di Hunter, era iniziata la mia attesa. Durata nove lunghi giorni che mi erano sembrati nove anni o forse più. Avevo atteso un messaggio, una chiamata. Prima con speranza, con ottimismo. Poi, mentre i giorni passavano, mentre le ore scorrevano sempre più veloci, avevo iniziato a capire che non avrei ricevuto proprio nulla. Nulla. Tanto meno una telefonata o una visita. Avevo compreso che Hunter mi aveva dimenticata, che per lui non contavo più niente. Ero stata solo l'avventura di un'estate, un episodio di scarsa importanza nella sua vita. Oppure i suoi sentimenti nei miei confronti erano cambiati.

Per me, purtroppo, non era accaduto lo stesso. E non c'era nulla che potessi fare. Solo imparare a convivere con il mio amore per lui, soprattutto quando avevo iniziato a comprendere che non sarei stata in grado di liberarmene. Nonostante avessi un disperato bisogno di distogliermi, di dimenticarmene.

Ma stranamente, anche a distanza di così tanti anni, conservavo un'ottima memoria di quel periodo, compresi i particolari. Ogni minimo dettaglio di noi. Ogni suo bacio, ogni sua carezza. Il suo modo di toccarmi, di guardarmi. Anche il suo profumo, lo percepivo ancora addosso. Come se lo avessi appena vissuto, come se lo stessi ancora vivendo. Tutto il resto, dopo di lui, era come perso, oppure ero stata io stessa a perdermi in una sorta di magma omogeneo senza spessore, senza sostanza. Senza importanza.

Una volta tornata a casa, dopo il viaggio in Inghilterra con l'università, non mi ero arresa nonostante tutto. Ci avevo provato, senza riuscirci. Anzi, mi ero aggrappata ancora di più alla speranza. In modo quasi folle, accanito. Mi illudevo che qualcosa accadesse, prima o poi. Perché nella mia mente non poteva, non doveva finire così. Le parole di Chris, quello che mi aveva raccontato, mi risuonavano dentro, costanti, implacabili. Mi ero rimproverata di non avergli lasciato un recapito, nel caso avesse riallacciato i rapporti con Hunter o l'avesse incontrato. Poi avevo pensato di scrivere a Misaki, oppure a Freddie. O magari di cercare nuovamente Alice. Ma Alice doveva aver ricevuto il mio messaggio, ormai. Suo marito mi aveva promesso di consegnarle il mio biglietto e di chiederle di contattarmi. Invece anche lei mi aveva abbandonata. A me stessa e al mio dolore. Ero tornata a sentirmi sola, in mezzo a tanta gente. Sola come sempre. Sola com'ero stata prima di lui.

Poi, poco alla volta, mi ero imposta di reagire. Ci avevo provato, al meglio delle mie possibilità. Mi ero impegnata, sforzandomi di lasciarlo scivolare via dalla mia memoria e anche dal mio corpo che conservava ancora segni di lui, tracce del suo passaggio su di me.

Mi sarei innamorata ancora. E sarebbe stato normale, mi ripetevo. Perché così capitava a tutti. Dovevo solo provarci. E impegnarmi, soprattutto. Un po' di più, un po' di più. Che non ci fossi riuscita prima e dopo di lui era solo una fatalità.

Così accadde. Perché forse avevo bisogno di qualcuno che mi portasse via dalla mia solitudine, dalla mia tacita disperazione. Dal senso di mancanza che mi faceva sprofondare in quel nulla da cui non sapevo mai come riemergere e mi rendeva passiva, inerme.

Dwight Thompson, forse solo per il fatto di trovarsi lontano da casa, in un paese straniero, aveva l'aria un po' persa e disorientata, come me. Avevo iniziato ad accettare la sua compagnia, poi la sua amicizia. Era sempre gentile e discreto, a differenza di altri ragazzi che mi giravano intorno. E aveva il buon gusto di non impormi mai la sua presenza.

Qualche mese dopo il legame tra noi si era trasformato in affetto, almeno da parte mia. Ma io avevo bisogno di tempo e volevo prendere le cose con calma, questa volta. Perché con Hunter avevo bruciato i tempi, mi ripetevo. E avevo finito per bruciare anche me stessa, restando avvinta in quel vortice di passione, in quel fuoco che non ero ancora riuscita a sedare. Ma la verità era che con Hunter non avrei resistito, sarei impazzita nell'attesa. Perché lo avevo desiderato fin dal primo istante in cui il mio sguardo si era posato su di lui. E il mio desiderio di lui forse non si sarebbe spento mai davvero del tutto.

Ma Dwight non aveva fretta, era estremamente paziente e generoso con me. A volte non sembrava nemmeno rendersi conto delle mie distrazioni, delle mie assenze. La mia mente era troppo spesso altrove. Incolpavo lo studio, la stanchezza, la mancanza di entusiasmo nei confronti del luogo in cui ero nata e cresciuta.

Così, poco alla volta, il nostro rapporto era maturato. Dwight Thompson aveva il grande merito di piacere a tutti. I miei genitori lo adoravano e le mie amiche mi invidiavano. Perché Dwight era bello, biondo, solare e il suo accento americano tanto seducente. Io, a quel punto, avevo iniziato a raccontarmi una bella storia. Una storia a lieto fine, questa volta. Soprattutto perché se tutti amavano Dwight, quella sbagliata dovevo essere io. Dovevo amarlo anche io e smettere di aggrapparmi al passato.

Dwight sarebbe rimasto per il tempo necessario, poi mi avrebbe portato via con sé. Via dalla mia desolazione, via dalla mia disperata solitudine. Via dal mio cuore maledetto che rifiutava di arrendersi. Sì, Dwight sarebbe rimasto. Avrei avuto anni, insieme a lui. Di Hunter cosa mi era rimasto? Solo qualche mese, che sarebbe scivolato via, solo una ferita che sarebbe guarita, prima o poi. Ci avrebbe pensato il mio futuro, felice e roseo, a cancellarla per sempre.

«Andrà tutto bene, gioia mia…» Così Dwight mi chiamava. "Gioia mia", come se fossi una pietra preziosa di cui lui aveva guadagnato il possesso. «Ti piacerà casa mia. E se non ti piacerà, potremo sempre tornare indietro e restare a vivere qui.»

Non mi importava di tornare indietro. Nemmeno di restare a vivere nel mio paese. Volevo solo andarmene, vagare da qualche parte nel mondo. Ecco sì, vagare. Proprio come quando da piccola avrei voluto scappare con il circo e spostarmi sempre, di città in città, di paese in paese, senza meta, senza dimora. Vagare. Lontana dagli sguardi di tutti. Lontana dai giudizi di chi mi conosceva da sempre. Perché avevo il terrore che prima o poi si accorgessero che non ero quella che avevano sempre creduto e che da tempo, tanto tempo, avevo iniziato a recitare una parte non mia.

Avevo sposato Dwight Thompson dopo un corteggiamento assiduo da parte sua e una frequentazione durata oltre due anni. Nei tre anni precedenti eravamo stati solo amici o poco più. Così, in cinque anni, avevo imparato a conoscerlo. Dwight sapeva essere tanto divertente e mi faceva ridere, ridere spesso. E ridere mi faceva bene.

«Non lasciartelo sfuggire!» Mi ripeteva Greta, ogni volta. «Dove lo trovi un altro così? È tanto dolce, tanto allegro… e così bello! È bello come il sole!»

Era una buona base di partenza, certo. Mi ero trovata un ragazzo attento, premuroso, affascinante, caloroso. Dwight era tante cose. Anche bello come il sole, come diceva Greta. Non era quello che avrei desiderato al mio fianco, però. Non lo sarebbe mai stato e nulla lo avrebbe trasformato nell'uomo che non ci sarebbe stato più, insieme a me. Non era Hunter Stevens. Con i suoi sogni, le sue speranze, le sue sofferenze, i suoi ideali di libertà. Hunter Stevens… con tutte le sue luci, con tutte le sue ombre.

CAPITOLO 52

Ci eravamo trasferiti negli Stati Uniti, sei mesi dopo il matrimonio. Terminati i miei studi e i suoi. Io avevo conseguito una laurea in storia con specializzazione in storia dell'arte che probabilmente mi sarebbe servita a ben poco, nel Montana. Dwight si era trattenuto più di quanto aveva pianificato di restare e, nel periodo in cui non stava con me, aveva visitato numerosi paesi europei. Aveva imparato molto ed era pronto a tornare a casa, nel suo paese. Io invece ero pronta a costruirmi una nuova casa, insieme a lui.

Avevo conosciuto i genitori e i due fratelli maggiori di Dwight poco prima del nostro matrimonio, celebrato in Italia, in una splendida villa sul lago di Como. La sua famiglia al completo si era dichiarata letteralmente affascinata dalla location che avevamo scelto. E anche dalla mia grazia, dalla mia eleganza, dal mio buon gusto. Cynthia, la madre di Dwight, aveva sottolineato che fossi un po' troppo magra e con le ossa piccole.

«Ma non durerà per molto...» aveva aggiunto, con un sorriso aperto, che mi parve allegro e spontaneo quanto quello del figlio.

Io non avevo ben compreso cosa intendesse, mentre Dwight e i suoi erano scoppiati a ridere, ma non aveva importanza. Avevo tralasciato qualsiasi probabile ambiguità per il senso di colpa che avevo sentito appropriarsi di me, imporsi sulla mia coscienza.

Avevo venticinque anni al momento del sì. L'età giusta. L'età accettabile. Ma mi sentivo molto più indecisa e incerta di quando ne avevo diciotto. Non riuscivo a rendermi pienamente conto del fatto che sarei davvero appartenuta a quell'uomo che mi stava accanto, per il resto della mia vita. Così recitavano le nostre promesse. Così io avevo ripetuto diligentemente, con tutta la razionalità che ero riuscita a raccogliere, dentro di me.

"Dove sarai tu?" Mentre gli altri festeggiavano, io mi ero persa nei ricordi, nel calcolo del tempo trascorso. Se io avevo venticinque anni, lui doveva averne circa trentuno. Il suo compleanno era in maggio, mi aveva detto. "Chissà cosa stai facendo? Chissà se sei felice? Sarai con una donna, sicuramente... spero che ti renda felice..."

«Beatrice...» Mia madre mi raggiunse, accarezzandomi la spalla con dolcezza, poi sistemandomi il tulle dell'abito da sposa, che mi si era quasi attorcigliato intorno ai piedi, rischiando di sgualcirsi. «Cosa fai qui da sola? Non dovresti abbandonare tuo marito e gli ospiti.»

Sussultai alla parola che aveva appena pronunciato. Mi stava sbattendo in faccia la realtà. Dwight era appena diventato mio marito e io mi interrogavo sul destino di un uomo che non avevo più visto né sentito da circa sette anni. E in parte ero anche gelosa, di quell'uomo e della donna che poteva avere al suo fianco. Gelosa da sentirmi quasi soffocare da quel vestito bianco che mi si avvolgeva intorno al corpo come una camicia di forza.

«Guardo il lago...» sorrisi, stringendo la mano a mia madre. Non sapendo cosa dire, continuai a fissare quella placida distesa blu, di fronte a me. Appoggiando l'altra mano a una piccola betulla che faceva parte del parco della villa, per sorreggermi. «Mamma... passerà prima o poi?»

«Che cosa, cara?»

«Questa sensazione strana...» sospirai, voltando lo sguardo verso di lei. Mi avrebbe riportata al mio posto, lo sapevo, con la sua razionalità. Mi stavo solo preparando al mio destino.

«Ma sì, certo. Oggi è così... devi avere pazienza, tanta pazienza.» Mi sorrise amabilmente, voltandosi poi verso il giardino che ospitava parte del nostro ricevimento nuziale.

«Dovete ancora fare le fotografie nel parco. Da soli, con i genitori, con i parenti, con gli invitati...»

«Già...» La trattenni per un braccio, mentre si stava incamminando. «Mamma... la sensazione di essere nel posto sbagliato al momento sbagliato, intendevo questo. Passerà, prima o poi?»

La vidi deglutire e sgranare gli occhi su di me. Il suo disagio mi fu sufficiente, come risposta.

Un anno dopo, ormai stabiliti nel Montana, nella "terra della libertà e delle grandi occasioni", avevo ottenuto la mia vera risposta. Che andava ben oltre, ormai, l'espressione attonita di mia madre il giorno del mio matrimonio. Tanto da diventare una sentenza definitiva.

Io, Beatrice Berger, ero diventata proprietà esclusiva di mio marito, Dwight Thompson. Così come lo era diventato il suo ranch e il suo allevamento di bestiame nel Montana. No, anzi, quello lo condivideva con i suoi fratelli, dopo la recente scomparsa di suo padre. Non riuscivo a comprendere il motivo per cui si fosse trattenuto tanto a lungo in Europa, se poi sarebbe stata quella la vita a cui era destinato. La vita a cui aspirava. Se non per il fatto di potersi vantare, con i membri della sua comunità, di aver studiato in prestigiose università straniere, di conoscere discretamente altre tre lingue oltre l'inglese, di saper gestire le comunicazioni con l'estero anche attraverso le sue esperienze dirette con le culture locali. E di essersi portato a casa una moglie straniera. Fragile, dolce, accomodante. Una piccola curiosità locale dall'Europa.

"Troppo europea", ero stata definita da alcuni. "Troppo snob", da altri. In realtà l'unica cosa che ero davvero diventata, l'unica definizione adatta a descrivermi sarebbe stata "troppo isolata" in quel mondo tanto estraneo, per me. Una piccola isola in un deserto di solitudine, di incomprensione. Perché se in Inghilterra mi ero sentita a casa, come in nessun altro luogo prima, nel Montana mi sentivo ancora, e più che mai, una straniera.

Dwight era diventato una sorta di celebrità nel suo villaggio, che era davvero molto più piccolo e più distante di quanto avrei creduto dalla città principale che mi aveva sempre nominato. Adorato e vezzeggiato, il ragazzo d'oro idealizzato da tutti. Un po' come lo era stato per le mie amiche e anche per i miei genitori, parenti e conoscenti. Forse era sempre stato abituato ad esserlo, il preferito anche tra i suoi fratelli. Abituato a ottenere tutto ciò che desiderava. L'uomo perfetto che avrebbe avuto bisogno di una donna perfetta, al suo fianco. Restava il dubbio sul motivo che lo avesse spinto a scegliere proprio me.

«Noi dobbiamo avere un figlio, gioia mia. Mamma dice che è ora.»

Prima no, non era il momento, anche se io ci avevo pensato e forse lo avrei voluto davvero. Perché prima il bambino rischiava di nascere al di fuori degli Stati Uniti. E no, non andava bene. Il figlio di Dwight Thompson doveva nascere all'interno del sacro suolo della "terra della libertà e delle grandi occasioni."

Nel corso di quell'anno trascorso nel Montana avevo sperato di trovare un lavoro adeguato ai miei studi. Poi mi ero rassegnata a scrivere, per il quotidiano locale, qualche articolo di storia dell'arte e storia dei costumi che nessuno avrebbe letto. Lo stesso direttore editoriale aveva accolto la mia collaborazione con indifferenza, solo per far piacere a Cynthia, la madre di Dwight. Infine, mi ero rassegnata e avevo iniziato a lavorare part-time in un piccolo negozio di abbigliamento decisamente fuorimoda. Il mio esiguo guadagno non serviva a nulla, se non a concedermi un miraggio di indipendenza economica. Gran parte del nostro reddito proveniva dal ranch, dalla compravendita e dalla macellazione di bestiame.

Mi ero resa conto che la famiglia di Dwight si aspettava che io collaborassi proprio in quell'attività, come facevano sua madre e le mogli dei suoi fratelli. E io mi arresi, convinta che avrei dovuto quanto meno fare uno sforzo, visto che quella era la vita che mi ero scelta. Anche se al momento non mi erano stati resi noti i dettagli.

Trovavo conforto nella lettura. E anche di quello venni accusata, tra le altre cose. Di leggere troppo. La promessa di Dwight di tornare indietro se non fossi riuscita ad adattarmi sarebbe rimasta tale. Solo una promessa, non mantenuta. Del resto, anche io avevo fatto lo stesso, anni prima.

«Ti devi solo impegnare un po' di più, gioia mia!»

Avevo compreso, a un certo punto, che secondo Dwight il fatto di non riuscire ancora ad avere un figlio quando "mamma" aveva stabilito che dovesse avvenire dipendeva da me e solo da me. Me ne sarei assunta la colpa e ne avrei sopportato il biasimo. Come sopportavo gli sguardi di disapprovazione delle mie cognate, delle persone del villaggio. Addirittura, nella loro chiesa ero diventata oggetto di scherno e di recriminazioni. E io non ero più certa di voler credere in un Dio che permetteva ai suoi devoti fedeli di trattarmi così, di farmi tanto male.

Dwight ci avrebbe dovuto pensare bene, prima di portarsi a casa una straniera. Avevo anche iniziato a pregare, nonostante tutto. Non per loro, ma per me stessa. Forse però pregavo un Dio che non esisteva, perché non mi aiutava. Non mi aiutava proprio mai. Forse era davvero colpa mia. Perché Dwight era... o meglio Dwight non era... non era lui. Il sesso con mio marito era quanto di più diverso potessi immaginare, rispetto alla passione che mi aveva incatenata ad Hunter.

Dwight non mi baciava mai, non mi accarezzava. Anche se all'inizio, nel corso della nostra relazione, non era stato così evidente. Lo faceva come per dovere. E i miei sensi erano ancora inebriati dal tocco di un altro uomo. Forse si era aspettato di non essere stato il primo, in ogni caso non aveva espresso né delusione né disapprovazione nei miei confronti. Non aveva espresso proprio nulla. Non mi aveva mai chiesto nulla. Era stato paziente, con me. Dolce, a modo suo. E io mi ero adeguata ai suoi ritmi, al suo modo tranquillo e pacato di volermi.

Ma arrivati in Montana anche le sue abitudini sessuali erano notevolmente cambiate, così come il suo atteggiamento generale. Tanto da farmi sentire sempre di più come un capo di bestiame del suo allevamento. Mettendosi sopra di me, mi si spingeva dentro con furia, alitandomi sul viso, senza cercare le mie labbra, senza percorrermi con quella delicatezza mista a passione che non ero ancora riuscita a cancellare dai miei ricordi. Dwight godeva del mio corpo, senza pensare a me, senza alcuna cura nei miei confronti, ma ringhiandomi sul collo mentre il suo orgasmo si diffondeva in me, come se avesse espletato il suo compito, un semplice bisogno fisiologico o forse un dovere. Lasciandomi indifferente, assorta a fissare la parete e poi la finestra della nostra stanza che dava sul giardino posteriore.

E mentre lui continuava a spingere e a soddisfare se stesso, la mia mente volava altrove. Lontano, oltreoceano. E magari non era nemmeno colpa sua. Lui era abituato così, forse tutto ciò che conosceva era quello e anche se prima aveva tentato di agire diversamente trovandosi in un altro ambiente, quelli adesso erano diventati i suoi usi e costumi. No, non poteva essere colpa sua se lui non era...

«Dannazione, ma dove sei?» Era esploso, all'improvviso, staccandosi da me. «Sembra che nemmeno ti piaccia, ovvio che non riesci a fare un figlio!»

«Non credevo dovesse piacermi, per restare incinta.» Avevo afferrato il lenzuolo, come a coprire la mia vergogna. «Perché altrimenti...»

Mi morsi le labbra, per non pronunciare le parole che mi erano sorte così spontanee da spaventarmi. Perché altrimenti sarei rimasta incinta di continuo, indipendentemente dalle precauzioni prese, con un altro uomo.

«Perché altrimenti? Continua!» Il tono di Dwight si era fatto aggressivo, quasi feroce, nei miei confronti.

«Perché altrimenti le vittime di stupro non si ritroverebbero dentro il figlio di un uomo che disprezzano! Invece a volte capita!»

Mi ritrovai i grandi occhi azzurri di Dwight sgranati su di me. La mia esternazione non era migliore di quella che spontanea mi era affiorata alla mente, ma che avevo taciuto. Era solo differente, nella sua tragicità.

«Ti stai paragonando a...» Dwight aveva faticato a pronunciare quelle parole. Tanto da non riuscire nemmeno a concludere la frase.

«No, ovviamente no...» sospirai, passandomi le mani sul viso.

Sì, invece. Sì, dannazione! Una voce aveva preso a urlare, dentro me. Ma non era colpa sua. Non poteva essere colpa sua, il fatto di non essere un altro.

«Dwight...» Mi ero allungata verso di lui, accarezzandogli il viso. «Andrà tutto bene, okay? Io cercherò...»

Non avevo idea di cosa avrei dovuto cercare o fare. Essere più collaborativa, forse?

«Sì, certo. Lo so che ci stai provando. Scusami, gioia mia.»

Ero andata a lavarmi, sotto alla doccia. Ma mentre ero riuscita a lavarmi via la sensazione sgradevole delle spinte di mio marito dentro di me, le parole che avevo solo pensato erano rimaste ferme lì, come bloccate, incastrate nell'anima.

Se fossi rimasta incinta di Hunter, tanti anni prima... Sarei tornata da lui. Sarei rimasta con lui per sempre. Mi appoggiai con le spalle alla parete, sollevando il viso. Mentre il getto della doccia scorreva su di me.

«Hunter...» sospirai piano, mentre le lacrime si mescolavano sempre più alle gocce d'acqua sulla mia pelle. «Hunter... dove sei? Hunter, aiutami...»

Mi massaggiai piano, le spalle, il seno. Forse era solo una sensazione, ma io riuscii a percepire le sue labbra sul collo e poi giù. Poi lo sentii risalire piano, quasi a piccoli morsi, verso le mie labbra, baciando piano tutto il mio viso, come aveva fatto anche l'ultima volta che ci eravamo incontrati, poco prima di lasciarmi andare.

Qualche mese più tardi, io e Dwight annunciavamo lieti l'arrivo di un erede. Io ero ancora incredula, ma decisi di lasciare andare definitivamente il passato e di concentrarmi sulla piccola vita che stava crescendo dentro di me.

«Sarà un maschio, me lo sento!» L'affermazione convinta di Dwight, dopo la notizia alla famiglia, mi aveva fatta irrigidire.

«Certo che sarà un maschio!» Sperai, invano, di trovare un frammento di compassione e solidarietà femminile in Cynthia. «Io ho avuto tre maschi! Jennie ha avuto due maschi e poi una femmina. Tessa ha un maschio e ne aspetta un altro... Per le femmine c'è sempre tempo!»

Mi sentii soffocare. Se non avessi corrisposto alle loro aspettative... cosa ne sarebbe stato di me e della mia povera bambina?

CAPITOLO 53

Con quanta dolcezza, quanta spontaneità era nato il mio sentimento per Hunter. E anche lui… non era riuscito a resistere all'attrazione che si era scatenata tra noi, fin dal primo incontro. Che continuavo a rivivere, come un triste nastro che io riavvolgevo insistente, frammento dopo frammento.

Erano trascorsi otto anni. Non così tanti, in fondo. Ma se da una parte avevo la sensazione di essere appena stata con lui, dall'altra mi sembrava trascorsa un'eternità. Quanto eravamo diversi, noi due, da tutti coloro che mi avevano circondata in seguito. Io e Hunter eravamo troppo ingenui, forse. Troppo innocenti, da un certo punto di vista. Tanto da riuscire a credere, quando stavamo insieme, in un mondo perfetto, in cui tutto si sarebbe risolto e sistemato. O forse ero stata sola, anche in questo. Forse avevo creduto davvero troppo ciecamente a quel destino di cui Misaki mi aveva parlato con così tanta fiducia.

Misaki… avevo perso anche lei. Poco dopo il mio arrivo nel Montana avevo smesso di ricevere le sue lettere e io stessa non le avevo più scritto. Mi ero convinta che fosse meglio così. Perdere tutto il passato. Lasciar andare i rimpianti. Cominciare una nuova vita. Vivere il mio destino nella sua totalità.

Ma la nuova vita non sembrava molto propensa alla generosità nei miei confronti. Soprattutto quando il destino volle che io e Dwight aspettassimo una bambina, non il tanto agognato maschio. Forse io lo avevo sentito fin dal primo momento. Ma la delusione dipinta sul suo viso iniziò a logorarmi dentro. Le battute poco incoraggianti di sua madre, dei suoi fratelli e delle rispettive mogli, fecero il resto. Tanto che a un certo punto avevo quasi creduto che fosse opportuno andarcene via, io e la mia bambina. Via da quel luogo dove non eravamo più né benvenute né desiderate.

Invece io rimasi. Fu solo lei ad andarsene. Quella piccola creatura a cui non avevo ancora scelto un nome. Ma che io sentivo figlia mia e del mio sogno d'amore. Non di mio marito. Forse non era destinata a restare con noi. E così com'era arrivata, se n'era andata, lasciando il mio corpo ma restando, allo stesso tempo, impressa nel mio cuore.

Accadde un giorno, mentre la mia risolutezza a fuggire via da quell'ambiente ostile si era fatta ancora più viva, più palpabile. Non avevo nemmeno idea di dove sarei potuta andare, così avevo recuperato l'indirizzo di Misaki Kunami, in Giappone. Una follia vera e propria. Però avevo iniziato a cercare notizie su di lei, di nascosto.

Poi anche il mio sogno si era spezzato. Così come il mio cuore, la mia anima. Ancora una volta ero rimasta sola. Questa volta piegata su me stessa, in un angolo del soggiorno, mentre il sangue mi colava tra le gambe e poi giù, fino al pavimento in legno della nostra casa.

«No, no… ti prego…»

Avevo anche cercato di trattenerla, dentro di me. Come se potessi spingerla all'interno del mio corpo, impedirle di uscire, di andarsene. Non volevo. Non anche lei. Perché anche lei?

«Aiuto… aiuto…» Sussurravo nella mia disperazione, pur sapendo che nessuno avrebbe potuto sentirmi. Cercai di raggiungere il telefono, ma il dolore lancinante mi piegò in due, prima di spezzarmi. «Aiuto… Hunter…»

Lanciai un urlo che mi squarciò, come la fitta di dolore e disperazione che sentivo intensificarsi dentro di me.

Mi stavo aggrappando alla vita, come potevo, come riuscivo. Per me stessa e per la bambina che ancora non accettavo di perdere. Ma lui non c'era, non sarebbe corso in mio aiuto. Lo avrebbe fatto, se ci fosse stato. Mi avrebbe presa tra le braccia, sollevata, portata in salvo. Mi avrebbe protetta, da tutto e da tutti.

Invece mio marito e sua madre mi lasciarono esattamente dove mi trovavo, rannicchiata contro la parete, con le ginocchia strette al petto. Circondata dal sangue che continuava a colarmi tra le gambe.

Dissero che era meglio non spostarmi, quando uscirono. Nessuno di loro si era avvicinato a me, nemmeno mio marito. Non mi avevano toccata, come se ciò che mi stava accadendo fosse qualcosa di nocivo, di dannoso per la loro salute. Come se soffrissi di una malattia contagiosa.

Tornarono accompagnati da una donna che, dopo avermi raccolta, pulita e stesa sul letto, espresse la sentenza che ormai pendeva sul mio capo. Ero rimasta di nuovo sola.

Per tutto quel periodo mio marito continuò a non toccarmi. Per i giorni successivi stabilì che fosse meglio per lui andare a dormire altrove, per lasciarmi tranquilla. Nonostante il torto subito, dentro di me io mi sentivo grata di quella decisione. Non potevo subire il suo sguardo su di me. Così compassionevole e ostile, allo stesso tempo. Era incredibile come Dwight fosse in grado di esprimere due sentimenti così diversi e contrapposti, allo stesso tempo. Eppure, ci riusciva perfettamente.

«Può capitare.» Stranamente fu Cynthia a mostrare più solidarietà nei miei confronti. «Quando si è tanto fragili, come sei tu. Ma dovete riprovarci, al più presto. Prima che sia troppo tardi.»

Troppo tardi per cosa? Non osai chiedere. Prima che diventassi troppo vecchia? O ancora più fragile? O forse prima che tra me e Dwight si spegnesse tutto, anche quel barlume di intesa e di affetto che ci aveva uniti?

Perché, forse Cynthia non lo aveva ancora capito, quella fase del nostro rapporto aveva iniziato a spegnersi presto. Dal nostro arrivo in Montana, dalle sue intromissioni nel nostro matrimonio, dal loro modo di farmi sentire inadeguata al loro lavoro, alla loro vita, alle loro conversazioni che spesso non riuscivo a comprendere, ad afferrare. Troppo inutilmente straniera.

Avevo iniziato a chiedermi dove fosse finito il ragazzo solare e affascinante incontrato quel sabato pomeriggio, in seguito alla rappresentazione teatrale di *Molto rumore per nulla*. Forse, subdolamente, il titolo di quella commedia di Shakespeare ci era stato fatale. Descriveva pienamente lo sviluppo e le sorti del nostro rapporto e del nostro matrimonio. Sprofondato nel nulla della nostra indifferenza reciproca.

Dwight aveva iniziato a condurre una vita tutta sua, sempre più lontano da me. Tornava a casa tardi e sprofondava nel sonno, accanto a me. Io mi facevo sempre più piccola, percependo il rumore al suo arrivo mi ritiravo in un angolo del letto, con gli occhi serrati. Sperando che non fosse tentato dalla mia presenza, che non mi attirasse sotto di sé. Pregando che fosse già stato sufficientemente soddisfatto altrove. Sapevo che frequentava altre persone. Non solo donne. Ma non glielo avrei mai rinfacciato e lui non lo avrebbe mai ammesso. Io per paura della sua reazione se gli avessi confessato i miei sospetti. Lui per vergogna.

A volte non ero tanto fortunata. A volte si convinceva che quel figlio tanto agognato dovesse arrivare per forza, a furia di insistere. Per cui adempieva il suo compito. Con tutta la forza di cui era capace, convinto di dover impiegare più foga, più rabbia, più impeto per raggiungere l'obbiettivo prefissato.

Io lo lasciavo fare. Io mi ritrovavo la mattina successiva con lividi sparsi su tutto il corpo, ma con il viso pallido illeso. Il mio viso dolce e un po' smunto da mostrare al mondo. Perché io non c'ero quando lui mi prendeva con tutta quella rabbia, spingendosi in me fino a spezzarmi quasi. Io volavo altrove. In un paese lontano, una città che mi aveva vista sbocciare, un quartiere grazioso, un appartamento minuscolo. In quel letto dove avevo confessato a un uomo, per la prima volta in vita mia, di amarlo.

La violenza di mio marito non mi provocava più alcun danno. Nemmeno il suo disprezzo ci riuscì, quando si accorse che già da tempo io non ero più con lui.

«A cosa stai pensando mentre ti scopo? Cagna! Lo vedo che stai pensando ad altro!» Mi aveva urlato sul viso, mentre il suo alito mi provocava un conato di vomito. «Come faccio con te? Cosa devo fare? Non riesci nemmeno a farmi sentire uomo!»

Dwight non si sentiva uomo, a causa mia. Ed era probabile, visto che per salvarmi da lui, io continuavo a pensare a un altro. Soprattutto da quando alla disperazione, all'influenza nefasta di sua madre, al confronto con i fratelli, si era aggiunto anche l'alcool. Ma forse, ciò che aveva logorato definitivamente il nostro rapporto, era stato il mio amore. Per un altro. Forse se fossi riuscita ad amarlo davvero tra noi sarebbe stato tutto diverso. Eppure, io ci avevo provato. Quanto ci avevo provato! E lo avevo amato, a modo mio.

E ancora stavo tentando di convincermi a cambiare, a cambiarlo. Perché mi ero convinta che anche io avessi le mie responsabilità nel nostro fallimento.

Alcuni giorni dopo, trovandolo più calmo nel corso di una festa di paese, avevo deciso di affrontarlo.

«Smettila di bere, Dwight. Ti prego… non vedi quanto male ti fa.»

«Sì… ci proverò.»

Mi rivolse un'occhiata distratta, vuota. Aveva smesso definitivamente di chiamarmi "gioia mia". Non mi era dispiaciuto.

«Io pensavo che noi potremmo… andare da qualche parte, insieme…» Mi morsi le labbra e gli sfiorai il braccio, con dolcezza.

«E dove vorresti andare? A fare un viaggio? Non è il momento.»

«No, ecco io… ricordi quando mi hai detto che saremmo potuti tornare indietro. Non so, in Italia, oppure in Svizzera… oppure cercare un posto tutto nostro. Magari così…»

«E perdere tutto quello che ho qui? Stai scherzando, vero?» Mi aggredì, afferrandomi per le braccia. «Tu... tu sei la mia rovina! Tu non sei nemmeno capace di darmi un figlio! Tu sei... sei...»

Mi lasciò andare, spingendomi indietro.

«Io sono?»

Gli afferrai il viso con le mani, i suoi occhi azzurri sgranati su di me non erano più tanto dolci, angelici, rassicuranti.

«Lascia perdere!»

Mi respinse indietro, liberandosi di me, della mia stretta.

«Credi che non abbia sentito? Credi che non sappia cosa dice tua madre di me? A tutti quanti. Che sono difettosa, merce avariata che tu ti sei trascinato dietro dall'Europa... una donna danneggiata, guasta! Ho perso il conto dei termini che ha usato per definirmi. E che dovresti liberarti di me, una buona volta!»

«No, ecco...» Mi fissò incredulo, ma intravidi nel suo sguardo un barlume di speranza. «Il divorzio non è una buona idea. Non posso.»

«Perché no, Dwight?»

«Per la chiesa, cazzo! Perché abbiamo detto... finché morte non ci separi!»

"Per la chiesa, cazzo!" Restai allibita. Come aveva unito così facilmente i due termini?

Lo guardai perplessa. Per un istante mi sorse il dubbio che mi stesse suggerendo di uccidermi. O che ci volesse provare lui. Io pensai che non ci sarebbe voluto ancora molto per raggiungere l'obbiettivo, già mi sentivo morta dentro. E la verità era che in parte ci credevo ancora, anche io. In parte speravo che io e Dwight avremmo potuto riprenderci, cambiare, imparare ad amarci. Altrove. Sarei stata anche disposta a lottare per salvare il nostro matrimonio. Perché anche la mia famiglia sarebbe stata della stessa opinione sul fatto che il divorzio non fosse una buona idea.

Dwight Thompson, fatta eccezione per alcuni attimi di lucidità e di pacatezza, si era trasformato nel mio carnefice, pur continuando a conservare esternamente i tratti di un angelo. E nonostante io tentassi di attenuare le sue colpe riversandole su Cynthia, la realtà era che Dwight, a trent'anni, doveva essere in grado di scegliere da solo, di prendere le sue decisioni. Ma non lo era. O aveva smesso di esserlo.

Forse ero stata anche io come lui. Forse per quello era stato attratto da me. Non ne avevo idea e non mi importava nemmeno più, perché in quegli anni Dwight Thompson si era magicamente trasformato dall'uomo che mi aveva fatta tanto ridere all'uomo che mi aveva fatta tanto piangere.

Solo una questione mi era chiara, ormai. Indipendentemente dalle idee di Dwight, della sua famiglia e della mia, riguardo al divorzio, una sola scelta stava iniziando a rischiarare il mio orizzonte. Fuggire. Andarmene lontano. Per sempre.

CAPITOLO 54

«Un divorzio è sempre molto triste. E ti segna, a vita. Sembravate così felici, così innamorati. Invece a quanto pare lui...»

Mia madre non riusciva a rassegnarsi alla fine del mio matrimonio con Dwight. Oppure non riusciva a rassegnarsi a una figlia divorziata per casa. Quasi come se fosse una malattia contagiosa. Forse temeva che la mia influenza nefasta avrebbe potuto condizionare il futuro di mio fratello. In quell'istante mi ricordò Dwight e sua madre. Il loro atteggiamento nei miei confronti quando avevo perso la mia bambina. La bambina che fin dal primo istante avevo considerato solo mia.

«La colpa è sempre di entrambi. Dwight non è il solo responsabile.»

Era stata l'unica spiegazione che avevo fornito ai miei genitori una volta rientrata in Italia. Non avevo sottolineato il fatto che l'infelicità segna a vita. La violenza segna a vita. Molto più del divorzio.

Ero fuggita dal Montana, con una valigia e pochi indumenti. Avevo semplicemente messo un po' di soldi da parte e acquistato un biglietto della Greyhound per New York. Poi un volo diretto verso l'Europa. Inizialmente ero stata indecisa sulla mia destinazione e la tentazione di volare a Londra era stata quasi irresistibile. Ma non avevo abbastanza soldi per potermela cavare da sola, una volta arrivata. Non avevo appoggi, non avevo più nessuno. Avevo perso i contatti con tutti e non avrei potuto ricostruirli così rapidamente.

Mi sentivo responsabile per il fallimento del mio matrimonio. Perché una parte di me era consapevole del fatto che, nonostante il male che Dwight mi aveva provocato, io non ero del tutto innocente. Dwight si era preso una moglie dal cuore già spezzato. Non aveva fatto altro che spezzarlo ancora di più, ridurlo in frantumi, invece di ricostruirlo poco alla volta. Ma forse lui non era tenuto a farlo, non era compito suo.

Cynthia non aveva avuto tutti i torti a chiamarmi "difettosa", "danneggiata". Lo ero davvero. Ma per una ragione differente, non perché non riuscivo a dare un figlio a Dwight.

Né mio marito né sua madre mi avevano comunque cercata. Cynthia, rimproverando il figlio di essersi preso una straniera arrogante invece di una brava ragazza del villaggio come i suoi fratelli, aveva già pensato di liberarsi di me in qualche modo. Purtroppo per lei però, non avevo contemplato il suicidio. E nel suo amato paese l'omicidio era ancora punito con la pena capitale.

«Mio figlio ha sbagliato, purtroppo...» L'avevo sentita bisbigliare in chiesa, a pochi passi da me, a una delle sue vicine. «Si è lasciato incantare dai modi delicati della straniera, ma avrebbe dovuto prendersi una ragazza del posto. Una come la tua Lindsay, capace di fare figli come Dio comanda!»

Quindi una degna sostituta era già pronta per lui. Nonostante Dwight dichiarasse di amarmi ancora. Nonostante la sua violenza nei miei confronti. Nonostante non mi permettesse apertamente di lasciarlo o di acconsentire al divorzio. Però io me n'ero andata comunque, sgusciando via da casa nostra come una ladra, con lo stretto indispensabile.

Così ero sparita dalla vita di Dwight e della sua famiglia, mentre tutti si preparavano a festeggiare il nuovo secolo e il nuovo millennio. Per non restare in quel mondo non mio. Per non rischiare di morire a causa di principi in cui nemmeno credevo personalmente. Il 2000 mi sarebbe venuto incontro a breve e avrebbe trovato in me una donna libera. Sperduta, devastata esternamente e internamente, senza prospettive, dimessa, ma libera.

Qualche giorno dopo essermi sistemata nella mia vecchia stanza, a casa dei miei, avevo trovato il coraggio di telefonare a Dwight. Mi aveva accolta la sua voce fredda, rigida. Mi ero aspettata che mi urlasse contro, che mi insultasse come aveva fatto negli ultimi tempi della nostra vita insieme. E avevo ancora paura di lui, nonostante fossi consapevole che la distanza che ci separava gli avrebbe impedito di farmi ancora del male, almeno fisicamente. Moralmente mi sentivo già a pezzi, anche senza il suo intervento.

Invece le sue risposte furono calme, distaccate. Quasi indifferenti. Non accettava ancora il divorzio, ma essendomene andata la nostra separazione ormai sarebbe stata inevitabile. Sicuramente non sarebbe venuto a prendermi per costringermi a tornare con lui.

«Non mi sembra vero che Dwight nascondesse un carattere così...» Mia madre scosse la testa, con espressione incredula, senza trovare la parola adatta per definire mio marito. Forse nemmeno esisteva. «A volte è proprio vero che non si sa mai cosa aspettarsi, dalle persone. Ma tu stai tranquilla, adesso.»

Mi strinse le mani nelle sue, accarezzandole piano. Il riscaldamento era acceso, in casa, ma io mi sentivo rabbrividire internamente. Come se un gelo si fosse fatto strada dentro me, prendendo possesso del mio corpo. Tremavo di freddo e di paura. Forse avevo lottato e resistito troppo a lungo. Forse era arrivato il mio momento di crollare, finalmente, di cedere e di abbandonare la corazza che mi aveva permesso di sopravvivere nel periodo di convivenza con mio marito e con sua madre, costantemente intorno a noi e inesorabilmente contro di me, contro la mia inadeguatezza.

Non ero riuscita a integrarmi, ad assuefarmi al loro ambiente. Questa era la mia colpa. Non ero riuscita a resistere, a restare. Ma la verità era che dubitavo di poter resistere e restare anche nella casa in cui ero nata e cresciuta. Ero diventata come una mina vagante, una straniera anche nel mio paese. Condannata a vagare, a implorare. Alla costante ricerca di una serenità che forse non sarei riuscita mai a raggiungere.

Improvvisamente mi tornò in mente Hunter. Da qualche tempo ero riuscita a distogliere la mente anche da lui. Hunter che aveva in programma quel viaggio in Russia, alla ricerca delle sue origini, delle sue radici. Hunter che in un momento di abbandono, di tenerezza tra noi, mi aveva chiesto di seguirlo. Di viaggiare insieme a lui. Forse questo eravamo entrambi. Due esseri condannati a vagare. Per questo le nostre anime si erano riconosciute e intrecciate. In un modo per me inestricabile.

Sperai, per l'amore che provavo ancora per lui, che il destino fosse stato più benevolo nei suoi confronti. Sperai che fosse felice. Che fosse amato, ovunque si trovasse. Più di quanto ero riuscita ad amarlo io. O meglio, più di quanto io ero riuscita a dimostrargli.

Dopo alcune settimane di semi clausura, avevo iniziato a uscire di casa. Ma mi ero resa conto, senza che la cosa mi sorprendesse o mi addolorasse eccessivamente, che il mio piccolo paese non era poi così diverso dal villaggio di Dwight, nel Montana. La mentalità meschina, anche se con qualche lieve differenza e tradizione locale, era la medesima.

Perché se nel periodo trascorso insieme a lui ero stata "la straniera", poi "quella troppo europea" e infine "quella difettosa che non sa nemmeno fare un figlio", nel mio paese ero additata come "quella separata dall'americano". Qualcuno, senza alcuna idea di come si fossero svolti i fatti, avevano espresso la sentenza sulla mia separazione con "lui non l'ha più voluta" e così, alla fine "lui l'ha rispedita a casa". Ciò che nessuno forse riusciva a comprendere, in entrambi i continenti, era che io avevo davvero sperato che funzionasse tra me e Dwight, quando lo avevo sposato. E ci avevo creduto, a modo mio.

Mia madre si risentiva. A me non importava nulla delle chiacchiere della gente. Non soffrivo nemmeno più. Nemmeno sforzandomi. Forse ci avevo fatto l'abitudine, la mia esperienza americana mi aveva forgiata per bene e avevo imparato tanto. Avevo imparato soprattutto che combattere contro la cattiveria e la malignità delle persone sarebbe stata una lotta inutile, una guerra impari. E io non avevo intenzione di sprecare il mio tempo e le mie energie. Ma sarei andata via, questo sì. Di nuovo. E, lo speravo davvero con tutto il cuore, sarei andata via per sempre. Avrei proseguito il mio cammino, il mio perenne vagare. Forse senza meta. Forse per ritrovare una parte di me stessa che avevo perso tanti anni prima. Così, per la gente del mio piccolo paese avrei subito un'altra trasformazione, diventando "quella che se n'è andata".

Giorno dopo giorno, avevo iniziato a ricostruire stralci della mia vita, rimettendo insieme i pezzi. La decisione era presa, ormai. Silenziosa ma inconfutabile. Sarei tornata a Londra. L'unico luogo che riuscivo a riconoscere come "casa". L'unico luogo dove fossi riuscita a raccogliere un po' di felicità. Senza impedimenti e intralci, questa volta. Con quasi dieci anni di ritardo. Ma sarei tornata per restare.

CAPITOLO 55

Londra era sempre Londra. Ed era sempre dove l'avevo lasciata. Anche nel mio cuore occupava lo stesso spazio. C'era un detto che avevo sentito nel corso del mio primo soggiorno, circa dieci anni prima, che suonava più o meno così: chi è stanco di Londra è stanco della vita.

Forse io un po' stanca della vita lo ero davvero. Ma avevo un dannato bisogno di tornare a respirare e di smettere di sopravvivere con quella perenne sensazione di soffocamento.

Avevo preso poche decisioni giuste nei miei ventotto anni di vita. Ma quella lo era. Stavo tornando a casa. Forse sarei riuscita a ricostruire me stessa, nonostante tanto, troppo di me fosse andato irrimediabilmente perduto.

Presa in affitto una stanza a poco prezzo nel quartiere di Stratford, mi ero avventurata in centro, in cerca di un lavoro. Uno qualsiasi, solo per mettere da parte abbastanza per tirare avanti e poi trovare di meglio, più avanti. Il mio inglese era migliorato notevolmente.

Avevo cercato di mettermi in contatto con Stacey e Tod, ma dalle informazioni che avevo ricavato avevo saputo che, dopo aver venduto la casa, si erano ritirati a vivere in campagna dove avrebbero trascorso la vecchiaia. Il tempo era passato anche per loro e ovviamente alla loro età non ospitavano più studenti stranieri. Con Norinne non avevo mantenuti i contatti. Dopo lo scambio di qualche frettolosa lettera appena tornata a casa, non ci eravamo più sentite.

Rammentai che anni prima, durante il mio breve soggiorno in Inghilterra e la mia visita a Londra, ero stata tentata di andare a trovare i Larsen e di pregarli di tenermi con loro per un po'. Ma speravo ancora che Alice mi contattasse al numero di telefono della famiglia di Bristol e poi... e poi era accaduto tutto il resto che non volevo più ricordare. In ogni caso mi ero pentita di non essere passata almeno a salutarli.

Al contrario, avevo evitato intenzionalmente di avvicinarmi alla zona della mia vecchia scuola, non avrei tollerato di rivivere quei momenti.

Qualche giorno dopo il mio arrivo avevo trovato lavoro in un negozietto di souvenir in Oxford Street e avevo messo alcuni annunci come insegnante di italiano e di francese. Magari avrei potuto fare domanda anche in qualche scuola. Intanto avevo intenzione di mettere da parte un po' di soldi per seguire alcuni corsi, perfezionare i miei studi storici e riuscire ad avviare una nuova carriera. Non sapevo esattamente cosa avrei fatto, ma mi sarei inventata qualcosa, anche a costo di crearmi una professione dal nulla. Avevo una gran voglia di imparare, di sperimentare, di costruirmi una nuova vita. Nuova e più soddisfacente, se possibile.

Perché c'era sempre quel dolore che mi si annidava dentro e non riuscivo mai a sconfiggere. Potevo combattere e tentare di contrastare il rimorso di non essere tornata prima e di aver perso l'uomo che amavo. Anche il fallimento del mio matrimonio ormai mi scivolava addosso, lasciandomi solo lievemente frastornata. Però le violenze, psicologiche e fisiche, che avevo subito mi si erano impresse addosso, come un marchio sottopelle che continuava a riemergere. Ero davvero segnata, segnata per sempre. Segnata anche dal briciolo di speranza che quella piccola anima aveva lasciato dentro me, per poi volare via, volare altrove.

Era una bambina. Non il prezioso maschio tanto agognato da Dwight e da sua madre. Era una bambina e per questo potevo considerarla solo mia. Tanto che, mesi dopo la sua perdita, nella mia mente avevo iniziato a chiamarla Heather e la chiamavo ancora così. Perché il suo nome suonava tanto simile a un altro che avevo amato, ma nessuno lo avrebbe mai saputo.

E poi c'era un'altra parte di me. Quella parte di me, implacabile e un po' selvaggia, che mi imponeva di cercarlo. Di cercarlo ancora. Solo per vederlo, anche da lontano. Per dare pace al mio cuore con un addio definitivo. I mezzi di comunicazione erano migliorati, forse le mie ricerche avrebbero portato qualche esito positivo. Ma era il coraggio a mancarmi, ad abbandonarmi del tutto, quando si trattava di compiere l'azione decisiva.

Per quanto riguardava Misaki, invece, la mia ricerca aveva dato esito positivo. Ero venuta a sapere che la mia amica aveva tentato di contattarmi al mio indirizzo americano, nel Montana, che io stessa le avevo lasciato quando le avevo scritto in Giappone. Ma nel frattempo io ero fuggita dalla casa di mio marito che, ovviamente, non mi aveva fatto pervenire la sua lettera. Poi mi aveva cercata a casa dei miei genitori. Così, dopo qualche mese dal mio arrivo a Londra, eravamo finalmente riuscite a metterci in contatto e a programmare di rivederci al più presto.

Perché, nei quasi dieci anni intercorsi dal nostro ultimo incontro, Misaki era tornata a Londra, aveva intrapreso un corso di studi in giornalismo e un altro in cucina internazionale, aveva incontrato un ragazzo, Declan, lo aveva sposato e si era trasferita con lui a Bournemouth. Lì si occupavano entrambi di ristorazione e catering. Gestivano una piccola catena di bed and breakfast. Misaki era riuscita a realizzarsi nel migliore dei modi nella sua vita, al contrario di me.

Mi rincuorava il fatto che le sorti della mia amica fossero state migliori delle mie. Misaki viveva felice nella deliziosa cittadina sul mare, con il marito e due bambini. Forse era stata meno impulsiva di me, più razionale. Magari si era innamorata della persona giusta al momento giusto. Non come me.

"Ma esiste davvero un momento giusto?" mi chiesi mentre guardavo fuori dal finestrino del treno che mi avrebbe condotta fino a Bournemouth, per la settimana di vacanza che ero riuscita a prendermi dal lavoro.

Era una bella mattinata di sole, in pieno giugno. Una delle prime giornate estive del 2001, esattamente dieci anni dopo il mio primo arrivo in Inghilterra. E io tentavo di mantenermi composta e controllata. Come se l'impatto emotivo di ciò che stavo vivendo non mi sconvolgesse, non mi turbasse.

Scesa dal treno, mi guardai intorno, restando ferma sul posto. Fingendo di cercare la mia amica con lo sguardo, dandomi un contegno, mentre in realtà le gambe mi stavano tremando troppo per potermi muovere.

«Beatrice!»

La sua voce che mi chiamava, il suo accento inconfondibile. E in pochi istanti Misaki era di fronte a me. La nuova versione di Misaki che poi, in effetti, era quasi perfettamente simile a quella dei miei ricordi. Lo stesso visino dolce, i capelli neri raccolti in una coda bassa, l'aria innocente e tenera.

«Oh, Misaki. Ancora non ci credo!»

Respirai profondamente, restando immobile di fronte a lei. Quasi non osando toccarla, per paura che scomparisse dalla mia vista e dalla mia vita, di nuovo.

«Vieni qui!» Fu lei a spezzare la distanza, lanciandosi verso di me per abbracciarmi. E mi strinse tanto forte, nonostante fosse così minuta, come non aveva mai fatto. Nemmeno quando ci eravamo salutate dieci anni prima. «Sei sempre la stessa, Beatrice. Anzi, sei ancora più bella!»

«No, tu sei sempre la stessa! Io sono…»

Mi strinsi nelle spalle. Se davvero ero migliorata esteticamente era un elemento puramente esteriore. Dentro la mia opera di distruzione era in atto da tempo. Mi morsi forte le labbra per non scoppiare a piangere lì, alla stazione. In mezzo alla gente allegra che pregustava la deliziosa giornata estiva.

«Andiamo a casa! Mio marito ha portato i bambini a fare un camping con i loro amici. Una sorta di ritrovo padri e figli per festeggiare l'inizio della bella stagione. Quindi staremo sole e avremo tutto il tempo per parlare con calma.»

Annuii grata, stringendomi a lei.

«Misaki… non li hai mandati via apposta, vero?»

«No, tranquilla…» ridacchiò accarezzandomi la schiena. «Li ho solo caldamente invitati ad approfittare della bella giornata per stare un po' insieme tra uomini! Proprio come faremo noi, tra ragazze come ai vecchi tempi.»

«Mmh…» annuii di nuovo, mordendomi le labbra e cercando un fazzoletto nella borsa.

«Beatrice… io non so tutto quello che hai passato in questi anni. Posso solo immaginarlo. Ma una cosa ti prometto. Starai bene, qui. Da ora in poi starai bene.»

CAPITOLO 56

Non è mai facile rievocare il passato. Soprattutto se tanto doloroso. Io e Misaki avevamo trascorso la giornata a parlare, a confidarci, anche a piangere rammentando i nostri giorni trascorsi a Londra, tanti anni prima. Così folli ma così perfetti, allo stesso tempo.

Ero contenta per la mia amica. Si era costruita una vita felice. La sua casa, confinante con il bed and breakfast che gestiva personalmente con il marito, era deliziosa e calda, accogliente. Mescolava con gusto e semplicità elementi locali con tratti tipicamente orientali. Dopo un ottimo pranzo a base di pesce, avevamo bevuto il tè, per poi andare a rilassarci sulla spiaggia di Bournemouth e guardare il mare.

Arrivate a sera, Misaki aveva saputo tutto di me e io di lei. Le avevo raccontato anche del mio viaggio con l'università, tanti anni prima. E della mia ricerca disperata di Hunter. Della mia conversazione con Chris e del messaggio che avevo lasciato al marito di Alice. Messaggio che non aveva mai ricevuto una risposta.

«Io non...» Misaki scosse la testa, mentre una smorfia le si dipingeva sul viso.

«Tu non...?» La indussi a continuare. «Lo so che quando inizi una frase lasciandola in sospeso, soprattutto accompagnata da quell'espressione, stai pensando qualcosa Misaki. Qualcosa di serio. Dimmi pure quello che pensi. Anche se credi che io sia stata un'idiota. Tu non... tu non l'avresti fatto, vero? Non lo avresti cercato. È stata una stupidaggine, da parte mia.»

«No, tesoro. Interpretazione completamente errata!» Misaki
arricciò il naso, poi sorrise. «Quello che stavo per dire è che io
non credo che Hunter abbia avuto il tuo messaggio.»

«Alice però...» Sollevai il viso, a guardare il cielo.
Stranamente era più azzurro che mai, insolito per l'Inghilterra,
anche in estate. «Lui potrebbe averlo avuto e aver deciso che
non fosse il caso...»

«Hunter? No, non ci credo. Quel ragazzo ti amava troppo,
Beatrice. Ti avrebbe chiamata, sarebbe venuto da te, se avesse
saputo che tu lo avevi cercato. Anche solo per...» Misaki
sospirò e mi sfiorò il braccio, per richiamare la mia attenzione.
«Anche solo per lasciarti andare, ancora una volta.»

«Non lo possiamo sapere... In ogni caso, è passato tanto
tempo. Non ha più alcuna importanza, ormai. Voglio dire...
non mi importa davvero più!» Scossi la testa. La verità era che
io, io non lo volevo sapere. Le parole di Misaki avevano ripreso
a scavare troppo a fondo, nella mia ferita. E io quel solco non
volevo più attraversarlo o ripercorrerlo. Mi faceva male. Un
male atroce, insopportabile, unito a tutto il resto. Anche sapere
che Hunter mi amava, mi faceva male. Mi causava un dolore
inesprimibile. «Comunque... hai più sentito qualcuno degli
altri? Io ho perso tutti, purtroppo. E in gran parte è stata colpa
mia. Soprattutto nel periodo che ho trascorso in America...»

«Sì, ho continuato a sentire quasi tutti i nostri amici, anche
se non tanto spesso. Negli ultimi anni ho perso i contatti con
alcuni di loro. Ma di recente sono riuscita a rintracciare
Fabiola, Kunisha, Igor. Ho scambiato qualche lettera anche con
Sandrine... E ho rivisto Chris, in un paio di occasioni
nell'ultimo anno. Insegna ancora, ma la nostra vecchia scuola
ormai è chiusa o trasferita in un'altra sede. Patricia è andata in
pensione, credo, o ha cambiato lavoro.»

«Io ho evitato di aggirarmi per la zona, questa volta. Quanti
ricordi... E Fabiola... avrei voluto cercarla, appena tornata
dagli Stati Uniti. Non abita lontana da me. Avrei dovuto farlo
anche prima, in realtà. Ma poi... forse mi vergognavo a

raccontarle ciò che mi è successo. Lei è sempre stata così razionale.»

«Potremmo farlo, Beatrice. Sono sicura che nessuno ti giudicherebbe, nemmeno Fabiola. Ognuno ha il proprio percorso, nella vita...» Lo sguardo incoraggiante di Misaki mi confortò, come sempre. La sua presenza, le sue parole, erano una sorta di balsamo sulle mie ferite. «Ognuno ha preso la sua strada, così ci siamo persi un po' tutti. Invece... Freddie e Tasha stanno ancora insieme, chi lo avrebbe mai detto?»

«Per me è stata una sorpresa scoprire della loro storia, quando me l'hai raccontato. Non avevo nemmeno capito che ci fosse qualcosa, tra loro.» Sorrisi, sentendomi all'improvviso più serena. «Sono contenta per loro. Dove vivono adesso?»

«Ecco, loro... vivono ancora a Londra. In realtà, nonostante avessero programmi diversi... oltre a non essersi mai lasciati, non se ne sono mai andati.»

«Ma che bravi! Loro ci sono riusciti, almeno...»

Non riuscii a celare una punta di amarezza. Però l'unica responsabile del mio fallimento ero stata io. Non potevo recriminare sulla sorte di altre persone.

«Io sono ancora in contatto con loro. Anzi, li sento di frequente. Ovvio, anche perché sono i più vicini. Capitano a Bournemouth abbastanza spesso e passiamo le giornate insieme, quando il tempo è così bello, soprattutto. Li ho avvisati che sei tornata, sarebbero felici di rivederti. E poi...»

Mentre Misaki parlava, io annuivo. Magari avrei potuto rivederli anche io. Freddie e Tasha... sì, sarebbe stato bello trascorrere qualche pomeriggio insieme a loro.

Non mi ero resa conto che Misaki, all'improvviso, si era interrotta lasciando la frase in sospeso. Di nuovo.

«Beatrice...»

«Sì, dimmi...»

Mi voltai verso di lei, con un sorriso rilassato. Ricordare i vecchi amici mi stava facendo bene. Mi sentivo ancora come un tempo. Libera, pulita, con tutta la vita davanti.

«Ecco… Freddie…» Misaki si passò una mano sul viso, poi sulla fronte. Incerta, titubante, si morse rapida il labbro inferiore. Poi, con un sospiro profondo, puntò lo sguardo su di me. «Io devo dirtelo! Insomma, te lo dico e basta! Freddie ha mantenuto i contatti con Hunter. Dopo quello che è successo anni fa, quando Hunter è tornato e ha incominciato a stare meglio, hanno ripreso a frequentarsi e a sentirsi regolarmente, sono ancora molto amici. E io mi chiedevo… in realtà anche Freddie e Tasha se lo chiedevano, non solo io… Beatrice, ti andrebbe di rivedere Hunter?»

CAPITOLO 57

Rivedere Hunter. La proposta di Misaki mi aveva colta davvero alla sprovvista. A tal punto che non ero riuscita a controllare la mia reazione emotiva. E nemmeno fisica. La sensazione fu davvero quella di sentire il cuore rimbalzarmi nel petto. Tanto che mi sentii costretta a posarci sopra una mano nel tentativo di trattenere e placare quel battito troppo intenso. Nel frattempo, avevo ripreso a tremare come mi accadeva quando pensavo ancora a lui, in America. Quel fremito interno che non riuscivo a controllare si era esteso anche all'esterno. E le lacrime mi pungevano gli occhi, pronte a sgorgare senza pietà di me e delle apparenze che mi stavo sforzando di mantenere.

«Lo vedo come non ti importa più.» Misaki tese la mano e strinse la mia, quella che avevo lasciato abbandonata sulla sedia a sdraio. «Sei sempre una pessima bugiarda. Ma non mentire con me, Beatrice. Io sono dalla tua parte, lo sono sempre stata.»

«Non ho mai smesso di...» Scoppiai in singhiozzi. Così, improvvisamente. Senza più controllo, senza freni. In un pianto dirompente che non ero più in grado di trattenere, di placare. Come se d'un tratto si fossero spezzati gli argini che tenevano il mio torrente di lacrime entro i limiti, entro i margini del buon senso, della decenza. «Non ho mai smesso di amarlo, Misaki. Mai! Anche quando... anche con mio marito. Io pensavo a lui! Io pensavo... di stare con Hunter! Sempre! Il mio matrimonio è fallito a causa mia. Il mio rapporto con Dwight era diventato terribile negli ultimi tempi, però... se io... se io mi fossi impegnata, se mi fossi sforzata di più...»

«Non è stata colpa tua.» Misaki si allungò verso di me, circondandomi con entrambe le braccia. «Tu ci hai provato, sono sicura che tu abbia fatto del tuo meglio. Ma l'amore è un sentimento che non si può controllare o guidare. E tanto meno comandare.»

«Se fosse stato possibile, io...» sospirai, aggrappandomi al suo braccio con entrambe le mani. Come se Misaki, così piccola, così fragile, contenesse in sé tutta la forza, tutto il potere di trattenermi e di condurmi in salvo. «Lui... lui come sta?»

«Hunter...» Misaki allentò per un attimo la stretta, per accarezzarmi le braccia, con dolcezza. Sembrava, ancora una volta, cercare le parole adatte per confortarmi e allo stesso tempo descrivermi la situazione. «Hunter si è sposato, qualche anno fa. Con una donna russa che ha incontrato in uno dei suoi viaggi, credo. Hanno avuto un bambino, ora dovrebbe avere circa due anni. Però poi si sono separati... Sono tornati insieme poco dopo, ci hanno riprovato per il piccolo, ma... non ha funzionato, nemmeno la seconda volta. Comunque, in generale, non ha avuto una vita facile dopo che tu...»

«Mi dispiace... Io speravo che almeno lui potesse essere felice.»

Chiusi gli occhi e lasciai che le lacrime mi bagnassero il volto, prima di ricompormi e asciugarle via.

«Invece non ha avuto molta fortuna, nemmeno lui.»

Misaki inclinò il viso e si spostò per riuscire a incrociare il mio sguardo, appena riaprii gli occhi.

«Mi credi se ti dico che avrei preferito saperlo felice?»

«Sì, ti credo. Però...»

«Non so se rivederlo sia una buona idea, Misaki. Io temo di... Io ho paura, ecco!»

«Paura di cosa? Che male ti può fare?» La domanda di Misaki non mi colse del tutto alla sprovvista, questa volta. «Mi sembra che tu abbia già sofferto fin troppo, Beatrice. Hunter potrebbe solo...»

«Lui... lui lo sa?» Non dovevo lasciarmi tentare. Non dovevo e non volevo. Ma come potevo chiedere a me stessa di trattenermi, di respingere dalla mente e dal cuore l'idea di rivedere l'unico uomo che avevo davvero amato in vita mia? «Hunter sa che io sono qui?»

«Freddie gli ha parlato. Organizzeremo una piccola riunione qui a Bournemouth, il prossimo fine settimana. Magari un picnic sulla spiaggia, se il tempo sarà bello. Una cosa tranquilla. Che ne dici?»

La voce della ragione mi avrebbe indotta a riflettere e a non ripercorrere il passato, rischiando di ferirmi ancora. Ma il cuore si rifiutava di ascoltare. Perché il cuore aveva le sue ragioni. E il mio stava rischiando di impazzire, nell'attesa.

L'attesa di lui, l'attesa di rivederlo. Del suo viso, del suo sorriso. Del suo sguardo su di me. Di quegli occhi grigio verde che assumevano una tonalità più intensa, più scura quando si incupiva, si preoccupava o provava emozioni profonde.

Hunter. Iniziai ad attenderlo già dal giorno successivo, anche se sarebbero dovuti trascorrere ancora cinque giorni. Il nostro picnic era stato programmato, da Misaki e Freddie, per il venerdì pomeriggio della settimana seguente. Poi avremmo trascorso insieme anche il sabato e la domenica. Misaki aveva riservato alcune stanze e il salottino privato del suo bed and breakfast solo per noi.

Nel corso delle giornate che mi separavano dall'incontro riuscii a calmarmi e a rilassarmi. Intanto avevo conosciuto Declan, il marito di Misaki, e i loro due bambini, Teddy e Sam. Vivaci, divertenti e adorabili, i loro tratti somatici erano unici al mondo. Teddy, cinque anni, con i capelli biondi del padre e il taglio degli occhi orientale preso dalla madre. Sam, tre anni, con i capelli scuri, la forma del viso di Misaki, ma gli occhi azzurri di Declan.

La giornata di venerdì era splendida. Così, il picnic programmato sulla spiaggia avrebbe avuto luogo senza inconvenienti. Io restavo concentrata sui bambini per tentare di rimuovere l'ansia che aveva iniziato ad assalirmi fin da prima mattina. Avevo saputo che Freddie e Tasha si erano già messi in viaggio, con la loro bambina. Hunter invece sarebbe arrivato probabilmente un po' più tardi.

«Misaki... sei sicura che non vuoi il mio aiuto per il picnic? Io posso aiutarti a preparare i panini... o forse c'è qualche verdura da affettare...»

«Te l'ho già detto, Beatrice. Ci pensiamo io e Declan. Tu, riposati... rilassati... E non farti manipolare troppo da quei due teppisti. Anzi, vai a farti una bella passeggiata sulla spiaggia, così quando tornerai sarà tutto pronto!» Rivolse un'occhiata convincente prima a me e poi ai suoi figli. Tanto tenera e dolce, ma Misaki sapeva sempre come farsi ubbidire da loro. Ancora più di Declan. «Bambini! Chi vuole provare i marshmallows con cioccolato fuso che ho appena preparato? Così mi dite se sono dolci al punto giusto... Lasciate andare Beatrice a rilassarsi un po', da bravi!»

Non restava altro da fare che ubbidire, quindi. Anche a me. Accarezzai le testoline di Teddy e Sam, poi sorrisi a Misaki.

«Allora, io vado... Magari camminare sulla sabbia mi farà bene. Perché io mi sento un po'...» Tesa come una corda di violino. No, non rendeva nemmeno l'idea.

«Lo vedo, tesoro. Ma davvero, stai tranquilla. Sono certa che andrà tutto bene.»

Annuii, lasciai la cucina del bed and breakfast, attraversai il salottino e poi la porta che dava direttamente sulla spiaggia.

"Tutto bene". Non avevo idea di cosa intendesse Misaki con "tutto bene". Nemmeno io avrei saputo darne un'interpretazione. Cosa mi aspettavo che accadesse? Niente, assolutamente niente. Erano passati tanti anni. Troppi anni. Ognuno di noi aveva percorso la propria strada. La canzone... la nostra canzone era stata più che mai veritiera. Io e Hunter eravamo davvero diventati due cuori che vivevano in due mondi separati, ormai. Come si poteva tentare di riunire qualcosa che si era così irrimediabilmente spezzato? Due estranei. Ecco cosa saremmo stati. Due estranei.

Raggiunta la spiaggia, esitai per un attimo. Poi mi chinai per slacciarmi i sandali, intrecciati intorno alle caviglie. Faceva abbastanza caldo e volevo godermi la sensazione della sabbia sotto ai piedi. E poi dell'acqua che, lambendo la riva, mi sfiorava appena, accarezzandomi le caviglie.

Una volta raggiunto il mare mi sembrò finalmente di riuscire a respirare per la prima volta, dopo tanti anni. Come se la mia esistenza stesse finalmente prendendo la direzione giusta. Vivevo a Londra, come avevo desiderato tanti anni prima. Avevo ritrovato Misaki. Non ero felice, avevo perso tanto nella vita. Ma almeno mi stavo avvicinando a una sensazione molto simile alla serenità.

Respirai ancora, questa volta più profondamente. Guardai verso l'orizzonte. Era pomeriggio inoltrato e il sole splendeva alto nel cielo. Una giornata intensa, viva, meravigliosa. Probabilmente sarebbe stato chiaro fino a sera.

Chiusi gli occhi, inspirai ed espirai più volte, fino a riuscirci senza che l'oppressione che sentivo costante dentro al petto opponesse resistenza. Poi mi chinai per accarezzare l'acqua con le mani. Nel farlo sollevai il mio vestito leggero, perché non si bagnasse. Ma rialzandomi, mi passai le mani sulle braccia, sul collo e tra i capelli. Aveva un buon odore, il mare. Odore di libertà.

Guardai ancora verso l'orizzonte. Poi mi voltai da entrambe le parti, incerta su quale direzione prendere. La spiaggia era quasi deserta, non c'era molta gente in giro a quell'ora. In ogni caso quella zona era riservata ai clienti del bed and breakfast.

Mi morsi le labbra, indecisa. Tra le scelte che avevo di fronte, una mi suggeriva in modo chiaro e preciso di fuggire, di allontanarmi e di non tornare indietro. Di non rischiare più. Di non affrontare la situazione.

«Mi hai proprio incastrata…» bisbigliai tra me, avviandomi verso sinistra, muovendomi a passi leggeri tra la sabbia e l'acqua. «Sei davvero tremenda, Misaki!»

Non mi sarei allontanata troppo, anche se l'istinto mi avrebbe spinta a continuare a camminare all'infinito, senza una meta. Passo dopo passo. Ma non potevo. Dovevo affrontare la realtà. Non ero più una ragazzina, ormai. Fuggire non mi sarebbe più servito.

Mi fermai e scossi la testa. No, non ero più una ragazzina. Ero cresciuta. La vita mi aveva presa e sbattuto in faccia tutti i miei errori, tutti i miei fallimenti. Ma forse era giusto così. Li avevo meritati, tutti quanti. Non li avevo solo subiti. Forse erano la giusta punizione per non essere tornata, per non aver seguito il cuore.

Mi voltai di scatto, preparandomi a rientrare. Forse mi ero calmata a sufficienza. Forse no. In ogni caso non sarei scappata in eterno. Sospirai e abbassai il viso, per osservare il gioco delle onde sulla riva. Sì, ero tornata a respirare di nuovo. Ed era bello. Mi faceva bene.

Sollevai lo sguardo, con un sorriso lanciai un'ultima occhiata verso l'orizzonte. Ero pronta. Ma girandomi rimasi immobile, incapace di percorrere un solo passo.

«Beatrice...»

Da dieci anni non avevo più sentito pronunciare il mio nome. Non così. Non da lui. Non dalla sua voce. Ora un po' roca, graffiata. Come vinta da una profonda commozione.

Rimasi in silenzio, a guardarlo. Gli occhi fissi su di lui, immobile come me, a qualche metro di distanza. Lottai per qualche secondo per riconoscere i suoi tratti, che tanto avevo amato. Che tanto mi avevano ossessionato l'anima nel corso degli anni. Notai immediatamente i capelli più lunghi che in parte gli nascondevano il volto, più affilato di come lo ricordassi. Di certo era più maturo. Anche la barba era più lunga e gli copriva il mento e le guance donandogli un'aria più selvaggia e più misteriosa al tempo stesso. La camicia chiara, aperta sul petto, lasciava intravedere il suo torace, più muscoloso rispetto a dieci anni prima. Solo i suoi occhi erano rimasti gli stessi, di quel grigio verde cupo che però ora mi rammentavano quasi un cielo in tempesta.

«Sei tu...» sospirai tra me. Non ero certa che lui mi avesse sentito.

«Sì, Beatrice. Sono io...»

Continuava a guardarmi, mantenendosi a distanza, a osservarmi probabilmente come io stavo facendo con lui, forse attraversato dai miei stessi pensieri, come se volesse analizzare i miei tratti e confrontarli con quelli passati, che aveva registrato nella memoria, nel corso del tempo.

Chiusi gli occhi per un istante, poi li riaprii per familiarizzare con la nuova immagine dell'uomo che avevo amato e perduto. Per renderla di nuovo parte di me, della mia memoria, dei miei sensi, del mio cuore. Infine, riuscii a pronunciare il suo nome. Pur temendo di lasciar trapelare, tra quelle poche lettere, il sentimento che in me non si era mai spento, che mi aveva consumata e avvinta. E che ancora mi bruciava dentro, come un fuoco.

«Hunter...»

CAPITOLO 58

Qualche istante più tardi, mentre io e Hunter eravamo ancora intenti a scrutarci incapaci di pronunciare molte altre parole oltre ai nostri nomi, Misaki ci aveva raggiunti con Declan e i bambini. Con loro c'erano anche Freddie, Tasha e Sophie, la loro deliziosa bimba di cinque anni.

Io mi sentivo del tutto persa, frastornata. Ricambiai gli abbracci di Freddie e Tasha e mi chinai per conoscere la piccola Sophie, assolutamente splendida e dall'aria raffinata, proprio come la madre.

«Forza, dillo che somiglia tutta alla mamma!» Freddie spezzò la tensione che si era creata subito dopo il loro arrivo. «Lo so che lo stai pensando, ragazzina!»

«E per fortuna!» Hunter lo schernì ridendo, mentre il suo sguardo passava sulla piccola Sophie, per poi posarsi su di me.

«Non essere così severo con te stesso, Freddie.» Anche io risi, rialzandomi. «Non sei così male. Anzi, sei quasi meglio di quanto ricordassi!»

«Ecco, visto ragazzi! Qualcuno che mi apprezza, finalmente!» Freddie si aggiustò gli occhiali sul naso e riprese a scherzare mentre gli altri sorridevano e aiutavano Misaki a stendere il telo per il picnic. «Ci sei mancata, Beatrice. Ci sei davvero mancata!»

«Anche voi…» Abbassai lo sguardo, intenta a dare una mano con i cesti del cibo e delle bevande, per non cedere all'emozione. «Anche voi mi siete mancati…»

Io avevo abbracciato Tasha e Freddie. Hunter aveva abbracciato Misaki, stretto la mano a Declan e accarezzato la testa dei loro bambini. Ma noi… noi due, oltre a scrutarci, a soffermare lo sguardo l'una sull'altro, non ci eravamo nemmeno sfiorati.

In compenso, Teddy e Sam si erano posizionati al mio fianco, uno da una parte e uno dall'altra. E sembravano decisi a non abbandonare la loro postazione.

«Ti sei guadagnata due vere guardie del corpo...» sorrise Misaki, osservando i figli che non si allontanavano da me. «Potrebbero anche costringerti a restare qui a Bournemouth e non lasciarti più andare a Londra!»

«Non mi dispiacerebbe... è stupendo qui...»

Ricambiai il sorriso, poi girai intorno lo sguardo. Incrociai quello di Hunter, fisso su di me.

Nel corso del pomeriggio i ricordi del passato riemersero, non soltanto in noi. Freddie manteneva viva la conversazione, attento ad alleggerire ogni tensione che rischiava di crearsi. Era sempre stato bravo in questo. Intanto mi sentivo addosso lo sguardo compassionevole di Tasha, oltre a quello di Misaki. Compresi che Freddie e Tasha sapevano. Sapevano di me. Forse non tutto, ma di sicuro Misaki aveva raccontato loro qualcosa di ciò che mi era accaduto, in modo che evitassero domande sconvenienti e troppo personali. Apprezzai la loro premura.

Così si fece sera e uno splendido tramonto ci sorprese. In un attimo, prima che me ne rendessi conto, le due coppie si erano alzate. Freddie aveva preso in braccio la piccola Sophie, Declan stava tentando Teddy e Sam con un nuovo gioco che aveva installato all'interno della loro personale sala per i bambini. Misaki e Tasha avevano raccolto i cesti e seguito i mariti, chiacchierando tra loro.

Non era stato difficile comprendere che avevano architettato tutto con uno scopo ben preciso. Io e Hunter eravamo rimasti seduti, in silenzio. Forse avremmo dovuto alzarci e seguire gli altri, ma nessuno di noi due sembrava intenzionato a muoversi.

«Ci hanno lasciati soli...» sospirò Hunter, spostandosi oltre il telo, per giocare con la sabbia che tratteneva nella mano e poi lasciava scorrere tra le dita.

«A quanto pare...» annuii, raccogliendomi le ginocchia al petto e posandovi sopra il mento.

«Non sei...» Hunter si schiarì la voce, prima di riprendere a parlare. «Non sei obbligata. Se preferisci, puoi...»

Sollevai il viso su di lui e scossi la testa decisa.

«No, io...» Lo guardai, sospirando. Era ancora più bello e seducente di quanto rammentassi. Mi augurai solo che non riuscisse a leggere tra i miei pensieri. «Insomma, si sono dati tanto da fare... sarebbe un peccato deluderli, non credi?»

«Sì, hai ragione. Come sempre.»

«No, a volte io...»

Non sapevo come proseguire. Forse tra noi non c'era davvero più niente. Niente da dire, niente da spiegare. Solo un imbarazzo che non riuscivamo nemmeno a nascondere.

«Vuoi forse dirmi che non pretendi più di averla sempre vinta, ragazzina?»

Il sorriso che Hunter mi rivolse placò il mio cuore, la tensione, la paura che stava occupando sempre più spazio dentro me. La paura di non essere più la stessa, ai suoi occhi. La paura di non piacergli più.

«Ti sbagli, professore. Ogni tanto ci provo ancora!»

Ricambiai il sorriso, poi distolsi lo sguardo da lui e accarezzai la sabbia con la mano, scostandola e poi ricomponendola e riportandola al suo posto.

«Allora non sei... cambiata così tanto...»

«Mmh... no, direi di no.»

Non sembrava esserci molto altro da dire, tra di noi. Tranne quello che io gli stavo nascondendo e mi stavo impegnando a celare, con tutte le mie forze.

Quanto lo desideravo, ancora! Quanto avrei voluto spostarmi, allungarmi verso di lui, sfiorare la sua mano, il suo corpo... toccarlo, stringerlo tra le braccia... Quanto temevo, invece, che tutta la mia passione nei suoi confronti mi si leggesse nello sguardo, negli occhi, nell'espressione del viso, sulla pelle che fremeva alla sola idea delle sue mani su di me, del suo tocco...

Per evitare di perdere il controllo delle mie sensazioni, mi alzai e mossi qualche passo verso la riva. Hunter aveva ragione. Non ero cambiata così tanto. Ciò che provavo per lui, soprattutto. Ecco, quello non era cambiato affatto! Anche il suo profumo, che diffondendosi nella leggera brezza serale arrivava fino a me, mi stava facendo impazzire.

«Beatrice...» Lo sentii alzarsi, pur restando fermo alle mie spalle. «Io... volevo rivederti, lo volevo davvero. Mi dispiace che tu ti sia sentita costretta, forse Misaki e Freddie non avrebbero dovuto...»

«No, Hunter, ti sbagli.» Mi voltai verso di lui. Alle sue parole, un nodo in gola aveva iniziato a occupare spazio dentro me, bloccandomi quasi il respiro. «Io... Nessuno mi ha costretta... Io volevo...» Poi scossi la testa, inerme. «Solo che...»

«Solo che... non è più lo stesso ed è inutile fingere che lo sia.» L'amarezza nel suo tono di voce mi fece male. Ma le sue parole ancora di più. Era questo che pensava, quindi? Come immaginavo. «Ti capisco. Ho detto solo un sacco di sciocchezze, vero? Perché le cose sono cambiate. Tu sei cambiata.»

«Mmh...»

Mi portai una mano alla bocca e morsi forte le labbra. Ma non potevo, non potevo esprimere ciò che realmente stavo provando. E se non mi fossi allontanata immediatamente avrei rischiato di cedere, di scoppiare in lacrime e lasciar crollare la mia corazza, di fronte a lui.

Così mi girai, avviandomi decisa verso la riva, senza aggiungere altro. Dovevo prendere le distanze. Se ne sarebbe andato. Sperai proprio che si voltasse, finalmente, prendendo la direzione opposta alla mia, per ritrovare i nostri amici all'interno del bed and breakfast. Stanco e deluso da me, dal nostro incontro. Deluso di aver ritrovato una donna spezzata, stanca, debilitata, forse nemmeno bella come ricordava... al posto della ragazzina vivace, allegra e appassionata di un tempo. Ma il vero problema era che questa donna, proprio come la ragazzina di un tempo, non era in grado di combattere contro se stessa. Non era in grado di smettere di amarlo. Ancora. Tenacemente, ostinatamente.

Cominciai a credere che se ne fosse davvero andato, percorrendo i pochi passi che ormai mi separavano dall'acqua. Concentrandomi sul lento e leggero sciabordio delle onde che si infrangevano sulla riva e percependo alle mie spalle solo il silenzio.

Invece all'improvviso da dietro mi sentii afferrare il braccio e sobbalzai.

«Beatrice, io ti avrei aspettata! Ti avrei aspettata anche più di qualche settimana... ti avrei aspettata per tutto il tempo necessario!»

Mi sembrò per un attimo di perdere l'equilibrio. E mi sarei lasciata scivolare, senza più sforzarmi per resistere, senza più opporre resistenza, tra le sue braccia.

«Hunter, ormai non possiamo più...»

Muovendomi riuscii a liberare il braccio dalla sua presa, ma fui costretta a passarmi entrambe le mani sul viso. Mi stava facendo male. Stava distruggendo tutto di me, anche quel poco che mi era rimasto. La mia scarsa stabilità emotiva e fisica, il mio impegno per riuscire ad andare avanti, in qualche modo.

Ma Hunter Stevens non sembrava disposto a darmi tregua, continuava a infierire su di me, senza pietà. Spingendosi oltre.

«Se solo tu avessi saputo cosa volevi! Se tu avessi scelto me... Se io non fossi stato solo un gioco per te, una sfida!»

Ci credeva davvero? Voltandomi ancora una volta verso di lui, disorientata e vinta dalle sue parole aride e dal tono sarcastico con cui le aveva pronunciate, notai il suo sguardo amareggiato, l'espressione affranta dipinta sul suo volto. Solo in quel momento mi resi conto di non essere stata la sola a soffrire.

«Questo pensi di me? Che io... Pensi di essere stato solo un gioco, per me? Quando ti ho detto che ti amavo, pensavi che giocassi Hunter? Che mi divertissi a sfidare Patricia, ad andare contro le regole della scuola pur di averla vinta?»

Fu il suo turno, di restare in silenzio. Mantenendosi a distanza da me, incredulo di fronte all'aggressività del mio tono, alla furia che aveva scatenato in me. Mentre i suoi occhi sembravano volersi avventare su di me, divorarmi, solo per placare quella rabbia che stava implodendo in noi, quella brama che ci stava rendendo simili a due assetati che nell'aridità di un deserto avevano appena trovato una piccola oasi, una sorgente di acqua pura, cristallina.

«Io volevo tornare, Hunter... Io non facevo altro che pensare a te, a noi!» Strinsi forte i pugni, fino a imprimere le unghie nella carne. «Io ci ho provato, ci ho provato così tanto! Forse non abbastanza... avrei dovuto piangere, urlare, impazzire... ma... cosa avrei ottenuto? Avevo... diciotto anni, ero straniera in un paese dove avevo trascorso solo pochi mesi... Io sono tornata a cercarti, troppo tardi, ma sono tornata!»

«Mio Dio, Beatrice... io...»

«Se ho commesso un errore, Hunter, sono stata punita. Ho pagato, Dio solo sa quanto ho pagato! Il mio errore è stato prometterti che sarei tornata. È stato abbandonarti quando tu avevi bisogno di me! Ecco, io... non avrei dovuto promettere di tornare! Io sarei dovuta restare con te, al tuo fianco, fin dal principio! Combattere per noi. Perché... perché se fossi restata con te, se fossi stata abbastanza forte, abbastanza coraggiosa, niente e nessuno avrebbe potuto separarci, trascinarmi via! Nemmeno Patricia e le sue regole, nemmeno l'accusa di quel bastardo di Konrad, nemmeno l'opinione di tua sorella, nemmeno la morale dei miei genitori, nemmeno i giudizi della gente... nemmeno il diavolo mi avrebbe staccata da te! Ma ho avuto paura… Non credere che non ti amassi… Non crederlo mai…» La mia voce si era alzata gradualmente, fino a squarciarmi dentro, prima di esplodere in singhiozzi trattenuti troppo a lungo. Ma nel pronunciare le ultime parole, ero rimasta senza fiato e senza nemmeno l'energia necessaria a mantenermi in piedi. Ero crollata a terra e solo la sabbia morbida aveva impedito che mi ferissi le ginocchia e il palmo delle mani. «Perdonami… perdonami… ho ancora paura…»

«Amore mio…»

Le sue braccia intorno a me. Il suo calore. Le sue carezze. I suoi baci tra i miei capelli e sulla fronte, mentre mi solleva il mento. Poi sul viso e alla disperata ricerca delle mie labbra. Non aveva detto altro, Hunter. Solo quelle due piccole, fragili parole che per me erano la vita stessa. La mia rinascita.

Ero a casa. Finalmente. Dopo tanto tempo. Hunter, in ginocchio, mi stringeva forte tra le braccia, cullandomi dolcemente, placando il mio dolore, il mio tormento durato dieci lunghi anni. Appagando la mia sete inesauribile delle sue labbra, del suo sapore. Su quella spiaggia, mentre il mare lambiva i nostri corpi avvinti in un abbraccio che ci riconsegnava alla vita, a noi stessi. Al nostro amore.

CAPITOLO 59

L'amore ci aveva colti alla sprovvista, di nuovo. O forse no. Ci aveva colti consapevoli, questa volta. Perfettamente consapevoli.

Chiudevo gli occhi e ancora non mi sembrava vero. Di averlo con me. Non solo in sogno. Restammo così, sulla spiaggia, ancora a lungo. Per non doverci spiegare, per non essere costretti ad affrontare la realtà. Non ancora. Anche se i nostri amici, forse, avevano intuito prima di noi cosa sarebbe scaturito dal nostro incontro.

Ci eravamo solo spostati, al riparo dalle onde. Stretta nel suo abbraccio non mi sentivo più sola. Non mi sentivo più in pericolo.

«Hunter...»

Voltai leggermente il viso, per cercare i suoi occhi. Che ora avevano assunto una luce intensa, come mai prima d'ora. Forse era il mare e imprimere il lui quella tonalità nuova.

«Sei al sicuro...»

Forse mi stava leggendo nel pensiero, come già era accaduto in precedenza. Mi strinse da dietro con un braccio, accarezzandomi il viso con l'altra mano.

Rimasi in silenzio. Avremmo avuto tempo. Tempo per parlare, per spiegare. Per raccontarci la nostra distanza, il cammino che avevamo percorso separati. Ma in quel momento i nostri cuori non chiedevano nulla di più che restare così, vicini, aggrappati l'uno all'altro. Senza spiegazioni, senza parole. Le nostre anime si stavano ritrovando, i nostri destini erano pronti a intrecciarsi, di nuovo. Forse per sempre, questa volta.

Quando finalmente decidemmo di alzarci, ci avviammo verso la stradina che ci avrebbe condotto al bed and breakfast. Hunter mi prese la mano, intrecciando le dita con le mie. I nostri amici ci accolsero in silenzio, seduti intorno al tavolo del salottino privato. Con espressione palesemente preoccupata puntarono gli occhi su di noi. Anche Freddie aveva perso l'abituale propensione allo scherzo.

«Oh cielo, eccovi!» Fu però il primo a riprendersi, gettando gli occhiali sul tavolo e passandosi entrambe le mani tra i capelli.

«Non vi sarete preoccupati per noi, vero Freddie?» Hunter lo prese in giro, cercando di stemperare la tensione. Continuava a trattenere la mano stretta nella mia.

«Solo un po'» ammise Misaki avvicinando indice e pollice e soffermando lo sguardo su di me, con un sorriso che divenne gradualmente sempre più dolce e rilassato.

«Un po'? Solo un po' dice lei!» Freddie scoppiò in una fragorosa risata, imitando il gesto di Misaki. «È il modo giapponese di dire che ce la stavamo facendo sotto! Ma qualunque cosa eravate impegnati a fare... ehm... non ci sembrava il caso di interrompervi. Per fortuna siete ancora vivi!»

«Freddie!» Un'occhiata di Tasha lo indusse a ricomporsi e l'irruenza di Freddie si placò in un istante.

«Beviamo qualcosa?» Declan si alzò con aria entusiasta. «Ho messo da parte una bottiglia, per le occasioni speciali. Ora che i bambini sono a letto possiamo gustarcela.»

«Sedetevi!» Misaki ci fece spazio intorno al tavolo aggiungendo due sedie.

Intanto Freddie e Tasha si spostarono, per permettere a me e ad Hunter di stare vicini. Tutti e quattro ci stavano guardando con espressione soddisfatta.

Nonostante tentassero di scherzare, nonostante Freddie lo avesse espresso a modo suo, erano davvero preoccupati per noi. A parte Declan che avevo appena conosciuto, Misaki, Freddie e

Tasha erano stati tra i primi a veder nascere la nostra storia, tanti anni prima. L'amore mio e di Hunter era sbocciato proprio sotto ai loro occhi. Forse in parte avevano anche lottato, per noi. E stavano ancora lottando, per aiutarci, per sostenerci. Solo io non mi ero accorta di quanto tenessero a noi.

Trascorremmo qualche altra ora, con i nostri amici. Sorseggiando il vino che Declan aveva recuperato, con qualche tartina e qualche dolcetto preparato da Misaki. Sentivo lo sguardo di Hunter costantemente su di me. Il calore della sua pelle, il suo tocco quando mi sfiorava, era un richiamo irresistibile. Quando gli altri decisero di ritirarsi, restammo di nuovo soli.

Hunter girò la sua sedia verso di me, prendendo le mie mani.

«Finalmente se ne sono andati. Perché io… passerei tutta la notte a guardarti!»

Sciolsi una mano dalla sua stretta per accarezzargli il viso.

«Anche io… sei cambiato, ma…»

Ma mi sentivo ancora più attratta da lui. Dal suo nuovo aspetto più maturo, più enigmatico, ma allo stesso tempo più intraprendente di quanto ricordassi.

Hunter non mi permise di concludere. Mi attrasse a sé per baciarmi sulle labbra, con una passione che mi lasciò senza fiato. Lo attirai a me rispondendo al suo bacio e immergendo le mani tra i suoi capelli. In un attimo mi ritrovai in braccio a lui, mentre la sua bocca scendeva a baciarmi il collo, sfiorandomi poi il seno.

Si staccò di nuovo, per guardarmi negli occhi. Restammo in silenzio, ancora una volta. Come se mille e più parole fossero tra noi. Così tanto da dire, da spiegare. Ma nessuno di noi due osava spingersi troppo oltre, per timore di spezzare l'incanto o il miracolo che ci aveva di nuovo uniti.

«Ricordi quando…» Un frammento del passato emerse in me, improvviso. «Quando stavo fuori tutta la notte e arrivavo a scuola senza aver dormito? E tu mi rimproveravi e mi dicevi di fare attenzione alla zona in cui vivevo?»

«Certo. Eri una ragazzina davvero maldestra e incosciente nel metterti nei guai! Mi facevi impazzire!»

Hunter sorrise, sistemandomi una ciocca di capelli dietro l'orecchio e soffermandosi a percorrere il mio viso con il dito.

«Mi sentivo talmente elettrizzata da voler stare sveglia tutta la notte… mi sentivo libera e volevo vivere più che potevo… Poi volevo anche farti impazzire, lo ammetto!» Ridacchiai mordendomi leggermente le labbra. «Ecco, mi sento allo stesso modo. Voglio stare sveglia tutta la notte… per non perdermi nemmeno un istante…»

In realtà mi sentivo stravolta, stremata. Ma avevo troppa paura di perderlo, ancora. Di svegliarmi e non trovarlo più, accanto a me. Ci alzammo confusi, incerti. Osservandoci straniti. In un certo senso eravamo come due adolescenti che ancora non osavano scoprirsi, spingersi oltre. Come se il desiderio che sentivamo crescere in noi rischiasse di spezzarci, di sconvolgerci. Allo stesso tempo eravamo increduli che il destino avesse trovato il modo di concederci una seconda occasione.

«Beatrice, io vorrei…»

«Puoi stare con me, questa notte?»

«Sei sicura? Io non voglio forzarti, lo sai. Non l'ho mai voluto.»

Lo sapevo. Hunter non era cambiato. Mi trattava ancora come qualcosa di puro, di prezioso. Un fiore delicato che temeva di spezzare, di rovinare. Non avevo idea di cosa sapesse di me. Ma nei suoi occhi lessi un'apprensione mista a disperazione che mi provocò una fitta nel profondo del cuore.

«Io ti devo spiegare…» Gli sfiorai il viso con le dita, accarezzando la sua guancia coperta dalla barba. Sarebbe stato complicato. Mi avrebbe fatto male raccontare i miei anni di solitudine, di annullamento, di terrore. Il lato più oscuro di me stessa che avevo imparato a conoscere, attraverso la paura. «Ci sono tante cose da dire… tante cose che sono accadute…»

«No, Beatrice. Non ora. Se tu vorrai io ti terrò stretta a me, questa notte. Anche la prossima e quella successiva. Finché tu mi vorrai con te. E tu starai bene. Ma non mi devi proprio niente. Io non pretendo nulla da te. Né spiegazioni né altro, fino a quando non ti sentirai pronta.»

Lo circondai con le braccia, nascondendo il viso sul suo petto. Proprio come ero abituata a fare tanto tempo prima. Fu in quel preciso istante che ricordai davvero tutto, di noi. Di lui. Di quanto fosse appassionato ma dolce, seducente ma gentile, impetuoso ma delicato al tempo stesso. Come nessun altro prima e dopo di lui era mai stato con me. Come sempre, il suo amore era la mia libertà.

«Ora ricordo, Hunter…»

«Che cosa ricordi?»

«Ricordo perché non ho mai smesso di amarti.»

CAPITOLO 60

Nel corso dei due giorni successivi trascorsi a Bournemouth non avevamo fatto altro che rimanere abbracciati, baciarci, stringerci. Hunter mi trattava ancora come se fossi stata la cosa più preziosa al mondo, per lui. Poi, poco alla volta, avevo iniziato a sciogliermi. A sciogliere, dentro di me, quell'oppressione che mi aveva distrutta, danneggiata nel profondo. Quel nodo che mi spezzava il fiato e che finalmente stava cominciando a districarsi, sfogandosi in singhiozzi che avevo trattenuto dentro me. Tutta la violenza a cui mio marito mi aveva sottoposta e mi faceva sentire fragile, come se il mio cuore fosse stato scagliato a terra, calpestato e ridotto in frantumi e le mie membra fossero ancora intorpidite dai suoi eccessi d'ira, incrinate e logorate dalla sua brutalità.

Hunter sapeva, lo avevo capito. Non ero certa di quanto gli avesse raccontato Misaki. Ma anche senza parole o spiegazioni dettagliate, lui aveva capito. Dalla rigidità del mio corpo, dai miei gesti incerti, dai miei improvvisi tremiti, dal mio sobbalzare spaventata in piena notte. Aveva capito e mi accarezzava, mi baciava con dolcezza, percorreva il mio corpo, mi guariva, proprio dove Dwight mi aveva lasciato lividi e segni profondi sulla pelle e poi più a fondo, molto più a fondo, fin dentro l'anima.

Io intanto avevo ricominciato a volerlo, a desiderarlo al punto tale da averne quasi paura, da stare male. In realtà, era stato così dal primo momento in cui l'avevo rivisto, in cui mi era venuto incontro sulla spiaggia.

«Anche io… non ho smesso di amarti, Beatrice. Mai. E ci ho provato tante volte.»

Condividevamo la stessa stanza, lo stesso letto, da quando Hunter era arrivato a Bournemouth. Nessuno aveva obiettato o posto domande inopportune, come se fosse la cosa più normale, ovvia e spontanea che potesse accadere tra noi. Come se io e Hunter fossimo rimasti insieme tutto il tempo e non fossimo mai stati separati.

Gli accarezzai il petto, muovendomi piano su di lui per slacciargli la camicia semiaperta.

«Non ci provare più, allora. Mai più.»

Gli presi il viso tra le mani, guardandolo negli occhi. Poi ricominciai a baciarlo, con più impeto. Hunter mi afferrò per i fianchi, trascinandomi completamente sopra di sé. Mi sentii fremere e rabbrividii, come se il gelo che trattenevo ancora dentro si scontrasse con il fuoco della passione che stava divampando in me, a contatto con il suo corpo. Sospirai e gli accarezzai il torace, facendogli scivolare la camicia dalle spalle. Poi mi strinsi a lui, come se potesse davvero proteggermi da ogni male, da ogni dolore, da ogni ferita che mi era stata inferta.

«Va tutto bene, sei al sicuro adesso…»

Hunter continuava a ripetermelo. E davvero mi faceva sentire così. Al sicuro, mentre baciava e accarezzava ogni frammento della mia pelle. Intanto il suo calore mi penetrava dentro, nelle membra, nelle ossa.

«Lo so, Hunter. Lo so.» Tornai a baciarlo, con tutta la passione di cui ero capace, senza più timori, senza lottare per trattenermi. «Ti amo, Hunter. E ti voglio… Ti voglio fino a cancellare tutto il resto…»

Ci liberammo lentamente degli indumenti, senza staccarci gli occhi di dosso un solo istante. Perché ci guardavamo ancora come se fossimo, l'una per l'altro, la cosa più bella che avessimo mai visto. Tanto che il mio senso di appartenenza crebbe a dismisura, oltrepassando ogni limite. Ero sua. Anima e corpo. Ero sua. Da sempre. Per sempre.

Mi aggrappai a lui che si muoveva in me, con passione, con dolcezza, con la premura che mi aveva sempre riservato, fin dalle nostre prime volte. Così anche il mio corpo finalmente si sciolse completamente, senza più opporre resistenze. Compresi che l'amore aveva davvero vinto tutto, dissipando tutto il gelo residuo ancora annidato dentro me. L'amore aveva vinto di nuovo. I miei sensi oltre al mio cuore.

Stavamo vivendo un sogno. Ma presto la realtà si sarebbe abbattuta su di noi. Io ero comunque pronta ad affrontarla, questa volta.

«Domani devo tornare a Londra…» sospirai e chiusi gli occhi. Hunter continuava a tenermi stretta a sé, sul suo petto.

«Sì, anche io. Ma per me non cambierà niente.» Si staccò un istante da me, per incrociare il mio sguardo. «Tu resterai con me, vero?»

Era la cosa che più avrei voluto al mondo, in quel momento. Esattamente come dieci anni prima. Annuii baciandogli le labbra.

«Io… vivo a Stratford… East-End, questa volta…»

«Ti scegli sempre ottime zone, ragazzina, non c'è che dire…» Hunter sorrise, sollevandomi il mento per osservarmi meglio. «Vieni a stare da me.»

«Mmh… davvero? Io so che…»

Mi morsi le labbra. Non avrei voluto affrontare il discorso. Parlare della sua situazione. E nemmeno della mia, in realtà.

«Immagino che Misaki ti abbia aggiornato su di me…» Hunter mi accarezzò il braccio con un sospiro profondo. «Anche a me hanno raccontato, so cosa ti è successo. Non nei dettagli, però… avremo tempo di parlarne. Io… sono separato, Beatrice. Ho avuto un bambino con la mia ex moglie. Lo so che non è ottimale, come situazione, però…»

«Hunter… dimmi solo ciò che ti senti di dirmi…» Mi sollevai, staccandomi da lui e appoggiandomi su un gomito. «Non ti forzare, stai tranquillo.»

«Non andrai più via, vero? Non mi lascerai di nuovo?»

Lessi una sofferenza inesprimibile, nei suoi occhi. Una sofferenza che mi colpì, straziandomi il cuore.

«Ricordi quello che ti ho detto qualche giorno fa, sulla spiaggia? Che niente e nessuno mi avrebbe staccata da te... vale anche ora...»

Lo attirai a me, per baciarlo, per stringerlo. Perché sentivo che era lui, in quel momento, ad avere bisogno di me, della mia dolcezza, del mio calore.

Hunter mi raccontò di suo figlio. Lo avevano chiamato Jack, come il padre che aveva perso quando aveva cinque anni. Aveva conosciuto sua moglie nel corso di uno dei suoi viaggi. Una donna russa, di nome Olga, con cui aveva avuto una breve relazione prima che lei scoprisse di essere incinta. Era stato il bambino, ad unirli. Poi si erano separati. Tornati insieme, ancora per il piccolo, non avevano comunque resistito a lungo.

«Le cose che hai saputo di me, i problemi che ho avuto da adolescente e anche in seguito...» Rivangare il passato gli stava facendo male. Ma sentivo che Hunter ne aveva bisogno. E soprattutto aveva bisogno di me che, finalmente, avrei potuto comprenderlo, consolare la sua sofferenza. Perché anche io l'avevo vissuta, anche se in modo completamente diverso. «Era tutto vero. Non sono stato un bravo ragazzo. E poi... ho avuto dei brutti momenti, anche dopo. Pessimi, anzi... sono tornato a bere, sono stato in giro per un po'. Mi sono sentito perseguitato dal passato, dagli errori che avevo commesso. Ma poi mi riprendevo, tentavo di farmi forza e andare avanti, avere un lavoro stabile. Quando ho conosciuto Olga ero appena ricaduto in uno di quei brutti momenti. Sono stato ubriaco per la maggior parte del tempo, nel corso della nostra relazione. Ma quando lei ha scoperto di essere incinta, io l'ho considerato come un segno del destino, per riuscire a cambiare. Non tanto per lei, ma per il figlio che avremmo avuto. Per questo l'ho sposata. Speravo che potesse funzionare, avere una vita normale, dare una famiglia al nostro bambino... Sono cresciuto senza mio padre e... temevo che Olga si trovasse un altro uomo, uno che trattasse il mio bambino come il mio patrigno aveva trattato me, da piccolo e da ragazzino. Io volevo tentare di essere felice, almeno un po'… anche senza… anche senza di te. Mi capisci, Beatrice?»

Chiusi gli occhi e mi passai le mani sul viso, preparandomi a rispondergli. Come potevo non capirlo? Erano gli stessi motivi che mi avevano spinto a sposare Dwight. Tentare di essere felice, almeno un po'…

«Ti capisco. Perché io cercavo lo stesso, quando ho sposato Dwight. Tentare di essere felice anche senza di te… Ma non ho avuto molta fortuna, Hunter. All'inizio sembrava…» Mi voltai verso di lui, scuotendo la testa. Non potevo più trattenermi, la finzione che avevo vissuto mi stava logorando da troppo tempo. «No, non è vero! Non sembrava! Non sembrava per niente, nemmeno all'inizio! Nemmeno il giorno del nostro matrimonio. Era tutto così perfetto, tranne io. Io ero rotta, dentro. Ma ormai… non sapevo più come tirarmi indietro! Era troppo tardi! E quindi… dovevo impegnarmi ad amarlo per forza! Non è stata nemmeno tutta colpa di Dwight… Perché dentro di me, dentro di me, avrei voluto scappare, vagare per il mondo senza una meta… E allora ripensavo al nostro viaggio… Ricordi il viaggio che mi avevi chiesto di fare con te?»

Hunter annuì, senza però interrompermi. Mi accarezzava il viso, i capelli, le braccia, mentre io continuavo a parlare.

«Io ho pensato che allontanarmi da tutto, dai ricordi… mi sarebbe servito. Così ho accettato di trasferirmi in America, nel Montana, con lui…» sospirai, stringendomi nelle spalle. «Invece è stato peggio. Perché ho capito che non è possibile fuggire da se stessi. I ricordi ti seguono. Il dolore ti segue. Quella tremenda nostalgia di te, di noi… mi ha seguita fino a lì. E io… non sono riuscita a ricominciare, nemmeno lontana da tutto e da tutti. Perché il mio amore per te, mi ha seguita anche dall'altra parte del mondo, Hunter. Come nella nostra canzone. Per me non cambiava nulla… I nostri cuori possono vivere in

due mondi separati. Ma il mio resterà tuo, per sempre. Solo
tuo.»

CAPITOLO 61

«Non dovremo più stare separati, Beatrice. Non sarà più necessario.»

Le parole con cui Hunter aveva concluso le confidenze che ci eravamo scambiati, infondevano in me una gioia e una speranza che non avevo mai provato in tutta la mia vita. Nemmeno all'inizio della nostra storia.

Rientrammo a Londra. L'appartamento di Hunter si trovava in una zona residenziale di High Street Kensington, non troppo lontano dalla nostra vecchia scuola. Era ampio e luminoso, molto diverso dal monolocale dove aveva vissuto tanti anni prima.

Rivangare il passato e ciò che avevamo perso, sarebbe stato inutile. Ma, appena saputo che io lo avevo cercato sei mesi dopo il nostro ultimo incontro, aveva fatto di tutto per scoprire cosa fosse accaduto. Chi aveva impedito il nostro riavvicinamento. Forse per noncuranza, per un errore di valutazione. Oppure con l'unico intento di proteggere una persona che amava, impedendo che soffrisse ancora.

«Non ti avrei mai lasciata partire senza rivederti. Mai!»

Lo sapevo. Lo avevo capito. Ma ormai era andata così e non potevamo più riavvolgere il nastro e cambiare il passato. Non serbavo rancore e avevo tentato di impedire che Hunter covasse una rabbia che non ci avrebbe comunque restituito ciò che avevamo perso.

Quando avevo consegnato il mio biglietto al marito di Alice, Bryan, lui mi aveva assicurato che lo avrebbe fatto avere alla moglie. Poi io gli avevo parlato di Hunter, chiedendo di lui, di mettermi in contatto con lui. Bryan era rimasto un po' perplesso, ma mi aveva assicurato che avrebbe fatto il possibile perché il mio messaggio arrivasse a destinazione. Quella sera Alice aveva fatto tardi, così sua madre era arrivata da loro per accudire i bambini. Bryan, uscendo nuovamente per una cena di lavoro, aveva pensato bene di affidare il mio messaggio proprio a lei, credendo che lo consegnasse direttamente ad Hunter.

«Invece lei ha deciso per me… ancora una volta!»

«Forse era convinta che fosse meglio così. Considerando ciò che era successo. A causa mia avevi perso il lavoro… eri stato accusato di aggressione…»

«Non è stato a causa tua, lo sai bene.» Hunter mi lanciò uno sguardo severo, intransigente. «Non ripeterlo mai più.»

«Va bene, ma tu…» Gli accarezzai il viso e mi allungai verso di lui, per baciargli le labbra. «Promettimi che non litigherai con tua madre…»

Hunter annuì brevemente, anche se con scarsa convinzione.

«Ci proverò. Però… sarebbe potuta andare diversamente!»

«Lo so. Io sarei potuta restare…» sospirai, afferrando le sue mani, attirandolo a me. «Ero maggiorenne. Anche la seconda volta, avrei potuto trovare il modo. Di non andarmene di nuovo, dovevo cercare di vederti…»

«Ma io ero più grande di te! E la verità… è che ti ho cercata. Ti ho cercata anche io. Sapevo dove vivevi, avevo il tuo indirizzo, il tuo numero di telefono. Tu non sai quanto avrei voluto venire a prenderti e strapparti dalla tua vita, dalla tua famiglia, da tutto… portarti via con me. Ma ho creduto che tu saresti stata bene. Mi ero convinto che avessi ripreso la tua vita, i tuoi amici, l'università… Pensavo di essere stato un'avventura estiva, per te. Io ero stato solo il primo, credevo che avresti avuto altre esperienze, che ti saresti innamorata di un altro… più di quanto dicevi di amare me. Per questo volevo lasciarti libera, non costringerti a una scelta forzata o a restare con me. Come potevo metterti in una situazione del genere? E poi…

avevo perso il lavoro e la mia reputazione era quella che sai. Cosa avevo da offrirti?»

«Io ti amavo, Hunter. Non mi importava nulla di cosa avessi da offrirmi, della tua reputazione. Mi bastavi solo tu. Non chiedevo altro. E avevo così paura, così paura che tu… non mi volessi più.»

Sospirai, scuotendo la testa. Per quanto Hunter si assumesse le sue responsabilità, per quanto sua madre avesse influito sul nostro destino, gran parte della colpa era stata mia. Solo mia.

«C'è dell'altro, Beatrice. Qualcosa che tu ancora non sai.» Chiuse per un attimo gli occhi, intento a rivangare il passato. Un passato spiacevole, che gli faceva male. Lo leggevo nel suo sguardo. «Ricordi il ragazzo di Norinne, Greg?»

Come potevo dimenticarlo? Annuii confusa. Perché riportare alla luce quella storia?

«Ecco, io… sapevo che ti aveva spaventata, che temevi ti facesse del male. Così… una sera sono andato a cercarlo. Avevo idea di dove trovarlo, conoscendo i suoi gusti in fatto di locali.» Hunter mi scrutava attento. Come in cerca di un mio mutamento, di un segnale di paura sul mio viso, nei miei occhi. Ma io li mantenevo fissi su di lui. «Non l'ho picchiato, ma l'ho minacciato. Gli ho detto chiaramente che gli avrei fatto passare dei guai se solo avesse osato avvicinarsi a te… Avrei sfruttato certe mie vecchie conoscenze, contro di lui. Non lo avrei fatto davvero, volevo solo che stesse lontano da te!»

«Ha funzionato, allora… perché dopo un po' Norinne non mi ha quasi più parlato di lui. E non si è fatto mai vedere. Poi lei mi ha detto che era cambiato…»

La rivelazione di Hunter mi aveva presa alla sprovvista. Forse aveva esagerato, ma probabilmente io avrei fatto lo stesso. Aveva cercato di proteggermi. Era questo che intendeva con le sue parole che io, scioccamente, avevo frainteso credendo che si riferisse a Konrad?

«Sì, lui mi ha detto che voleva solo prenderti in giro, spaventarti. Greg non ti avrebbe fatto del male, era solo un idiota, uno sbruffone. Però... poi è successo quello che sai, con Konrad. E io mi sono sentito in colpa, mi sono sentito responsabile, in difetto. Perché, anche se innocente nei suoi confronti, dentro di me ero convinto che sarei potuto arrivare davvero a picchiarlo. Forse ne avevo anche voglia! E quando ti ho lasciata andare quell'ultima sera, senza cercare di trattenerti... avevo il dubbio di non essere la persona giusta per te, con tutta quella rabbia e quella violenza che covavo dentro e sarebbe potuta emergere in me... Mi sono spaventato di me stesso, dei miei istinti. Ti volevo con tutto me stesso, ma temevo di essere sbagliato, per te. Di essere ancora il ragazzo che faceva a botte e usava i pugni per avere ragione...»

«Non ti affliggere, Hunter. Anche io ne avevo una gran voglia, avrei picchiato entrambi! Ma nessuno di noi due lo ha fatto davvero...» Gli accarezzai il viso, percorrendolo con dolcezza. Poi gli baciai le labbra, soddisfatta di scoprirlo più tranquillo, più sereno. «Tu non sei più quel ragazzo. Hai commesso degli errori, come tutti. Tu non sei violento, sei solo umano. Greg è stato uno stronzo e Konrad tentava di separarci... Ma adesso possiamo dimenticarci di loro e vivere la nostra vita.»

«Beatrice... Abbiamo perso anni preziosi, ma ora siamo qui. Siamo insieme. Forse sarà meno semplice di quanto avrebbe potuto essere, ma noi possiamo ancora essere felici. Possiamo ancora ricominciare e avere tutto, non è troppo tardi. Siamo ancora giovani...»

Questa volta annuii, mostrandomi convinta. Tutto. Avere tutto. Ma la verità era che Hunter non sapeva davvero tutto. E prima o poi avrei dovuto rivelargli quella parte di me che ancora mi faceva male, mi devastava. E che non si sarebbe potuta mai più ricomporre. Perché in quel caso era davvero troppo tardi.

«Ho studiato storia, sai?» Tentai di cambiare discorso per non sprofondare in un abisso di disperazione da cui avrei avuto difficoltà a riemergere, senza che lui se ne accorgesse soprattutto. Un argomento più leggero era ciò che faceva al caso mio. «I miei avrebbero voluto che scegliessi giurisprudenza, ma io detestavo leggi e codici. Così mi sono ricordata che tu avevi studiato storia e ho seguito la tua stessa strada. Mi sono specializzata poi in storia dell'arte e ho seguito un breve corso di giornalismo. Non so quanto mi serviranno tutti i miei studi qui, però…»

«Tu cosa vorresti fare? Il tuo livello di inglese è migliorato notevolmente.» Hunter mi accarezzò la guancia, con un sorriso un po' forzato ma al tempo stesso spontaneo. Sembrava apprezzare le mie scelte, il mio impegno. «Peccato che non sia merito mio.»

«Grazie, professore. Ma lo è, più di quanto tu creda. Ho seguito molti dei tuoi consigli, ho letto tanti libri e continuo a leggerne anche adesso. Comunque… penso di tenermi il lavoro al negozio di souvenir, ancora per un po'. Poi mi piacerebbe fare qualche corso, specializzarmi ancora. Ho scelto storia perché non sapevo che altro fare, ma poi mi sono appassionata davvero alla ricerca. Solo che in America… le aspettative che il mio ex marito aveva nei miei confronti erano diverse, diciamo. Quindi avevo tralasciato tutto.»

«Possiamo cercare qualcosa che sia di tuo interesse. Io ti aiuterò, non c'è bisogno che resti a lavorare in quel negozio. Puoi concentrarti solo sullo studio e io…»

«Hunter, io non ho abbastanza da parte per concentrarmi solo sullo studio» lo interruppi, prima che continuasse a propormi idee irrealizzabili.

«Tu forse no, ma io sì. Per questo ti aiuterò. Lavoro nell'allestimento di mostre e collaboro con diversi studi di interior design. Presto ne aprirò uno, con alcuni colleghi. A volte aiuto anche mia sorella e mia madre nelle ricerche storiche per i volumi e i romanzi di cui sono curatrici. Guadagno molto bene, Beatrice. E tenermi così impegnato con lavori di diverso tipo mi piace. Posso aiutarti. Voglio aiutarti.»

«Ti ringrazio, ma non posso accettare.» Ero felice per lui. Per il fatto che si sentisse realizzato nella sua professione. Ma non volevo che si occupasse di me, non così. Lo vidi farsi serio, incupirsi e distogliere lo sguardo. «Puoi però continuare a insegnarmi inglese e a guidarmi, posso migliorare ancora. Hunter, ti prego…»

«E va bene! Ragazzina orgogliosa e testarda!»

«Ma è proprio così che ti piaccio… o no?»

Mi avvicinai e appoggiai la guancia sul suo petto, sollevando leggermente il viso per incrociare il suo sguardo, che teneva ostinatamente abbassato. Finalmente riuscii a strappargli un sorriso e ne approfittai per rubargli anche un bacio.

«Sì, dannazione! E mi piaci troppo, questo è il dramma! Mi sei sempre piaciuta troppo! Una piccola selvaggia indomabile… Sei la mia debolezza, Beatrice. Lo sei sempre stata!»

«Anche tu mi sei sempre piaciuto troppo. E mi sei mancato troppo… Tanto che mi mancava tutto di te. Mi mancavano i nostri posti, i nostri discorsi, le nostre canzoni… Addirittura, mi mancava anche il "Corner Bell" e il mio panino preferito ai gamberetti, con la salsina e le patatine croccanti!»

«Con quello temo di non poter proprio competere!» Hunter rise, stringendomi a sé. «Però ci possiamo andare… e scoprire se lo fanno ancora!»

La nostra vita era ricominciata. Insieme, finalmente. Nonostante ci fosse ancora molto da spiegare, da chiarire, io speravo in cuor mio che quei momenti tra di noi potessero durare per sempre. Forse speravo in un miracolo, nel frattempo, ma la felicità che Hunter mi dava, che il suo amore infondeva in me, stava guarendo ogni mia ferita e alleviava ogni mia sofferenza, ogni mio rimpianto.

Era estate, proprio come dieci anni prima. E noi, in qualche modo, ripercorrevamo alcune tappe del nostro passato, trascorrendo qualche pomeriggio nel parco dove solitamente ci ritrovavamo tanti anni prima. Di nascosto, al termine delle lezioni, quando lasciavo gli amici subito dopo pranzo per raggiungerlo. Appoggiati allo stesso albero nei Kensington Gardens, con Hunter che mi stringeva tra la braccia e mi baciava il viso e le labbra.

«Era eccitante fare qualcosa di così proibito!» ridacchiai appoggiando la testa sulla sua spalla.

«Ah, allora era il fascino del proibito ad attrarti, non io!»

Hunter rise, pizzicandomi il fianco.

«No, se fosse stato quello avrei puntato Chris, non te! Con lui sarebbe stato ancora più proibito. Lui almeno era davvero un uomo maturo, tu invece...»

«Ma sentila! Io invece... continua...»

«Mmh... all'inizio ti avevo scambiato per uno studente!» sospirai accarezzandogli il collo, poi raggiunsi la sua mano che si stava muovendo sotto la mia maglietta. «Quindi niente di così scandaloso. Poi Sandrine mi aveva messa in guardia, dicendomi di non pensarci nemmeno a mettere gli occhi su di te. Però è arrivata troppo tardi, perché ormai io lo avevo già fatto! Ero così gelosa di te e di tutte le ragazze che ti guardavano... gelosa da impazzire! E comunque... sei stato uno stronzo quando mi hai obbligata a presentarmi davanti a tutti! Un vero stronzo... Ho sempre odiato le presentazioni pubbliche!»

«Era proprio il mio intento, con te. Essere un vero stronzo! Sono contento di esserci riuscito!» Hunter scoppio a ridere, mentre le sue mani risalirono ad accarezzarmi i fianchi fino a sfiorarmi il seno. Tanto che mi rigirai, sedendomi in braccio a lui. Nonostante le parole esprimessero altro, lessi nei suoi occhi un desiderio e una passione a cui non avrei saputo più resistere. «Quanto sei bella... Quando ti ho rivisto su quella spiaggia, ho capito che eri tu... l'unica di cui avevo bisogno, l'unica che avrei sempre voluto accanto.»

«Su quella spiaggia... io non osavo nemmeno avvicinarmi a te, per paura che tu scomparissi nel nulla. Di nuovo... come accadeva quando ti sognavo…» Gli sfiorai il viso, immergendo poi la mano nei suoi capelli, come adoravo fare per attirarlo a me. «Come quando ascoltavo la nostra canzone. Anche lontana, anche dall'altra parte del mondo, era l'unica cosa che mi aiutasse ad andare avanti, ad affrontare le mie giornate, a sopravvivere. Perché io sapevo che da qualche parte tu c'eri ancora… e io pregavo che fossi felice, quanto io non riuscivo ad essere. Almeno tu, anche se in un mondo completamente separato dal mio… Mi ripetevo che averti incontrato, averti avuto nella mia vita anche se per poco, averti amato ed essere stata amata da te, era stata la più grande gioia della mia vita. Il ricordo migliore a cui aggrapparmi.»

CAPITOLO 62

Trascorsi le settimane successive ancora incredula che una tale felicità potesse toccare proprio a me. Quanto ci eravamo persi? Quanto mi ero persa di quest'uomo? I suoi baci, le sue carezze, i suoi sguardi…

Io e Hunter tornammo a Bournemouth per un altro fine settimana con gli amici. Passeggiavamo su quella spiaggia, dove ci eravamo ritrovati. Io sapevo che prima o poi avremmo dovuto affrontare altri tipi di discorsi. Situazioni che non coinvolgevano solo noi e i nostri sentimenti, ma anche altre persone che facevano comunque parte delle nostre vite. Non avremmo potuto escluderle per sempre.

Hunter mi aveva accennato solo sporadicamente a suo figlio e alla sua ex moglie. Come del resto avevo fatto io, parlandogli di Dwight. Ma un bambino implicava un altro tipo di rapporto tra due persone che erano state sposate, che non si poteva spezzare o interrompere completamente come avevo fatto io con il mio ex marito. E in fondo io mi sentivo quasi sollevata dal fatto che Hunter avesse un figlio. Forse avrebbe sopportato meglio la verità che ancora gli stavo tenendo nascosta.

Non avremmo potuto più avere tutto. Perché io non avrei potuto più dargli tutto. E qualunque cosa fosse accaduta tra noi, io possedevo una certezza assoluta che era diventata imprescindibile, per me. Fin dal primo momento in cui ci eravamo incontrati di nuovo e il destino ci aveva dato una seconda occasione. Non mi sarei mai imposta a lui, se questo avesse significato privarlo di qualcosa di importante. Lo avrei lasciato libero. Lo avrei lasciato andare, anche a rischio di spezzarmi il cuore per la seconda volta.

Una sera di fine agosto, rientrata a casa dopo il lavoro, trovai Hunter che mi aspettava. Sembrava assorto, preoccupato. Come se avesse qualcosa di importante da comunicarmi.

«Va tutto bene?»

Mi sistemai sul divano, accanto a lui.

«Non so come dirtelo… quindi te lo dico e basta. Dovrei vedere mio figlio questo fine settimana…»

«Ma certo, mi sembra giusto.» Cercai le sue mani e le strinsi nelle mie. «Hunter, lo sapevo che c'era. Non me l'hai tenuto nascosto.»

«Sì, ecco… Sua madre l'ha voluto portare in Russia dai suoi parenti, per l'estate. E io ho acconsentito. Ma ora sono tornati. Vivono qui a Londra. E io lo tengo con me ogni due settimane, nel week end. Ma se questo ti crea fastidio o disagio, per quei giorni io posso stare da mia madre, insieme a lui. Le ho già parlato, lei è d'accordo, quindi…»

«Hunter… dovresti lasciare la tua casa e portare il bambino da tua madre a causa mia?» La sua proposta mi lasciava incredula. Mi avvicinai ancora di più a lui, accarezzandogli il viso e le spalle. «È casa tua! Dovrei essere io ad andarmene, caso mai! Se non mi vuoi qui… non so, se credi che la mia presenza possa creare confusione oppure essere inopportuna per lui, io posso andare a trovare Misaki. Oppure farmi ospitare da una collega per un paio di giorni…»

Hunter scosse la testa, deciso. E mi puntò addosso uno sguardo corrucciato, anche se un po' stanco.

«È casa nostra, Beatrice. Non ti ho fatto lasciare il posto dove stavi per poi mandarti via. E io… a me piacerebbe che tu restassi. Mi piacerebbe che tu incontrassi il mio piccolo Jack. Però so che non posso chiederti troppo, so quello che hai passato…»

«Io non vedo l'ora di conoscere il tuo piccolo Jack!» sospirai, posando la fronte sulla sua. Accecata dal suo fascino e dall'attrazione che avevo sempre provato per lui, non mi ero mai resa conto di quanto Hunter fosse buono e sensibile. O forse sì, ma non fino a questo punto. «E spero di piacergli, almeno un po'…»

Il piccolo Jack era un bimbo adorabile, con gli stessi occhi intensi e un po' cupi del padre e i capelli scuri. Inizialmente mi scrutò con espressione incerta, titubante, come se fosse indeciso se fidarsi o meno. Ma intanto il suo visino pallido e riflessivo restava fisso su di me. Aveva solo due anni e si esprimeva ancora a stento, solo qualche parola ogni tanto. Ma quegli occhioni erano tanto espressivi e la tenerezza che provai per lui, fin dal primo istante, mi inondò il cuore.

Però mi trattenevo, per non invadere il suo spazio con la mia presenza. Lasciando che fosse Hunter ad occuparsi di lui. Poi improvvisamente, mentre stavano giocando con dei mattoncini di plastica, ne allungò uno verso di me bisbigliando una piccola parola incomprensibile.

«A volte mescola inglese e russo…» mi rivelò Hunter. «Deve ancora imparare a distinguere le due lingue.»

«Posso giocare anche io con voi?»

Ignorai la spiegazione di Hunter e con un sorriso mi rivolsi a Jack, afferrando il piccolo rettangolo rosso che mi aveva appena passato. Il bambino annuì deciso e le sue labbra si aprirono in un sorriso spontaneo, ricambiando il mio.

«Grazie, tesoro…»

Mi avvicinai a loro, inginocchiandomi sul tappeto del soggiorno, e gli accarezzai piano la testolina. Il bimbo tornò a scrutarmi, sospettoso. Compresi che mi stava ancora studiando, ma con il suo invito a partecipare al gioco aveva coinvolto anche me nel suo piccolo mondo.

Due settimane più tardi decidemmo di andare a trascorrere l'ultimo fine settimana estivo a Bournemouth, insieme a Jack. Teddy e Sam, i bambini di Misaki, lo coinvolgevano nei loro giochi e il piccolo sembrò notevolmente più sereno. Anche nei miei confronti aveva preso più confidenza. Spesso allungava le braccia per farsi prendere in braccio e coccolare, posando la guancia alla mia, come in cerca di affetto, di protezione.

«È un bimbo dolcissimo» sussurrai cullandolo piano, mentre si era appena assopito tra le mie braccia sulla spiaggia. «Così adorabile...»

«Già...» Hunter posò la mano sulla mia, che trattenevo sul corpicino di Jack. Con l'altro braccio mi attirò a sé. «E anche tu lo sei. Grazie, Beatrice, davvero...»

Posai la testa sulla sua spalla. Sapevo che non sarebbe stato sempre così. E sapevo anche di non poter fingere che Jack fosse nostro. Che fosse mio. Ma non aveva importanza. Erano momenti regalati, ma preziosi. Per entrambi e forse anche per quel piccolo innocente che ancora non capiva, ma chiedeva solo di essere amato da qualcuno. Senza nemmeno chiedersi chi io fossi e cosa ci facessi accanto a suo padre.

La nostra vita insieme sembrava essersi così stabilizzata. Io avevo deciso di iniziare alcuni corsi di approfondimento, storia dei costumi e dalla moda e storia dell'arte, che avevo scelto con l'auto di Hunter. Spesso mi chiedeva consigli riguardo il suo lavoro, soprattutto riguardo elementi artistici con cui arredare gli interni e gli abbinamenti di colori, forse più per rendermi partecipe che per reale necessità. Non credevo che confidasse così tanto nel mio talento o nel mio buon gusto.

Così avevo iniziato a credere che a volte la vita potesse riservare ancora delle sorprese, qualcosa di buono anche per me. Avevo accanto l'uomo che amavo, trascorrevo ogni notte tra le sue braccia. E lui continuava a essere com'era sempre stato con me. Dolce, appassionato ma anche attento e premuroso. Hunter era la mia felicità, la mia salvezza. E l'affetto che nutrivo per Jack cresceva sempre più, ogni volta che il piccolo trascorreva qualche giorno insieme a noi.

A fine ottobre Hunter dovette partire per Edimburgo, per l'inaugurazione dei locali che avrebbero ospitato uno studio con cui stava collaborando. Sarebbe stato via una settimana circa. Per quanto avrei desiderato accettare il suo invito e seguirlo, preferii restare a Londra e non perdere le lezioni dei corsi che avevo appena iniziato. Magari avremmo approfittato della pausa natalizia per organizzare un viaggio di qualche giorno e visitare la Scozia.

Non osavo intromettermi o interrogare Hunter riguardo il rapporto che aveva mantenuto con la madre di suo figlio. Semplicemente avevo creduto che fosse buono, per il bene del bambino, che la loro separazione fosse consensuale. Forse mi ero solo illusa in proposito.

Di certo non mi sarei mai aspettata che una donna sconosciuta mi avvicinasse all'orario di chiusura, appena fuori dal negozio dove lavoravo. Invece appena varcata la soglia e salutata la mia collega, me la trovai davanti. Avvolta in un cappotto scuro e in una sciarpa turchese che metteva in risalto gli occhi azzurri, dal taglio affilato.

«Sono Olga, la madre di Jack.» Il suo tono di voce era aspro, risoluto. Duro, ma senza alcun accento. La mia espressione incredula, la spinse a diventare ancora più specifica. «La moglie di Hunter. Forse così ti è più chiaro.»

Non mi sfuggì il fatto che avesse sottolineato la parola "moglie", tralasciando quell'ex che avrebbe lasciato intendere che i loro rapporti personali si erano conclusi o stavano comunque per interrompersi.

Annuii brevemente, ancora confusa, mostrando di aver capito.

«Possiamo parlare?»

Mi indicò con un cenno una caffetteria poco distante.

«Sì, certo.»

La seguii senza ribattere. Forse il suo tono così freddo e distaccato era solo un tratto caratteriale. Mi stavo illudendo, ne ero consapevole. Se avesse avuto una comunicazione urgente avrebbe potuto contattare Hunter, sua madre o sua sorella. Non sarebbe di certo venuta a cercare me. Quindi, appena seduta all'interno del locale, iniziai a temere il peggio.

«So che stai intrattenendo una relazione con mio marito.»

Mi affrontò subito, senza mezzi termini, sorseggiando tranquillamento il caffè che aveva ordinato. Intanto si era sfilata il cappello che nascondeva l'abbondante chioma rossa e manteneva i gelidi occhi azzurri fissi su di me.

Io, con la mia tazza stretta tra le dita, ero riuscita solo a inumidirmi le labbra. Non sarei riuscita nemmeno a deglutire.

«Io… no, in realtà Hunter…»

Improvvisamente mi parve addirittura di aver perso anche la mia padronanza della lingua. Mi sentivo schiacciata dalla sua sicurezza, dal suo sguardo astioso e anche dai lineamenti severi del suo viso. Bello ma gelido.

«Capisco. Ti ha detto che siamo separati. Ma non è vero.» Ecco, di nuovo Olga andava dritta al punto. Ma Hunter non poteva avermi mentito, di questo ero assolutamente certa. «Io e Hunter siamo stati separati, per un po'. Poi abbiamo deciso di riprovarci, stavamo progettando di tornare insieme. Hunter voleva a tutti i costi ricostruire il nostro matrimonio, perché mi amava ancora. E Jack ha bisogno di una famiglia unita. Però poi, a una piccola difficoltà, sei arrivata tu…»

Seguivo il suo discorso, afferrando pienamente il senso delle sue parole, che però non riuscivo a interpretare. Cercai di rammentare ciò che Misaki mi aveva raccontato, a proposito della separazione di Hunter. Ci avevano riprovato, ma poi… Ma questo era avvenuto prima che arrivassi io, non dopo che io e Hunter ci eravamo rivisti a Bournemouth.

«Io credo…» Dovevo togliermi da quella situazione, al più presto. Mi mossi sulla sedia e la scostai, decisa ad andarmene. «Io credo che dovresti discutere con Hunter di questo, non con me. Perché io…»

«Hunter è un uomo e segue l'istinto, come tutti gli uomini! Lo sai come sono fatti. Ma tu sei una donna, tu puoi capire! O forse no. Non sei madre, quindi non puoi capire!»

Ecco, la cosa peggiore che si potesse dire a una donna nella mia situazione. E Olga l'aveva appena detta. Mi morsi le labbra per trattenere un singhiozzo che era rimasto fermo da tanto tempo, bloccato tra il petto e la gola. Quel singhiozzo e quella ferita che Hunter aveva in parte curato e guarito, con il suo amore. Scoprii che era bastato un nonnulla, l'affermazione infelice di una persona offesa, forse arrabbiata con me, per far risalire tutto a galla.

«Io… cosa…» balbettavo, come una ragazzina spaventata. Non mi ero mai sentita così. Quella donna aveva il potere di distruggermi, di annientarmi. E io mi sentivo sola, persa. Una povera inetta senza volontà. Per l'ennesima volta! Però trovai il coraggio di riprendere la parola. «Cosa vuoi da me?»

«Dirti la verità. Le cose come stanno.» Mi resi improvvisamente conto che la forza di Olga non stava nella padronanza della lingua, come mi era sembrato all'inizio. Anche perché il suo accento russo stava ora diventando sempre più forte, più evidente, risalendo in superficie. La sua forza stava nel modo in cui pronunciava e formulava le frasi. Brevi, secche e decise. Come delle piccole bombe a mano scagliate contro di me. «Jack è nato con una patologia. Una malformazione cardiaca congenita. Ha bisogno di suo padre, accanto. Non solo ogni due settimane. Ha bisogno di tranquillità e di una famiglia stabile. Quindi, dovresti smettere di giocare alla mamma e al papà con mio figlio e mio marito. La situazione è questa. Se Hunter non potrà esserci per Jack, non ci dovrà essere affatto. Gli impedirò di vedere nostro figlio, di turbarlo. Userò tutti i mezzi. Anche il suo passato. Hunter faceva uso di droghe e beveva. Beveva parecchio quando l'ho incontrato. Sarebbe facile fargli togliere la custodia di Jack e fare in modo che non lo veda più. Ora, a te la scelta. Vuoi davvero continuare a distruggere la famiglia di un povero bambino malato?»

CAPITOLO 63

«Vuoi davvero continuare a distruggere la famiglia di un povero bambino malato?»

Le parole di Olga non erano state bombe scagliate su di me. Erano state ancora più potenti, più invasive. E non avevano soltanto raggiunto l'effetto da lei desiderato. Andarono oltre, molto oltre. Perché in pochi secondi mi sembrò di rivivere quella stessa scena. Immersa nel mio stesso sangue, mentre la mia piccola Heather volava via da me. Per sempre.

Non poteva accadere di nuovo. Non a quel bimbo così dolce, così innocente. Non a Jack. E Hunter non poteva vivere la mia stessa esperienza. Non l'avrei permesso, mai. Anche a costo di perderlo per sempre.

«Va bene, Olga. Ho capito.»

Mi alzai, con una stabilità che quasi mi sorprese, considerata la situazione. Forse quella donna mi aveva trasmesso un po' della sua freddezza.

«Cosa intendi fare?»

A questo punto era diventata lei più debole, più insicura. Come se avesse preso il mio posto nella nostra conversazione.

«Ciò che va fatto. Riavrai tuo marito. Ma ti prego… non togliergli il bambino. Hunter non se lo merita.»

Olga annuì, stringendo gli occhi su di me. Forse non era del tutto certa di cosa avrei fatto, ma evitò di interrogarmi in proposito.

Anche perché non avrei saputo come risponderle. Non ancora. Cosa intendevo fare? Strapparmi il cuore. Dovevo solo decidere come.

Hunter sarebbe rimasto a Edimburgo per altri cinque giorni. Non potevo aspettare il suo ritorno. Olga era stata astuta ad approfittare della sua lontananza. Non mi restava altro che fare lo stesso.

Quella sera, al telefono, raccontai ad Hunter che dovevo partire per un'emergenza in famiglia. Una questione insoluta riguardante la vendita di un terreno appartenente alla mia famiglia, una vecchia eredità per cui necessitava subito la mia firma. Non sarei stata abbastanza convincente per inventarmi tragedie familiari o malattie, oltretutto mi sembrava di pessimo gusto come scusa. Hunter si mostrò comprensivo ma dispiaciuto. Mi chiese di aspettare il suo ritorno. Si offrì addirittura di rientrare qualche giorno prima per accompagnarmi e cogliere l'occasione di conoscere i miei. O almeno per potermi vedere, prima che io partissi.

Ovviamente io non potevo aspettare. E odiai me stessa perché ero consapevole di tradirlo. Mi sembrò quasi che lui intuisse il mio proposito, ma poi le sue parole, all'altro capo del telefono, mi inflissero una pugnalata ancora peggiore. Con la sua voce un po' roca che faceva vibrare il mio cuore e i miei sensi, contemporaneamente.

«Ti amo, lo sai? E mi manchi già tanto, però proverò a resistere.»

Mi morsi forte le labbra per non urlare. Mi sentivo un mostro. Ma l'opzione descritta da Olga era ancora più mostruosa, per cui non avevo scelta.

«Vedrai che andrà tutto bene.»

Come potevo dirgli "Ti amo anch'io" mentre mi preparavo a lasciarlo? Non ci riuscii, anche se il mio cuore non gridava altro che il mio amore per l'uomo che stavo abbandonando per la seconda volta.

Colsi alla sprovvista anche i miei genitori, piombando a casa così, quasi senza preavviso. Al lavoro avevo parlato di un impegno urgente e imprescindibile che mi costringeva a prendere qualche giorno di ferie. La proprietaria del negozio era una donna gentile e apprezzava la mia onestà e la mia puntualità. Quindi si dimostrò indulgente e non mi creò eccessivi problemi.

Però il peggio doveva ancora arrivare. Una rete di bugie e manipolazioni in cui rischiavo davvero di sprofondare senza sapere più come emergere. Forse era giusto così. Non emergere mai più, restare immersa in quel pantano fino a smettere di respirare. Lasciarmi andare e crogiolarmi su me stessa, sui dispiaceri che sembravano non avere mai pietà di me, della mia anima.

«Dwight continua a telefonare, quasi ogni settimana. E mi chiede il tuo numero. Non ti ho voluta turbare ancora, mentre stavi a Londra, ma ora...»

Mia madre mi mise al corrente degli ultimi eventi. Già da qualche mese mi aveva reso nota la pressante insistenza del mio ex marito. L'avevo pregata di non dargli modo di contattarmi a Londra, non passandogli il numero del mio cellulare inglese.

«Ora che sono qui, ci penserò io. La smetterà, una volta per tutte. In ogni caso dobbiamo definire la situazione.»

Così non avevo aspettato, ma avevo composto io stessa il numero di Dwight dal telefono fisso di casa.

«Beatrice, finalmente! Noi dobbiamo parlare!»

La sua voce mi risuonò all'orecchio, fastidiosamente vicina. Tutto mi infastidiva di lui. Il suo tono, la sua irruenza, anche il suo accento.

«Bene, ora possiamo farlo Dwight. Se vogliamo definire i termini per il divorzio, io sarei felice di...»

«Cosa? Divorzio? Ma io non voglio il divorzio! Io sono pronto a raggiungerti, Beatrice. Noi possiamo ancora sistemare tutto, ricominciare. Posso anche trasferirmi, se necessario! In Italia, in Svizzera, anche a Londra se vuoi...»

L'entusiasmo di Dwight mi lasciò esterrefatta. Lasciandolo ero convinta che avesse già pronta una sostituta che avrebbe preso il mio posto nel giro di pochi giorni. Una degna degli standard di sua madre.

Se non si fosse trattato di semplice ironia della sorte, perfida e crudele, avrei pensato che si fosse messo d'accordo con Olga. Sembrava una congiura contro di me, il ritorno degli ex.

«Io non voglio sistemare tutto, Dwight. Io non voglio proprio niente, da te. Soprattutto non voglio che tu ti trasferisca dove sono io. Anzi, una cosa la voglio. Chiara e semplice. Il divorzio. Definitivo. Senza ripensamenti.»

«Beatrice, ma io... ho fatto del mio meglio, davvero...» La sua voce si era trasformata improvvisamente in un lamento, quasi incomprensibile, al chiaro scopo di impietosirmi. «Cosa devo fare, adesso?»

«Ne sono certa, Dwight. Abbiamo fatto entrambi del nostro meglio, credo» sospirai seduta sul letto della mia camera, incrociando le gambe. Consapevole che sarebbe stato un addio, definitivo. «Se vuoi il mio consiglio, fai ciò che ritieni più giusto. Ma non per tua madre o per la tua famiglia. Per te stesso.»

Ero stata dura, spietata. Non gli avevo dato più modo di opporsi o di ribattere. E non mi aveva fatto nemmeno male, trattarlo così. Perché il peggio, per me, doveva ancora arrivare. Avevo chiuso definitivamente con l'uomo che avevo provato con tutte le mie forze ad amare. Ora dovevo chiudere con l'uomo che avevo tentato in tutti i modi di smettere d'amare, senza mai riuscirci.

Attesi qualche giorno, per concedere ad Hunter il tempo di rientrare a Londra. Dovevo forzarmi per non far trapelare nulla, restando al telefono con lui solo qualche minuto. Non potevo lasciarlo quando si trovava ancora a Edimburgo, lontano dalla sua casa, immerso nel lavoro. Ero costretta ad attendere. Ma mai, nemmeno per un istante, dubitai della minaccia palesata da Olga. Lo avrebbe fatto davvero. Avrebbe usato il passato di Hunter contro di lui, per separarlo da Jack. Facendo male a entrambi.

Dopo il suo ritorno a Londra, il mio piano poteva avere inizio. La prima volta che ignorai una sua chiamata dovetti lottare contro me stessa, costringermi e serrare forte i pugni per non afferrare il telefono. Hunter non si arrese e riprovò una seconda, poi una terza volta. Infine, sentii il suono di un messaggio. Presi il telefono e lo lessi affannosamente.

"Amore, stai bene? Forse sei impegnata con i tuoi. Io sono tornato a Londra. Ti chiamo più tardi. H."

Lanciai il cellulare sul letto, come se scottasse. Non risposi. Mi sembrava di impazzire. Qualche ora più tardi, riprese a suonare. E io, in lacrime, dovetti fare quasi violenza su me stessa per non afferrarlo, premere quel tasto e rispondere. Rassicurarlo, dirgli che lo amavo tanto e che sarei tornata presto. Subito.

Qualche secondo più tardi un altro messaggio mi raggiunse.

"Beatrice, mi sto preoccupando. So che hai da fare, voglio solo sapere se stai bene. Ti amo. H."

Mi presi la testa tra le mani, immergendo le dita tra i capelli. Lo avrei distrutto. E avrei distrutto me stessa. L'unica mia speranza era che il suo amore per Jack fosse superiore a quello che provava per me. E che lo avrebbe consolato per la mia perdita. Era un diverso tipo d'amore, me ne rendevo conto. Ma non potevo privarlo di suo figlio. Non potevo e non volevo.

Fui tentata di spegnere il telefono, di rimandare. Ma sarebbe stato inutile ritardare l'inevitabile. Digitai le parole senza quasi vederle, mentre le lacrime mi annebbiavano la vista.

"Ciao Hunter. Mi dispiace ma non prevedo di tornare a Londra a breve termine. Forse è meglio chiudere qui. Mi dispiace davvero."

Mi asciugai gli occhi e rimasi immobile, seduta sul letto con il telefono appoggiato accanto a me. Non riuscivo nemmeno a toccarlo, come se scottasse. Eppure, dovevo riprenderlo in mano e premere invio.

Non potevo. Non ci riuscivo. Allungai la mano e con il dito pigiai il tasto, chiudendo gli occhi. Mi avrebbe creduta? All'improvviso ne dubitai. Ma io dovevo farmi credere.

In risposta al mio messaggio arrivò, repentina, una sua chiamata. Se l'avessi ignorato ancora avrebbe iniziato a dubitare. Non mi diede nemmeno il tempo di rispondere.

«Beatrice, cosa è successo? Qualcosa che non so? Io parto subito, arrivo lì da te!»

«No, non farlo!» Lo aggredii, quasi. «Non puoi!»

«Perché no? È successo qualcosa con i tuoi? Non stai bene? Ti prego, dimmi... Io voglio vederti!»

Come potevo? Stavo per spezzare il suo cuore e anche il mio. Per un attimo la tentazione di raccontargli tutto, di dirgli la verità e parlargli del mio incontro con Olga e della sua minaccia fu irresistibile. Poi mi rividi di fronte gli occhi di quella donna, il suo sguardo gelido. Stavo per rimandare l'uomo che amavo da lei, da quella donna che aveva minacciato di rovinarlo, di distruggerlo. Lei si sarebbe ripresa Hunter. Lei aveva anche Jack. A me non sarebbe rimasto più nulla. Ma lei era sua moglie, lei era la madre di Jack. Non io. Sperai, in cuor mio, che avesse riservato quella freddezza e quella cattiveria solo a me. Che fosse stata ferita dalla mia relazione con Hunter, che temesse che le portassi via l'affetto di Jack, per agire così nei miei confronti. Pregai che con loro fosse diversa. Più dolce, più umana. Che li amasse davvero, entrambi.

Fu l'amore a dettarmi le parole che pronunciai in seguito, quasi senza interruzione. Io li amavo, li amavo entrambi. E dovevo lasciarli andare.

«La vera ragione per cui sono qui è incontrare mio marito. Abbiamo deciso di dare un'altra possibilità al nostro matrimonio. Ci amiamo ancora. Mi dispiace, davvero.»

Approfittai del suo momento di incredulità e di silenzio per riagganciare, prima che potesse replicare. Poi spensi il cellulare. Era finita. Ed era stato ancora peggio della prima volta. Anzi, la donna che ero diventata non era nemmeno paragonabile alla ragazzina che aveva promesso di tornare ma poi aveva avuto troppa paura. Non avrei più riattivato quel numero. L'avrei lasciato spento per sempre. Forse lo avrei sostituito con uno nuovo. O non sarei mai più tornata a Londra. Avevo portato già via buona parte delle mie cose dall'appartamento di Hunter. Il resto non aveva importanza. Più nulla aveva importanza. Solo che Hunter ricominciasse al più presto a vivere, senza di me. Magari non sarebbe stato felice, non subito. Ma poco alla volta sarebbe stato sereno, più tranquillo. Per suo figlio. Per il piccolo Jack che meritava di avere il suo papà sempre accanto. Così, l'idea della loro serenità, avrebbe consolato anche me.

CAPITOLO 64

«La tua amica Misaki, al telefono.» Il tono di mia madre, a ogni nostra conversazione successiva, stava diventando sempre più scettico. «Non ha il tuo numero di cellulare?»

«Forse chiamarmi sul fisso costa meno. Passami la telefonata in camera, per favore...» replicai evitando il suo sguardo e raggiungendo il telefono. Mi ero già preparata a questa evenienza. Erano trascorse tre ore e io non avevo più riacceso il mio cellulare. «Ciao, Misaki.»

«Cos'è questa storia che torni con il tuo ex marito?» Nemmeno un saluto di circostanza, dovevo aspettarmelo. «E che hai spento il cellulare e non rispondi più ad Hunter? Beatrice, cosa diavolo è successo tra voi? Perché lo hai lasciato?»

«Niente, Misaki... come ho già spiegato anche a lui...»

«Balle! Non so cosa sappia Hunter, ma a me hai raccontato tutto quello ti ha fatto il tuo ex... non torneresti mai con lui!» Non avevo mai sentito Misaki così fuori di sé. Non mi aveva mai maltrattata così. Ma aveva tutte le ragioni. «Dimmi la verità, Beatrice!»

La verità, raccontata a Misaki, avrebbe raggiunto Hunter subito dopo. Non potevo fidarmi nemmeno di lei. Voleva bene ad Hunter. Voleva bene a entrambi. Non avrebbe sopportato il ricatto di Olga. Ma io non potevo rischiare che quel ricatto colpisse Hunter e il suo bambino. Perché sapendolo Hunter l'avrebbe affrontata, di sicuro, vanificando i miei sforzi, il mio sacrificio. Per un attimo il ritornello della nostra canzone, *Sacrifice*, mi risuonò nella mente. Lottai per arginarlo.

«È vero, ho mentito ad Hunter. La verità è che... non me la sento di stare con un uomo con un passato così impegnativo, con un figlio... e con tutti i problemi che ne conseguono. Per cui ho deciso di lasciarlo, di costruirmi una vita altrove. Magari in un'altra città!»

«Beatrice... non puoi essere seria? Tu ami Hunter! Me lo hai detto tu, più volte. Io ti ho vista con lui e anche con il piccolo... vuoi bene anche a Jack! Come hai potuto lasciarlo così, per telefono?»

La voce di Misaki ora stava perdendo tutta l'irruenza iniziale, un'irruenza insolita in lei, per assumere tonalità tristi, quasi rassegnate. Proprio su questo dovevo puntare, per affondare il coltello nella piaga.

«Io ci ho provato, Misaki. Ad amare Hunter e ad accettare suo figlio. Ma non ci riesco, non ci riesco proprio. Non posso fare altro... Io credo che andrò a stare altrove, forse a Parigi, perché no? Ho bisogno di un cambiamento...»

«Parigi? Ma come?»

«Misaki, insomma! Lo sai come sono fatta! Ricordi che mi piaceva sperimentare, provare sempre qualcosa di nuovo... Quando stavo fuori la notte a folleggiare. Non sono cambiata, io voglio vivere! Non sono come te. Io credevo di amare Hunter, come l'ho creduto la prima volta. Se ben ricordi anche quella volta non sono tornata... Per questo me ne sono andata, è da un po' che mi sento così, però non trovavo il coraggio di dirglielo in faccia. Mi dispiace, davvero. Ma io sono fatta così, che vi piaccia o no!»

"Sono una stronza che gioca con i sentimenti degli altri, insomma" pensai tra me.

Ed era bene che lo credesse anche lei. Misaki, la mia piccola, dolce Misaki. La comprensiva, tenera Misaki. La migliore amica che io avessi mai avuto. E che ora doveva stare completamente dalla parte di Hunter, non dalla mia. Confortare Hunter, non me.

Solo quando riuscii a riagganciare e mi lasciai scivolare con la testa sul cuscino, notai la presenza di mia madre e di mio fratello oltre la soglia della mia camera, che era rimasta semi aperta. Mi fissavano entrambi allibiti. Li raggiunsi e sollevai lo sguardo su di loro, sfidandoli.

«Origliare è diventata la nuova moda in questa casa?»

Ero furiosa con il mondo intero, anche con loro.

«Può essere! Un po' come mentire!» Lorenzo mi rispose immediatamente, a tono. Stringendo gli occhi scuri su di me.

Dannazione, avevo scordato che mio fratello aveva una discreta padronanza dell'inglese, sufficiente a comprendere le mie conversazioni telefoniche.

Mia madre invece, con più calma, inclinò il capo e incrociò le braccia al petto.

«Cosa stai combinando, Beatrice? Hai parlato in inglese ma qualcosa riusciamo a capirlo anche noi. Cioè, Lorenzo ha capito, in realtà. Hai detto a Dwight che vuoi il divorzio, poi a qualcun altro al cellulare che stai tornando con tuo marito e a Misaki che vuoi andare a Parigi. Parigi? Cosa ci vai a fare, a Parigi? E a proposito, chi è Hunter?»

«Grazie, Lorenzo! Perché non cerchi lavoro come interprete invece di continuare a studiare per diventare avvocato? O come spia, meglio! Hunter è… nessuno, ormai.»

***

Avrei preferito evitarlo e sparire per sempre, ma fui costretta a tornare a Londra la settimana seguente. Avevo altri impegni, che andavano al di là della mia vita privata. Non potevo lasciare il lavoro senza una spiegazione. Assurdo, perché avevo appena lasciato l'uomo che amavo, senza una spiegazione. O forse, in qualche modo, mi aggrappavo ancora a una misera speranza. Per restare nella sua città.

Contattai il mio ex padrone di casa, chiedendogli se avesse una stanza disponibile per me. In pratica mi ero ritrovata nella situazione iniziale, quando ero appena tornata a Londra dopo dieci anni. Ma senza più Misaki e gli altri amici, questa volta. Non potevo vederli. Nemmeno Tasha e Freddie. Ero sempre stata una pessima bugiarda, purtroppo, non li avrei ingannati. Non riattivai più il mio vecchio numero di cellulare e non lessi i messaggi che probabilmente Hunter mi aveva lasciato. Appena arrivata comprai una nuova scheda. Così mi illudevo che fosse tutto finito. Un nuovo numero per ricominciare, come se in questo modo potessi resettare anche la mia vita.

Mi restavano i corsi, quelli che avevo scelto insieme ad Hunter. E lui conosceva il posto dove lavoravo. Dovevo proprio ricostruire tutto? Forse l'unica soluzione per me era davvero andarmene. Una volta per tutte. A Parigi o altrove, non aveva importanza. Non tornare mai più.

Ma mi faceva male, troppo male. Mi chiesi se Olga avrebbe preteso anche questo, da me. Avevo lasciato suo marito, spezzando il legame che mi legava a lui e anche quello che stavo costruendo con suo figlio. Le sarebbe bastato?

Dovevo solo sperare che Hunter mi credesse, si rassegnasse e non mi cercasse. La mia illusione fu vana, perché lo trovai di fronte al negozio dove lavoravo alcuni giorni dopo il mio ritorno.

«Beatrice, spiegami.» Sembrava stravolto. La barba incolta, gli occhi segnati. «Ti prego, solo questo ti chiedo. Poi ti lascerò in pace, te lo prometto. Dove ho sbagliato?»

Abbassai lo sguardo per evitare il suo. Avrei preferito morire, piuttosto che vederlo in quello stato. Era straziante, ma non avevo scelta. Rischiavo di non riuscire a resistere. Rischiavo di gettarmi tra le sue braccia e dirgli che non lo avevo amato mai più di così. Fino a strapparmi il cuore dal petto, per il suo bene.

«Ti ho già spiegato. Tu non hai sbagliato, Hunter. Sono io. Sono tornata solo per sistemare alcune questioni.»

Mio Dio, quelle mie frasi secche, brevi, taglienti come lame. Mi stavo trasformando in Olga. E mi detestavo.

«Beatrice!» All'improvviso mi afferrò il braccio, trattenendolo con forza. Poi, rendendosi conto del male che poteva farmi, lasciò in parte la presa, mantenendo però la sua mano su di me. «Guardami! Dimmi che è stato tutto uno sbaglio, allora! Dimmi che non mi ami più! Tutte le cose che ci siamo detti… Guardami negli occhi e dimmi che non mi ami più!»

«Le pensavo, al momento.» Mi scostai da lui, con uno sforzo sovrumano sollevai il viso per affrontare il suo sguardo. Pregai di avere la forza di non cedere, di non crollare. Solo l'amore poteva darmi quella forza, di nuovo. «Ma ora non più. Ora lasciami andare, Hunter. Non peggiorare la situazione, per favore. Io… non ti amo più.»

Annuì, staccandosi da me. Se mi fosse stato possibile scavare un solco al centro del marciapiede dove mi trovavo lo avrei fatto. Per inabissarmi per sempre. Hunter si voltò e lentamente, un passo dopo l'altro, si allontanò. Tra la folla di Oxford Street. Solo, distrutto. E io, tra tutta quella gente, non riuscivo a vedere che lui. Senza nemmeno sapere cosa sperare. Che mi perdonasse? No. Che mi odiasse? Meglio. Meglio per lui, sicuramente.

CAPITOLO 65

Rimasi a Londra. Almeno Londra non mi era stata tolta. Sempre in bilico, però. Pronta ad andarmene, se lo avessi ritenuto necessario. Ma restando, mi aggrappai al lavoro e allo studio come a due ancore di salvezza. Per non annegare, per riuscire a riemergere, di tanto in tanto, dalla mia disperazione.

Annie, la proprietaria del negozio dove lavoravo, aveva richiesto la mia collaborazione per dare un aspetto più invitante alla vetrina principale e alla collocazione dei souvenir all'interno. Mi permetteva di uscire prima dal lavoro due volte a settimana, per raggiungere South Kensington e l'Imperial College per il nuovo corso che avevo iniziato. Avevo lasciato buona parte di quelli scelti con Hunter per non soffrire troppo, sostituendoli con un corso generico di storia dell'arte e uno di storia medievale. Li avevo scelti a caso, senza alcun entusiasmo. Il college offriva anche uno studio sulla ricerca storica e di archivio, per la scrittura di manuali. Sembrava interessante. Avevo aggiunto anche quello al mio programma.

Avevo bisogno di perdermi, di impegnarmi in qualcosa che non facesse pensare costantemente a lui. Jim Cooper, l'insegnante di ricerca storica, era un uomo affascinante e piacevole. Sarei rimasta ad ascoltarlo per ore. Mi ricordava quasi Harrison Ford nel ruolo del professor Indiana Jones.

«Molto attraente, vero?»

La donna seduta accanto a me, dai capelli scuri e profondi occhi verdi, sorrise strizzandomi l'occhio, alla fine della lezione. Aveva già una certa età ma possedeva un'eleganza innata, sia nel trucco che nell'abbigliamento. Intanto il professor Cooper stava raccogliendo meticolosamente le sue schede dalla scrivania.

«Già! Sono contenta di aver scelto il suo corso. Anche se è stato solo per curiosità, lo confesso. Forse sceglierò altro.»

«Quindi, non hai intenzione di proseguire?»

La donna chiuse la penna che aveva ancora in mano e la ripose in un piccolo astuccio colorato. Aveva le mani eleganti e ben curate. Rimasi quasi rapita dai suoi movimenti raffinati.

«No, non credo. Voglio dire, mi piacerebbe tanto, ma io... non credo di essere abbastanza brava» sospirai, stringendomi nelle spalle. Andai a sbirciare sul mio quaderno. «Quel compito che ci ha assegnato, come redigere e curare un volume storico, attraverso la datazione precisa e il controllo dei dettagli ambientali e personali degli abitanti di quell'epoca... No, decisamente non sono in grado. Anche il mio inglese... non è in grado, forse si sente...»

«Non è vero, parli benissimo. Solo hai un lieve accento... francese? O italiano?»

«Entrambi, temo. Sono cresciuta con entrambe le lingue.»

«Comunque... io sono Laura!» Mi tese la sua bella mano, con un entusiasmo esagerato. «Trovo interessante questa tua particolarità. Anzi, stavo pensando... Visto che il professor Cooper ci ha chiesto di scegliere un compagno per l'esercitazione, ti piacerebbe lavorare insieme a me?»

«Io... non saprei... Davvero, non sono abbastanza brava. Rischierei di danneggiarti, Laura.»

Di sicuro era una donna gentile. E forse provava compassione per me, per il mio essere sola e un po' persa. Di certo non era stata impressionata dal mio talento e dalla mia arguzia, visto che prendevo appunti diligentemente, ma non rivolgevo mai domande interessanti al professore. Me ne stavo tranquilla, nel mio guscio.

«Mi faresti un immenso favore, sai? Gli altri sono così saccenti e inopportuni, con la loro sindrome da primi della classe! Cercano solo di mettersi in mostra!»

Una sindrome che avevo avuto anche io. Tanti anni prima, con Hunter. Per dimostrargli quanto potevo essere brava. Ma ormai, non aveva più alcuna importanza. Volevo solo imparare qualcosa di nuovo e interessante.

«Va bene, allora.» Mi resi conto di non essermi nemmeno presentata. «Mi chiamo Beatrice.»

Nei giorni successivi scoprii che Laura Reynolds era davvero una donna gentile e molto disponibile. Mi confessò di aver appena compiuto settant'anni, anche se dal suo modo di muoversi e parlare sembrava molto più giovane, più moderna. Adorava tenersi aggiornata. Tanto che non avrebbe mai permesso al suo cervello di invecchiare con l'età. Per questo motivo frequentava un corso dopo l'altro.

Iniziammo a lavorare insieme, a casa sua, incontrandoci svariate volte la sera, dopo il corso, o nel fine settimana. Nel mio alloggio, con il soggiorno in condivisione con altre due ragazze, sarebbe stato impossibile. Laura viveva nella zona di Earl's Court, in una deliziosa villetta con giardino. Era vedova e aveva un gatto rosso, sornione e un po' viziato di nome King che, dopo una diffidenza iniziale, aveva iniziato a strusciarsi intorno alle mie gambe facendo le fusa. In cerca di coccole e carezze. Sempre più sfrontato, a ogni mia visita a casa di Laura.

«E pensare che quando mio figlio l'ha trovato anni fa, era solo un mucchietto di pelo e ossa, spaventato e tremante di freddo. Ma lo ha voluto chiamare King, fin da bambino aveva il vizio di raccogliere animali abbandonati. Già il nome è tutto un programma, guardalo adesso! Per il momento è lui il re della casa. Chissà, forse un giorno mi troverò un nuovo marito!» Laura rise apertamente, durante una pausa per il tè, a cui aveva aggiunto diversi dolcetti da lei preparati. «E tu? Nessuno di interessante nella tua vita? Un fidanzato? Un compagno?»

«No, io… non ho avuto fortuna, purtroppo.»

Non avevo voglia di affrontare quell'argomento, mi sentivo ancora troppo fragile in proposito. Ma forse non ci sarebbe mai stato, per me, un momento giusto per quel tipo di conversazione.

«Non dovresti parlare così, mia cara. Sei ancora tanto giovane.» Laura mi accarezzò la spalla, con un gesto tenero e comprensivo. «Sono sicura che da qualche parte c'è qualcuno che farebbe di tutto pur di stare con te!»

«Non più…» Abbassai lo sguardo, in cerca di un appiglio qualsiasi. Pur di cambiare discorso. «Io non ho bisogno di un uomo, io… preferisco dedicarmi al lavoro e allo studio, ecco.»

L'insistenza di Laura era fuori luogo, ma la sua solitudine forse la portava a incuriosirsi della vita degli altri. Mi aveva confessato di avere due figli, con cui però non aveva mantenuto rapporti troppo stretti. Ognuno di loro aveva la propria vita, lontana da lei.

«La tua tristezza mi comunica qualcosa di completamente diverso. Mi dispiace vederti così, mia cara.»

Laura aveva ragione. La mia tristezza era la mia condanna. E non riuscivo a nasconderla, a mascherarla, nemmeno impegnandomi.

«Mi dispiace, Laura. Io cercherò di essere un po' più allegra… te lo prometto!»

Mi morsi le labbra, cercando di ricompormi, di non tremare. Il modo in cui Laura mi scrutava però, mi faceva sentire trasparente. Di solito riuscivo a riprendermi in fretta, con gli altri. Con Annie, con le colleghe, con le coinquiline che incrociavo per casa solo occasionalmente.

«No, non devi. Non devi, tesoro mio. Non devi fingere.» L'improvvisa dolcezza di Laura mi colse alla sprovvista. Sollevai lo sguardo su di lei, cercando di evitare a una lacrima di rotolare giù, lungo la mia gota. «E adesso spiegami esattamente perché hai lasciato mio figlio. Altrimenti dovrò convincermi di aver fatto bene a non fargli avere il tuo messaggio tanti anni fa. Ma allora eri solo una ragazzina, almeno. Ora dovrò credere che sei davvero una donna senza

cuore. E da quello che ho capito di te in questi giorni, da quello
che vedo in questo momento… non mi sembra affatto!»

CAPITOLO 66

Laura Reynolds mi aveva ingannata. Nascoste le foto di famiglia con figli e nipoti, presentandosi con il cognome del suo secondo marito, deceduto tre anni prima, non era stato difficile.

«Sono stata un'attrice teatrale, da giovane. Me la cavo ancora bene.» Si giustificò, di fronte alla mia espressione sconcertata. «Anche se non è stato così difficile cercarti, avvicinarmi a te, capirti. Capire che stai soffrendo. Perché, Beatrice? Se lo ami, perché lo hai lasciato?»

«Non c'è un reale motivo. Io non ero sicura di… Lui lo sa? Che mi hai attirata qui?»

Io dovevo alzarmi, raccogliere le mie cose e fuggire. Ma confessare la verità, no. Nemmeno a lei. Anche se mi stava esplodendo dentro al petto, ormai. Invece restavo inchiodata lì. A quella sedia, a quel tavolo. Con di fronte una tazza di tè, sorseggiata a metà, qualche biscotto e i miei appunti per il lavoro di ricerca che avevo iniziato insieme a una donna che aveva approfittato di me, della mia debolezza.

«No, Hunter non sa nulla. È stata una mia iniziativa. Sapevo che ti eri iscritta ad alcuni corsi, conoscevo il tuo nome. Conosco quasi tutti i docenti di studi storici all'Imperial College. Il professor Cooper è un mio vecchio amico e mi ha permesso di partecipare al suo corso. Beatrice, lo so che ti senti presa in giro da me. Ti ho mentito e ti ho manipolata per attirarti qui, per conoscerti. Ma io non posso vedere mio figlio distruggersi per una donna che non lo merita! Gli ho già fatto abbastanza male, in passato. Gli ho fatto male per gran parte della sua vita, ad essere sincera. E non riesco ancora a perdonarmelo. Per cui, ti prego… se non riesci a spiegarlo ad Hunter, spiegalo a me. Permettimi di aiutarlo.»

Laura era un'ottima attrice. Migliore di quanto credesse. Io ero l'esatto opposto. Soprattutto mi stavo rendendo conto che non sarei riuscita a ingannarla. Non mi avrebbe dato pace, non mi avrebbe lasciata andare senza lottare. Mi avrebbe fatta crollare. E ne aveva tutte le ragioni. Sapevo quanto aveva fatto soffrire Hunter, anche lei. Eravamo simili in questo.

«Ho dovuto lasciare Hunter. Non ho avuto scelta. Perché l'alternativa sarebbe stata ancora più terribile.»

In pochi minuti, il mio segreto era svelato. Odiai me stessa e la mia debolezza. Odiai il mio povero cuore che non era stato in grado di resistere. Perché quella donna, con la sua forza, con la sua tenacia, mi avrebbe strappato la maschera di dosso, lasciandomi in frantumi. E io ero già troppo vicina a spezzarmi, per non soccombere, per riuscire a tenerle testa.

«Oh, no! Quella maledetta!» Laura non fece nulla per trattenere la sua rabbia, che esplose repentina. «Hunter deve saperlo, subito!»

«No, no!» L'afferrai per le spalle, quasi strattonandola. «No, non può saperlo. Laura, ti prego… aiutalo. Mi hai chiesto di dirti la verità per aiutarlo e io l'ho fatto! Ma se gli racconti tutto, lui affronterà Olga e lei gli toglierà Jack! Non deve succedere!»

«Non lo farà, ti assicuro che non lo farà…»

«Ma Jack… No, Olga in ogni caso userà quel povero piccolo contro Hunter…» Mi posai le mani sul petto, per riuscire a trattenermi. Non potevo tollerare l'idea. «Solo per fargli del male, io lo so. Lei mi ha parlato, mi ha detto chiaramente che rivuole suo marito e suo figlio. Mi ha accusata di aver distrutto la sua famiglia. Mi ha detto che lei e Hunter stavano per tornare insieme, prima che io mi mettessi in mezzo. Io non ho mai cercato di portarle via Hunter e Jack, io ho solo tentato di…»

Di giocare alla famiglia felice con loro? Sì, forse. Ed era stato il mio sbaglio.

«Ti ha mentito! Era stata lei a lasciare Hunter per un altro, all'inizio. E Jack nemmeno lo voleva, era intenzionata ad abortire. Ma ora che Hunter poteva essere finalmente felice, ora che il suo lavoro è avviato... si è liberata dell'altro e vuole riprendersi suo marito! Non le importa nulla, né di lui né del bambino!»

Le parole di Laura mi fecero ancora più male. Stavo rinunciando al mio amore, per una donna che non provava per lui i miei stessi sentimenti. Ma forse Laura parlava con l'amarezza di una madre infuriata per il torto fatto al figlio. Anche noi avevamo sbagliato con Hunter, ma non significava che non lo amavamo.

«Resta il fatto che può davvero ferire Hunter. E di conseguenza anche a Jack. Non deve succedere.»

«Io non metto in dubbio che quella donna possa davvero fare del male ad Hunter. Se potrà farlo, lo farà purtroppo. Ma tu devi parlare con lui. Almeno un'ultima volta. Devi dirgli la verità, altrimenti non sarà mai in grado di farsene una ragione. Io lo aiuterò ad affrontarla, ma deve sentirla da te. Solo così potrà lasciarti andare.»

***

Ci incontrammo in casa di Laura, che uscì per darci la possibilità di parlare da soli. Già dal primo sguardo compresi che lui era a conoscenza della verità. E il nostro incontro aveva il triste sapore di un addio.

«Mi dispiace, Hunter. Io non avrei mai voluto ferirti.»

«Lo so. Infatti, non ci ho mai creduto.»

«Non sono stata abbastanza brava, allora.»

«No, Beatrice. Le tue doti recitative sono sempre pessime.» Hunter mosse qualche passo, ritrovandosi proprio di fronte a me. Allo stesso tempo io mi spostai e girai intorno alla sedia, in modo che si frapponesse tra noi. «Invece il tuo buon cuore... quello è davvero eccellente. Migliore di quanto ricordassi.»

«Non è servito a molto, purtroppo. Anche esserci incontrati qui, potrebbe essere pericoloso per te.»

«No, non lo sarà. Perché l'unico vero pericolo è il mio amore per te. E per quanto Olga possa ricattarci, allontanarmi da te, minacciare di non farmi più vedere Jack... questo non cambierà mai. Non potrà mai impormi di non amarti, Beatrice. E nemmeno obbligarmi ad amare lei.» Gli occhi di Hunter erano su di me. Duri, spietati. Quasi in netta opposizione alle sue parole. E io fuggivo da lui, disperatamente, fuggivo per impedirgli di toccarmi. Fuggivo per non essere tentata di stringerlo a me e non lasciarlo più andare. «Starò con lei. Vivrò con lei. Sarò suo marito, il suo conto in banca. Per Jack. Solo per il mio bambino. Ma amerò sempre te.»

«Hunter, ti prego...»

«Non farlo, Beatrice. Non pregarmi.» Hunter socchiuse gli occhi, per un istante. Poi riprese a osservarmi. Il suo sguardo era tornato dolce, innamorato come lo era stato negli ultimi mesi, da quando ci eravamo ritrovati. Ma velato di lacrime. «Perché non finisce così. Io non mi rassegno a perderti. Ricordi quando ti ho detto che possiamo avere ancora tutto? Io ci credo ancora. Noi possiamo ancora essere felici. E lo saremo. Devi darmi solo il tempo di...»

«No, Hunter. Non possiamo. Tu puoi. Ma non con me.» Non potevo più nascondermi, ormai. La verità era troppo dura da accettare. Insopportabile, per me. Ma dovevo rovesciarla anche addosso lui. Per liberarmi. Per liberarlo di tutto ciò che mi riguardava, anche dei sogni. «Ti ho mentito. O meglio, ti ho nascosto qualcosa che... speravo di rivelarti più avanti. Se deciderai di non perdonarmi, io lo capirò. Avrei dovuto dirtelo prima. Noi non possiamo più avere tutto. Quando stavo ancora con mio marito, sono rimasta incinta. Aspettavo una bambina, l'avrei chiamata Heather... ma poi... l'ho persa. Questo lo sapevi da prima, anche Misaki te lo aveva già detto. Quello che non ti ha detto, perché nemmeno lei ne è al corrente, è che io... non potrò più avere figli. Mai più. Non potrai mai avere una famiglia, insieme a me. Io non potrò mai darti la vita che meriti. Io sono… una donna difettosa, danneggiata, come diceva mia suocera… Non potrai mai avere nulla, insieme a me.»

La mia rivelazione lo lasciò impietrito. E senza espressione. Come se gli avessi tolto ogni speranza, ogni desiderio di vita. Ora davvero non era rimasto proprio più nulla da dire. Avevo portato a compimento la mia missione distruttiva. Potevo ritirarmi. Mi spostai, sperando di riuscire ad arrivare alla porta, oltrepassarla, uscire.

«Potrò avere te. E io non ho mai voluto altro. Io non voglio altro.» In un istante, fu di fronte a me. E mi sovrastò con il suo corpo, con un'irruenza insolita in lui, attirandomi tra le sue braccia. «Ti amo, non cambia nulla. Perché? Perché hai sopportato questa sofferenza da sola? Perché non l'hai condivisa con me? Mi hai lasciato parlare, hai permesso che ti facessi del male… Tu non sei una difettosa! Quella donna dev'essere pazza! Ma tu come puoi ripetere un'atrocità del genere?»

«Hunter… Forse l'ho meritato. Per tutto il male che mi sono fatta e ho fatto anche a te, per tutte le ferite che mi sono inflitta, per tutto l'amore che ho perso. Il tuo amore.»

«Non lo hai perso, Beatrice. Non lo hai mai perso. È qui.» Afferrò la mia mano, posandosela sul cuore. «È sempre stato qui.»

Sentii le sue lacrime prima tra i miei capelli, poi sul mio viso, mentre cercava le mie labbra. Non riuscii a resistere. Mi aggrappai a lui, al suo corpo, alle sue spalle, e lo baciai con tutta la disperazione che non ero più in grado di nascondere ma neanche di esprimere a voce.

«Io credo… io credo che sia stata tutta colpa mia. È la mia punizione. Per averti abbandonato, anni fa. Me ne sono andata quando tu avevi più bisogno di me. Per questo mi è successo… sono stata punita. Ma tu non dovevi essere coinvolto. E nemmeno il tuo bambino, non è giusto! Olga mi ha detto del suo problema cardiaco. Jack ha bisogno di te, ora. La mia colpa non deve ripercuotersi su di voi.»

«Beatrice, ma cosa stai dicendo? Non è così, non può essere così! Non è colpa tua! Tu non sei stata punita, non hai fatto nulla di male. È solo la vita, purtroppo ingiusta a volte, non una punizione. Sarebbe folle altrimenti. È la vita e dobbiamo prenderla per quello che è… La patologia di Jack dipende da Olga, ma nessuno ha colpa… è solo capitato. Tu hai fatto del tuo meglio. Per me e per lui. E la cosa davvero importante è che siamo qui, adesso. Insieme. E io ti amo.»

«Hunter… no…»

Mi prese il viso tra le mani, per guardarmi negli occhi.

«Io sono tuo. Te lo avevo già detto, anni fa… Tu mi avrai sempre. Forse non sarò abbastanza, per te. Non potrò mai darti ciò che hai perso. Ma tu mi avrai sempre.»

«Io…» Osservai il suo volto, come non avevo mai fatto prima. Con il terrore misto alla rassegnazione di non doverlo vedere mai più. Come se volessi studiarlo, memorizzare i dettagli, il taglio delle sue labbra, la sfumatura dei suoi occhi in quel preciso istante. «Io… ho vissuto tutta la mia felicità solo con te. Mi sono sentita una donna solo con te. Amata solo da te. E ho amato solo te, Hunter. Ti ho sempre amato tanto, così tanto che non so nemmeno esprimere a parole quello che sento. Non ho mai avuto una canzone, con un altro. Forse non l'ho mai voluta né cercata. C'era solo la nostra canzone. C'eravamo solo noi. Due cuori che vivono in due mondi separati. Ma io ti sono vicina. Sempre. Anche se dobbiamo stare lontani. Nel bene e nel male. Io ti appartengo. Io sono tua.»

CAPITOLO 67

Inverno 2004

Dopo oltre tre anni, lui mi teneva ancora in vita. La sua esistenza stessa. Il semplice fatto che lui ci fosse. Era il nostro amore, a tenerci in vita. Come se fossimo legati da un filo inestricabile, due piccole sfere che si rispecchiavano una nell'altra. Due piccoli mondi che proseguivano la propria strada, separati ma indissolubili.

Io e Hunter ci eravamo scritti. Mentre nel corso della nostra prima separazione mi aveva chiesto di non farlo, questa volta mi aveva pregato di non lasciarlo senza mie notizie. Olga aveva lui. Il suo tempo, il suo nome, la sua casa, i suoi soldi, la sua nuova posizione sociale, la sua presenza che però valeva come un'assenza. E aveva suo figlio, soprattutto. Io avevo la sua anima, le sue parole.

Parole impresse su lettere di carta. Non e-mail o messaggi telefonici. A volte mi sono chiesta se le cose sarebbero state differenti se ci fossimo incontrati in un periodo diverso. Nel tempo di internet e dei social. Avrei davvero perso così tanto? Perché la gente continuava a perdersi, comunque. Una e-mail non cambiava nulla, non cambiava il cuore delle persone, non compensava una distanza se erano i sentimenti stessi a essere distanti. Ma nel 1991, all'epoca del nostro primo incontro, io e Hunter eravamo stati davvero troppo ingenui, troppo innocenti forse. Ci eravamo illusi che il nostro amore avrebbe superato tutti i limiti, tutti i confini. Forse, a modo nostro, continuavamo a persistere nella nostra illusione.

«Voglio toccare le tue parole. Lettere di carta, dove si sono posate le tue mani.» Così mi aveva detto Hunter. «Io non ti perderò, questa volta. Non del tutto. Ti prego, non tagliarmi fuori dalla tua vita.»

Toccare le mie parole. Avevo opposto resistenza, per poi cedere. Ci eravamo rassegnati alla separazione, non al distacco totale. Lo avevo supplicato di non contrastare Olga, di non accanirsi contro di lei, avrebbe solo rischiato di fare del male al bambino.

«Quella donna è fredda, senza cuore. Non lo ha mai voluto! Non lo considera nemmeno, non lo prende mai in braccio… Lo sta solo usando, adesso! Io speravo che noi…»

Il dolore di Hunter mi aveva lasciata senza fiato. Ma non potevo infierire, avrei solo peggiorato la situazione.

«Ma Jack avrà te, adesso! Hunter, ci sarai tu per lui. Potrai stare con lui più spesso.» Gli avevo accarezzato le braccia, cercando di calmarlo, di fare in modo che accettasse le condizioni che ci erano state imposte. Per il bene del suo bambino. «Io penserò a voi, sempre. Tu dai un bacio a Jack, per me.»

«Lo farò, Beatrice. Ma io ci credo ancora, in noi. Ci crederò sempre.»

Gli scrivevo, come mi aveva pregato di fare, e consegnavo le mie lettere a Freddie Weber che poi, come suo avvocato e collaboratore, faceva in modo di recapitarle ufficialmente ad Hunter. Tutto per evitare che Olga capisse da dove arrivavano. O forse lo aveva capito, ma non le importava più. Aveva ottenuto il suo scopo. Aveva riavuto suo marito e suo figlio. Si erano trasferiti a Edimburgo. Io, ormai, ero fuori dai giochi per lei. Non era interessata all'amore di Hunter, visto che lei stessa non era mai stata innamorata di lui. Che io continuassi ad amarlo, non era un suo problema.

Così, il tempo era volato, su di noi. Tra le nostre lettere, le nostre parole, che io rileggevo continuamente e conservano in uno scrigno intagliato in legno acquistato al mercatino di Notting Hill.

Hunter mi raccontava dei suoi successi, dei progressi di Jack, che io attendevo sempre con ansia per il suo piccolo cuore, delle parole che finalmente stava iniziando a pronunciare, a distinguere. Io lo tenevo aggiornato sui miei corsi, sulle mie scelte. Avevo lasciato il lavoro a tempo pieno al negozio di souvenir, che altrimenti mi avrebbe impedito di trovare il tempo per avviare una professione più gratificante, almeno per me. Aiutavo Annie solo saltuariamente, tre volte a settimana con l'allestimento della vetrina.

La tentazione di vederci, di incontrarci da qualche parte, spesso era irresistibile. Ma io avevo troppa paura, per cedere. Tremavo all'idea di rovinare tutto. Quella stabilità che in qualche modo avevamo raggiunto. Vedere Hunter, amarlo, trascorrere qualche giorno o qualche notte insieme a lui, poi lasciarlo andare, sarebbe stato intollerabile per me. Ma non si trattava solo di me. Olga teneva in ostaggio un bambino innocente e da un momento all'altro avrebbe potuto decidere di strapparlo ad Hunter o di creare una difficoltà dopo l'altra, a causa di un nostro comportamento irresponsabile. E io temevo per la scarsità di affetto che Jack avrebbe ricevuto, senza suo padre intorno. Non potevo essere egoista con lui.

Nonostante la sua bugia e la manipolazione messa in atto per avvicinarmi, il mio legame con Laura si era intensificato. Lo aveva fatto per aiutare Hunter, nell'unico modo che aveva trovato. E, sempre a modo suo, aveva insistito per aiutare anche me.

«Il patto che siete stati costretti a suggellare con quella stronza, non implica che io e te non dobbiamo lavorare insieme! Quindi non vedo perché non possiamo continuare quello che abbiamo iniziato!»

Non c'era bisogno che Laura specificasse chi fosse "quella stronza". Io ero stata scettica, inizialmente. E non credevo nemmeno che Laura avesse così stima di me e fiducia nel mio talento. Era molto più probabile che provasse compassione, nei miei confronti. Oppure che tentasse di starmi accanto per redimere i torti commessi nei confronti di Hunter, in passato.

Indipendentemente dalle sue ragioni, io ne avevo un gran bisogno. Alice, la sorella di Hunter, si era offerta di prestarci il suo aiuto e la sua esperienza. Così avevo rivisto anche lei, a casa di Laura. Per assurdo ero entrata a far parte della famiglia di Hunter, stringendo amicizia con due donne così importanti nella sua vita, senza che lui ne fosse direttamente coinvolto. O magari ne era coinvolto e nessuno si era preoccupato di dirmelo.

Avevo rivisto anche Misaki, una volta messa al corrente della situazione. Anche nei suoi occhi lessi un'immensa pena nei miei confronti. Ma mi sarei ripresa. Avrei recuperato la mia forza, per combattere la debolezza e lo sconforto da cui mi sentivo sopraffatta e che tentavo di negare o di celare.

Giorno dopo giorno, la mia situazione era migliorata. Mi erano stati affidati alcuni incarichi, come aiuto redattrice di manuali e volumi storici. Ero riuscita anche ad ottenere delle collaborazioni per l'organizzazione di mostre ed eventi a scopo benefico. Stavo diventando piuttosto brava, ne ero felice e grata. Anche il professor Cooper si era complimentato con me, con la sua aria burbera e sorniona al tempo stesso.

Laura mi aveva aiutata più volte nella correzione di articoli e brevi saggi, così alla fine avevo imparato a gestire il mio lavoro quasi del tutto da sola.

«Ho sbagliato con Hunter...» mi confidò un giorno, con aria abbattuta e stanca. Non era da lei. E da tempo evitava di parlarmi di Hunter, forse per non opprimermi con la nostalgia che comunque provavo per lui e per la nostra storia. «Avrei dovuto assecondare le sue inclinazioni. E non avrei dovuto oppormi alla vostra storia, nascondendogli che lo avevi cercato. Non aveva alcuna importanza che vi foste incontrati in quella scuola!»

«In ogni caso è riuscito a raggiungere i suoi obbiettivi. È molto contento del suo lavoro.»

Tentai di rassicurarla, tralasciando completamente la sua osservazione riguardante il nostro passato e la scuola. Non capivo nemmeno perché avesse rivangato quel particolare, ormai insignificante.

«Tu eri così giovane… e lo sei ancora…»

Laura era decisa a non demordere. Non capivo cosa volesse ottenere, da me. Dove volesse arrivare.

«Sono impegnata con il mio lavoro. È l'unico mio interesse, al momento.»

Provava compassione per me. E si sentiva responsabile. Non era così difficile da capire. Anche io provavo compassione per me stessa. Solo a volte, però, non sempre. Forse mi sentivo comunque amata. Forse il mio lavoro mi stimolava, riempiva le mie giornate, infondendomi speranza e sempre più sicurezza a proposito delle mie capacità. La ricerca era diventata la mia vita. O se non proprio la mia vita, una buona parte.

Per il resto, il mio divorzio da Dwight era ormai ufficiale. Avevo saputo che non aveva aspettato a lungo a risposarsi e nemmeno ad avere due figli, da un'altra donna. Rammentai le parole di Hunter. La vita a volte è ingiusta, purtroppo. Con me lo era stata troppo spesso. Con Dwight non lo era stata affatto. E anche il destino era stato un po' crudele e perverso nei miei confronti, non come in alcuni di quei romanzi a cui lavoravano Laura e Alice, dove il lieto fine era sempre imprescindibile. Ma chi ero io per giudicare? E poi… lo aveva voluto davvero o stava di nuovo eseguendo gli ordini di sua madre che gli aveva procurato una moglie su misura? Era davvero felice?

Se con Laura evitavo di approfondire il discorso riguardo Hunter, mi tenevo costantemente aggiornata sulla salute di Jack. Temevo che Hunter mi celasse le notizie che lo riguardavano, per non preoccuparmi. Avrei tanto, tanto voluto rivederlo. Aveva compiuto cinque anni, ormai. Ma di sicuro non si sarebbe ricordato di me, era tanto piccolo… Provavo sempre un'enorme pena, pensando a Jack. Per lui, per il suo cuoricino tanto fragile, per Hunter, per me stessa. E forse anche per Olga. Una parte di me, forse la più materna e sensibile, rifiutava di credere che fosse così fredda e calcolatrice. Perché non tolleravo che Jack fosse affidato alle sue cure, senza che ci fosse qualcosa di buono in lei.

Un giorno, a casa di Laura, ritrovai una vecchia conoscenza, del tutto inaspettata. Stentai a riconoscerla, sul momento. Non perché fosse così tanto cambiata, ma non mi sarei mai aspettata di trovarla lì.

«Ciao, Beatrice. Ho sentito grandi cose, sul tuo conto.»

Per un istante esitai, incerta. Non ero del tutto sicura a cosa si riferisse, magari il suo complimento era ironico, allusivo.

«Grazie, Patricia.»

Rammentai che Patricia era amica di Laura e cugina del suo secondo marito. Era stata Alice a raccontarmelo. Accennai un sorriso di circostanza, indecisa se trattenermi oppure inventarmi una scusa per andarmene e tornare in un altro momento. Forse avevano altre questioni personali di cui parlare.

«Accomodati, cara.» Laura mi invitò con naturalezza a prendere il mio solito posto. «Prendiamo il tè insieme, poi possiamo iniziare a discutere di una proposta molto interessante.»

Ancora non comprendevo cosa c'entrasse Patricia Hamilton con tutto questo. Ancora meno, cosa c'entrassi io.

«Avrei dovuto capirlo già da allora che eri sveglia e imparavi in fretta!» Patricia prese la parola, mentre Laura si allontanava per preparare il bollitore per il tè. «Hunter e Chris lo dicevano sempre… e anche Sarah e altri insegnanti.»

Sospirai mentre le sue parole, forse involontariamente, mi infliggevano l'ennesima fitta dolorosa al petto. Quei momenti, quei ricordi, erano spesso piacevoli per me. Ma la sua presenza, purtroppo, li rendeva amari, perché non potevo fare a meno di collegarla all'accusa che era stata rivolta ad Hunter. Accusa a cui lei aveva creduto e in cui io ero coinvolta.

«Lo so a cosa stai pensando, Beatrice.» Patricia mi precedette, prima che riuscissi a formulare qualcosa da dire. Qualcosa che non fosse troppo sgradevole. «Mi sono sbagliata sul tuo conto. E soprattutto mi sono sbagliata su te e Hunter. Voi dovevate stare insieme e nessuno avrebbe dovuto ostacolarvi, nemmeno io. Però purtroppo non posso cambiare il passato. Ma forse posso migliorare il tuo presente. Come diceva Laura, ho una proposta interessante che coinvolge anche te. Una proposta che potrebbe portarti a fare un salto di qualità, nel tuo lavoro.»

CAPITOLO 68

«Io non sarei mai in grado di effettuare ricerche adeguate per i romanzi! È un settore completamente diverso e non sono sicura di avere le basi necessarie. E poi sono straniera, forse non sono nemmeno abbastanza preparata.»

La proposta di Patricia mi attraeva irresistibilmente ma mi terrorizzava allo stesso modo. Sarebbe stata una sfida. Una sfida eccitante, intrigante. Una parte di me, che stavo lottando per tenere celata, stava esultando e saltando di gioia intorno al tavolo della cucina di Laura. Un'altra, quella ancora ostile a Patricia e alla sua intromissione nella mia vita privata, si manteneva distaccata, restia ad accettare la sua proposta. Forse, un po' subdolamente, non volevo darle soddisfazione.

Patricia Hamilton era curatrice e diretta responsabile di alcune collane di romanzi, a diffusione nazionale e internazionale. Si era già avvalsa della collaborazione di Laura e anche di Alice. Ora stava estendendo la proposta anche a me.

«Ma non sarai sola! Ti affiancheranno Laura e Alice. E poi tu hai studiato in altri paesi europei e negli Stati Uniti, in certi ambiti potresti essere più preparata. Ci sarò anche io e un altro dei miei collaboratori e soci, Ian Cartwright. Ha collaborato con il professor Cooper e gestisce un laboratorio di studi storici e scrittura creativa. Potrai imparare molto da lui, è davvero bravo.»

Nonostante mi fossi impegnata per assumere un atteggiamento diffidente, quasi imperturbabile, ero propensa a cedere, fin dall'inizio. Così, dopo qualche dubbio e qualche rimostranza, accettai di buon grado la proposta di Patricia.

Ian Cartwright era un uomo di circa quarant'anni, intelligente e decisamente interessante, alto, moro e con rassicuranti occhi scuri. I suoi modi mi ricordavano quelli del professor Cooper, ma in versione più giovane e rilassata. In parte il suo portamento mi rammentò un po' anche Chris, anche se forse non era affascinante e aristocratico quanto lui. Il paragone con Hunter non lo presi nemmeno in considerazione. Hunter era stato come un fulmine a ciel sereno, per me. Fin dal primo incontro, fin dal primo sguardo. Era stato la rivoluzione, nella mia vita.

Iniziai a seguire il suo corso e il suo laboratorio di scrittura creativa, come consigliato da Patricia. Anche se non mi sentivo così predisposta alla scrittura, al contrario di tutti gli altri studenti. Ian mi aveva accolta solo per guidarmi meglio nel lavoro, per farmi comprendere la sua metodologia di approccio nella ricerca. Nonostante la sua posizione non manteneva le distanze, era un uomo socievole ma tranquillo, pacato. Nel giro di qualche settimana il nostro rapporto divenne più che amichevole, anche se la sua vita privata rimaneva un'incognita per me. Avevo notato che portava la fede, di conseguenza avevo dedotto che fosse sposato.

Solo in seguito venni a sapere di più, attraverso qualche chiacchiera con Laura e Patricia. Ian, londinese di origine, si era trasferito a Manchester, per poi tornare a Londra dopo la morte della moglie, portando con sé la figlioletta Alison.

Ancora una volta mi ritrovai a meditare sull'ingiustizia della vita. Ma respinsi il pensiero, in un angolo della mente, come mi capitava spesso di fare con situazioni spiacevoli o che mi avrebbero creato inutili ansie e tensioni.

«Sei più preparata di quanto credi, Beatrice.»

Confidavo nel giudizio di Ian, più che in quello di Patricia e Laura, in cui temevo predominasse una sorta di senso di colpa nei miei confronti, per i torti che mi avevano fatto.

«Grazie, Ian.»

«Allora, io credo che da questo momento potresti iniziare a seguire lo sviluppo del romanzo anche da sola.»

Il tono pacato di Ian si contrappose, nella mia mente, alla risolutezza della sua affermazione.

«Cosa? No! Io non credo di poterlo fare!»

Eravamo nel suo ufficio e io mi protesi verso di lui, incredula. Con una veemenza che forse non gli avevo ancora mostrato.

«Io dovrò ritirarmi per un po', Beatrice. Il mio corso sarà affidato a un collega. Ma sono certo che ce la farai.» Ian mi sorrise, rassicurante. «Puoi sempre contattarmi sul mio numero privato.»

«Certo. Va bene.»

Mi stavo preoccupando, ma non mi sembrava davvero il caso di essere invadente e intromettermi nella sua vita. Avevamo raggiunto un amichevole rapporto professionale. Era molto diverso dall'essere veramente amici.

Mi ritrassi senza ulteriori domande o rimostranze. Anche se c'era quella tristezza nello sguardo di Ian, quell'aria assorta e a volte lontana, in cui non potevo fare a meno di riconoscermi. Forse era dovuta alla solitudine, al dolore per la morte della moglie. Non avevo approfondito il discorso con Patricia e Laura riguardo a Ian, per non dare loro un'impressione sbagliata. Sarebbe stato difficile da spiegare, ma la sofferenza altrui, ultimamente, mi faceva male quasi quanto la mia.

Poi nell'estate del 2005, in una mattinata di luglio come tante altre, a Londra accadde qualcosa di inatteso e tremendo, che scosse il nostro mondo e le nostre abitudini. Proprio come qualche anno prima, in modo ancora più devastante, era accaduto a New York.

Io mi trovavo sull'autobus che dal mio piccolo nuovo appartamento situato tra Chelsea e Fulham, mi avrebbe condotto in centro, dove saltuariamente lavoravo ancora nel negozio di Annie.

Lo strano trambusto e la lentezza dei mezzi che avevo riscontrato da South Kensington, non mi insospettì. Rimasi comunque concentrata sul libro che stavo leggendo. Solo vagamente preoccupata del ritardo che stavo accumulando, avevo pensato di mandare un messaggio ad Annie. Ma mi accorsi che il mio cellulare non dava alcun segnale. Il dannato aggeggio mi aveva già causato qualche problema, meditai sul fatto di sostituirlo al più presto con una versione più moderna e mi sforzai di rilassarmi.

Appena arrivati in zona Hyde Park Corner, considerato il traffico, preferii scendere dall'autobus e percorrere il resto della strada a piedi. Solo una volta raggiunto il negozio di Annie, scoprii ciò che era accaduto nel frattempo. Un attacco terroristico alla metropolitana di Londra. In seguito, scoprii che anche alcuni autobus erano stati attaccati.

«Puoi tornare a casa anche subito, se preferisci.» Annie cercò di confortarmi. Ma anche lei, come l'altra collega in negozio, era visibilmente scossa. «Credo che chiuderemo, comunque. Temo che la circolazione dei mezzi sia sospesa, vi pagherò io il taxi, ragazze.»

Attesi, controllando costantemente il mio telefono che continuava a non dare alcun segnale. Ma non il solo il mio. Nessuno dei nostri cellulari riusciva a prendere la linea o a ricevere telefonate o messaggi.

Quando mi avviai a piedi, qualche ora più tardi, la situazione era ancora poco chiara ma avevamo consapevolezza dell'accaduto. Tutti i mezzi pubblici erano stati bloccati e anche i taxi e le auto avevano smesso quasi del tutto di circolare in pieno centro. Nonostante la gentile offerta di Annie, non ci restava altro da fare che incamminarci verso casa. Come noi, tantissimi altri. Un fiume di persone si era riversato in Oxford Street e per le strade centrali di Londra. Fianco a fianco, in silenzio, con lo sguardo abbassato. Spaventati, assorti, impotenti. Rassegnati alla nostra fragilità, colpita in modo così repentino, così brutale. Ci univa però una sorta di dignità, di compostezza, di solidarietà umana, nel procedere ognuno per la propria strada ma uniti, compatti.

A metà strada decisi di modificare il mio percorso e di recarmi da Laura, sperando di trovarla in casa. Usciva raramente, la mattina.

«Oh, tesoro! Ero tanto preoccupata! Sono riuscita a contattare Alice e Bryan, anche se con difficoltà, per assicurarmi che loro e i bambini stessero bene... ma tu non rispondevi! Poi il tuo telefono non è stato più disponibile...» Laura mi si gettò addosso mentre mi trovavo ancora sulla porta, stringendomi a sé. «E io sapevo che avresti lavorato in centro questa mattina!»

«Il mio cellulare non funziona.» Ricambiai la stretta. E tra le sue braccia percepii una sensazione di familiarità, di sicurezza, che non provavo da tempo. Tanto che riuscii ad ammettere le mie sensazioni, senza forzarmi di nasconderle. «Io... io ho avuto paura, Laura...»

«Stai tranquilla! Sei a casa ora, ti preparo subito una tazza di tè.» Laura sospirò, trascinandomi dentro. Intanto sembrava lottare per trovare le parole adatte a definire ciò che era accaduto, mentre le notizie in televisione si susseguivano, una dopo l'altra, con nuovi e poco rassicuranti aggiornamenti. «Mio Dio, che tragedia! È terribile! Devo chiamare Hunter, devo chiamarlo subito prima che rischi di impazzire, povero ragazzo! Mi ha già telefonato quattro volte e non riesce a contattarti. E poi tu dovrai chiamare i tuoi a casa, o almeno provarci. Speriamo che la linea funzioni ora! Ha smesso di funzionare anche sul fisso!»

Nonostante il suo tentativo di calmare me, non avevo mai visto Laura così tesa, così inquieta. Mentre il telefono non dava ancora segnale, si aggirava per casa, come in preda a una crisi nervosa, con le lacrime agli occhi. E non aveva ancora preparato il bollitore per il tè, cosa davvero inconsueta per lei.

«Laura...»

«No, no… ma che mondo ci è rimasto? Io… Io non lo so più… questa città è sempre stata la mia casa e ora…»

«Laura, stai tranquilla.» La raggiunsi e la fermai, afferrandola per le spalle e costringendola a guardarmi negli occhi. Stava tremando. «Tu siediti sul divano, adesso. Preparo io il tè e poi avviso… avvisiamo tutti, appena la linea verrà ripristinata.»

«E ora non è più sicura…» Laura aveva annuito alle mie parole, ma concluse comunque la frase che io avevo interrotto. «La città tanto amata dal mio Jack. La città per cui ha fatto tanto, per cui si è fatto uccidere… povero il mio Jack…»

Il suo Jack. Il padre di Hunter e Alice. Non so come Laura avesse collegato quell'evento terribile alla morte del suo primo marito. Ma calde lacrime, a distanza di così tanti anni, le stavano inondando gli occhi. Allo stesso tempo il suo sguardo era rimasto fisso, come impietrito.

«Se ti fosse successo qualcosa, Hunter ti avrebbe persa. Come io ho perso il mio Jack...»

La sua rivelazione chiarì la domanda che non avevo osato porle. Anche se non ero del tutto certa che si trattasse soltanto di preoccupazione per me e per Hunter. Era come se un nervo scoperto avesse riaperto quella vecchia ferita, probabilmente mai rimarginata.

La feci accomodare sul divano, stendendole una coperta sulle gambe e richiamando King, perché si accovacciasse accanto a lei e la confortasse. Il gattone, in costante cerca di coccole, ubbidì docilmente.

«Bravo, King. Bravo…»

In quell'istante rammentai che era stato Hunter a trovarlo qualche anno prima, a raccoglierlo e accudirlo quando era solo un povero micino randagio bisognoso di cure. Laura aveva detto che fin da piccolo aveva l'abitudine di raccogliere animali abbandonati. Era da lui… era davvero da lui.

Lasciai Laura tranquilla e preparai il tè, aprendo una nuova scatola di biscotti. Avevo bisogno di qualcosa di dolce per superare la stanchezza di due ore di strada a piedi e il calo di pressione provocato dalla paura che avevo provato nel frattempo, durante il tragitto.

Appena la linea telefonica venne ripristinata, anche se ancora instabile, chiamammo Hunter e i miei genitori per rassicurarli. Anzi, Laura chiamò Hunter, io mi rifiutai di parlargli e la supplicai di non insistere.

Quando il mio cellulare tornò in funzione, trovai un numero considerevole di messaggi, anche inviati più volte, e chiamate non risposte. Tra gli altri, oltre a Laura, Misaki, mia madre, il fisso dei miei, Freddie, Tasha, Alice, Patricia, Ian, alcuni compagni di corso... Hunter... dodici messaggi da Hunter, quindici tentativi di chiamate. Hunter... non avrebbe nemmeno dovuto avere il mio nuovo numero, lo avevo cambiato dopo che ci eravamo lasciati. Eppure... Non mi chiesi come lo aveva ottenuto e non interrogai Laura in proposito. Io non mi ero preoccupata per lui, sapendolo a Edimburgo. Ma se si fosse trovato a Londra, sarebbe stato il mio primo pensiero.

Aprii i suoi messaggi e lessi l'ultimo che mi aveva inviato.

"Dimmi che stai bene, che sei al sicuro. Non saprei come vivere, senza di te."

Ormai lui sapeva che stavo bene ed ero sana e salva a casa di sua madre. Eppure, non riuscii a resistere. Un messaggio, solo uno. Non era poi così diverso da una lettera. Era solo più diretto. Ma mentre meditavo sulla risposta, sopraggiunse una chiamata. Riconobbi immediatamente il numero, anche se non lo avevo registrato.

«Beatrice...»

La sua voce. Da quanto non la sentivo più?

«Sto bene, Hunter. Va tutto bene.»

«Non potevo resistere senza sentirti.»

Il suo tono si fece cupo, quasi roco, carico di una tensione trattenuta a stento.

«Nemmeno io....» esitai, incerta, sforzandomi di mantenere il contegno. Tutto ciò che avrei voluto dirgli, dovevo tacerlo, chiuderlo nell'anima. Altrimenti sarei corsa da lui. O lui sarebbe corso da me. E io non lo avrei lasciato andare mai più. «Grazie di aver chiamato, Hunter. Ma adesso devo riagganciare. Io e tua madre stiamo prendendo il tè. È stata una giornata difficile, ma stiamo bene.»

CAPITOLO 69

Non era stata solo una giornata difficile. La paura di quei momenti mi si era annidata nelle ossa, insinuandosi all'interno delle membra. Forse solo provandola in prima persona, è possibile capire, spiegare. E io l'avevo vissuta davvero, ma nemmeno così da vicino. Eppure, la sentivo ancora e la percepivo. Nella gente intorno a me, in ogni sospiro, in ogni fremito. Negli sguardi incerti e diffidenti di chi mi stava intorno. Che erano diventati anche i miei.

Nei giorni successivi a quell'evento terribile, Ian mi offrì di andare a lavorare a casa sua, di usufruire della sua biblioteca e della sua connessione internet, anche considerato il fatto che viveva a circa venti minuti a piedi da casa mia, in un bel quartiere residenziale di Chelsea. Accettai di buon grado, ringraziandolo per la gentilezza.

«Ero davvero molto preoccupato per te, Beatrice.»

Mi aveva accolta con un sorriso caldo, sincero.

«Grazie, Ian. Ammetto di avere avuto davvero paura.»

«Se hai bisogno di sfogarti o di raccontare quello che hai provato… io sono qui.»

Con lui non riuscii più a mantenere il contegno, come ero stata costretta a fare con Hunter. E nemmeno la calma che avevo dovuto dimostrare con Laura, così afflitta dagli eventi accaduti nella sua città a cui aveva collegato la perdita improvvisa e prematura del marito. Avevo trascorso due giorni a tranquillizzare amici e parenti. Forse con Ian avrei potuto lasciarmi andare un po' e il suo sostegno mi fu di conforto.

Trascorremmo buona parte della giornata a parlare. Non solo di ciò che era accaduto, ma anche dei miei studi, delle mie aspirazioni. Ian era una presenza calma, rassicurante. La sua stessa riservatezza riguardo alla sua sfera privata lo portava a non invadere la mia, come accadeva spesso con le altre persone.

Io avevo saputo che sua moglie era morta quando stavano ancora a Manchester e che aveva una figlia ancora molto piccola. Ma Ian aveva evitato di nominare entrambe, nonostante la curiosità si fosse fatta strada in me nel corso dei giorni successivi. In quella casa, silenziosa e un po' cupa, arredata con cura minuziosa, non c'era traccia della presenza di una bambina.

Ian si era offerto di accompagnarmi a casa in macchina, il primo giorno. Poi di passare a prendermi il giorno seguente. Così il nostro legame di amicizia e collaborazione si era intensificato, senza però mai spingersi oltre. Anche perché, se fosse accaduto o se avessi avuto il sentore che potesse accadere, mi sarei ritirata all'istante. Non c'era spazio nella mia vita per un uomo. Per un altro uomo. Ci sarebbe stato, forse, se avessi strappato Hunter dal mio cuore. O se lui mi avesse strappato dal suo. Ma stavamo ancora lì, imperterriti. Fermi nello stesso posto. Ci scorrevamo ancora accanto, come due rette parallele che pur rispecchiandosi sono destinate a non incontrarsi mai.

Dati questi presupposti, considerai l'invito a cena di Ian del tutto naturale e senza secondi fini. Anche perché, più che invitarmi a cena, mi aveva offerto di fermarmi a cena. Però, per qualche strano principio, stavo evitando di raccontare a Laura della mia stretta collaborazione con Ian. Non stavo tradendo Hunter, ovviamente. E di sicuro Laura non avrebbe avuto nulla da ridire se io avessi iniziato a frequentare un altro uomo. Non avevo più visto nessuno, romanticamente, da quando era finita la mia storia con Hunter. Forse perché non cercavo nessuno, non volevo nessuno. Avevo pagato fin troppo caro il mio errore con Dwight.

Dopo la cena, che Ian aveva ordinato per noi da un ristorante italiano non distante dalla sua abitazione, ci ritrovammo a discutere sul programma che avremmo svolto nelle giornate successive.

«Nei prossimi giorni avrò bisogno di riposo, Beatrice.»

Il suo tono e la sua espressione pacata mi ricordarono quello che aveva usato qualche tempo prima, nel suo ufficio, quando mi aveva comunicato che si sarebbe dovuto ritirare per qualche tempo. Quindi non mi restò che rispondere allo stesso modo, senza interferire.

«Sì, lo capisco.» Non capivo, ma non aveva importanza. Non avrei chiesto né preteso altro. «Puoi chiamarmi tu, quando ti sentirai…»

«Beatrice, io soffro di una malattia degenerativa che a volte non mi permette di restare concentrato a lungo. Perdo anche la cognizione del tempo e dello spazio. E spesso dimentico anche quello che so, sui miei studi, le mie ricerche.»

La repentina confessione di Ian mi colse impreparata. Non capivo di cosa stesse parlando e lo fissai in silenzio, senza trovare le parole per replicare. Nemmeno per mostrarmi dispiaciuta.

«Ti ho sconvolta?» Ian accennò un sorriso, poi scosse leggermente la testa. «Non cercare qualche frase fatta. Saprei che si tratta di pietà e non ne ho bisogno.»

In realtà si sbagliava. Perché più che provare pietà, in quel momento stavo ancora cercando di mettere a fuoco il significato della sua rivelazione. Una malattia degenerativa che… Ne conoscevo solo una. E Ian era davvero troppo giovane per soffrirne. Oppure poteva essere…

«Ci sono momenti in cui sto bene e quando ci riesco non ho alcun problema, come hai potuto notare anche tu lavorando insieme. Ma poi… quando capita, non so come fermare il circuito, tornare indietro. Come posso spiegarti? È come stare su una ruota che inizia a girare. E gira continuamente, io non riesco a fermarla, a scendere, a ricomporre i frammenti nella mia testa.»

«Ian… ma c'è un modo per aiutarti?»

I sintomi della sua malattia non mi erano ancora del tutto chiari. Potevo essermene fatta un'idea, forse, ma non avevo mai approfondito l'argomento. Ancora meno il motivo per cui avesse deciso di confidarsi con me. Non ero certa che Patricia ne fosse al corrente. Ma raccoglievo la sua confessione, sperando di essere in grado di fare qualcosa per alleviare la sua situazione. Magari mi avrebbe affidato parte del suo lavoro.

«Ci hanno provato. Ma spesso non riesco a muovermi, non riesco a dare ordine al mio cervello di spostarmi, di alzarmi, di camminare, di compiere anche un minimo gesto. Come se vivessi in uno stato di torpore, di deprimente stanchezza cronica. Quando mi riprendo tutto sembra normale, almeno per un po'. Anche le mie funzioni vitali. Però qualcosa in me perde elasticità, ogni volta.»

Sospirai, passandomi le mani tra i capelli.

«Ci dovrà pur essere un modo di aiutarti, Ian? Chi altro ne è a conoscenza?»

«Oltre al mio medico e ad altri specialisti, Patricia, ma le ho fatto promettere di non raccontarlo a nessuno. Il professor Cooper, essendo suo assistente ho dovuto avvisarlo delle mie condizioni. Mi ha aiutato, permettendomi di continuare a lavorare. E June, la babysitter di mia figlia. La bambina sta con lei, quasi tutto il giorno. Preferisco così.»

«Mi dispiace, Ian. Davvero… io vorrei fare qualcosa…»

«No, non devi fare proprio niente. Te l'ho raccontato per una semplice ragione. Lavoriamo insieme, stai imparando molto. E sei in grado di portare avanti i tuoi progetti anche senza di me, se io non fossi in grado di affiancarti in determinati momenti. Per cui, non desistere, Beatrice. Io posso aiutarti, ma tu non hai bisogno di me. Non sono insostituibile.»

«Oh, Ian…»

Allungai timidamente la mano verso di lui, cercando la sua.

«L'unica cosa che puoi fare davvero per me, è andare avanti come sempre. Sei un'ottima collaboratrice, sei vitale, allegra, piena d'entusiasmo. Anche Patricia lo è, però lei mi conosce da anni e tende sempre a imporsi e a dirmi cosa devo fare, quando mi capitano quei momenti. Poi a trasformarsi nella mia infermiera, assistente tuttofare, domestica. E mi rivolge quelle occhiate compassionevoli e severe al tempo stesso... sempre pronta a giudicare tutto e tutti! Stabilisce anche come dovrei sentirmi, cosa dovrei provare...»

Ian esibì un'imitazione di Patricia davvero degna di nota.

«Sì, hai ragione! È proprio così!»

Scoppiai a ridere e per un attimo dimenticammo entrambi la gravità di ciò che Ian mi aveva appena raccontato. O almeno, a seguito della sua precisa richiesta, tentai di arginare la sua malattia in un angolo della mente. Di essere allegra e divertente.

Poi all'improvviso, un rumore proveniente dall'ingresso mi fece sobbalzare.

«Tranquilla, dev'essere June che riporta a casa Alison!» Mi spiegò Ian con naturalezza.

Pochi minuti più tardi, qualcuno bussò alla porta del salotto. Una donna dall'aria rubiconda teneva in braccio una bimba dai capelli scuri e dai grandi occhi azzurri. Di un azzurro intenso e brillante, tanto da dare l'impressione che fossero illuminati da pagliuzze argentate. Era bellissima e seria, fissò Ian per un istante e poi spostò lo sguardo su di me con l'aria di una piccola principessa offesa. Era Alison.

CAPITOLO 70

La piccola Alison Cartwright non aveva ancora compiuto tre anni, ma era già consapevole dei suoi desideri e li esprimeva con scioltezza, senza esitazioni. Intelligente e vivace, possedeva alcune doti caratteristiche del padre. La spontaneità e la genuinità, soprattutto. Ma sapeva essere anche capricciosa, ostinata e anche un po' ribelle. Non osai chiedere a Ian a proposito della madre scomparsa.

Del resto, ero stata capricciosa, ostinata e ribelle anche io, a un'età ben superiore di quella di Alison. E non avevo preso da nessuno. La mia era una dote innata.

Così, da capricciose, ostinate e ribelli io e Alison ci intendemmo al volo. Non mi crogiolai nel pensiero che entrambe avessimo perso qualcuno di importante nella nostra vita. Era troppo presto per lei per capirlo. E troppo tardi per me per continuare a rimpiangere.

Continuai ad aiutare Ian, non rivelando a nessun altro ciò che mi aveva confidato sul suo stato di salute. Non ne feci accenno nemmeno con Patricia, nonostante lei ne fosse già al corrente. Ian non mi aveva imposto alcuna riservatezza, ma per me fu naturale non tradire la sua fiducia.

Tra noi si era instaurato, giorno dopo giorno, un rapporto di stima, di complicità quasi. Mi aveva raccontato dei suoi studi, dei suoi interessi, addirittura dei numerosi sport che aveva praticato da ragazzino, della sua famiglia d'origine, della casa in cui viveva e in cui era cresciuto. Io avevo fatto lo stesso, parlandogli del mio paese e dei luoghi in cui avevo vissuto. Ma mentre io avevo accennato al mio matrimonio con Dwight, Ian non si era sbilanciato sulla moglie. Di lei non esisteva nemmeno una fotografia, in casa. Forse preferiva non esporla in soggiorno e nel suo studio, ma la teneva in camera o in qualche stanza riservata.

Ciò che mi sorprese ancora di più, fu che anche della piccola Alison non esistevano fotografie o giochi sparsi per casa. Come a volerne negare la presenza e smorzarne la vivacità. Improvvisamente il ricordo del piccolo Jack e dei suoi giochi sparsi nel soggiorno di Hunter mi invase, causandomi una dolorosa oppressione al centro del petto. Tentai di rimuoverlo e di tornare a respirare in modo regolare.

Magari anche Ian si sentiva così. Magari vedere Alison ridere e giocare per casa aggravava il suo stato, la sofferenza dovuta alla morte della moglie. Non riuscivo a trovare altra spiegazione.

June, la babysitter, usciva con la bambina la mattina presto e la riportava a casa la sera, quando aveva già cenato, trattenendosi quasi ogni notte.

«June ha cresciuto quattro figli. Ormai due di loro sono adolescenti.» Mi spiegò Ian, notando probabilmente la mia espressione perplessa. «È una persona fidata e di sicuro sa badare ad Alison meglio di me.»

«Sì, certo. Mi rendo conto che non dev'essere facile.»

Ovviamente non avrei mai pensato che Ian lasciasse la figlia tutto il giorno con una persona di cui non si fidava. E di sicuro, con il suo lavoro e nelle sue condizioni, aveva bisogno di qualcuno. Ma era il distacco che non riuscivo a comprendere. Era la quasi totale indifferenza nei confronti di Alison, dei suoi occhioni dolci, delle sue guance delicate, della sua spontaneità e di quel suo modo di far mutare le sue piccole labbra rosate, da un'espressione corrucciata a un sorriso gioioso.

«Alison è davvero molto vivace. Fin troppo sveglia per la sua età. Io non so gestirla, anche se mi rendo conto che dovrò farlo, prima o poi. June ha anche la sua famiglia a cui pensare e io non posso ignorare Alison per sempre.»

Il tono rassegnato di Ian mi provocò un senso di sconforto e irritazione che faticai a reprimere. Quindi era consapevole di ignorare la sua stessa figlia. Nonostante tutto, mi sforzai di capirlo. Era rimasto vedovo, con una bambina piccola. E con quella malattia che lo privava di tutta la fiducia in se stesso, costringendolo a pause forzate che gli causavano tristezza e desolazione.

«Se vuoi posso pensare io ad Alison, qualche volta.»

Mi sarei rimangiata la frase all'istante, anche mentre la stavo pronunciando in realtà. Ma ormai era fatta. E sapevo di sbagliare. Sapevo che non avrei dovuto lasciarmi coinvolgere. Perché lasciarmi coinvolgere avrebbe significato affezionarmi alla bambina. Per poi doverle dire addio e forzarmi a dimenticarla come era accaduto con il piccolo Jack. Anche se la situazione era completamente diversa. Jack aveva una madre. E io una relazione con suo padre.

«Ti ringrazio. Ma noi lavoriamo insieme, non sei la mia babysitter.»

Per fortuna Ian mi fornì l'occasione ideale per ritirare la mia proposta. Invece mi uscì qualcosa di completamente diverso. Non compresi nemmeno io il motivo.

«Credevo che fossimo amici.»

«Lo siamo, Beatrice.»

«Gli amici si aiutano, Ian.»

Mi strinsi nelle spalle e sorrisi. E mi mandai all'inferno, allo stesso tempo. Mi stavo lasciando coinvolgere, lo sentivo.

Avevo imparato da Hunter. Dalla sua bontà d'animo nel cercare di aiutare sempre tutti, di togliere le persone dai guai. Proprio come gli animali abbandonati che salvava da bambino. Hunter… Tutte le volte che era intervenuto per proteggermi. Aveva convinto sua madre ad aiutarmi con il lavoro, in sua assenza. Aveva proposto a Freddie di collaborare con lui e il suo studio, in un momento in cui il nostro amico si trovava in difficoltà. Si era offerto di rinnovare i locali del bed and breakfast di Misaki e Declan, rendendoli più accoglienti, caratteristici. E io, inevitabilmente, subivo ancora la sua influenza.

Amarlo mi aveva resa come lui. O forse era stata la vita a cambiarmi. Non ne avevo idea. Ma se Ian e Alison avessero avuto bisogno di me, io ci sarei stata.

***

«È una bimba deliziosa, avevi ragione. Ma è furba e sveglia come un diavoletto!» Misaki sorrise, osservando Alison che correva sulla spiaggia, seguita da Teddy e Sam che riempivano secchielli d'acqua o di sabbia a suo comando. «Guardali, li ha già in pugno!»

«Le stanno costruendo un castello, Misaki! È una principessa!» scoppiai a ridere, seguendo la scena. «Ovvio, comunque. È una bambina… noi ragazze siamo sempre più furbe e sveglie.»

Avevo convinto Ian a portare Alison a Bournemouth, per un fine settimana. Gli avevo parlato di Misaki, Declan e i loro bambini. Un po' di mare le avrebbe fatto bene e forse avrebbe fatto bene anche lui. I miei amici erano persone fidate. Così Ian si era lasciato convincere e si intratteneva con Declan, anche lui appassionato di vini pregiati e di parole crociate. Sembrava molto più sereno e rilassato, negli ultimi tempi. Non aveva più vissuto episodi di spossatezza e depressione.

Misaki distolse lo sguardo dai bambini per puntarlo su di me, con un sospiro.

«E tu?» mi chiese senza nemmeno tentare di essere più specifica.

«Io sto bene. Voglio dire… tutto sta procedendo per il meglio!» Le risposi allegramente, rivolgendole un'occhiata fuggevole per tornare a concentrare l'attenzione sui bambini. Poi tentai di indirizzare il discorso altrove. «Ti ho parlato del mio ultimo lavoro? È un romanzo ambientato nel

413

diciassettesimo secolo in Francia. Mi hanno affidato la revisione e lo studio dell'ambientazione.»

«Sì, lo so che sei diventata brava. Però intendevo altro. Qualcosa da segnalare tra te e Ian?»

«Oh, no! Siamo solo collaboratori e amici.»

Negai vigorosamente, senza aggiungere altro per timore di tradirmi. Nemmeno a Misaki avevo parlato delle condizioni di Ian. Anche perché al momento stava bene, quindi non era stato necessario.

«È un bell'uomo. Mi sembra anche gentile, intelligente…»

«Grazie dell'analisi, Misaki. Credo di essermene accorta da sola!» Scoppiai a ridere, poi sbuffai e le rivolsi una smorfia annoiata. «Non sei stata l'unica, oltretutto. Anche Patricia me lo ha fatto presente.»

«Oddio, Beatrice!» Misaki scoppiò a ridere, scuotendo la testa con vigore. «Patricia che ti dà consigli sugli uomini non si può sentire! Dopo quello che ha fatto quando stavi con…» Si bloccò all'istante, tappandosi la bocca con la mano e sgranando gli occhi, con un vivo dispiacere nello sguardo. «Oh no, scusami! Sono un'idiota!»

«Stai tranquilla, non è un problema. Dopo quello che ha fatto quando stavo con Hunter, puoi dirlo» sorrisi tranquilla, accarezzandole il braccio. «A quanto pare, le persone cambiano. O forse non mi considera più una ragazzina pronta sovvertire tutte le sue regole e a sedurre uno dei suoi insegnanti. In ogni caso… Ian mi piace, lo ammetto. Da molti punti di vista. Però il mio cuore è rimasto con l'unico uomo che ha rivoluzionato tutta la mia esistenza. Anche se a questo punto avrei preferito che Patricia avesse ragione su di me, tanti anni fa. Avrei preferito che Hunter fosse solo un capriccio.»

CAPITOLO 71

Primavera 2006

Quasi un anno dopo ero riuscita a raggiungere una sorta di appagante stabilità, attraverso i miei ritmi, le mie abitudini e il mio lavoro soprattutto. Io e Hunter continuavamo a scriverci, a scambiarci lettere, anche se mi ero resa conto che con il tempo erano diventate più brevi, frettolose, didascaliche. Di sicuro meno frementi e dolorose. Meno appassionate. Il mio amore per lui era rimasto intatto, come un piccolo cristallo sospeso all'interno del mio cuore che però rischiavo di infrangere da un momento all'altro. Scuotendolo, stringendolo o anche più semplicemente accarezzandolo troppo. Nessuno dei due voleva lasciare andare l'altro, però andavamo avanti per inerzia, come se la speranza di un ricongiungimento ci avesse abbandonato del tutto.

Io mi informavo sulla salute sua e di Jack, principalmente. Lui sul mio benessere, sul mio lavoro, sui miei progressi. Avevo evitato di raccontargli di Ian e di Alison e di informarlo sugli sviluppi della nostra amicizia. Ma era il mio affetto crescente per Alison che dovevo tenere a bada, la sintonia nata tra noi. E che temevo di svelare ad Hunter. Anche se forse sarebbe stato colui che, più di tutti gli altri, mi avrebbe compresa.

Il rapporto tra Ian e Alison, invece, restava un enigma per me. Non mi appariva affatto come un uomo freddo e distaccato. Tutt'altro. Ma tra lui e la bambina sembrava esserci un muro. O forse era più paragonabile a un vetro che poteva frantumarsi da un momento all'altro, lasciando cadere schegge che rischiavano di provocare ferite. E non dipendeva da Alison, i cui sforzi per avvicinare il padre venivano costantemente ignorati. Ian non abbracciava mai sua figlia, non le rivolgeva mai un complimento, non incoraggiava le sue abilità naturali. E mi rendevo conto che forse il legame sarebbe stato diverso se Alison fosse stata un maschio. Pensavo al rapporto tra Hunter e Jack, tra Declan e i suoi figli… Freddie aveva una figlia femmina. Ma Freddie era Freddie, già estroverso e divertente per natura.

«Perché non sono stata brava abbastanza, Bibi?» Alison, ritiratasi nella sua cameretta, spalancava gli occhioni azzurri su di me, mostrandomi il disegno che aveva appena fatto. «Per questo papà non mi vuole intorno? Devo stare zitta di più… giocare in silenzio, ridere piano…»

«No, tesoro. Non devi ridere piano. Sei stata brava, molto brava, il tuo disegno è bellissimo!» Le accarezzai i capelli, baciandole la fronte. «Papà è solo un po' stanco, ha lavorato tanto oggi.»

«Ci sei anche tu, guarda!» Alison ridacchiò, mostrandomi il disegno e indicandomi con il dito. «Sei la più bella! Poi ci sono io, papà, June… Ho aggiunto anche Teddy e Sam. Ora ci metto anche Misaki e Declan! Possiamo andare da Teddy e Sam, presto?»

«Sì, certo. Ne parleremo con papà e organizzeremo una nuova gita al mare.»

Eravamo già andati piuttosto spesso a trovare Misaki e la sua famiglia a Bournemouth. Non era ancora diventata un'abitudine, ma Alison adorava il mare e i suoi nuovi amici. Anche Ian stava bene con loro. Il problema restava tra lui e Alison. E non era soltanto una mia impressione, anche Misaki se n'era accorta.

Interferire e mettere Ian di fronte alle sue mancanze, mi sembrava fuori luogo. Però la delusione dipinta ogni volta negli occhi di Alison mi faceva male. Stava crescendo ed era fin troppo sveglia e attenta per la sua età, ma anche molto sensibile. Non tolleravo l'idea che fosse ferita dall'atteggiamento noncurante di suo padre. Perché andando avanti avrebbe avuto sempre più conferme di non essere accettata da lui.

«Parlagli e basta!» Era stato il consiglio di Misaki. «È un uomo, magari non se ne rende conto. Magari è poco espansivo e non si accorge nemmeno di ferire la bambina.»

O forse era la sua malattia. Forse era altro. Forse temeva di legarsi troppo ad Alison. Forse la bambina somigliava tanto alla madre da fargli male.

Decisi di approfittare del nuovo breve soggiorno a Bournemouth per parlare con Ian. Da sola, mentre Misaki teneva impegnati i bambini con la decorazione di una torta. Dovevo affrontare il discorso con calma, senza eccessive pressioni. E senza dare a Ian l'impressione di volermi intromettere, con opinioni non richieste, nel modo in cui aveva deciso di crescere sua figlia.

«Alison ha un talento innato per il disegno, hai notato? Ha una sensibilità artistica davvero rara per essere così piccola.»

Era vero. Ma mi aggrappai al primo argomento di conversazione che mi era venuto in mente.

«Già.» Fu l'unico commento che ottenni da Ian. «Beatrice, stavo pensando... per quel tour di presentazioni che avevamo in programma con Laura...»

Dannazione, come poteva essere così arido nei confronti del talento della sua bambina! Eppure, era un uomo intelligente, aperto. Era stato in grado di riconoscere delle doti in me, ma negava o sminuiva quelle di sua figlia?

«Ian, stiamo parlando di Alison!» Lo interruppi, forse in modo troppo brutale e senza nascondere l'irritazione da cui mi sentivo invadere.

«No, tu stai parlando di Alison» replicò con il suo abituale tono pacato.

«Va bene, scusami. Mi rendo conto che forse sono stata invadente, inopportuna e…»

Mi morsi le labbra, senza sapere cosa aggiungere. Eravamo seduti su due sedie a dondolo, nella veranda del bed and breakfast, mentre i colori più delicati del tramonto stavano prendendo il posto di quelli vibranti di una bella giornata di sole.

«Ci sono questioni che non conosci, Beatrice. Il fatto è che io pensavo…» Ian strinse le labbra, passandosi una mano tra i capelli scuri e poi tenendola stretta a pugno. Una nuova luce animò i suoi occhi. Ma era una luce quasi fremente, rabbiosa. «Pensavo di riuscirci, con lei.»

«Capisco, è una bimba molto vivace, caparbia a volte. Ma è anche sensibile e davvero molto intelligente per la sua età. A volte non è facile starle dietro. Riesce a tenere testa anche a Teddy e a Sam, che sono più grandi. Dovresti essere orgoglioso di tua figlia, Ian.»

Espressi la mia opinione tutta d'un fiato, sperando che Ian riuscisse finalmente a vedere Alison con i miei occhi. Che riuscisse ad apprezzarla e a dimostrarle il suo affetto. Perché ero certa che doveva esserci, da qualche parte, nonostante l'ostinazione con cui manteneva le distanze da sua figlia.

«Hai detto tante cose giuste. Tranne una.» La replica di Ian mi spiazzò. Tanto che percorsi a ritroso la mia arringa in favore di Alison, senza però riuscire a comprendere a cosa Ian si riferisse. «Alison non è mia figlia.»

CAPITOLO 72

Alison non era figlia di Ian. Dovetti trattenere il fiato e mi pentii amaramente di averlo prima giudicato e poi costretto a una rivelazione forzata.

La madre di Alison era la moglie di Ian. Lo era stata, almeno. Ma, dopo un matrimonio durato circa sei anni, Martha Cartwright aveva tradito il marito con un altro uomo da cui aveva avuto Alison.

«Martha era appassionata di arte, di scultura in particolare. Io adoravo lei e il suo talento. La spingevo a impegnarsi, a perfezionarsi. Non aveva bisogno di lavorare, pensavo io a lei. Così frequentava diversi studi, mostre, artisti. Tra questi conobbe il padre di Alison.»

La confessione di Ian mi fece sentire piccola, misera, colpevole. Potevo percepire il dolore nelle sue parole, anche se le aveva espresse in modo lineare, senza eccessiva enfasi.

«Scusami, Ian. Davvero, io non avrei dovuto interferire…»

«No, tu hai ragione. Mi hai messo di fronte alla realtà. Ai miei doveri e alle mie responsabilità nei confronti di Alison.»

Ero a conoscenza del fatto che la moglie di Ian fosse morta. Quindi dovevo dedurre che aveva lasciato la bambina a Ian. Non osavo chiedere quale parte avesse preso il padre naturale di Alison nella situazione.

«Ti starai chiedendo che fine abbia fatto il padre, vero? Non aveva neanche vent'anni, era molto più giovane di Martha. Si è dato alla fuga appena ha scoperto che era incinta. E lei, qualche settimana dopo il parto, è sparita.»

«Sparita nel senso…»

I pezzi si stavano ricomponendo. Ma quello che si stava formando era un mosaico strano, incomprensibile. L'unione di tante disperazioni, di tante vite irrisolte, che all'improvviso mi portò a comprendere ancora di più che il mio dolore non era l'unico al mondo. Ne esistevano tanti altri, altrettanto devastanti e distruttivi.

«Nel senso che non abbiamo idea di dove sia. Mi ha lasciato e non è più tornata. Ha raggiunto sua madre, a Birmingham, poi se n'è andata anche da casa sua.»

«Quindi non è...?» Stavo diventando brava nel lasciare le frasi a metà.

«Inizialmente ho pensato che fosse fuggita con lui, il suo amante. Anche se aver lasciato la bambina a me, mi era parsa alquanto innaturale come decisione. Ma lui frequentava ancora gli stessi ambienti. Ha ammesso di non essere mai stato intenzionato ad avere una relazione seria con Martha, mentre lei si era convinta del contrario. Tuttora non sappiamo dove sia finita. Sono anche stato sospettato della sua scomparsa, per un certo periodo. Poteva essere plausibile che il marito tradito fosse il responsabile.»

Mi stavo pentendo davvero della mia intromissione, della mia insolenza. E iniziavo a comprendere la difficoltà di Ian ad avere a che fare con Alison.

Quante storie spezzate esistevano dietro alle persone, dietro alle maschere che indossavano ogni giorno... Quanti dolori, quante battaglie invisibili venivano combattute dietro a una facciata serena, sorridente.

«Mi dispiace di averti costretto a raccontarmi una questione tanto personale. Scusami per essermi intromessa.»

«Ho perdonato Martha e riconosciuto Alison perché speravo di trattenerla, di legarla a me. Ero innamorato come un pazzo o come uno stupido, non saprei dire.» Ian ignorò le mie scuse e continuò deciso il suo racconto. «Non avevo compreso che se n'era già andata, tanto tempo prima. Ancora prima di mettere al mondo Alison. Forse anche prima di conoscere l'uomo con cui mi ha tradito. Martha aveva quell'avidità di nuove esperienze, quella frenesia, quell'ansia di vivere tutto, il più possibile... come se il mondo non fosse abbastanza, per lei. Io di sicuro non lo ero. Non lo ero più.»

Chiusi gli occhi, per un solo istante, chiedendomi perché nelle storie di altre donne, non sempre positive, trovassi così spesso una parte di me. Avidità di nuove esperienze. Frenesia. Ansia di vivere. Ero stata anche io così. Forse lo ero ancora.

E quasi sicuramente Ian stava riscontrando le stesse caratteristiche in Alison, anche se ancora in embrione. Per questo la ignorava. Per questo la evitava. In lei c'era molto di più del ricordo doloroso di una moglie scomparsa prematuramente. C'era il tradimento. C'era il rimpianto. C'era quell'ansia di vivere che lui invece stava perdendo.

Non potevo più aggiungere altro. Né consigliare né esprimere giudizi. E nemmeno incoraggiare. Mi sentivo inadeguata. Rimasi immobile e in silenzio, a osservare Ian e la sua espressione pacata. Poi percepii il tocco della sua mano sulla mia, appoggiata sul bracciolo della sedia a dondolo.

«Hai ragione, riguardo Alison. Cercherò di essere migliore con lei.»

«No, Ian. Io ho parlato senza sapere.» Girai la mano, per stringere la sua. «I tuoi problemi con lei sono comprensibili.»

«Io l'ho accettata. Io la tengo con me. Io ho la responsabilità di crescerla.»

Ian si fece serio, deciso, quasi implacabile nelle sue affermazioni.

«Hai mai pensato di affidarla a qualcun altro? Qualche parente di Martha? Sua madre, per esempio?»

«Martha ha sempre avuto un rapporto conflittuale con la madre. Non ha mai visto Alison, pur essendo sua nonna, quindi tra me e lei non so chi sia peggio. Poi ci sarebbe un fratello di Martha, in Nuova Zelanda. L'ho incontrato solo due volte, una in occasione del nostro matrimonio. E ormai sono trascorsi più di dieci anni.»

Sospirai senza replicare. Se Ian non l'avesse riconosciuta come sua figlia, cosa ne sarebbe stato di Alison? Lo potevo immaginare, ma non ci volevo pensare. Una morsa mi strinse il petto, ma cercai di annientarla, di respingerla. La mia sofferenza non sarebbe stata utile a nessuno in quel momento. Neanche a me, nemmeno a concedermi il conforto di un attimo di tristezza, prima di riprendermi e reagire.

«Senza dubbio tu sei la sua opzione migliore.»

Mi pentii immediatamente della mia dichiarazione asciutta, razionale. Ma non potevo cedere all'emozione, al turbamento che la storia di Ian mi aveva provocato. Però c'era del vero in ciò che avevo appena detto. Ian era l'opzione migliore per Alison.

Il giorno seguente notai che Ian aveva davvero tenuto in considerazione le mie parole. Si stava impegnando per interagire con Alison e per ascoltarla e sorriderle più spesso. Il suo sforzo era evidente e il tono che usava con lei poco naturale. Ma era pur sempre un inizio. Intanto, grazie alla confidenza che mi aveva fatto, il nostro rapporto era diventato più profondo. Anche se in realtà quella confidenza non era stata spontanea, ma estorta.

Gli avevo offerto il mio sostegno e il mio aiuto. Con Alison e con il suo stato di salute che spesso lo coglieva alla sprovvista, causandogli sempre più stanchezza e immobilità. Mi chiesi anche se la malattia di Ian fosse stata causata dall'estrema sofferenza che gli era stata inflitta. In quei momenti non potevo fare altro che incoraggiarlo a reagire e mostrarmi allegra, dinamica, efficiente.

E mentre il tempo passava, il nostro legame si approfondiva e si intensificava, io mi preparavo all'inevitabile. Come se il mio rapporto con Ian e il mio affetto per Alison, stesse logorando tutti gli altri, poco alla volta. Uno, in particolare, si stava affievolendo sempre più, rischiando di scomparire del tutto. Nonostante il mio cuore si ribellasse all'idea e lottasse per trattenerlo.

Così una sera, dopo una giornata di intenso lavoro e una cena particolarmente gustosa, l'inevitabile avvenne. Ian estrasse una piccola scatola blu dalla tasca della giacca e aprendola mi chiese di sposarlo.

CAPITOLO 73

Nonostante tutta la collaborazione, l'amicizia e l'affetto, non c'era mai stato nulla tra me e Ian. Nulla di davvero intimo, a parte la vicinanza e le confidenze che ci eravamo scambiati. Anche io gli avevo parlato di me, del mio matrimonio fallito. Gli avevo però tenuta nascosta la mia relazione con Hunter. Forse mi risultava più semplice raccontare qualcosa di definitivamente concluso. I miei sentimenti per Hunter erano troppo vivi, la ferita sanguinava ancora e nuovo sangue continuava a sgorgare senza permettere a quel taglio profondo di cicatrizzarsi.

Mai un bacio vero e proprio, mai una carezza troppo audace, mai una stretta anche solo vagamente sensuale. Ian mi piaceva fisicamente, ma mi piaceva con una tranquillità quasi imbarazzante rispetto alla passione frenetica e irresistibile che mi aveva sempre provocato anche il solo pensiero di Hunter. Era evidente che anche io gli piacessi allo stesso modo perché non aveva mai tentato di approcciarsi a me in maniera più provocante. Nonostante i nostri "limiti", accettai la sua proposta.

Per lui, per me stessa. Ma soprattutto per Alison. Non ci restava altro che diffondere la grande notizia. E a quel punto io mi sarei dovuta confrontare con i giudizi, le opinioni non richieste e le rimostranze di chi, forse, non sarebbe riuscito a comprendere le ragioni della mia scelta.

«Se tu credi che sia l'uomo giusto per te...» Misaki fu la più pacata. Anche se dal suo sguardo mi sembrava abbastanza chiaro che il suo pensiero fosse completamente diverso.

«Sì, lo credo. Ian è un uomo buono, gentile, onesto. E in ogni caso le mie aspettative sono diverse, ora» sospirai, incrociando le braccia. Misaki mi aveva raggiunta a Londra per darmi una mano con i preparativi. Che non sarebbero stati impegnativi, avevamo in mente una cerimonia davvero molto semplice. «Lo conosco quello sguardo. Tu mi disapprovi, Misaki. In silenzio, ma mi disapprovi. È lo stesso sguardo che mi rivolgevi quando mi mettevo nei guai, tanti anni fa. Lo sguardo di quando mi ero messa con Gilbert, solo per attrarre l'attenzione di Hunter e farlo ingelosire. Ma questa volta è diverso.»

Avevo nominato Hunter prima che lo facesse lei, per mettermi al sicuro. Perché la conoscevo abbastanza da sapere che lo avrebbe fatto.

«Lo so bene che è diverso. Questa volta non è un gioco. Però… tu e Hunter avete qualcosa insieme, qualcosa che non si può lasciare andare o perdere e che difficilmente si riesce a trovare nella vita. Nemmeno io credo di esserci riuscita. Non fraintendermi, amo mio marito, Declan è l'uomo migliore che potessi trovare. Però… voi due… no, non potete finire così. Non di nuovo. Non è giusto.»

«Misaki… forse ti sei persa qualche passaggio di ciò che è accaduto negli ultimi anni. Io e Hunter siamo già finiti così. Ti confesso che inizialmente nutrivo ancora qualche speranza… Mi ero convinta che il nostro legame e il nostro amore sarebbe stato più forte di tutto e di tutti. Per tanto, tanto tempo ho continuato a sperare che qualcosa cambiasse, che sua moglie desistesse e lo lasciasse andare. Ma non è successo. Per cui non mi è rimasto altro da fare che accettarlo. Che altro potrei fare? Vederlo di nascosto, diventare la sua amante in eterno? Rischiando di essere scoperti e mettendo in pericolo Jack? Non c'è soluzione per noi. Hunter aveva anche pensato di lasciare Olga, nonostante le sue minacce. Ma non andrebbe a buon fine e io non sono abbastanza coraggiosa per accettare le conseguenze, provocherebbe solo una sofferenza ancora più grande e Jack sarebbe la vittima innocente del nostro egoismo. Non posso lasciare che accada. Ho anche smesso di scrivergli, mi fa solo male. Tra me e Hunter è impossibile recuperare, è davvero finita.»

«Hai smesso di scrivergli, altrimenti avresti dovuto confessargli che hai accettato la proposta di Ian.» Misaki possedeva lo straordinario talento di andare subito al punto. «E lui ti avrebbe chiesto di non farlo.»

«Sì, anche. Avrebbe minato le mie sicurezze. E non posso permettergli di farlo.» Mi morsi le labbra, incerta su quanto rivelare alla mia migliore amica. Prima o poi lo avrebbe saputo, quindi era inutile attendere. «Ian vorrebbe che io adottassi legalmente Alison, una volta sposati. Nel caso a lui succedesse qualcosa.»

«Sì, lo capisco.» Le condizioni di Ian erano note a Misaki e alle persone a noi più vicine. Ormai nasconderle ci avrebbe causato solo più disagi e domande inopportune. «Tu adori la bambina. Ma dimmi che almeno provi qualcosa per lui, oltre l'amicizia. Si vede che sei molto legata a Ian, che gli vuoi bene. Però questo non basta, Beatrice. Non può bastare.»

Era la "formula perfetta per un disastro". Laura, appena ci incontrammo dopo la diffusione della notizia e l'invio degli inviti, fu molto più diretta, sicuramente meno sottile e delicata di Misaki nell'esprimere la sua opinione a proposito del mio imminente matrimonio.

«Te lo dico per esperienza. Io ho fatto lo stesso errore con Richard, il mio secondo marito. Non lo amavo. Credevo di riuscirci, con il tempo.»

«Laura, la tua situazione era completamente diversa.»

Sospirai, appoggiando la tazza di tè sul piattino. Lo sapevo che non avrei dovuto accettare il suo invito. Com'ero consapevole di dovermi preparare alle sue rimostranze. Aveva vissuto anni con l'uomo che amava. Aveva avuto due figli con lui. La sua storia non era paragonabile a quella che stavo vivendo io con Ian. E nemmeno con Hunter.

«Dimmi la verità. Lo sposi solo per la bambina?»

«No… non solo.»

Non mentivo. Alison era forse il motivo fondamentale, ma non l'unico.

«Riformulo: se non ci fosse la bambina di mezzo, lo sposeresti?»

Sbuffai risentita. Questo era un colpo basso, da parte di Laura. Incrocia le dita, focalizzando la mia attenzione sul tè, che stavo lasciando raffreddare nella tazza che avevo di fronte.

«Il tuo silenzio è già una risposta, Beatrice.»

«Voglio bene a Ian, lui è buono con me. Abbiamo un ottimo rapporto. E poi non ha quel tipo di aspettative nei miei confronti.»

L'ultima frase avrei potuto risparmiarmela, ma ormai era troppo tardi.

«Te lo ha detto lui? Te lo ha detto chiaramente?»

«No, ma…»

«Beatrice! È un uomo! Non essere ingenua. Gli uomini hanno sempre quel tipo di aspettative, fidati!»

Laura scosse la testa e alzò gli occhi al cielo, spazientita.

Stavo affrontando quel discorso con la madre del mio ex ragazzo da cui ero stata costretta a separarmi a più riprese ma che ancora amavo. Non aveva alcun senso.

«Scusami Laura, cerca di capire. Ma non me la sento di affrontare questa conversazione con te. Io e Ian stiamo bene insieme. Più di tante altre coppie. Ti ricordo che tu stessa mi hai detto che sono giovane, che posso ancora essere felice…» Era stato prima di svelarmi la sua identità, prima che io sapessi che era la madre di Hunter. Ma non aveva importanza. Lo aveva detto. «Forse è arrivato il momento.»

«Lo penso ancora. Ma dovrebbe essere qualcuno con cui vuoi veramente stare!» Il tono spazientito di Laura mi rese ancora più evidente che non avrebbe mai accettato il mio punto di vista. Forse aveva ragione, ma non mi sarei tirata indietro. «Sai cosa stai facendo? Quello che ho fatto io, anni fa. Perché mi sentivo sola con due bambini, disperata. Anche se hai ragione, la mia situazione era diversa. E non solo io... anche quello che ha fatto Hunter, accettando il ricatto di Olga. Magari non te ne rendi conto ancora, ma finirai nella stessa trappola!»

Forse mi illudevo che la voce del mio fidanzamento con Ian non giungesse ad Hunter. Ma dopo la discussione con Laura ero consapevole del fatto che anche lui sarebbe venuto a saperlo. O forse era stato Freddie, oppure Misaki.

Ormai mi fermavo spesso a casa di Ian, anche di notte, dove mi aveva fatto preparare una stanza tutta per me, accanto a quella di Alison. Presto avrei dovuto lasciare il mio piccolo appartamento per trasferirmi definitivamente da lui.

Ma fu quando passai da casa mia a ritirare la posta, che trovai una busta di forma quadrata che non recava l'indirizzo del mittente. Aprendola trovai un cd, senza alcun messaggio scritto. Ricontrollando la busta mi accorsi che il timbro indicava Edimburgo come luogo di spedizione.

Rimasi in piedi, assorta, con il cd in mano. Imponendomi di ignorarlo, di buttarlo via. Invece oltrepassai la soglia del soggiorno e mi guardai intorno, in cerca del mio lettore cd. Le note di una canzone riempirono il vuoto che si era creato dentro me. Ma non era *Sacrifice*, come mi sarei aspettata. Era un'altra. Riconobbi immediatamente la voce di Elton John. Poi anche la canzone, *The One*. Avevo acquistato l'album successivamente a quello dove era incisa *Sacrifice*.

Hunter sapeva. Sapeva ciò che stavo per fare. E non aveva parole, per me. Non avrebbe tentato di fermarmi o di indurmi a ripensarci, come Misaki, Laura e anche mia madre avevano cercato di fare. Forse lui poteva capirmi. Forse no.

C'era un'unica certezza, in me. Lui aveva ancora il mio cuore. Dal primo momento. Da quando ci eravamo ritrovati su quella spiaggia. Da sempre.

"I saw you dancing out the ocean
Running fast along the sand

A spirit born of earth and water
Fire flying from your hands
*   In the instant that you love someone*
In the second that the hammer hits
Reality runs up your spine
And the pieces finally fit
*   And all I ever needed was the one*
Like freedom fields where wild horses run
When stars collide like you and I
No shadows block the sun
You're all I've ever needed
Baby you're the one"

CAPITOLO 74

«Sei sicura questa volta, vero?»

I miei genitori e mio fratello mi avevano raggiunta a Londra, a due settimane dal matrimonio con Ian. Mi ero preparata alla domanda di mia madre, che già si era dimostrata scettica quando le avevo annunciato la mia decisione al telefono. Si era offerta di raggiungermi prima, ma c'era ben poco da fare questa volta rispetto ai grandi preparativi e festeggiamenti del mio matrimonio con Dwight. Sia per me sia per Ian era il secondo tentativo. Non avevo mai compreso perché per molti fosse da considerarsi come poco importante, se non addirittura inutile. Quello che contava davvero era il primo. Forse in una visione cattolica non avevano tutti i torti. Mi chiedevo se fosse davvero così per quanto riguardava i sentimenti. Visti i precedenti, soprattutto miei ma non solo, avevo qualche dubbio in proposito.

In ogni caso, dopo le discussioni con Misaki e Laura, ero perfettamente preparata a rispondere. E a difendere me stessa e la mia scelta, se necessario.

«Ian è davvero una persona gentile.»

Persona. Mia madre non riusciva nemmeno a identificarlo come uomo. Ecco, stava fingendo quasi peggio di Misaki e Laura. La guardai seria, cercando di non scoppiare a riderle in faccia. Sarebbe stato poco opportuno, visto che ci eravamo ritrovati a cena a casa di Ian e lui, mio padre e mio fratello si trovavano seduti a parlare a poca distanza da noi.

Le indicai con un cenno di seguirmi in giardino e ci accomodammo in veranda. Era una bella serata estiva, la temperatura si stava facendo sempre più mite. Alison aveva cenato con noi e poi l'avevo messa a letto. Anche lei sembrava molto più serena ultimamente.

«A papà e a Lorenzo piace molto» proseguì la mamma, accennando un sorriso.

«A voi piaceva anche Dwight» precisai senza scompormi, nominando il mio ex marito. «Vi aveva conquistati tutti.»

«Già. Il problema era che non aveva conquistato te. Perché tu avevi in mente un altro.»

Anche se aveva ragione, non mi sarei aspettata questa precisazione da parte di mia madre. A questo punto potevo anche aspettarmi che incolpasse me del fallimento del mio matrimonio con Dwight. E mi costava ammetterlo, ma avevo la mia parte di responsabilità. Però per la violenza e gli abusi che avevo subito, no. Non c'era giustificazione.

«Mamma, vieni al punto. Sappiamo entrambe che hai qualcosa da dire. Tutti sembrano avere qualcosa da dire.»

«Anche la bambina è adorabile. Ma da quello che mi hai spiegato, la vera madre è ancora in giro, da qualche parte.»

Avevo dovuto dire la verità, almeno a lei. Era l'unica a saperlo, a parte Misaki e Patricia. Forse anche Laura lo sapeva, già da prima che Ian mi raccontasse i dettagli della sparizione di sua moglie, ma avevo evitato la questione con lei.

«Non è mai tornata e non è stata trovata» ripetei esattamente quanto le avevo già spiegato. Quanto Ian aveva spiegato a me, entrando più nei dettagli della sua condizione. «E ha lasciato Ian prima di sparire completamente, mandandogli i documenti firmati per il divorzio da casa di sua madre. Per la dichiarazione di morte presunta occorrono circa sette anni, quindi per rispondere alla tua domanda… sì, potrebbe essere ancora in giro, da qualche parte.»

«Ti rendi conto che quella donna potrebbe presentarsi un giorno e portartela via. Cosa ti resterebbe, allora?»

«Un marito con problemi di salute e una figlia non mia che si ricongiunge con la sua vera madre. È questo ciò che stai tentando di dirmi?»

«Vuoi farmi credere che sono stata la sola?»

«No, mamma. Non sei stata la sola.» Volevo uscire dalla situazione in cui mi ero cacciata. Tornare a parlare del tempo, di Londra, di cibo oppure dell'abito che avrei indossato il giorno del matrimonio. «Ti sei solo unita al club di chi non crede nella mia scelta.»

Chi mancava ancora? Tasha, Freddie... Misaki aveva appena ricontattato Fabiola e altri vecchi compagni di scuola. Si era mantenuta in contatto anche con Chris. Ciò di cui avevo proprio bisogno era un nutrito gruppo di persone che mi avrebbero messa di fronte alla mia stupidità. Ma non era necessario. Ne ero perfettamente consapevole, senza il loro aiuto. Però... però l'idea che Alison restasse sola, senza Ian e con me incapace di proteggerla, mi toglieva il respiro.

«Lo so che ti sei affezionata ad Alison. Io ho solo paura che, se accadesse qualcosa a Ian, tu potresti perderla e soffrirne. Se sua madre o sua nonna la reclamassero... o se lei più avanti decidesse di stare con loro...»

«Se Alison decidesse di stare con loro di sua spontanea volontà, io la lascerei andare. Semplice.»

«Beatrice, lo sai che non sarà così facile. Ma almeno Ian ti ha detto la verità, su tutto ciò che lo riguarda.» Lo sguardo di mia madre si fece all'improvviso severo. «Tu hai fatto altrettanto, con lui?»

«Sa che sono già stata sposata. Non è un mistero per nessuno. E sa anche del mio aborto. Sa tutto.» Mi difesi, distogliendo lo sguardo. «Forse è meglio che rientriamo...»

«E che sei ancora innamorata di un altro, lo sa?»

Maledizione! Non conosceva i dettagli tra me e Hunter ma sapeva che era esistito. Che esisteva ancora. Nel corso dei miei anni a Londra, era venuta a trovarmi alcune volte. Aveva conosciuto anche Laura e alla fine aveva messo insieme i pezzi.

«Non lo vedo più, non lo sento più... Che altro pretendete da me?»

Ci mancava soltanto che mi mettessi a piangere e pestassi i piedi. Mi stavano facendo a pezzi, tutti quanti. E sembravano provarci gusto. A questo punto avrei preferito trasferirmi altrove, con Ian e Alison. Per essere lasciata finalmente in pace!

«Beatrice, tu ti vuoi prendere quella bambina, farle da madre, crescerla come se fosse tua. La vuoi per sostituire quella che hai perso. Ma cosa farai se la vera madre si rifacesse viva? Se tornasse, potrebbe portartela via. E anche nel caso andasse tutto bene, ti ritroveresti con un uomo di cui non sei innamorata, per la seconda volta! Che potrebbe decidere di lasciarti comunque, indipendentemente dal tuo impegno, dai tuoi sacrifici. Ti sembra giusto fare una cosa del genere a te stessa?»

Aveva ragione. E io lo sapevo, anche se stavo lottando per far prevalere la mia decisione. Stavo lottando per me stessa. E anche per Alison. Ma forse, più di ogni altra cosa, stavo lottando per la mia libertà.

«Quella bambina, come la chiami tu, non è un oggetto. Se la vera madre tornasse, quella bambina sarebbe libera di scegliere con chi stare. Così anche suo padre. Anche perché non le nasconderemo la verità, appena sarà in grado di capire. Nessuno porta via nessuno, mamma. L'ho imparato a mie spese. Guarda me, per esempio... sono stata costretta a separarmi da Hunter, io stessa ho fatto di tutto per staccarmi da lui, non sono restata al suo fianco, non sono tornata quando lui mi aspettava, mi sono fatta trascinare anche dall'altra parte del mondo. Ma niente e nessuno mi ha mai portata via da lui. Posso dirlo o non dirlo a Ian, posso gridarlo al mondo o tacerlo per sempre. Ma non cambierà mai.»

«Va bene, ho capito.»

Non mi sarei aspettata che cedesse così facilmente. E dubitavo che avesse davvero capito. Però si calmò e mi sorrise. Io feci altrettanto.

«Tu credi che altre siano state davvero più fortunate di me, mamma?» Avrei dovuto cambiare discorso, invece quel pensiero fulmineo mi attraversò la mente. Lo espressi a parole, senza esitare. «Le mie vecchie amiche, Greta per esempio…»

«No, non lo credo. Il marito di Greta la tradisce da anni, lo sanno tutti in paese. E lei fa lo stesso, ormai. Forse per disperazione, oppure per noia. Hanno tre figli, le apparenze sono comunque salve.»

«È stata brava, Greta. Davvero brava. Più di me.»

«Tu saresti potuta tornare con Dwight. Ma hai fatto bene a non farlo.» Mia madre si strinse nelle spalle, con un sospiro. «Greta ha fatto ciò che doveva. Come altre. Tu non sei mai stata brava a fare ciò che devi, Beatrice. Tu fai ciò che vuoi. O almeno ci provi con tutte le tue forze.»

«Ci provo fino a distruggermi, il più delle volte.»

E forse stavo per ripetermi. Distruggermi. Ne ero più consapevole di quanto mia madre, Misaki e Laura credessero. Ma non avevo aspettative, questa volta. Non avevo sogni riguardo la mia relazione con Ian. Forse cercavo solo di salvare Alison. Era così piccola, così indifesa. Non poteva già avere un passato tanto ingombrante! Come avevo tentato di salvare Jack, sperando che Hunter fosse riuscito a proteggerlo. Non ero riuscita a salvare la mia Heather. Forse non ero stata abbastanza attenta, abbastanza prudente… E mi sentivo in colpa, ogni giorno. Avevo parlato ad Hunter di Heather ma non gli avevo raccontato di averle dato, nella mia mente, un nome che suonasse un po' come il suo, perché avrei voluto che fosse sua. Così, non essendo riuscita a proteggere mia figlia, lottavo per proteggere quelli degli altri. Cercando in questo modo, per me stessa, una sorta di salvezza, di redenzione.

CAPITOLO 75

In un modo o nell'altro ero riuscita a rendere la mia scelta accettabile. A tutti, anche a me stessa. Soprattutto a me stessa.

Il mio matrimonio con Ian, dopo un anno, procedeva come avevo previsto. Senza impeto, senza passione. Senza che ci fosse tra noi una vera e propria relazione di coppia. Ero diventata la madre di Alison, non la moglie di Ian. Come da programma, non aveva avanzato pretese nei miei confronti. Mi ero convinta del fatto che lui fosse ancora innamorato di Martha, la sua prima moglie. Nonostante tutto. Io non mi sforzavo nemmeno più di estirpare Hunter dalla mia mente e dal mio cuore. Sarebbe stato inutile. Non avevo detto tutta la verità a Ian, ma almeno non gli avevo mentito. Avevo accennato a una relazione adolescenziale con il figlio di Laura, nulla più. E lui non mi aveva chiesto altro.

Alison cresceva sana e forte, sempre più bella, intelligente e vivace. La salute di Ian era sotto controllo, anche se aveva bisogno di frequenti periodi di riposo e spesso quella sua depressione mescolata a stanchezza cronica, che si aggiungeva al progredire della malattia, lo lasciava prostrato per giorni e gli provocava un mal di testa che riusciva ad alleviare solo con il buio e il silenzio.

«Mamma, io da grande dipingerò il mondo! E poi scriverò libri. E ballerò in televisione! E cucinerò tanti dolci!»

I progetti di Alison non avevano confini. Un po' come il suo entusiasmo. Ma aveva imparato a tenere il tono di voce un po' più basso, in quei giorni.

«Certo, amore. Farai tantissime cose, vedrai.»

Da Bibi, come mi aveva chiamata Alison inizialmente, ero diventata mamma. Era stato un processo naturale, per entrambe. Era la mia bambina. E forse la sua presenza e il suo affetto mi ripagavano di tutte le mancanze che avevo sofferto nel corso degli anni. Però temeva Ian, durante quei momenti. La sua incostanza, i suoi sbalzi d'umore. Io cercavo di capirlo, cercavo di controllare la vivacità di Alison. Cercavo di tenere a bada anche me stessa.

Grazie a Misaki e ai più moderni mezzi di comunicazione, ero riuscita a ristabilire molti dei contatti perduti con i vecchi amici. Lei era sempre stata più brava di me in questo. Ci eravamo ritrovate con Fabiola, che era venuta a trovarci e a trascorrere una settimana a Londra con il suo ragazzo. Che non era lo stesso di tanti anni prima, ma sembrava renderla davvero felice. Avevo rivisto anche Chris, ormai padre di due ragazzi adolescenti. Non era cambiato poi così tanto dall'ultima volta in cui l'avevo incontrato anni prima, quando cercavo disperatamente notizie di Hunter. Sembrava essere trascorso così tanto tempo… Una vita intera!

Una vita che ero condannata a trascorrere senza lui. Il più delle volte mi sforzavo di non focalizzarmi su quel senso di vuoto, di smarrimento. Ma quando ripiombavo ancora in me, in noi, mi sentivo persa, come sprofondata in un abisso da cui faticavo a risalire.

Mi aggrappavo ad Alison, ai miei amici, anche a Ian. Al lavoro, a Patricia, a Laura, ad Alice, alla mia famiglia che sentivo costantemente. Mi aggrappavo a chiunque e a qualsiasi cosa. Mi aggrappavo anche alle nostre canzoni. Perché non potevo aggrapparmi a lui. E stringerlo a me, con tanta forza da non lasciarlo andare più.

Non avevo più chiesto informazioni che lo riguardassero. Dopo la discussione a proposito del mio matrimonio, avevo raggiunto con Laura il tacito accordo di non parlarne. Collaboravamo ancora, occasionalmente, e ci incontravamo per il tè almeno una volta alla settimana. Tutto proseguiva con il ritmo stabile della consuetudine, delle mie abitudini che si stavano consolidando nei giorni, nei mesi. Che poi sarebbero diventati anni.

Quando una mattina ricevetti una chiamata di Alice, non mi sorpresi. Ian aveva ripreso alcuni dei suoi corsi ed era uscito presto, mentre June aveva portato Alison al parco per permettermi di concentrarmi sul lavoro. Il suo tono era tranquillo ma un po' teso. Mi chiedeva di incontrarci al più presto, era disposta a raggiungermi a casa.

«Va bene Alice, ti aspetto.»

Avevo accettato, anche se il mancato preavviso mi suscitava qualche dubbio. Quando la trovai di fronte alla porta di casa, pallida e afflitta, compresi immediatamente che i miei sospetti erano fondati.

«Alice... è successo qualcosa a Laura?»

Non mi sembrava possibile. Se fosse accaduto qualcosa a sua madre, Alice di sicuro sarebbe stata con lei, non con me.

«No, Beatrice. Non a lei.»

Alice mi fissò con aria stanca, ma allo stesso tempo era come se fosse ancora a metà tra disperazione e incredulità.

«No... non a... non a lui...»

Mi sentii vacillare, come se rischiassi di perdere l'equilibrio da un momento all'altro.

«Non si tratta di Hunter. È Jack.» Alice mi afferrò per un braccio, per trattenermi. «Ha avuto una brutta crisi respiratoria. Mia madre è corsa da lui in ospedale. Io l'ho raggiunta, poi lei... ha pensato che fosse il caso di avvisarti. Ma non volevo dirtelo per telefono. Vorrebbe che tu venissi con me, se vuoi...»

«Jack, ma cosa...?» Non riuscivo a collegare il senso delle parole di Alice al loro reale significato. «In ospedale a Edimburgo?»

«No, Beatrice. Sono tornati a Londra, da quasi un mese ormai. Jack si è aggravato negli ultimi tempi e Hunter ha deciso di riportarlo qui. Però la situazione sembrava essersi stabilizzata.»

E io non sapevo nulla. Ovvio, avevo tagliato qualsiasi rapporto con lui. Anche Laura e Alice avevano taciuto in proposito.

«Io vorrei...»

«Ti spiegherò tutto mentre andiamo, se per te va bene.»

Annuii, presi rapidamente la giacca e la borsa e seguii Alice verso la sua auto. Le condizioni di Jack erano peggiorate negli ultimi due mesi e Hunter aveva preferito riportarlo a Londra. Mi ripeté esattamente ciò che mi aveva già detto, scendendo solo un po' più nei dettagli.

«Oh, povero piccolo... Ma non è in pericolo, vero?» Allora per quale motivo era venuta a prendermi e mi aveva chiesto di seguirla? Forse non lo volevo sapere. E poi... «Alice, ma io non dovrei...»

Non avrei solo complicato la situazione? Mi strinsi forte i pugni mentre Alice si destreggiava nel traffico, verso l'ospedale. Si fermò al "Chelsea and Westminster Hospital", in Fulham Road. Non era così distante da casa mia, forse era il motivo per cui Alice era passata a prendermi. Però la mia presenza sarebbe stata alquanto sconveniente e inopportuna.

«Capisco che le condizioni di Jack non ti riguardano più, Beatrice. Non avrei dovuto cedere alle insistenze di mia madre!»

Alice mi lanciò un'occhiata brusca, nervosa, prima di parcheggiare. Poi entrambe scendemmo dall'auto.

«Invece non hai capito, Alice. È vero, le condizioni di Jack non mi riguardano, ma mi interessano. Però... io non posso avvicinarmi. Olga potrebbe fare una scenata o peggio, vedendomi correre da suo figlio e...»

«Da suo figlio e da suo marito? Gli stessi che ha abbandonato due mesi fa quando Jack ha rischiato di morire per la sua negligenza? Hunter ha dovuto assentarsi continuamente dal lavoro per occuparsi di lui, perché lei...» Alice si strinse nelle spalle. Io la seguivo inerme. «Lei ha avuto paura, alla fine. Li ha lasciati nel momento più difficile. E ha preferito fare ciò che ha ritenuto più sensato. Scappare.»

Abbassai lo sguardo, incapace di replicare. Quindi aveva distrutto la vita mia e di Hunter, per poi scappare? Aveva usato Jack, per poi scappare?

«Nessuno mi ha detto che erano tornati a Londra.»

«Hunter ce lo ha vietato.»

La seguii per un corridoio, poi per un altro, senza nemmeno cercare di orientarmi. Se Hunter non voleva avere a che fare con me, cosa ci facevo in ospedale da suo figlio?

Laura era seduta da sola, in una saletta d'attesa. Sollevò lo sguardo su di me, aveva gli occhi lucidi. E io mi sentivo ancora troppo frastornata per poter pronunciare anche solo una parola, per consolarla.

Jack… chissà quanto era cresciuto! Non lo vedevo da… quanto tempo? Improvvisamente i suoi occhi dolci e il visino pallido mi furono di fronte, così come lo ricordavo. Quando lo prendevo in braccio, quando Hunter ci aveva portati al mare ed eravamo stati tanto felici insieme. Riuscii a stento a raggiungere una sedia, poco distante da Laura, e mi presi il viso tra le mani.

Quando rialzai la testa, passandomi ripetutamente le dita sotto agli occhi, lui era in piedi, di fronte a me. Mi osservava in silenzio. Il viso era più affilato, pallido e segnato dalla stanchezza. Per il resto non era cambiato molto. Sembrava solo dimagrito e i suoi occhi erano cerchiati da aloni scuri che dimostravano scarso riposo e preoccupazioni costanti.

«Hunter…»

«Ciao, Beatrice.»

«Noi andiamo a prendere un caffè…»

La voce di Laura si frappose tra noi. Io quasi non la udii, ma la vidi alzarsi e sfilarmi accanto. Hunter annuì distrattamente.

Io tenevo gli occhi fissi su di lui. Incredula della sua presenza di fronte a me. Come se fosse un sogno. Come se rischiassi di svegliarmi da un momento all'altro e di perderlo. Di nuovo.

In realtà, quando si avvicinò a me di qualche passo, notai che sembrava molto peggio di come avevo creduto all'inizio. Non solo stanco. Sembrava distrutto. Come se il suo mondo intero potesse crollare da un momento all'altro, trascinandolo con sé. Senza che io potessi allungarmi verso di lui per afferrarlo, per sorreggerlo.

«Laura ha voluto che io…» La mia voce tremava. Non solo la mia voce. Non riuscivo a staccare gli occhi da lui. Avrei dato qualunque cosa per poterlo stringere, ma lui si era fermato, restando immobile, impassibile. Il mio corpo esitava, intimorito dalla sua reazione. Invece il mio cuore lo stava già abbracciando. «Ma se preferisci che io vada…»

«Io non preferisco niente.»

Il suo tono secco, rabbioso, mi provocò una fitta dolorosa al petto. Quel gelo tra di noi mi stava annientando. Ma mi rendevo conto che per lui le mie sensazioni, dopo tanti anni di lontananza, non erano una priorità. C'era altro in gioco. Anche per me. Noi stessi non eravamo più una priorità.

«Ti capisco… scusami…»

In qualche modo trovai la forza di alzarmi. Ora dovevo solo uscire da quella sala, incamminarmi lungo il corridoio e andarmene.

«No… io…» Hunter si passò una mano tra i capelli e abbassò lo sguardo. «Ho paura, Beatrice. Stanno tentando di salvarlo e io ho paura. Ha solo otto anni.» Lo vidi tremare, fremere. Ma poi si ricompose e tornò a rivolgermi un'occhiata stanca. «Perdonami, non volevo essere brusco con te. Grazie di essere passata.»

«Hunter…»

Mi mossi verso di lui. Ora solo un passo ci separava. Ma lui indietreggiò e abbassò di nuovo il viso, per non guardarmi, per non cedere a quella vicinanza che si stava creando tra noi. Io allungai una mano verso di lui, ma come risultato Hunter si voltò di scatto, dandomi le spalle.

«Vai via… ti prego…»

Gli stavo facendo male? Ne stavo facendo anche a me stessa. La mia mano rimase lì, sospesa, tesa verso di lui. In una carezza che si stava rifiutando di accogliere.

«Quando…» Cercai di recuperare il fiato necessario per respirare regolarmente. «Quando Jack tornerà… quando lo riporteranno… ti prego, dagli un bacio da parte mia. Perché… lui si salverà, Hunter. Jack si salverà… Non dubitarne, nemmeno per un attimo.»

Alle mie parole i suoi fremiti divennero singhiozzi, che non riuscì più a trattenere. Lo avevo visto piangere, in passato. O andarci vicino. Ma non così. Mai così.

Non fui più in grado di resistere. Percorso quel piccolo passo, le mie braccia lo strinsero da dietro.

«Amore… amore mio…»

Lo trattenevo a me, posando la fronte sulla sua schiena, con le mie mani sul suo petto, sul suo cuore che batteva furiosamente.

Hunter mi afferrò entrambe le mani e le strinse nelle sue. E restammo così, per un periodo di tempo che mi parve interminabile. Finché lui decise di girarsi e mi accolse, finalmente, tra le sue braccia.

«Starà… bene…» Ero io a singhiozzare, ora. «Devi avere fiducia, Hunter. Ti prego… se non hai fiducia tu…»

Annuì prendendomi il viso tra le mani e cercando i miei occhi.

«Puoi… fermarti e dargli tu quel bacio?»

«Sì…» Sorrisi, accarezzandogli il viso. «Io resto qui. Resto qui con te e con Jack.»

Hunter prese la mia mano, tenendola premuta sulla sua guancia. Proprio mentre stava per baciarla, Laura e Alice ricomparvero.

Mi staccai, anche se a fatica, mantenendo gli occhi fissi nei suoi. E nei suoi occhi tutto il resto, tutto il mio mondo sembrava scomparire. Perché, ancora una volta, era diventato lui il mio mondo.

Cercai di riprendere il controllo di me stessa, delle mie emozioni, ma tutto ciò che desideravo era piangere tra le sue braccia e allo stesso tempo rassicurarlo, proteggerlo da quel dolore che era anche il mio, promettergli che sarebbe andato tutto bene. Anche se non potevo fare nulla. Nulla di ciò che il mio cuore mi supplicava di fare.

«Ho parlato con una delle infermiere.» Alice spezzò il silenzio. Avevano entrambe assistito alla scena, ma si comportavano come se tutto fosse stato scontato, naturale. «Ne avranno ancora per un po'.»

Hunter annuì e io rimasi lì, tra loro. Incosciente di cosa avrei fatto, di come avrei agito. Tutto ciò che sapevo era che non lo avrei lasciato solo. Che ci sarei stata, per tutto il tempo necessario.

«Vi abbiamo portato un caffè.»

Laura ci porse i bicchieri e noi ringraziammo senza entusiasmo.

Così ci sedemmo insieme, in silenzio, su quelle poltroncine scomode. Con gli sguardi fissi, persi nel vuoto. Gli avevo dichiarato il mio amore, stringendolo a me. Forse lui, colto da quel momento di sofferenza atroce, non se n'era nemmeno accorto. Però mentre eravamo lì seduti, mosse la sua mano a cercare la mia.

Sentivo freddo e avevo paura. Perché non ce l'avrei fatta a sentire il suo dolore, a viverlo. Sarebbe stato troppo, anche per me. E io avevo già subito tanto, perso tanto.

Non mi resi conto di quanto tempo fosse trascorso, ma finalmente la nostra attesa terminò. Un medico apparve, richiamando l'attenzione di Hunter, di sua madre e di sua sorella. Io rimasi ferma al mio posto solo per alcuni istanti, poi non riuscii a trattenermi. Non avevo percepito le prime parole del dottore, ma avvicinandomi udii soltanto:

«Dobbiamo aspettare che passi la giornata e la notte per essere sicuri che sia fuori pericolo.»

Non erano ottime notizie, ma almeno un barlume di speranza era tornato sul volto di Hunter, che abbracciò la madre e la sorella. Poi il suo sguardo mi cercò e io mi sforzai di sorridergli, incoraggiante.

Hunter, Laura e Alice andarono a vedere Jack. Io tornai a sedermi e attesi. Improvvisamente l'altro mio mondo, quello che avevo creato con Alison e Ian, tornò a reclamarmi. Cosa avrei fatto? Non ne avevo idea. Sapevo solo che non me ne sarei andata fino a quando Jack fosse stato dichiarato fuori pericolo. Avrei dovuto informare Ian e chiamare June, pregandola di restare con Alison per il pomeriggio, la sera, forse anche la notte.

Chiusi un attimo gli occhi. Li riaprii per vedere Hunter che tornava da me.

«Grazie» disse semplicemente, sedendosi accanto a me. «Se vuoi puoi vederlo qualche minuto, prima di andare. Poi io devo restare con lui.»

«Mmh...» annuii con un sospiro. «Va bene. Però io non me ne vado, Hunter. Io resto. Fino a quando Jack sarà dichiarato fuori pericolo. Non mi muovo da qui.»

«Beatrice...»

Hunter respirò profondamente, stringendo gli occhi su di me.

«Tutto il tempo necessario. Io resto qui, Hunter. Non ti disturberò, non farò niente. Me ne starò qui fuori tranquilla. Ma io resto, questa volta. Io non ti lascio.»

CAPITOLO 76

Ero consapevole del fatto che avrei dovuto fornire delle spiegazioni. Così chiamai June, pregandola di tenere Alison con sé a causa di un'emergenza a cui non potevo sottrarmi. Subito dopo mandai un messaggio a Ian sul cellulare. Di sicuro era ancora impegnato con il suo corso, lo avrebbe visto in seguito. Poi spensi il mio telefono. Avevo bisogno di staccare, almeno per un po'. Mettere in pausa la mia vita. Perché, per il resto della giornata e della notte, quell'uomo e quel bambino che mi aspettavano in una piccola stanza d'ospedale sarebbero diventati la mia vita.

Laura e Alice se ne andarono nel pomeriggio, chiedendo ad Hunter di chiamarle in caso di notizie. Laura sarebbe tornata la mattina seguente. Io rimasi. Imperterrita, tenace, ostinata come sapevo essere quando mi impuntavo.

Il piccolo Jack era veramente cresciuto. Ma era sempre quel bambino che io avevo desiderato stringere a me e coccolare, fin dal primo momento. Quel bimbo diffidente ma bisognoso d'amore. Avvicinandomi al suo letto gli posai un tenero bacio sulla fronte.

«È diventato ancora più bello» sussurrai piano, non distogliendo lo sguardo dal suo volto, dai suoi occhi chiusi. E da quei tubicini orribili che gli avevano infilato nel naso e lo collegavano a una macchina di cui io non comprendevo nemmeno il funzionamento ma che lo aiutavano a respirare.

«Non è il solo.»

Hunter, seduto accanto al suo letto, si voltò, sollevando il viso su di me.

«No, anche tu non sei male.» Sorrisi, arricciando il naso. «Aspetto fuori, ti lascio tranquillo con lui.»

«Beatrice, ti prego...» Allungò la mano verso di me, tentando di afferrarmi mentre mi stavo muovendo verso la porta. «Per favore... resta con me. Con noi...»

Annuii grata e in un angolo della stanza trovai una sedia. L'avvicinai a quella di Hunter e mi sistemai accanto a lui che prese la mia mano, stringendola nella sua.

Lo amavo. Lo amavo e non riuscivo a smettere. Mi ero sposata e trasferita dall'altra parte del mondo e non riuscivo a smettere. Mi ero ricostruita una vita serena con un uomo gentile e una bambina adorabile e ancora non riuscivo a smettere. E mi faceva male, mi distruggeva l'anima, mi straziava il cuore, amarlo così. Senza sosta. Senza pace. Tutto ciò che avevo tentato di creare, di programmare, erano stati solo diversivi. E io ero costretta a soccombere, ancora una volta. Amavo Hunter Stevens, in modo totale, devastante. E lo avevo amato così, senza riuscire a smettere, per metà della mia vita.

Avevamo vegliato Jack per tutto il resto del pomeriggio. Insieme. In silenzio. Tenendoci la mano. Poi si era fatta sera e infine notte. Ci eravamo alternati al suo capezzale solo per qualche breve pausa, per andare in bagno, prendere un caffè, un tè e qualche snack.

Riaccendendo il telefono avevo trovato tre messaggi di Ian. Lo avevo chiamato spiegandogli la situazione, molto sommariamente. Il nipote di Laura era stato male. Laura aveva bisogno del mio aiuto. Non gli avevo mentito. Era stata Laura a farmi cercare da Alice. Avevo solo eluso parte della verità. Poi non gli avevo concesso molto tempo per replicare. Non gli restava altro che accettare la mia assenza per il resto della giornata.

La mattina seguente mi ero ritrovata con la testa appoggiata sulla spalla di Hunter.

«Scusami...»

Mi staccai da lui, imbarazzata di essere crollata così e quasi arrabbiata con me stessa. Avevo una coperta posata sulle gambe e sulle braccia.

«Non scusarti, ti sei assopita solo una mezz'ora. E non eri nemmeno tenuta a restare qui e stare sveglia tutta la notte.»

Hunter mi sorrise, accarezzandomi i capelli e lasciandomi appoggiare ancora a lui, accompagnando il movimento con dolcezza.

«Se è rimasto così tranquillo…»

Puntai lo sguardo su Jack. Sembrava aver ripreso colore e la sua respirazione era regolare. L'infermiera era passata più volte a controllarlo e il suo sguardo e i suoi cenni erano incoraggianti.

«Aspettiamo il dottore, ma dovrebbe essere fuori pericolo.»

Hunter si voltò verso di me. Percepii il suo respiro sul viso. Mi bruciavano gli occhi e avevo una gran voglia di piangere.

Nell'ora successiva il dottore ci diede la conferma definitiva che Jack si sarebbe ripreso, ma era necessario che rimanesse costantemente sotto controllo. Intanto Laura e Alice erano arrivate, pronte a dare il cambio ad Hunter. Jack sarebbe rimasto in ospedale ancora per un po', mentre i suoi progressi venivano monitorati.

«Voi due avete un gran bisogno di dormire!» Laura era sorridente, sollevata dalla buona notizia. «Io sono fresca e riposata. Ci penso io adesso al mio piccolino.»

«No, io devo rimanere con lui!» Hunter si oppose con fermezza. «Voglio aspettare che si svegli…»

«Rimanere a fare cosa, Hunter? Rischi di crollare a terra da un momento all'altro!» Laura aveva ragione. Anche io ero nelle stesse condizioni, anche se non mi sarei mai voluta staccare da Jack. «Sta riposando tranquillo, se aprirà gli occhi prometto di chiamarti.»

Io e Hunter ci ritrovammo fuori dall'ospedale. E stranamente, non più protetti da quel territorio neutro e dalla presenza di Jack, ci scoprimmo ancora più fragili, vulnerabili.

Vittime di noi stessi, delle nostre emozioni. Le mie erano talmente vive, pulsanti e amplificate da darmi il tormento. Nonostante la stanchezza, tutta la mia energia vitale mi spingeva verso di lui, tra le sue braccia, sulle sue labbra, sul suo corpo che per me era più che mai un richiamo irresistibile. Come se i miei sensi si fossero risvegliati, inebriati dal suo odore, dal calore che emanava la sua pelle.

«Ti accompagno a casa se...» Hunter lasciò la frase in sospeso.

«No, io posso andare da sola...»

Così sarebbe finito tutto. Ancora una volta. Forse per sempre. Mi portai le mani al viso e mi asciugai gli occhi freneticamente. Non era giusto. Non era normale. Non era sensato. Non dopo l'esperienza che avevamo appena vissuto. Ma io volevo stare con lui. Non solo stargli accanto e tenergli la mano. Lo volevo in tutti i modi possibili. Lo desideravo da sentirmi male. A tal punto che mi sarei messa a urlare proprio dove mi trovavo, in mezzo alla strada, senza ritegno.

Hunter mi afferrò per la vita e sentii il suo corpo premuto contro al mio. Le sue labbra sulla tempia, mentre mi stringeva a sé. Così di certo non migliorava il mio stato d'animo. Nonostante la stanchezza e l'intorpidimento, i miei sensi si erano davvero risvegliati, tutti insieme.

«Andiamo da me, Beatrice...»

Annuii senza esitare. Supplichevole come un'assetata in un deserto. Lo seguii docile fino al parcheggio dove aveva lasciato la sua auto. In pochi minuti raggiungemmo casa sua. Abitava a South Kensington, di nuovo. Non molto distante da quello che era stato il suo appartamento tanti anni prima.

E noi eravamo folli. Folli e disperati. Molto più di quanto lo eravamo stati tanti anni prima. Ma era la nostra stessa follia a mantenerci vivi, intatti.

Appena oltrepassata la soglia di casa sua, Hunter mi spinse contro il muro, cercando le mie labbra mentre io lo afferravo per la testa, per i capelli, per dare e ricevere quel bacio che mi era mancato per così tanto tempo che sarei morta se avessi atteso un solo istante di più.

Senza una parola, quasi senza fiato, Hunter muoveva le sue mani su di me. Come se mi conoscesse a memoria, come se non avesse mai dimenticato un solo frammento della mia pelle. Si spingeva contro di me, senza smettere di baciarmi, di intrecciare la sua lingua alla mia, di cercarmi con la voglia e l'ossessione di chi ha bisogno di respirare, di risalire a galla, di sopravvivere.

Iniziammo a spogliarci mentre ci trovavamo ancora all'ingresso, liberandoci degli abiti come se fossero una seconda pelle fastidiosa, spostandoci lentamente verso il centro della sala e poi verso la camera da letto. Seguivo Hunter, i suoi gesti, i suoi passi, senza oppormi. Fino a quando improvvisamente si fermò, staccando le sue labbra dalle mie. Rimase immobile, con il mio viso tra le mani, gli occhi nei miei.

«Senza te mi è mancata la vita.» Mi disse calmo, riacquistando quasi del tutto il controllo dei suoi sensi, dei suoi impeti.

«Lo so. Perché io ho ripreso a vivere solo quando ti ho stretto a me.» Sospirai appoggiando la fronte alla sua.

«Ti amo. Ancora più di prima. Anche se mi sembra impossibile perché ti ho sempre amata oltre tutti i miei limiti.»

Inclinai il viso per cercare i suoi occhi, poi le sue labbra.

«Anche io ti amo. Sono passati tanti anni, Hunter. Ho quasi il doppio dell'età che avevo allora. Ma l'amore per te non mi è mai passato. E tu non sai quanto ci ho provato… Ma anche quando ero lontana, sforzandomi di essere felice insieme a un altro, tu eri sempre il pensiero migliore che potessi trovare. Anche in mezzo al nulla, anche in mezzo all'inferno. Il pensiero che mi riportava a galla e mi permetteva di andare avanti, di non arrendermi.»

«Per tutto questo tempo, anche se non mi eri accanto, è stato il tuo amore a permettermi di andare avanti.»

Le sue mani tornarono a cercarmi, affannosamente. Il suo corpo a spingersi contro il mio, mentre i miei fianchi non attendevano altro che di accoglierlo, di averlo, di farlo mio. Hunter mi afferrò per i glutei premendosi contro di me mentre scivolavamo piano verso il letto. Sfilandomi la maglia e sganciandomi il reggiseno scese a baciarmi il collo e poi il seno. Lasciai ricadere la testa all'indietro con un gemito. Il resto dei nostri vestiti scivolò via. E finalmente ero di nuovo sua. Sua com'ero sempre stata. Sua oltre la vita che avevo tentato di vivere senza di lui. Sua oltre la morte che ci aveva sfiorati entrambi. Sua oltre il dolore che avevamo affrontato, patito, sopportato. Insieme e divisi. Sua oltre il destino.

CAPITOLO 77

Eravamo amanti. Perché non potevamo farne a meno. Perché la mia ragione non mi assisteva più, questa volta. Perché sarei morta di dolore a lasciarlo andare, a perderlo di nuovo. Perché invece di crescere, di maturare, di accettare le mie responsabilità, io ero tornata ad essere la ragazzina innamorata e caparbia che sfidava le regole pur di non rinunciare al ragazzo che aveva voluto fin dal primo istante.

Ma non erano le assurde regole di Patricia ciò contro cui lottavo, contro cui mi opponevo. Era il mio matrimonio. Avrei distrutto un uomo buono, paziente, gentile. Anche se non era quel tipo di amore a legarlo a me. Un uomo che mi aveva dato tutto ciò che possedeva. Lo stavo tradendo. Lo stavo ingannando. E Ian non lo meritava.

"L'amore non è mai una colpa."

Avevo sentito o letto questa frase, da qualche parte. Ma io ero colpevole. Poco contava che il nostro fosse vero amore. Non solo desiderio fisico, lussuria. Anche se non mancavamo nemmeno di quelli. Era un insieme di passione, sesso, peccato in cui l'amore ci teneva avvinti e soggiogati, come un fuoco perpetuo. Perché il mio cuore ardeva per lui, allo stesso modo del mio corpo. Io e Hunter facevamo l'amore, mentre l'amore non ne aveva mai abbastanza di noi e ci lasciava stremati ma sempre più desiderosi di soddisfare la nostra brama.

In un certo senso era un ripetersi di qualcosa già accaduto. Come se il primo tempo della nostra esistenza non fosse stato sufficiente. Ci trovavamo anche nello stesso luogo. Come se la vita stessa fosse intenzionata a concederci una seconda possibilità.

Perché una volta non era bastata. Perché non era stata più la disperazione a unirci, nei giorni successivi. Ma ne avevamo bisogno ancora e ancora. Finché le forze non ci abbandonavano. Finché il freddo dentro non si placava, almeno un po' donandoci quel dolce senso di libertà, di espiazione.

«Ho ricevuto la canzone...» sussurrai con la testa appoggiata nell'incavo della sua spalla.

«Non mi avevi più scritto.»

Percepii il respiro di Hunter su di me, tra i miei capelli.

«Lo so. Non potevo dirti che...»

«Che avevi deciso di sposare un altro uomo.» Concluse la frase per me. Tranquillamente, senza enfasi.

«Lo hai saputo comunque.»

Non volevo affrontare questo discorso. Non volevo. Anche se evitandolo non potevo comunque cancellarlo.

«Mia madre. Pretendeva che intervenissi, che facessi qualcosa per fermarti. Che ti dicessi di non farlo. Era convinta che se te lo avessi chiesto io, tu mi avresti ascoltato. Ma io cosa potevo dirti, se non ero in grado di offrirti nulla in cambio? Avevo promesso di proteggerti sempre. E non ci sono riuscito.»

«Ci sei riuscito, invece. Io mi sono sempre sentita protetta da te. Mi sento ancora così.» Mi spostai appena, per riuscire a guardarlo. «Tua madre aveva ragione, comunque. Ti avrei ascoltato. Invece ho ascoltato la canzone che mi hai mandato.»

«Io non riuscivo a trovare le parole, Beatrice. Oltre supplicarti di non sposare un altro. Ma mi sono reso conto di quanto fosse sbagliata ed egoista la mia pretesa.»

Restò con gli occhi nei miei, sul mio viso, come a studiare i miei lineamenti per l'ennesima volta.

«Non lo era. E comunque tra me e Ian...» sospirai scuotendo la testa. «Non è mai accaduto. Noi siamo... come alleati, complici... amici...»

«Lui la pensa allo stesso modo?»

«Non ha mai avanzato pretese su di me. La verità è che ci siamo sposati per Alison. Anche se io ho negato quando tua madre e gli altri me lo hanno chiesto. Mi sentivo giudicata. Ma a te posso dirlo. E in realtà... avrei voluto dirtelo, anche quando ho accettato la proposta di Ian. Perché ero certa che tu saresti stato l'unico... l'unico, tra tutti, a potermi davvero capire.»

«Io ti capisco, Beatrice. Tu avevi bisogno di lui e di Alison. Per questo non ti ho fermata. Con la canzone che ti ho mandato volevo solo ricordarti che tu eri l'unica, per me. Sempre. Sei l'unica. Sarai sempre l'unica.»

***

Jack, con nostra immensa gioia, venne finalmente dichiarato fuori pericolo. Anche se sottoposto a controlli e cautela. Poi, con un po' di fortuna, il suo piccolo cuore capriccioso si sarebbe sistemato. Forse un giorno sarebbe guarito del tutto. A differenza del mio che, per ben altri motivi, continuava a desiderare qualcosa di inafferrabile, di proibito.

Me ne accorsi quando lessi, negli occhi di mio marito, il disappunto, il risentimento. Forse non ero brava a celare i miei sentimenti, così come i miei impeti. Ian aveva compreso che la mia ansia, la mia devozione, non era indirizzata solo verso il nipote di Laura e la sua salute cagionevole. Mi era chiaro che non aveva creduto del tutto alle mie parole. Ma la verità aveva bisogno di tempo. E io non ero pronta ad affrontarne le conseguenze. O forse, ancora una volta, avevo paura.

Rivedendomi, Jack non mi aveva riconosciuta. Non avrebbe potuto. Ma mi aveva guardata con quei suoi occhi innocenti, che mi rammentavano ancora di più quelli di suo padre, e mi aveva sorriso. Crescendo stava assumendo anche i suoi tratti, i suoi lineamenti. Hunter mi aveva presentata a lui, spiegandogli che ero rimasta tutta la notte ad assisterlo, a vegliarlo.

«Grazie di essere rimasta con me, Beatrice.» La sua voce, ancora infantile, ora scandiva bene le parole.

«Sono felice che tu stia bene, tesoro. È questo che conta, adesso.»

Gli avevo accarezzato i capelli e avevo ricevuto un altro sorriso da lui.

Allontanandomi dalla sua stanza e dal reparto per andare a prendere un tè, mi ritrovai di fronte l'ultima persona che mi sarei aspettata. O forse no. Perché, data la situazione, avrebbe dovuta essere la prima. Sussultai appena recuperato il mio tè dalla macchinetta, quando girandomi mi accorsi che era ferma alle mie spalle.

«Olga...»

Perché stava seguendo me? Perché non era con suo figlio? Magari stava solo aspettando il suo turno per prendere un tè o un caffè prima di recarsi da lui. Mi scansai in fretta per farle spazio, senza aggiungere altro.

«Non mi serve.» Il suo tono era sempre lo stesso. Arido, distaccato. «Cercavo te.»

«Di nuovo.» Non riuscii a impedirmi di sottolineare.

«Già. Di nuovo.»

Non replicai, ma mi guardai intorno, cercando una via di fuga. Non avrebbe potuto continuare a rincorrermi e a braccarmi, se mi fossi allontanata.

«Possiamo parlare?»

Ecco, stava intessendo la sua tela, tendendomi un tranello. Proprio come l'altra volta. Ci aveva già scoperti e veniva a reclamare il suo posto? Mi sembrava evidente.

«No, non possiamo. Sono stanca. Io...»

Andavo a letto con suo marito. Di nuovo. Ed era anche peggio perché questa volta anche io ero sposata. Ancora sposata, anzi. E con un marito inconsapevole. Ero una traditrice, un'adultera, un mostro. Lo sapevo già da me.

«Tu hai vinto tutto, Beatrice. Hai vinto mio marito, molto presto vincerai anche l'affetto di mio figlio. Volevo farti i miei complimenti. Sono passati anni e non sono mai riuscita a strapparti dal cuore di Hunter. Anche Jack preferiva te, fin da piccolo. Laura ti adora, mentre con me è sempre stata ostile, non mi ha mai sopportata.»

Davvero ne era convinta? Forse non aveva idea di cosa mi aveva fatto Laura anni prima, spezzando il legame tra me e Hunter, senza alcuna pietà per il mio cuore, per i miei sentimenti. Perché temeva che non lo amassi, che fossi solo una ragazzina sciocca e presuntuosa. Forse era questo il motivo che portava Laura a respingere Olga. Sapeva che lei non lo amava davvero. Ma restai in silenzio e tenni le mie considerazioni per me, sperando che Olga avesse finito di sfogarsi e mi dettasse le sue regole, il nuovo patto da rispettare.

«Perché sei così perfetta?» mi chiese invece.

La sua domanda mi lasciò ancora più sconcertata. Perfetta, io? Con tutte le imperfezioni che mi trascinavo dietro da sempre? Con le mie debolezze, la mia inettitudine, le mie mancanze, le mie paure? Con tutti i guai che ormai mi si erano incastrati dentro l'anima e mi segnavano, come un marchio?

«Non sono perfetta. Se lo fossi la mia vita sarebbe stata ben diversa.»

«Ma tu sei qui. Sei rimasta.»

Mi sembrò sempre più che parlasse per enigmi, senza comunicarmi in modo esplicito e schietto cosa pretendeva da me. Sorseggiai il mio tè, restando in piedi.

«Non potevo fare altro...» sospirai stremata. Dalla situazione in generale e da quel confronto.

«Io l'ho fatto, invece. Me ne sono andata. E sono sua madre. L'ho fatto perché sono una vigliacca e non avrei sopportato di vederlo morire. Avrei sopportato di saperlo morto. Ma non di assistere alla sua fine. Per questo ho lasciato Hunter da solo, ad affrontare ciò che ne sarebbe stato di lui. Perché nemmeno il dolore di Hunter, avrei sopportato. Non riuscivo più a conviverci. Con nessuno dei due. Non ci riesco nemmeno adesso. Io voglio bene a mio figlio, ma... È possibile? Amare e avere così paura? Quei due mi hanno distrutta, in questi anni. Pezzo dopo pezzo. O forse è stato il senso di colpa. E Jack ha iniziato a somigliare così tanto a suo padre, in tutto, così tanto che io... Io so solo una cosa. Non posso più andare avanti. Sono tutti tuoi! Io ho bisogno di qualcosa di più semplice e conforme alle mie possibilità. Di qualcuno che non provochi in me questo dannato senso di inadeguatezza!»

Terminato il suo discorso, si preparò a girare i tacchi e a lasciarmi lì, senza nemmeno concedermi un istante per assorbire le sue parole e rispondere.

«Olga... Jack resterà sempre tuo figlio!»

Si fermò e si voltò ancora a guardarmi, senza replicare. Così colsi l'occasione per proseguire.

«Non puoi cancellarlo come se non esistesse. E lui non potrà cancellare te.»

«Perché no? Me ne sono andata e lui lo sa! Sa che l'ho abbandonato. Ho accettato il divorzio da Hunter, ma è come se stessi divorziando da entrambi.» C'era rabbia nelle sue parole, mista a rimpianto. «Anche se volessi vederlo, qualche volta... Hunter non me lo permetterebbe e avrebbe ragione. Io ho rinunciato a lui. Se fossi io...»

«Hunter non è te.»

«Già... Hunter non mi avrebbe mai fatto quello che io ho fatto a lui. E a te. Dovresti odiarmi...»

Per un istante mi apparve pentita. Forse lo era davvero. Ma poi ritrovai il suo cinismo in quelle ultime due parole.

«Sì, è vero. Credo di averti odiata. Mi hai tolto l'unico uomo che io abbia mai amato. E non l'hai fatto nemmeno per amore. Ma per egoismo, per dispetto. Ti ho odiata. Ma adesso sono stanca. Si spreca una risorsa inutile di energia a odiare. E non sono più sicura che ne valga la pena.»

Non ero così convinta delle parole che avevo appena pronunciato. Ma vidi Olga annuire, mordersi le labbra e abbassare la testa. Mentre i suoi occhi affilati tradivano sensazioni che forse non era allenata ad esprimere. Sperai che si ammorbidisse, con il tempo, che riuscisse ad addolcirsi,

prima o poi. Non per me o per Hunter. Ma per Jack. Perché
crescendo serbasse, nel cuore, qualche bel ricordo di lei.

CAPITOLO 78

Ero consapevole di non potermi trascinare ancora per molto. Anche perché più che trascinarmi, avrei iniziato a strisciare prima o poi. Forse stavo già strisciando, trascurando i miei doveri con Ian e soprattutto con Alison. Ma mentre Alison con me era sempre la stessa, allegra, vivace, forse solo un po' smarrita a causa della mia distrazione, nello sguardo di Ian leggevo sempre più chiara l'accusa, la mia colpa.

«Devi dirmi qualcosa?»

Ian mi affrontò quella sera stessa, mentre rientravo in casa. Ero passata dall'ospedale e poi ero stata da Hunter. Gli avevo parlato della conversazione con Olga che, dopo avermi vista, si era dileguata in fretta. Hunter aveva ricevuto un messaggio, dove gli comunicava che sarebbe ripassata e sperava di fare un saluto a Jack, se lui era d'accordo. Non voleva turbare il bambino.

In tutto, dalla corsa in ospedale e il successivo incontro con Hunter, erano trascorsi soltanto cinque giorni. Avevo la sensazione che durasse da settimane.

«A cosa ti riferisci, Ian?»

Lo sapevo bene, dannazione! Ma dovevo prendere tempo, calmarmi e preparare una difesa adeguata.

Intanto stavo sperando di trovare una soluzione, di rimandare e poterne parlare in un'altra occasione. June avrebbe riportato a casa Alison da un momento all'altro e non doveva trovarci a discutere di qualcosa che poteva sfuggirci di mano.

«A te e al figlio di Laura.» Sgranai gli occhi mentre Ian sottolineava la parola "figlio" in modo allusivo. «Hai capito bene. Non il povero nipotino malato di Laura. Il figlio di Laura.»

Sapevo che lo aveva incontrato qualche volta, in passato. Conosceva Hunter. Eppure, si ostinava a non nominarlo. Come se, negando il suo nome, negasse la sua effettiva presenza tra di noi.

«Dimmi chiaramente quello che pensi e ti senti di dirmi, Ian.»

Inutile tergiversare. Lui sapeva. Io non avevo mai imparato a mentire e ultimamente stavo perdendo i punti anche nel nascondere la verità.

«Hai intenzione di andartene con lui. Di sabotare la nostra famiglia per creartene una nuova con Hunter Stevens e suo figlio.»

Oltre al senso delle sue parole, ciò che mi colpì fu che le sue non fossero domande ma constatazioni. O meglio, deduzioni.

«No, Ian. Io non ho intenzione di sabotare nessuno» replicai, cercando di mantenere la calma. Anche se non potevo evitare di pensare che Ian non avesse poi tutti i torti. In realtà lo stavo già facendo. E non avevo nemmeno la minima idea di come uscire da situazioni che, mi sembrava evidente, non avrebbero potuto coesistere a lungo. Nel mio cuore, forse. Ma non altrove.

«Se vai a letto con quell'uomo è chiaro che tu lo stia già facendo.»

Abbassai lo sguardo, alle sue parole. Taglienti come lame. Anche i suoi occhi avevano iniziato a darmi la stessa sensazione. Forse non mi aspettavo comprensione da lui. Ma almeno un minimo di compassione, nonostante non avessi mai delineato per intero lo svolgimento della storia tra me e Hunter, con lui.

«Mi dispiace tanto, Ian. Io e Hunter abbiamo avuto un passato complicato.»

Anche il presente non era da meno. E c'erano scarse speranze per ciò che ci avrebbe riservato il futuro.

«Ora vorresti dirmi che vi siete rivisti ed è scattata di nuovo la grande scintilla…»

Il tono di voce sarcastico, lo sguardo austero che non ammetteva repliche mi addolorò profondamente. Riscontrai una sorta di crudeltà, di meschinità addirittura, che non apparteneva, non poteva appartenere all'uomo che avevo accettato di sposare.

Perché? Perché l'amore mio e di Hunter scatenava questo nelle persone? Questo astio, questo risentimento? Fin dal principio… c'era stata Patricia contro di noi, poi quell'orribile accusa di Konrad. Perché la cosa più bella e pura che io avessi avuto nella vita era sempre considerata come qualcosa di turpe, di vile?

Ma ero diventata consapevole che nessuno avrebbe mai difeso o protetto il mio sentimento dal fango in cui rischiava di rimanere avvolto, schiacciato. Solo io potevo farlo, una volta per tutte.

«No, Ian. Non è scattata di nuovo la grande scintilla. Non si è mai spenta, nemmeno per un istante, da quando siamo stati insieme la prima volta.»

«E lo dici così, senza ritegno?» Ian si era alzato dalla poltrona dove stava seduto, per venirmi incontro. Io ero rimasta ferma, sulla porta del soggiorno. Come se fossi stata pronta ad allontanarmi, a fuggire. «Fai sesso con il tuo ex invece che con tuo marito e per te va tutto bene, è tutto normale?»

La sua espressione disgustata persisteva, anzi sembrava deformargli irrimediabilmente il volto, ad ogni passo che lo avvicinava a me. Non lo avevo mai visto davvero infuriato anche se aveva avuto qualche eccesso di nervosismo e frustrazione, dovuto al suo stato di salute, che lo rendeva intransigente a volte.

«No, non è normale. E mi dispiace Ian, non sai quanto.» Mi morsi le labbra, indietreggiando e andando a sbattere con la schiena contro la porta alle mie spalle. «Ma il sesso tra noi non era contemplato. Ian, tra di noi non c'era…»

«È questa la favola che ti racconti?»

«Non mi racconto nessuna favola.»

Non avrei mai pensato di rammentare le parole di Laura, quando le avevo confidato di aver accettato la proposta di Ian. "Gli uomini hanno sempre quel tipo di aspettative." Ma forse mi sbagliavo. Forse Ian era solo offeso, non intendeva quello. Non aveva mai avanzato pretese nei miei confronti.

«Nemmeno il sesso con un altro era contemplato, maledizione! Vuoi farmi diventare lo zimbello di tutti?» Ian alzò la voce e io mi sentii squarciare dentro. Chiusi gli occhi per non vedere. Avrei preferito smettere anche di sentire. «Ho già sposato una donna così… tu sei la seconda!»

Una donna così. Si riferiva a Martha. Una donna così. Sbarrai gli occhi su di lui e lessi nel suo sguardo la parola che forse non osava pronunciare. Non ancora. E sarebbe stato inutile rammentargli che io avevo sempre amato Hunter. Che era l'amore la mia giustificazione, la mia salvezza. Perché mi avrebbe risposto che era stato così anche per lei. L'amore. La dannazione. L'anima che si contrae e stride, urla e si spezza per quanto quell'amore ci divora, ci consuma.

«Vuoi lasciarmi?» sussurrai appena. Era ciò che mi stava suggerendo il suo sguardo.

«Ah, ti piacerebbe vero?»

Ian all'improvviso mutò espressione e ridacchiò, quasi tra sé.

Decisi di restare in silenzio e aspettare che lui si riprendesse, che tornasse in sé. L'uomo che credevo di conoscere e con cui avrei sperato di instaurare una discussione pacifica, un confronto civile. Intanto mi staccai dalla porta, mi rifiutavo di lasciare che mi facesse sentire così. In trappola.

«A questo punto mi sembra di capire che lo farai tu, se non ti riesce di farti lasciare da me…» Il sarcasmo invece non lo aveva abbandonato. «Spezzeresti il cuore di Alison così, senza rimorso. Tanto ti sei già preparata una famiglia di ricambio, con il tuo amante e suo figlio. Quando hai intenzione di abbandonare la nostra casa e la bambina che hai tanto voluto per andare a stare con loro? Quando te ne andrai?»

«Ian, no...»

Sentii il gelo impossessarsi di me e invadermi il corpo, da capo a piedi, le membra.

«Mamma... dove vuoi andare?»

La voce di Alison, tenue e sottile, mi diede il colpo definitivo. Non mi ero nemmeno accorta che la porta si fosse aperta, alle mie spalle.

«Tua madre ci vuole lasciare, Alison. Vuole andare via da questa casa e da noi. Si è trovata la famiglia che voleva, non sa più cosa farsene di noi. Ci sarà un altro bambino, al posto tuo.»

Anzi, quello che credevo fosse il colpo definitivo. Perché Ian non mi diede il tempo di riprendermi e rispondere. E non ebbe pietà. Né per me né per la piccola che intanto, alle sue parole, aveva iniziato a tremare, con i lacrimoni che le scorrevano giù per le guance, inesorabili.

Non mi premurai di rispondere a Ian. Non solo perché lo avrei insultato. Ma perché la mia priorità al momento era un'altra.

«No, piccola mia...»

Mi voltai repentina e inginocchiandomi strinsi Alison a me.

«Mamma... mamma vuoi davvero lasciarmi? Perché? Sono stata cattiva?»

«La mamma non va da nessuna parte, amore...» Le asciugavo le lacrime e le baciavo il viso, ripetutamente. «La mamma resta con te, sempre.»

A questo Ian mi aveva messa di fronte. A un uomo tradito due volte. A una bambina che sarebbe stata abbandonata due volte. Prima da una donna che non aveva nemmeno fatto in tempo a conoscere e a ricordare come madre. Poi da una che l'aveva voluta e cullata tra le braccia, che si era fatta amare da lei, per poi prepararsi a dimenticarla, abbandonarla e sostituirla.

Era orribile. Era mostruoso. Perché Ian aveva suggerito qualcosa nelle sue parole, tra le righe, nei suoi sguardi. Aveva implicato il fatto che quella donna fossi io.

CAPITOLO 79

Avevo faticato a consolare Alison, ma alla fine ci ero riuscita. Era la mia bambina. Non l'avrei mai lasciata. Per nulla al mondo, nemmeno per Hunter. Forse stavo ricadendo, subdolamente, nella stessa condanna. Quella che lui era stato costretto a subire quando si era trattato di Jack. Quando io mi ero sentita obbligata a rinunciare a lui.

Trascorsa la serata e la notte con Alison, avevo scelto di dimenticare Ian, almeno temporaneamente. Anche perché, considerato il suo atteggiamento, non meritava nemmeno che lo ricordassi. Potevo subire qualsiasi accusa, qualsiasi insulto. Ma il dolore che aveva volontariamente scatenato in Alison no, non potevo perdonarlo.

Alison era nostra figlia, sebbene non lo fosse di nessuno dei due, in realtà. Non gli avrei permesso di usarla. Mai.

Avevo bisogno di aiuto e anche di conforto. Ma sapevo di non poterli cercare in Hunter, non in quella circostanza. Non solo perché lui era parte del problema. Sarebbe stato come rivivere la stessa storia, due volte. E insieme non ne saremmo venuti mai a capo. Avrei sprofondato anche lui nello stesso abisso di colpa e impotenza in cui io stessa stavo naufragando.

«Vorrei dirti che te lo avevo detto, ma mi sembra che tu l'abbia già capito da te.»

Laura mi versò il tè, mettendomi di fronte la tazza con espressione corrucciata.

«Lo so. Ho ricordato quello che mi avevi detto, per questo sono venuta da te. Ma davvero, Ian non mi ha mai lasciato intendere di aspettarsi qualcosa da me in quel senso.»

«Ah, se lo aspettava eccome invece! Anzi, non aspettava altro che tu cedessi e ti lasciassi andare! Anche senza farti pressioni, si aspettava che accadesse prima o poi.» L'ironia di Laura mi fece male. Oltre a mettere in luce ancora di più la mia stupidità. «La reazione che mi hai raccontato è quella di un uomo geloso che vede il suo sogno sfumare, non di uno preoccupato per le sorti della sua famiglia. Quello che ha detto di fronte alla bambina è stato atroce!»

«Non farmici ripensare, ti prego!»

Mi portai la mano sulla bocca, per trattenere un urlo che non ero ancora riuscita a esternare e che rischiava di corrodermi dentro.

«Lo so per esperienza, cara. So cosa significa continuare ad amare un uomo e sposarne un altro. Anche se nel mio caso l'amore della mia vita non c'era più. Richard ha continuato ad aspettare di poterlo sostituire, nel mio cuore. Mi aveva promesso che non avrebbe mai preteso nulla da me, gli bastava starmi accanto, consolarmi, aiutarmi con i ragazzi...» Laura trattenne il fiato, come pronta a scoppiare. «Diceva che avrebbe rispettato i miei tempi. Balle!»

«Devo parlargli in modo più civile e...»

«E tu e Hunter vi lascerete di nuovo. E vi perderete di nuovo.» Laura concluse per me. «Dio mio, sembra che non sappiate più cosa inventarvi per farvi del male. Siete stati circondati da egoisti manipolatori senza scrupoli... me compresa! Se potessi tornare indietro...»

«No, Laura. Non rivanghiamo il passato, per favore. Non ne abbiamo bisogno.»

Non ne avevamo bisogno, ma non c'era alternativa. Con Laura avevo cercato una via d'uscita. Ma nemmeno la madre di Hunter possedeva la soluzione ai nostri problemi. Forse speravo che mi aiutasse a reggere il confronto con Hunter. A lasciarlo andare. A lasciarci andare. A distruggerci per poi ricomporci, per l'ennesima volta, in due universi separati e distanti.

Ma Hunter sapeva già tutto. Hunter capiva già tutto. Senza bisogno di spiegazioni. Eravamo due facce della stessa medaglia, un'immagine riflessa che rispecchiava le stesse speranze, gli stessi desideri, lo stesso cuore. Sarebbe rimasto a Londra. Forse ci saremmo incontrati, ancora. Ci saremmo amati a distanza oppure vicinissimi, senza più sfiorarci mentre le nostre anime gridavano, supplicandoci di riportarle a casa. Di riportarci a casa. Una nelle braccia dell'altro.

***

Da quanto tempo soffriva Ian? Cosa mi aveva tenuto nascosto? Non ero riuscita a raccogliere informazioni chiare e dettagliate da lui. Forse non avevo voluto opprimerlo e scavare nel suo dolore. Così avevo accettato ciò che mi aveva raccontato. Avevo accettato tutto da Ian, senza chiedere di più. Né a lui né a nessun altro. Per amore. Perché io lo amavo, anche se nel mio amore per lui non esisteva coinvolgimento sessuale, desiderio, passione. Lo avevo amato e mi ero legata a lui come un essere umano bisognoso di pace, di quiete, dopo aver vissuto un'esistenza nel turbine della tempesta.

Ma Laura, al contrario di me, non aveva esitato. Laura pretendeva la lotta. O almeno la chiarezza, una speranza per ciò che era stato di me, di noi.

Erano sorti dei sospetti, nei confronti di Ian, per quanto riguardava la sparizione di Martha. Quando si trovava ancora a Manchester. Questo ci aveva raccontato Patricia. Laura l'aveva costretta a confessare, anche se questo significava per Patricia tradire la fiducia di Ian. Ma, messa di fronte al suo comportamento nei miei confronti, non aveva potuto fare altrimenti.

«Si è chiarito tutto, in seguito. Forse lui l'ha costretta ad andarsene, a fuggire, ma non le ha mai fatto del male. Ian soffre di una rara malattia degenerativa, con alcune caratteristiche e alcuni sintomi molto simili a quelli della sclerosi multipla. A volte rallenta il suo processo, a volte riesce a restare attento, concentrato. Soprattutto sforzandosi di rimanere attivo, di portare avanti il suo lavoro. Ma il suo male avanza, inevitabilmente. Non ci sarà modo di poterlo arrestare.»

Quindi, giunti a questo punto, toccava a me affrontarlo. Cercare di comprendere. Avevo rifiutato l'appoggio di Laura e Patricia che avrebbero preferito essere con me in quel momento. La sensazione di pericolo nello sguardo di Laura non mi aveva lasciata indifferente. Perché, al contrario di me, non si fidava di Ian. Tanto che avrebbe preferito richiedere l'intervento di Hunter.

«Ian non mi farà del male. Non preoccupatevi per me.»

La mattina avevo chiesto a June di trattenere Alison a casa sua, per quella notte. Lei aveva acconsentito senza obiettare. Forse aveva capito che io e Ian saremmo giunti a un chiarimento risolutivo. A una conclusione che probabilmente si aspettava, avendo assistito alle nostre ultime discussioni.

«Siamo alla fine, vero?»

Ian aveva subito intuito le mie intenzioni, appena lo avevo raggiunto nel suo studio. Era impegnato in una ricerca in cui aveva tentato di coinvolgermi tempo prima. E stava procedendo a rilento, me n'ero accorta ma non mi ero mai fermata ad appurare i motivi, soprattutto dopo i recenti sviluppi e il mio nuovo coinvolgimento con Hunter.

«No, Ian. Io non intendo finire.» Mi ero seduta di fronte a lui, dall'altro lato della scrivania. «Io vorrei raggiungere la chiarezza, con te. Un'intesa. E possibilmente la pace. Sei sempre stato buono con me. Mi hai affidato le parti più importanti della tua vita. Alison e il tuo lavoro. Non posso dimenticarlo e non lo dimenticherò.»

«Cosa vuoi allora, Beatrice?» Il suo tono sarcastico, ancora una volta, mi stava facendo male. Non per le parole, ma soprattutto perché non gli apparteneva. «Dirmi che rinuncerai al grande amore della tua vita e proverai ad amare me?»

Mi sforzai di restare calma e rispondergli nel modo più tranquillo possibile, senza accuse e recriminazioni.

«Potrei rinunciare ad Hunter, sì. Per te e per Alison. L'ho già fatto, più di una volta. E mi strapperò il cuore, di nuovo. Ma non potrò amarti più di quanto io ti ami già. Non potrò amarti in un modo diverso, soprattutto.»

«Sei talmente schietta da fare male. E magari nemmeno te ne accorgi.» Ian si alzò e si avvicinò agli scaffali della biblioteca dietro alla scrivania, voltandomi le spalle. «Ci sarebbe così tanto da dire... così tanto... Ma ormai non riesco quasi nemmeno più a mettere insieme le parole. Faccio fatica a trovarle, Beatrice. Le cerco, le cerco disperatamente nella mente, nel cervello. Dentro me. Ma non ci sono più. C'è solo rabbia, risentimento, delusione e infine vuoto, oscurità. E questa cosa che avanza, che mi divora la razionalità e il controllo, da troppi anni ormai. Se non ti dico tutto ora, potrei non riuscirci mai più.»

«Io sono qui, Ian. Non vado da nessuna parte. Quello che ho detto ad Alison, vale anche per te.»

Mi alzai, tentata di avvicinarmi. Ma mi resi conto che non era ciò che lui desiderava.

«Tu non mi ami, come non mi amava lei. Martha... Lei è fuggita, tu rimani. Con il cuore altrove, rimani. Vorrei trovare una differenza, ma non ci riesco.»

«Puoi avere il mio affetto. La mia devozione. La mia presenza.»

Mi fermai prima che la mia schiettezza, come l'aveva appena definita lui, rischiasse di offenderlo e ferirlo ancora.

Ian si voltò finalmente, verso di me.

«Una parte di me vorrebbe accanirsi su di te, Beatrice. Assalirti, stringerti la gola, sbatterti contro la parete, costringerti e ferirti. Come avrei voluto fare con lei. Mi aveva tradito. Questo è stato l'impatto che la mia malattia ha avuto su di lei. Una malattia degenerativa al cervello che nel giro di qualche anno mi avrebbe portato all'immobilità. Il tradimento dopo la diagnosi. Appena ha compreso che sarei peggiorato fino a scomparire. Non ha saputo trovare nulla di meglio. Eppure, aveva giurato di amarmi, di proteggermi, di stare con me nel bene e nel male. E tu… tu lo avresti fatto, con l'uomo che ami? No, tu non lo avresti fatto. Tu non lo faresti. Perché tu sei una donna che resta, fino alla fine, fino in fondo. Non so chi ti abbia insegnato, come tu sia riuscita a imparare. Ma chiunque sia stato… forse proprio Hunter Stevens… ti ha insegnato bene. Ti ha insegnato a restare.»

Per la prima volta aveva pronunciato il nome di Hunter in modo sereno, pacato, senza la rabbia, il rancore e le minacce iniziali. Le sue parole mi colpirono, fino a rimodellarmi e a farmi male. La pena per lui mi indusse a credere che avrei potuto amarlo se lo avessi conosciuto davvero, dal principio. A un suo gesto rimasi in silenzio, permettendogli di proseguire.

«Pretendevo che lei tornasse ad amarmi, dopo averla perdonata per il suo tradimento. Dopo aver accettato sua figlia. Dopo averla incoraggiata, guidata, adorata addirittura, mentre la portava in grembo. Ma lei, nonostante quanto io avessi fatto per salvarla, non mi amava comunque. Amava un uomo che non la voleva più. Come lei non aveva più voluto me. Dalla mia diagnosi. Da quando non ero stato più divertente, come prima. Non l'avevo più portata fuori, come prima. La depressione di Martha, dopo il parto, divenne anche la mia. Ci stavamo distruggendo a vicenda. Rifiutava me e rifiutava anche Alison. Si era convinta che lui non l'avrebbe lasciata se non fosse rimasta incinta, se non avesse avuto la bambina. Avrebbe continuato ad amarla per sempre, libero da ogni responsabilità. Per questo motivo aveva fatto preparare i documenti, per divorziare da me e poter stare con lui. Povera Martha… l'uomo che amava la rifiutava e l'uomo che rifiutava la costringeva a una costante pressione per farsi amare di nuovo. Avevo anche tentato di dimostrarle di amare Alison, di volerla crescere, accudire come se fosse mia. Per farle capire fino a che punto l'avevo perdonata, per riconquistarla. Avevo usato la bambina per farmi amare da lei, invece l'ho indotta a fuggire, poi a nascondersi, magari anche a cercare la morte. Povera, piccola Alison… usata due volte da un finto padre indegno. Perché l'ho usata anche con te, per attirarti nella mia rete. Alison è stata l'appiglio ideale. Non ho mai provato nulla per lei.»

Mentre Ian parlava io passavo dalla compassione allo sconcerto alla delusione. Per poi arrivare all'incredulità.

«Io non ci credo che tu non voglia bene ad Alison. Non ci credo, Ian.»

«Mi sopravvaluti, allora.» Un ghigno, quasi disumano, sfigurò il suo volto. Ma solo per un attimo. «Dovresti prenderla e andartene. È tua. Vai da lui e crescetela insieme. Sicuramente sarà un padre migliore di me. Alison merita due genitori che si amino. E che la amino.»

«Ian…» Mi avvicinai a lui, nonostante ora protendesse le mani contro di me, come per schermirmi, per fermarmi. «Io non ti lascio, Ian. Non accadrà. Non posso essere la tua donna, ma sono tua amica, tua complice, tua alleata. Tu hai salvato me. Mi hai dato una bambina da amare, quando i miei sogni di maternità erano stati definitivamente infranti. Tu mi hai salvata, Ian. Lasciami provare a salvare te.»

«Beatrice…» Lo vidi tremare e poi scorsi quella luce nei suoi occhi che mi aveva indotta a volergli bene e a fidarmi di lui, fin dai primi momenti della nostra conoscenza. «Capisci perché non sono riuscito a non innamorarmi di te? Non solo del tuo corpo, del tuo viso. Ma è…» Scosse la testa, mentre una lacrima solcò il suo viso, fino a raggiungere il mento «… è questo tuo slancio, questa tua passione… che in me sta morendo, ogni istante di più, ma che tu mi hai trasmesso prolungando i miei giorni. Ora basta, però. La mia vita sta per finire, ma anche la tua non sarà infinita. Non è più tempo di sacrificarsi, per te. È tempo di essere felice. È tempo di vivere.»

CAPITOLO 80

Estate 2010

Il profumo dell'estate era davvero nell'aria. E io amavo quella sensazione di freschezza e di malinconia che ormai da anni mi trasmettevano le estati trascorse in Inghilterra. Ero appena rientrata, dopo essere stata lontano. Troppo lontano per riuscire ad abituarmi. Forse stavo invecchiando. O forse i miei legami erano diventati troppo forti per riuscire a spezzarli, anche per poco.

Respirai quell'aria di mare con desiderio misto ad amarezza. Ritrovarmi nello stesso posto, nello stesso spazio, era un po' come ripercorrere i miei passi, nel vano tentativo di riscriverli, di perfezionarli.

Avevo perso tanto, negli ultimi anni. In parte anche me stessa. Ma, allo stesso tempo, avevo anche guadagnato tanto. Scoperto, rivisto, assimilato. Nel complesso, potevo affermare che stavo imparando ad amare la vita. La vita in generale e nello specifico, finalmente, anche la mia.

Non avevo accolto la richiesta di Ian. Non potevo abbandonarlo al suo destino. Mentre il mio cuore gridava di assecondarlo, di avere pietà di me stessa, mi implorava di non cedere ancora, di non arrendermi, di non perdere, la mia coscienza non ascoltava ragioni. La mia coscienza esigeva che io restassi accanto a quell'uomo fragile, perso ormai nella sua stessa mente, inconsolabile nel suo dolore e nel suo essere sospeso tra passato e presente.

Lo avevo curato come avevo potuto, per quasi un anno. Ero stata, per lui, tutto ciò che avevo potuto essere. Gli avevo restituito quanto gli era stato tolto, nei limiti delle mie possibilità. Nonostante lui mi implorasse, quotidianamente, di ricostruire la mia vita nel punto in cui era stata interrotta, spezzata.

Tutto era stato così maledettamente complicato. Perché la vita stessa lo è sempre. No. In realtà la vita sarebbe la cosa più semplice che sia mai stata inventata se non fosse soggetta alle regole e ai capricci umani. O agli scherzi del destino che ci prendono, ci stravolgono, ci schiacciano e ci calpestano, ci riducono in frantumi per poi ricomporci e rimetterci in gioco.

Mi ero presa cura di mio marito anche quando, sotto sua insistenza, ero stata costretta ad allontanarlo dalla nostra casa, a chiedere aiuto e assistenza specializzata. Chiuso nell'immobilità imposta dalla sua mente, io lo scoprivo ogni giorno sempre più fragile, più indifeso, mentre lo stavamo perdendo. Mentre anche Alison si sentiva avvinta e terrorizzata da quel dolore che ormai si era impossessato del corpo di suo padre, tanto da svegliarsi più volte, in piena notte, in lacrime per rintanarsi nel mio letto, stringendosi a me. Avevamo imparato a sopportare gli sbalzi d'umore e gli eccessi di rabbia. Ma il dolore no. Il dolore era troppo, così come la sua immobilità successiva e la sua tacita richiesta d'aiuto.

Se n'era andato, infine, dopo un altro anno. E io avevo sentito perdersi un pezzetto di cuore. Una parte buona di me. Una parte forte che all'amore aveva unito il rispetto, la solidarietà. Perché io ero fatta così. Perché io non potevo cambiare, nonostante quell'amore che mi divorava ancora l'anima. Impaziente, recalcitrante. Ribelle quanto lo ero stata io, nei miei anni migliori. E non potevo nemmeno pretendere che un uomo, per quanto innamorato, mi aspettasse in eterno.

Ma almeno l'amicizia mi scaldava l'anima. I miei amici erano ancora tutti lì, come piccoli pezzetti di me, granelli di sabbia che, uniti uno all'altro, si trasformavano in oro nelle mie mani, tra le mie dita, spezzando i miei confini per diventare una cosa sola. Anche Londra era ancora lì. Con tutti i suoi luoghi, i suoi spazi, la sua storia, i suoi colori, che erano diventati anche i miei, da così tanto tempo.

Dopo l'addio a Ian, ero partita con Alison per qualche breve viaggio. Aveva bisogno di cambiare ambiente, almeno per un po'. Dovevo guarirla, distrarla, aiutarla a riprendersi da quella paura che le si era insinuata sottopelle, mescolata al terrore di essere abbandonata anche da me. Eravamo state insieme a Parigi, a Disneyland, in Italia, in Svizzera, trascorrendo qualche settimana anche con i miei.

Poi, appena tornata, avevo ripreso in considerazione nuove proposte di lavoro che avevo lasciato in sospeso. La collaborazione di Laura, di Alice, di Patricia e anche di Freddie e Tasha, mi era stata indispensabile. Avevamo lavorato insieme a svariati progetti, compresa l'organizzazione di eventi e la raccolta di fondi a scopo benefico. Alcune associazioni a cui Ian si era avvicinato nel corso della sua malattia, mi avevano contattata. Avevo deciso di continuare la sua opera, sperando che la ricerca facesse passi avanti e sempre meno persone patissero la sorte che era toccata a lui.

La promozione di un nuovo libro a cui avevo collaborato attivamente e un ciclo di conferenze mi avevano portata, nel corso dell'ultimo mese, fino a New York, insieme a Patricia e al professor Cooper. Avevo affidato la mia piccola Alison a Misaki e a Laura. Intanto l'estate si era fatta avanti, con il suo tepore e i suoi raggi di sole un po' più intensi.

Ritrovarmi a Bournemouth per riabbracciarla, finalmente, faceva palpitare il mio cuore di gioia mista ad emozione. Nonostante la sentissi quasi ogni giorno.

«Sta ancora dormendo, ieri sera hanno fatto tardi. Stanno crescendo e fidati, diventerà sempre più difficile mandarli a letto presto!»

Misaki mi aveva accolto con un sorriso, un abbraccio e una tazza di tè, anche se avevo tirato giù dal letto anche lei arrivando alle sei del mattino.

«Oh, accidenti! Alison si impunterà per restare sveglia fino a tardi, me lo aspetto!» sospirai mettendo il broncio. «Ha già un caratterino!»

«Disse quella che trascorreva nottate insonni a Piccadilly Circus, coinvolgendo anche la sottoscritta!» Misaki scoppiò a ridere e io non potei fare a meno di imitarla.

Anche se quei ricordi avevano un retrogusto agrodolce tra i miei pensieri, tendente all'amaro. E si infiltravano nel mio cuore creando un tumulto che non sapevo placare, rendendolo un luogo in cui a volte faticavo ad accedere e trovare conforto.

Avevo sacrificato tanto. Avevo sacrificato troppo. Avevo sacrificato parte della mia vita. Ma la dignità e il rispetto di me stessa, almeno, ero riuscita a conservarli. Almeno uno stralcio di ciò che ne era rimasto.

«Vado a prendere un po' d'aria di mare, Misaki. Ne ho bisogno.»

Così ero uscita e mi ero incamminata lungo la spiaggia, lasciando che il mare accarezzasse le mie caviglie e mi rinvigorisse l'anima, oltre al corpo e ai pensieri.

Gli avrei scritto, in quel momento. Gli avrei davvero scritto un'ultima lettera, in risposta a quella che era rimasta senza un mio ultimo bacio, un mio ultimo abbraccio. Le conservavo tutte, le sue lettere. E le rileggevo, trascinandomele dietro come un bagaglio che mi ricostruiva e mi riconsegnava a me stessa, all'incanto di avere amato davvero un altro essere umano e di aver costruito con lui un sentimento che nessuna distanza avrebbe mai potuto distruggere o spezzare.

Il mare, nel frattempo, ricomponeva le mie incertezze, restituiva forma alle mie speranze. Non avrei più lasciato Alison per così tanto tempo, anche se si era finalmente ripresa e stava tornando ad essere la bambina vivace e allegra di un tempo. Avrei ridimensionato i miei impegni, almeno finché fosse stata ancora piccola e bisognosa di me. Forse non a lungo. Aveva compiuto otto anni e stava crescendo in fretta.

«Mamma...»

Credevo che la voce di Alison fosse un'illusione della mente. Invece voltandomi la vidi apparire in piena luce, correre verso di me.

«Tesoro...»

Mi si lanciò tra le braccia, con un impeto tale che persi quasi l'equilibrio. Mi chinai per baciarla e accarezzarle i capelli sciolti sulle spalle, ma non feci in tempo a trattenerla perché corse via da me. Mi posai una mano sugli occhi per proteggerli dal sole che rischiava di accecarmi, seguendo la direzione da cui era arrivata Alison.

«Ma dove corri?»

La mia domanda rimase sospesa nel vuoto, rivolta più a me stessa che a lei, che ormai si era allontanata.

Di sicuro, conoscendola, era andata a recuperare qualcosa che non vedeva l'ora di mostrarmi e di condividere con me. Molto probabilmente un disegno o qualche sua nuova espressione artistica.

Abbassai lo sguardo in attesa per qualche minuto, prima di decidermi a seguirla.

«Beatrice...»

La sua voce non poteva essere una mia fantasia. Non sarei riuscita a immaginarla nemmeno volendo, perché ormai anche solo l'illusione di lui mi faceva male. Come ogni mio desiderio, ogni mia brama, ogni mia speranza.

«No, non...»

Scossi la testa, quasi con rabbia. Il cuore non mi ascoltava mai. Non si placava mai. Era il ricordo. Il ricordo di quasi dieci anni prima che erano seguiti ai dieci anni precedenti. Anni di noi.

«Mamma... Hunter e Jack non vedevano l'ora di incontrarti!» La vocina di Alison risaltò squillante nel silenzio ostinato, pesante del frastuono che permaneva invece dentro di me. «Sono anche loro da Misaki, mi aiutano sempre a costruire i castelli! Tutti i giorni. Come Teddy e Sam. Hunter è il più bravo, però! Fa dei castelli bellissimi... Oggi ne facciamo uno anche per te, mamma!»

Mi accarezzai le braccia, disorientata. Hunter e Jack si trovavano a Bournemouth? Da quando? Perché Misaki non mi aveva detto nulla?

«Hunter... Jack...»

Riuscivo a vederli, adesso. Non avevo più il sole negli occhi, ma coloro che avevo di fronte, la loro luce, li rendeva ancora più sensibili.

«Ciao Beatrice!» Jack mi regalò uno dei suoi sorrisi, ancora più irresistibili di quanto rammentassi.

Io e Hunter ci guardavamo, mentre i due bambini, che ormai stavano visibilmente crescendo, sogghignavano al suo fianco.

«Io non sapevo che tu fossi arrivata... Alison ci ha attirati fuori mentre ci stavamo preparando per la colazione, dicendo di aver trovato una cosa meravigliosa sulla spiaggia...» Hunter si morse le labbra, poi mi percorse con lo sguardo.

«Alison non è obiettiva. Oh... però non diamo per scontato che si riferisse a me...» sorrisi gettando la testa indietro, mentre una gioia che non avevo più provato da tempo, si impossessò di me.

«Io non vedo niente di più meraviglioso...» La voce commossa di Hunter mi fece pizzicare gli occhi.

Mi passai le mani sul viso, ripetutamente.

«Non ero più abituata a questo sole...»

Distolsi lo sguardo da lui, attratta dalle risatine di Alison che stava bisbigliando qualcosa all'orecchio di Jack. Poi entrambi scapparono via, nella stessa direzione da cui erano arrivati.

«Questa è opera di Misaki, ne sono certa!»

«Non solo... stai sottovalutando tua figlia. Credo che Jack sia stato coinvolto in seguito, noi maschi arriviamo sempre tardi...»

Hunter si voltò per un istante, per seguire con lo sguardo i bambini che stavano rientrando nel bed and breakfast.

«Alison… l'hai già conquistata, a quanto pare, con i tuoi castelli…»

«Ci ho provato. Anzi, mi sono davvero impegnato, lo ammetto. Ci speravo proprio…» Tornò a posare gli occhi su di me, mantenendosi comunque a distanza. Poi si passò una mano tra i capelli, sorridendo e arricciando leggermente il naso. Nello stesso modo che mi aveva rapita, fin dal primo istante. «È stato il mio grande piano per arrivare al tuo cuore. Per provare a riconquistare te, se necessario.»

«Per riconquistare me? Non ne avevi bisogno, lo sai…» Socchiusi per un attimo gli occhi, sospirando piano. Sentii le lacrime pizzicare e mi morsi le labbra, per tentare di trattenerle. «Ma per Alison… grazie, Hunter. Per lei sono stati momenti davvero difficili.»

«Lo so. Tu ci sei stata per Jack, più di una volta. Ci sei stata sempre, per lui, anche quando non eri con noi. Io ci sono per Alison. Sono i nostri bambini…»

«I nostri bambini. Stanno crescendo…»

«Non solo loro…» Hunter fissò lo sguardo su di me, agganciando il mio. «Beatrice… sono stanco di crescere lontano da te. Anzi, temo di essere cresciuto fin troppo. A ventiquattro anni avrei voluto vivere con te ogni mio passo, ogni mio attimo. Affrontando qualsiasi difficoltà, qualsiasi sacrificio, sognavo di crescere insieme a te. Di proteggerti da tutto e da tutti. Sono ancora qui. Ti amo. Sono ancora tuo. Nel bene e nel male. Sempre.»

«Hunter… Hunter…» Sollevai una mano verso di lui. «Ci sono riuscita, allora? A vincere il tuo cuore? A tenerlo ancora con me, nonostante tutto? Nonostante ti abbia fatto aspettare così tanto…»

La sua risposta non mi raggiunse. Ma le sue braccia sì. Le sue labbra, sulle mie. La sua stretta, il suo impeto, la sua passione a cui non potevo fare altro che soccombere. Ora. E per sempre.

«Mi ami ancora?» sussurrò, tra un bacio e l'altro.

«Non hai una domanda di riserva, professore?»

«Ne avrei un milione ma ora mi interessa questa, ragazzina.»

Risi forte, prendendogli il viso tra le mani. Perdendomi nella tonalità grigio verde dei suoi occhi, quella che mi aveva inondato il cuore tra queste onde, su questa spiaggia, nel parco testimone dei nostri appuntamenti segreti, sotto le fronde della nostra quercia, tra le mura della scuola e del suo appartamento, nei locali dove mi smarrivo, nei luoghi dove mi inabissavo in cerca di guai, in cerca delle sue attenzioni, della sua protezione. Sempre e comunque in cerca di lui. In cerca del suo amore.

«Sono tua fin dal primo momento. Sarò tua fino all'ultimo. Tu non mi hai insegnato solo una lingua che non era la mia, attraverso le canzoni che hanno seguito il nostro percorso. Mi hai insegnato a dirti addio quando hai creduto che per me fosse meglio lasciarti. Mi hai insegnato a non arrendermi. Mi hai insegnato a sacrificarmi per amore. Mi hai insegnato a impegnarmi, a lottare per raggiungere un obiettivo. Mi hai insegnato a rispettare le opinioni altrui. Mi hai insegnato a non vergognarmi di me stessa e dei miei limiti. Mi hai insegnato a credere nel valore dell'amicizia, della lealtà. Mi hai insegnato a non essere egoista. Mi hai insegnato a non abbandonare una persona in difficoltà. Mi hai insegnato il coraggio. Mi hai insegnato la libertà. Mi hai insegnato a tornare. Mi hai insegnato ad amare. Ma soprattutto, mi hai insegnato a restare. Io non ti amo ancora. Io ti amo sempre, Hunter. Sempre.»

PLAYLIST

Elton John: "Sacrifice"

Abba: "Fernando"

Queen: "Friends will be friends"

Queen: "Bohemian Rhapsody"

Sting: "Russians"

Pink Floyd: "Another Brick in the Wall"

Bonnie Tyler: "Total Eclipse of the Heart"

The Bangles: "Eternal Flame"

Elton John: "The One"

Grease Soudtrack

RINGRAZIAMENTI

Questa volta lasciare andare questa storia, per me, è davvero difficile. Forse più di quanto lo sia mai stato con tutte le altre. Ma non voglio perdermi nei tanti ricordi, nelle tante emozioni che mi hanno portata a scriverla e mi hanno trascinata per così tante pagine. Posso solo dire che sono stati tra i migliori, nella mia vita. E li ringrazio tutti, uno per uno. Come ringrazio le persone reali dietro ai personaggi. Sempre.
Ringrazio voi lettori che siete arrivati fino a qui.
Ringrazio i luoghi, le sensazioni che hanno influito nella stesura della mia storia. Londra, soprattutto. La mia Londra che mi ha vista crescere in tanti momenti diversi della mia vita.
Ringrazio i libri e le canzoni che mi hanno accompagnata nel mio percorso di vita e nella scrittura. Una in particolare, in questo caso. Mi ha insegnato che l'amore va oltre il sacrificio, oltre le distanze, oltre le differenze.
Ringrazio Ghostly Whisper Ltd. e i miei correttori di bozze.
Ringrazio la mia famiglia per essermi stata di grande aiuto da quando ho iniziato a scrivere, praticamente da tutta la vita.
Ringrazio i blog e tutti coloro che hanno avuto la gentilezza di condividere la pubblicazione del mio romanzo.
La storia di Beatrice, Hunter e di tutte le persone che fanno parte delle loro vite si conclude qui. La parte da me raccontata, almeno. Loro invece continueranno ad amare, sempre. Per tutto il corso del loro cammino. Continueranno a credere. Continueranno a sperare. Continueranno a restare.

Barbara Morgan legge e scrive da sempre. Predilige urban fantasy, horror, distopici e fantascienza ma si avventura spesso in altri generi. Lavora nell'ambito della scrittura, dell'editoria e della moda. Laureata in lingue e letterature straniere, specializzata in letteratura inglese, letteratura americana e letterature comparate, ha vissuto tra Inghilterra, Francia, Italia, Svizzera e Stati Uniti, per poi trasferirsi in Irlanda, dove organizza eventi culturali e book club. Traduce dall'inglese e dal francese.

Ghostly Whisper, la Casa Editrice che ha fondato in Irlanda, è un po' la sua storia.

Website: https://www.barbara-morgan.com

Facebook: https://www.facebook.com/BarbaraMorganAuthor/

Instagram: https://www.instagram.com/barbaramorganbooks/

Twitter: https://twitter.com/BabsiMorgan

9 781915 077011